16	3	2	13
5	10	11	8
9	6	7	12
4	15	14	1

Publicado com o apoio do Instituto de Tradução da Rússia

Coleção LESTE

Fiódor Dostoiévski

HUMILHADOS
E OFENDIDOS

Romance em quatro partes com epílogo

Tradução, posfácio e notas
Fátima Bianchi

Xilogravuras
Oswaldo Goeldi

editora■34

EDITORA 34

Editora 34 Ltda.
Rua Hungria, 592 Jardim Europa CEP 01455-000
São Paulo - SP Brasil Tel/Fax (11) 3811-6777 www.editora34.com.br

Copyright © Editora 34 Ltda., 2018
Tradução © Fátima Bianchi, 2018

A FOTOCÓPIA DE QUALQUER FOLHA DESTE LIVRO É ILEGAL E CONFIGURA UMA
APROPRIAÇÃO INDEVIDA DOS DIREITOS INTELECTUAIS E PATRIMONIAIS DO AUTOR.

Título original:
Uníjennie i oskorbliónnie

Ilustrações:
*Xilogravuras de Oswaldo Goeldi realizadas para
a edição de* Humilhados e ofendidos *publicada pela
Livraria José Olympio Editora, do Rio de Janeiro, em 1944
(autorizada sua reprodução pela Associação Artística Cultural
Oswaldo Goeldi - www.oswaldogoeldi.com.br)*

Capa, projeto gráfico e editoração eletrônica:
Bracher & Malta Produção Gráfica

Revisão:
Alberto Martins, Danilo Hora, Beatriz de Freitas Moreira

1ª Edição - 2018 (2ª Reimpressão - 2024)

CIP - Brasil. Catalogação-na-Fonte
(Sindicato Nacional dos Editores de Livros, RJ, Brasil)

Dostoiévski, Fiódor, 1821-1881
D724h   Humilhados e ofendidos / Fiódor Dostoiévski;
tradução, posfácio e notas de Fátima Bianchi;
xilogravuras de Oswaldo Goeldi. — São Paulo:
Editora 34, 2018 (1ª Edição).
416 p. (Coleção LESTE)

ISBN 978-85-7326-714-3

Tradução de: Uníjennie i oskorbliónnie

1. Ficção russa. I. Bianchi, Fátima.
II. Goeldi, Oswaldo, 1895-1961. III. Título. IV. Série.

CDD - 891.73

HUMILHADOS E OFENDIDOS

Nota da tradutora 7

Primeira parte 9
Segunda parte... 105
Terceira parte 197
Quarta parte 293
Epílogo... 367

Posfácio da tradutora... 397

Sobre o autor 413
Sobre o ilustrador... 414
Sobre a tradutora 415

NOTA DA TRADUTORA

Humilhados e ofendidos, acompanhado do subtítulo "Das memórias de um escritor fracassado", foi publicado de janeiro a julho de 1861 na revista *O Tempo* (*Vriêmia*), dirigida por Fiódor Dostoiévski e seu irmão Mikhail, a quem o romance foi originalmente dedicado. No outono do mesmo ano, com a preparação de uma edição do romance em formato de livro, o autor eliminou o subtítulo e a dedicatória a seu irmão. As modificações feitas para essa edição incluem a renumeração e a redistribuição dos capítulos; além de uma revisão estilística, Dostoiévski abreviou alguns monólogos das personagens e cortou cenas isoladas, atenuando o tom altamente melodramático em algumas passagens da obra.

Para outra reedição do romance, em 1865, foram feitas correções de pouca relevância. Já para a edição de 1879, o texto foi submetido a uma nova revisão estilística. Embora menos significativa que a de 1861, teve um caráter análogo: o escritor alterou, abreviou ou excluiu certas formulações expressivas pontuais; trocou a forma reduzida dos patronímicos femininos (Nikolávna, Andrêivna) pela forma longa (Nikoláievna, Andrêievna), e modificou parcialmente a pontuação do texto, a qual foge frequentemente do emprego usual na língua escrita russa e constitui um traço estilístico próprio de Dostoiévski.

A presente tradução foi realizada a partir do original russo *Uníjennie i oskorbliónnie*, publicado em F. M. Dostoiévski, *Pólnoie sobránie sotchiniénii v tridtsatí tomakh* (Obras completas reunidas em trinta tomos), Leningrado, Editora Naúka, 1972, tomo 3.

Fátima Bianchi

PRIMEIRA PARTE

CAPÍTULO I

No ano passado, na noite de 22 de março, aconteceu-me uma coisa deveras estranha. Tinha andado o dia todo pela cidade à procura de um alojamento. O antigo era muito úmido e na época eu já começava a tossir demais. Queria ter me mudado ainda no outono, mas protelei até a primavera. Em um dia inteiro não conseguira encontrar nada que me satisfizesse. Em primeiro lugar, queria um alojamento independente, que não fosse sublocado, e, em segundo lugar, ainda que fosse de um cômodo só, tinha de ser amplo e, ao mesmo tempo, o mais barato possível, é óbvio. Havia percebido que numa casa apertada até os pensamentos se estreitam. Eu mesmo, quando meditava sobre minhas futuras novelas, gostava sempre de andar pelo quarto de um lado para o outro. Aliás, sempre achei mais agradável meditar sobre as minhas composições e fantasiar como haveriam de ser escritas do que de escrevê-las propriamente, e a verdade é que não era por preguiça. Por que será, então?

Já me encontrava indisposto desde cedo e, ao pôr do sol, comecei a me sentir muito mal mesmo: parecia ser um começo de febre. Além disso, havia passado o dia inteiro em pé e estava cansado. Ao anoitecer, pouco antes do crepúsculo, passei pela avenida Voznessiênski.[1] Gosto do sol de março em Petersburgo, especialmente do pôr do sol numa noite gelada, e clara, certamente. A rua fica subitamente toda iluminada, banhada por uma luz brilhante. Os prédios todos de repente parecem começar a cintilar. Suas cores cinzentas, amarelas e de um verde sujo perdem num instante todo o aspecto sombrio; é como se a alma ficasse serena, como se sentíssemos um calafrio ou alguém nos dando uma cotovelada. O olhar é outro, os pensamentos são outros... É impressionante o que um único raio de sol pode fazer na alma de uma pessoa!

Mas o raio de sol se extinguira; o frio aumentava e começava a beliscar-me o nariz; o crepúsculo se adensava; as lâmpadas de gás reluziram nas lojas e armazéns. Ao chegar à altura da confeitaria do Müller, de repente parei de chofre, e me pus a olhar para o outro lado da rua, como se pressentisse

---

[1] Uma das principais avenidas de Petersburgo. (N. da T.)

Humilhados e ofendidos

que naquele exato momento fosse acontecer algo inusitado, e no mesmo instante vi no lado oposto um velho com um cachorro. Lembro-me muito bem de que uma sensação extremamente desagradável me oprimiu o coração sem que eu mesmo conseguisse definir que tipo de sensação era aquela.

Não sou nenhum místico; quase nem acredito em pressentimentos e adivinhações; porém na minha vida, como provavelmente na de todo mundo, tiveram lugar alguns acontecimentos um tanto inexplicáveis. Esse velho mesmo, por exemplo: por que esse encontro com ele logo me fez sentir que naquela noite ia acontecer algo de extraordinário comigo? Aliás, eu estava doente; e as sensações de um doente são quase sempre enganosas.

O velho aproximava-se da confeitaria com um passo lento e debilitado, arrastando as pernas como que sem dobrá-las, como se fossem de pau, curvando-se e golpeando de leve o pavimento da calçada com a bengala. Nunca em minha vida tinha visto uma figura tão estranha e desajeitada. Mesmo antes desse encontro, sempre que cruzava com ele na confeitaria do Müller causava-me uma impressão dolorosa. A estatura elevada, as costas arqueadas, o rosto octogenário, de aspecto cadavérico, o casaco velho com as costuras rotas, o chapéu redondo de pelo menos vinte anos de uso, todo estropiado, que lhe cobria a cabeça calva com um tufo de cabelos bem na nuca, não grisalhos mas amarelo-esbranquiçados, que fora poupado; todos os seus movimentos, que pareciam realizados a esmo, como que impulsionados por molas — tudo isso involuntariamente chocava qualquer um que o visse pela primeira vez. De fato, era meio estranho ver esse velho já com um pé na cova, sozinho, sem ninguém para cuidar dele, ainda mais que parecia um louco que fugira de seus vigilantes. Havia me impressionado também sua extraordinária magreza: ele quase não tinha carne: era como se não houvesse nada além da pele colada sobre os ossos. Os olhos grandes mas baços, contornados por um círculo azul, olhavam sempre para a frente, nunca para o lado, e sem ver nada — disso tenho certeza. Ainda que estivesse olhando para alguém, ia diretamente ao seu encontro como se houvesse um espaço vazio diante dele. Percebi isso várias vezes. Não havia muito tempo que começara a aparecer na confeitaria do Müller, sabe Deus de onde vinha, e sempre acompanhado de seu cachorro. Nenhum dos frequentadores da confeitaria jamais se propusera a falar com ele, e ele tampouco chegara a puxar conversa com alguém.

"Por que será que se arrasta desse jeito até a confeitaria do Müller, o que tem a fazer aí?", pensava eu, parado do outro lado da rua e sem conseguir tirar os olhos dele. Uma certa irritação — consequência da doença e do cansaço — começava a se apoderar de mim. "Em que deve estar pensando?", continuava a me perguntar. "O que estará lhe passando pela cabeça?

Será que ainda pensa em alguma coisa? O rosto perdera a vida a tal ponto que já não expressava absolutamente nada. E de onde teria pegado esse cão sarnento, que não o larga, como se formassem os dois um todo inseparável e que é tão parecido com ele?"

Aquele pobre cachorro também parecia ter uns oitenta anos; sem dúvida, deveria ter isso mesmo. Em primeiro lugar, tinha um aspecto tão senil como nenhum cão jamais tivera, e, em segundo lugar, por que então, desde que o vira pela primeira vez, no mesmo instante me viera à mente que aquele cachorro não podia ser como todos os outros; que era um cachorro excepcional, que forçosamente devia ter algo de fantástico, estar enfeitiçado; que talvez fosse uma espécie de Mefistófeles em forma de cão[2] e que seu destino, por vias desconhecidas, misteriosas, se unira ao de seu dono. Se o leitor o visse, também haveria de concordar que, certamente, já teriam decorrido uns vinte anos desde que comera pela última vez. Era magro como um esqueleto, ou (o que seria melhor?) como o seu dono. Caíra-lhe quase todo o pelo, até mesmo o do rabo, sempre pendurado entre as pernas e rígido como um pau. A cabeça com orelhas compridas pendia com um ar sombrio. Nunca em minha vida vira um cão tão repulsivo. Quando os dois iam pela rua — o dono na frente e o cachorro em seu encalço —, seu focinho tocava a aba do sobretudo de seu dono, como se estivesse colado a ele. Tanto o modo de andar como toda a aparência deles pareciam dizer a cada passo:

Estamos velhos, velhos mesmo, Senhor, como estamos velhos!

Lembro-me de que certa vez chegou até a me ocorrer que o velho e o cachorro haviam de algum modo saído de uma página de Hoffmann ilustrada por Gavarni e que estavam flanando pelo mundo na forma de cartaz ambulante da edição.[3] Atravessei a rua e entrei na confeitaria atrás do velho.

Na confeitaria, o velho se comportava de maneira muito estranha, e Müller, detrás do balcão, nos últimos tempos começara a fazer cara feia à entrada do visitante indesejado. Em primeiro lugar, o estranho visitante nunca consumia nada. Toda vez ia direto para o canto junto da estufa e se sentava ali numa cadeira. Se acontecia de seu lugar junto à estufa estar ocupa-

---

[2] Em sua primeira aparição a Fausto, na obra homônima de Goethe, Mefistófeles se apresenta a ele na forma de um poodle preto. (N. da T.)

[3] Referência ao escritor alemão E. T. A. Hoffmann (1776-1822), um dos precursores da literatura fantástica moderna, e ao francês Paul Gavarni (1804-1866), pintor e caricaturista célebre nas décadas de 1830-1850. (N. da T.)

do, ele então, depois de plantar-se durante algum tempo de um modo absurdamente perplexo diante do cavalheiro que ocupava seu lugar, se afastava como que desconcertado para um outro canto junto da janela. Escolhia ali uma cadeira qualquer e ia se acomodando devagar, tirava o chapéu, colocava-o no chão ao seu lado, punha a bengala perto do chapéu e, então, recostando-se na cadeira, permanecia imóvel por três ou quatro horas. Nunca pegava um único jornal, não pronunciava uma única palavra nem emitia um único som, limitava-se a permanecer sentado, fitando o vazio com os olhos arregalados, mas era um olhar tão inexpressivo, sem vida, que se podia apostar que não via nem ouvia nada do que se passava à sua volta. Já o cachorro, depois de dar umas duas ou três voltas no mesmo lugar, deitava-se a seus pés com um ar sombrio, enfiava o focinho entre as suas botas, suspirava profundamente e, estirando-se no chão em todo o seu comprimento, também permanecia a noite toda imóvel, como se estivesse morto durante esse tempo. Era como se aquelas duas criaturas passassem o dia inteiro mortas em algum lugar e, assim que o sol se punha, de repente ressuscitassem, com a única finalidade de ir à confeitaria do Müller e cumprir ali algum dever misterioso, de todos ignorado. Depois de passar três ou quatro horas sentado, o velho por fim se levantava, apanhava o chapéu e ia para casa, sabe-se lá onde. O cachorro também se levantava e, tornando a encolher o rabo e pender a cabeça, seguia-o como um autômato, com o mesmo passo lento de antes. Os clientes da confeitaria começaram afinal a evitar o velho em todos os sentidos, nem sequer se sentavam ao seu lado, como se lhes provocasse asco. Mas ele não se dava conta de nada disso.

Os clientes da confeitaria eram em sua maior parte alemães. Vinham de toda a avenida Voznessiênski e se reuniam ali — eram todos donos de estabelecimentos de vários ramos: serralheiros, padeiros, tintureiros, chapeleiros, seleiros — uma gente patriarcal, na acepção germânica da palavra. No estabelecimento do Müller, de modo geral, eram observados os costumes patriarcais. Com frequência, o proprietário ia até a mesa dos clientes assíduos e sentava-se com eles, ocasião em que era consumida uma notória quantidade de ponche. Os cachorros e os filhos pequenos do dono às vezes também iam ver os clientes, e os clientes acariciavam as crianças e os cachorros. Todos se conheciam e todos tinham um respeito mútuo uns pelos outros. E quando os clientes se encontravam entretidos na leitura dos jornais alemães, detrás da porta que dava para a casa do dono estrepitavam as notas de "Augustin",[4]

---

[4] "Ach, du lieber Augustin" ("Ah, meu querido Augustin"), cançoneta austríaca bastante popular na época em que o romance foi escrito. (N. da T.)

Humilhados e ofendidos

tocadas em um piano desafinado por sua filha mais velha, uma alemãzinha de cachos louros, muito parecida com um ratinho branco. A valsa era acolhida com prazer. Eu ia à confeitaria do Müller nos primeiros dias do mês para ler as revistas russas que ele recebia.

Ao entrar na confeitaria, vi que o velho já estava sentado junto da janela e o cachorro, como sempre, estirado aos seus pés. Sentei-me em silêncio num canto e, mentalmente, me fiz a pergunta: "Por que entrei aqui se não tenho absolutamente nada a fazer nesse lugar, se estou doente e devia voltar o mais depressa possível para casa, tomar um chá e ir para a cama? Será possível que esteja aqui apenas para observar esse velho?". Fiquei irritado. "O que tenho a ver com ele?", pensei, lembrando-me da sensação estranha e mórbida com que o olhara ainda há pouco na rua. "E o que tenho a ver com todos esses alemães maçantes? De onde vem esse estado de espírito fantasioso? De onde vem esse fascínio barato por trivialidades que tenho notado em mim de uns tempos para cá, que me impede de viver e de ver a vida com clareza, o que já foi notado por um crítico sagaz, ao analisar, indignado, meu último romance?" Entretanto, embora hesitasse e me recriminasse, ainda assim permanecia no local, e enquanto isso a doença foi se apoderando cada vez mais de mim, até que acabei sentindo pena de deixar o ambiente aquecido. Peguei um jornal de Frankfurt, li duas linhas e cochilei. Os alemães não me incomodavam. Liam, fumavam, e só ocasionalmente, uma vez a cada meia hora, comunicavam uns aos outros, em voz baixa e entrecortada, alguma novidade de Frankfurt e até mesmo alguns *Witz* ou *Scharfsinn* do célebre e espirituoso escritor alemão Saphir;[5] depois do que, com o orgulho nacional redobrado, tornavam a imergir na leitura.

Cochilei uma meia hora e fui despertado por um violento calafrio. Decididamente, era preciso voltar para casa. Mas, naquele instante, uma cena muda que teve lugar no estabelecimento tornou a me deter. Já disse que o velho, uma vez acomodado em sua cadeira, imediatamente fixava o olhar em algum ponto e não o desviava para nenhum outro objeto durante a noite toda. Acontecia-me também de cair na mira desse olhar absurdamente persistente, que não fazia distinção de nada: a sensação era muito desagradável, até mesmo insuportável, e eu geralmente mudava de lugar assim que possível. Dessa vez, a vítima do velho era um alemãozinho pequeno, rechonchudo

---

[5] Em 1845, foram publicados em Petersburgo chistes e anedotas do poeta e humorista austríaco Moritz Gottlieb Saphir (1795-1858). *Witz*, em alemão, tem o sentido de "piada", "pilhéria", "galhofa"; já *Scharfsinn* indica o comentário afiado e perspicaz. (N. da T.)

e extremamente asseado, com colarinho alto, bem engomado e o rosto extraordinariamente vermelho, um cliente de fora, comerciante de Riga, que se chamava, como soube depois, Adam Ivânitch Schultz, amigo íntimo de Müller, mas que ainda não conhecia o velho nem muitos dos fregueses. Lia o *Dorfbarbier*[6] com deleite e sorvia seu ponche quando, de repente, ergueu a cabeça e percebeu o olhar imóvel do velho fixo nele. Isso o deixou desconcertado. Adam Ivânitch era um homem muito suscetível e melindroso, como em geral o são todos os "nobres" alemães. Pareceu-lhe estranho e ofensivo ser examinado de modo tão atento e sem a menor cerimônia. Com uma indignação reprimida, desviou os olhos do cliente indelicado, murmurou qualquer coisa consigo mesmo e refugiou-se em silêncio atrás do jornal. Entretanto, não aguentou e, daí a uns dois minutos, espiou desconfiado por detrás do jornal: o mesmo olhar persistente, o mesmo exame atento e disparatado. Também dessa vez Adam Ivânitch não disse nada. Mas quando a mesma circunstância se repetiu pela terceira vez, ele se exasperou e julgou que era seu dever proteger a própria dignidade e não comprometer diante de um público distinto a formosa cidade de Riga, da qual, pelo visto, se considerava representante. Com um gesto de impaciência, jogou o jornal sobre a mesa, batendo energicamente a vareta à qual o jornal estava preso, e arrebatado por um sentimento de dignidade pessoal, todo vermelho de ponche e de vaidade, pousou por sua vez os olhinhos pequenos e injetados no velho irritante. Parecia que os dois, o alemão e seu adversário, queriam dominar um ao outro com o poder magnético de seus olhares e esperavam para ver quem seria o primeiro a se render e baixar a vista. A batida da vareta e a posição excêntrica de Adam Ivânitch chamaram a atenção de todos os clientes. Todos suspenderam no mesmo instante as suas ocupações e puseram-se a observar os dois adversários com uma curiosidade silenciosa e imponente. A cena estava se tornando muito cômica. Mas o magnetismo dos olhinhos desafiadores do rubicundo Adam Ivânitch não surtiu nenhum efeito. O velho, sem se preocupar com coisa alguma, continuava a olhar diretamente para o enfurecido senhor Schultz e, sem perceber absolutamente que se tornara objeto da curiosidade geral, como se tivesse a cabeça na lua e não na terra. A paciência de Adam Ivânitch afinal se esgotou e ele explodiu.

— Por que o senhor está me olhando tão fixamente? — gritou em alemão com uma voz áspera e estridente, e um ar ameaçador.

---

[6] *Der Dorfbarbier* (*O Barbeiro da Aldeia*), revista humorística publicada em Leipzig por Ferdinand Stolle. (N. da T.)

Mas o adversário permaneceu em silêncio, como se não tivesse entendido e nem sequer ouvido a pergunta. Adam Ivânitch decidiu então falar em russo.

— Eu pergunta ao senhor, por que o senhor olhar para mim tão insistente? — gritou com uma fúria redobrada. — Eu ser conhecido na corte, e o senhor ser desconhecido na corte! — acrescentou, levantando-se da cadeira de supetão.

Mas o velho nem sequer pestanejou. Entre os alemães ressoou um murmúrio de indignação. O próprio Müller, atraído pelo barulho, veio para o salão. Ao se inteirar do assunto, achando que o velho era surdo, inclinou-se para falar-lhe ao ouvido.

— O senhor Schultz está pedindo para não olhar com insistência para ele — pôs-se a falar o mais alto que pôde, fitando atentamente o visitante enigmático.

O velho lançou maquinalmente um olhar para Müller e de súbito, no rosto até então impassível, revelaram-se sinais de um pensamento perturbador, uma espécie de agitação desconfortável. Ele começou a ficar afobado, abaixou-se gemendo para apanhar o chapéu, pegou-o apressadamente junto com a bengala, levantou-se da cadeira e, com um sorriso lastimável — o sorriso humilhado de um pobre coitado sendo expulso de um lugar que ocupava por engano —, foi se preparando para sair do estabelecimento. Nessa precipitação submissa e resignada do pobre velho senil havia algo que provocava tamanha compaixão, uma dose tão alta de alguma coisa que às vezes parece nos confranger o coração, que todos os presentes, a começar por Adam Ivânitch, prontamente mudaram de ideia sobre o assunto. Era evidente que o velho não apenas era incapaz de ofender alguém como estava o tempo todo ciente de que poderia ser escorraçado de qualquer lugar como um mendigo.

Müller era uma pessoa bondosa e compassiva.

— Não, não — pôs-se a dizer, afagando o ombro do velho de modo tranquilizador —, ficar sentado! Aber Herr Schultz[7] pediu muito para o senhor não olhar com insistência para ele. É conhecido na corte.

Mas o coitado nem isso entendeu; ainda mais agitado que antes, abaixou-se para apanhar o lenço, um lenço azul, velho, todo furado, que lhe caíra do chapéu, e se pôs a chamar o cachorro que jazia imóvel no chão e, pelo visto, dormia profundamente, cobrindo o focinho com as patas dianteiras.

---

[7] Em alemão: "Mas o senhor Schultz...". (N. da T.)

— Azorka, Azorka! — murmurou com uma voz trêmula e decrépita — Azorka!

Azorka nem se mexeu.

— Azorka, Azorka! — repetia o velho, aflito, e cutucou o cachorro com a bengala, mas ele permaneceu na mesma posição.

A bengala caiu-lhe das mãos. Ele se abaixou, ficou de joelhos e ergueu o focinho de Azorka com as duas mãos. Pobre Azorka! Estava morto. Morrera aos pés do seu dono sem se dar conta, quem sabe de velhice ou, quem sabe, de fome. Por um instante, o velho olhou para ele, atônito, como se não entendesse que Azorka já estava morto; depois, em silêncio, inclinou-se sobre seu antigo servo e amigo e estreitou-lhe a cabeça morta contra seu rosto pálido. Houve um minuto de silêncio. Estávamos todos comovidos... Por fim, o pobrezinho se levantou. Estava lívido e tremia, como se estivesse febril.

— Pode-se espaliá-lo — pôs-se a falar o compassivo Müller, querendo de algum modo confortar o velho. (Com espaliar, queria dizer empalhar.) — Pode ficar bom espaliado; Fiódor Kárlovitch Krieger espalia muito bem; Fiódor Kárlovitch Krieger é um grande mestre na arte de espaliar — repetiu Müller, apanhando a bengala do chão e entregando-a ao velho.

— Sim, eu saber espaliar muito bem — confirmou modestamente o próprio Herr Krieger, vindo para o primeiro plano. Era um alemão comprido, magrela e virtuoso, de cabelos ruivos revoltos, e óculos sobre o nariz adunco.

— Fiódor Kárlovitch Krieger tem um enorme talento para todo tipo de espaliamento magnífico — acrescentou Müller, que começava a se entusiasmar com a ideia.

— Sim, eu ter muita talento para todo tipo de espaliamento magnífico — tornou a confirmar Herr Krieger —, e para o senhor eu espaliar de graça sua cachorrinha — acrescentou, num acesso de abnegação magnânima.

— Não, eu vai pagar o senhor por espaliar! — gritou Adam Ivânitch Schultz com exaltação, pondo-se duplamente vermelho, por sua vez ardendo de magnanimidade e considerando-se a causa inocente de todo o infortúnio.

O velho ouvia isso tudo pelo visto sem compreender nada e com o corpo todo tremendo como antes.

— Esperra! Toma um cálice do bom conhaque! — exclamou Müller, ao ver que o enigmático cliente se dispunha a sair.

Serviram o conhaque. O velho pegou maquinalmente o cálice, mas a mão lhe tremia e, antes de chegar a levá-lo aos lábios, derramou metade e tornou a colocá-lo na bandeja, sem beber uma gota sequer. Depois, esboçando um sorriso estranho, um sorriso totalmente inapropriado para a situação, saiu da confeitaria a passos rápidos e irregulares, deixando ali Azorka. Todos ficaram pasmos; ouviram-se exclamações.

— *Schwerenot! Was für eine Geschichte!*[8] — diziam os alemães, revirando os olhos uns para os outros.

Lancei-me no encalço do velho. A poucos passos da confeitaria, saindo à direita, há uma travessa estreita e escura, rodeada por prédio enormes. Algo me dizia que o velho com certeza devia ter virado ali. O segundo prédio à direita estava em construção e todo cercado por andaimes. A cerca ao redor do prédio ia até quase o meio da travessa e junto dela haviam colocado uma passarela de madeira para os transeuntes. Num canto escuro, formado pela cerca e o prédio, encontrei o velho. Estava sentado num degrau do calçamento de madeira, com os cotovelos apoiados nos joelhos e a cabeça entre as mãos. Sentei-me ao seu lado.

— Ouça — disse, sem saber por onde começar —, não se amargure por causa do Azorka. Venha, vou levá-lo para casa. Acalme-se. Já estou indo atrás de um carro. Onde o senhor mora?

O velho não respondeu. Eu não sabia o que fazer. Não havia nenhum transeunte. De repente, ele começou a me segurar pelo braço.

— Estou sufocando! — disse com uma voz rouca, quase inaudível. — Estou sufocando!

— Vamos para a sua casa! — gritei, levantando-me e erguendo-o com esforço. — O senhor vai tomar um chá e se deitar... Já volto com um carro. Chamarei um médico... Conheço um médico...

Não lembro o que mais lhe disse. Ele tentou se levantar, mas ao se erguer um pouco tornou a cair no chão e de novo se pôs a balbuciar algo com a mesma voz rouca e sufocada. Inclinei-me ainda mais para ele e ouvi.

— Na ilha Vassílievski — rouquejou o velho —, na Sexta Linha...[9] — na Sex-ta Li-nha...

E se calou.

— Mora na ilha Vassílievski? Mas então não estava indo para lá; ela fica à esquerda, e não à direita. Vou levá-lo agora mesmo...

O velho não se movia. Peguei em sua mão; a mão pendeu, como se estivesse morta. Olhei-o no rosto, toquei-o — já estava morto. Tive a impressão de que tudo isso era um sonho.

Essa aventura causou-me muitos problemas, e nesse ínterim minha fe-

---

[8] Em alemão russificado no original: "Que infelicidade! Que história!". (N. da T.)

[9] Rua localizada na ilha Vassílievski. (N. da T.)

bre passou sozinha. O apartamento do velho foi encontrado. Ele, porém, não morava na ilha Vassílievski, mas a dois passos do local onde morreu, no prédio de Klugen,[10] numa água-furtada no quinto andar, um apartamento separado, que consiste de uma pequena entrada e um cômodo grande de teto muito baixo, com três frestas em lugar de janelas. Vivia numa pobreza terrível. Os móveis não passavam de uma mesa, duas cadeiras e um sofá muito velho, duro como uma pedra, com o enchimento saindo por todos os lados — e, além do quê, era tudo do proprietário. A estufa, pelo visto, não era acesa havia muito tempo; nem velas encontramos. Agora, sinceramente, acho que o velho só inventou de frequentar a confeitaria do Müller unicamente com a intenção de se sentar em um ambiente iluminado e se aquecer. Em cima da mesa havia uma caneca de cerâmica vazia e uma côdea de pão velho e seco. Quanto a dinheiro, não foi encontrado um único copeque. Não havia sequer outra muda de roupa branca para sepultá-lo; alguém deu a própria camisa. É evidente que não poderia viver daquela maneira, completamente só, e que alguém, certamente, ainda que de vez em quando, vinha visitá-lo. Encontraram o passaporte[11] na gaveta da mesa. O falecido era estrangeiro de nascimento, mas com cidadania russa, Jeremias Smith, maquinista, de setenta e oito anos. Sobre a mesa havia dois livros: um compêndio de geografia e o Novo Testamento numa tradução russa, riscado a lápis nas margens e com marcações a unha. Livros esses que tomei para mim. Indagaram os inquilinos e o dono do prédio — ninguém sabia quase nada a seu respeito. Há uma grande quantidade de moradores nesse prédio, quase todos artesãos e mulheres alemãs donas de pensão que dão refeições e assistência. Mesmo o administrador do prédio, de origem nobre, pouco soube dizer a respeito de seu ex-inquilino, a não ser que o apartamento saía por seis rublos mensais, que o falecido morava nele havia quatro meses, mas que nos dois últimos não havia pago um único copeque, de modo que fora obrigado a despejá-lo do apartamento. Perguntaram se alguém costumava visitá-lo. Mas ninguém pôde dar uma resposta satisfatória a respeito. O prédio é grande: não são poucas as pessoas que circulam numa tal arca de Noé, não há como lembrar de todo mundo. O porteiro, que trabalhava no prédio havia uns cinco anos e que, com certeza, poderia esclarecer ao menos alguma coisa, partira duas semanas antes para sua terra natal, de férias, deixando em seu lu-

---

[10] Na Petersburgo do século XIX, os prédios eram conhecidos pelo nome de seus proprietários. (N. da T.)

[11] Na Rússia, documento correspondente ao registro de identidade e de residência. (N. da T.)

gar o sobrinho, um rapaz novo que ainda não conhecia pessoalmente nem a metade dos moradores. Não sei ao certo como exatamente terminou todo esse inquérito na época, mas por fim o velho foi sepultado. Naqueles dias, entre outros afazeres, fui à ilha Vassílievski, na Sexta Linha, e assim que cheguei lá me pus a rir de mim mesmo: o que poderia eu encontrar na Sexta Linha além de uma fileira de prédios comuns? "Mas então por que", eu me perguntava, "antes de morrer, teria o velho mencionado a Sexta Linha e a ilha Vassílievski? Não estaria delirando?"

Visitei o apartamento desocupado de Smith e agradou-me. Fiquei com ele. O mais importante é que o cômodo era grande, embora o pé-direito fosse muito baixo, tanto que nos primeiros tempos tinha sempre a impressão de que bateria a cabeça no teto. Entretanto, logo me acostumei. Por seis rublos mensais seria impossível conseguir algo melhor. O fato de ser independente me seduzia; restava-me apenas a tarefa de encontrar um criado, já que era totalmente impossível viver sem um criado. O porteiro se comprometera a vir me ajudar ao menos uma vez por dia, nos primeiros tempos, em caso de extrema necessidade. "E quem sabe, talvez", pensei, "alguém venha visitar o velho!" No entanto, já haviam se passado cinco dias desde a sua morte sem que ninguém aparecesse.

CAPÍTULO II

Naquela época, exatamente um ano atrás, ainda colaborava em algumas revistas, escrevia pequenos artigos e estava firmemente convencido de que chegaria a escrever alguma obra grande e boa. Estava então trabalhando num romance extenso; mas no fim das contas, apesar de tudo, agora estou aqui internado num hospital e parece que vou morrer logo. E já que vou morrer logo, para que então, é de se perguntar, haveria de escrever minhas memórias?

Involuntariamente, todo esse penoso último ano de minha vida me vem constantemente à lembrança. Agora quero registrar tudo, e se não tivesse inventado para mim essa ocupação, acho que morreria de tédio. Todas essas impressões do passado me deixam às vezes tão agitado a ponto de me atormentar e me fazer sofrer. Ao correr da pena, hão de tomar um caráter mais tranquilizador, mais ordenado; menos semelhante a um delírio, a um pesadelo. É a impressão que tenho. O simples mecanismo da escrita já vale a pena: acalma, arrefece os ânimos, desperta os meus antigos hábitos de literato, transforma as minhas recordações e os meus sonhos doentios em trabalho, em ocupação... Sim, foi uma boa ideia. Além disso, ficarão como herança para o enfermeiro; ainda que seja para colar as minhas memórias em volta das janelas quando for colocar os caixilhos duplos de inverno.

Entretanto, aliás, não sei por quê, comecei meu relato pelo meio. Se é para registrar tudo, é preciso começar do princípio. Pois, então, comecemos do princípio. Aliás, não há de ser muito extensa a minha autobiografia.

Não nasci aqui, mas bem longe, na província de ***. Suponho que meus pais fossem pessoas de bem, mas me deixaram órfão ainda na infância e fui criado em casa de Nikolai Serguêievitch Ikhmiêniev, um modesto proprietário rural, que me acolheu por piedade. Tinha apenas uma filha, Natacha, uma criança três anos mais nova do que eu. Crescemos juntos, como irmão e irmã. Oh, minha doce infância! Que estupidez é ficar suspirando e lamentando por você aos vinte e cinco anos de idade e, à beira da morte, lembrar de você apenas e unicamente com enlevo e gratidão! Naquele tempo o sol brilhava tanto no céu, era tão diferente do de Petersburgo, e nosso pequeno coração palpitava com tanto ímpeto e alegria. Naquele tempo havia campos e bosques ao nosso redor, e não um montão de pedras mortas, como agora. Como eram maravilhosos o jardim e o parque em Vassílievski, onde Nikolai Serguêievitch era administrador; nesse jardim, Natacha e eu costumávamos passear, e por detrás do jardim havia um bosque grande e úmido, onde nós, ambos crianças, certa vez nos perdemos... Bons tempos, dourados! A vida começava a se revelar para nós de modo misterioso e sedutor, e quão doce era conhecê-la. Naquele tempo, para nós, era como se por trás de cada arbusto, de cada árvore, morasse mais alguém, um ser misterioso e desconhecido; o mundo dos contos de fadas se confundia com o real; e quando às vezes a bruma da tarde se adensava nos vales profundos e ia se entrelaçando com suas melenas grisalhas e sinuosas ao arbusto grudado nas beiradas pedregosas da nossa grande ravina, Natacha e eu, de mãos dadas, olhávamos da beira para o fundo com uma curiosidade amedrontada, à espera de que a qualquer momento alguém se aproximasse de nós ou respondesse do nevoeiro do fundo da ravina, confirmando os contos de fadas da nossa ama como a verdade mais pura e indubitável. Certo dia, depois de muito tempo, pude fazer Natacha se recordar de como conseguíramos certa vez um exemplar de *Leituras Infantis*[12] e no mesmo instante corremos para o jardim, para o açude, onde tínhamos nosso banco verde predileto sob um velho e frondoso bordo, e lá nos sentamos e começamos a ler *Alfonso e Dalinda*[13] — um conto de fadas. Ainda hoje não consigo me lembrar dessa história sem sentir um estranho tumulto no coração, e quando repeti a Natacha, um ano atrás, as duas primeiras linhas: "Alfonso, o herói de minha história, nasceu em Portugal; Don Ramiro, seu pai" etc., quase me pus a chorar. Isso deve ter lhe parecido uma rematada tolice, e foi por isso provavelmente que Natacha sorriu então do meu entusiasmo de modo tão estranho. Aliás, no mesmo instante se deu conta (disso me lembro) e, para meu consolo, ela mesma se pôs a relembrar o passado. Uma coisa levava a outra, e ela também ficou comovida. Foi uma noite inesquecível; relembramos tudo: de quando me enviaram para a cidade do distrito, para um colégio interno — meu Deus, como ela chorou na época! —, e da nossa última separação, quando me despedi para sempre de Vassílievskoie. Já havia terminado os estudos no colégio interno e naquele momento estava de partida para Petersburgo para ingressar na

---

[12] *Leituras Infantis para o Coração e a Mente*, primeira revista russa para jovens e crianças, fundada em 1785 por Nikolai Novikóv. (N. da T.)

[13] *Alfonso e Dalinda ou A magia da arte e da natureza*, novela sentimental de Madame de Genlis (1746-1830), publicada na revista *Leituras Infantis* em 1787, em tradução de Nikolai Karamzin. (N. da T.)

universidade. Tinha então dezessete anos, e ela quinze. Natacha diz que naquela época eu era tão desajeitado, desengonçado, que era impossível olhar para mim sem rir. Na hora da despedida, puxei-a para o lado para lhe dizer algo terrivelmente importante; mas minha língua travou de repente e fiquei mudo. Recordo que eu estava muito emocionado. Claro que nossa conversa não foi adiante. Não sabia o que dizer, e ela, é provável que nem tenha me entendido. Eu só fazia chorar amargamente, e foi assim que parti, sem dizer nada. Só voltamos a nos ver depois de muito tempo, em Petersburgo. Isso foi há dois anos. O velho Ikhmiêniev tinha vindo para cá para tratar de seu litígio, e eu acabava de me lançar como escritor.

CAPÍTULO III

Nikolai Serguêievitch Ikhmiêniev procedia de uma boa família, mas que empobrecera havia muito tempo. No entanto, os pais lhe haviam deixado uma boa propriedade de cento e cinquenta almas.[14] Aos vinte anos de idade se dispôs a ingressar nos hussardos. Tudo ia bem; mas no sexto ano de serviço, numa noite de azar, perdeu no jogo todas as suas posses. Passou a noite toda sem dormir. Na noite seguinte tornou a comparecer à mesa de jogo e apostou seu cavalo — a última coisa que lhe restava. Sua carta venceu, seguida por outra e por uma terceira, e em meia hora recuperou uma de suas propriedades, a aldeia de Ikhmiênievka, que contava com cinquenta almas, segundo a última inspeção. Ele parou de jogar e já no dia seguinte pediu dispensa. Cem almas foram irremediavelmente perdidas. Dois meses depois obteve a reforma como tenente e foi para a sua pequena aldeia. Nunca mais na vida voltou a falar de sua perda no jogo e, apesar de sua conhecida bondade, não hesitaria em brigar com quem quer que se atrevesse a lembrá-lo disso. Na aldeia, dedicou-se com afinco à administração de sua herdade e aos trinta e cinco anos casou-se com uma fidalguinha pobre, Anna Andrêievna Chumílova, sem dote algum, mas educada pela emigrante Mont-Revêche,[15] num pensionato distinto da província, coisa de que Anna Andrêievna se orgulhara a vida toda, embora ninguém nunca tenha sido capaz de descobrir em que exatamente consistiu essa educação. Nikolai Serguêievitch se tornou um excelente administrador. Os proprietários da vizinhança aprendiam com ele a administrar suas terras. Haviam se passado alguns anos quando, de repente, chegou à propriedade vizinha, a aldeia de Vassílievskoie, que contava com novecentas almas, o dono das terras, o príncipe Piotr Aleksándrovitch Valkóvski, vindo de Petersburgo. Sua chegada produziu uma forte impressão em toda a redondeza. Embora não fosse mais um jovenzinho, o príncipe era moço, tinha uma posição considerável, relações importantes, fortuna, era bem-apessoado e, por fim, viúvo, um fato de particular interesse para as se-

---

[14] Os servos das propriedades rurais russas eram chamados de almas. (N. da T.)

[15] *Mont-Revêche* é também o título de um romance de George Sand (1804-1876) publicado em 1853. (N. da T.)

nhoras e moças de todo o distrito. Falava-se da brilhante recepção que lhe fora oferecida na capital da província pelo governador, com quem tinha algum parentesco; de como, "com seus galanteios, tinha virado a cabeça" de todas as damas da província etc. etc. Em suma, era um desses brilhantes representantes da alta sociedade petersburguense que raramente aparecem nas províncias e que, quando aparecem, produzem um efeito extraordinário. O príncipe, no entanto, não era uma pessoa das mais amáveis, sobretudo com aqueles que não lhe tinham utilidade e que considerava, por pouco que fosse, inferiores a si. Não fez a menor questão de conhecer os vizinhos de sua propriedade, com o que angariou de imediato muitos inimigos. Foi por isso que todos ficaram extremamente surpresos quando, de repente, teve a ideia de fazer uma visita a Nikolai Serguêievitch. É verdade que Nikolai Serguêievitch era um de seus vizinhos mais próximos. Na casa dos Ikhmiêniev o príncipe causou uma forte impressão. Deixou o casal imediatamente fascinado; Anna Andrêievna ficou particularmente entusiasmada com ele. Em pouco tempo, o príncipe já estava perfeitamente à vontade em casa deles, ia vê-los todos os dias, convidava-os para ir à sua casa, fazia gracejos, contava anedotas, tocava o detestável piano e cantava. Os Ikhmiêniev não se cansavam de se perguntar: como era possível dizer, de uma pessoa tão amável e encantadora, que era orgulhosa, arrogante, seca e egoísta, como apregoavam unanimemente todos os vizinhos? É de se supor que o príncipe realmente gostara de Nikolai Serguêievitch, um homem simples, reto, desinteressado e nobre. Aliás, logo tudo se esclareceu. O príncipe fora a Vassílievskoie para despedir seu administrador, um alemão pródigo, homem ambicioso, agrônomo bem qualificado, de respeitáveis cabelos grisalhos, óculos e nariz aquilino, mas que, com todas essas qualificações, roubava descaradamente e sem pudor, e que, além disso, torturara até a morte alguns mujiques. Ivan Kárlovitch foi afinal apanhado em flagrante, ficou profundamente ofendido e discorreu longamente sobre a honestidade alemã; mas, apesar disso tudo, foi demitido, e até com certa desonra. O príncipe precisava de um administrador, e sua escolha recaiu sobre Nikolai Serguêievitch, um administrador perfeito e pessoa honestíssima, do que, é claro, não poderia haver a menor dúvida. Ao que parece, o príncipe queria muito que o próprio Nikolai Serguêievitch tivesse se oferecido para o cargo de administrador, mas isso não aconteceu, e o próprio príncipe, num belo dia, lhe fez a proposta na forma de um pedido muito humilde e amigável. A princípio Ikhmiêniev recusou; mas o ordenado considerável seduziu Anna Andrêievna e a amabilidade redobrada do solicitante dissipou qualquer hesitação. O príncipe alcançara seu objetivo. É preciso admitir que era um grande conhecedor das pessoas. No curto tempo de seu convívio com os Ikhmiêniev, pôde perceber perfeitamente com quem estava lidando e compreendeu que era preciso cativar Ikhmiêniev de maneira amistosa e cordial, que era necessário conquistar seu coração, e que sem isso o dinheiro seria de pouca serventia. Precisava de um administrador assim, no qual pudesse confiar cegamente e para sempre, para nunca mais ter de voltar a Vassílievskoie, com o que de fato contava. O fascínio que exercera sobre Ikhmiêniev era tão forte que este acreditou sinceramente na sua amizade. Nikolai Serguêievitch era uma dessas pessoas boníssimas e ingenuamente românticas, que são tão encantadoras aqui na Rússia, seja o que for que se diga delas, e que uma vez que se afeiçoam a alguém (às vezes, sabe Deus por quê), se entregam com toda a alma, levando sua afeição a um nível que às vezes chega a ser cômico.

Muitos anos se passaram. A propriedade do príncipe prosperou. A relação entre o proprietário de Vassílievskoie e seu administrador continuava sem o menor aborrecimento para ambas as partes e limitava-se a uma seca correspondência de negócios. O príncipe não se intrometia nem um pouco nas ordens de Nikolai Serguêievitch, e às vezes lhe dava uns conselhos que surpreendiam Ikhmiêniev por sua extraordinária habilidade prática e empreendedora. Via-se que não só não gostava de gastos supérfluos como até sabia lucrar. Uns cinco anos após sua visita a Vassílievskoie, ele enviou a Nikolai Serguêievitch uma autorização para a compra de outra magnífica propriedade, de quatrocentas almas, na mesma província. Nikolai Serguêievitch ficou em êxtase; os sucessos do príncipe, os rumores acerca de seus progressos, de sua prosperidade, deixavam-no tão feliz como se se tratasse de seu próprio irmão. E seu entusiasmo chegou ao máximo quando o príncipe realmente lhe mostrou, em certa ocasião, a sua extraordinária confiança. Eis como isso aconteceu... Aqui, porém, acho imprescindível mencionar alguns pormenores particulares da vida desse príncipe Valkóvski, que é em parte uma das personagens principais da minha narrativa.

CAPÍTULO IV

Já mencionei antes que ele era viúvo. Havia se casado muito novo, e casara por interesse. De seus pais, que haviam se arruinado completamente em Moscou, não herdara quase nada. Vassílievskoie havia sido hipotecada e re-hipotecada; sobre ela pesava uma dívida imensa. Ao príncipe de vinte e dois anos, constrangido então a trabalhar numa repartição pública em Moscou, não restara um único copeque, e ele teve de começar a vida como um "pobretão — descendente de uma linhagem antiga". O casamento com uma moça passada da idade, filha de um comerciante *otkupchik*,[16] foi a sua salvação. O *otkupchik*, é claro, o enganou quanto ao dote, mas ainda assim, com o dinheiro da esposa, pôde resgatar seu patrimônio e voltou a se levantar. A filha do comerciante que fora arranjada para o príncipe mal sabia escrever, não era capaz de juntar duas palavras, era feia de rosto e tinha apenas um grande mérito: era bondosa e submissa. O príncipe soube tirar o máximo de proveito desse seu mérito: após o primeiro ano de casamento, deixou a esposa, que nesse meio-tempo lhe dera um filho, nas mãos do pai *otkupchik*, em Moscou, e ele mesmo partiu para servir na província de ***, onde, com a proteção de um parente ilustre de Petersburgo, obteve um posto de bastante destaque. Tinha a alma ávida por distinções, por honrarias, por uma carreira, e depois de calcular que, com a esposa, não poderia viver nem em Petersburgo nem em Moscou, decidiu, na expectativa de conseguir algo melhor, começar sua carreira na província. Dizem que já no primeiro ano de convivência com a esposa por pouco não a levou à morte, com seu jeito grosseiro de tratá-la. Esse rumor sempre deixava Nikolai Serguêievitch revoltado, e ele se colocava ardorosamente em defesa do príncipe, alegando que o príncipe era incapaz de proceder de modo tão vil. Mas depois de uns sete anos a princesa finalmente morreu, e o marido, assim que enviuvou, mudou-se imediatamente para Petersburgo. Em Petersburgo chegou até a causar certa impressão. Ainda jovem, de boa aparência, com fortuna, dotado de

---

[16] Na Rússia, até 1863, o *otkupchik* era a pessoa que arrendava do governo o direito exclusivo de exercer certa atividade; neste caso, a venda de bebidas alcoólicas em determinado distrito. (N. da T.)

muitas qualidades brilhantes, de uma sagacidade indubitável, de bom gosto e de uma jovialidade inesgotável, ele despontou não como alguém em busca de proteção e fortuna, mas numa posição bastante independente. Diziam que ele tinha de fato algo de encantador, fascinante e poderoso. Agradava às mulheres ao extremo, e sua ligação com uma das beldades da alta sociedade lhe granjeou uma reputação escandalosa. Esbanjava dinheiro sem dó, apesar de sua parcimônia inata, que chegava à avareza; perdia no jogo de cartas quando convinha e nem sequer pestanejava em caso de perdas elevadas. Mas não viera a Petersburgo em busca de diversão: precisava definitivamente abrir caminho e consolidar sua carreira. E conseguiu isso. O conde Naínski, um parente ilustre dele, que nem sequer lhe teria dado atenção se houvesse aparecido como um simples pedinte, impressionado por seu sucesso em sociedade, julgou possível e conveniente dispensar-lhe uma atenção especial e até se dignou a acolher seu filho de sete anos, para ser educado em sua casa. Foi nessa mesma época que teve lugar a viagem do príncipe a Vassílievskoie e seu encontro com os Ikhmiêniev. Por fim, depois de obter, por intermédio do conde, um cargo de destaque em uma das embaixadas mais importantes, partiu para o estrangeiro. Em seguida, os rumores a seu respeito se tornaram um tanto obscuros: falava-se de um episódio desagradável que lhe sucedera no estrangeiro, mas ninguém sabia explicar do que se tratava. Sabia-se apenas que conseguira comprar quatrocentas almas, como já mencionei. Regressou do estrangeiro só depois de muitos anos, com um cargo importante, e ocupou imediatamente em Petersburgo uma posição bastante considerável. Na aldeia de Ikhmiênievka corriam rumores de que ele contrairia segundas núpcias e se ligaria a uma família ilustre, rica e poderosa. "Tem ares de grão--senhor!" — dizia Nikolai Serguêievitch, esfregando as mãos de contentamento. Eu estava em Petersburgo nessa época, na universidade, e me lembro de que Ikhmiêniev me escreveu com o propósito de me pedir para averiguar: seriam verdadeiros os rumores sobre o casamento? Escreveu também ao príncipe, pedindo-lhe proteção para mim, mas o príncipe deixou a carta sem resposta. Eu sabia apenas que seu filho, a princípio educado em casa do conde e depois no Liceu,[17] recém terminara o curso de ciências, com dezenove anos. Foi o que escrevi aos Ikhmiêniev, e também que o príncipe amava muito o filho, mimava-o, e desde já fazia planos para o seu futuro. Soube disso tudo através de companheiros de estudos que conheciam o jovem príncipe.

---

[17] Referência ao Liceu Aleksandróvski, em Tsárskoie Sieló, uma instituição de ensino acessível apenas aos filhos da nobreza, fundada em 1811. (N. da T.)

Nessa época, num belo dia, Nikolai Serguêievitch recebeu uma carta do príncipe que o deixou muito surpreso...

O príncipe, que até então, como já mencionei, limitara-se em suas relações com Nikolai Serguêievitch a uma correspondência comercial seca, escrevia-lhe agora da maneira mais detalhada, franca e amigável, sobre assuntos familiares: queixava-se do filho, dizia que sua má conduta o deixava amargurado; que, naturalmente, não se devia ainda levar muito a sério as travessuras de um rapaz dessa idade (era evidente que tentava justificá-lo), mas que decidira assustá-lo, castigá-lo, e, justamente, enviá-lo por algum tempo para a aldeia, sob os cuidados de Ikhmiêniev. O príncipe dizia que confiava plenamente em "seu nobilíssimo e generosíssimo Nikolai Serguêievitch, e sobretudo em Anna Serguêievna"; pedia a ambos que acolhessem em sua família o seu cabeça de vento, que lhe ensinassem, em seu isolamento, a ter juízo, que o amassem, se possível, e o mais importante, que corrigissem o seu caráter frívolo, "inculcando-lhe princípios rígidos e salutares, tão imprescindíveis na vida de um homem". É evidente que o velho Ikhmiêniev pôs-se em ação com grande entusiasmo. Apareceu o jovem príncipe; eles o receberam como a um filho. Nikolai Serguêievitch logo começou a amá-lo com todo ardor, não menos do que amava sua Natacha; e mesmo mais tarde, já após a ruptura definitiva entre o príncipe pai e Ikhmiêniev, o velho por vezes se recordava com alegria de seu Aliócha — como se acostumara a chamar o príncipe Aleksei Petróvitch. Na verdade, era um rapaz extremamente encantador: muito bonito, frágil e nervoso como uma mulher, mas ao mesmo tempo simples e alegre, com uma alma franca, capaz dos mais nobres sentimentos, e um coração amoroso, sincero e agradecido — tornara-se um ídolo na casa dos Ikhmiêniev. Apesar de seus dezenove anos ainda era uma verdadeira criança. Era difícil imaginar como o pai, que, segundo se dizia, amava-o muito, pudera deportá-lo. Falava-se em Petersburgo que o jovem levava uma vida ociosa e frívola, não queria entrar para o serviço público, e com isso deixava o pai amargurado. Nikolai Serguêievitch não se pôs a interrogar Aliócha, já que o príncipe Piotr Aleksándrovitch deliberadamente omitira em sua carta a verdadeira causa do exílio do filho. De resto, corriam rumores sobre certa leviandade imperdoável de Aliócha, sobre uma ligação com uma dama, sobre um desafio a um duelo, sobre uma perda fabulosa em jogo; chegavam a falar até de um dinheiro que não era seu, que teria sido dissipado por ele. Houve também um boato de que o príncipe resolvera afastar o filho não por suas faltas, absolutamente, mas em consequência de certas considerações de caráter puramente egoístas. Nikolai Serguêievitch rechaçava indignado esse rumor, ainda mais sabendo que Aliócha tinha adoração pelo pai, que não conhecera durante toda a infância e adolescência; falava dele com empolgação e entusiasmo; era evidente que estava sob sua completa influência. Aliócha também tagarelava às vezes a respeito de uma certa condessa, por quem tanto ele quanto o pai haviam arrastado asas ao mesmo tempo, mas que ele, Aliócha, levara vantagem, e por isso o pai ficara terrivelmente zangado com ele. Ele sempre contava essa história com entusiasmo, com uma simplicidade infantil e um riso alegre e sonoro — mas Nikolai Serguêievitch imediatamente o interrompia. Aliócha também confirmou o rumor de que o pai tinha a intenção de se casar.

Tinha passado já quase um ano no exílio, escrevia em intervalos regulares cartas sensatas e respeitosas ao pai, e acabara por adaptar-se de tal modo em Vassílievskoie que, quando o príncipe se dirigiu pessoalmente à aldeia no verão (do que notificara previamente os Ikhmiêniev), foi o próprio exilado a pedir ao pai que o deixasse permanecer o maior tempo possível em Vassílievskoie, assegurando-lhe que a vida rural era a sua verdadeira vocação. Todas as decisões e inclinações de Aliócha provinham de sua impressionabilidade nervosa excessiva, de seu coração ardente, de sua frivolidade, que chegava por vezes às raias da insensatez; de sua extraordinária propensão a se submeter a qualquer influência exterior e de sua absoluta falta de vontade. Mas o príncipe ouviu o seu pedido com certa desconfiança... De um modo geral, Nikolai Serguêievitch sentia dificuldade em reconhecer o seu antigo "amigo": o príncipe Piotr Aleksándrovitch estava extremamente mudado. Tornara-se de súbito particularmente exigente com Nikolai Serguêievitch; no acerto de contas da propriedade demonstrou uma ganância repulsiva, uma avareza e uma desconfiança incompreensíveis. Tudo isso deixou o boníssimo Ikhmiêniev terrivelmente magoado; por muito tempo não queria acreditar nos próprios olhos. Desta vez, era tudo o oposto do que acontecera em sua primeira visita a Vassílievskoie, catorze anos atrás: desta vez, o príncipe fez amizade com todos os vizinhos, os mais importantes, evidentemente; à casa de Nikolai Serguêitch[18] mesmo não foi sequer uma vez e tratava-o como a um subordinado. De uma hora para outra aconteceu um episódio inexplicável: sem qualquer motivo aparente, houve uma ruptura violenta entre o príncipe e Nikolai Serguêievitch. Foram ouvidas palavras ásperas e ofensivas, proferidas por ambas as partes. Ikhmiêniev afastou-se de Vassílievskoie indignado, mas a história não parou por aí. Por toda a redondeza começou a se espalhar um mexerico abominável. Asseguravam que Nikolai Serguêievitch, tendo percebido o caráter do jovem príncipe, tinha a intenção de usar

---

[18] Forma abreviada do patronímico Serguêievitch. (N. da T.)

todas as suas deficiências a seu favor; que sua filha Natacha (que na ocasião contava com dezessete anos) conseguira conquistar o amor do jovem de vinte anos, e que tanto o pai como a mãe protegiam esse amor, embora fingissem não perceber nada; que a astuta e "imoral" Natacha acabara por enfeitiçar completamente o jovem, que, graças a seus esforços, passara o ano inteiro sem ver quase nenhuma das moças verdadeiramente nobres, com tantas amadurecendo nas respeitáveis casas dos proprietários vizinhos. Asseguravam, por fim, que os amantes já haviam combinado entre eles de se casarem a quinze verstas[19] de Vassílievskoie, na aldeia de Grigóriev, pelo jeito às escondidas dos pais de Natacha, que, entretanto, sabiam de tudo nos mínimos detalhes e orientavam a filha com conselhos abomináveis. Em suma, um livro inteiro não bastaria para caber os mexericos todos que os bisbilhoteiros do distrito, de ambos os sexos, conseguiram tecer a respeito dessa história. E o mais incrível de tudo é que o príncipe acreditou piamente em tudo isso e até foi a Vassílievskoie unicamente por esse motivo, em consequência de uma denúncia anônima que lhe fora enviada da província para Petersburgo. É evidente que qualquer um que conhecesse Nikolai Serguêievitch um pouco que fosse não poderia, ao que parece, acreditar em uma palavra sequer de todas as acusações lançadas contra ele; no entanto, como é de praxe, todos estavam agitados, todos comentavam, todos caluniavam, todos balançavam a cabeça e... o condenavam irrevogavelmente. Já Ikhmiêniev era orgulhoso demais para justificar sua filha diante dos mexeriqueiros, e proibiu severamente sua Anna Andrêievna de dar qualquer explicação que fosse aos vizinhos. Quanto à própria Natacha, tão caluniada, mesmo depois de um ano não sabia quase nada de todas essas calúnias e mexericos: esconderam cuidadosamente dela toda a história, e ela continuava alegre e inocente como uma criança de doze anos.

Enquanto isso, a querela ia cada vez mais longe. Os aduladores não dormiam no ponto. Surgiram testemunhas e delatores, que por fim conseguiram persuadir o príncipe de que a administração de muitos anos de Nikolai Serguêievitch em Vassílievskoie estava longe de ser um exemplo de honestidade. E mais ainda, que três anos antes, com a venda do bosque, Nikolai Serguêievitch subtraíra a seu favor doze mil rublos de prata, do que se podia apresentar no tribunal as provas mais claras e legais, ainda mais que ele não tinha nenhuma procuração legal do príncipe para a venda do bosque e agira por iniciativa própria, só depois convencendo o príncipe sobre a necessidade da venda e apresentando uma soma incomparavelmente menor do que a

---

[19] Uma versta equivale a 1.067 metros. (N. da T.)

Humilhados e ofendidos

realmente recebida pelo bosque. É evidente que tudo isso não passava de calúnias, como se verificou posteriormente, mas o príncipe acreditou em tudo e, na presença de testemunhas, chamou Nikolai Serguêievitch de ladrão. Ikhmiêniev não se conteve e respondeu com um insulto igualmente grave; houve uma cena terrível. E imediatamente se deu início a um processo. Nikolai Serguêievitch, por não possuir alguns documentos e, o mais importante, por não ter nem protetores nem experiência nesse tipo de assunto, já de cara começou a perder o litígio. Sua propriedade foi embargada. Irritado, o velho largou tudo e acabou decidindo se mudar para Petersburgo, para cuidar pessoalmente de seus interesses, deixando em seu lugar, na província, um encarregado experiente. Parece que o príncipe logo começou a se dar conta de que havia ofendido Ikhmiêniev injustamente. Mas os insultos haviam sido tão graves de ambas as partes que não cabia sequer falar de conciliação, e o príncipe, irritado, envidou todos os esforços para virar o caso a seu favor, ou seja, propriamente falando, para arrancar de seu ex-administrador até o último pedaço de pão.

CAPÍTULO V

E, assim, os Ikhmiêniev se mudaram para Petersburgo. Não me porei a descrever meu encontro com Natacha após tão longa separação. Durante esses quatro anos, nunca me esqueci dela. É verdade que nem eu mesmo entendia muito bem esse sentimento com que me lembrava dela; mas quando tornamos a nos encontrar, logo compreendi que estávamos destinados um ao outro. A princípio, nos primeiros dias após a chegada deles, tinha sempre a impressão de que ela havia se desenvolvido pouco ao longo desses anos, era como se não tivesse mudado em nada e permanecido a mesma menina de antes da nossa separação. Mas depois, a cada dia ia descobrindo nela algo novo, que até então me era completamente desconhecido, como se tivesse sido ocultado deliberadamente, como se a moça estivesse se escondendo de mim deliberadamente — e que deleite havia nessa descoberta! Nos primeiros tempos, após mudar-se para Petersburgo, o velho encontrava-se irritável e irascível. Os negócios iam mal; indignado, fora de si, cuidava da papelada e não se importava conosco. Já Anna Andrêievna parecia desorientada, e a princípio não conseguia compreender nada. Petersburgo lhe dava medo. Suspirava, sentia falta de sua antiga vida, de sua Ikhmiênievka, e temia por Natacha, em idade de se casar e sem ninguém para pensar nela; e se abria comigo com uma franqueza muito estranha, na falta de outra pessoa amiga mais adequada às suas confidências.

Foi nessa época, pouco antes da chegada deles, que terminei meu primeiro romance, o mesmo que deu início à minha carreira literária, e, como principiante, no começo não sabia onde enfiá-lo. Em casa dos Ikhmiêniev, não disse nada a respeito; eles quase brigaram comigo por eu levar uma vida ociosa, ou seja, por não ter um emprego e não me esforçar para arranjar uma colocação. O velho censurou-me num tom amargo e até bilioso, claro que pela devoção paternal que tinha por mim. Eu sentia simplesmente vergonha de lhes dizer o que fazia. Mas, de fato, como haveria de lhes anunciar de supetão que não queria ser funcionário público, que queria escrever romances, e que por isso os havia enganado até o momento, dizendo que não conseguira uma colocação, mas que estava empenhando todos os esforços para encontrar? Ele não tinha tempo para averiguar o que lhe dizia. Lembro-me de como um dia, depois de ouvir nossa conversa, Natacha puxou-me de lado com um ar de mistério e se pôs a suplicar-me, com lágrimas nos olhos, para pensar em meu destino e me interrogou, querendo arrancar de mim o que eu fazia exatamente, e como não me abri com ela, me fez jurar que não havia de deixar a preguiça e o ócio arruinarem minha vida. É verdade que, apesar de não confessar nem a ela o que fazia, lembro-me de que, por uma única palavra sua de aprovação do meu trabalho, do meu primeiro romance, teria trocado todos os pareceres mais lisonjeiros dos críticos e apreciadores que depois ouvi sobre mim. E eis que afinal saiu meu romance. Muito antes de sua publicação, já suscitava barulho e alarido no mundo literário. B. ficou contente como uma criança ao ler meu manuscrito.[20] Não! Se fui feliz um dia, não foi nem mesmo nos primeiros momentos inebriantes de meu sucesso, mas quando ainda não tinha lido nem mostrado a ninguém meu manuscrito: naquelas longas noites, em meio a sonhos e esperanças exaltadas e um amor apaixonado pelo trabalho; quando me acostumei com a minha fantasia, com as personagens que eu mesmo criara, como se fossem meus familiares, como se realmente existissem; eu as amava, alegrava-me e me entristecia com elas, e às vezes chegava a derramar as lágrimas mais sinceras por meus heróis despretensiosos. Nem consigo descrever a alegria dos velhos com o meu sucesso, embora a princípio tenham ficado terrivelmente surpresos: parecia-lhes tão estranho! Anna Andrêievna, por exemplo, não queria acreditar de modo algum que o novo escritor, glorificado por todo mundo — era o mesmo Vânia[21] que etc. etc., e não parava de balançar a cabeça. O velho levou um tempo para se render, e no início, aos primeiros rumores, chegou a ficar assustado. Começou a falar da carreira perdida no serviço público, da conduta desregrada de todos os escritores de um modo geral. Mas os novos e incessantes rumores, os anúncios em revistas e, finalmente, algumas palavras de louvor que ouvira a meu respeito de pessoas que venerava e nas quais confiava, obrigaram-no a mudar seu ponto de vista sobre o assunto. Quando viu que de repente eu me encontrava com dinheiro e soube da remuneração que se podia receber por uma obra literária, suas últimas dúvidas então se dissiparam. Rápido na transição da dúvida para uma fé entusiástica plena, regozijando-se como uma criança com a minha felici-

---

[20] O leitor poderá notar diversas semelhanças entre o primeiro romance de Ivan Petróvitch e o primeiro romance do próprio Dostoiévski, *Gente pobre*, que foi aclamado pelo crítico Vissarion Bielínski mesmo antes de sua publicação em 1846. (N. da T.)

[21] Diminutivo de Ivan. (N. da T.)

dade, entregou-se de repente às esperanças mais desenfreadas, aos sonhos mais deslumbrantes sobre o meu futuro. Ficava todo dia criando novas carreiras e planos para mim, e o que não havia nesses planos! Começou a demonstrar-me um respeito especial, que até então nunca manifestara. Mas, mesmo assim, lembro-me de que às vezes a dúvida repentinamente voltava a assaltá-lo, em geral quando se encontrava entregue às fantasias mais entusiasmadas, e tornava a deixá-lo desorientado.

"Autor, poeta! Parece meio estranho... Quando foi que um poeta chegou a ser alguém, a ocupar alto cargo? Uma gente que não passa de escrevinhadores, pouco confiável!"

Reparei que semelhantes dúvidas e todas essas questões delicadas lhe ocorriam, cada vez com mais frequência, à hora do crepúsculo (quão inesquecíveis são para mim todos esses detalhes e todos esses anos dourados!). À hora do crepúsculo o nosso velho sempre se tornava particularmente nervoso, impressionável e desconfiado. Natacha e eu já sabíamos disso e nos púnhamos a rir de antemão. Lembro-me de que procurava animá-lo com anedotas sobre a patente de general de Sumarókov, sobre Dierjávin, que recebera uma tabaqueira com moedas de ouro, sobre a visita que a Imperatriz em pessoa fez a Lomonóssov;[22] falava de Púchkin, de Gógol.

— Já sei, meu filho, sei tudo isso — objetava o velho, que talvez ouvisse todas essas histórias pela primeira vez na vida. — Humm! Ouça, Vânia, saiba que, apesar de tudo, estou feliz por sua escrevinhice não estar escrita em versos. Os versos, meu filho, são uma bobagem, nem queira discutir, acredite em mim, que sou velho; desejo o seu bem; é pura bobagem, pura perda de tempo! Escrever versos é para colegiais, os versos levam essa sua gente, a juventude, para o hospício... Digamos que Púchkin seja grande, quem vai negar? Mas mesmo assim são só versinhos, e nada mais; uma coisa efêmera, por assim dizer... Aliás, li pouca coisa dele... A prosa é outra coisa! Nela o escritor pode até mesmo ensinar; bem, nela pode se referir ao amor à pátria ou, por exemplo, à virtude de modo geral... Ora! Eu, meu filho, só não sei como me expressar, mas você me entende, falo porque te quero bem. Mas vamos lá, vamos lá, leia! — concluiu, com certo ar protetor, quando eu finalmente trouxe o livro e todos nos sentamos à mesa redonda, após o chá. — Vamos, leia o que rabiscou aí, está dando muito o que falar! Vejamos, vejamos!

---

[22] Os citados são, respectivamente, os poetas Aleksandr Sumarókov (1717-1777), Gavrila Dierjávin (1743-1816) e Mikhail Lomonóssov (1711-1765). (N. da T.)

Humilhados e ofendidos

Abri o livro e me preparei para ler. Meu romance tinha acabado de ser impresso naquela noite, e eu, ao conseguir um exemplar, fui correndo ler a minha obra para os Ikhmiêniev.

Quão desolado e aborrecido me sentia por não lhes haver podido lê-la antes, ainda em manuscrito, que se encontrava em mãos do editor! Natacha até chorou de desgosto, brigou comigo, repreendeu-me por deixar que estranhos lessem meu livro antes dela... Mas eis que por fim estávamos reunidos à mesa. O velho assumiu uma expressão extraordinariamente séria e crítica. Queria julgá-la com todo rigor, "certificar-se por si mesmo". A velha também adotara um ar extraordinariamente solene, só faltou pôr uma touca nova para a leitura. Reparara, já havia tempo, que eu olhava para a sua inestimável Natacha com um amor infinito; que a respiração me faltava e a vista ficava turva quando falava com ela, e que até Natacha também parecia deitar na minha direção olhares mais brilhantes que antigamente. Sim! Chegara enfim essa hora, e chegara num momento de sucesso, de esperanças douradas e da mais plena felicidade, chegara tudo ao mesmo tempo, de uma só vez! A velha percebera ainda que seu velho, de certo modo, também já começava a elogiar-me em demasia e parecia olhar para a filha e para mim de maneira peculiar... e de repente assustou-se: afinal, eu não era nenhum conde, nem príncipe, nem príncipe regente, nem ao menos um conselheiro privado, jovem e de boa aparência, com condecorações! Anna Andrêievna não era de se contentar com meios-termos.

"Elogiam a pessoa", ela pensava a meu respeito, "e por quê, não se sabe... Autor, poeta... Mas o que é um autor, afinal?"

CAPÍTULO VI

Li meu romance para eles de uma tacada. Começamos imediatamente após o chá e ficamos acordados até duas horas da madrugada. O velho a princípio estava carrancudo. Esperava algo elevado, tão inacessível que ele mesmo, talvez, não fosse capaz de compreender, mas, de qualquer modo, tinha de ser de elevado; e em vez disso, de repente, umas coisas corriqueiras, e tudo tão familiar — igualzinho ao que costuma acontecer à nossa volta. Se ao menos o herói fosse um homem notável, interessante, ou alguma personagem histórica como Rosslavlióv ou Iuri Miloslávski;[23] em vez disso é apresentado um funcionário miúdo qualquer, oprimido e até mesmo meio tolo, de cujo uniforme haviam caído até os botões; e tudo isso descrito num estilo tão simples, do jeito que nós mesmos falamos, sem tirar nem pôr... Estranho! A velhinha lançava um olhar interrogativo a Nikolai Serguêitch e chegou a ficar um pouco amuada, como que ofendida com alguma coisa: "Então vale mesmo a pena publicar e ouvir tamanho disparate, e ainda por cima dão dinheiro por isso" — estava escrito em seu rosto. Natacha era toda atenção, ouvia com avidez, sem desviar os olhos de mim, fitando-me nos lábios, atenta à pronúncia de cada palavra, e ela mesma movia os seus, tão bonitinhos. E o que aconteceu? Antes de chegar à metade, lágrimas já corriam dos olhos de todos os meus ouvintes. Anna Andrêievna chorava sinceramente, compadecendo-se de todo coração do meu herói e com muita ingenuidade querendo ajudá-lo, um pouco que fosse, em seus infortúnios, o que deduzi de suas exclamações. O velho já havia desistido de todas as suas aspirações por algo elevado: "Desde o primeiro passo se vê que o *kulik* está longe de chegar ao dia de São Pedro;[24] é um continho à toa, simples; mas em compensação cativa o coração" — disse ele —, "mas em compensação torna claro e inesquecível o que acontece à nossa volta; mas em compensação faz sentir que até

---

[23] Personagens dos romances históricos de Mikhail Zagóskin (1789-1852): *Rosslavlióv, ou Os russos no ano de 1812* (1831) e *Iúri Miloslávski, ou Os russos no ano de 1612* (1829). (N. da T.)

[24] Provérbio popular russo; implica que Ivan Petróvitch não está destinado a dar altos voos. O *kulik* é uma ave do pântano muito citada em provérbios similares. (N. da T.)

Humilhados e ofendidos

o último dos homens, o mais humilde, também é um ser humano e merece ser chamado de nosso irmão!".

Natacha ouvia, chorava e, às escondidas, por debaixo da mesa, apertava-me a mão com força. A leitura terminou. Ela se pôs de pé, tinha as faces ardendo e os olhos marejados; de repente pegou-me a mão, beijou-a e saiu correndo da sala. O pai e a mãe trocaram um olhar.

— Humm! veja como está exaltada — disse o velho, surpreso com a atitude da filha —, não foi nada, aliás, isso é muito bom, foi um impulso nobre! Ela é uma boa menina... — balbuciou, olhando de relance para a esposa, como se quisesse justificar Natacha e, ao mesmo tempo, por alguma razão, quisesse justificar também a mim.

Mas Anna Andrêievna, apesar de ela mesma ter ficado um tanto emocionada e comovida durante a leitura, agora parecia querer dizer com o olhar: "É verdade que Alexandre da Macedônia foi um herói, mas para que quebrar as cadeiras?"[25] etc.

Natacha logo estava de volta alegre e feliz e, ao passar por mim, deu-me um leve beliscão. O velho ia se pôr outra vez a avaliar "com seriedade" a minha novela, mas, em sua alegria, não conseguiu manter a pose e se entusiasmou:

— Vânia, meu filho, está muito bom! Você me confortou! E confortou a um ponto que eu nem sequer esperava. Não é uma coisa grande nem elevada, isso se vê... Eu tenho ali, olhe, *A libertação de Moscou*,[26] escrita em Moscou mesmo; e já desde a primeira linha, meu filho, fica evidente, por assim dizer, que o homem plana no ar como uma águia... Mas sabe, Ivan, no seu tudo parece mais simples, mais fácil de compreender. E é justamente por isso que eu gosto, porque é mais fácil de compreender! Parece mais próximo, como se tudo isso tivesse acontecido comigo mesmo. E se fosse elevado, então? Eu mesmo não entenderia. O estilo eu corrigiria: eu estou elogiando, e pode dizer o que for, mas mesmo assim de elevado tem pouco... Além do mais, agora já é tarde: está impresso. E se for na segunda edição? É isso, meu caro, afinal de contas, haverá uma segunda edição, não é? E, então, mais dinheiro... Humm!

— E será que recebeu mesmo tanto dinheiro, Ivan Petróvitch? — obser-

---

[25] Palavras pronunciadas por uma personagem da comédia *O inspetor geral* (1836), de Nikolai Gógol (1809-1852). (N. da T.)

[26] *O príncipe Pojarski e o cidadão Mínin de Níjni-Nóvgorod, ou A libertação de Moscou em 1612*, romance pseudo-histórico de Ivan Glukharióv, publicado em Petersburgo em 1840. (N. da T.)

vou Anna Andrêievna. — Olho para você e mesmo assim não consigo acreditar. Oh, meu Deus, olha só com o que se gasta dinheiro hoje em dia!

— Sabe, Vânia — continuou o velho, cada vez mais entusiasmado —, embora não seja um emprego, em compensação, de qualquer modo, é uma carreira. Será lido até por gente importante. Estava dizendo que Gógol recebe um auxílio anual e ainda foi enviado para o exterior. E se acontecer o mesmo com você, hein? Ou ainda é cedo? É preciso escrever mais alguma coisa? Então escreva, meu filho, escreva o mais rápido possível! Não durma sobre os louros. O que o impede?

E dizia isso com tanta convicção, com tanta bondade, que me faltavam forças para detê-lo e jogar água fria em sua fantasia.

— Ou, por exemplo, podem lhe dar uma tabaqueira... O que é que tem? Para a benevolência não existe padrão. Hão de querer incentivá-lo. E quem sabe se não vai até parar na corte — acrescentou, quase sussurrando e apertando o olho esquerdo com um ar significativo —, ou não? Ou para a corte ainda é cedo?

— Claro, já vai para a corte! — disse Anna Andrêievna, como que ofendida.

— Um pouco mais e me promovem a general — respondi, rindo com gosto.

O velho também se pôs a rir. Estava extremamente satisfeito.

— Vossa Excelência não gostaria de comer? — perguntou a travessa Natacha, que nesse meio-tempo havia preparado a ceia.

Ela soltou uma gargalhada, correu para o pai e o abraçou com força, com seus bracinhos quentes:

— Meu bom, meu querido papai!

O velho ficou comovido.

— Está bem, está bem! Só falei por falar, sem malícia. General ou não, vamos jantar assim mesmo. Ah, minha sentimental! — acrescentou, dando uma palmadinha na face corada de Natacha, o que gostava de fazer sempre que surgia uma oportunidade —, mas veja, Vânia, falo porque te quero bem. Ora, mesmo que não seja um general (e está longe de sê-lo), mas ainda assim é uma pessoa conhecida, um autor!

— Hoje em dia, papai, se diz escritor.

— Mas não é autor? Não sabia. Bem, admitamos que seja então escritor; mas quero dizer o seguinte: não farão dele um *kamerguer*,[27] é claro, só

---

[27] Literalmente, "camareiro", título de nobreza que não encontra correspondência em português. (N. da T.)

Humilhados e ofendidos 41

porque escreveu um romance, não há nem por que pensar nisso; mas de qualquer modo pode vir a ser alguém; bem, pode ainda se tornar algum tipo de adido. Podem enviá-lo para o exterior, para a Itália, para o restabelecimento da saúde ou até para aperfeiçoar os estudos ou o que seja; podem ajudar com dinheiro. É evidente que, da sua parte, é preciso que também faça por merecer tudo isso; para receber dinheiro e honrarias por seu trabalho, por verdadeiro mérito, e não assim, sabe-se lá, por proteção...

— E veja se não fica orgulhoso depois, Ivan Petróvitch — acrescentou Anna Andrêievna, rindo.

— É melhor dar-lhe logo uma estrela, papai, porque, de fato, um adido é um adido!

E tornou a beliscar-me a mão.

— E essa aqui não para de zombar de mim! — exclamou o velho, olhando com admiração para Natacha, que tinha as faces ardendo e os olhos brilhando de alegria, como duas estrelinhas. — Acho que, realmente, fui longe demais, meus filhos, me alistei nas fileiras dos Alnaskari,[28] e eu sempre fui assim... Mas, sabe, Vânia, que eu olho para você, e aqui em casa você parece uma pessoa tão simples...

— Oh, meu Deus! E como é que ele deveria ser, papai?

— Oh, não, não quis dizer isso. Mas é que, apesar de tudo, Vânia, o seu rosto é tão assim... isto é, não parece nada poético... Sabe como é, um poeta mesmo costuma-se dizer que é pálido, que tem uns cabelos assim, e tem um não sei quê nos olhos... Sabe como é, como um Goethe, ou outros... li isso no *Abbaddonna*...[29] O que foi? Tornei a falar alguma bobagem? Vejam só, a travessa, morrendo de rir de mim! Eu, meus amigos, não sou estudado, a única coisa que posso fazer é sentir. Bem, se tem cara ou não — não é isso o que importa, grande coisa a cara — para mim a sua está boa e me agrada muito... Não era disso que estava falando... Basta que seja honesto, Vânia, seja honesto, isso é o que importa; viva honestamente, não sonhe alto demais! Tem um vasto caminho à sua frente. Cumpra o seu dever honestamente, era o que queria dizer, era só isso o que queria dizer!

Foi um tempo maravilhoso! Todas as horas livres, todas as noites, passava com eles. Trazia ao velho as notícias do mundo literário, dos homens

---

[28] Personagem da comédia de Nikolai Ivánovitch Khmelnitski (1789-1845), *Castelos de ar* (1818), cujo nome se tornou um substantivo comum para designar o tipo do sonhador crédulo. (N. da T.)

[29] Romance de Nikolai Polevói (1796-1846), cuja personagem principal, Wilhelm Reichenbach, é o estereótipo do herói romântico. (N. da T.)

de letras, que de repente, sabe-se lá por quê, começaram a interessá-lo muito; começara até a ler os artigos de crítica de B., de quem muito lhe falara e que ele pouco compreendia, mas elogiava com entusiasmo e queixava-se amargamente de seus inimigos, que escreviam na *Zangão do Norte*.[30] A velha mantinha olhos vigilantes sobre mim e Natacha, mas não conseguia nos controlar! Já havíamos trocado umas palavrinhas, e, afinal, ouvi Natacha, de cabeça baixa e lábios entreabertos, quase num sussurro, dizer-me: *sim*. Mas os velhos acabaram sabendo; puseram-se a fazer conjecturas e a refletir. Anna Andrêievna passava longo tempo balançando a cabeça. Parecia-lhe estranho e assustador. Não punha fé em mim.

— É bom quando a pessoa tem sorte, Ivan Petróvitch — disse ela —, mas e se de repente a sorte mudar, ou alguma coisa acontecer; o que há de ser, então? Se ao menos estivesse empregado em algum lugar!

— Pois o que tenho a lhe comunicar, Vânia — decidiu-se a dizer o velho, depois de pensar bem pensado —, é que eu mesmo vi, percebi e, confesso, cheguei a ficar contente que você e Natacha... bem, sabe como é!, veja, Vânia, os dois ainda são muito jovens, e minha Anna Andrêievna está certa. Esperemos um pouco. Admitamos que tem talento, um talento até notável... bem, não é um gênio, como bradaram a seu respeito a princípio, de modo que, simplesmente talento (ainda hoje mesmo li essa crítica sobre você na *Zangão*; ali você é muito maltratado; bem, mas, também, que jornal é esse?). Sim!, então veja: pois isso não quer dizer dinheiro numa casa de penhores, o talento em si; e os dois são pobres. Vamos esperar um aninho, digamos, um ano e meio ou ao menos um ano: se estiver indo bem, firme na carreira, Natacha será sua; se não tiver sucesso, julgue por si mesmo!... É um homem honesto; pense bem!...

E ficamos assim. Mas, um ano mais tarde, eis o que aconteceu.

Sim, foi exatamente quase um ano depois! Numa tarde clara de setembro, antes do anoitecer, cheguei à casa dos meus velhos doente, com o coração apertado, e deixei-me cair numa cadeira, quase desfalecido, de modo que até levaram um susto ao me ver. Mas sentia então a cabeça girar e uma aflição no peito, e não pelo fato de ter me aproximado dez vezes da porta e ter dez vezes retrocedido antes de entrar; não pelo fato de minha carreira não ter dado certo e ainda não ter conseguido nem fama, nem dinheiro; não pelo fato de não ser ainda algum "adido", e estar longe de sê-lo, para que me

---

[30] Menção irônica à revista *Abelha do Norte* (*Siévernaia Ptchelá*), editada por Faddéi Bulgárin, que, nas décadas de 1830 e 1840, atacou os escritores da chamada escola natural. (N. da T.)

Humilhados e ofendidos

enviassem à Itália para restabelecer minha saúde, mas porque é possível viver dez anos em um, e minha Natacha tinha vivido dez anos nesse ano. O infinito se interpusera entre nós... E assim, recordo-me de estar sentado na frente do velho, em silêncio e amassando com a mão distraída a aba do meu chapéu, já sem isso deformada; estava sentado e esperando, sem saber por quê, que Natacha entrasse. Meu traje era miserável e me assentava mal; tinha as faces cavadas, magras e pálidas — mas mesmo assim estava longe de parecer um poeta, e nos meus olhos não havia nada da grandeza com que tanto se preocupara outrora o bom Nikolai Serguêitch. A velha fitava-me com uma compaixão não dissimulada e também precipitada demais, enquanto pensava consigo mesma: "E pensar que esse aí por pouco não se tornou noivo de Natacha, Deus me livre e guarde!".

— O que há, Ivan Petróvitch, não vai tomar chá? — o samovar fervia sobre a mesa. — Como está se sentindo, meu rapaz? Está me parecendo muito doente — disse-me com uma voz lastimosa, que ouço como se fosse hoje.

E vejo como se fosse hoje: falava comigo, mas seus olhos deixavam transparecer uma outra preocupação, a mesma preocupação que também turvava os olhos de seu velho, sentado diante da xícara de chá que esfriava e absorto em seus pensamentos. Sabia que naquele momento estavam preocupados com o processo do príncipe Valkóvski, que havia tomado um rumo não muito bom para eles, e que ainda lhes acontecera outras coisas desagradáveis, que haviam deixado Nikolai Serguêitch perturbado a ponto de adoecer. O jovem príncipe, que fora a causa do início de toda a história do processo, havia cerca de cinco meses encontrara uma oportunidade de visitar os Ikhmiêniev. O velho, que amava seu querido Aliócha como a um filho e se lembrava dele quase todos os dias, acolheu-o com alegria. Anna Andrêievna recordou-se de Vassílievskoie e se pôs a chorar. Aliócha passou a visitá-los cada vez com mais frequência, às escondidas do pai; Nikolai Serguêitch, honesto, franco, sincero, rejeitou indignado qualquer precaução. Por um sentimento de orgulho e de nobreza, não queria sequer pensar no que haveria de dizer o príncipe se descobrisse que o filho voltara a ser recebido no casa dos Ikhmiêniev, e, no íntimo, desprezava todas essas suas suspeitas absurdas. Mas o velho não sabia se teria forças suficientes para suportar novas ofensas. O jovem príncipe começou a visitá-los quase todos os dias. Os velhos se divertiam em sua companhia. Costumava ficar com eles noites inteiras e até altas horas da madrugada. É evidente que o pai acabou tomando conhecimento de tudo. Surgiram os mais infames mexericos. Insultou Nikolai Serguêievitch numa carta horrível, toda voltada ao mesmo tema de antes, e proibiu categoricamente o filho de visitar os Ikhmiêniev. Isso aconteceu duas semanas antes de minha ida à casa deles. O velho ficou terrivelmente triste. Mas, como? Tornar a envolver a sua Natacha, tão nobre e inocente, nessa calúnia abjeta, nessa vilania? Mesmo antes seu nome já havia sido pronunciado de modo ultrajante pelo homem que o ofendera... E deixar tudo isso assim, sem exigir reparação? Nos primeiros dias caiu de cama, de tanto desespero. Eu sabia disso tudo. A história toda chegou a mim em detalhes, embora nos últimos tempos, por umas três semanas, tivesse estado doente e abatido, de cama em meu apartamento, sem aparecer na casa deles. Mas sabia também... não! Naquela época apenas pressentia, sabia, mas não queria acreditar, que além dessa história agora havia algo que devia preocupá-los mais do que tudo no mundo, e eu os observava com uma angústia torturante. É verdade que me atormentava, tinha medo de adivinhar, medo de acreditar, e queria por todos os meios adiar o momento fatal. E, no entanto, era para isso que estava ali. Era como se algo me atraísse para a casa deles naquela noite!

— E então, Vânia — perguntou o velho de súbito, como que voltando a si —, não é verdade que esteve doente? Por que demorou tanto a vir? A culpa é minha: há muito que queria visitá-lo, mas parece o tempo todo... — e tornou a ficar pensativo.

— Estive adoentado — respondi.

— Humm! Adoentado! — repetiu depois de cinco minutos. — Aí é que está, adoentado! Eu bem que disse, eu avisei, não quis me escutar! Humm! Não, meu caro Vânia: a musa, pelo visto, desde que o mundo é mundo, vive faminta no sótão e assim vai continuar sendo. Isso é que é!

Pois é, o velho não estava de bom humor. Se não tivesse a sua própria ferida no coração, não teria se posto a falar de musa faminta comigo. Olhei-o atentamente no rosto: ele estava pálido, os olhos expressavam uma certa perplexidade, um pensamento em forma de indagação que não era capaz de responder. Mostrava-se impetuoso e estranhamente irascível. A mulher o olhava com preocupação e balançava a cabeça. Num momento em que ele se virou, ela me fez um aceno furtivo, apontando para ele.

— Como está Natália Nikoláievna? Ela está em casa? — perguntei à preocupada Anna Andrêievna.

— Está sim, meu filho, está sim — respondeu, como que se sentindo embaraçada com minha pergunta. — Ela já vem cumprimentá-lo. Não é brincadeira! Há três semanas não se veem! Tem alguma coisa aqui em casa que a deixou desse jeito; não há meio de sabermos o que há com ela: se está bem, se está doente, Deus a proteja!

E lançou um olhar tímido ao marido.

— Mas o que há? Não há nada com ela — disse Nikolai Serguêievitch rispidamente e como que a contragosto —, está bem. Está na idade de se tornar uma moça, deixou de ser um bebê, isso é tudo. Quem pode decifrar as aflições e os caprichos de uma donzela?

— Se fossem caprichos! — retrucou Anna Andrêievna, em tom de ofendida.

O velho calou-se e se pôs a tamborilar com os dedos sobre a mesa. "Meu Deus, será que já aconteceu algo entre eles?", pensei com horror.

— E, então, o que há de novo? — recomeçou ele. — B. ainda continua com suas críticas?

— Sim, continua — respondi.

— Oh, Vânia, Vânia! — concluiu, com um aceno de mão. — O que importa a crítica?

A porta se abriu e entrou Natacha.

CAPÍTULO VII

Trazia na mão o chapeuzinho e, ao entrar, colocou-o sobre o piano; depois se aproximou de mim e estendeu-me a mão, sem dizer nada. Seus lábios moveram-se ligeiramente, parecia querer dizer alguma coisa, cumprimentar-me, mas não disse nada.

Havia três semanas que não nos víamos. Olhava para ela perplexo e assustado. Como mudara em três semanas! Senti um aperto no coração, de angústia, ao ver aquelas faces cavadas e pálidas, os lábios crestados, como que febris, e os olhos cintilando com um fogo ardente e uma espécie de determinação apaixonada sob os cílios longos e escuros.

Mas, meu Deus, como estava bela! Nunca, nem antes nem depois, eu a vi assim, como nesse dia fatídico. Seria a mesma, seria essa a mesma Natacha, seria essa a mesma menina que, havia um ano apenas, ouvira a leitura de meu romance sem tirar os olhos de mim e movendo os lábios seguindo os meus, e que naquela noite após o jantar rira e brincara tão alegre e despreocupadamente comigo e com o pai? Seria essa a mesma Natacha que ali, naquela mesma sala, abaixando a cabecinha, toda ruborizada, as faces ardendo, dissera-me: *sim*?

Ouviu-se o repique grave do sino chamando para as vésperas. Ela estremeceu e a velha fez o sinal da cruz.

— Você queria ir às vésperas, Natacha, e os sinos já estão repicando — disse ela. — Vai, Natáchenka,[31] vai rezar, ainda bem que é perto! E aproveita para passear um pouco. Para que ficar aqui trancada? Veja como está pálida, parece que lhe puseram mau-olhado.

— Hoje... talvez... eu não vá — disse Natacha lentamente e em voz baixa, quase num sussurro. — Não estou me sentindo bem... — acrescentou, e ficou pálida como um lençol.

— É melhor ir, Natacha, pois ainda agorinha queria ir, até pegou o chapéu. Vai rezar, Natáchenka, vai pedir a Deus que lhe dê saúde — insistia Anna Andrêievna, olhando para a filha com timidez, como se a temesse.

---

[31] Diminutivo de Natacha. (N. da T.)

Humilhados e ofendidos

— É isso mesmo; vá e aproveite para dar uma volta — acrescentou o velho, também olhando com preocupação para o rosto da filha —, o que sua mãe diz é verdade. Vânia está aqui e vai acompanhá-la.

Pareceu-me que um sorriso amargo se esboçou nos lábios de Natacha. Ela foi até o piano, pegou o chapéu e o colocou na cabeça; as mãos tremiam. Todos os seus movimentos pareciam inconscientes, como se não se desse conta do que fazia. O pai e a mãe a observavam atentamente.

— Adeus! — disse com uma voz quase inaudível.

— Ora, meu anjo, adeus por quê, se fosse uma longa viagem! Ao menos tomará um pouco de ar; veja como está pálida. Ah! é verdade, já ia me esquecendo (esqueço-me de tudo mesmo!), fiz um breve para você; costurei nele uma oração, meu anjo; uma oração muito útil, que uma freira de Kíev me ensinou no ano passado; costurei ainda há pouco. Coloque-o, Natacha. Que o Senhor Nosso Deus lhe dê saúde, só temos você.

E a velha tirou de uma caixa de costura a cruzinha de ouro de Natacha; na mesma fitinha estava pendurado o breve que acabara de costurar.

— Faça bom proveito! — acrescentou, pondo a cruz na filha e benzendo-a. — Houve um tempo em que eu fazia o sinal da cruz em você toda noite antes de dormir, lia uma oração e você a repetia comigo. Mas agora já não é mais a mesma, e Nosso Senhor não lhe dá paz de espírito. Ah, Natacha, Natacha! Nem as minhas preces de mãe estão adiantando para você! — e a velha se pôs a chorar.

Natacha beijou-lhe a mão em silêncio e deu um passo em direção à porta; de súbito virou-se, voltou e se aproximou do pai. O peito arfava profundamente.

— Papai! Abençoe o senhor também... a sua filha — disse, com voz ofegante, ajoelhando-se diante dele.

Ficamos todos confusos com a sua atitude inesperada e demasiado solene. O pai a fitou por alguns instantes, completamente desnorteado.

— Natáchenka, minha criança, minha filhinha querida, o que há com você? — gritou, afinal, e lágrimas abundantes correram-lhe dos olhos. — O que tanto a aflige? Por que chora dia e noite? Pois estou vendo tudo, nem durmo à noite, levanto-me e fico escutando à porta de seu quarto!... Diga-me tudo, Natacha, abra-se comigo, conte tudo ao seu velho e nós...

Nem terminou de falar, levantou-a e lhe deu um forte abraço. Ela se apertou convulsivamente contra o seu peito e escondeu a cabeça em seu ombro.

— Não é nada, não é nada, é que... não estou bem... — repetia ela, sufocada pelas lágrimas reprimidas.

— Pois que Deus a abençoe, como eu a abençoo, minha querida filha, minha criança preciosa! — disse o pai. — Sim, Ele há de lhe dar paz de espírito para sempre e de protegê-la de todo mal. Peça a Deus, minha querida, para que chegue até Ele as preces desse pecador.

— As minhas também, eu também a abençoo! — acrescentou a velha senhora, banhando-se em lágrimas.

— Adeus! — sussurrou Natacha.

Deteve-se à porta, olhou para eles mais uma vez, queria dizer mais alguma coisa, mas não conseguia, e saiu rapidamente da sala. Lancei-me em seu encalço, com um pressentimento ruim.

CAPÍTULO VIII

Ela caminhava em silêncio, com pressa, de cabeça baixa e sem olhar para mim. Mas no fim da rua, ao chegar à beira do canal, parou de repente e agarrou-me a mão.

— Estou sufocando! — sussurrou. — Sinto um aperto no coração... sinto-me sufocar!

— Volte, Natacha! — gritei assustado.

— Será possível que não tenha percebido, Vânia, que estou indo embora para sempre, que os estou deixando para nunca mais voltar? — disse, olhando-me com uma angústia indescritível.

Senti um aperto no coração. Havia pressentido tudo isso ainda a caminho da casa deles; tudo já havia me ocorrido como que através de uma névoa talvez, já bem antes desse dia, mas neste momento suas palavras atingiram-me como um raio.

Caminhávamos tristemente pela beira do canal. Não conseguia falar; refletia, matutava e sentia-me completamente perdido. Sentia a cabeça girar. Parecia-me tão monstruoso, tão impossível!

— Acha que tenho culpa, Vânia? — perguntou-me afinal.

— Não, mas... mas não acredito, isso não pode ser!... — respondi, sem me dar conta do que dizia.

— Não, Vânia, isso já é! Saí de casa e não sei o que será deles... Não sei nem o que será de mim!

— Está indo para a casa dele, Natacha? É isso?

— Sim — respondeu.

— Mas isso é impossível! — gritei com exaltação. — Sabe que isso é impossível, minha pobre Natacha, pois isso é uma loucura! Há de matá-los e destruir a si própria! Será que não sabe disso, Natacha?

— Sei, mas o que posso fazer?, não é a minha vontade — disse ela, e em suas palavras havia tanto desespero como se estivesse se dirigindo para o cadafalso.

— Volte, volte antes que seja tarde — suplicava-lhe, e quanto mais ardentes, quanto mais insistentes eram as minhas súplicas, mais percebia toda a inutilidade de minhas exortações e todo o disparate dela naquele momento. — Será que compreende, Natacha, o que está fazendo com seu pai? Pensou bem nisso? Sabe que o pai *dele* é inimigo do seu; o príncipe ofendeu seu pai, acusou-o de roubo de dinheiro; ele o chamou de ladrão. Afinal, eles estão em litígio... E daí? Isso é o de menos, mas sabia, Natacha... (oh, Deus, é claro que sabe disso tudo!)... sabia que o príncipe suspeita de que seu pai e sua mãe, de que eles mesmos, a uniram de propósito a Aliócha quando Aliócha foi viver com vocês na aldeia? Pense, imagine só como sofreu então o seu pai com essa calúnia. Ficou com o cabelo todo branco nesses dois anos — olhe só para ele! Mas o principal: é que você sabe de tudo isso, Natacha, meu Deus do céu! Mas já nem falo quanto lhes custará perdê-la para sempre!, pois você é o tesouro deles, é tudo o que lhes restou na velhice. Não quero nem mesmo falar disso: você mesma deve saber; lembre-se de que seu pai considera que você foi ultrajada, caluniada injustamente por essa gente arrogante, e ainda não foi vingada! E agora, justamente agora, tudo isso se reacende e toda essa velha e dolorosa inimizade torna a recrudescer pelo fato de terem recebido Aliócha em casa. O príncipe voltou a insultar seu pai, o velho ainda arde de raiva por essa nova ofensa, e agora, de repente, tudo, tudo isso, todas essas acusações, revelam-se justas! Todos os que estão a par do assunto agora hão de dar razão ao príncipe e acusar você e o seu pai. E o que será dele agora? Isso o matará de vez! A vergonha, a desonra, e vinda de quem? De você, sua filha, sua única e preciosa criança! E sua mãe? Pois com certeza não sobreviverá ao velho... Natacha, Natacha! O que está fazendo? Volte atrás! Volte a si!

Ela ficou calada; por fim, lançou-me um olhar como que de censura, e havia uma dor tão aguda, havia tanto sofrimento nesse olhar, que compreendi o quanto já lhe sangrava o coração ferido, mesmo sem as minhas palavras. Compreendi o que lhe custara a sua decisão e como eu a torturava e dilacerava com minhas palavras inúteis e tardias; compreendia tudo isso, e mesmo assim não conseguia conter-me e continuei a falar:

— Mas você mesma acabou de dizer a Anna Andrêievna que, *talvez*, não saísse de casa... para ir às vésperas; pois então, também queria ficar. E então, ainda não tomou uma decisão definitiva?

Em resposta, apenas esboçou um sorriso amargo. Para que fui fazer essa pergunta?, pois podia perceber que tudo estava irrevogavelmente decidido. Mas eu também estava fora de mim.

— Será possível que o ame tanto assim? — gritei, olhando-a com o coração despedaçado, quase sem me dar conta de minha pergunta.

— O que quer que lhe diga, Vânia? Você está vendo! Ele me disse para vir, e aqui estou eu, esperando por ele — disse, com o mesmo sorriso amargo.

Humilhados e ofendidos

— Mas escuta, escuta só — recomecei a suplicar, agarrando-me a um fio de esperança —, tudo isso ainda pode ser corrigido, ainda pode ser arranjado de outro modo, de um modo completamente diferente! Não é preciso sair de casa. Eu a ensinarei como fazer Natáchetchka. Eu me encarregarei de organizar tudo para vocês, até os encontros, tudo... Só não saia de casa!... Vou levar e trazer as suas cartas; por que não o faria? É melhor do que como está agora. Poderei fazer isso e deixar os dois contentes, vão ver como os deixarei... Assim não há de se perder, Natáchetchka, como agora... pois, agora, o que está fazendo é se perder irremediavelmente, irremediavelmente! Concorda, Natacha: e tudo correrá bem, vocês serão felizes e poderão se amar quanto quiserem... E quando os seus pais tiverem deixado de brigar (porque eles certamente deixarão de brigar), então...

— Chega, Vânia, para — ela me interrompeu, apertando minha mão com força e sorrindo em meio às lágrimas. — Meu bom Vânia, como é bom! É um homem bom e honesto! E sobre si mesmo, não diz uma palavra! Fui eu quem o deixou primeiro, e você perdoou tudo, só pensa na minha felicidade. Quer levar e trazer as nossas cartas...

Ela começou a chorar.

— Pois eu sei, Vânia, como me amou, e como ainda me ama até agora, e não me fez uma única recriminação, não me repreendeu com uma única palavra amarga durante esse tempo todo! Enquanto eu, eu... meu Deus, como fui má com você! Lembra-se, Vânia, será que se lembra do tempo que passamos juntos? Oh, antes não o tivesse conhecido, não tivesse me encontrado como ele nunca!... Eu teria vivido com você, Vânia, com você, meu bondoso, meu querido!... Não, não o mereço! Veja como sou: num momento desses, e fico a lembrá-lo de nossa felicidade passada, quando mesmo sem isso está sofrendo! Ficou três semanas sem ir nos ver: mas juro-lhe, Vânia, que nenhuma vez me passou pela cabeça o pensamento de que você pudesse me maldizer e me odiar. Sabia por que havia se afastado, não queria nos incomodar e ser uma censura viva para mim. E para você mesmo, não era penoso nos ver juntos? E como o esperei, Vânia, como esperei! Vânia, ouça, se amo Aliócha com loucura, com insensatez, então a você talvez ame ainda mais, como meu amigo. Já sinto, sei que sem você não saberei viver; preciso do seu coração, da sua alma de ouro... Oh, Vânia! que dias amargos, que dias penosos estão por vir!

Ela se desfez em lágrimas. Sim, era difícil para ela!

— Ah, como eu queria vê-lo! — continuou, sufocando as lágrimas. — Como emagreceu, como está pálido, doente, é verdade mesmo que esteve adoentado, Vânia? Como é que nem perguntei! Só falo de mim; bem, e como vão os seus negócios agora com os jornalistas? E seu novo romance, está indo bem?

— Como se fosse possível falar de meus romances, falar de mim agora, Natacha! E que importam os meus negócios!? Vão bem, mais ou menos, e que Deus os proteja! Só quero saber, Natacha: foi ele próprio que exigiu que fosse embora com ele?

— Não, não foi ele apenas, mas sobretudo eu. É verdade que ele falou, mas eu mesma... Está vendo, meu querido, vou lhe contar tudo: arranjaram-lhe uma noiva rica e muito ilustre, parente de pessoas muito ilustres. O pai quer que se case com ela a todo custo, e o pai, como você sabe, é um intrigante terrível; mexeu todos os pauzinhos: nem em dez anos tornaria a surgir uma oportunidade dessas. Relações, dinheiro... E dizem que é muito bonita, além de ser bem-educada e ter bom coração — é boa em tudo; até Aliócha já se sente atraído por ela. E, além disso, o próprio pai quer se livrar dele o mais rápido possível e ficar com uma preocupação a menos, para que ele mesmo se case, e por isso está empenhado em romper a nossa relação de qualquer maneira, custe o que custar. Ele tem medo de mim e de minha influência sobre Aliócha...

— Mas então o príncipe — interrompi-a com surpresa — sabe do amor de vocês?, pois ele apenas suspeitava, e ainda assim não tinha certeza.

— Sabe, sabe de tudo.

— Mas quem lhe contou?

— Foi Aliócha quem contou tudo há pouco tempo. Ele mesmo me disse que havia contado tudo ao pai.

— Meu Deus! O que está acontecendo com vocês? Foi ele mesmo que contou tudo, e, ainda por cima, nesse momento?...

— Não o culpe, Vânia — interrompeu-me Natacha —, não ria dele! Não se pode julgá-lo como às outras pessoas. Seja justo. Porque ele não é como nós, por exemplo. É uma criança; foi educado de outra maneira. Você acha que ele tem consciência do que faz? A primeira impressão, a influência do primeiro estranho é capaz de desviá-lo de tudo o que, um minuto antes, prometera sob juramento. Não tem força de caráter. Ele lhe faz um juramento, mas no mesmo dia, com a mesma veracidade e sinceridade, se entrega a outra pessoa, e, além do que, é o primeiro a vir lhe contar tudo. Talvez seja até capaz de cometer uma má ação, mas não se poderia culpá-lo por essa má ação, apenas lamentar. É capaz mesmo de fazer um sacrifício, e até se sabe qual!, mas apenas até que surja uma nova impressão, e aí ele já torna a esquecer tudo. *De modo que também haverá de me esquecer, se eu não estiver constantemente ao seu lado*. É assim que ele é!

Humilhados e ofendidos

— Oh, Natacha, mas talvez isso tudo não seja verdade, não passe de um rumor. E como pode, um menino desses, se casar!?

— O pai deve ter boas razões, isso lhe garanto.

— E como sabe que a noiva é tão bonita e que ele já se sente atraído por ela?

— Foi ele mesmo que me disse.

— Como? Ele mesmo lhe disse que pode amar outra e agora exige de você tamanho sacrifício?

— Não, Vânia, não! Não o conhece, esteve poucas vezes com ele; é preciso conhecê-lo mais a fundo para julgá-lo. Não há no mundo um coração mais franco e mais puro que o dele! O que acha? Seria melhor que mentisse? E quanto a se sentir atraído, pois basta que fique uma semana sem vê-lo para que me esqueça e se apaixone por outra, mas depois, assim que me vê, fica de novo aos meus pés. Não! E é até bom que saiba, que ele não tenha ocultado isso de mim; senão eu morreria à menor suspeita. É isso, Vânia! Já me decidi: se não estiver sempre ao lado dele, constantemente, a cada instante, ele deixará de me amar, me esquecerá e me abandonará. Ele é assim: qualquer outra mulher pode seduzi-lo. E o que hei de fazer, então? Eu morreria... mas que importa morrer? Ficaria até feliz se morresse agora! Mas como poderei viver sem ele? Isso sim é pior que a morte, pior que todos os tormentos! Oh, Vânia, Vânia! Há mesmo algo que me levou agora a abandonar minha mãe e meu pai por causa dele! Não tente me dissuadir, está tudo decidido! Ele tem de estar perto de mim a toda hora, a todo instante; não posso voltar atrás. Sei que estou perdida e que estou levando outros à perdição... Ah, Vânia! — exclamou de repente, estremecendo toda. — E se ele na verdade já não me amar? E se for verdade o que acabou de dizer sobre ele (nunca disse isso), que está apenas me enganando, que só aparenta ser tão verdadeiro e sincero, mas no fundo é mau e vaidoso? E eu aqui a defendê-lo diante de você, enquanto ele, nesse mesmo instante, talvez esteja com outra, rindo consigo mesmo... e eu, criatura vil, larguei tudo para sair pelas ruas à sua procura... Oh, Vânia!

Esse gemido escapou-lhe do coração com tamanha dor que senti toda a minha alma se contrair de angústia. Percebi que Natacha já havia perdido todo o controle sobre si mesma. Só um ciúme cego e insano no mais alto grau poderia tê-la levado a tomar uma decisão tão insensata. Mas eu também me consumia de ciúme, tinha o coração dilacerado. Não pude resistir: um sentimento abjeto tomou conta de mim.

— Natacha — disse eu —, só não entendo uma coisa: como pode amá-lo depois do que você mesma acaba de me dizer sobre ele? Não o respeita, não acredita sequer no amor dele e está indo ao seu encontro sem volta, e por causa dele está destruindo a vida de todos? O que é isso? Ele há de atormentá-la a vida inteira, e também você a ele. Você o ama demais, Natacha, demais! Não compreendo um amor assim.

— É verdade, eu o amo loucamente — respondeu ela, empalidecendo, como que de dor. — Nunca te amei assim, Vânia. E me dou conta de que perdi a cabeça e não o amo como devia. Não o amo do jeito certo... Ouça, Vânia: pois antes mesmo já sabia, e até em nossos momentos mais felizes pressentia que ele não me traria nada além de sofrimento. Mas o que posso fazer se agora até mesmo o sofrimento que me causa é uma felicidade para mim? Acha que estou indo ao seu encontro para ter alegria? Acha que não sei de antemão o que me espera e o que hei de padecer ao seu lado? É verdade que jurou me amar e que me fez todo tipo de promessa, mas ainda assim não acredito em nenhuma de suas promessas, não dou nenhuma importância a elas, e nem antes eu dava, mesmo que soubesse que não mentia para mim, até mesmo porque ele não consegue mentir. Eu mesma lhe disse, pessoalmente, que não queria prendê-lo de modo algum. Com ele, é melhor: ninguém gosta de ficar amarrado, eu menos ainda. E, ainda assim, sinto-me feliz em ser sua escrava, uma escrava voluntária; em suportar tudo por ele, tudo, contanto que esteja comigo, contanto que possa olhar para ele! Creio que o deixaria amar outra, contanto que fosse em minha presença, que eu estivesse ali ao lado... É uma baixeza, Vânia? — perguntou de súbito, atirando-me um olhar febril, inflamado. Por um instante pareceu-me que estava delirando. — Acha que é baixeza um desejo assim? E o que importa? Eu mesma digo que é baixeza, mas se ele me abandonasse, correria atrás dele até o fim do mundo, ainda que viesse a me rechaçar, a me enxotar. E você agora tentando me convencer a voltar — mas de que adianta? Se voltar, amanhã mesmo tornarei a ir embora, se ele ordena, eu vou; se assobia, se me chama, como a um cachorro, corro atrás dele... É um tormento! Não temo nenhum tormento que venha dele! Saberei que sofro por sua causa... Oh, não há como explicar isso, Vânia!

"Mas e o pai e a mãe?", pensei; era como se ela já tivesse se esquecido deles.

— Então, ele nem mesmo se casará com você, Natacha?

— Prometeu, prometeu tudo. É por isso que está me chamando agora, para que amanhã mesmo nos casemos em segredo, fora da cidade; mesmo porque ele não sabe o que fazer. É provável que nem saiba como as pessoas se casam. E que marido ele pode ser? De fato, é ridículo. Se casar, será tão infeliz que começará a me recriminar... e não quero que um dia venha a me recriminar por alguma coisa. Eu lhe darei tudo sem exigir nada. Ora, se tiver de ser infeliz no casamento, para que então fazê-lo infeliz?

— Não, isso é um delírio, Natacha — disse eu. — Quer dizer que está indo diretamente ao encontro dele?

— Não, ele prometeu vir me buscar aqui, nós combinamos...

E olhou com avidez para longe, mas não havia ninguém.

— E ele ainda nem veio! Você foi a *primeira* a chegar! — gritei-lhe, indignado. Natacha pareceu titubear com o golpe recebido. Um espasmo desfigurou-lhe o rosto.

— Talvez não venha mesmo — disse, com um sorriso amargo. — Anteontem escreveu-me dizendo que, se eu não lhe desse minha palavra de que viria, se veria obrigado a adiar sua decisão de partir e casar comigo, e o pai o levaria à casa da noiva. E escreveu com tanta simplicidade, de modo tão natural, como se isso não tivesse a menor importância... E se realmente tiver ido ao encontro dela, Vânia?

Não respondi. Ela apertou-me a mão com força, e seus olhos faiscaram.

— Está com ela — pronunciou com uma voz quase inaudível. — Esperava que eu não viesse para ir à casa dela e, depois, dizer que tinha razão, que tinha avisado com antecedência, mas que fui eu mesma que não vim. Já se cansou de mim e por isso está se afastando... Oh, meu Deus!, que louca sou! Ele mesmo me disse, da última vez, que estava cansado de mim... O que estou esperando, então?

— Lá vem ele! — exclamei de repente, ao vê-lo, ao longe, na beira do canal.

Natacha estremeceu, soltou um gritinho, fixou o olhar em Aliócha, que se aproximava, e de repente largou a minha mão e correu ao seu encontro. Ele também acelerou o passo, e um minuto depois ela estava em seus braços. Não havia quase ninguém na rua, além de nós. Eles se beijavam e riam. Natacha ria e chorava ao mesmo tempo, como se estivessem se encontrando depois de uma separação interminável. Suas faces pálidas ficaram coradas; parecia estar em êxtase... Aliócha me viu e no mesmo instante se aproximou de mim.

CAPÍTULO IX

Eu o examinava com avidez, embora o tivesse visto muitas vezes antes desse momento; fitava-o nos olhos, como se seu olhar pudesse ser a solução para toda a minha perplexidade, pudesse me esclarecer, como, de que maneira, essa criança fora capaz de enfeitiçá-la, fora capaz de fecundar nela um amor tão insensato — um amor que a levava até a esquecer o dever primeiro, que a levava a sacrificar tudo o que até então, para Natacha, havia de mais sagrado. O príncipe pegou-me em ambas as mãos, apertou-as com força, e seu olhar dócil e claro penetrou-me o coração.

Senti que podia estar enganado em minhas conclusões a seu respeito pelo simples fato de ser meu inimigo. É verdade que não gostava dele e, confesso, nunca pude vir a gostar — talvez fosse o único dentre todos os que o conheciam. Havia muita coisa nele que jamais me agradara, até a sua aparência elegante e, talvez, justamente por ser de certo modo elegante em demasia. Mais tarde percebi que também nesse caso meu julgamento fora tendencioso. Era alto, magro e longilíneo; o rosto, alongado, estava sempre pálido; tinha cabelos loiros, grandes olhos azuis, doces e pensativos, que por vezes, de súbito, reluziam num arroubo com a alegria mais ingênua e pueril. A boca pequena, bem desenhada, com lábios vermelhos carnudos, tinha quase sempre uma espécie de ríctus sério; quanto mais inesperado e encantador, mais ingênuo e cândido era o sorriso que de repente esboçava, a tal ponto que, na sequência, fosse qual fosse o nosso estado de espírito, sentíamos uma necessidade imediata de corresponder-lhe com um sorriso idêntico ao dele. Não se vestia com esmero, mas sempre com elegância; era evidente que essa elegância em tudo não lhe custava o menor esforço, ela lhe era inata. É verdade que possuía algumas maneiras deploráveis, alguns maus hábitos considerados de bom-tom: a leviandade, a presunção e uma insolência polida. Mas, de alma, era muito simples e transparente, e ele mesmo era o primeiro a se culpar por esses hábitos, a confessar e a rir deles. Acho que essa criança nunca, nem mesmo por brincadeira, seria capaz de mentir, e, mesmo que mentisse, certamente seria sem suspeitar de que havia algo de errado nisso. Até mesmo seu egoísmo tinha algo de atraente, e talvez justamente porque fosse franco e não dissimulado. Não havia nada de dissimulado nele. Era fraco, crédulo e tímido de coração; não tinha a menor força de vontade. Ofendê-lo e enganá-lo seria uma pena e um pecado, assim como é um pecado enganar e ofender a uma criança. Era muito ingênuo para a sua idade e não sabia quase nada da vida real; aliás, acho que nem mesmo aos quarenta anos haveria de saber. É como se as pessoas assim estivessem condenadas à imaturidade eterna. Parecia-me impossível que alguém pudesse não gostar dele; achegava-se a nós tão carinhosamente, como uma criança. Natacha dissera a verdade: era capaz até de cometer uma má ação se coagido por alguma forte influência; mas, ao se dar conta das consequências de tal ato, acho que morreria de arrependimento. Natacha instintivamente sentia que havia de ser sua senhora, sua soberana; que ele acabaria sendo sua vítima. Ela gozava por antecipação o prazer de amar perdidamente e de torturar até a dor a pessoa amada pelo simples fato de amá-la, e por isso talvez tenha se apressado em ser a primeira a se sacrificar. Mas ele também tinha os olhos resplandecentes de amor e olhava para ela em êxtase. Ela lançou-me um olhar de triunfo. Nesse instante tinha se esquecido de tudo: dos pais, da despedida, de suas suspeitas... Era feliz.

— Vânia, fui injusta com ele e não o mereço! — exclamou. — Achei que não viesse mais, Aliócha. Esqueça os meus maus pensamentos, Vânia. Hei de reparar isso — acrescentou, fitando-o com um amor infinito.

Ele sorriu, beijou-lhe a mão e, sem soltá-la, disse, dirigindo-se a mim:

— Não me culpe também. Há tanto tempo queria abraçá-lo como a um irmão; ela me falou tanto do senhor! Como até agora mal conhecíamos um ao outro, não chegamos a fazer amizade. Seremos amigos e... perdoe-nos — acrescentou em voz baixa e com um leve rubor, mas com um sorriso tão encantador que não pude deixar de corresponder-lhe o cumprimento de todo coração.

— Sim, Aliócha, sim — replicou Natacha —, ele está conosco, é nosso irmão, já nos perdoou, e sem ele não poderíamos ser felizes. Já lhe havia dito... Oh, somos duas crianças cruéis, Aliócha! Mas agora vamos viver a três... Vânia! — continuou ela, e seus lábios começaram a tremer. — Mas agora volte para casa, para junto deles; você tem um coração de ouro, e, ainda que não me perdoem, ao verem que me perdoou, talvez sejam mais brandos comigo, ainda que um pouco. Conte-lhes tudo, tudo, *com suas próprias palavras*, tiradas do coração; encontre essas palavras... Defenda-me, salve-me; transmita a eles todos os motivos, tudo, como você mesmo compreendeu. Sabe, Vânia, talvez não tivesse tomado *essa* decisão se não tivesse acontecido de você estar hoje comigo! Você é a minha salvação; depositei de imediato em você as minhas esperanças de que saberia lhes transmitir de modo a pelo menos abrandar o primeiro choque. Oh, Deus, meu Deus!... Diga-lhes, da minha parte, Vânia, que eu sei que é impossível perdoar agora: se perdoarem, Deus não perdoará; mas mesmo que me amaldiçoem, vou continuar a abençoá-los e a rezar por eles a minha vida inteira. Todo o meu coração está com eles! Oh, por que não somos todos felizes? Por quê, por quê?... Meu Deus! O que foi que eu fiz? — gritou de súbito, como se voltasse a si, e, tremendo toda de pavor, cobriu o rosto com as mãos. Alióchia a abraçou e, sem dizer nada, apertou-a com força contra o peito.

Ficamos alguns minutos em silêncio.

— Como pôde exigir-lhe tamanho sacrifício? — perguntei, lançando a Alióchia um olhar de censura.

— Não me culpe! — repetiu ele. — Asseguro-lhe de que todo esse infortúnio, ainda que seja grande, é apenas momentâneo. Disso tenho absoluta certeza. Só é preciso termos firmeza para superar esse momento; foi o que ela mesma me disse. O senhor sabe: a causa de tudo é esse orgulho de família, essas brigas completamente desnecessárias, sem falar desse litígio!... Mas... (refleti muito sobre isso, garanto-lhe) tudo isso há de ter um fim. Havemos de tornar a nos unir, e então seremos completamente felizes, de modo que até mesmo os nossos velhos hão de se reconciliar, ao nos ver. Quem sabe, talvez, justamente o nosso casamento sirva como ponto de partida para a reconciliação deles. Penso que nem poderia ser de outro modo. O que acha?

— O senhor fala em casamento. E quando se casam? — perguntei, lançando um olhar para Natacha.

— Amanhã ou depois de amanhã; o mais tardar depois de amanhã, com certeza. Está vendo, eu mesmo ainda nem sei direito, e, para dizer a verdade, ainda não tenho nada preparado. Pensei que Natacha talvez nem aparecesse hoje. Além do mais, meu pai queria me levar sem falta à casa de minha noiva (pois estão me arranjando uma noiva, Natacha lhe contou? Mas eu não quero). E por isso não pude calcular tudo com precisão. Mas, de qualquer modo, é provável que nos casemos depois de amanhã. Pelo menos é o que me parece, porque não pode ser de outro modo. Amanhã mesmo tomaremos a estrada de Pskov. Perto dali, numa aldeia, tenho um companheiro do Liceu, uma ótima pessoa; talvez o apresente ao senhor. Lá no vilarejo há também um sacerdote, aliás, não sei ao certo se há ou não. Deveria ter verificado antes, mas não tive tempo... Mas, aliás, na verdade, isso tudo são detalhes. Contanto que se tenha em vista o principal. Podemos chamar um sacerdote de alguma aldeia vizinha, o que acham? Afinal, deve haver ali aldeias vizinhas! Só lamento não ter tido tempo até agora de escrever uma linha que fosse para lá; seria preciso preveni-lo. Talvez meu amigo agora nem mesmo esteja em casa... Mas... isso é o de menos! Contanto que tenhamos firmeza, as coisas haverão de se arranjar por si sós, não é mesmo? E, por enquanto, pelo menos até amanhã ou depois de amanhã, ela fica em minha casa. Aluguei um apartamento independente no qual vamos morar ao retornarmos. Já não posso mais morar com meu pai, não é mesmo? Venha nos visitar; eu o arrumei muito bem. Os colegas de Liceu também virão me visitar; organizaremos saraus...

Olhava para ele perplexo e angustiado. Natacha suplicava-me com o olhar para não julgá-lo com severidade e ser mais indulgente. Ela ouvia a sua conversa com um sorriso triste e ao mesmo tempo como se o admirasse, assim como se admira uma criança alegre e encantadora ao ouvir sua tagarelice sem sentido, mas graciosa. Olhei para ela com um ar de censura. Começava a ficar insuportavelmente incomodado.

— Mas, e seu pai? — perguntei. — Está mesmo confiante de que ele o perdoará?

— Com certeza; o que lhe resta fazer? Isto é, a princípio há de me amaldiçoar, estou até certo disso. Ele é assim mesmo; é muito rigoroso comigo. Talvez ainda vá se queixar a alguém, em suma, há de empregar a sua autoridade paterna. Mas não será nada sério. Ele tem loucura por mim; ficará zangado mas perdoará. Então todos se reconciliarão e seremos todos felizes. O pai dela também.

— E se não perdoar? Já pensou nisso?

— Com certeza há de perdoar, só que talvez não tão depressa. Mas, e daí? Provarei a ele que também tenho caráter. Ele vive me repreendendo, dizendo que não tenho caráter, que sou leviano. Então, agora ele há de ver se sou leviano ou não, pois tornar-se um chefe de família não é brincadeira; aí já não serei um menino... Isto é, queria dizer que serei igual a todos os outros... bem, como as pessoas com famílias. Viverei do meu trabalho. Natacha diz que é muito melhor do que viver à custa dos outros como todos nós vivemos. Se soubesse quanta coisa boa ela me diz! Sozinho, nunca chegaria a pensar nisso; não fui criado assim, não foi assim que me educaram. É verdade que eu mesmo sei que sou leviano e que não tenho capacidade para quase nada; mas saiba que anteontem me ocorreu uma ideia surpreendente. Embora este não seja o momento, vou lhe dizer, porque Natacha também precisa ouvir, e o senhor há de nos aconselhar. Veja só, quero escrever novelas e vender para as revistas, assim como o senhor. Vai me ajudar com os jornalistas, não é? Contava com o senhor e ontem fiquei a noite toda meditando sobre um romance, assim, como um teste, e saiba que poderia sair uma coisinha bem graciosinha. O enredo eu peguei de uma comédia de Scribe...[32] Mas isso lhe conto depois. O mais importante é que me deem dinheiro por ela... pois se pagam também ao senhor!

Não pude deixar de sorrir.

— O senhor ri — disse ele, sorrindo em seguida. — Não, ouça — acrescentou, com uma simplicidade inconcebível —, não me julgue pelo que aparento ser; na verdade, tenho uma capacidade de observação extraordinária; há de ver por si mesmo. Por que não experimentar? Talvez até saia alguma coisa... Mas, aliás, acho que tem razão: pois não sei nada da vida real, Natacha diz a mesma coisa; aliás, isso é o que dizem todos; que espécie de escritor seria? Pode rir, pode rir e corrija-me, pois será por ela que estará fazendo isso, já que a ama. Vou lhe dizer a verdade: eu não a mereço, sinto isso; é muito penoso para mim, e nem sei por que ela se apaixonou desse jeito por mim. Já eu, acho que daria a vida por ela! Sinceramente, até este momento não temia nada, mas agora estou com medo: o que estamos fazendo? Senhor! Como é possível que, quando um homem se entrega plenamente ao seu dever, como que de propósito, lhe faltem a habilidade e a firmeza necessárias para cumprir o seu dever? Ajude-nos, ao menos o senhor, nosso amigo! É o único amigo que nos resta. Pois o que entendo eu por mim mesmo?! Desculpe-me por contar tanto com o senhor; eu o considero um homem demasiado generoso e muito melhor do que eu. Mas hei de corrigir-me, e de ser digno de ambos.

Nisso, tornou a apertar-me a mão, e em seus lindos olhos brilhou um sentimento bom e belo. Estendeu-me a mão de modo tão confiante, estava tão certo de que eu era seu amigo!

— Com a ajuda dela hei de me corrigir — continuou ele. — Aliás, não faça tão mal juízo de nós, nem se aflija por nossa causa. Apesar de tudo, tenho muitas esperanças, e quanto à situação material, estaremos completamente garantidos. Eu, por exemplo, se o romance não der certo (para dizer a verdade, ainda há pouco estava pensando que o romance é uma tolice, e agora só falei dele para ouvir a sua opinião), se o romance não der certo, então, em último caso, posso dar aulas de música. Sabia que estudei música? Não terei vergonha de viver de um trabalho assim. Tenho ideias completamente novas a respeito. E, além disso, tenho tanta bugiganga cara, peças de toalete; para que servem? Eu as venderei, e sabe quanto tempo poderemos viver com isso? Por fim, na pior das hipóteses, talvez possa realmente vir a

---

[32] O dramaturgo francês Eugène Scribe (1791-1861), cuja obra, no entendimento de Dostoiévski, refletia os gostos e ideais da burguesia francesa. (N. da T.)

ocupar um cargo público. Meu pai até ficará contente, ele vive me empurrando para o trabalho, e eu vivo dando o pretexto de problemas de saúde. (Aliás, já estou até inscrito em algum lugar.) Mas assim que vir que o casamento me fez bem, me fez criar juízo, e que realmente comecei a trabalhar, ele há de ficar contente e me perdoar...

— Mas, Aleksei Petróvitch, já imaginou o que vai acontecer a partir de agora entre o seu pai e o dela? Acha que haverá noite hoje para eles?

E apontei-lhe Natacha, que ficou lívida com minhas palavras. Fui implacável.

— Sim, sim, tem razão, isso é terrível! — respondeu ele. — Já pensei nisso e fiquei consternado... Mas o que fazer, então? Tem razão: se ao menos os pais dela nos perdoassem! Ah, se o senhor soubesse como gosto deles! Pois para mim são como minha própria família, e eis como lhes pago!... Oh, essas querelas, esses processos! Não pode imaginar como isso é desagradável para nós agora! E para que ficar brigando? Todos nós amamos tanto uns aos outros, mas ficamos brigando! Seria só fazer as pazes que a coisa teria fim! Palavra que no lugar deles agiria desse jeito... Suas palavras me deixaram com medo. Natacha, é terrível o que estamos prestes a fazer! Já disse isso antes... É você que insiste... Mas, ouça, Ivan Petróvitch, talvez isso tudo se arranje da melhor maneira; o que acha? Pois vão acabar se reconciliando! Seremos nós a reconciliá-los. É isso, com certeza; não resistirão ao nosso amor... Que nos amaldiçoem, ainda assim continuaremos a amá-los, e eles não resistirão. O senhor não sabe que coração bondoso tem às vezes o meu velho! Pois ele só olha de soslaio por olhar, mas em outros casos é muito ponderado. Se soubesse com que suavidade ele falou comigo hoje tentando me convencer! Mas eis que hoje mesmo eu o estou contrariando, o que me deixa muito triste. E tudo por causa desses preconceitos estúpidos! É simplesmente uma loucura! Mas, e se ele olhasse bem para ela e ficasse com ela pelo menos por meia hora? Pois no mesmo instante haveria de nos dar o seu consentimento em tudo — e ao dizer isso, Aliócha lançou a Natacha um olhar cheio de ternura e paixão.

— Já fiquei mil vezes imaginando com prazer — continuou ele com sua tagarelice — como ele há de gostar dela quando a conhecer e como ela surpreenderá a todos. Pois nenhum deles nunca viu uma moça assim! Meu pai está convencido de que ela não passa de uma intrigante. É meu dever reabilitar a sua honra, e eu o farei! Ah, Natacha, todo mundo vai gostar de você, todo mundo; não existe ninguém que possa não gostar — acrescentou ele, eufórico. — Embora não o mereça absolutamente, continue a me amar, Natacha, que eu... pois você me conhece! E do que mais precisamos para a nossa felicidade?! Não, eu acredito, eu acredito que esta noite deverá trazer felicidade, paz e concórdia a todos nós! Que esta seja uma noite abençoada! Não é mesmo, Natacha? Mas o que há com você? Meu Deus, o que há com você?

Ela estava mortalmente pálida. Durante todo o tempo em que Alióchka ficara divagando, mantivera os olhos fixos nele; mas seu olhar fora se tornando cada vez mais turvo e imóvel e o rosto cada vez mais pálido. Tive a impressão, por fim, de que já nem ouvia, de que estava imersa num estado de torpor. A exclamação de Alióchka de repente pareceu despertá-la. Ela voltou a si, olhou ao redor e de súbito se lançou para mim. Rapidamente, num gesto apressado e como que às escondidas de Alióchka, tirou uma carta do bolso e a entregou para mim. A carta era para os velhos e fora escrita ainda na véspera. Ao entregá-la, olhava-me fixamente, como se se prendesse a mim com seu olhar. Nele havia desespero; nunca me esquecerei desse olhar terrível. E o pavor tomou conta de mim também; percebi que só então ela se dava plenamente conta do horror de sua atitude. Ela fez um esforço para me dizer alguma coisa; até começara a falar e de repente desmaiou. Consegui ampará-la. Alióchka empalideceu de susto; friccionava-lhe as têmporas, beijava-lhe as mãos, os lábios. Cerca de dois minutos depois, ela voltou a si. O carro de praça em que viera Alióchka estava por perto; ele o chamou. Ao se sentar no coche, Natacha agarrou-me a mão feito uma demente, e uma lágrima incandescente queimou-me os dedos. A carruagem se pôs em movimento. Permaneci por longo tempo parado, seguindo-a com o olhar. Toda a minha felicidade se desfez nesse instante, e minha vida partiu-se ao meio. Senti uma dor... Voltei devagar, pelo mesmo caminho, para a casa dos velhos. Não sabia o que lhes dizer; como entrar naquela casa? Tinha as pernas bambas, os pensamentos entorpecidos...

E essa é toda a história da minha felicidade; foi nisso que deu, e assim terminou o meu amor. Agora vou retomar a narração interrompida.

CAPÍTULO X

Uns cinco dias após a morte de Smith, mudei-me para o seu apartamento. Durante todo esse dia senti uma tristeza insuportável. O tempo estava frio e cinzento, caía uma neve molhada, intercalada com a chuva. Apenas ao anoitecer o sol apareceu por um instante e um raio de luz perdido penetrou em meu quarto, provavelmente por curiosidade. Comecei a me arrepender de ter me mudado para lá. O cômodo, aliás, era grande, mas tinha o teto tão baixo, tão enegrecido de fuligem e cheirando a mofo que, apesar de alguns móveis, parecia desagradavelmente vazio. Já então me ocorreu que nesse apartamento haveria de acabar com o pouco de saúde que me restara. E foi o que aconteceu.

Passei a manhã inteira ocupado, separando e colocando em ordem os meus papéis. Na falta de uma pasta, eu os trouxera numa fronha de travesseiro; eles se misturaram e ficaram todos amassados. Depois me sentei para escrever. Na época ainda estava escrevendo o meu grande romance, mas o trabalho não rendia, tinha a cabeça cheia de outras coisas...

Larguei a pena e fui me sentar à janela. Estava escurecendo e eu me sentia cada vez mais triste. Assaltava-me todo tipo de pensamento lúgubre. Tinha sempre a impressão de que em Petersburgo acabaria morrendo. A primavera se aproximava; "acho que vou ganhar ânimo", pensava, "se conseguir escapar desta concha para a luz do dia, se respirar o aroma fresco dos campos e dos bosques: já há tanto tempo não os vejo!...". Lembro também que me veio à mente como seria bom se, por alguma mágica ou milagre, eu pudesse esquecer absolutamente tudo o que acontecera, o que vivera nos últimos anos; esquecer tudo, refrescar a cabeça e recomeçar com um vigor renovado. Na época ainda sonhava com isso e esperava uma ressurreição. "Se ao menos pudesse me internar num hospício, ou algo assim", decidi afinal, "para que meu cérebro todo, de alguma maneira, se revolva na minha cabeça e se reorganize de outro modo, tornando depois a se restabelecer." Havia nele tanta sede de viver e acreditar!... Mas me lembro de que na mesma hora me pus a rir. "O que me restaria a fazer depois do hospício? Voltar a escrever romances?..."

Humilhados e ofendidos

Era assim que me perdia em devaneios e me afligia, enquanto isso o tempo ia passando. Veio a noite. E nessa noite eu tinha combinado um encontro com Natacha; havia recebido um bilhete dela ainda na véspera, insistindo para que fosse à sua casa. Levantei-me e comecei a me arrumar. Mesmo sem isso, já me sentia ansioso para sair de casa o quanto antes, para ir aonde quer que fosse, ainda que debaixo de chuva e com lama. À medida que ia escurecendo, o quarto parecia ir se tornando mais espaçoso, como se fosse se expandindo cada vez mais. Comecei a imaginar que toda noite, em cada canto, ia topar com Smith: ele ia ficar sentado, imóvel, olhando para mim, como fez na confeitaria com Adam Ivânitch, e Azorka estaria a seus pés. E eis que nesse mesmo instante aconteceu uma coisa que me deixou muito impressionado.

Aliás, devo confessar tudo com franqueza: não sei se por causa dos nervos abalados ou das novas impressões na casa nova, ou ainda por causa de uma melancolia recente, mas pouco a pouco, gradativamente, bem à hora do crepúsculo, eu começava a cair nesse estado de espírito que agora, com minha doença, toma conta de mim com frequência durante a noite e que eu chamo de *pavor místico*. Trata-se de um medo tão penoso e torturante de algo que eu mesmo não consigo definir, de algo incompreensível e que não existe na ordem natural das coisas, mas que com certeza, talvez nesse instante mesmo, pode chegar, tomar forma e, como que para zombar de todos os argumentos da razão, plantar-se diante de mim como um fato irrefutável, terrível, inexorável. A despeito de todos os argumentos da razão, esse medo em geral aumenta cada vez mais, de modo que a mente, apesar de nesses momentos chegar a adquirir talvez ainda maior lucidez, fica no entanto privada de qualquer possibilidade de se contrapor a essas sensações. Não lhe dão ouvidos, ela se torna inútil, e essa bifurcação intensifica ainda mais a angústia sobressaltada da espera. Parece-me que em parte é desse tipo a angústia das pessoas que têm medo dos mortos. Mas, na minha angústia, a indefinição do perigo aumenta ainda mais o meu tormento.

Lembro-me de que estava de costas para a porta, pegando o chapéu na mesa, e de repente nesse exato instante passou-me pela cabeça que, quando me virasse, haveria de ver Smith: primeiro abriria a porta silenciosamente e se poria à soleira examinando o cômodo; em seguida entraria silenciosamente, de cabeça baixa, se poria diante de mim, cravando-me seus olhos baços, e de súbito daria uma longa risada na minha cara, com um riso desdentado e inaudível, e todo o seu corpo entraria em convulsão e continuaria a se agitar por um longo tempo por causa desse riso. Toda essa visão se delineou num átimo na minha imaginação, com clareza e precisão extraordinárias, e ao mesmo tempo, de repente, tive a mais plena e irrefutável convicção de que tudo isso haveria inevitavelmente de acontecer, de que já estava acontecendo, e eu não o via apenas porque estava de costas para a porta, e que a porta, justamente nesse exato instante, talvez já estivesse se abrindo. Virei-me rapidamente, e o que vi? A porta estava realmente se abrindo, lenta e silenciosamente, tal como me parecera um minuto antes. Dei um grito. Demorou até que aparecesse alguém, como se a porta tivesse se aberto sozinha; e, de repente, à soleira apareceu uma criatura estranha, cujos olhos, conforme pude discernir na escuridão, fitavam-me fixa e atentamente. Senti um arrepio percorrer o corpo inteiro. Para meu grande horror, vi que era uma criança, uma menina, mas mesmo que fosse o próprio Smith, é muito provável que não teria me assustado tanto quanto essa aparição estranha e inesperada de uma criança desconhecida em meu quarto àquela hora e naquele momento.

Já disse que ela abrira a porta tão vagarosamente e sem ruído, como se tivesse medo de entrar. Ao aparecer, demorou-se na soleira e ficou olhando para mim como que petrificada de assombro; por fim, em silêncio, deu dois passos à frente e deteve-se lentamente diante de mim, sem pronunciar uma única palavra. Examinei-a de perto. Era uma menina de uns doze ou treze anos, de baixa estatura, magra e pálida, como se tivesse acabado de se recuperar de uma doença grave; por isso, seus olhos grandes e negros brilhavam ainda mais. Com a mão esquerda segurava um velho xale esfarrapado com o qual cobria o peito, que ainda tremia do frio da noite. A roupa que vestia podia muito bem ser chamada de trapo; os cabelos pretos e bastos estavam emaranhados e desgrenhados. Ficamos assim por uns dois minutos, fitando fixamente um ao outro.

— Onde está meu avô? — perguntou, afinal, com uma voz rouca e quase inaudível, como se lhe doesse o peito ou a garganta.

Todo o meu horror místico desapareceu com essa pergunta. Perguntava por Smith; inesperadamente, surgia uma pista dele.

— O seu avô? Mas ele já morreu! — eu disse de supetão, por não estar preparado para responder à sua pergunta, e de imediato me arrependi. Por um momento, ela permaneceu na mesma posição, e de repente começou a tremer toda, mas tão violentamente como se estivesse à beira de uma perigosa crise de nervos. Apressei-me em ampará-la para que não caísse. Depois de alguns minutos sentia-se melhor, e percebi claramente que fazia um esforço sobre-humano para esconder de mim a sua emoção.

— Perdoe-me, perdoe-me, minha menina! Perdoe-me, minha criança! — disse eu. — Anunciei-lhe de modo tão abrupto, e talvez nem seja bem isso... Coitadinha!... A quem está procurando? Ao velho que morava aqui?

Humilhados e ofendidos

— Sim — sussurrou com esforço, olhando-me com inquietação.

— Seu sobrenome era Smith? Era?

— Sim!

— Então é ele... É isso mesmo, foi ele quem morreu... Mas não se aflija, minha querida. Por que você não veio antes? De onde está vindo agora? Ele foi enterrado ontem; morreu de repente, de morte súbita... Então, você é neta dele?

A menina não respondeu às minhas perguntas afoitas e desordenadas. Sem dizer nada, deu meia-volta e saiu silenciosamente do quarto. Estava tão surpreso que não a detive nem continuei a lhe fazer perguntas. Ela tornou a parar na soleira e, virando-se para mim, indagou:

— Azorka também morreu?

— Sim, Azorka também morreu — respondi, e a pergunta dela me pareceu estranha: era como se estivesse convencida de que Azorka havia de morrer ao mesmo tempo que o velho. Ao ouvir minha resposta, a menina saiu sem fazer ruído, fechando a porta com cuidado atrás de si.

Um minuto depois, saí correndo em seu encalço, terrivelmente irritado por tê-la deixado ir embora! Ela saíra tão silenciosamente que nem ouvi quando abriu a outra porta, que dá para a escada. A escada ela ainda não teve tempo de descer, pensei, e me pus a escutar no patamar. Mas estava tudo silencioso e não havia o menor ruído de passos. Só ouvi uma porta bater em algum andar inferior, mas tudo tornou a ficar em silêncio.

Comecei a descer apressado. A escada que ia diretamente do meu apartamento, no quinto andar, até o quarto, era em espiral; do quarto andar em diante era reta. Era uma escada suja, enegrecida e sempre escura, dessas que costumam haver nos prédios muito apinhados com apartamentos pequenos. Nesse momento já estava completamente às escuras. Tateando, desci até o quarto andar e parei, de repente algo parecia me dizer que ali, no patamar, havia alguém se escondendo de mim. Comecei a tatear com as mãos, a menina estava ali, bem no canto, e, com o rosto contra a parede, chorava baixinho, sem fazer ruído.

— Ouça, por que está com medo? — eu lhe disse. — Assustei-a tanto, a culpa é minha. Seu avô, antes de morrer, falou de você; foram suas últimas palavras... Ficaram uns livros comigo; são seus, sem dúvida. Qual é o seu nome? Onde você mora? Ele disse que é na Sexta Linha...

Mas nem terminei. Ela deu um grito de susto, como que pelo fato de eu saber onde morava, empurrou-me com a mão ossuda, magrinha, e se pôs a ir escada abaixo. Fui atrás dela; ainda se ouviam seus passos lá embaixo. De repente, parei de ouvir... Quando cheguei à rua, já não a vi. Depois de correr até a avenida Voznessiênski, vi que todas as minhas buscas haviam sido em vão: tinha ido embora. "O mais provável é que tenha se escondido de mim em algum lugar — pensei eu —, quando ainda descia a escada."

CAPÍTULO XI

Mas mal pusera o pé na calçada suja e molhada da avenida, deparei-me com um transeunte que caminhava cabisbaixo, com pressa, e pelo visto mergulhado nos próprios pensamentos. Para minha grande surpresa, reconheci o velho Ikhmiêniev. Essa foi para mim uma noite de encontros inesperados. Sabia que uns três dias antes o velho estivera adoentado, e de repente o encontro na rua com aquela umidade. Além disso, mesmo antes ele quase nunca saía à noite, e desde que Natacha se fora, isto é, havia quase meio ano, tornara-se extremamente caseiro. Pareceu ficar excepcionalmente satisfeito ao me ver, como uma pessoa que afinal encontra um amigo com quem pode partilhar seus pensamentos, pegou-me na mão, apertou-a calorosamente e, sem perguntar para onde eu estava indo, arrastou-me consigo. Estava um pouco inquieto, apressado e impaciente. "Aonde ele terá ido?", pensei comigo. Perguntar-lhe seria inútil; havia se tornado terrivelmente desconfiado e até na pergunta ou observação mais simples às vezes suspeitava uma alusão ofensiva, um insulto.

Olhei para ele de soslaio: tinha um aspecto doentio; emagrecera muito nos últimos tempos; a barba por fazer tinha cerca de uma semana. Os cabelos, completamente grisalhos, escapavam revoltos do chapéu amassado e caíam-lhe em longos tufos na gola do casaco velho e surrado. Já antes reparara que, em certos momentos, parecia ficar esquecido; esquecia, por exemplo, que não estava sozinho na sala, conversava consigo mesmo e gesticulava. Dava pena olhar para ele.

— E então, Vânia, como vai? — disse. — Aonde estava indo? Aqui estou eu, meu caro, saí de casa; os negócios. Está tudo bem?

— E o senhor, está bem? — respondi-lhe. — Há bem pouco tempo esteve doente, e está saindo.

O velho não respondeu, era como se não tivesse me ouvido.

— Como está Anna Andrêievna?

— Está bem, está bem... Aliás, também está um pouco adoentada. Tem andado um tanto triste... Lembra-se sempre de você, já que não tem aparecido. Mas, e agora, Vânia, estava indo lá para a nossa casa? Ou não? Será que eu estou atrapalhando, que o estou desviando de alguma coisa? — perguntou ele de súbito, olhando para mim como que com suspeita e desconfiança. O velho, cheio de cismas, se tornara a tal ponto sensível e irritadiço que, se lhe respondesse agora que não estava indo à sua casa, certamente teria se sentido ofendido e se despedido de mim com frieza. Apressei-me em confirmar que estava indo justamente visitar Anna Andrêievna, embora soubesse que me atrasaria ou, talvez, nem desse absolutamente tempo de ir ver Natacha.

— Então, está bem — disse o velho, completamente tranquilizado com a minha resposta —, isso é bom... — e de súbito calou-se e ficou pensativo, como se omitisse algo.

— Sim, isso é bom! — repetiu maquinalmente uns cinco minutos depois, como que despertando de uma meditação profunda. — Humm... está vendo, Vânia, você sempre foi como um filho para nós; Deus não abençoou minha união com Anna Andrêievna... com um filho... mas nos enviou você; é o que sempre achei. Minha velha também... é verdade! E você sempre se comportou conosco com respeito e ternura, com gratidão, como um verdadeiro filho. Que Deus o abençoe por isso, Vânia, assim como nós, os dois velhos, o abençoamos e amamos... Isso mesmo!

Sua voz começou a tremer; ficou em silêncio por um minuto.

— Isso mesmo... Mas o que foi? Andou doente? Por que ficou tanto tempo sem aparecer?

Contei-lhe toda a história de Smith e pedi desculpas, dizendo que estivera ocupado com o caso de Smith e que, além disso, quase ficara doente, e que, por causa dessas preocupações todas, para ir à casa deles, na Vassílievski (na época eles moravam na ilha Vassílievski), era uma longa caminhada. Por pouco não deixei escapar que, ainda assim, mesmo num momento desses, achara uma ocasião para ir ver Natacha, mas calei-me a tempo.

A história de Smith deixou o velho muito interessado. Começou a prestar mais atenção. Quando soube que meu novo apartamento era úmido, e talvez até pior que o anterior e que me custava seis rublos ao mês, chegou mesmo a se exaltar. De maneira geral, havia se tornado extremamente impulsivo e impaciente; apenas Anna Andrêievna ainda era capaz de lidar com ele nessas ocasiões, e, mesmo assim, nem sempre.

— Humm... isso tudo por causa da sua literatura, Vânia! — exclamou ele, quase com raiva. — Ela o levou para o sótão, e levará também para o cemitério! Eu lhe falei na época, eu predisse!... E o que faz B., continua escrevendo crítica?

— Mas ele já morreu, de tísica. Acho que já lhe falei disso.

— Morreu, humm... morreu! Como tinha de ser. Mas, e ele deixou alguma coisa para a mulher e os filhos? Pois você disse que ele tinha lá uma esposa, não é?... E para quê se casa essa gente?

— Não, não deixou nada — respondi.

— Pois eu já imaginava! — exclamou com tanto ardor como se o assunto lhe dissesse intimamente respeito, por parentesco, como se o falecido B. fosse seu próprio irmão. — Nada! Nada mesmo! Sabe de uma coisa, Vânia, eu já tinha esse pressentimento de antemão, de que ele acabaria assim, ainda na época em que você, lembra-se, não parava de elogiá-lo. É fácil dizer: não deixou nada! Humm... mereceu a fama. Suponhamos que talvez seja uma fama até imortal, mas a fama não alimenta. Eu, meu caro, na mesma época, previ tudo a seu respeito também, Vânia; eu o elogiava, mas, no íntimo, já previa tudo. Quer dizer que B. morreu? E como não morrer! A vida é boa... o lugar também é bom, veja!

E com um gesto rápido e involuntário apontou para a perspectiva nebulosa da rua, fracamente iluminada pelos lampiões que cintilavam na bruma úmida, para os prédios sujos, para as lajes das calçadas reluzentes de umidade, para os transeuntes taciturnos, irritados e encharcados, para todo esse quadro coroado pela abóboda negra, como que coberta de tinta nanquim, do céu de Petersburgo. Já tínhamos chegado à praça; diante de nós, na escuridão, erguia-se o monumento,[33] iluminado por baixo por bicos de gás, e mais adiante se elevava a imensa massa escura da catedral de Isaac, que se distinguia vagamente no colorido lúgubre do céu.

— E você ainda dizia, Vânia, que ele era um homem bom, generoso, simpático, de sentimentos elevados e de grande coração. Ora, eles são todos iguais, uma gente simpática, de bom coração! Mas a única coisa que sabem fazer é multiplicar o número de órfãos! Humm... mas ao morrer assim acho que deve ter se sentido alegre!... Ora, sim senhor! Teria ido embora para qualquer lugar, ainda que para a Sibéria!... O que quer, menina? — perguntou ele de repente, ao ver na calçada uma criança pedindo esmola.

Era uma menina pequena, magra, de uns sete ou oito anos, não mais, vestida com uns andrajos imundos; nos pezinhos pequenos e nus trazia uns sapatos furados. Tentava cobrir o corpinho que tiritava de frio com uma espécie de roupão velho que havia muito lhe ficara pequeno e agora parecia minúsculo. O rostinho pálido, doentio e descarnado estava voltado para nós; ela nos olhava tímida e silenciosamente, e estendia-nos a mãozinha trêmula como que com um medo resignado de uma recusa. O velho pôs-se a tremer

---

[33] O monumento erguido a Nicolau I, na praça de Santo Isaac, inaugurado em 1859. (N. da T.)

todo ao vê-la e virou-se para ela tão bruscamente que até a assustou. Ela teve um sobressalto e se afastou dele.

— O que é que você quer, menina? — perguntou ele. — O quê? Está pedindo, não é? Aqui está, para você... tome!

E ele, todo agitado e tremendo de emoção, começou a procurar no bolso e tirou duas ou três moedinhas de prata. Mas pareceu-lhe pouco; pegou a carteira, tirou dela uma nota de um rublo — era tudo o que havia na carteira — e pôs o dinheiro na mão da pequena mendiga.

— Que Cristo a proteja, pequena... minha filha! Que o anjo da guarda esteja contigo!

E com a mão trêmula fez várias vezes o sinal da cruz na pobrezinha; mas de súbito, ao se dar conta de que eu estava ali olhando para ele, ficou carrancudo e se pôs a andar a passos rápidos.

— Está vendo, Vânia, não suporto ver isso — começou a falar, depois de um silêncio bastante prolongado e zangado —, essas pequenas criaturas inocentes tiritando de frio no meio da rua... por culpa dos malditos pais. Mas, aliás, que mãe seria capaz de enviar uma criança dessas para um tal inferno se não a mais infeliz de todas!... Vai ver que aí no canto ainda há mais órfãos com ela, e esta é a mais velha; ela mesma deve ser doente, velha... humm! Não são filhos de príncipes! Há muitos nesse mundo, Vânia... que não são filhos de príncipes! Humm!

Parou por um momento, como que incomodado com alguma coisa.

— Está vendo, Vânia, prometi a Anna Andrêievna — disse, um pouco confuso e se atrapalhando —, eu prometi... isto é, concordei com Anna Andrêievna em adotar uma órfãzinha... uma assim, qualquer uma; isto é, uma pobre e pequena, e trazer para casa para sempre, compreende? Senão, nós, velhos como estamos, nos aborrecemos sozinhos, humm... mas veja: Anna Andrêievna começou a levantar empecilhos contra isso. Então converse você com ela, mas assim, sabe, sem dizer que fui eu que pedi, como se fosse você mesmo... tente convencê-la... entende? Faz tempo que tinha a intenção de pedir isso para você... para que a convencesse a concordar, não acho lá nem um pouco apropriado eu mesmo perguntar... Ora, para que ficar falando de ninharias? Para que havia de querer uma menina? Nem preciso de uma; só para dar alegria... só para ouvir uma voz infantil... E, aliás, para dizer a verdade, é pela minha velha que faço isso, ela há de ficar mais alegre do que sozinha comigo. Mas isso não passa de um disparate! Sabe, Vânia, desse jeito não chegaremos nunca, vamos chamar um cocheiro; é longe para ir a pé, e Anna Andrêievna já deve estar impaciente...

Eram sete e meia quando chegamos à casa deles.

Humilhados e ofendidos

CAPÍTULO XII

Os velhos se amavam muito. Estavam inseparavelmente unidos pelo amor e pela convivência de longo tempo. Não é de agora, mesmo antes, nos tempos mais felizes, Nikolai Serguêievitch já era um pouco reservado, chegando às vezes a ser rude com sua Anna Andrêievna, especialmente em público. Em certas pessoas de natureza terna e delicada há às vezes uma obstinação, uma recusa pudica em expressar e manifestar sua ternura até mesmo por um ente querido, e não apenas diante de outras pessoas, mas até mesmo na intimidade; mais ainda na intimidade; apenas ocasionalmente deixam irromper uma carícia, e quanto mais tempo tiver sido represada, maior é o ardor e a impetuosidade com que irrompe.

Em parte, mesmo na juventude, o velho Ikhmiêniev já era assim com sua Anna Andrêievna. Tinha um respeito e um amor infinito por ela, ainda que ela não passasse de uma boa mulher que não sabia fazer outra coisa senão amá-lo, e ficava terrivelmente aborrecido quando ela, por sua vez, em sua simplicidade, chegava por vezes a ser extrovertida demais e imprudente com ele. Mas depois que Natacha se fora, eles se tornaram mais ternos um com o outro; tinham a dolorosa sensação de estarem sozinhos no mundo. E embora Nikolai Serguêievitch às vezes se tornasse extremamente sombrio, eles não conseguiam ficar longe um do outro nem mesmo por duas horas sem sentir saudade e ficar tristes. Havia uma espécie de acordo tácito entre eles de não pronunciar uma palavra sobre Natacha, como se ela não existisse. Anna Andrêievna não se atrevia a fazer a menor alusão a ela na presença do marido, ainda que isso lhe fosse muito penoso. Havia muito que, em seu coração, perdoara Natacha. Tínhamos combinado entre nós que, sempre que eu fosse vê-los, traria notícias de sua querida e inesquecível filha.

A velha ficava doente se passava muito tempo sem receber notícias, e quando eu as trazia, interessava-se pelos mínimos detalhes, interrogava-me com uma curiosidade convulsiva, meus relatos "aliviavam-lhe a alma", e quase morreu de susto uma vez que Natacha ficou doente, esteve a ponto de ir vê-la. Mas esse foi um caso à parte. A princípio, não tinha coragem de expressar nem mesmo a mim o desejo de ver a filha, e quase sempre depois das nossas conversas, quando já havia conseguido saber de tudo, achava necessário mostrar-se de alguma forma reservada em minha presença e fazia questão de confirmar que, apesar de estar interessada no destino da filha, mesmo assim Natacha havia cometido um pecado tão grande que não podia ser perdoada. Mas isso era puro fingimento. Havia ocasiões em que Anna Andrêievna quase morria de saudade, chorava, chamava Natacha pelos nomes mais carinhosos na minha presença, queixava-se amargamente de Nikolai Serguêievitch, e diante dele se punha a fazer insinuações, ainda que com muita cautela, acerca do orgulho humano e da dureza de coração, ao fato de não sermos capazes de perdoar as ofensas e que Deus não perdoa a quem não sabe perdoar, mas na frente dele mais do que isso não se abria. Nesses momentos, o velho em geral se tornava imediatamente seco e taciturno, ficava em silêncio, carrancudo, ou então se punha subitamente a falar de outra coisa em voz alta, de modo desajeitado, e por fim se retirava para os seus aposentos, deixando-nos a sós, de modo a dar a Anna Andrêievna a oportunidade de desafogar completamente comigo as suas mágoas com lágrimas e lamentações. Era exatamente assim que ele sempre ia para o quarto por ocasião de minhas visitas, e às vezes ia assim que acabava de me cumprimentar, para dar-me tempo de comunicar a Anna Andrêievna todas as últimas novidades sobre Natacha. E foi o que ele fez agora.

— Estou ensopado — disse a ela assim que entrou em casa —, vou para o quarto, e você, Vânia, fique aqui. Aconteceu uma história com ele, na casa nova; isso, conta para ela. Eu volto já...

E precipitou-se a sair, tentando nem mesmo olhar para nós, como que envergonhado de ter sido ele próprio a nos reunir. Em tais ocasiões, sobretudo ao retornar para junto de nós, tornava-se sempre calado e irritadiço tanto comigo como com Anna Andrêievna, chegando a ser irascível, como se estivesse furioso e aborrecido consigo mesmo por sua brandura e condescendência.

— Veja como ele é — disse a pobre velha, que ultimamente, comigo, havia deixado de lado qualquer afetação e segundas intenções —, é sempre assim que me trata; pois sabe que conheço bem os seus truques. E para que ficar fingindo para mim? Por acaso sou uma estranha para ele, ou o quê? E é a mesma coisa com a filha. Pois ele bem que podia perdoar, e talvez até queira perdoar, só Deus sabe. À noite, chora, que eu mesma já ouvi! Mas por fora se faz de forte. Está cego de orgulho... Ivan Petróvitch, meu filho, diga-me logo: onde ele foi?

— Nikolai Serguêievitch? Não sei, ia perguntar à senhora.

— Fiquei petrificada quando o vi sair. Pois doente como está, e com um tempo desses, ao cair da noite; bem, pensei, com certeza vai atrás de alguma coisa importante; mas que assunto pode ser mais importante do que aquele que você já conhece? Isso eu pensei com os meus botões, porque perguntar mesmo nem me atrevo. Agora é que não me atrevo a lhe perguntar nada. Deus do céu, fiquei petrificada, tanto por ele como por ela. E então pensei, foi à casa dela; será que está decidido a perdoá-la? Pois ele soube de tudo, sabe de todas as últimas notícias a respeito dela; tenho quase certeza de que sabe, mas de onde vêm as notícias, não faço ideia. Ontem estava terrivelmente deprimido, e hoje também está. Mas por que não diz nada? Diga, meu filho, o que mais aconteceu lá? Fiquei à sua espera como à de um anjo de Deus, cansei de olhar se estava vindo. Mas, e então, esse malvado está querendo abandonar Natacha?

Contei imediatamente a Anna Andrêievna tudo o que sabia. Fui sempre muito franco com ela. Comuniquei-lhe que Natacha e Alióchá pareciam realmente estar à beira da separação e que essa desavença era mais grave do que as anteriores; que no dia anterior Natacha tinha me enviado um bilhete no qual suplicava-me que fosse vê-la esta noite às nove horas, e que por isso eu não tinha nenhuma intenção de vir à casa deles hoje; o próprio Nikolai Serguêievitch é que me trouxera. Contei-lhe e expliquei-lhe em detalhes que a situação como um todo agora era crítica; que o pai de Alióchá, que chegara de viagem havia umas duas semanas, não quer saber de nada e tratava Alióchá com severidade; mas o mais importante de tudo é que o próprio Alióchá, ao que parece, não tem nada contra a noiva e dizem até que se apaixonou por ela. Acrescentei ainda que o bilhete de Natacha, pelo que pude deduzir, fora escrito num estado de grande agitação; ela escreve que hoje à noite tudo será decidido, mas o quê, não sei; é estranho também que tenha escrito com data de ontem, mas marcando para eu ir hoje e com hora marcada: nove horas. É por isso que devo ir sem falta, e o quanto antes.

— Vá, meu filho, vá, vá sem falta — disse a pobre velha, agitada —, mas assim que ele sair do quarto, tome uma xicarazinha de chá... Ah, não trouxeram o samovar! Matriôna! O que você fez com o samovar? É uma bandida, e não uma criada!... Então, tome uma xicarazinha de chá, encontre uma boa desculpa, e vá. E venha amanhã sem falta me contar tudo; procura vir um pouco antes. Oh, Senhor! Tomara que não tenha acontecido mais nenhuma desgraça! E o que poderia ser pior do que já é? Pois Nikolai Serguêievitch já soube de tudo, é o que o coração me diz. Eu mesma fico sabendo de muita coisa através da Matriôna, e ela, através da Agacha, a Agacha é aquela afilhada da Maria Vassílievna, que mora na casa do príncipe... bom, você mesmo sabe disso. Está terrivelmente zangado hoje o meu Nikolai. Tentei falar uma coisa ou outra e ele quase se pôs a gritar comigo, mas depois parece que se arrependeu, diz que o dinheiro está curto. Como se fosse por causa do dinheiro que gritou. Depois do almoço foi se deitar. Fui dar uma espiada no quarto pela fresta (há uma fresta na porta, ele nem sabe disso), e ele, coitadinho, estava ajoelhado diante do nicho, rezando a Deus. Quando vi, fiquei com as pernas bambas. Sem tomar chá nem dormir, pegou o chapéu e se foi. Saiu às cinco. Nem me atrevi a perguntar, teria se posto a gritar comigo. Pegou a mania de gritar, sobretudo com a Matriôna, e às vezes comigo também; e assim que começa a gritar, fico imediatamente com as pernas bambas e o coração apertado. Pois grita por gritar, eu sei que é, mas assim mesmo dá medo. Passei uma hora inteira, depois que ele saiu, rezando para Deus lhe enviar bons pensamentos. E onde está esse bilhete dela? Mostre-me!

Mostrei. Sabia que Anna Andrêievna, secretamente, acalentava uma doce ilusão de que Aliócha, a quem ela chamava ora de malvado, ora de menino bobo, insensível, acabasse se casando com Natacha, e que seu pai, o príncipe Piotr Aleksándrovitch, lhe desse seu consentimento. Chegava a deixar escapar isso para mim, mas depois se arrependia de suas palavras e se desdizia. Mas por nada no mundo ousaria exprimir suas esperanças diante de Nikolai Serguêievitch, embora soubesse que o velho desconfiava delas e nem uma vez sequer a repreendera com indiretas. Acho que ele teria amaldiçoado terminantemente Natacha e a teria arrancado para sempre do coração se ficasse sabendo da possibilidade desse casamento.

Era o que todos nós, então, achávamos. Ele esperava a filha com todo o anseio de sua alma, mas ele a esperava sozinha, arrependida, depois de arrancar do coração até mesmo a lembrança de Aliócha. Essa era a única condição para o perdão, e, embora não pronunciada, estava indubitavelmente estampada em seu rosto.

— Não tem caráter, é um menininho sem caráter, sem caráter e sem coração, sempre disse isso — recomeçou Anna Andrêievna. — Não souberam educá-lo, tanto que saiu um cabeça de vento; e ele a abandona por um amor desses, Deus do céu! E o que será dela, pobrezinha? E o que foi que ele viu nessa outra, me admira muito!

— Ouvi dizer, Anna Andrêievna — objetei —, que essa noiva é uma moça encantadora, e Natália Nikoláievna também disse a mesma coisa...

— Não acredite nisso! — interrompeu-me a pobre velha. — O que pode ter de encantadora? Para vocês, escrevinhadores, qualquer uma é encantadora, basta que chacoalhe a saia. E se Natacha a elogia, ela só o faz por nobreza de alma. Não sabe como segurá-lo, perdoa-lhe tudo, e ela mesma sofre. Quantas vezes já a traiu! Malvado, sem coração! E eu, Ivan Petróvitch, fico simplesmente tomada de pavor. O orgulho deixou todo mundo cego. Se ao menos o meu velho se resignasse e a perdoasse, à minha pombinha, e a trouxesse para cá. Eu a abraçaria, olharia para ela! Ela emagreceu?

— Emagreceu, Anna Andrêievna.

— Meu filho! Aconteceu-me uma desgraça, Ivan Petróvitch! Passei a noite toda e o dia todo chorando hoje... mas isso conto depois! Quantas vezes tentei tocar no assunto e dar indiretas para ele perdoá-la, falar diretamente mesmo não me atrevo, então começo a dar indiretas, com jeito. Mas sinto o coração apertado: há de ficar zangado, penso, e aí sim há de amaldiçoá-la de vez! Maldição mesmo ainda não ouvi de sua boca... e é disso que tenho medo, de que ele a amaldiçoe. O que há de ser, então? Se o pai amaldiçoa, Deus também castiga. E passo os dias todos assim, morrendo de medo. E você também, Ivan Petróvitch, devia se envergonhar; como se não tivesse crescido em nossa casa e sido tratado com carinho, como filho, por todos nós, e também se pôs a inventar: encantadora! Mas Maria Vassílievna sabe dizer melhor. (Pois cometi um pecado e a chamei uma vez para tomar café quando o meu velho ficou a manhã toda fora cuidando de negócios.) Ela me explicou todos os podres. O príncipe, o pai de Aliócha, tinha uma ligação ilícita com uma certa condessa. Há tempos, dizem, que a tal condessa o recriminava por não se casar com ela, e ele vivia se esquivando. E essa mesma condessa, quando o marido ainda era vivo, era famosa por sua conduta desavergonhada. Foi só o marido morrer, partiu para o estrangeiro: vivia rodeada de italianos e franceses e dava corda a uns barões; foi lá que fisgou o príncipe Piotr Aleksándrovitch. E, enquanto isso, a sua enteada, filha de seu primeiro marido, um comerciante de bebidas, foi crescendo. A tal condessa, a madrasta, esbanjou tudo o que tinha, mas nesse meio-tempo Katerina Fiódorovna cresceu, assim como também cresceram os dois milhões que o pai comerciante de bebidas lhe havia deixado numa casa de penhores. Agora, dizem que ela tem três milhões; o príncipe então percebeu: tinha de casar Aliócha! (Não é tolo!, não há de perder a chance.) Há um certo conde, um cortesão ilustre, lembra-se, um que é parente deles, que também está de acordo; são três milhões, não é brincadeira. Está bem, disse ele, fale com a tal condessa. O príncipe comunicou então à condessa a sua vontade. Ela recusou de pés juntos: é uma mulher sem princípios, dizem, é uma insolente! Aqui, mesmo, dizem que já não é todo mundo que a recebe; não é como lá no estrangeiro. Não, diz ela, você, príncipe, é que há de casar comigo, e não a minha enteada com Aliócha. A moça mesmo, a enteada, dizem que adora a madrasta, que só falta se ajoelhar a seus pés e a obedece em tudo. Dizem que é dócil, que tem uma alma de anjo! O príncipe, ao ver do que se tratava, então lhe disse: você, condessa, não deve se preocupar; acabou com o que tinha e nunca poderá pagar suas dívidas. Mas assim que sua enteada se casar com Aliócha, então farão um belo casal: a sua é uma ingênua e o meu Aliócha é um tolo; não só os teremos sob controle como seremos juntos seus tutores; então, você também terá o seu dinheiro. O que ganharia, como diz, casando-se comigo? É um homem esperto! Um maçom! Isso foi há seis meses, a condessa não se decidia, mas agora dizem que foram para Varsóvia e lá chegaram a um acordo. Foi o que ouvi. Foi Maria Vassílievna que me contou tudo isso, todos os podres, que ela ouviu de uma pessoa de confiança. Pois é disso que se trata: do dinheirinho, dos milhões, ou não seria encantadora!

O relato de Anna Andrêievna deixou-me abismado. Ajustava-se perfeitamente a tudo o que eu mesmo ouvira ainda há pouco do próprio Aliócha. Ao contar, fazia-se de valente, dizendo que por nada no mundo se casaria por dinheiro. Mas Katerina Fiódorovna o havia impressionado e o atraía. Também ouvi de Aliócha que era provável que seu próprio pai se casasse, embora ele negasse esses rumores para não irritar a condessa antes da hora. Já dissera que Aliócha gostava muito do pai, admirava-o e não apenas se gabava dele como também acreditava nele como num oráculo.

— Pois nem condessa de nascimento ela é, a sua tal encantadora! — continuou Anna Andrêievna, extremamente ressentida com o meu louvor à futura noiva do jovem príncipe. — Natacha sim, seria muito melhor partido para ele. Aquela é filha de um comerciante de bebidas, ao passo que Natacha é uma moça bem-nascida, de uma família da antiga nobreza. Ontem o meu velho (esqueci de lhe dizer) abriu o seu baú, sabe o de ferro forjado?, e passou a noite toda sentado diante de mim, remexendo nos nossos documentos antigos. E estava tão sério. Fiquei tricotando uma meia sem sequer olhar para ele, com medo. Aí, vendo que eu estava calada, ele ficou bravo, me chamou, e passou essa noite toda me explicando a nossa genealogia. E, no fim das contas, nós, os Ikhmiêniev, éramos nobres já desde os tempos de Ivan Vassílievitch, o Terrível, e a minha ascendência, a dos Chumílov, era conhecida desde os tempos de Aleksei Mikháilovitch, temos até os documentos, que foram mencionados na história de Karamzin.[34] Aí é que está, meu caro, como pode ver, não somos piores que os outros nesse aspecto. E assim que o velho começou a me explicar, logo percebi o que ele tinha em mente. Dá

---

[34] Referência aos tsares Ivan, o Terrível (1530-1584) e Aleksei (1629-1676), e ao escritor Nikolai Karamzin (1876-1826), que escreveu uma *História do Estado russo*, publicada em 1816. (N. da T.)

para ver que ele se sente ofendido por desprezarem Natacha. É só pela riqueza que estão acima de nós. Mas deixa esse bandido, o Piotr Aleksándrovitch, que só pensa em riqueza; todo mundo sabe que ele é uma alma avarenta, tem um coração de pedra. Dizem que em Varsóvia ingressou secretamente na ordem dos jesuítas. Será que é verdade?

— É um boato absurdo — respondi, embora não pudesse deixar de me interessar pela persistência desse boato. Mas a notícia sobre Nikolai Serguêievitch, de que estava remexendo em seus documentos, me pareceu curiosa. Antes ele nunca havia se gabado de sua ascendência.

— São todos uns malvados sem coração! — continuou Anna Andrêievna. — E por que, então, a minha pombinha chora e se aflige? Ah, está na hora de você ir vê-la! Matriôna, Matriôna! É uma bandida, e não uma criada!... Não a ofenderam? Diga, Vânia.

O que havia eu de lhe responder? A pobre velha se pôs a chorar. Perguntei-lhe que outra desgraça lhe acontecera, sobre a qual tencionava me contar ainda há pouco.

— Ah, meu filho, uma desgraça só não bastava, pois decerto o cálice ainda não foi de todo esvaziado! Não sei se você se lembra, meu filho, que eu tinha um medalhãozinho engastado em ouro, feito como uma espécie de recordação, e nele havia um retrato de Natáchetchka criança; tinha oito anos na época, o meu anjinho. Ainda naquele tempo, Nikolai Serguêievitch e eu o encomendamos a um pintor que estava de passagem, mas vejo que você se esqueceu, meu filho! Era um bom pintor, ele a pintou como um cupido: na época ela tinha uns cabelinhos tão clarinhos e armados; vestia um camisolão de musselina que deixava transparecer o corpinho, e saiu tão bonitinha que não nos cansávamos de olhar. Pedi para o pintor desenhá-la com asas, mas ele não concordou. Pois bem, meu filho, eu, depois daqueles nossos dias de horror, tirei o medalhãozinho da caixinha e o pendurei no pescoço, no cordão, e desse modo o trazia junto com a cruz, mas eu mesma temia que o meu velho o visse; pois ele nessa época mesmo havia mandado tirar de casa ou queimar todos os seus pertences, de modo que não ficássemos com nada que pudesse nos lembrar dela. Eu podia ao menos ver o seu retrato; às vezes me punha a chorar, ao olhar para ele — isso era um consolo, e outras vezes, quando ficava sozinha, não me cansava de beijá-lo, como se estivesse beijando a ela própria; arranjava-lhe nomes carinhosos e então, à noite, toda vez eu lhe fazia o sinal da cruz. Falava com ela em voz alta, quando estava sozinha, perguntava-lhe alguma coisa e ficava imaginando que ela respondia, e continuava perguntando. Ai, meu querido Vânia, até contar chega a ser penoso! Bem, mas estava contente que ao menos ele não tinha reparado no medalhão e não sabia de nada; só que ontem de manhã fui pegar e estava sem o medalhão, só com o cordãozinho solto, que com certeza se rompeu e eu o deixei cair. Fiquei gelada. Me pus a procurar; vasculhei tudo, tornei a vasculhar — e nada! E onde pode ter ido parar? Com certeza, pensei, devo tê-lo perdido na cama, remexi tudo — nada! Se ele se desprendeu e caiu em algum lugar, então é provável que alguém o tenha achado, mas quem, além *dele* ou Matriôna, poderia ter achado? Bem, da Matriôna nem posso suspeitar; ela é fiel a mim de todo coração... (Matriôna, o que está esperando para trazer esse samovar?) Bem, pensei, se for ele a encontrá-lo, o que há de acontecer? Fiquei no meu canto, triste, e não parava de chorar, não conseguia conter as lágrimas. E Nikolai Serguêievitch estava cada vez mais carinhoso comigo; olhando para mim com tristeza, como se soubesse por que chorava e tivesse pena de mim. E aí pensei comigo mesma: como ele poderia saber? Não teria ele realmente encontrado o medalhão e jogado pelo postigo da janela? Pois na hora da raiva, ele teria sido bem capaz disso; jogou, e agora ele mesmo está aflito, arrependido de tê-lo jogado. Então fui procurar até debaixo do postigo, sob a janela, com a Matriôna, e não encontrei nada. Nem sinal. Passei a noite toda chorando. Era a primeira noite que não lhe fazia o sinal da cruz. Ah, isso é um mau sinal, Ivan Petróvitch, um mau sinal, não pressagia boa coisa; há dois dias que só choro, as lágrimas não secam. Estava mesmo esperando-o, meu querido, como a um anjo de Deus, ao menos para desabafar... — e a pobre velha começou a chorar amargamente.

— Ah, sim, ia me esquecendo de lhe dizer! — e pôs-se de repente a falar, contente por ter se lembrado. — Você o ouviu falar alguma coisa a respeito de uma órfãzinha?

— Ouvi, Anna Andrêievna, ele me disse que os dois estiveram pensando e parece terem concordado em adotar uma menina pobre, uma órfã. É verdade?

— Nunca me passou pela cabeça, meu filho, nunca! Nem quero órfãzinha nenhuma! Ela haveria de me lembrar da nossa triste sina, da nossa desgraça. Não quero ninguém além de Natacha. Era filha única e continuará a sê-lo. E de onde ele tirou essa ideia, meu filho, que história é essa de órfã que ele inventou? O que acha, Ivan? Será que é para me confortar, vendo minhas lágrimas, ou para banir completamente a própria filha da lembrança e afeiçoar-se a outra criança? O que ele lhe falou de mim no caminho? O que achou, estava bravo, inflexível? Psiu! Está vindo! Depois termino de contar, meu filho, depois!... E não se esqueça de vir amanhã...

CAPÍTULO XIII

O velho entrou. Olhou para nós com curiosidade e, como que envergonhado por alguma coisa, franziu o cenho e se aproximou da mesa.

— E o samovar — perguntou ele —, será possível que até essa hora ainda não o tenham trazido?

— Está vindo, paizinho, está vindo; aí está, já o trouxeram — apressou-se a dizer Anna Andrêievna. Matriôna, assim que viu Nikolai Serguêievitch, apareceu com o samovar, como se estivesse à sua espera para trazer. Era uma velha criada, dedicada e leal, mas a mais ranzinza e voluntariosa de todas as criadas do mundo, era teimosa e obstinada. Tinha medo de Nikolai Serguêievitch e, diante dele, sempre punha freio na língua. Mas desforrava tudo em Anna Andrêievna; era grosseira com ela a todo instante e mostrava uma clara pretensão de dominar a patroa, ainda que ao mesmo tempo gostasse dela e de Natacha sinceramente e de todo coração. Conheci Matriôna ainda em Ikhmiênievka.

— Humm... Não é nada agradável chegar em casa encharcado, e aqui *não se dispõem* nem mesmo a lhe preparar um chá — resmungou o velho a meia-voz.

Anna Andrêievna deu-me imediatamente uma piscadela apontando para ele. Ele não podia suportar essas piscadelas misteriosas, e, embora tentasse não olhar para nós nesse momento, podia-se perceber pela expressão de seu rosto que sabia muito bem que Anna Andrêievna estava justamente dando uma piscadela e apontando para ele.

— Fui tratar de negócios, Vânia — pôs-se a falar de repente. — A coisa está ficando feia. Já lhe disse? Condenam-me em tudo. Provas, você vê, não tenho; não tenho os documentos necessários; as referências são imprecisas... Humm...

Falava de seu processo com o príncipe; esse processo continuava se arrastando, mas tomava um rumo muito desfavorável para Nikolai Serguêievitch. Fiquei em silêncio, sem saber o que lhe responder. Ele me lançou um olhar desconfiado.

— Que seja! — continuou de repente, como que irritado com nosso silêncio. — Quanto antes, melhor. Não farão de mim um patife, ainda que fi-

Humilhados e ofendidos   83

que decidido que devo pagar. Tenho a consciência tranquila, pois eles que decidam. Pelo menos o assunto fica encerrado, me deixam arruinado e livre... Largo tudo e vou embora para a Sibéria.

— Meu Deus, para onde quer ir! E por que tem de ser tão longe? — não pôde deixar de dizer Anna Andrêievna.

— E aqui estamos perto do quê? — perguntou ele de modo grosseiro, como que satisfeito com sua réplica.

— Bem, em todo caso... de pessoas... — disse Anna Andrêievna, olhando-me angustiada.

— De que pessoas? — gritou ele, transferindo o olhar inflamado de mim para ela e vice-versa. — De que pessoas? De ladrões, mentirosos, traidores? Desses há muitos por toda parte; não se preocupe, na Sibéria também os encontraremos. Mas se não quiser ir comigo, pois então fique, eu não a obrigo.

— Nikolai Serguêievitch, meu amigo! E como é que eu haveria de ficar aqui sem você? — pôs-se a perguntar a pobre Anna Andrêievna. — Pois, além de você, no mundo inteiro, não tenho nin...

Ela gaguejou, calou-se, e voltou para mim o olhar assustado, como se pedisse minha intervenção e ajuda. O velho estava irritado, tudo o chateava; não se podia contradizê-lo.

— Acalme-se, Anna Andrêievna — disse eu —, viver na Sibéria não é tão ruim quanto parece. Se acontecer o pior e lhes for preciso vender Ikhmiênievka, nesse caso a intenção de Nikolai Serguêievitch é até muito boa. Na Sibéria, é possível encontrar um emprego privado decente, e então...

— Aí está, pelo menos você, Ivan, entende do assunto. Foi o que pensei. Largo tudo e vou embora.

— Aí é que está, por essa eu não esperava! — exclamou Anna Andrêievna, erguendo os braços. — Até você, Vânia? Não esperava isso de sua parte, Ivan Petróvitch... Parece-me que de nós você só recebeu carinho, e agora...

— Ah! ah! ah! E o que esperava? E como haveríamos de viver aqui? Pense bem! O dinheiro todo foi gasto, estamos acabando com os últimos copeques! Ou será que deseja que eu vá até o príncipe Piotr Aleksándrovitch e lhe peça perdão?

Ao ouvir falar do príncipe, a pobre velha se pôs a tremer de medo. A colherzinha de chá em sua mão tilintou sonoramente no pires.

— Não, de fato — continuou Ikhmiêniev, inflamando-se com um prazer maldoso e obstinado —, o que acha, Vânia, não é o certo a fazer? Para que ir para a Sibéria? O melhor será amanhã me enfeitar, pentear e alisar o cabelo; Anna Andrêievna há de me preparar um peitilho novo (com um figurão desses não pode ser de outro jeito!), posso comprar luvas para completar o bom-tom e depois ir à casa de Sua Excelência: meu pai, o senhor príncipe, meu benfeitor e pai! Perdoe-me e tenha misericórdia, dê-me um pedaço de pão, tenho esposa e filhos pequenos!... Que tal, Anna Andrêievna? É isso o que quer?

— Meu amigo... Eu não quero nada! Falei por falar, perdoe-me se o aborreci com alguma coisa, mas não grite — disse ela, tremendo de medo cada vez mais.

Estou certo de que, no íntimo, tudo lhe doía e se revirava nesse momento, ao ver as lágrimas e o pavor de sua pobre amiga; estou certo de que sofria muito mais do que ela; mas não conseguia se conter. É o que às vezes acontece com as pessoas mais bondosas, mas de nervos fracos, que, a despeito de toda a sua bondade, se deixam arrebatar pela própria desgraça e pela cólera até com prazer, e ao procurarem se expressar a qualquer custo, chegam até a ofender outras pessoas, e de preferência sempre inocentes e que lhe são mais próximas. As mulheres, por exemplo, às vezes têm necessidade de se sentirem ofendidas e se fazerem de vítima, mesmo que não haja nenhuma ofensa nem sejam vítimas. Há muitos homens, nesse caso, parecidos com as mulheres, e até mesmo homens que não são fracos e que não têm absolutamente nada de feminino. O velho sentia necessidade de discutir, embora ele próprio sofresse com essa necessidade.

Lembro-me de que nesse mesmo instante ocorreu-me um pensamento: mas será mesmo que ele não fez nenhuma travessura antes disso, tal como supunha Anna Andrêievna? Pode ser que o Senhor o tenha inspirado e ele, de fato, tenha ido ver Natacha, mas no caminho mudou de ideia, ou alguma coisa saiu errado, malogrou a sua intenção — como havia mesmo de acontecer —, e aí ele voltou para casa ressentido e destruído, envergonhado de seus desejos e sentimentos recentes, procurando em quem descarregar a raiva por sua fraqueza e escolhendo justamente aqueles em quem suspeitava os mesmos desejos e sentimentos. Pode ser que, no anseio de perdoar a filha, só imaginasse a euforia e a alegria de sua pobre Anna Andrêievna, e, em vista do fracasso, ela, é claro, seria a primeira a sofrer as consequências por isso.

Mas o semblante mortificado de Anna Andrêievna, que tremia de medo diante dele, o deixou comovido. Pareceu envergonhar-se de sua ira e, por um momento, se conteve. Ficamos todos em silêncio; eu me esforçava para não olhar para ele. Mas esse bom momento durou pouco. Ele precisava desabafar a qualquer custo, ainda que fosse com uma explosão, ou mesmo com uma maldição.

— Está vendo, Vânia — disse de repente —, sinto muito, não estava querendo falar, mas essa hora chegou, e eu devo me explicar francamente, sem rodeios, como convém a todo homem íntegro... entende, Vânia? Fico feliz que tenha vindo, mesmo porque quero dizer em voz alta, na sua presença, de modo que *outros* também ouçam, que já estou farto desse absurdo todo, de todas essas lágrimas, suspiros e sofrimentos. Aquilo que arranquei do coração, talvez com sangue e dor, nunca mais há de voltar para o meu coração. É isso! O que disse será feito. Estou falando do que aconteceu há meio ano, entende, Vânia? E digo isso de modo tão direto e tão franco justamente para que você não venha a se enganar de maneira alguma a respeito de minhas palavras — acrescentou ele, olhando para mim com os olhos inflamados e, aparentemente, evitando o olhar assustado da mulher. — Repito: isso é um absurdo; eu não quero!... O que me deixa furioso é que *todos* me considerem capaz de sentimentos tão baixos, tão fracos, como se fosse um imbecil, o pior dos canalhas... acham que a dor me fez perder a cabeça... Um absurdo! Eu afugentei, eu esqueci os antigos sentimentos! Não tenho nenhuma lembrança deles... Não! e não! e não!...

Levantou-se da cadeira de repente e deu um soco na mesa com tanta força que as xícaras tilintaram.

— Nikolai Serguêievitch! Será que não tem pena de Anna Andrêievna? Olha o que está fazendo com ela — exclamei sem conseguir me conter e olhando-o quase com indignação. Mas acabei jogando mais lenha na fogueira.

— Não tenho pena! — pôs-se a gritar, pálido e tremendo. — Não tenho pena porque ninguém tem pena de mim! Não tenho pena porque na minha própria casa conspiram contra a minha pessoa, que foi ultrajada, em favor de uma filha dissoluta, que merece a maldição e todas as punições!...

— Meu Pai do céu, Nikolai Serguêievitch, não a amaldiçoe!... Tudo, menos isso, não amaldiçoe a sua filha! — gritou Anna Andrêievna.

— Amaldiçoo, sim — gritou o velho duas vezes mais alto que antes —, já que exigem de mim, que fui ofendido e ultrajado, que vá à casa dessa maldita e lhe peça perdão! Sim, sim, é isso mesmo! Vivem me atormentando por isso dia e noite, diariamente, em minha própria casa, com lágrimas, suspiros e alusões estúpidas! Querem me amolecer... Olhe aqui, Vânia, olhe — acrescentou ele, tirando precipitadamente do bolso uns papéis, com as mãos trêmulas —, aqui estão uns trechos do nosso processo! Por conta disso agora sou um ladrão, um embusteiro, que roubou seu benfeitor!... Fui difamado e desonrado por causa dela! Estão aqui, tome, veja, veja!...

E começou a tirar do bolso lateral da sobrecasaca vários papéis, um após o outro, e a jogá-los sobre a mesa, procurando impacientemente entre eles um que queria me mostrar; mas não havia meio de encontrar o dito papel, como que de propósito. Em sua impaciência, tirou do bolso tudo o que lhe veio à mão, e de repente — um objeto caiu pesadamente sobre a mesa com um ruído... Anna Andrêievna soltou um grito. Era o medalhão perdido.

Mal podia acreditar nos próprios olhos. O sangue afluiu à cabeça do velho, afogueando-lhe as faces; ele teve um sobressalto. Anna Andrêievna, de pé, com as mãos em prece, olhava-o suplicante. Seu rosto se iluminara com uma esperança alegre e radiante. Aquele rubor no rosto do velho, aquele constrangimento em nossa presença... sim, ela não se enganara, compreendia agora como o medalhão desaparecera!

Ela entendeu que ele o tinha encontrado, se alegrado com o seu achado e, talvez, tremendo de emoção, o tinha ciosamente ocultado consigo, longe do olhar de todos; que em algum lugar sozinho, escondido de todo mundo, olhava para o rostinho de sua filhinha amada com um amor infinito e não se cansava de olhar, que talvez ele, assim como a pobre mãe, trancava-se sozinho para conversar com sua preciosa Natacha, imaginar suas respostas e por sua vez replicá-las, e à noite, numa angústia torturante, com os soluços reprimidos no peito, acariciava e beijava a imagem querida e, em vez de maldições, invocava perdão e bênção àquela que, na frente de todos, amaldiçoava e dizia não querer ver.

— Meu querido, então você ainda a ama! — exclamou Anna Andrêievna, não podendo mais se conter diante daquele pai severo, que um minuto antes amaldiçoara sua Natacha.

Mas bastou ouvir o grito dela, uma fúria ensandecida brilhou-lhe nos olhos. Ele agarrou o medalhão, atirou-o com força ao chão e começou a pisoteá-lo furiosamente.

— Será para sempre maldita, para sempre! — gritou ele, com uma voz rouca. — Para sempre, para sempre!

— Meu Deus! — pôs-se a gritar a pobre velha. — Nela, nela, em minha Natacha! Em seu rostinho... está pisando! Pisando!... Tirano! Homem orgulhoso, insensível, coração de pedra!

Ao ouvir o lamento da mulher, o velho insensato se deteve, horrorizado com o que fizera. De súbito pegou do chão o medalhão e se precipitou para sair do quarto, mas não deu mais de dois passos e caiu de joelhos, apoiou-se com as mãos no sofá que estava na sua frente e, esgotado, abaixou a cabeça.

Chorava feito uma criança, feito uma mulher. Os soluços oprimiam-lhe o peito como se fossem despedaçá-lo. O terrível velho em um minuto se tornara mais frágil que um bebê. Ah, agora já não podia amaldiçoar; já não se envergonhava de nenhum de nós, e numa explosão convulsiva de amor, em nossa presença, tornou a cobrir de beijos inumeráveis o retrato que um minuto antes pisoteara. Parecia que toda a sua ternura, todo o seu amor pela filha, por tanto tempo reprimidos, irrompiam agora com uma força irresistível e com a força de seu ímpeto dilaceravam todo o seu ser.

— Perdoe-a, perdoe! — exclamava Anna Andrêievna, soluçando, debruçada sobre ele e abraçando-o. — Traga-a de volta para a casa paterna, meu querido, e o próprio Deus, no dia do juízo final, haverá de recompensá-lo por sua humildade e misericórdia!...

— Não, não! Nunca, por nada no mundo! — exclamava ele com uma voz rouca e sufocada. — Nunca! Nunca!

CAPÍTULO XIV

Cheguei bem tarde à casa de Natachà, às dez horas. Ela estava morando agora na Fontanka,[35] perto da ponte Semiónovski, num prédio sujo e "apinhado" do comerciante Kolotúchkin, no quarto andar. Nos primeiros tempos, logo que saiu de casa, ela e Aliócha moraram num apartamento excelente, pequeno, mas bonito e confortável, no terceiro andar, na rua Litiêinaia. Mas os recursos do jovem príncipe logo se esgotaram. Não se tornou professor de música, mas começou a fazer empréstimos e contraiu imensas dívidas. Empregava o dinheiro na decoração do apartamento e em presentes para Natacha, que o repreendia, protestava contra o seu esbanjamento e às vezes chegava a chorar. De coração sensível e perspicaz, Aliócha às vezes passava uma semana inteira refletindo com prazer sobre que presente lhe dar e como ela o haveria de receber, fazendo disso uma verdadeira festa para si mesmo, e comunicava-me de antemão as suas expectativas e sonhos com grande entusiasmo, mas ficava tão desanimado com as repreensões e lágrimas dela que dava até pena dele, e posteriormente, por causa dos presentes, surgiam rusgas, recriminações e discussões entre eles. Além disso, Aliócha gastava muito dinheiro às escondidas de Natacha; deixava-se levar pelos amigos e a traía; visitava todo tipo de Minas e Josefinas;[36] mas, ao mesmo tempo, continuava a amá-la muito. Esse amor era como que um tormento para ele; muitas vezes vinha desolado e triste à minha casa, dizendo que não valia nem o dedo mindinho de sua Natacha; que ele era rude e perverso, incapaz de compreendê-la e indigno de seu amor. Em parte, ele tinha razão; eram completamente diferentes, ele se sentia uma criança diante dela, e ela mesma sempre o tratara como uma criança. Com lágrimas nos olhos, confessou-me seus encontros com Josefina, ao mesmo tempo implorando para eu não dizer nada disso a Natacha; e quando, tímido e trêmulo, depois de todas essas revelações, acontecia-lhe de ir comigo visitá-la (tinha de ser comigo, assegurando-me que temia olhar para ela depois de seu crime e que eu

---

[35] Um dos canais de Petersburgo. (N. da T.)

[36] Alusão a cortesãs estrangeiras. (N. da T.)

Humilhados e ofendidos

era a única pessoa que poderia dar-lhe apoio), então Natacha, logo ao primeiro olhar, já sabia do que se tratava. Ela era muito ciumenta e, não sei como, perdoava sempre todas as suas frivolidades. Em geral, era isso o que acontecia: Aliócha entrava comigo, começava a falar timidamente com ela, olhando-a nos olhos com uma ternura tímida. Ela adivinhava na hora que ele estava se sentindo culpado, mas não dava na vista, nunca era a primeira a se pôr a falar do assunto, nem procurava saber, ao contrário, redobrava imediatamente os seus carinhos e se tornava mais terna com ele e mais alegre — e isso não por algum jogo ou um artifício deliberado da parte dela. Não, pois para essa criatura admirável havia uma espécie de prazer infinito em perdoar e absolver toda culpa; era como se, no próprio processo de perdoar Aliócha, encontrasse um atrativo especial e sutil. É verdade que até então se tratava apenas de Josefinas. Ao vê-la dócil e indulgente, Aliócha não conseguia se conter e na mesma hora confessava tudo, sem que lhe perguntassem nada — para aliviar o coração e "ficar como antes", dizia ele. Ao receber o perdão, ele se entusiasmava e a abraçava e beijava, chegando às vezes a chorar de alegria e emoção. Depois voltava imediatamente a se animar e começava a nos contar com uma franqueza infantil todos os detalhes das suas aventuras com Josefina, ria, dava gargalhadas, bendizia e louvava Natacha, e a noite terminava de um modo alegre e feliz. Depois de dar fim a todo o seu dinheiro, começou a vender suas coisas. Por insistência de Natacha, encontraram um apartamento pequeno, mas barato, na Fontanka. Suas coisas continuavam a ser vendidas, Natacha chegara a vender os próprios vestidos e se pusera a procurar trabalho; quando Aliócha soube disso, entrou em completo desespero: ele se amaldiçoava, gritava que desprezava a si mesmo, mas enquanto isso não havia meio de remediar as coisas. Nesse momento, até mesmo esses derradeiros recursos haviam chegado ao fim; restava-lhe apenas o trabalho, mas a remuneração era das mais insignificantes.

Bem no início, quando ainda viviam juntos, Aliócha teve uma briga séria com o pai por causa disso. Na época, a intenção do príncipe de casar o filho com Katerina Fiódorovna Filimónova, enteada da condessa, ainda não passava de um projeto, mas ele se aferrou obstinadamente a este projeto; levava Aliócha à casa da futura noiva e o induzia a se esforçar para agradá-la e o persuadia com rigor e usando a razão; mas o caso desandou por causa da condessa. Foi então que o pai, conhecendo o caráter frívolo e leviano do filho, passou a fazer vista grossa ao relacionamento de Aliócha com Natacha e a deixar tudo a cargo do tempo, na esperança de que o seu amor passasse logo. Com a possibilidade de ele se casar com Natacha, o príncipe, até muito recentemente, quase deixara de se preocupar. Quanto aos amantes, haviam adiado seu compromisso até uma reconciliação formal com o pai e até uma mudança das circunstâncias como um todo. Aliás, era evidente que Natacha não queria se pôr a falar disso. Aliócha deixara escapar para mim em segredo que o pai parecia ter ficado até um pouco contente com essa história toda: agradava-lhe nisso tudo a humilhação de Ikhmiêniev. Mas, por formalidade, continuava a manifestar seu descontentamento com o filho: havia reduzido a quantia destinada à sua manutenção, que já não era grande coisa (era extremamente mesquinho com ele) e ameaçado tirar-lhe tudo; mas logo partiu para a Polônia, atrás da condessa, que tinha negócios por lá, continuando a perseguir incansavelmente o seu projeto de matrimônio. É verdade que Aliócha ainda era demasiadamente jovem para um casamento, mas a noiva era demasiadamente rica, e deixar escapar uma oportunidade dessas seria impossível. O príncipe, por fim, alcançou seus objetivos. Chegaram até nós rumores de que a questão do matrimônio estava afinal correndo bem. Nesse momento que descrevo, o príncipe tinha acabado de regressar a Petersburgo. Acolheu o filho com carinho, mas sua teimosia em continuar ligado a Natacha o deixou desagradavelmente surpreso. Começou a duvidar e a temer. Exigiu o rompimento com severidade e insistência; mas logo teve a ideia de empregar um meio muito mais eficaz e levou Aliócha à casa da condessa. Sua enteada, embora ainda fosse praticamente uma menina, era quase uma beldade, alegre, inteligente e meiga, de coração raro e alma cândida e imaculada. O príncipe calculou que, de qualquer modo, meio ano teria bastado para o seu objetivo, que Natacha já não teria o atrativo da novidade para o seu filho e que agora ele já não olharia mais para a sua futura esposa com aqueles mesmos olhos de meio ano antes. Acertou apenas em parte... Aliócha realmente se sentiu atraído. Acrescento ainda que o pai de repente se tornou extremamente afetuoso com o filho (embora continuasse lhe negando dinheiro). Aliócha sentia que, por trás desse carinho, ocultava-se uma decisão inabalável, inexorável, e sofria — aliás, não tanto quanto teria sofrido se não visse Katerina Fiódorovna todos os dias. Eu sabia que havia já cinco dias que ele não dava as caras na casa de Natacha. A caminho da casa dos Ikhmiêniev para a dela, tentava ansiosamente adivinhar o que poderia ela querer me dizer. Ainda à distância, pude ver luz em sua janela. Havia muito tínhamos combinado que ela colocaria uma vela à janela se precisasse muito e impreterivelmente me ver, de modo que, se acontecia de eu estar passando por perto (o que acontecia quase todas as noites), então, de qualquer modo, pela luz na janela, não habitual, podia adivinhar que me esperavam e que ela precisava de mim. Nos últimos tempos ela colocava a vela com frequência...

CAPÍTULO XV

Encontrei Natacha sozinha. Andava lentamente pelo cômodo de um lado para o outro, com os braços cruzados, imersa em seus pensamentos. O samovar, já sem fogo, esperava-me sobre a mesa havia tempo. Ela estendeu--me a mão em silêncio e sorrindo. Tinha o rosto pálido e sua expressão era de sofrimento. No sorriso havia algo de doloroso, gentil e paciente. Os olhos azul-claros pareciam ter se tornado maiores que antes e os cabelos pareciam mais espessos — isso tudo devido à sua magreza e à doença.

— Achei que não viesse mais — disse ela, ao estender-me a mão —, já ia mandar Mavra à sua casa para se informar; pensei, será que tornou a adoecer?

— Não, não fiquei doente, fui retido, já vou contar. Mas o que há com você, Natacha? O que aconteceu?

— Não aconteceu nada — disse ela, como que surpresa. — Por quê?

— Mas você escreveu... escreveu ontem para que eu viesse, e ainda com hora marcada, para que não chegasse nem mais cedo nem mais tarde; isso é um pouco fora do comum.

— Ah, sim! É que ontem eu esperava por *ele*.

— Quer dizer que ainda não esteve aqui?

— Não. E aí pensei: se ele não vier, então precisaria ter uma conversa com você — acrescentou, após uma pausa.

— E esta noite, esperava por ele?

— Não, não esperava; à noite ele vai *lá*.

— E o que acha disso, Natacha, que não virá nunca mais?

— É claro que virá — respondeu, olhando-me com uma seriedade peculiar.

Essa rápida sucessão de perguntas não lhe agradava. Ficamos em silêncio e continuamos andando pelo cômodo.

— Estive esperando por você o tempo todo, Vânia — recomeçou ela, com um sorriso —, e sabe o que fiquei fazendo? Fiquei andando para lá e para cá, recitando de cor uns poemas; lembra do sininho, do caminho no inverno? "O samovar ferve na mesa de carvalho...", chegamos a ler juntos:

A nevasca assentou, o caminho está claro.
A noite observa com milhões de olhos turvos.

....

E depois:

E, então, de repente eu ouço
Uma voz ardente que canta
E um sininho a acompanhá-la:

"Um dia, um dia há de chegar o meu amado
E em meu peito terá repouso.

Não é vida esta vida!
Um pedacinho da aurora brinca com o gelo da vidraça,
O samovar ferve na mesa de carvalho,
Num cantinho o forno estala e ilumina,
E uma cama atrás da cortina estampada".

— Como é bonito isso! Que versos pungentes, Vânia, e que quadro fantástico e sonoro. A talagarça é uma só e o desenho está apenas esboçado; borde o que quiser. Duas sensações: a antiga e a recente. Esse samovar, essa cortina estampada; isso é tudo tão familiar... É como a casinha simples da nossa cidadezinha na província; é como se visse essa casa: nova, feita de troncos, ainda não revestida com tábuas... E depois um outro quadro:

E, então, de repente, eu ouço
A mesma voz triste que canta
E o sininho a acompanhá-la:

"Por onde anda o meu velho amigo?
Temo que ele não venha, que eu não sinta as suas carícias.

Que vida é a minha!
Como é triste e escuro esse quartinho!
O vento batendo à janela
E, do outro lado, uma única cerejeira,
Que a geada não deixa ver
E que há muito talvez já tenha morrido.

Que vida!
As cores desbotadas da cortina.
E eu, doente, sem ver minha família,
Sem ninguém para me repreender,
Longe do meu amado,
Sou apenas uma velha a resmungar".[37]

— "E eu, doente"... como coube bem aqui esse "doente"! "Sem ninguém para me repreender", quanta ternura e languidez nesses versos, quanto suplício nessas lembranças, um suplício despertado pela própria pessoa, que ainda se deleita com ele... Meu Deus, como isso é belo! Como é verdadeiro!

Ela fez uma pausa, como que para reprimir um espasmo que lhe vinha à garganta.

— Vânia, meu caro amigo! — disse-me ela um minuto depois, e de súbito voltou a se calar como se tivesse esquecido o que queria dizer ou simplesmente tivesse dito sem pensar, levada por alguma sensação repentina.

Entretanto, continuávamos a andar pela sala. A lamparina diante do ícone estava acesa. Nos últimos tempos, Natacha estava se tornando cada vez mais devota e não gostava quando começavam a lhe falar disso.

— Mas amanhã é dia santo? — perguntei. — Está com a lamparina acesa.

— Não, não é dia santo... Mas, claro, Vânia, sente-se, deve estar cansado. Quer tomar o chá? Então ainda não tomou?

— Vamos nos sentar, Natacha. Já tomei chá.

— E de onde está vindo agora?

— Da casa *deles* — era sempre assim que denominávamos sua casa paterna.

— Da casa deles? Como teve tempo? Foi por conta própria? Eles chamaram?...

Ela me cobria de perguntas. Seu rosto tornou-se ainda mais pálido de emoção. Contei-lhe em detalhes o meu encontro com o velho, a conversa com sua mãe, a cena do medalhão — contei em detalhes e com todas as nuances. Nunca lhe escondia nada. Ela me escutava com avidez, sorvendo cada palavra. Lágrimas brilharam-lhe nos olhos. A cena do medalhão a deixou profundamente comovida.

---

[37] Versos do poema "O sino" (1854), de Iákov Polônski (1819-1898). (N. da T.)

— Espere, Vânia, espere — dizia ela a todo momento, interrompendo meu relato —, conte tudo, tudo, com o máximo de detalhes, bem detalhadamente, você não está contando com todos os detalhes!...

Repeti pela segunda e pela terceira vez, respondendo a todo momento à sua incessante demanda por detalhes.

— E você acha mesmo que ele vinha me ver?

— Não sei, Natacha, não faço a menor ideia. Que está triste por sua causa e que a ama, é evidente, mas se vinha vê-la, isso... isso...

— E ele beijou o medalhão? — ela me interrompeu. — E o que ele dizia quando o beijava?

— Palavras desconexas, algumas exclamações; chamava-a pelos nomes mais ternos, chamava-a...

— Chamava?

— Sim.

Ela se pôs a chorar baixinho.

— Coitados! — disse. — E se ele sabe de tudo — acrescentou, após uma breve pausa —, então não é de se admirar. Está bem informado também a respeito do pai de Aliócha.

— Natacha — disse timidamente —, vamos vê-los...

— Quando? — perguntou ela, empalidecendo e quase se erguendo da cadeira. Achou que eu a estava chamando para ir imediatamente.

— Não, Vânia — acrescentou, pondo as duas mãos em meus ombros e sorrindo com tristeza —, não, meu amigo; essa é a sua conversa de sempre, mas... é melhor que nem fale disso.

— Será possível que essa desavença nunca vai ter fim, nunca mais! — exclamei, desolado. — Será possível que seja tão orgulhosa a ponto de não querer dar o primeiro passo! Isso cabe a você, deve ser a primeira a fazê-lo. Talvez seu pai só esteja esperando por isso para perdoá-la... Ele é seu pai, foi ofendido por você! Respeite seu orgulho; ele é legítimo, é natural! Tem de fazer isso. Experimente, e ele há de perdoá-la sem impor qualquer condição.

— Sem impor condição! Isso é impossível; e não me censure, Vânia, é inútil. Passo dia e noite só pensando nisso. Desde que os abandonei, acho que não houve um único dia em que não tenha pensado nisso. E, além do mais, quantas vezes nós mesmos falamos sobre isso? Pois você mesmo sabe que isso é impossível!

— Experimente!

— Não, meu amigo, não posso. Mesmo que tentasse, só o deixaria ainda mais exasperado comigo. É irreversível, não tem volta, e sabe o que justamente não pode ter volta? Aqueles dias felizes, da infância, que passei com eles, não têm volta. Mesmo que meu pai perdoasse, ainda assim ele não haveria de me reconhecer agora. Ele amava a menina, a criança crescida. Ele admirava a minha simplicidade infantil; ao me acariciar, ainda passava a mão na minha cabeça, assim como fazia quando eu era uma menina de sete anos, e me sentava em seu colo, e eu cantava para ele as minhas cançõezinhas infantis. Desde minha mais tenra infância até o último dia, ele vinha à noite na minha cama para me dar a bênção. Um mês antes da nossa desgraça ele me comprou um par de brincos sem eu saber (mas descobri tudo), e estava alegre como uma criança imaginando como eu ficaria feliz com o presente, e ficou terrivelmente zangado com todo mundo, e comigo em primeiro lugar, quando eu lhe disse que já sabia havia muito tempo da compra dos brincos. Três dias antes de eu ir embora, ele reparou que eu estava triste e no mesmo instante ficou tão triste que chegou a adoecer, e — sabe o que fez? — para me distrair inventou de comprar ingressos para o teatro!... Juro por Deus, queria me curar com isso! Repito, ele conhecia e amava a menina e não queria sequer pensar que um dia ela também se tornaria uma mulher... Isso nem lhe passava pela cabeça. E, agora, se eu voltasse para casa, ele nem sequer me reconheceria. E mesmo que me perdoasse, a quem haveria de acolher agora? Já não sou a mesma, nem sou uma criança, eu vivi muito. Mesmo que o deixe contente, ainda assim haverá de suspirar pela felicidade perdida, de lamentar por eu não ser exatamente a mesma de antes, quando amava em mim a criança; e o passado é sempre melhor do que parece. É um tormento lembrar! Oh, como o passado é bom, Vânia! — exclamou ela, emocionada, interrompendo-se com essa exclamação, que com dor lhe escapava do coração.

— Isso tudo que está falando é verdade, Natacha — disse eu. — Então, ele agora precisa conhecê-la e voltar a amá-la. Mas o principal é conhecer. O que tem isso? Ele vai amá-la. Acha realmente que não está em condições de conhecê-la e compreendê-la, ele, ele, com o coração que tem?

— Oh, Vânia, não seja injusto! E o que há de especial em mim para compreender? Não era disso que estava falando. Quer saber o que mais: amor paterno também é ciumento. Ele se sente ofendido porque toda a minha história com Alióchca começou e deu no que deu sem que ele soubesse, sem que percebesse nada. Ele sabe que nem chegou a prever isso e atribui as consequências infelizes do nosso amor, a minha fuga, justamente à minha dissimulação "ingrata". Não o procurei logo no início nem mostrei depois arrependimento a cada movimento do meu coração, logo no início do meu amor; ao contrário, eu guardei tudo dentro de mim, me escondi dele, e eu lhe asseguro, Vânia, que isso no fundo lhe é mais ofensivo, mais ultrajante do que as próprias consequências do amor — o fato de ter ido embora de casa para me entregar por inteiro ao meu amante. Suponhamos que ele agora me acolha como um pai, de modo caloroso e terno, a semente da discórdia, no entanto, haveria de permanecer. No segundo ou terceiro dia começariam os desapontamentos, os mal-entendidos e as recriminações. Além disso, ele não vai perdoar sem impor condições. Suponha que eu diga, e diga a verdade, do fundo do coração, que eu reconheço que o ofendi e quão grave é a minha culpa diante dele. E ainda que me doesse, se ele não quisesse entender o que custou para mim mesma toda essa felicidade com Aliócha, os sofrimentos que padeci, então eu haveria de sufocar a minha dor e suportar tudo; mas para ele isso ainda não seria o bastante. Ele haveria de exigir de mim uma recompensa impossível: exigir que eu amaldiçoasse Aliócha e me arrependesse do meu amor por ele, que eu amaldiçoasse o meu passado. Ele haverá de querer o impossível: voltar ao passado e apagar de nossas vidas o último meio ano. Mas eu não vou amaldiçoar ninguém, eu não posso me arrepender... O que aconteceu, tinha de acontecer... Não, Vânia, agora é impossível. Ainda não chegou a hora.

— E quando vai chegar a hora?

— Não sei... É preciso, de algum modo, voltar a conquistar a nossa felicidade futura com muita provação, comprá-la ao preço de novos tormentos. Com o sofrimento se purifica tudo... Oh, Vânia, quanta dor há nesta vida!

Fiz uma pausa e olhei para ela pensativo.

— Por que está me olhando desse jeito, Aliócha, quero dizer, Vânia? — disse ela, que, ao errar, riu do próprio erro.

— Estou olhando agora para o seu sorriso, Natacha. De onde você o tirou? Antes ele não era assim.

— E o que há com o meu sorriso?

— A inocência infantil de antes, isso é verdade que ele ainda tem... Mas, quando você sorri, é como se experimentasse ao mesmo tempo uma dor aguda no coração. Veja como emagreceu, Natacha, e seus cabelos parecem ter ficado mais grossos... Que vestido é esse? De quando ainda estava com seus pais?

— Como você me ama, Vânia! — respondeu ela, fitando-me com ternura. — Bem, e você, o que você está fazendo agora? Como vai o seu trabalho?

— Nada mudou; continuo a escrever o romance; mas está difícil, não estou conseguindo. A inspiração se esvaiu. Poderia acabar de escrever de uma só tacada, talvez saísse mais interessante; mas dá pena estragar uma ideia boa. É uma das minhas preferidas. Mas é preciso entregar para a revista no prazo. Estou até pensando em abandonar o romance e pensar rapidamente numa novela, em alguma coisa ligeira e graciosa, sem nenhuma tendência sombria... Nenhuma mesmo... Todos devem se sentir alegres e felizes!...

— Pobre trabalhador! E quanto ao Smith?

— Mas Smith está morto.

— Não veio visitá-lo? Estou falando sério, Vânia, você está doente, com os nervos abalados, vive tendo esses sonhos. Quando me contou que ia alugar esse apartamento, eu chamei a sua atenção para isso tudo. E o apartamento não é úmido, sinistro?

— É verdade! Ocorreu-me mais uma história lá, hoje à noite... mas depois eu conto.

Ela já não me ouvia, estava imersa em seus pensamentos.

— Não entendo como fui capaz então de deixar a casa *deles*; devia estar com febre — disse ela por fim, encarando-me com um olhar de quem não espera resposta.

Se me pusesse a falar com ela nesse momento, nem teria me ouvido.

— Vânia — disse ela numa voz quase inaudível —, pedi que viesse por um motivo.

— E qual é?

— Estou me separando dele.

— Já se separou ou vai se separar?

— É preciso acabar com essa vida. Eu o chamei para dizer tudo, tudo o que foi se acumulando e que até agora ocultei de você — era sempre assim que começava a falar, ao confiar-me as suas intenções secretas, e quase sempre acontecia de eu já saber de todos esses segredos por ela mesma.

— Ora, Natacha, já ouvi isso de você umas mil vezes! Claro, vocês não podem viver juntos; a relação de vocês é um tanto estranha; não há nada em comum entre vocês. Mas... será que terá forças suficientes?

— Antes havia apenas a intenção, Vânia; mas agora estou completamente decidida. Eu o amo com loucura, no entanto, resulta que sou para ele o seu principal inimigo, estou arruinando o seu futuro. É preciso libertá-lo. Casar-se comigo ele não pode; não tem forças suficientes para ir contra a vontade do pai; também não quero prendê-lo. E por isso estou até mesmo contente que tenha se apaixonado pela noiva que lhe arranjaram. Assim lhe será mais fácil se separar de mim. Tenho de fazer isso! É meu dever... Se o amo, então tenho de sacrificar tudo por ele, devo lhe provar o meu amor, é meu dever, não é verdade?

— Mas você não há de convencê-lo.

— E nem vou convencê-lo. Para ele, serei a mesma de sempre, ainda que ele entrasse aqui agora mesmo. Mas devo encontrar um meio para que lhe seja fácil me deixar sem remorsos. Eis o que me atormenta, Vânia, me ajude. Teria algo a me aconselhar?

— Só há um meio — disse-lhe —, deixar completamente de amá-lo e se apaixonar por outra pessoa. Mas duvido que seja este o meio. Conhece o caráter dele, não? Já faz cinco dias que não vem vê-la. Suponha que ele a tenha deixado de vez; seria só você lhe escrever que você mesma o está deixando e ele viria correndo.

— Por que não gosta dele, Vânia?

— Eu?

— Sim, você mesmo! Você é inimigo, secreto e evidente, dele! Não consegue falar dele sem rancor. Mil vezes notei que o seu maior prazer é humilhá-lo e denegri-lo. Justamente denegri-lo, estou dizendo a verdade!

— E já me disse isso mil vezes; chega, Natacha, vamos parar com essa conversa.

— Gostaria de me mudar para outro apartamento — se pôs de novo a dizer, após uma pausa. — Mas não fique zangado, Vânia...

— Ora, ele iria para o outro apartamento também, e eu juro que não estou zangado.

— O amor é poderoso; o novo amor pode retê-lo. E se voltar para mim, então será apenas por um minuto, não acha?

— Não sei, Natacha, tudo nele é incompreensível no mais alto grau, ele quer casar com a outra e amar você. De alguma forma, ele é capaz de fazer tudo isso ao mesmo tempo.

— Se eu soubesse com toda a certeza que ele a ama, tomaria uma decisão... Vânia! Não esconda nada de mim! Você sabe de alguma coisa que não quer me dizer, ou não?

Ela olhou para mim com um olhar inquieto e perscrutador.

— Não sei de nada, minha amiga, dou minha palavra de honra, sempre fui franco com você. Aliás, olha só o que ainda acho: talvez ele não esteja tão apaixonado pela enteada da condessa como pensamos. Pode ser só uma atração...

— Você acha, Vânia? Meu Deus, se eu tivesse certeza disso! Ah, como eu gostaria de vê-lo neste momento, apenas para olhar para ele. Pelo seu rosto saberia tudo! Mas ele não está aqui! Não está!

— Mas está esperando por ele, Natacha?

— Não, ele está *na casa dela*; eu sei, mandei verificar. Como eu gostaria de olhar também para ela... Ouça, Vânia, vou dizer um absurdo, mas será que não há nenhum meio de eu vê-la, nenhum lugar onde possa encontrá-la? O que você acha?

Aguardava ansiosamente a minha resposta.

— Vê-la, ainda seria possível. Mas só vê-la, é pouco.

— Eu já me contentaria só em vê-la, o resto eu mesma atinaria. Ouça, eu me tornei tão estúpida; fico aqui andando, o tempo todo sozinha, o tempo todo sozinha, e só faço pensar; os pensamentos vêm como um turbilhão, é tão penoso! E então eu pensei, Vânia: você não teria como conhecê-la? Afinal, a condessa (você mesmo contou na época) elogiou seu romance; você às vezes vai aos saraus do príncipe R.,[38] ela costuma ir lá. Procure ser apresentado a ela ali. Ou, então, talvez o próprio Aliócha possa apresentá-lo a ela. E aí você me contaria tudo a seu respeito.

— Natacha, minha amiga, disso falaremos depois. Diga-me seriamente: acha mesmo que tem forças suficientes para uma separação? Olhe agora para si mesma: por acaso está tranquila?

— Su-fi-ci-en-tes! — respondeu ela de modo quase inaudível. — Tudo por ele! Toda a minha vida por ele! Mas, sabe, Vânia, não posso suportar o fato de ele estar com ela agora, de ter se esquecido de mim, de estar sentado ao lado dela, rindo, conversando, lembra como costumava se sentar aqui?... Ele o olhava diretamente nos olhos; é assim que ele sempre olha, e nem lhe passa pela cabeça agora que eu estou aqui... com você.

Não chegou a terminar a frase e lançou-me um olhar de desespero.

— Mas como, Natacha, ainda agora, agora mesmo você falava...

— Que seja ao mesmo tempo, que nos separemos os dois ao mesmo tempo! — ela me interrompeu com os olhos cintilantes. — Eu mesma o abençoarei por isso. Mas é penoso, Vânia, que seja ele o primeiro a me esquecer. Oh, Vânia, que tormento é isso! Eu mesma não me entendo: quando penso, é uma coisa, mas na prática é diferente! O que será de mim?

— Basta, basta, Natacha, acalme-se...!

— E já faz cinco dias que a cada hora, a cada minuto... Se estou sonhando, se estou dormindo, é só ele, o tempo todo ele! Sabe, Vânia: vamos até lá, leve-me!

— Chega, Natacha.

— Sim, vamos, estava apenas à sua espera, Vânia! Já faz três dias que

---

[38] Possível alusão ao príncipe Vladímir Odoiévski (1803-1869), conhecido escritor e crítico de música, participante do salão literário e musical que Dostoiévski frequentava nessa época. (N. da T.)

Fiódor Dostoiévski

penso nisso. Foi por esse motivo que lhe escrevi... Você tem de me levar; você não pode me negar isso... Estava à sua espera... por três dias... Lá tem uma festa hoje... ele está lá... Vamos!

Parecia estar delirando. Na antessala ouviu-se um ruído; era como se Mavra discutisse com alguém.

— Espere, Natacha, quem será? — perguntei eu. — Ouça! — ela se pôs a escutar com um sorriso incrédulo e de repente ficou terrivelmente pálida.

— Meu Deus! Quem está aí? — proferiu com uma voz quase inaudível.

Ela quis me deter, mas eu fui para a antessala ao encontro de Mavra. Era isso mesmo! Era Aliócha. Perguntava algo a Mavra; esta a princípio não queria deixá-lo entrar.

— De onde surgiu esse aí? — disse ela em tom de autoridade. — O quê? Por onde tem andado? Pois então vá, vá! A mim você não adula! Pode ir; como vai se explicar?

— Não tenho medo de ninguém! Vou entrar! — disse Aliócha, um tanto desconcertado, aliás.

— Então, vá! Mas é muito esperto!

— Eu vou! Ah! O senhor também está aqui! — disse ele ao me ver. — Que bom que também está aqui! Eis que também estou; está vendo; como é que vou agora...

— Mas, simplesmente, entre — respondi —, do que tem medo?

— Não tenho medo de nada, eu lhe asseguro, porque juro que não tive culpa. O senhor acha que foi culpa minha? Há de ver que eu já vou me justificar. Natacha, posso entrar? — gritou com uma ousadia saliente, parando diante da porta fechada.

Ninguém respondeu.

— O que é isso? — perguntou ele, inquieto.

— Nada, estava aí nesse instante — respondi —, a menos que alguma coisa...

Aliócha abriu a porta com cautela e deitou timidamente um olhar no aposento. Não havia ninguém.

De repente, ele a viu no canto, entre o armário e a janela. Ela estava lá como que para se esconder, mais morta do que viva. Quando me lembro disso, até hoje não consigo deixar de sorrir. Aliócha se aproximou dela devagarinho e com cautela.

— Natacha, o que há com você? Boa-noite, Natacha — disse ele timidamente, olhando para ela com certo espanto.

— Ora... Não há nada!... — respondeu ela, terrivelmente perturbada, como se ela é que fosse culpada. — Você... quer um pouco de chá?

Humilhados e ofendidos

— Natacha, ouça... — disse Aliócha, completamente desnorteado. — Você deve estar achando que a culpa foi minha... Mas eu não tive culpa, não tive culpa nenhuma! Você vai ver, eu já vou lhe contar.

— Mas para que isso? — sussurrou Natacha. — Não, não, não é preciso... É melhor que me dê sua mão e... pronto... como sempre... — e ela saiu do canto; um rubor começou a surgir em suas faces.

Ela olhava para baixo, como se tivesse medo de olhar para Aliócha.

— Oh, meu Deus! — exclamou ele, emocionado. — Se tivesse alguma culpa, acho que não me atreveria sequer a olhar para ela depois disso! Olha, olha! — gritou ele, voltando-se para mim. — Veja só: ela acha que eu tive culpa; tudo está contra mim, todas as evidências estão contra mim! Há cinco dias que não venho! Há rumores de que eu estava na casa de minha noiva, e o que ela faz? Logo me perdoa! Ela logo diz: "Dê-me a mão, e pronto!". Natacha, minha querida, meu anjo, meu anjo! Eu não tive culpa, e você deve saber disso! Não tenho nem um pingo de culpa! Pelo contrário! Pelo contrário!

— Mas... Mas era para você estar *lá* agora... Foi convidado a ir *lá* agora... Como é que você está aqui? Qu... que horas são?...

— Dez e meia! Eu estive mesmo lá... Mas vim embora com a desculpa de estar doente, e — esta é a primeira, a primeira vez em cinco dias que me vejo livre, que me vi em condições de me livrar deles e vir vê-la, Natacha. Isto é, eu poderia até ter vindo antes, mas não vim de propósito! E por que não? Já vai saber, vou explicar; foi por isso que vim, para explicar; mas juro que dessa vez não tenho nenhuma culpa diante de você, nenhuma! Em nada!

Natacha ergueu a cabeça e olhou para ele... Mas seu olhar irradiava em resposta tanta verdade, seu rosto estava tão cheio de alegria, de honestidade e de felicidade, que era impossível não acreditar nele. Pensei que fossem lançar um grito e se atirar nos braços um do outro, como já acontecera várias vezes antes em semelhantes casos de reconciliação. Mas Natacha, como que esmagada pela felicidade, deixou cair a cabeça sobre o peito e, de repente... começou a chorar baixinho. Nisso, Aliócha não pôde mais se conter. Lançou-se a seus pés. Beijava-lhe as mãos, os pés; parecia um alucinado. Puxei uma poltrona para ela. Ela se sentou. Suas pernas mal se sustinham.

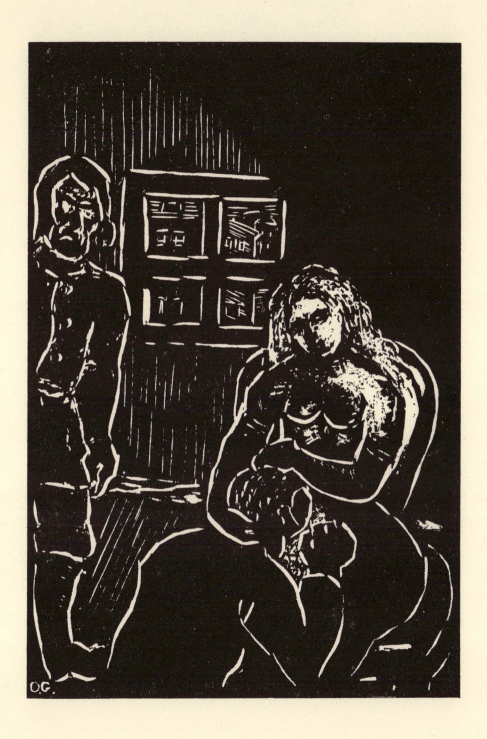

SEGUNDA PARTE

CAPÍTULO I

Um minuto depois estávamos todos rindo feito loucos.

— Mas então me deixem, deixem contar — dizia Aliócha com sua voz sonora, que abafava a nossa —, estão achando que tudo isso, assim como antes... que vim contar alguma bobagem... Estou lhes dizendo que tenho um assunto interessantíssimo. Mas será que não vão ficar quietos nunca?

Estava ansioso para nos contar algo. Pela sua aparência, podia-se julgar que tinha notícias importantes. Mas os ares de importância que afetava, pelo orgulho ingênuo de estar na posse de tais notícias, imediatamente fizeram Natacha rir. Sem querer, também me pus a rir. E quanto mais se zangava conosco, mais ríamos. A irritação, e depois o desespero infantil de Aliócha, acabou nos levando a tal ponto que, bastava alguém mostrar um dedinho, como ao suboficial da Marinha de Gógol, para que rolássemos de rir.[1] Mavra, que vinha da cozinha, parou à porta e lançou-nos um olhar de séria indignação, estava indignada por Aliócha não ter levado uma boa ensaboada de Natacha, como ela esperara com prazer todos esses cinco dias, e pelo fato de, em vez disso, estarmos todos tão alegres.

Por fim, ao perceber que nosso riso deixava Aliócha ofendido, Natacha parou de rir.

— O que quer mesmo nos contar? — perguntou ela.

— E eu faço o quê, preparo o samovar? — perguntou Mavra, interrompendo Aliócha sem a mínima consideração.

— Vá, Mavra, vá — respondeu ele, acenando-lhe com a mão, com pressa de livrar-se dela. — Vou contar tudo o que aconteceu, tudo o que está acontecendo e tudo o que vai acontecer, porque eu sei de tudo isso. Vejo, meus amigos, que querem saber onde estive esses cinco dias — é justamente isso o que quero contar; mas vocês não me deixam. Bem, em primeiro lugar, eu a estive enganando esse tempo todo, Natacha, esse tempo todo, já faz muitíssimo tempo que a estou enganando, e é isso justamente o mais importante.

---

[1] Referência a uma passagem da comédia *O casamento*, de Nikolai Gógol, publicada em 1842. (N. da T.)

— Enganando?

— Isso mesmo, enganando, já faz um mês; começou ainda antes da volta de meu pai; pois chegou a hora de falar com toda a franqueza. Um mês atrás, antes da chegada de meu pai, recebi dele uma carta imensa e escondi isso de vocês dois. Na carta, de maneira simples e direta (e, reparem, com um tom tão sério que até fiquei assustado), ele me anunciava que o assunto sobre meu pedido de casamento estava resolvido, que minha noiva era um primor; que eu, evidentemente, não a merecia, mas que mesmo assim tinha de me casar com ela de qualquer maneira. E era para eu me preparar, tirar da cabeça todas as minha bobagens, e assim por diante... bem, já sabem que bobagens são essas. Pois foi essa carta justamente que escondi de vocês...

— Não escondeu mesmo! — interrompeu-o Natacha. — Olha só do que vem se gabar! Acontece que nos contou tudo na mesma hora. Ainda me lembro de como de repente se tornou tão dócil e terno, não saía de perto de mim, como se estivesse se sentindo culpado por alguma coisa, e foi nos contando tudo o que estava na carta, por partes.

— Não pode ser, o principal, com certeza, não contei. Talvez tenham adivinhado alguma coisa, isso é lá com vocês, porque eu não contei. Ocultei e sofri terrivelmente por isso.

— Eu me lembro, Aliócha, de que vinha se consultar comigo a todo instante e de que foi me contando tudo, por partes, é claro, em forma de suposições — acrescentei, olhando para Natacha.

— Contou tudo! E não venha se gabar, por favor! — replicou ela. — E o que poderia ter ocultado? Que é um embusteiro? Até Mavra ficou sabendo de tudo. Não é verdade, Mavra?

— E como não havia de saber? — concordou Mavra, assomando a cabeça à porta. — Contou tudo já nos três primeiros dias. Enganar não é com você!

— Ufa, que maçada é conversar com vocês! Você está fazendo isso tudo por maldade, Natacha! E você, Mavra, também está enganada. Eu me lembro, estava como um louco na época; lembra-se, Mavra?

— Como não havia de me lembrar. Agora também está como um louco.

— Não, não, não é disso que estou falando. Lembre-se! Na época ainda não tínhamos dinheiro, e você foi penhorar minha cigarreira de prata; e o pior, permita-me fazer-lhe uma observação, Mavra, é que você perdeu completamente a compostura comigo. Foi Natacha quem lhe ensinou isso tudo. Bem, suponhamos que eu tenha de fato lhes contado tudo então, por partes (agora estou me lembrando). Mas o tom, o tom da carta vocês não conhecem, e numa carta o mais importante é o tom. É disso que estou falando.

— Bem, e qual é o tom? — perguntou Natacha.

— Ouça, Natacha, você pergunta como se estivesse brincando. *Não brinque.* Eu lhe asseguro que isso é muito importante. Um tom que me deixou até desanimado. Meu pai nunca havia falado assim comigo. Quer dizer, é mais fácil Lisboa desaparecer do que não se cumprir a sua vontade.[2] Eis o tom!

— Está bem, então conte; mas por que precisava esconder isso de mim?

— Ora, meu Deus, para não assustá-la! Esperava resolver tudo sozinho. Mas eis que, depois dessa carta, assim que meu pai chegou, começou o meu tormento. Eu me preparei para lhe responder de maneira clara, firme e séria, mas nunca dava certo. E ele nem sequer fazia perguntas, o espertalhão! Ao contrário, fazia de conta que o caso todo já estava decidido e que entre nós já não podia haver nenhuma discussão nem mal-entendidos. Está ouvindo, *não podia sequer haver*; é uma presunção! Tornou-se tão amável e carinhoso comigo. Fiquei simplesmente surpreso. Como ele é inteligente, Ivan Petróvitch, se o senhor visse! Leu tudo, sabe tudo; basta o senhor olhar para ele uma única vez para ele conhecer todos os seus pensamentos como se fossem os dele próprio. Deve ser por causa disso que o apelidaram de jesuíta. Natacha não gosta quando o elogio. Não se zangue, Natacha. Bem, e depois... ah, a propósito! Dinheiro, no início, ele não me dava, mas agora deu, ontem. Natacha! Meu anjo! Agora, acabou-se a nossa pobreza! Veja, olhe aqui! Tudo o que ele cortou da minha mesada como castigo durante esse meio ano, ontem me deu tudo de uma vez. Veja quanto, ainda nem contei. Olha, Mavra, quanto dinheiro! Agora não vamos mais penhorar nossas abotoaduras e colheres!

Ele tirou do bolso um maço bem grosso de notas, mais uns mil e quinhentos rublos em prata, e colocou sobre a mesa. Mavra olhou para o maço satisfeita e elogiou Aliócha. Natacha foi firme e pediu-lhe para continuar.

— Mas, e agora — pensei —, o que eu faço? — continuou Aliócha. — E como havia de me contrapor a ele? Ou seja, eu lhes juro, se ele tivesse se portado mal comigo, não tivesse sido tão bondoso, eu nem pensaria em nada. Teria lhe dito sem rodeios que não queria, que já estou bem crescido e que me tornei um homem, mas agora, é o fim! E, acreditem, teria conseguido o que queria. Mas aí, o que haveria de lhe dizer? E não me culpem também. Vejo que você parece descontente, Natacha. Por que estão se entreolhando? Decerto estarão pensando: eis que agora já se deixou enredar de vez

---

[2] Referência ao terremoto que devastou Lisboa em 1755. A catástrofe foi de tal proporção que acabou impregnando ditos e expressões populares de várias nações. (N. da T.)

Humilhados e ofendidos

e não há nele nem um pingo de firmeza. Firmeza eu tenho, e tenho muito mais do que imaginam! E a prova é que, apesar da minha situação, na mesma hora disse a mim mesmo: é meu dever; tenho de dizer tudo ao meu pai, tudo, e me pus a falar e disse tudo, e ele me ouviu.

— Mas o que, o que exatamente você disse? — perguntou Natacha, inquieta.

— Que não quero nenhuma outra noiva, que já tenho a minha... que é você. Isto é, até agora ainda não lhe disse isso diretamente, mas o preparei para isso, e amanhã lhe direi; foi assim que decidi. A princípio, me pus a falar que casar por dinheiro era vergonhoso e ignóbil, e que era simplesmente uma estupidez nos considerarmos uns aristocratas (falei com ele com toda a franqueza, como se fosse de irmão para irmão). Então disse-lhe imediatamente que pertenço ao *tiers état* e que o *tiers état c'est l'essentiel*;[3] que tenho orgulho de ser como todo mundo, e que não quero ser diferente de ninguém... Falei com ardor, com entusiasmo. Eu mesmo fiquei surpreso. Acabei por lhe demonstrar, e do ponto de vista dele... disse diretamente: que espécie de príncipes somos nós? Apenas na origem; mas, em essência, o que temos nós de principesco? Em primeiro lugar, não somos verdadeiramente ricos, e a riqueza é o principal. Hoje, o príncipe mais importante é Rothschild. Em segundo lugar, na alta sociedade, mesmo, há muito não se ouve falar de nós. O último foi o tio Semion Valkóvski, e ele só era conhecido em Moscou, e ainda assim por ter desbaratado as últimas trezentas almas, e se meu pai não tivesse ganho o seu próprio dinheiro, seus netos, talvez, tivessem eles próprios de arar a terra, como já há príncipes fazendo. Portanto, não temos por que nos dar ares. Enfim, disse-lhe tudo o que estava acumulado dentro de mim — com ardor e entusiasmo, e ainda acrescentei uma outra coisa. Ele nem sequer objetou, simplesmente começou a me censurar por haver abandonado a casa do conde Naínski, e depois disse que precisava me insinuar à princesa K., minha madrinha, e que, se a princesa K. me recebesse bem, então deveria ser recebido em toda parte e minha carreira estaria feita, e assim por diante! Tudo isso eram alusões ao fato de que, ao me unir a você, Natacha, abandonei todos eles; e que isso, portanto, é influência sua. Mas, diretamente, até agora ele não falou de você, e até se vê que evita. Nós dois agimos com astúcia, ganhamos tempo, surpreendemos um ao outro, e esteja certa de que o nosso dia há de chegar.

---

[3] Em francês no original: "o terceiro estado é o essencial". Na França, antes da revolução de 1789, era chamado de terceiro estado o grosso da população, urbana e rural, sem privilégios. As duas classes privilegiadas eram a nobreza e o clero. (N. da T.)

— Sim, está bem; mas em que pé ficou, o que ele decidiu? É isso o que importa. E como você é tagarela, Aliócha...

— Só Deus sabe, não há como saber de modo algum o que ele decidiu; e eu não sou nenhum tagarela, estou falando de um assunto sério: ele não tomou nenhuma decisão, limitou-se a sorrir de todos os meus argumentos, mas com um sorriso, como se tivesse pena de mim. Eu bem sei que isso é humilhante, mas não me envergonho. Eu, disse ele, concordo plenamente com você, mas vamos então à casa do conde Naínski, e cuidado, não vá dizer nada disso lá. Eu posso entendê-lo, mas eles não o haveriam de entender. Parece que ele mesmo não é muito bem recebido por eles todos; estão aborrecidos com alguma coisa. De um modo geral, agora meu pai não é muito querido na sociedade! O conde no início me recebeu com muita solenidade, com toda a etiqueta, até mesmo como se tivesse esquecido por completo que cresci em sua casa, começou a fazer esforço para lembrar, juro! Ele estava simplesmente zangado comigo por minha ingratidão, e, na verdade, não houve nenhuma ingratidão de minha parte; sua casa era terrivelmente entediante — então, eu não ia. Recebeu meu pai também com muita negligência; com tanta negligência, mas tanta negligência, que eu não entendo como ele continua indo lá. Isso tudo me deixou revoltado. O coitado do meu pai só faltou se curvar diante dele; eu entendo que ele faz isso tudo por mim, mas eu mesmo não preciso de nada. Eu queria depois ter expressado ao meu pai todos os meus sentimentos, mas me contive. Para quê? Não mudaria as suas convicções, apenas o deixaria agastado; e mesmo sem isso está sendo difícil para ele. Então pensei, vou apelar para a astúcia, enganarei a todos, farei com que o conde me respeite — e o que aconteceu? Imediatamente consegui tudo, e num único dia tudo mudou! Agora o conde Naínski não sabe o que fazer para me agradar. E tudo isso fui eu que fiz, eu sozinho, com a minha própria astúcia, de modo que meu pai ficou boquiaberto!...

— Ouça, Aliócha, seria melhor você contar sobre o que interessa! — gritou Natacha impaciente. — Achei que fosse contar alguma coisa a nosso respeito, e você só quer contar como foi galardoado lá na casa do conde Naínski. O que me interessa o seu conde?

— O que interessa!? Está ouvindo, Ivan Petróvitch, o que interessa? Pois é isso justamente o que mais interessa. Há de ver por si mesma; no fim tudo ficará esclarecido. Só me deixem contar... E, por fim (por que não dizer francamente?), olha só, Natacha, e o senhor também, Ivan Petróvitch, talvez, às vezes, eu seja realmente muito, muito irracional; bem, é verdade, digamos até que simplesmente bobo (porque às vezes isso também acontecia). Mas, nesse caso, eu lhes asseguro que mostrei muita astúcia... bem... e, afinal, até mesmo inteligência; de modo que vocês mesmos deveriam ficar felizes por eu nem sempre ser... um tolo.

— Ora, o que é isso, Aliócha, chega! Que bobagem, meu querido...

Natacha não suportava ver Aliócha ser considerado um tolo. Quantas vezes aconteceu de ela ficar amuada comigo, sem expressá-lo em palavras, se eu demonstrava a Aliócha, sem muita cerimônia, que ele havia feito alguma tolice. Esse era o seu ponto fraco. Ela não podia suportar a humilhação de Aliócha, e tanto mais porque, provavelmente, ela mesma tinha consciência de sua limitação. Mas ela nunca lhe manifestou a sua opinião com receio de ofender seu amor-próprio. Já ele, nesses casos, era particularmente perspicaz e sempre adivinhava seus sentimentos secretos. Natacha percebia isso e ficava muito triste, no mesmo instante se punha a afagá-lo e a lisonjeá-lo. Eis por que agora as palavras dele repercutiram dolorosamente em seu coração...

— Basta, Aliócha, você é apenas leviano, você não é absolutamente assim — acrescentou ela —, para que ficar se rebaixando?

— Bem, está bem; então, deixem-me terminar de contar. Depois da recepção na casa do conde, meu pai chegou a ficar furioso comigo. Espere um pouco, pensei! Estávamos indo então à casa da princesa; havia tempo já que ouvira dizer que ela estava ficando gagá por causa da velhice e, ainda por cima, surda, e que adorava cachorrinhos. Ela tem um matilha inteira e tem paixão por ela. Apesar disso tudo, tinha grande influência na sociedade, de modo que até mesmo o conde Naínski, *le superbe*,[4] faz *antichambre*[5] em sua casa. Eis que a caminho elaborei um plano para as próximas ações, e o que vocês acham, em que me baseei? No fato de que todos os cães gostam de mim, realmente! Eu notei isso. Ou porque há em mim algum magnetismo, ou então porque eu mesmo gosto muito de todos os animais, sei lá, só sei que os cachorros gostam e pronto! Por falar em magnetismo, Natacha, ainda não te contei, outro dia eu estava na casa de um médium e evocamos uns espíritos; é muito curioso, Ivan Petróvitch, cheguei a ficar impressionado. Evoquei Júlio César.

— Oh, meu Deus! E por que logo Júlio César? — exclamou Natacha, caindo na gargalhada. — Era só o que faltava!

— E por que não... como se eu fosse qualquer... Por que não tenho o direito de evocar Júlio César? O que poderia lhe acontecer? E ainda ri!

---

[4] Em francês no original: "o soberbo". (N. da T.)

[5] Em francês no original: "antessala"; no contexto, significa que até mesmo o conde Naínski tinha de aguardar para ser recebido. (N. da T.)

— Mas é claro que não poderia acontecer nada... ah, meu querido! Bem, o que lhe disse Júlio César?

— Não disse nada. Eu apenas segurei um lápis e o próprio lápis se movia sobre o papel e escrevia. Disseram-me que era Júlio César quem escrevia. Não acredito nisso.

— E o que foi que ele escreveu?

— Escreveu algo parecido com *"obmokni"*, como em Gógol...[6] e pare de rir!

— Mas fale sobre a princesa!

— Ora, vocês não param de me interromper. Chegamos à casa da princesa e eu comecei por cortejar Mimi. Essa Mimi é uma cachorrinha velha, nojenta, das mais detestáveis, além de morder e ser teimosa. A princesa é louca por ela, se desmancha em cuidados; parecem ter a mesma idade. Eu comecei assim, me pus a encher a Mimi de balas e, por volta de uns dez minutos, a ensiná-la a dar a patinha, o que em toda a sua vida não conseguiram lhe ensinar. A princesa ficou simplesmente encantada; só faltou chorar de alegria, "Mimi! Mimi! A Mimi está dando a patinha!". Chegou alguém: "Mimi está dando a patinha. Foi meu afilhado que a ensinou". Entrou o conde Naínski: "Mimi está dando a patinha!". Ela olhou para mim quase com lágrimas de enternecimento. É uma velhinha boníssima; cheguei a sentir pena dela. E aí, como não sou bobo, tornei a lisonjeá-la: em sua tabaqueira há um retrato dela, de quando ainda estava noiva, uns sessenta anos atrás. E eis que ela deixou cair a tabaqueira, eu a peguei e disse: *Quelle charmante peinture!*[7] É uma beleza ideal! Bem, nisso ela já se derreteu toda; falou comigo disso e daquilo, onde foi que estudei, que casas costumo frequentar, que cabelos bonitos tenho, e por aí vai. Eu também a fiz rir, contei-lhe uma história escandalosa. Ela gosta disso; só me ameaçou com o dedo, mas, aliás, riu muito. Ao se despedir de mim, deu um beijo, me abençoou e exigiu que eu fosse todos os dias entretê-la. O conde apertou-me a mão, estava com os olhos melosos; e meu pai, embora seja o mais bondoso, honesto e nobre dos homens, acreditem ou não, só faltou chorar de alegria quando chegamos em casa juntos; abraçou-me, se pôs a falar com franqueza, com uma franqueza um tanto misteriosa, acerca de carreira, relacionamentos, dinheiro, casamento, tanto que muita coisa eu nem entendi. Foi aí que ele me deu o dinheiro.

---

[6] Na comédia inacabada de Nikolai Gógol, *O litígio* (1842), a proprietária de terras Jerebtsova, em vez de assinar em seu testamento Evdókia, assina Obmokni (que significa, literalmente, "molhe a pena"). (N. da T.)

[7] Em francês no original: "Que pintura encantadora!". (N. da T.)

Isso foi ontem. Amanhã voltarei à casa da princesa, mas meu pai, de qualquer modo, é uma pessoa das mais nobres; não fique pensando coisas, Natacha, e ainda que queira me separar de você, é porque está deslumbrado, porque quer os milhões de Kátia, e você não os tem; e ele os quer somente para mim, e só é injusto com você por desconhecimento. E que pai não quer a felicidade do filho? Pois ele não tem culpa de ter se acostumado a contar a felicidade em milhões. Todos eles são assim. É desse ponto de vista que é preciso julgá-lo, e não de outro — e aí logo se vê que ele está certo. Corri para cá de propósito, Natacha, para assegurá-la disso, porque sei que está prevenida contra ele e, evidentemente, você não tem culpa disso. Eu não a culpo...

— Então, fez carreira na casa da princesa, foi só isso o que aconteceu? É nisso que está toda a sua astúcia? — perguntou Natacha.

— O quê? O que está dizendo? Isso é apenas o começo... se falei da princesa foi porque, você sabe, será através dela que terei o meu pai nas mãos, e a minha história principal ainda nem comecei.

— Está bem, então conte logo!

— Aconteceu-me hoje um outro episódio, e até bem estranho, até agora ainda estou pasmo — continuou Aliócha. — Vocês precisam ver que, embora meu pai e a condessa tenham decidido o nosso noivado, até agora, oficialmente, não houve nada de decisivo, de modo que, mesmo que agora ele seja desfeito, não haverá nenhum escândalo; a única pessoa que sabe é o conde Naínski, mas ele é considerado um parente e protetor. Além disso, embora nessas duas semanas eu tenha me encontrado muito com Kátia, até a noite de hoje não falei uma palavra sequer com ela sobre o futuro, ou seja, sobre casamento e... bem, de amor. Além disso, primeiro é preciso pedir o consentimento da princesa K., de quem se espera todo tipo de proteção e uma chuva de ouro. O que ela disser, dirá também a sociedade; tem tantas relações... E o que mais querem é introduzir-me na sociedade e tornar-me alguém. Mas quem insiste particularmente em todos esses arranjos é a condessa, madrasta de Kátia. Acontece que a princesa, por causa de todas as suas extravagâncias no exterior, talvez não a aceite, e se a princesa não aceitar, é provável que os outros também não a aceitem; e eis então uma boa oportunidade: meu namoro com Kátia. E é por isso que a condessa, que antes se opunha ao noivado, hoje ficou extremamente feliz com o meu sucesso na casa da princesa, mas isso é o de menos, o que importa é que: conheço Katerina Fiódorovna já desde o ano passado; mas na época eu ainda era um menino e não podia perceber nada, e foi por isso que nem reparei nela na época...

— Acontece que na época você me amava mais — interrompeu-o Natacha —, foi por isso que não reparou, mas agora...

— Nem uma palavra mais, Natacha — gritou Alócha com veemência —, está redondamente enganada e me ofende!... Não vou nem retrucar; escute antes e vai saber de tudo... Ah, se você conhecesse Kátia! Se soubesse que alma adorável, iluminada e terna ela é! Mas haverá de conhecer; só ouça até o fim! Duas semanas atrás, quando, com a chegada delas, meu pai me levou à casa de Kátia, comecei a olhar para ela atentamente. Notei que ela também olhava para mim. Isso despertou muito a minha curiosidade; sem falar que eu já tinha a firme intenção de conhecê-la melhor — a intenção vinha já desde que recebi a carta do meu pai, que me deixou tão impressionado. Não vou dizer nada, não vou me pôr a elogiá-la, só digo uma coisa: é uma notável exceção em todo o seu círculo. É uma natureza tão original, uma alma tão forte e reta, forte precisamente por causa de sua pureza e retidão, tanto que eu não passo de um garoto diante dela, seu irmão mais novo, embora ela tenha apenas dezessete anos. Outra coisa que notei: ela é uma pessoa muito triste, como se houvesse algum mistério; ela não é falante; em casa está quase sempre calada, como que assustada... É como se algo a preocupasse. Parece ter medo de meu pai. Não gosta da madrasta — eu percebi isso; é a própria condessa que propala, por algum motivo, que a enteada a adora; é tudo mentira: Kátia apenas a obedece sem fazer objeções, como se tivesse feito esse acordo com ela; há quatro dias, depois de todas as minhas observações, decidi pôr em prática a minha intenção e a pus hoje à noite. Isto: contar tudo a Kátia, confessar-lhe tudo, trazê-la para o nosso lado e então encerrar de uma vez o assunto...

— Como!? Contar o quê, confessar o quê? — perguntou Natacha, inquieta.

— Tudo, absolutamente tudo — respondeu Alócha —, e agradeço a Deus por ter me inspirado essa ideia; mas ouça, ouça! Quatro dias atrás, decidi o seguinte: afastar-me de vocês e resolver tudo sozinho. Se tivesse ficado com vocês, ainda estaria hesitante, teria ouvido vocês e nunca teria tomado uma decisão. Ao ficar sozinho e me colocar justamente numa posição em que a cada minuto tinha de reafirmar a mim mesmo que era preciso pôr fim nisso e que eu deveria pôr um fim nisso, tomei coragem e... pus! Eu me propus a voltar aqui com uma solução e voltei com uma solução!

— O que, o que foi? Como aconteceu isso? Conte logo!

— Muito simples! Eu me dirigi a ela sem rodeios, honesta e corajosamente... Mas primeiro devo lhes contar um caso anterior, que me deixou terrivelmente impressionado. Antes de partirmos, meu pai recebeu uma certa

Humilhados e ofendidos 115

carta. Nessa hora eu estava entrando em seu gabinete e parei à porta. Ele não me viu. Estava a tal ponto impressionado com essa carta que falava consigo mesmo, lançava exclamações, andava pelo cômodo fora de si e, por fim, de repente começou a rir, e com a carta na mão. Fiquei até com medo de entrar, esperei um pouco e depois entrei. Por alguma razão, meu pai estava muito feliz, muito mesmo; se pôs a falar comigo de um modo estranho; depois ele, de repente, parou e mandou que me preparasse para sair imediatamente, embora ainda fosse muito cedo. Em casa deles não havia ninguém além de nós, e você ficou achando em vão, Natacha, que havia uma recepção lá. Foi mal informada...

— Ah, não desvia do assunto, Aliócha, por favor; diga, como foi que você contou tudo a Kátia?

— A sorte foi que ficamos duas horas inteiras sozinhos. Eu simplesmente lhe declarei que, embora queiram oficializar nosso noivado, nosso casamento é impossível; que tenho grande afeição por ela, do fundo do meu coração, e que só ela poderia me salvar. Aí eu lhe disse tudo. Imagine só, ela não sabia nada a respeito da nossa história, sobre você e eu, Natacha! Se pudesse ver como foi tocada; a princípio até levou um susto. Ficou completamente pálida. Eu lhe contei toda a nossa história: que, por minha causa, você tinha abandonado a sua casa, que vivíamos juntos, que agora nos atormentamos, com medo de tudo, e que agora recorríamos a ela (falei também em seu nome, Natacha), para que ficasse do nosso lado e dissesse diretamente à sua madrasta que não quer se casar comigo, que nisso está toda a nossa salvação e que não podíamos contar com mais ninguém. Ela me ouviu com tanta curiosidade, com tanta simpatia. Que olhos tinha nesse momento! Era como se sua alma tivesse se transportado inteira para esse olhar. Tem olhos bem azuis. Agradeceu-me por não duvidar dela e deu-me sua palavra de que fará tudo o que puder para nos ajudar. Depois começou a perguntar de você, disse que tem muita vontade de conhecê-la, pediu-me para lhe transmitir que já gosta de você como de uma irmã e queria que você também gostasse dela como de uma irmã, e quando soube que havia já cinco dias que não a via, imediatamente se pôs a me mandar embora para vir vê-la...

Natacha estava comovida.

— E você tinha de nos contar antes disso as suas façanhas com uma princesa surda! Ah, Aliócha, Aliócha! — exclamou ela, lançando-lhe um olhar de recriminação. — Bem, e Kátia, estava contente, alegre, quando se despediu de você?

— Sim, ela ficou contente por ter podido realizar um ato nobre, mas estava chorando. Pois ela também me ama, Natacha! Ela mesma me confessou que já começava a gostar de mim; que não vê ninguém e que já havia tempo que se sentia atraída por mim; distinguiu-me especialmente porque à sua volta só há astúcia e falsidade, e eu lhe pareci uma pessoa honesta e sincera. Ela se levantou e disse: "Bem, que Deus o proteja, Aleksei Petróvitch, mas eu achei...", nem terminou de falar começou a chorar e se retirou. Decidimos que amanhã mesmo ela dirá à madrasta que não quer se casar comigo e que amanhã mesmo eu devo dizer tudo ao meu pai com firmeza e coragem. Recriminou-me por não ter dito antes a ele: "Uma pessoa honesta não deve ter medo de nada!". É tão nobre! Ela também não gosta de meu pai; diz que ele é ardiloso, só pensa em dinheiro. Eu o defendi; ela não acreditou em mim. Se não for bem-sucedido com meu pai amanhã (e ela tem certeza de que não serei), então ela também concorda que tenho de recorrer à proteção da princesa K. Pois ninguém se atreveria a se opor a ela. Demos um ao outro a palavra de que seremos como irmãos. Ah, se conhecesse a sua história, se soubesse como é infeliz, a aversão que tem por sua vida na casa da madrasta, por todo esse ambiente... Ela não disse diretamente, como se tivesse receio até de mim, mas eu deduzi por algumas palavras suas. Natacha, minha querida! Como ela haveria de admirá-la, se a visse! E que coração bondoso o seu! É tão bom estar com ela! Vocês duas foram feitas para serem irmãs e devem gostar uma da outra. Não paro de pensar nisso. É verdade, eu mesmo as juntaria e ficaria perto só para admirá-las. Não fique imaginando coisas, Natáchetchka, e deixe-me falar dela. É com você justamente que sinto vontade de falar dela, e com ela de você. Pois você bem sabe que é a pessoa que mais amo, mais do que a ela... Você é tudo para mim!

Natacha olhava para ele em silêncio, com uma mescla de carinho e tristeza. Como se suas palavras fossem ao mesmo tempo uma carícia e de certo modo um tormento para ela.

— Faz tempo já, duas semanas, que comecei a sentir apreço por Kátia — continuou ele. — Pois ia todas as noites à sua casa. Ao voltar para casa, ficava o tempo todo pensando, não parava de pensar em vocês, de ficar comparando as duas.

— Qual de nós se saiu melhor? — perguntou Natacha, sorrindo.

— Algumas vezes você, outras ela. Mas você permanece sempre a melhor. Quando falo com ela, sempre sinto que eu mesmo me torno melhor, mais inteligente, de certo modo, mais nobre. Mas amanhã, amanhã tudo será resolvido!

— E não sente pena dela? Afinal de contas, ela te ama; você mesmo disse que percebeu isso...

— Sinto, Natacha! Mas nós três vamos todos amar uns aos outros, e então...

— E então, adeus! — pronunciou Natacha baixinho, como que para si mesma. Aliócha olhou para ela perplexo.

Mas nossa conversa foi subitamente interrompida da maneira mais inesperada. Na cozinha, que também servia de antessala, ouviu-se um leve ruído, como se alguém tivesse entrado. Um minuto depois Mavra abriu a porta e se pôs a fazer sinais furtivos com a cabeça para Aliócha, chamando-o. Voltamo-nos todos para ela.

— Estão perguntando por você, faça o favor — disse ela com uma voz misteriosa.

— Quem pode estar perguntando por mim a essa hora? — disse Aliócha, olhando-nos perplexo. — Já vou!

Na cozinha estava o criado de libré do príncipe, seu pai. O que aconteceu foi que o príncipe, a caminho de casa, parou seu carro diante da casa de Natacha e mandou saber se Aliócha estava lá. Depois de anunciar isto, o criado saiu imediatamente.

— Estranho! Isso nunca aconteceu antes — disse Aliócha, olhando para nós confuso. — O que será?

Natacha olhou para ele inquieta. De repente Mavra tornou a abrir a porta da sala.

— O príncipe está vindo pessoalmente! — disse ela com um sussurro apressado e imediatamente se escondeu.

Natacha empalideceu e se levantou de seu assento. De repente, seus olhos se iluminaram. Ela se apoiou ligeiramente na mesa e ficou olhando para a porta, para onde a visita inoportuna deveria entrar.

— Natacha, não se preocupe, você está comigo! Não permitirei que a ofendam — murmurou Aliócha desconcertado.

A porta se abriu e no umbral apareceu o príncipe Valkóvski em pessoa.

CAPÍTULO II

Ele nos deitou um olhar rápido e atento. Por esse olhar, não era possível ainda deduzir: vinha como amigo ou como inimigo? Mas descreverei em detalhes sua aparência. Nessa noite, deixou-me uma impressão especial.

Já o tinha visto antes. Era um homem de uns quarenta e cinco anos, não mais, de feições regulares e extremamente bonitas, cuja expressão do rosto variava de acordo com as circunstâncias; mas mudava completamente, de modo brusco, com uma rapidez surpreendente, passando da mais agradável para a mais taciturna ou descontente, como se uma mola tivesse sido subitamente acionada. Tinha o rosto oval, regular, um pouco moreno, dentes perfeitos, lábios pequenos e bastante finos, lindamente desenhados, o nariz reto, um pouco alongado, testa alta, em que ainda não se via uma única ruga, olhos cinzentos, bem grandes — tudo isso formava quase um belo homem, seu rosto no entanto não causava uma boa impressão. Esse rosto repugnava justamente pelo fato de que a sua expressão não parecia espontânea, mas sempre, por assim dizer, afetada, estudada, copiada, e surgia na pessoa uma convicção cega de que nunca conseguiria ver a sua verdadeira expressão. Olhando-o mais atentamente, começava-se a suspeitar de que sob aquela máscara invariável havia algo de maldoso, astuto e egoísta no mais alto grau. Chamavam particularmente a atenção os seus olhos aparentemente belos, cinzentos e francos. Era como se apenas eles não conseguissem se submeter à sua vontade. Ele mesmo gostaria de olhar de modo suave e afetuoso, mas os raios de seu olhar como que se bifurcavam e entre os raios suaves e afetuosos cintilavam outros, duros, desconfiados, perscrutadores e perversos... Era bastante alto, de compleição elegante, um tanto magro e parecia ser bem mais jovem do que era. Seus cabelos castanho-escuros, macios, quase nem tinham ainda começado a encanecer. Tinha orelhas, mãos e pés surpreendentemente formosos. Era de uma beleza completamente aristocrática. Vestia-se com requintada elegância e frescor, mas com um toque um tanto juvenil, o que, aliás, lhe caía bem. Parecia um irmão mais velho de Aliócha. Pelo menos era impossível tomá-lo por pai de um filho tão crescido.

Ele se dirigiu diretamente a Natacha e, olhando para ela, disse-lhe com firmeza:

— Minha vinda aqui a esta hora e sem que a tenha avisado previamente é estranha e contraria todas as regras; mas espero que acredite que ao menos sou capaz de reconhecer toda a excentricidade de minha conduta. Sei, também, com quem estou lidando; sei que é perspicaz e generosa. Conceda-me apenas dez minutos, e espero que a senhora mesma me compreenda e dê razão.

Proferiu tudo isso polidamente, mas com vigor e uma certa insistência.

— Queira sentar-se — disse Natacha, que ainda não se refizera da confusão e de um certo susto.

Ele lhe fez uma ligeira reverência e sentou-se.

— Antes de mais nada, permita-me dizer duas palavras a ele — começou o príncipe, apontando para o filho. — Aliócha, assim que você saiu, sem esperar por mim e sem sequer se despedir de nós, a condessa foi informada de que Katerina Fiódorovna se sentia mal. Ela já ia correr para vê-la, mas a própria Katerina Fiódorovna veio de repente até nós muito agitada e aflita. Ela nos disse sem rodeios que não pode ser sua esposa. E disse ainda que entrará para um convento, que você lhe pediu ajuda e lhe confessou que ama Natália Nikoláievna... Essa confissão inacreditável de Katerina Fiódorovna, e, ainda por cima, num momento desses, evidentemente, foi provocada pela extrema estranheza de sua explicação a ela. Ela estava quase fora de si. Pode bem entender quão chocado e assustado fiquei. Ao passar agora por aqui, vi luz em sua janela — continuou ele, voltando-se para Natacha. — Então, uma ideia que já havia tempo me perseguia apoderou-se de mim a tal ponto, que não pude resistir ao primeiro impulso de vir à sua casa. Para quê? Já vou dizer, mas peço de antemão para que não se surpreenda com uma certa rudeza de minha explicação. Foi tudo tão de repente...

— Espero que possa compreender e apreciar... devidamente, o que disser — disse Natacha, gaguejando.

O príncipe a olhava fixamente, como se tivesse pressa em estudá-la a fundo em um só minuto.

— Conto com sua perspicácia — continuou ele —, e se me permiti vir à sua casa agora, foi justamente porque sabia com quem estava lidando. Já a conheço há muito tempo, apesar de uma vez já ter sido tão injusto e incorrido em falta com a senhora. Ouça-me: sabe que entre seu pai e eu há contrariedades que vêm de longa data. Não estou me justificando; talvez seja mais culpado perante ele do que supunha até agora. Mas, se for isso mesmo, é porque eu próprio fui enganado. Sou desconfiado e o reconheço. Sou mais inclinado a suspeitar do mal do que do bem... uma característica infeliz, própria de um coração duro. Mas não tenho o hábito de dissimular meus defeitos. Acreditei em todas as calúnias e, quando a senhora deixou seus pais, fiquei apavorado por Aliócha. Mas ainda não a conhecia. As informações que aos poucos fui tomando deixaram-me muito animado. Pus-me a estudar, a observar, e acabei por me convencer de que minhas suspeitas eram infundadas. Soube que se desentendeu com sua família, e sei também que seu pai se opõe ao seu casamento com meu filho com todas as suas forças. E só o fato de ter tanta influência, tanto poder, pode-se dizer, sobre Aliócha, e não ter se aproveitado até agora deste poder para obrigá-lo a se casar consigo, por si só já a mostra sob um aspecto muito bom. E, mesmo assim, confesso francamente a vocês que estava decidido a impedir, por todos os meios, qualquer possibilidade de seu casamento com meu filho. Sei que me expresso com muita franqueza, mas neste momento a franqueza de minha parte é mais necessária do que tudo; há de concordar comigo depois de me ouvir. Logo depois de a senhora ter deixado sua casa, fui embora de Petersburgo; mas, ao voltar, já não temia por Aliócha. Contava com seu nobre orgulho. Percebi que a senhora não queria o casamento antes que as nossas desavenças familiares terminassem; não queria perturbar a harmonia entre Aliócha e eu, porque eu nunca o teria perdoado por seu casamento com a senhora; não queria também que dissessem que estava de olho num marido príncipe e em ligações com a nossa casa. Ao contrário, chegou a demonstrar desdém por nós, esperando talvez o momento em que fosse eu próprio a lhe pedir que nos desse a honra de conceder sua mão ao meu filho. Mas, ainda assim, permaneci obstinadamente hostil à senhora. Não me porei a me justificar, mas não vou esconder da senhora as minhas razões. Ei-las: a senhora não é uma pessoa ilustre nem é rica. E embora eu possua condições, precisamos de mais. Nosso nome de família está em decadência. Precisamos de relações e de dinheiro. A enteada da condessa Zinaída Fiódorovna pode não possuir relações, mas é muito rica. Se tardássemos um pouco, haveria de surgir pretendentes e roubar de nós a noiva; e não se podia perder uma tal oportunidade, e apesar de Aliócha ser ainda muito jovem, decidi arranjar seu casamento. Como pode ver, não escondo nada. Pode olhar com desprezo para um pai que admite que induziu o filho, por interesse e preconceito, a cometer uma má ação; porque abandonar uma moça generosa, que sacrificou tudo por ele e perante a qual ele é culpado, é uma má ação. Mas não estou me justificando. O segundo motivo para a proposta de casamento do meu filho com a enteada da condessa Zinaída Fiódorovna é que se trata de uma moça altamente digna de amor e de respeito. Ela é bonita, bem-educada, de excelente caráter e muito inteligente, embora sob muitos aspectos ainda seja uma criança. Aliócha não tem caráter, é leviano, imprudente ao extremo, aos vinte e dois anos ainda é completamente criança, talvez seu único mérito seja ter bom coração — uma qualidade que chega a ser perigosa quando junto com outros defeitos. Há algum tempo notei que minha influência sobre ele começava a diminuir: a impetuosidade, o entusiasmo juvenil levam vantagem, e até muita, sobre algumas obrigações verdadeiras. Talvez o ame muito intensamente, mas estou convencido de que não lhe basta ter apenas a mim como guia. E, entretanto, deve estar sob a influência benéfica e constante de quem quer que seja. É de natureza submissa, frágil, afetuosa, que prefere amar e se culpar a mandar. E assim permanecerá pelo resto de sua vida. Pode imaginar qual foi a minha alegria ao encontrar em Katerina Fiódorovna a moça ideal que desejava para esposa de meu filho. Mas minha alegria durou pouco; uma outra influência indestrutível já reinava sobre ele: a sua. Observei-o perscrutadoramente, ao retornar um mês atrás a Petersburgo, e para minha surpresa notei nele uma mudança significativa para melhor. A sua leviandade, a sua infantilidade, continuam praticamente as mesmas, mas afirmaram-se nele algumas aspirações nobres; ele começa a se interessar não apenas por brincadeiras, mas pelo que é sublime, nobre e honesto. As suas ideias são estranhas, instáveis e às vezes absurdas; mas seus desejos, suas inclinações, seu coração, estão melhores, e isso é a base de tudo; e toda essa melhora nele é, indiscutivelmente, obra sua. A senhora o reeducou. Confesso-lhe que então ocorreu-me o pensamento de que a senhora, mais do que ninguém, poderia fazê-lo feliz. Mas eu afugentei esse pensamento, eu não queria tais pensamentos. Precisava apartá-lo da senhora a qualquer custo; comecei a agir e pensei ter alcançado meu objetivo. Apenas uma hora atrás, pensava que a vitória era minha. Mas o episódio na casa da condessa pôs abaixo de uma vez por todas as minhas suposições, e acima de tudo impressionou-me um fato inesperado: a estranha seriedade de Aliócha, a seriedade de sua afeição pela senhora, a obstinação, a vitalidade dessa afeição. Repito-o, a senhora o reeducou definitivamente. De repente vi que a mudança nele vai ainda mais longe do que eu supunha. Hoje, de repente, ele demonstrou diante de mim sinais de uma inteligência que eu de modo algum suspeitava nele, e ao mesmo tempo uma perspicácia e sutileza extraordinária de sentimento. Ele escolheu o caminho mais seguro para sair de uma situação que considerava embaraçosa. Tocou e despertou a mais nobre capacidade do coração humano — justamente, a capacidade de perdoar e de pagar o mal com o bem. Entregou-se ao poder de uma criatura ofendida por ele e recorreu a ela própria pedindo-lhe simpatia e ajuda. Tocou todo o orgulho de uma mulher que já o amava, ao lhe confessar sem rodeios que ela tem uma rival, e, ao mesmo tempo, despertou nela a simpatia por sua rival, e para si o perdão e a promessa de uma amizade fraternal incondicional. Entrar em tais explicações sem, ao mesmo tempo, ofender nem magoar — às vezes nem os sábios mais hábeis são capazes de fazer isso, mas o são justamente os corações jovens, puros e bem-intencionados, como o dele. Estou certo, Natália Nikoláievna, de que a senhora não teve participação no ato de hoje nem com palavras nem com conselhos. Talvez só agora tenha sabido de tudo por ele. Estou enganado? Não foi assim que aconteceu?

— Não está enganado — repetiu Natacha, que tinha o rosto todo incendiado e os olhos luzindo com um brilho estranho, como que de inspiração. A dialética do príncipe começava a fazer efeito. — Há cinco dias que não vejo Aliócha — acrescentou ela. — Foi ele mesmo que imaginou tudo isso e pôs em execução.

— Estou certo disso — confirmou o príncipe —, mas, apesar de toda essa súbita clarividência dele, de toda essa força de vontade, da consciência do dever, e por fim de toda essa nobre firmeza, tudo isso se deve à sua influência sobre ele. Ponderei sobre isso tudo e cheguei a uma conclusão agora, a caminho de casa, e ao ponderar, de repente senti em mim forças para tomar uma decisão. Nossa proposta de casamento à casa da condessa veio abaixo e não há como recuperá-la; mas mesmo que fosse possível, já não teria sentido. E como poderia ter, se eu mesmo já me convenci de que só a senhora pode fazê-lo feliz, de que é seu verdadeiro guia, de que já lançou as bases de sua felicidade futura! Não lhe ocultei nada, nem oculto agora; gosto muito de carreiras, dinheiro, linhagem e até de títulos; no fundo, considero que muitas dessas coisas são preconceitos, mas gosto desses preconceitos e não quero prescindir deles. Mas há circunstâncias em que é preciso levar outras coisas também em consideração, em que não se pode medir tudo pela mesma medida... Além disso, amo meu filho com fervor. Em suma, cheguei à conclusão de que Aliócha não deve se separar da senhora, porque sem a senhora estaria perdido. E, devo confessá-lo? Talvez tenha tomado essa decisão um mês atrás, mas só agora soube que tomei uma decisão justa. Claro que, para dizer-lhe tudo isso, eu poderia vir visitá-la amanhã, e não incomodá-la quase à meia-noite. Mas minha pressa nesse momento talvez sirva para lhe mostrar com que ardor e, sobretudo, com que sinceridade trato desse assunto. Não sou criança; não poderia na minha idade dar um passo impensado. Quando entrei aqui, já estava tudo ponderado e decidido. Mas sinto que ainda terei de esperar muito tempo para que fique plenamente convencida de minha sinceridade... Mas vamos ao que interessa! Devo explicar-lhe agora por que vim aqui? Vim cumprir meu dever para com a senhora e — solenemente, com todo o infinito respeito que lhe tenho, peço-lhe que faça o meu filho feliz e lhe conceda a sua mão. Oh, não pense que vim como um pai terrível, que afinal decidiu perdoar o filho e benevolentemente consentir que seja feliz. Não! Não! A senhora estaria me humilhando ao me atribuir semelhantes ideias. Não considere também que estivesse certo de seu consentimento de antemão, baseado no fato de que se sacrificou por meu filho; outra vez, não! Sou o primeiro a dizer em alto e bom som que ele não a merece... (ele é bom e sincero)... ele mesmo confirmará isso. Mas isso não basta. O que me trouxe aqui, a essa hora, não foi só isso... Vim aqui... (levantou-se respeitosamente e com uma certa solenidade) vim aqui para me tornar seu amigo! Sei que não tenho o mínimo direito a isso, ao contrário! Mas... permita-me merecer esse direito! Permita-me ter a esperança!

Inclinando-se com reverência diante de Natacha, aguardou sua resposta. Fiquei o tempo todo, enquanto ele falava, observando-o atentamente. Ele notou isso.

Pronunciou seu discurso com frieza, com certas pretensões dialéticas, e em algumas partes até com certa displicência. O tom de todo o seu discurso às vezes nem sequer correspondia com o impulso que o trouxera a nós numa hora tão insólita para uma primeira visita e sobretudo em tais circunstâncias. Algumas expressões haviam sido visivelmente preparadas e em algumas passagens de seu longo, e por isso mesmo estranho discurso, ele como que assumia artificialmente ares de uma pessoa excêntrica que, sob a aparência de humor, displicência e gracejos, esforçava-se por ocultar um sentimento que irrompia. Mas percebi isso tudo depois; naquele momento o efeito foi outro. Pronunciou as últimas palavras com tanta efusão, com tanto sentimento, com a aparência de um respeito tão sincero por Natacha, que conquistou a todos nós. Algo parecido com uma lágrima chegou a cintilar em suas pestanas. O nobre coração de Natacha estava completamente cativado. Seguindo-o, ela se levantou e, em silêncio, profundamente comovida, estendeu-lhe a mão. Ele a tomou e a beijou com ternura, com sentimento. Aliócha transbordava de entusiasmo.

— Eu não disse, Natacha! — gritou ele. — Você não acreditava em mim! Não acreditava que este é o homem mais nobre do mundo! Pois está vendo, está vendo por si mesma!...

Ele se lançou sobre o pai e o abraçou calorosamente. O príncipe respondeu-lhe da mesma forma, mas apressou-se a pôr fim na cena sentimental, como que acanhado por demonstrar seus sentimentos.

— Chega — disse ele e pegou o chapéu —, estou indo. Pedi-lhe apenas dez minutos e fiquei uma hora inteira — acrescentou, sorrindo. — Estou indo embora, mas com o anseio ardente de tornar a vê-la o quanto antes. Permite que a visite com mais frequência?

— Sim, sim! — respondeu Natacha. — Com mais frequência! Quero o quanto antes... começar a gostar do senhor... — acrescentou ela embaraçada.

— Como é sincera, como é honesta! — disse o príncipe, sorrindo de suas palavras. — Não quer usar de evasivas para dizer até mesmo uma simples palavra de cortesia. Mas sua sinceridade é mais cara do que todas essas falsas cortesias. Sim! Estou ciente de que preciso de muito, muito tempo ainda para merecer seu amor!

— Basta... chega de me elogiar! — sussurrou Natacha, confusa. Como estava bonita naquele momento!

— Assim seja! — decidiu o príncipe. — Só mais duas palavras sobre o assunto. Não pode imaginar como me sinto infeliz! Pois amanhã não poderei estar aqui, nem amanhã, nem depois de amanhã. Esta noite recebi uma carta tão importante para mim (que exige minha participação imediata em um caso), que de maneira nenhuma posso negligenciá-la. Amanhã de manhã deixo Petersburgo. Por favor, não pense que vim à sua casa tão tarde justamente porque amanhã não teria tempo, nem amanhã, nem depois de amanhã. É evidente que não haveria de pensar isso, mas eis um pequeno exemplo de minha natureza desconfiada! Por que me pareceu que haveria necessariamente de achar isso? Sim, essa desconfiança atrapalhou-me muito na vida, e toda a minha desavença com sua família talvez seja apenas uma consequência do meu caráter deplorável!... Hoje é terça-feira. Na quarta, quinta e sexta-feira estarei fora de Petersburgo. No sábado sem falta espero voltar e no mesmo dia estarei aqui. Diga-me, posso vir e passar aqui uma noite inteira?

— Certamente, certamente! — exclamou Natacha. — No sábado à noite eu o esperarei! Esperarei ansiosa!

— Como estou feliz! Vou conhecê-la cada vez melhor! Bem... estou indo! Mas não posso sair sem lhe apertar a mão — disse ele, dirigindo-se de repente a mim. — Desculpe-me! Estamos todos falando agora de modo tão desconexo... Já tive o prazer de encontrá-lo algumas vezes, e numa delas fomos até apresentados. Não posso sair daqui sem expressar o prazer que teria em renovar nossas relações.

— Já nos conhecemos, é verdade — respondi, apertando-lhe a mão —, mas, perdão, não me lembro de termos sido apresentados.

— Em casa do príncipe R., no ano passado.

— Desculpe-me, havia me esquecido. Mas asseguro-lhe de que desta vez não esquecerei. Esta noite foi especialmente memorável para mim.

— Sim, tem razão, para mim também. Sei há tempos que o senhor é um amigo verdadeiro e sincero de Natália Nikoláievna e de meu filho. Espero me tornar o quarto entre os três. Não é? — acrescentou ele, dirigindo-se a Natacha.

— Sim, ele é um verdadeiro amigo para nós, e devemos estar todos juntos! — respondeu Natacha com profundo sentimento. Pobrezinha! Ela ficou tão radiante de alegria quando viu que o príncipe não se esquecera de me cumprimentar. Como gostava de mim!

— Conheço muitos admiradores de seu talento — continuou o príncipe —, e conheço as duas mais sinceras admiradoras suas. Teriam muito prazer em conhecê-lo pessoalmente. São elas a condessa, minha melhor amiga, e sua enteada, Katerina Fiódorovna Filimónova. Permita-me ter a esperança de que não me negará o prazer de apresentá-lo a estas damas.

— Fico muito lisonjeado, embora atualmente tenha poucas relações...

— Mas dê-me o seu endereço! Onde mora? Terei prazer...

— Não posso receber em minha casa, príncipe, pelo menos no momento presente.

— Mas eu, embora não mereça ser uma exceção... mas...

— Pois bem, já que insiste, para mim também será uma satisfação. Moro na travessa..., no prédio de Klugen.

— No prédio de Klugen! — exclamou ele, como que surpreso por algum motivo. — Como? O senhor mora lá... há muito tempo?

— Não, não faz tempo — respondi, observando-o involuntariamente. — O meu apartamento é o 44.

— O 44?... E está morando... sozinho?

— Completamente sozinho.

— Ah, sim! Pergunto porque... parece-me que conheço esse prédio. Tanto melhor... Irei sem falta! Preciso lhe falar sobre muita coisa e espero muito do senhor. Ficar-lhe-ei muito reconhecido. Como vê, já começo por um pedido. Mas, adeus! Sua mão, mais uma vez!

Ele apertou minha mão e a de Alióucha, beijou uma vez mais a mão de Natacha e saiu sem convidar Alióucha a segui-lo.

Ficamos os três extremamente confusos. Tudo isso aconteceu tão inesperadamente, tão por acaso. Todos sentíamos que tudo mudara num instante e que algo de novo, de desconhecido, teria início. Alióucha sentou-se em silêncio ao lado de Natacha e beijou-lhe ligeiramente a mão. De vez em quando ele espreitava-lhe o rosto, como que à espera do que ela haveria de dizer.

— Meu querido Alióucha, vá amanhã mesmo à casa de Katerina Fiódorovna — disse ela por fim.

— Estava mesmo pensando nisso — respondeu ele —, irei sem falta.

— Mas talvez lhe seja penoso vê-lo... O que haveremos de fazer?

— Não sei, minha amiga. Também já havia pensado nisso. Vou ver... vou sondar... e então decido. Bem, Natacha, agora tudo mudou para nós — disse Alióncha, sem conseguir se conter.

Ela sorriu e deitou-lhe um olhar terno e demorado.

— E como ele é delicado. Viu como seu apartamento é pobre, e nem uma palavra...

— Sobre o quê?

— Ora... sobre se mudar para outro... ou algo assim — acrescentou ele, corando.

— Chega, Alióncha, e por que deveria?

— É justamente o que estou dizendo, que ele é muito delicado. E como a elogiou! Mas eu falei para você... eu falei! Não, ele é capaz de entender e sentir tudo! E de mim, falou como se fosse de uma criança; eles todos me tratam assim! E o que tem isso, se sou mesmo assim?

— Você é uma criança, porém mais perspicaz que todos nós. Você é bom, Alióncha!

— Ele disse que meu bom coração me prejudica. Como pode ser isso? Não compreendo. E o que acha, Natacha, não deveria ir logo vê-lo? Amanhã estarei aqui bem cedo.

— Vá, meu querido, vá. É uma boa ideia. E não deixe de ir vê-lo, está ouvindo? E, amanhã, venha o mais cedo possível. Agora já não haverá de fugir de mim por cinco dias? — acrescentou ela maliciosamente, acariciando-o com o olhar. Estávamos todos na mais completa paz e felicidade.

— Vem comigo, Vânia? — gritou Alióncha, ao sair do quarto.

— Não, ele ficará; ainda temos o que conversar, Vânia. Olhe lá, amanhã bem cedo!

— Bem cedo! Adeus, Mavra!

Mavra estava muito emocionada. Ouvira tudo o que dissera o príncipe, ouvira tudo às escondidas, mas sem compreender muita coisa. Tinha vontade de dar palpites e fazer perguntas. Mas em vez disso ficou olhando com um ar tão sério, até com orgulho. Ela também adivinhava que muita coisa mudara.

Ficamos a sós. Natacha pegou-me na mão e ficou em silêncio por algum tempo, como se procurasse o que dizer.

— Estou cansada! — disse ela, afinal, com uma voz fraca. — Diga-me, irá à casa deles amanhã?

— Sem falta.

— Diga à mamãe, mas não fale nada a *ele*.

— Sim, de qualquer modo, nunca falo com ele sobre você.

— Pois aí está; de qualquer modo, ele há de ficar sabendo. Repare no que disser, como vai reagir. Meu Deus, Vânia! Será que vai verdadeiramente me amaldiçoar por esse casamento? Não, não pode ser!

— O príncipe é quem deve arranjar tudo — repliquei rapidamente. — Ele deve necessariamente fazer as pazes com ele, e então tudo há de se arranjar.

— Oh, meu Deus! Se assim for! Se assim for! — exclamou em súplica.

— Não se preocupe, Natacha, tudo há de se arranjar. Está caminhando para isso.

Ela me olhou fixamente.

— Vânia! O que acha do príncipe?

— Se ele foi sincero, então, na minha opinião, é um homem muito nobre.

— Se ele foi sincero? O que significa isso? Será que ele pode não ter sido sincero?

— É o que também me parece — respondi. "Isso quer dizer que lhe ocorreu algum pensamento", pensei comigo mesmo. "Estranho!"

— Você não parava de olhar para ele... de um modo tão fixo...

— Sim, ele é um pouco estranho, me pareceu.

— A mim também. Ele fala tudo de um jeito... Estou cansada, meu querido. Sabe de uma coisa? Vá você também para casa. E venha para cá amanhã, depois da casa deles, o quanto antes possível. Ah, mais uma coisa: não foi ofensivo, quando lhe disse que queria começar a gostar dele o quanto antes?

— Não... por que haveria de ser?

— E... não foi uma tolice? É que isso significa que, por enquanto, ainda não gosto dele.

— Ao contrário, foi maravilhoso, ingênuo, espontâneo. Estava tão bonita nesse momento! Ele é que seria estúpido se, com o seu aristocratismo, não o entendesse.

— Parece estar zangado com ele! Mas, veja só, como sou boba, cismada e vaidosa! Não ria; pois de você não escondo nada. Oh, Vânia, meu amigo querido! Se eu tiver de ser infeliz outra vez, se a desgraça tornar a cair sobre mim, sei com certeza que você estará aqui ao meu lado, talvez seja o único! Como haverei de lhe pagar por tudo, Vânia? Não me amaldiçoe nunca!...

Ao voltar para casa, despi-me imediatamente e me deitei. O quarto era escuro e úmido como uma adega. Muitas sensações e pensamentos estranhos fermentavam em mim, e por um longo tempo não consegui pegar no sono.

Como devia estar rindo nesse momento um homem ao adormecer em seu confortável leito — se é que ele, aliás, ao menos se dignasse a rir de nós! É provável que nem se dignasse!

CAPÍTULO III

Na manhã seguinte, por volta das dez horas, quando saía apressado do apartamento para ir à casa dos Ikhmiêniev, na ilha Vassílievski, e de lá ir o mais rápido possível para a casa de Natacha, de repente, à porta, dei com minha visitante do dia anterior, a neta de Smith. Ela estava entrando. Não sei por quê, mas lembro-me de ter ficado muito alegre em vê-la. No dia anterior nem tivera tempo de vê-la direito, e à luz do dia surpreendeu-me ainda mais. Seria realmente difícil encontrar uma criatura mais estranha, mais original, pelo menos na aparência. Pequena, com seus olhos negros cintilantes que nada tinham de russo, uma basta cabeleira negra e um olhar mudo, enigmático e persistente, poderia chamar a atenção de qualquer transeunte na rua. O que mais impressionava era o seu olhar: irradiava inteligência e, ao mesmo tempo, uma desconfiança inquisitorial e até suspeição. De dia seu vestidinho velho e sujo pareceu-me ainda mais esfarrapado do que no dia anterior. Pareceu-me que sofria de alguma doença crônica, lenta e persistente, que ia gradual e inexoravelmente destruindo seu organismo. Seu rostinho magro e pálido tinha um matiz bilioso, amarelado-escuro, que não era natural. Mas, de maneira geral, apesar de toda a deformidade, da miséria e da doença, não era nada feia. Tinha sobrancelhas bem marcadas, finas e bonitas; particularmente bonita era a sua fronte ampla, um pouco baixa, e os lábios, perfeitamente delineados, com uma prega de orgulho, de intrepidez, mas pálidos, quase incolores.

— Ah, você de novo! — exclamei. — Bem, achava mesmo que viria. Entre, então!

Ela entrou, atravessou lentamente a soleira, assim como no dia anterior, olhando ao redor com desconfiança. Examinou atentamente o cômodo em que vivera o avô, como se observasse até que ponto ele fora mudado pelo novo inquilino. "Bem, tal avô, tal neta", pensei eu. "Será que é louca?" Ela continuava calada; esperei.

— Vim atrás dos livros! — sussurrou, afinal, baixando os olhos.

— Ah, sim! Seus livros; aqui estão eles, pode pegá-los! Eu os guardei especialmente para você.

Olhou-me com curiosidade e torceu a boca de um modo estranho, como se quisesse esboçar um sorriso desconfiado. Mas a ânsia de sorrir passou e foi imediatamente substituída pela mesma expressão grave e enigmática de antes.

— Foi meu avô que lhe falou de mim? — perguntou, lançando-me um olhar irônico da cabeça aos pés.

— Não, ele não falou de você, mas ele...

— E como sabia então que eu viria? Quem lhe disse? — perguntou ela, interrompendo-me bruscamente.

— Porque achei que seu avô não podia viver sozinho, abandonado por todos. Ele estava tão velho e fraco; então eu achei que vinha alguém visitá-lo. Pegue, aqui estão os seus livros. Estuda por eles?

— Não.

— Então para que os quer?

— Meu avô me ensinava quando eu vinha vê-lo.

— E depois deixou de vir?

— Depois deixei de vir... fiquei doente — acrescentou ela, como que se desculpando.

— Mas, diga, você tem uma família, mãe, pai?

De repente ela carregou o cenho e olhou para mim até mesmo com um certo espanto. Depois olhou para baixo, virou-se calada e saiu do quarto devagar, sem se dignar a me responder, exatamente como no dia anterior. Perplexo, eu a seguia com o olhar. Mas ela se deteve à soleira.

— De que ele morreu? — perguntou com a voz entrecortada, mal se voltando para mim, com exatamente o mesmo gesto e movimento do dia anterior, quando também ao sair parou e, com o rosto à porta, perguntou por Azorka.

Aproximei-me dela e comecei a contar-lhe às pressas. Ela escutou em silêncio e com curiosidade, com a cabeça baixa e de costas para mim. Disse-lhe também que o velho, ao morrer, falara da Sexta Linha. "E eu supus", acrescentei, "que aí devia viver algum de seus entes queridos, por isso fiquei à espera de que viessem visitá-lo. Ele certamente a amava, já que a mencionou em seu último minuto."

— Não — sussurrou ela, como que involuntariamente —, não amava.

Estava profundamente perturbada. Ao contar, inclinei-me para observar o seu rosto. Reparei que empreendia um esforço terrível para reprimir sua perturbação diante de mim, como que por orgulho. Ficava cada vez mais pálida e mordia fortemente o lábio inferior. Mas o que mais me impressionava era a estranha batida de seu coração. Batia cada vez mais forte, de modo que, por fim, se podia ouvi-lo a dois ou três passos, como se tivesse um aneurisma. Pensei que de repente fosse se desfazer em lágrimas, como no dia anterior; mas ela se conteve.

— Onde está a cerca?

— Que cerca?

— Junto à qual ele morreu.

— Eu lhe mostrarei... quando sairmos. Mas, diga-me, como se chama?

— Não é preciso...

— Não é preciso o quê?

— Não é preciso; nada... não me chamo nada — disse de modo entrecortado, como que irritada, e fez menção de se retirar. Eu a detive.

— Espere, que garota estranha! Só quero o seu bem; fiquei com pena de você desde ontem, quando se pôs a chorar no canto da escada. Não posso nem me lembrar disso... Além do mais, seu avô morreu em meus braços, e com certeza pensava em você quando falou na Sexta Linha, então, é como se a tivesse deixado sob meus cuidados. Sonho com ele... Aqui estão os livros que guardei para você, mas é tão arredia que parece ter medo de mim. Deve ser órfã e muito pobre, talvez viva em casa de estranhos; é isso, não é?

Empenhava-me tanto em tranquilizá-la, nem eu sei o que tanto me atraía nela. Sentia algo mais do que simples pena. Se era o mistério de toda a situação, a impressão produzida por Smith, a disposição fantástica de meu estado de espírito, não sei, mas algo me impelia irresistivelmente para ela. Minhas palavras pareciam ter mexido com ela; ela lançou-me um olhar estranho, que já não era severo, mas suave e demorado; depois tornou a olhar para o chão, como se refletisse.

— Elena — murmurou ela de repente, de modo inesperado e baixinho.

— Chama-se Elena?

— Sim...

— Bem, e virá me visitar?

— Não posso... não sei... virei... — murmurou ela, como que lutando consigo mesma e ponderando. Nesse momento, em algum lugar soou de repente um relógio de parede. Ela estremeceu e, olhando para mim com uma angústia indescritivelmente dolorosa, murmurou: — Que horas são?

— Devem ser dez e meia.

Soltou um grito de susto.

— Meu Deus! — disse ela, e de súbito se pôs a correr. Mas eu tornei a detê-la no patamar.

— Não a deixarei ir assim — disse. — Do que está com medo? Está atrasada?

— Sim, sim, saí às escondidas! Deixe-me ir! Ela vai me bater! — gritou ela, que pelo jeito falara demais e tentava escapar de minhas mãos.

— Então ouça e não tente escapar; está indo para a Vassílievski, e eu também vou para lá, para a Décima Terceira Linha. Também estou atrasado e quero tomar uma carruagem. Quer vir comigo? Eu a levarei. É mais rápido do que ir a pé...

— Para a minha casa não pode, não pode — gritou ainda mais assustada. Suas feições chegaram a se desfigurar de pavor só de pensar que poderia ir ao lugar em que ela morava.

— Pois estou lhe dizendo que vou à Décima Terceira Linha, tratar de um assunto meu, e não à sua casa! Não irei atrás de você. De carruagem chegaremos logo. Vamos!

Descemos depressa. Peguei o primeiro Vanka que apareceu, um caixote indecente.[8] Pelo visto, Elena tinha muita pressa, já que concordou em ir comigo. O mais incompreensível era que eu não me atrevia sequer a lhe fazer perguntas. Ela se pôs a agitar tanto as mãos que por pouco não pulou da *drójki*, quando lhe perguntei de quem tinha tanto medo em casa. "Que mistério é esse?", pensei.

Na *drójki* se sentia muito incomodada. A cada solavanco, agarrava-se ao meu casaco com a mão esquerda pequena e suja, de pele gretada. Na outra mão segurava firme os seus livros; dava para ver que esses livros lhe eram muito preciosos.

De repente, ao se ajeitar, deixou um pé à mostra e, para meu grande espanto, vi que usava apenas uns sapatos furados, sem meias. Embora tivesse decidido não lhe fazer nenhuma pergunta, nessa hora não pude me conter.

— Será possível que não tenha uma meia? — perguntei. — Como pode andar com os pés nus com essa umidade toda e esse frio?

— Não — respondeu ela com voz entrecortada.

— Oh, meu Deus, pois deve viver com alguém! Devia ter pedido meias a outra pessoa, já que precisava sair.

— Sou eu que quero assim.

— Mas há de ficar doente, de morrer.

— Que morra.

Pelo visto não queria responder e minhas perguntas a irritavam.

— Foi aqui que ele morreu — eu disse, apontando-lhe a casa em que o velho morrera.

---

[8] Vanka (diminutivo de Ivan) designa aqui um cocheiro de aluguel, e o caixote, uma carruagem, ou *drójki*, em más condições. (N. da T.)

Ela olhou atentamente e, de repente, dirigindo-se a mim com uma súplica, disse:

— Pelo amor de Deus, não venha atrás de mim. Eu voltarei, eu voltarei! Assim que for possível, então eu voltarei!

— Está bem, já disse que não irei à sua casa. Mas do que tem medo? Deve ser infeliz. Dói-me só de olhar para você...

— Não tenho medo de ninguém — respondeu ela, com certa irritação na voz.

— Mas ainda há pouco você disse: "Ela vai me bater!".

— Que bata! — respondeu ela, e seus olhos brilharam. — Que bata! Que bata! — repetiu amargamente, e seu lábio superior se ergueu e começou a tremer de desdém.

Finalmente chegamos à Vassílievski. Ela pediu para o cocheiro parar no começo da Sexta Linha e saltou da *drójki*, olhando aflita ao redor.

— Vá embora; eu voltarei, voltarei! — repetiu numa terrível aflição, suplicando-me para não ir atrás dela. — Vá logo, vá!

Segui em frente. Mas depois de percorrer alguns passos pela margem, liberei o cocheiro e, voltando para a Sexta Linha, atravessei correndo para o outro lado da rua. Eu a avistei; ainda não tivera tempo de se afastar muito, ainda que caminhasse bem depressa e olhando o tempo todo ao seu redor; chegou até a parar um momento para poder olhar melhor: se eu não a estava seguindo. Mas eu me escondi atrás de um portão que surgiu e ela não me notou. Continuou andando, e eu atrás dela, sempre do outro lado da rua.

Havia despertado minha curiosidade ao máximo. Embora tivesse decidido não entrar em sua casa, de todo modo queria saber a qualquer custo em que casa entraria. Eu me encontrava tomado por uma impressão estranha e penosa, semelhante à que seu avô produzira em mim na confeitaria quando morreu Azorka...

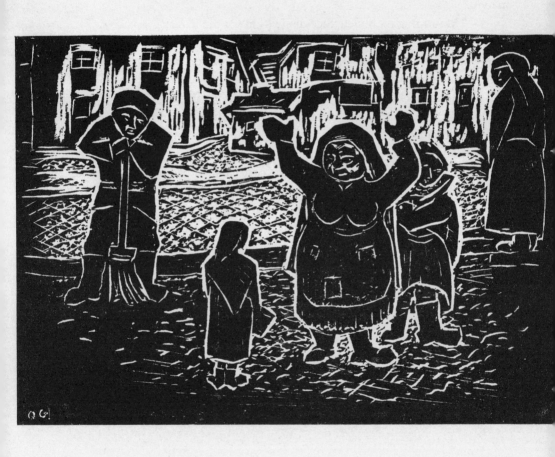

CAPÍTULO IV

Andamos muito até chegar à avenida Málaia. Ela estava quase correndo; por fim entrou numa vendinha. Parei e fiquei à sua espera. "Não há de
morar numa venda", pensei.

De fato, saiu um minuto depois, mas os livros já não estavam com ela.
Em vez de livros tinha nas mãos uma espécie de tigela de barro. Depois de
andar mais um pouco, atravessou o portão de uma casa desengonçada. Era
uma casa de pedra, pequena, velha, de dois andares, pintada de amarelo-su-
jo. Numa das janelas do andar térreo, eram três ao todo, sobressaía um pequeno caixão vermelho — a tabuleta de um modesto fazedor de caixões. As
janelas do andar superior eram perfeitamente quadradas e muito pequenas,
com vidros verdes trincados e embaçados, atrás dos quais transparecia uma
cortina de chita cor-de-rosa. Atravessei a rua, aproximei-me da casa e li numa placa de ferro sobre o portão: casa da senhora Búbnova.

Mal tivera tempo de ler o letreiro quando de repente, no pátio da casa
de Búbnova, ressoou uma voz esganiçada, seguida por impropérios. Dei uma
espiada pela cancela; nos degraus da entrada de madeira havia uma mulher
gorda, vestida como uma *meschánka*,[9] com lenço na cabeça e um xale verde. O rosto tinha uma cor rubra repugnante; os olhos pequenos, inchados e
injetados de sangue faiscavam de raiva. Era evidente que estava embriaga-
da, apesar de nem ter chegado ainda a hora do almoço. Lançava gritos es-
tridentes à pobre Elena, que estava como que petrificada diante dela com a
tigela nas mãos. Na escada, por trás da mulher rubra, havia uma criatura do
sexo feminino meio desgrenhada, coberta de pó branco e ruge, espiando.
Daí a pouco abriu-se a porta que levava da escada do porão para o andar
de baixo, e em seus degraus, provavelmente atraída pelos gritos, apareceu
uma mulher de meia-idade, malvestida, de aparência simples e agradável.
Outros inquilinos, um velho decrépito e uma menina, espreitavam pela porta entreaberta do piso térreo. Um mujique alto e robusto, que devia ser o
porteiro, parado no meio do pátio com uma vassoura na mão, assistia à cena com displicência.

---

[9] Na Rússia do século XIX, mulher pertencente à classe dos pequeno-burgueses: comerciantes, artesãos e baixos funcionários. O termo masculino é *meschanín*. (N. da T.)

— Ah, sua maldita, seu verme, sua sanguessuga! — esganiçava a mulher, lançando numa rajada só todos os impropérios de seu repertório, a maior parte deles sem ponto nem vírgula, mas com certa exultação. — É assim que paga os meus cuidados, sua desgrenhada? Foi só mandá-la buscar pepinos para escapar! Meu coração estava pressentindo que escaparia quando mandei. Doía-me o coração, doía! Ontem à noite lhe arranquei o topete por isso mesmo, e hoje ela torna a fugir! E aonde é que você vai, depravada, aonde? À casa de quem você vai, besta maldita, réptil olhudo, venenosa, de quem? Fala, escumalha podre, ou eu a estrangulo agora mesmo!

E a furiosa mulher atirou-se sobre a pobre menina, mas ao ver a mulher que olhava da escada, a inquilina do andar de baixo, de repente se deteve e, dirigindo-se a ela, pôs-se a berrar com uma voz ainda mais esganiçada do que antes, agitando os braços, como se a tomasse por testemunha do monstruoso crime de sua pobre vítima.

— A mãe dela esticou as canelas! Como sabem, minha gente boa, ela ficou sozinha no mundo. Vi que estava sob os cuidados de vocês, que são uma gente pobre, que nem para si mesmos têm o que comer; então, pensei: nem que seja por São Nicolau, o Justo, vou me sacrificar e pegar a órfã. E a peguei. E o que acham? Há dois meses já que a sustento; ela sugou meu sangue nesses dois meses, me devorou! Sanguessuga! Cascavel! Demônio em forma de gente! Não fala, pode bater, pode deixar solta, que não fala; não dá um pio, está que não abre a boca! Ela me dilacera o coração, mas fica calada! E por quem você se toma, verme de uma figa, sua macaca verde? E olha que, se não fosse eu, morreria de fome na rua. Devia era lavar meus pés e beber a água, seu monstro, sua espada preta francesa. Se não fosse eu, já teria esticado as canelas!

— Mas por que a senhora está se esgoelando tanto, Anna Trífonovna? O que ela fez para lhe aborrecer dessa vez? — perguntou respeitosamente a mulher a quem a megera furiosa se dirigira.

— Como, o que ela fez, minha boa mulher, o que foi que ela fez? Não quero que me contrariem! Não faça o bem a seu modo, contanto que faça o mau ao meu; é assim que sou! E ela por pouco não me mandou para o túmulo hoje! Eu a mandei à venda para buscar pepinos e ela só voltou três horas depois! Meu coração estava pressentindo quando a mandei; doía, doía sem parar! Onde você estava? Aonde é que foi? Que tipo de protetor encontrou? Não fiz de tudo por ela? E da mãe dela, aquele cogumelo venenoso, perdoei uma dívida de catorze rublos, foi enterrada às minhas custas, peguei a diabinha dela para criar, você bem o sabe, minha querida, sabe muito bem! E nem depois disso tudo tenho direito sobre ela? Devia agradecer, e em vez

138   Fiódor Dostoiévski

de agradecimento vai contra mim! Queria a sua felicidade. Queria que esse cogumelo venenoso andasse com vestidos de musselina, comprei-lhe botinhas no Gostini Dvor e a vesti como a um pavão real, um colírio para os olhos! E o que acham que ela fez, gente boa? Em dois dias rasgou todo o vestido, e rasgou em pedacinhos, e agora anda com ele assim, é assim que anda! E vocês acham o quê, rasgou de propósito; não vou mentir, eu mesma vi; diz ela, quero andar com uma roupa de bater, e não de musselina! Bem, então eu lavei a alma, dei-lhe uma surra tão grande que depois tive de chamar o médico e gastar dinheiro. Em vez de esganá-la, esse verme de uma figa só passou uma semana sem tomar leite... foi o único castigo que lhe coube! Como castigo, a obriguei a esfregar o chão; e o que vocês acham: ela esfrega! Ela esfrega, a peste esfrega! Aflige-me o coração, mas esfrega! Então pensei: vai fugir de mim! Foi só pensar e, quando vi, ontem, já tinha fugido! Vocês mesmos ouviram, minha gente boa, como lhe bati ontem por isso, fiquei com a mão toda machucada por causa dela, tirei as suas meias e o sapato, achando que não sairia descalça; e hoje fez a mesma coisa! Onde esteve? Fala! A quem foi se queixar, semente de urtiga, a quem foi me denunciar? Fala, cigana, máscara importada, fala!

E num frenesi atirou-se sobre a menina que estava petrificada de horror, agarrou-a pelo cabelo e a atirou ao chão. A tigela com pepinos voou longe e se quebrou; isso só fez aumentar ainda mais a fúria da megera bêbada. Ela batia no rosto e na cabeça de sua vítima; mas Elena permanecia obstinadamente calada, mesmo debaixo de golpes, não deixava escapar nenhum som, nenhum grito, nenhuma queixa sequer. Precipitei-me para o pátio, quase fora de mim de indignação, e fui direto à mulher bêbada.

— O que está fazendo? Como se atreve a tratar assim uma pobre órfã! — gritei, agarrando aquela fúria pelo braço.

— O que é isso? E quem é você? — pôs-se a gritar com uma voz esganiçada, largando Elena e pondo as mãos na cintura. — O que deseja em minha casa?

— Desejo dizer que a senhora é impiedosa! — gritei eu. — Como se atreve a tiranizar uma pobre criança? Ela não é sua; eu mesmo ouvi que é apenas adotada, uma pobre órfã...

— Senhor Jesus! — gritou a fúria. — Quem foi que lhe chamou? Veio com ela, por acaso? Pois vou agora mesmo ao comissário de polícia! Pois o próprio Andron Timofêitch me considera uma mulher distinta! Então é à sua casa que ela vai? Quem é você? Vem à casa dos outros para provocar desordem? Socorro!

E lançou-se sobre mim com os punhos levantados. Mas naquele instan-

Humilhados e ofendidos

te ouviu-se de súbito um grito estridente, um grito que não tinha nada de humano. Olhei — Elena, que estava como que inconsciente, de repente, com um grito aterrador, antinatural, tombou no chão com um baque e se contorcia em convulsões terríveis. O rosto estava desfigurado. Teve um ataque de epilepsia. A moça desgrenhada e a mulher do andar de baixo vieram correndo, levantaram-na e a levaram depressa para cima.

— Pois que morra, maldita! — pôs-se a esganiçar a mulher atrás dela. — Já é o terceiro ataque em um mês... Fora daqui, seu patife! — e ela tornou a se lançar sobre mim.

— O que está fazendo aí parado, porteiro? É pago para quê?

— Para fora! Anda! Quer levar um sopapo? — disse preguiçosamente o porteiro com voz grossa, como que por mera formalidade. — Não se meta onde não é chamado. Saudações e fora!

Sem ter o que fazer, saí pelo portão convencido de que minha interferência fora completamente inútil. Mas fervia de indignação. Fiquei parado na calçada em frente ao portão olhando pela portinhola. Assim que saí, a mulher se precipitou para cima e o porteiro, tendo terminado seu trabalho, também desapareceu. Um minuto depois, a mulher que ajudou a carregar Elena desceu apressada do terraço para a sua casa no piso de baixo. Quando ela me viu, parou e se pôs a olhar-me com curiosidade. A expressão bondosa e cordata de seu rosto me animaram. Tornei a entrar no pátio e me aproximei dela.

— Permita-me fazer-lhe uma pergunta — comecei eu —, quem é essa menina e o que faz com ela aqui aquela mulher abjeta? Não pense, por favor, que lhe pergunto por mera curiosidade. Já encontrei essa menina e, por uma determinada circunstância, interesso-me muito por ela.

— Já que se interessa, então é melhor que a leve para a sua casa ou então que encontre um lugar para ela, em vez de deixá-la se perder aqui — disse a mulher, como que relutante, fazendo menção de se retirar.

— Mas, se a senhora não me informar, o que posso fazer? Estou lhe dizendo, eu não sei de nada. Aquela deve ser Búbnova, a dona deste prédio?

— Ela mesma.

— Então, como é que a menina veio parar na casa dela? Sua mãe morreu aqui?

— Foi assim que veio parar... Não é da nossa conta — e quis de novo se afastar.

— Mas faça-me esse favor; estou lhe dizendo, isso me interessa muito. Talvez eu possa fazer alguma coisa. Quem é essa menina? Quem era a mãe dela, a senhora sabe?

— Parece que era uma estrangeira, vinda de fora; morava embaixo, conosco; estava doente, morreu de tísica.

— Então devia ser muito pobre, para morar num canto do porão?

— Oh, coitada! Era de cortar o coração. Nós também mal nos aguentamos, e para nós também ficou devendo seis rublos nos cinco meses que morou em nossa casa. Fomos nós que a enterramos; meu marido é que fez o caixão.

— E por que Búbnova diz que foi ela que enterrou?

— Enterrou nada!

— Qual era o sobrenome dela?

— Nem sou capaz de pronunciar, paizinho; é complicado; devia ser alemão.

— Smith?

— Não, não é bem isso. E Anna Trífonovna pegou a órfã; diz que é para educar. Mas isso não é nada bom...

— Terá pegado com alguma intenção?

— Coisa boa é que não é — respondeu a mulher, como que refletindo e hesitando se devia falar ou não. — Para nós tanto faz, somos estranhos...

— Faria melhor se prendesse essa sua língua! — ouviu-se atrás de nós uma voz masculina. Era um homem já de idade, vestindo um roupão e um cafetã sobre o roupão, com aparência de *meschanín*, um artesão, era o marido de minha interlocutora.

— Olha, paizinho, não temos nada para conversar com o senhor; não é assunto nosso... — disse ele, olhando-me de soslaio. — E você, vá para casa! Adeus, senhor; nós fazemos caixões. Se precisar de algo do ramo, teremos muito gosto... Mas, fora isso, não temos nada a tratar com o senhor...

Saí daquela casa pensativo e profundamente comovido. Não havia nada que eu pudesse fazer, mas sentia que seria penoso para mim deixar tudo como estava. Algumas palavras da mulher do fazedor de caixões me deixaram particularmente revoltado. Havia alguma coisa de ruim por trás de tudo aquilo, eu podia pressentir.

Ia cabisbaixo e pensativo, quando de repente ouvi uma voz áspera chamando-me pelo sobrenome. Vejo diante de mim um homem embriagado, quase cambaleando, vestido com certo esmero, mas com um capote indecente e um boné ensebado. O rosto me era muito familiar. Pus-me a olhá-lo com atenção. Ele piscou para mim e sorriu ironicamente.

— Não me reconhece?

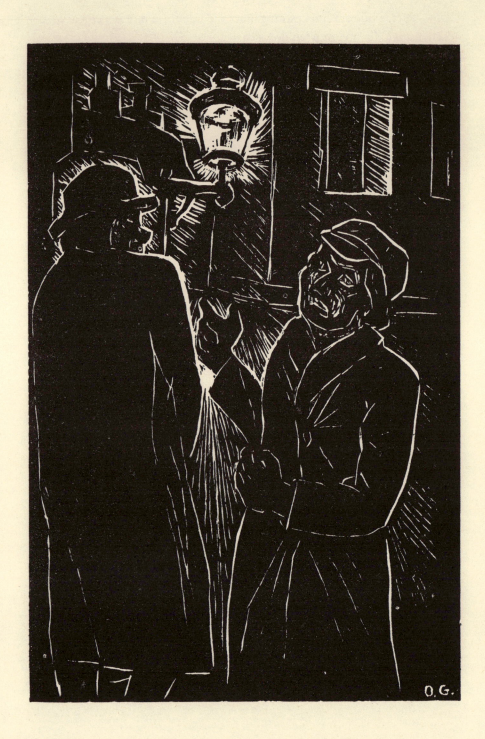

CAPÍTULO V

— Ah, é você, Maslobóiev! — exclamei, ao reconhecer de súbito um ex-
-colega de escola, ainda do tempo de ginásio na província. — Que surpresa!

— Sim, que surpresa! Há seis anos que não nos vemos. Ou melhor, até
nos vimos, mas Sua Excelência não se dignou a olhar para mim. Pois agora
é um general, meu senhor, da literatura, é claro!... — ao dizer isso, sorria
zombeteiramente.

— Ora, caro Maslobóiev, não me venha com lorotas — interrompi-o.
— Em primeiro lugar, generais, ainda que da literatura, não são assim nem
na aparência, e, em segundo, permita-me dizer-lhe que realmente me lembro
bem de tê-lo visto umas duas vezes na rua, mas quem pareceu me evitar foi
você; por que haveria então de me aproximar se vejo que a pessoa está me
evitando? E sabe o que eu acho? Se não estivesse agora um pouco tocado,
nem mesmo agora você teria me chamado. Não é verdade? Enfim, bom-dia!
Eu, meu caro, estou muito contente por tê-lo encontrado.

— Ora! Não o comprometo em meu... nesse estado? Bem, não há por
que perguntar isso; não tem importância; eu, caro Vânia, sempre me lembro
do bom menino que você era. Lembra que levou uma sova por minha causa?
Segurou a língua e não me entregou, enquanto eu, em vez de agradecer, passei uma semana inteira troçando de você. Que alma inocente a sua! Bom-dia,
meu amigo, bom-dia! — nós nos abraçamos. — Pois já estou há tantos anos
sozinho na labuta, dia e noite, vinte e quatro horas, mas não esqueço o passado. Isso não se esquece! Mas e você, o que tem feito?

— Pois eu também, eu também estou sozinho na labuta...

Fitou-me longamente, com o sentimento profundo de um homem aman-
sado pelo álcool. Aliás, de qualquer modo, ele era uma pessoa extraordinariamente boa.

— Não, Vânia, você não é como eu! — disse ele, por fim, num tom trágico. — Pois eu li; eu li, Vânia, eu li... Mas, ouça: vamos conversar com franqueza! Está com pressa?

— Sim, estou com pressa; e confesso que terrivelmente chateado com
um assunto. Tenho uma ideia melhor: onde está morando?

Humilhados e ofendidos

— Já lhe digo. Mas essa não é a melhor ideia; quer saber o que seria melhor?

— O quê?

— Olha ali! Está vendo? — e apontou para uma tabuleta a dez passos do local onde estávamos. — Está vendo: confeitaria e restaurante, isto é, a bem da verdade, é uma taverna, mas o lugar é bom. Adianto que o recinto é decente e a vodca, nem se fala! Veio de Kíev a pé! Já bebi, bebi várias vezes e sei; e da ruim aqui nem se atrevem a me servir. Conhecem bem Filip Filípitch. Pois Filip Filípitch sou eu. O que foi? Que careta é essa? Não, deixe-me terminar de falar. Agora são onze e quinze, acabei de ver; bem, às onze e trinta e cinco em ponto eu o libero. Nesse meio-tempo, matamos o bicho. Vinte minutos para um velho amigo, de acordo?

— Se for apenas vinte minutos, então de acordo; porque eu lhe juro, meu caro, o assunto...

— Se está de acordo, então venha. Só que, antes de mais nada, duas palavrinhas: sua cara não está nada boa, parece que acaba de ser importunado, é verdade?

— Sim.

— Foi exatamente o que supus. Eu, meu amigo, agora sou fisionomista, uma ocupação a mais! Bem, então vamos conversar. Em vinte minutos terei tempo, em primeiro lugar, de estrangular o almirante Tchaínski[10] e de pedir uma aguardente de bétula, depois uma de anis, uma da Pomerânia, e em seguida um *parfait amour*,[11] e por fim ainda inventarei mais alguma coisa. Eu bebo, meu caro! Só em dias de festa antes da missa é que fico sóbrio. E se você não quiser, não beba. A única coisa de que preciso é você. Mas se beber, demonstrará uma nobreza de alma especial. Vamos lá! Trocaremos duas palavras e tornaremos a nos separar por uns dez anos. Eu, meu caro Vânia, não sou par para você!

— Está bem, mas pare de falar e vamos logo. Os vinte minutos são seus, mas depois deixe-me ir.

Para chegar à taverna era preciso subir uma escada de madeira em espiral com um pequeno patamar no segundo andar. Mas logo na escada demos de cara com dois cavalheiros altamente embriagados. Ao nos ver, deram-nos passagem, cambaleando.

---

[10] Neste contexto, a expressão tem o sentido de empanturrar-se de chá (em russo, *tchái*). (N. da T.)

[11] *Parfait amour*, literalmente, "amor perfeito", é um licor de coloração roxa, que serve de base a vários drinques. (N. da T.)

Um deles era um rapaz muito novo e de aparência jovem, ainda imberbe, com um buço ainda incipiente e uma expressão de notável estupidez no rosto. Estava vestido como um janota, mas de modo um tanto ridículo: como se estivesse usando a roupa de outra pessoa; tinha anéis caros nos dedos, um alfinete caro na gravata e um penteado extremamente ridículo, com uma espécie de topete. Sorria e dava risadinhas o tempo todo. Seu companheiro já devia ter uns cinquenta anos; era um homem gordo, pançudo, vestido com muito desleixo, e também trazia um alfinete grande na gravata; calvo e careca, tinha um rosto de bêbado, obeso e bexiguento, e no nariz uns óculos que pareciam um botão. A expressão de seu rosto era maldosa e lasciva. Os olhos desagradáveis, maldosos e desconfiados, soterrados na gordura, pareciam espiar através de uma fenda. Pelo visto, ambos conheciam Maslobóiev, mas o pançudo, ao nos encontrar, fez uma careta de contrariedade, ainda que só por um momento, ao passo que o jovem se desmanchou todo num sorriso servil e adocicado. Até tirou o quepe. Ele estava de quepe.

— Desculpe-me, Filip Filípitch — murmurou ele, olhando-o com ternura.

— Por quê?

— Perdoe-me, senhor... por isso, senhor... (ele deu um piparote no colarinho da própria camisa). Mítrochka está sentado lá, senhor. Acontece, Filip Filípitch, que ele é um canalha, senhor.

— E o que tem isso?

— Ora, acontece, senhor... É que na semana passada, por culpa desse mesmo Mítrochka, senhor, passaram-lhe (e ele acenou com a cabeça para o amigo) creme de leite na cara, num lugar indecente... hi, hi!

O companheiro, contrariado, deu-lhe uma cotovelada.

— E o senhor, Filip Filípitch, não quer tomar uma meia duziazinha conosco, senhor, no D'Usseau?[12] Podemos contar com o senhor?

— Não, meu caro, agora não posso — respondeu Maslobóiev. — Tenho um assunto a tratar.

— Hi, hi! Também tenho um assuntozinho, de seu interesse, senhor... — o companheiro tornou a lhe dar uma cotovelada.

— Depois, depois!

Via-se que Maslobóiev procurava não olhar para eles. Mas logo que entramos no primeiro compartimento, ao longo do qual se estendia um bal-

---

[12] Restaurante francês de Petersburgo, que tinha o mesmo nome de seu proprietário. (N. da T.)

Humilhados e ofendidos

cão bem asseado, todo cheio de aperitivos, pastéis de forno e garrafas de licor de várias cores, Maslobóiev levou-me rapidamente para um canto e disse:

— O rapaz é filho do comerciante Sizobriúkhov, o famoso dono do armazém de cereais; ele herdou meio milhão do pai e agora está fazendo a farra. Foi para Paris e gastou seu dinheiro lá sem dó nem piedade, é provável que tenha dissipado tudo lá, mas depois ainda herdou a herança de um tio e voltou de Paris; e está aqui acabando com o resto. Dentro de um ano, é evidente que estará pedindo esmolas. É estúpido como um ganso; está sempre nos melhores restaurantes, em adegas, tabernas e com atrizes, e solicitou ingresso no corpo dos hussardos... entrou com o pedido recentemente. O outro, de mais idade, Arkhípov, também é gerente ou comerciante, alguma coisa do gênero, andava metido também com arrendamentos de aguardente,[13] é um finório velhaco, atual companheiro de Sizobriúkhov, e um Judas e Falstaff ao mesmo tempo, faliu duas vezes, é uma besta lasciva e repugnante, com toda espécie de requintes. Sei de um processo criminal que teve desse gênero; mas conseguiu se safar. Tenho um certo motivo para estar muito contente por tê-lo encontrado aqui; estava à espera dele... É evidente que Arkhípov está extorquindo Sizobriúkhov. Conhece todo tipo de antro, é por isso que é precioso para rapazotes como este. Eu, meu caro, há tempos que venho afiando os dentes contra ele. Mítrochka também vem afiando os dentes contra ele, olha ele ali, aquele rapazinho garboso com uma rica *podióvka*,[14] que está de pé, junto à janela, com cara de cigano. Ele revende cavalos e conhece todos os hussardos daqui. Vou lhe dizer uma coisa, é tão velhaco que pode fabricar uma nota falsa diante dos seus olhos que você, mesmo vendo, ainda assim a troca para ele. Ele usa essa *podióvka*, é verdade que é de veludo, e fica parecendo um eslavófilo[15] (que a meu ver lhe cai bem), mas se você lhe puser agora mesmo o fraque mais esplêndido, e coisa e tal, e o levar ao Clube Inglês[16] e dizer lá: este aqui é, digamos, o conde

---

[13] Na Rússia, até 1863, o direito exclusivo de venda de bebidas alcoólicas podia ser arrendado do Estado. O mesmo se dava com bens como sal, e serviços como cobrança de impostos nas alfândegas. (N. da T.)

[14] Casaco camponês, pregueado na cintura. (N. da T.)

[15] Ou seja, um adepto do eslavismo, uma corrente do pensamento social russo ativa sobretudo na década de 1840, e que pregava o desenvolvimento da Rússia por uma via diversa da empregada na Europa. Alguns eslavófilos, por questões de natureza ideológica, abandonaram as vestimentas europeias e adotaram trajes nacionais russos. (N. da T.)

[16] Tradicional clube aristocrático de Petersburgo. (N. da T.)

herdeiro Barabánov, pois duas horas ali e o tomarão por conde... e já estará jogando uíste,[17] falando como conde, nem hão de perceber; tapeará a todos. Há de acabar mal. Pois esse Mítrochka está com os dentes bem afiados contra o pançudo, porque o Mítrochka agora está liso e o pançudo lhe arrancou Sizobriúkhov, que antes era seu companheiro, o qual ele nem tivera tempo de tosquiar. Se eles se encontraram agora aqui no restaurante é porque, com certeza, tem coisa aí. Até sei o quê e posso apostar que foi o Mítrochka, e ninguém mais, que mandou me informar que Arkhípov e Sizobriúkhov estariam aqui farejando algum negócio sujo. Quero aproveitar o ódio de Mítrochka por Arkhípov porque tenho meus motivos; e foi precisamente por esse motivo que também vim aqui. Mas não quero demonstrar isso a Mítrochka, e você também não vá ficar olhando para ele. E quando estivermos saindo daqui, ele mesmo com certeza vai se aproximar de mim e dizer o que eu preciso saber... E agora vamos, Vânia, para aquela sala, está vendo? E então, Stiepán — continuou ele, dirigindo-se ao garçom —, sabe o que eu quero?

— Sei, senhor.

— E há de me satisfazer?

— Sim, senhor.

— Então satisfaça. Sente-se, Vânia. Mas por que me olha assim?, pois vejo que está olhando para mim. Está surpreso? Não se surpreenda. Tudo pode acontecer com uma pessoa, até mesmo coisas com as quais ela nunca sonhou, sobretudo quando... e até mesmo quando você e eu decorávamos juntos Cornélio Nepos![18] Mas sabe, Vânia, numa coisa tem de acreditar: Maslobóiev pode ter se desencaminhado, mas o coração continua o mesmo, foram apenas as circunstâncias que mudaram. Posso estar na fuligem, mas não sou pior que ninguém. Estudei para ser doutor, me preparei para ser professor de Letras Russas, escrevi um artigo sobre Gógol, quis ser proprietário de uma mina de ouro, e pretendia me casar... qualquer alma viva anseia por algo doce, e *ela* consentiu, embora em casa a fartura fosse tanta, que não tinha nem com o que tirar o gato da toca. Para a cerimônia de casamento, já estava para pedir emprestado um bom par de botas, porque as minhas já estavam furadas havia um ano e meio... Mas não me casei. Ela se casou com

---

[17] Jogo de cartas, em geral com quatro pessoas, bastante comum no século XIX. (N. da T.)

[18] Cornélio Nepos (*c.* 100-32 a.C.), historiador romano, autor de *Sobre os homens ilustres*. (N. da T.)

um professor e eu fui trabalhar num escritório, isto é, não num escritório comercial, mas um escritório mesmo. E aí a música não foi mais a mesma. Passaram-se os anos e eu, agora, embora não tenha um emprego, ganho dinheiro fácil: aceito subornos e defendo causas justas; sou valente com os cordeiros e cordeiro com os valentes. Tenho os meus princípios: sei, por exemplo, que um soldado sozinho no campo de batalha não faz uma guerra, e faço o que posso. Meu negócio é do tipo mais confidencial... entende?

— É por acaso uma espécie de detetive?

— Não detetive exatamente, não, mas me dedico a certos assuntos, em parte oficialmente, em parte por vocação própria. Aí é que está, Vânia, bebo vodca. E como nunca afoguei o juízo na bebida, sei qual é o meu futuro. Meu tempo passou, não se pode lavar um cão preto até deixá-lo branco. Só digo uma coisa: se não existisse mais sentimento humano em mim, não teria me aproximado de você hoje, Vânia. Tem razão, eu o encontrei e o vi antes e muitas vezes quis me aproximar, mas nunca me atrevi, fui sempre deixando para depois. Não sou digno de você. E é verdade o que disse, Vânia, que se me aproximei foi apenas por estar embriagado. E apesar de tudo isso ser uma grande bobagem, chega de falar de mim. Vamos falar de você. Pois bem, irmão, eu li! Li, e li até o fim! Eu, meu amigo, estou falando de seu primogênito. Assim que terminei de ler, por pouco, meu irmão, não me tornei uma pessoa decente! Por pouco; mas depois de pensar bem, achei melhor continuar uma pessoa desordenada. E é isso...

Ele me disse muito mais coisas ainda. Foi ficando cada vez mais embriagado e se tornando profundamente sentimental, quase a ponto de chorar. Maslobóiev sempre fora um bom rapaz, mas teve um desenvolvimento precoce e nunca dava ponto sem nó; era astuto, esperto, malicioso e um rábula já desde os tempos de escola, mas no fundo não era má pessoa; era um homem perdido. Há muita gente assim entre os russos. Muitas vezes são pessoas com grandes habilidades; mas isso tudo de certa forma se confunde neles, a tal ponto que, em certos casos, por fraqueza, são capazes de agir deliberadamente contra a própria consciência, e não apenas acabam sempre se arruinando, como sabem de antemão que estão caminhando para a perdição. Maslobóiev, entre outras coisas, se afogava na bebida.

— Agora, meu amigo, uma última palavra — continuou ele. — Ouvi o estrondo que fez a sua fama no início; depois li várias críticas sobre você (é verdade que li; acha que já não leio nada); encontrei-o depois andando com botas surradas, na lama, sem galochas, com um chapéu amassado, e tirei algumas conclusões. Está se dedicando ao jornalismo agora?

— Sim, Maslobóiev.

— Então virou cavalo de posta?[19]

— Algo assim.

— Então acabe com isso, irmão, eis o que tenho a dizer: é melhor beber! Encho a cara, deito no sofá (e tenho um sofá estupendo, de molas) e fico imaginando que sou, por exemplo, um Homero ou um Dante, ou um Frederico Barba Ruiva[20] — pois você pode imaginar o que quiser. Já você não poderia imaginar que é Dante ou Frederico Barba Ruiva, em primeiro lugar, porque quer ser você mesmo, e, em segundo lugar, porque lhe é proibido ter qualquer desejo, já que é um cavalo de posta. Eu tenho a imaginação, enquanto você tem a realidade. Ouça então, e diga com franqueza e sinceridade, como de irmão para irmão (senão, há de me deixar ofendido e me humilhar pelos próximos dez anos), não precisa de dinheiro? Eu tenho. E não me venha com caretas. Pegue o dinheiro, acerte as contas com os *entrepreneurs*,[21] liberte-se desse jugo, depois garanta a sua vida por um ano inteiro e se debruce sobre a sua ideia favorita e escreva uma grande obra! E então? O que me diz?

— Ouça, Maslobóiev! Aprecio sua proposta fraternal, mas não posso lhe responder nada agora, e o porquê é uma longa história. Há certas circunstâncias. No entanto, prometo que lhe contarei tudo depois, como de irmão para irmão. Agradeço a proposta: prometo que vou procurá-lo e hei de ir muitas vezes. Mas a questão é a seguinte: está sendo franco comigo, e por isso decidi pedir-lhe um conselho, tanto mais por ser mestre nesses assuntos.

E lhe contei toda a história de Smith e de sua neta, começando pela confeitaria. Uma coisa estranha, enquanto contava, pelos seus olhos me pareceu que ele sabia alguma coisa acerca dessa história. Perguntei-lhe a respeito.

— Não, não é isso — respondeu. — No entanto, ouvi algo sobre Smith; que havia morrido um velho numa confeitaria. Já de madame Búbnova de fato sei de algumas coisas. Dessa senhora já recebi dois meses atrás um suborno. *Je prends mon bien où je le trouve*, e apenas nesse sentido me pa-

---

[19] A expressão designa o cavalo encarregado de levar a correspondência de um posto de correio a outro, sempre com a máxima velocidade e esgotando suas forças nesse processo. (N. da T.)

[20] Frederico Barba Ruiva (1125-1190), imperador alemão, a cuja figura estão associadas inúmeras lendas e contos populares. (N. da T.)

[21] Ao longo de todo o romance, Dostoiévski emprega o termo francês *entrepreneur* (empreendedor, empresário) para designar a figura do editor que se dedica à atividade editorial como um negócio lucrativo. (N. da T.)

Humilhados e ofendidos

reço com Molière.[22] Mas ainda que lhe tenha extorquido cem rublos, ainda assim, na mesma hora, prometi a mim mesmo dobrá-la, e não em cem, mas em quinhentos rublos. Que mulher desagradável! Dedica-se a negócios ilícitos. E isso ainda não é nada, mas é que às vezes ultrapassa todos os limites. Não vá, por favor, me considerar um Dom Quixote. A questão toda é que posso fazer algo de muito bom com isso, e quando, meia hora atrás, encontrei Sizobriúkhov, fiquei muito contente. É evidente que trouxeram Sizobriúkhov aqui, e quem o trouxe foi o pançudo, e como sei a que tipo de negócios o pançudo particularmente se dedica, então eu concluo... É agora que o pego! Fiquei muito contente em saber por você sobre essa menina; agora tenho outra pista. Pois eu, meu caro, me ocupo de diversas comissões particulares, e se visse o tipo de gente que encontro! Há pouco tempo estava tratando de uns negocinhos para um príncipe que, vou lhe dizer, um tipo de negócio que não dava para esperar desse príncipe. E quer que lhe conte uma outra história sobre uma mulher casada? Venha me visitar, meu irmão, que os enredos que tenho para te contar, se você for descrevê-los, ninguém há de acreditar...

— E qual é o sobrenome desse príncipe? — eu o interrompi, pressentindo alguma coisa.

— Mas por quê? Se quer saber, é Valkóvski.

— Piotr?

— Ele mesmo. Você o conhece?

— Conheço, mas não muito. Bem, Maslobóiev, por causa desse cavalheiro hei de visitá-lo muitas vezes — disse, levantando-me —, você me deixou muito interessado.

— Veja, meu velho amigo, venha quando quiser. Histórias sou capaz de contar, mas dentro de certos limites, compreende? Caso contrário perde-se o crédito e a honra, quer dizer, nos negócios, e por aí vai.

— Então, até onde a honra o permita.

Cheguei a ficar empolgado. Ele percebeu.

— Bem, mas e agora, o que me diz daquela história que acabei de lhe contar? Pensou em alguma coisa, ou não?

— Sobre a sua história? Pois espere dois minutos; vou pagar a conta.

Foi até o bar e ali, como que por acaso, de repente se viu ao lado daquele jovem de *podióvka*, o qual tratava por Mítrochka com tanta familia-

---

[22] Em francês no original: "Eu pego o meu bem onde o encontro". A expressão é atribuída a Molière, em resposta a acusações de que boa parte de seu material era tirado de outros lugares. (N. da T.)

150   Fiódor Dostoiévski

ridade. Pareceu-me que Maslobóiev o conhecia bem mais do que admitira. Pelo menos, era evidente que essa não era a primeira vez que se encontravam. Mítrochka, pelo jeito, era um rapaz bastante original. Com sua *podióvka* e a camisa de seda vermelha, a tez morena, com traços fortes mas bem-apessoados, ainda bastante jovem, com um olhar brilhante e decidido, produzia uma impressão curiosa, mas não antipática. Seus gestos eram como que ousados e, no entanto, naquele momento, era evidente que se continha, querendo assumir, antes de tudo, um ar extremamente sério e empreendedor.

— Pois bem, Vânia — disse Maslobóiev ao voltar —, passe em minha casa hoje às sete horas, pois é possível que já tenha alguma coisa a lhe dizer. Eu mesmo, sozinho, como vê, não sou ninguém; já fui, agora não passo de um bêbado que se afastou dos negócios. Mas conservei minhas antigas relações; posso averiguar e tentar farejar alguma coisa entre vários grã-finos; é assim que me viro; é verdade que no meu tempo livre, isto é, quando estou sóbrio, eu mesmo faço certas coisas, através de conhecidos também... mais na linha investigativa... Ora, isso não tem nada a ver! Chega... Aqui está o meu endereço: é na rua Chestilávotchnaia. E agora, irmão, já estou amolecido demais. Só mais um trago e vou para casa. Vou me deitar um pouco. Quando chegar, lhe apresentarei Aleksandra Semiónovna e, se tivermos tempo, falaremos um pouco sobre poesia.

— E sobre aquele assunto?

— Provavelmente, sobre aquele também.

— Então, irei, irei com certeza...

CAPÍTULO VI

Anna Andrêievna já estava à minha espera havia tempo. O que lhe dissera no dia anterior sobre o bilhete de Natacha havia despertado nela uma grande curiosidade, e ela esperava que eu chegasse muito mais cedo, ao menos por volta das dez horas da manhã. Quando apareci em sua casa às duas da tarde, o tormento da espera já havia consumido as últimas forças da pobre velhinha. Além disso, estava ansiosa para me falar de suas novas esperanças, que haviam renascido no dia anterior, e de Nikolai Serguêievitch, que desde a véspera andava indisposto e macambúzio, e no entanto mostrava-se especialmente carinhoso com ela. Quando cheguei, ela me recebeu com uma ruga de frieza e descontentamento no rosto, mal falava por entre os dentes e não demonstrou o menor sinal de curiosidade, como se quisesse dizer: "Para que veio? Que gosto tem, meu caro, passar os dias saracoteando?". Estava zangada porque havia chegado tarde. Mas eu tinha pressa e, por isso, contei-lhe sem mais delongas toda a cena da noite anterior na casa de Natacha. Assim que a velha ouviu falar da visita do velho príncipe e de sua solene proposta de casamento, toda a sua fingida melancolia desapareceu imediatamente. Não tenho palavras para descrever a sua alegria, ficou até meio fora de si, benzia-se, chorava, fazia reverências dobrando-se até o chão diante da imagem, me abraçou e já ia correr para declarar imediatamente a Nikolai Serguêievitch toda a sua alegria.

— Perdão, meu caro, mas é por causa dessas humilhações e ofensas todas que ele anda melancólico, e agora, quando souber que foi feita plena reparação a Natacha, há de esquecer tudo num instante.

A muito custo consegui dissuadi-la. A boa velhinha, apesar dos vinte e cinco anos vividos com o marido, ainda não o conhecia bem. Também estava louca para ir comigo imediatamente à casa de Natacha. Fiz-lhe ver que corríamos o risco não só de Nikolai Serguêievitch não aprovar a sua atitude como, ainda, de pormos tudo a perder com isso. Afinal, pensou melhor, mas me segurou por mais de meia hora e passou o tempo todo só ela falando. "Com quem então vou ficar aqui agora?", disse ela. "Uma alegria dessas e eu aqui sozinha, entre quatro paredes." Por fim a convenci a me deixar partir, fazendo-lhe ver que agora era Natacha que me esperava com impaciência. A velha senhora fez-me o sinal da cruz várias vezes na partida, enviou uma bênção especial para Natacha e por pouco não se pôs a chorar quando me recusei terminantemente a tornar a voltar no mesmo dia, à noite, a menos que tivesse acontecido algo de especial com Natacha. Dessa vez não cheguei a ver Nikolai Serguêitch: ele não havia dormido a noite inteira, queixando-se de calafrios e dor de cabeça, e agora estava dormindo em seu gabinete.

Natacha também me esperara durante toda a manhã. Quando entrei, como era de hábito, ela estava andando pelo quarto meditativa, de braços cruzados. Mesmo agora, quando me lembro dela, não consigo vê-la de outro modo a não ser sempre sozinha, em seu pobre quartinho, pensativa, abandonada, esperando, de braços cruzados e olhos baixos, andando sem rumo de um lado para o outro.

Em voz baixa, sem deixar de andar, perguntou-me por que tinha demorado tanto. Contei-lhe brevemente todas as minhas aventuras, mas ela mal me ouviu. Era evidente que estava muito preocupada com alguma coisa. "O que há de novo?", perguntei. "Nada de novo", disse ela, mas num tom de voz que me fez imediatamente deduzir que havia algo de novo e que era por isso que me aguardava, para me contar, mas, como era seu costume, não seria nesse momento que contaria, mas quando eu estivesse para sair. Era o que sempre fazíamos. Eu já estava acostumado com ela e esperei.

Evidentemente, começamos a conversa falando do dia anterior. O que mais me surpreendeu foi a completa coincidência da nossa impressão sobre o velho príncipe: ela, decididamente, não gostava dele, e agora gostava ainda menos que antes. E quando nos pusemos a rememorar toda a sua visita do dia anterior tim-tim por tim-tim, Natacha disse de repente:

— Olha, Vânia, é sempre assim, se você não gosta da pessoa à primeira vista, isso já é quase um sinal de que com o tempo vai gostar. Comigo, pelo menos, sempre foi assim.

— Queira Deus que seja assim, Natacha. Além disso, a minha opinião é essa, e é definitiva: examinei tudo e cheguei à conclusão de que, apesar de o príncipe talvez estar agindo como um jesuíta, ele realmente concorda com o casamento de vocês e está falando sério.

Natacha deteve-se no meio do quarto e olhou-me com um ar severo. Seu rosto mudou de expressão; até os lábios ficaram ligeiramente contraídos.

— Mas como é que ele poderia, então, num caso *desses*, agir de má-fé e mentir...? — perguntou-me ela num tom de desdém e perplexidade.

— Claro que não, claro que não! — apressei-me a concordar.

Humilhados e ofendidos

153

— É evidente que não estava mentindo. Acho que não há sequer motivo para pensar isso. Tampouco seria possível achar qualquer pretexto que fosse para agir com tanta má-fé. E, afinal, o que é que eu represento para ele, para que ele se pusesse a zombar de mim a tal ponto? Será possível que alguém seja capaz de uma ofensa dessas?

— É claro, é claro que não! — aprovei, mas pensando comigo mesmo: "Certamente, não faz senão pensar nisso agora, andando pelo quarto, coitadinha, e é provável que tenha ainda mais dúvidas do que eu".

— Ah, como eu queria que ele voltasse logo! — disse ela. — Queria passar a noite toda aqui, e depois... Deve ter sido um assunto importante, já que largou tudo e foi embora. Não sabe do que se trata, Vânia? Não soube de nada?

— Só Deus sabe. Afinal, ele está sempre atrás de dinheiro. Ouvi dizer que pegou parte de uma empreitada aqui em Petersburgo. Nós, Natacha, de negócios não entendemos nada.

— É claro que não entendemos. Ontem Aliócha falou de uma certa carta.

— Deve ser alguma notícia. E Aliócha, ele esteve aqui?

— Esteve.

— Cedo?

— Ao meio-dia: ele acorda tarde. Ficou um pouco. Eu o mandei ir à casa de Katerina Fiódorovna; tinha de fazer isso, Vânia.

— Será que ele não tinha a intenção de ir?

— Sim, ele mesmo tinha essa intenção...

Ia acrescentar mais alguma coisa, porém se calou. Fiquei à espera, olhando para ela. Tinha o rosto triste. Queria lhe perguntar, mas às vezes ela abominava interrogatórios.

— Esse menino é estranho — disse ela por fim, contraindo levemente os lábios e como que tentando não olhar para mim.

— Por quê? Aconteceu alguma coisa entre vocês?

— Não, nada; apenas... Aliás, ele estava até carinhoso... Só que...

— Bom, agora acabaram-se todas as suas aflições e preocupações — disse eu.

Natacha deitou-me um olhar atento e perscrutador. A vontade dela, provavelmente, era me responder: "Mesmo antes, nunca foi de se afligir e se preocupar muito"; mas sentiu que em minhas palavras se encerrava o mesmo pensamento, e ficou melindrada.

No entanto, no mesmo instante voltou a se tornar afável e cordial. Desta vez ficou extremamente dócil. Fiquei com ela mais de uma hora. Estava muito preocupada. O príncipe a havia deixado assustada. Percebi por algumas de suas perguntas que ela queria muito ter completa certeza da impressão que causara nele no dia anterior. Teria se comportado de modo apropriado? Não teria se expressado de modo demasiado efusivo diante dele? Não teria se mostrado muito suscetível? Ou, ao contrário, demasiadamente condescendente? O que será que ele estaria pensando? Não a teria achado ridícula? Não sentia desprezo por ela?... Só de pensar nisso, as faces ardiam-lhe como fogo.

— Mas como pode ficar tão inquieta só porque um homem mau pode pensar alguma coisa? Pois que pense! — disse eu.

— E por que ele é mau? — perguntou ela.

Natacha era desconfiada, mas de coração puro e franca. Sua desconfiança vinha de uma fonte límpida. Era orgulhosa, de um orgulho nobre, e não podia suportar ver aquilo que ela prezava acima de tudo ser objeto de escárnio diante de seus próprios olhos. Ao desprezo de uma pessoa vil, é claro que só poderia responder com desprezo, mas ainda assim haveria de doer-lhe o coração ver alguém escarnecer de algo que ela considerava sagrado. Não era só a uma falta de firmeza que isso se devia. Em parte, devia-se também ao conhecimento demasiado limitado que tinha do mundo, à sua falta de costume de lidar com as pessoas, ao isolamento em seu canto. Passara a vida toda em seu cantinho, quase sem sair. E, por fim, ela havia desenvolvido num grau elevado essa característica das pessoas mais bondosas, transmitida talvez pelo pai, de cumular uma pessoa de elogios, de considerá-la obstinadamente melhor do que de fato é, de exagerar irrefletidamente tudo o que ela tem de bom. A decepção posterior é penosa para essas pessoas; e mais penoso ainda é sentir que a culpa disso é delas próprias. Por que esperar do outro mais do que ele pode dar? E a decepção espreita essas pessoas o tempo todo. O melhor que têm a fazer é ficarem quietas no seu canto, sem se porem a enfrentar o mundo; cheguei até a notar que elas realmente gostam dos seus cantos ao ponto de até mesmo tornarem-se selvagens neles. Além disso, Natacha havia suportado muitas ofensas, muitas desventuras. Já era uma criatura doente, e não se pode culpá-la, se é que em minhas palavras há alguma acusação.

Mas eu estava com pressa e me levantei para sair. Ela ficou surpresa, e quase se pôs a chorar por eu estar indo embora, apesar de não ter me demonstrado nenhuma ternura especial durante todo o tempo em que eu estivera lá, ao contrário, até pareceu estar ainda mais fria comigo do que de costume. Deu-me um beijo ardente e ficou olhando-me nos olhos por um longo tempo.

— Ouça — disse ela —, Alióchka estava tão engraçado hoje que até me deixou surpresa. Ele estava aparentemente muito amável, muito feliz, mas entrou aqui voando como uma borboleta, como um almofadinha, e ficou o tempo todo se pavoneando diante do espelho. Ele está também, de alguma forma, se comportando agora com uma sem-cerimônia... e além do que, ficou pouco tempo. Imagine só, trouxe bombons para mim.

— Bombons? Ora, é um gesto muito amável e ingênuo. Ah, como vocês são! Agora se põem a observar um ao outro, a se espionar, a estudar e ler pensamentos secretos no rosto um do outro, mas não entendem nada disso! Ele, ainda vá lá. Continua alegre e um colegial como antes. Mas você, você?

E sempre que Natacha mudava de tom e se dirigia a mim com queixas sobre Alióchka ou querendo que eu resolvesse alguma questão delicada, ou com algum segredo, desejando que eu o compreendesse por meias palavras, eu me lembro de que então ela sempre olhava para mim mostrando os dentinhos e como que implorando para que eu encontrasse uma solução a qualquer custo, de modo a tirar-lhe na mesma hora esse peso do coração. Mas lembro também de que nesses casos eu adotava sempre um tom meio áspero e severo, como que de reprimenda, e fazia isso de modo completamente involuntário, mas sempre *dava certo*. A minha gravidade e severidade vinham a calhar, pareciam mais autoritárias, mesmo porque às vezes as pessoas sentem uma necessidade insuperável de que alguém as repreenda. Pelo menos, Natacha às vezes se despedia de mim totalmente reconfortada.

— Não, Vânia, veja — continuou ela, apoiando uma de suas mãozinhas em meu ombro e com a outra pegando a minha mão, os olhos fixos nos meus em busca de aprovação —, ele me pareceu como que pouco entusiasmado... parecia já um *mari*...[23] sabe, como se estivesse casado há dez anos, mas ainda assim um homem amável com a esposa. Não é muito cedo para isso?... Ria, se pavoneava, mas como se isso tudo não tivesse a ver comigo e só me interessasse em parte, mas não do jeito que era antes... Estava com pressa para ir à casa de Katerina Fiódorovna... Eu estou falando com ele, e ele nem ouve, ou então começa a falar de outras coisas, sabe, aquele desagradável hábito da alta sociedade que nós dois o tínhamos feito perder. Enfim, estava de um jeito... parecia até indiferente... Mas o que estou dizendo! E aí eu fui adiante, aí comecei a falar! Ah, como somos exigentes, Vânia, que déspotas caprichosos nós somos! Só agora me dou conta! Não perdoamos numa pessoa uma simples mudança no semblante, e sabe Deus o que fez seu

---

[23] Em francês no original: "marido". (N. da T.)

semblante mudar! Você está certo, Vânia, em ter me censurado agora! A culpa foi toda minha! Nós mesmos criamos aborrecimentos para nós, e ainda nos queixamos... Obrigada, Vânia, por ter me deixado completamente tranquila. Ah, tomara que ele venha hoje! E para quê? Talvez ainda esteja zangado com o que aconteceu de manhã.

— Mas será possível que já tenham brigado? — perguntei, surpreso.

— Nem dei na vista! Só estava um pouco triste, e ele, que estava alegre, de repente ficou pensativo e me pareceu que se despediu de mim com frieza. Mas eu vou mandar chamá-lo... Venha você também, Vânia, hoje.

— Sem falta, a menos que um certo assunto me impeça.

— Ora, e que assunto é esse?

— É verdade, tenho um compromisso! Mas penso que poderei vir sem falta.

CAPÍTULO VII

Às sete horas em ponto eu estava na casa de Maslobóiev. Ele morava na rua Chestilávotchnaia, numa ala de um prédio pequeno, em um apartamento de três cômodos não muito asseado, embora tivesse uma boa mobília. Podia-se ver até que contava com certas posses, mas ao mesmo tempo reinava ali a mais completa falta de ordem. Quem abriu-me a porta foi uma jovem muito bonita de uns dezenove anos, vestida com simplicidade, mas com muito bom gosto, muito asseada e com uns olhos alegres e bondosos. Imaginei imediatamente que esta era a mesma Aleksandra Semiónovna que ele mencionara de passagem, de manhã, ao me convidar para conhecê-la. Perguntou-me quem era e, ao ouvir meu nome, disse que ele estava à minha espera, mas que no momento estava em seu quarto dormindo, e me conduziu até lá. Maslobóiev estava dormindo em um sofá macio muito bom, coberto com seu casaco sujo e com uma almofada de couro puído sob a cabeça. Tinha o sono muito leve; assim que entramos, ele imediatamente chamou pelo meu nome.

— Ah! É você? Estava à sua espera. Acabei de sonhar que havia chegado e estava me acordando. Então, é porque está na hora. Vamos.

— Para onde vamos?

— À casa de uma dama.

— Que dama? Para quê?

— À casa de madame Búbnova, fazer-lhe uma cobrança. E que belezura ela é! — disse ele arrastando a voz, dirigindo-se a Aleksandra Semiónovna, chegando a beijar as pontinhas dos dedos à lembrança de madame Búbnova.

— Anda, vai, não inventa! — disse Aleksandra Semiónovna, considerando que era seu dever mostrar-se um pouco zangada.

— Não o conhece? Deixe-me apresentá-los, meu caro: pois bem, Aleksandra Semiónovna, apresento-lhe um general da literatura; só se pode vê-los de graça uma vez por ano, o resto do tempo, só pagando.

— Ele acha que sou boba. Por favor, não lhe dê ouvidos, ele vive caçoando de mim. Que general havia de ser?

— É o que estou lhe dizendo, que é uma pessoa especial. E você, Vossa Excelência, não pense que somos tolos; somos muito mais espertos do que possa parecer à primeira vista.

— Não lhe dê ouvidos! Sempre me deixa envergonhada diante das pessoas de bem, esse descarado. Se ao menos me levasse um dia ao teatro...

— Ame, Aleksandra Semiónovna, os seus trabalhos domésticos... Será que esqueceu o que é preciso amar? Esqueceu aquela palavrinha? Aquela que eu lhe ensinei?

— É claro que não esqueci. Deve significar algum absurdo.

— Bem, então, qual é a palavra?

— Como se eu fosse me expor diante da visita! Pode ser que signifique algo indecente. Juro que não hei de dizer.

— Quer dizer que esqueceu, senhora?

— Pois não esqueci; os penates![24] Ame os seus penates... Olha as coisas que ele inventa! Talvez esses penates nem tenham existido; e de que serve então amá-los? É tudo mentira!

— Em compensação, na casa de madame Búbnova...

— Dane-se, você e a sua Búbnova! — e Aleksandra Semiónovna saiu correndo do quarto extremamente indignada.

— Está na hora! Vamos! Adeus, Aleksandra Semiónovna!

Saímos.

— Veja, Vânia, em primeiro lugar, vamos pegar essa carruagem. Pois bem. E, em segundo lugar, hoje de manhã, assim que me despedi de você, soube de mais coisas, e não foi por alto que soube, mas com precisão. Ainda passei mais uma hora inteira na ilha Vassílievski. Esse pançudo é um canalha terrível, imundo e repugnante, de gostos e caprichos os mais abjetos. Essa Búbnova é conhecida há muito tempo por umas velhacarias do mesmo gênero. Um dia desses, por pouco não foi pega com uma menina de boa família. Esses vestidos de musselina com que ela atavia essa órfã (como você me contou de manhã) não me deram sossego; porque eu já tinha ouvido alguma coisa antes disso. De manhã, soube de mais coisas ainda, puramente por acaso, mas parece que é verdade. Quantos anos tem a menina?

— Pela aparência, uns treze anos.

— Mas pela estatura, menos. Bem, é assim que ela faz. Se necessário, ela diz onze, senão, quinze anos. E uma vez que a pobrezinha é indefesa, não tem família, então...

— Será possível?

— E o que esperava? Ora, madame Búbnova não teria acolhido uma órfã em sua casa apenas por compaixão. E se o pançudo pegou o hábito de ir lá, é porque é isso mesmo. Ele se encontrou com ela essa manhã. E para o

---

[24] Na mitologia romana, os deuses protetores do lar. (N. da T.)

papalvo do Sizobriúkhov ela prometeu hoje uma beldade, uma mulher casada, esposa de um funcionário, um oficial superior. Esses filhinhos de comerciantes do tipo farrista são ávidos por isso; querem sempre saber a patente. É como na gramática do latim, lembra-se: o significado é mais importante que a terminação. E, aliás, parece que desde cedo ainda estou bêbado. Ora, a Búbnova que não se atreva a se meter em tais assuntos. Ela quer embromar até a polícia, e como mente! É por isso que vou lhe dar um susto, pois ela sabe que eu, para as lembranças antigas... *et cetera*, está entendendo?

Eu estava terrivelmente chocado. Essas notícias todas haviam me deixado alarmado. Temia que chegássemos tarde demais e ficava apressando o cocheiro.

— Não se preocupe; foram tomadas as precauções — disse Maslobóiev. — Mítrochka está lá. Sizobriúkhov terá de lhe pagar em dinheiro, mas o canalha do pançudo, em espécie. Foi decidido esta manhã. Bem, já a Búbnova entra na minha cota... Por isso, ela que não se atreva...

Chegamos e paramos em frente ao restaurante; mas a pessoa que se chamava Mítrochka não estava lá. Depois de ordenar ao cocheiro que nos esperasse na entrada do restaurante, fomos à casa de Búbnova. Mítrochka nos esperava ao portão. Uma luz forte iluminava as janelas, e ouvia-se a risada bêbada e estrondosa de Sizobriúkhov.

— Estão todos ali já há um quarto de hora — disse-nos Mítrochka. — Agora é a melhor hora.

— Mas e como vamos entrar? — perguntei eu.

— Como visitas — disse Maslobóiev. — Ela me conhece; e conhece também o Mítrochka. É verdade que está tudo trancado, mas não para nós.

Bateu de leve no portão, e ele se abriu imediatamente. Foi o porteiro que abriu e trocou uma piscadela com Mítrochka. Entramos em silêncio; ninguém na casa nos ouviu. O porteiro nos levou pela escada e bateu na porta. Chamaram seu nome; ele respondeu que estava sozinho; "quer dizer, é uma necessidade". Abriram a porta, e entramos todos de uma vez. O porteiro desapareceu.

— Ai, quem é? — gritou Búbnova, bêbada e desgrenhada, na entrada minúscula, com uma vela na mão.

— Quem? — replicou Maslobóiev. — Como é que pode não reconhecer suas queridas visitas, Anna Trifónovna? E quem poderia ser, se não nós?... Filip Filípitch.

— Ah, Filip Filípitch! É o senhor... minha cara visita... Mas como é que o senhor... eu, senhor... não foi nada, senhor... por aqui, senhor, por favor.

Ela se atrapalhou toda.

— Como, por aqui? Aqui há uma divisória... Não, terá de nos fazer uma recepção melhor. Viemos para tomar alguma coisinha fria, e não teria aí umas menininhas?

A anfitriã se animou na hora.

— Para uma visita tão cara, nem que tivesse de cavocar debaixo da terra; traria do Estado chinês se fosse preciso.

— Duas palavrinhas, minha cara Anna Trifónovna: Sizobriúkhov está aqui?

— Es... está.

— Era isso mesmo que eu queria saber. Como é que o canalha se atreveu a vir para a farra sem mim?

— Não, com certeza ele não esqueceu o senhor. Ficou esperando alguém, com certeza era o senhor.

Maslobóiev empurrou a porta e nós nos vimos num aposento não muito grande, de duas janelas, com gerânios, cadeiras de palha e um piano decrépito; tudo como era de se esperar. Mas antes de entrarmos, quando ainda estávamos conversando no saguão, Mítrochka desapareceu. Depois eu soube que ele nem havia entrado, que ficara esperando atrás da porta. Teria de abri-la para alguém depois. A mulher desgrenhada e cheia de ruge que ficara me espiando de manhã por trás do ombro de Búbnova, e que era sua comadre.

Sizobriúhov estava sentado num sofazinho estreito, de mogno, diante de uma mesa redonda coberta com uma toalha. Em cima da mesa havia duas garrafas de champanhe sem gelo, uma garrafa de um rum ordinário; pratos com bombons da confeitaria, rosquinhas e três espécies de nozes. À mesa, em frente de Sizobriúkhov, estava sentada uma criatura repugnante, de uns quarenta anos, bexiguenta, com um vestido preto de tafetá e broches e pulseiras de bronze. Era a esposa do oficial superior, evidentemente uma falsificação, sem dúvida. Sizobriúkhov estava bêbado e muito satisfeito. Seu companheiro pançudo não estava com ele.

— É assim que as pessoas fazem! — pôs-se a urrar Maslobóiev a plenos pulmões. — E ainda convida para ir ao D'Usseau!

— Filip Filípitch, que felicidade, senhor! — balbuciou Sizobriúkhov, levantando-se para vir ao nosso encontro com um ar de beatitude.

— Está bebendo?

— Desculpe-me, senhor.

— Deixe as desculpas de lado e convide as visitas. Viemos nos divertir com você. E ainda trouxe mais um convidado: um amigo! — Maslobóiev apontou para mim.

Humilhados e ofendidos

— É um prazer, senhor, isto é, fico feliz, senhor... hi, hi!

— Vejam só o que chamam de champanhe! Parece sopa de repolho azeda.

— Está me ofendendo, senhor.

— Parece que você não se atreve sequer a dar as caras no D'Usseau; e ainda me convida!

— Ele acabou de me contar que esteve em Paris — disse a esposa do oficial superior —, então vai ver que também é mentira!

— Fedósia Títichna, não me ofenda, senhora. Eu estive, sim. Eu viajei, sim senhora.

— Como pode um mujique como esse ir a Paris?

— Mas fui, senhora. Eu pude ir. Eu e Karp Vassílievitch, e nos destacamos lá. Não conhece Karp Vassílievitch, senhora?

— E por que eu haveria de conhecer o seu Karp Vassílievitch?

— Ah, sim, senhora, é porque... tem relação com a política, senhora. Estava com ele lá, num lugarejo de Paris, senhora, na casa de madame Joubert, senhora, e quebramos um tremó inglês.

— Quebraram o quê?

— Um tremó, senhora. Havia um tremó, senhora, que pegava a parede toda, até o teto; só que Karp Vassílievitch estava tão bêbado que começou a falar em russo com madame Joubert. Ele estava perto do tremó e se apoiou nele com o cotovelo. A senhora Joubert gritou para ele, lá na língua dela: "O tremó custa setecentos francos (a meu ver, valia só um quarto disso), vai quebrá-lo!". Ele deu uma risadinha e olhou para mim; e eu estava sentado em frente dele, num canapé, e a beldade que estava comigo, mas não uma tromba como essa, senhora, para dizer tudo, senhora. E ele gritou, "Stiepán Teréntitch, Stiepán Teréntievitch! Meio a meio, de acordo?". Eu disse: "De acordo!". E então ele bateu com o punho no tremó e... *paf!* Espalhou estilhaços para todo lado. A senhora Joubert se pôs a gritar com uma voz esganiçada e avançou para cima dele: "O que você fez, bandido, onde pensa que está?" (lá na língua deles). E ele lhe disse: "Você, madame Joubert, minha senhora, pega o dinheiro e não venha criar dificuldades ao meu temperamento", e na mesma hora lhe entregou seiscentos e cinquenta francos. Os cinquenta ficaram de lambuja.

Nesse momento ouviu-se um grito agudo terrível vindo de trás de uma das portas, a dois ou três comodozinhos daquele em que estávamos. Estremeci e também soltei um grito. Reconheci nesse grito a voz de Elena. Logo depois desse grito queixoso ouviram-se outros gritos, xingamentos, um vozerio e, por fim, um barulho nítido de sonoras bofetadas. Provavelmente, era

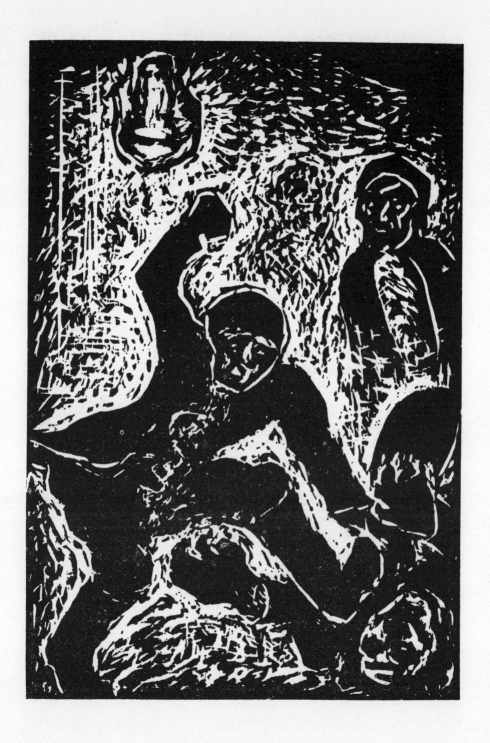

Mítrochka fazendo a sua parte. De repente, a porta se abriu com força e Elena irrompeu na sala, pálida, de olhos turvados, com um vestido de musselina branca, mas completamente amassado e rasgado, e os cabelos penteados, mas como que desfeitos por uma luta. Eu estava de pé em frente à porta, e ela correu diretamente para mim e me abraçou. Todos se ergueram de um pulo, todos ficaram alarmados. Ressoaram gritos e ganidos quando ela apareceu. Atrás dela apareceu Mítrochka à porta, arrastando pelos cabelos o seu inimigo pançudo, com um aspecto completamente desalinhado. Ele o arrastou até o umbral e o jogou na sala para nós.

— Aqui está ele! Peguem-no! — disse Mítrochka com um ar de completa satisfação.

— Olhe — disse Maslobóiev, aproximando-se calmamente de mim e dando-me uma palmadinha no ombro —, pegue a menina e leve-a para a sua casa com a nossa carruagem, pois aqui você não tem mais nada a fazer. Amanhã acertaremos o resto.

Não foi preciso dizer duas vezes. Peguei na mão de Elena e a tirei daquele antro. Nem sei como as coisas acabaram por lá. Ninguém nos impediu: a dona da casa estava pasma de horror. Tudo aconteceu tão rapidamente que ela não pôde sequer interferir. O cocheiro estava esperando por nós, e vinte minutos depois eu já estava em casa.

Elena estava mais morta do que viva. Desabotoei-lhe o vestido, borrifei-lhe o rosto com água e a coloquei no sofá. Começou a ficar febril e a delirar. Fiquei contemplando o seu rostinho pálido, os lábios descorados, os cabelinhos negros, caídos para o lado, mas que haviam sido penteados, os cabelinhos besuntados de brilhantina, toda a sua toalete, os lacinhos cor-de-rosa que permaneceram intactos em um ou outro lugar em seu vestido — e finalmente compreendi toda aquela história repugnante. Pobrezinha! Foi piorando cada vez mais. Não saí de perto dela e decidi não ir à casa de Natacha nessa noite. Às vezes Elena erguia seus longos cílios e ficava olhando para mim, olhava-me longa e atentamente, como se me reconhecesse. Já era tarde, de madrugada, por volta de uma hora, quando ela adormeceu. Adormeci no chão, perto dela.

CAPÍTULO VIII

Levantei-me bem cedo. Passei a noite toda acordando praticamente a cada meia hora, aproximava-me então de minha pobre hóspede e a observava atentamente. Tinha febre e delirava um pouco. Mas de manhã adormeceu profundamente. Bom sinal, pensei eu, mas, ao acordar de manhã, decidi correr em busca de um médico, enquanto a pobrezinha ainda dormia. Conhecia um médico que vivia desde tempos imemoriais na rua Vladímirskaia com sua governanta alemã, um velho solteiro e bondoso. Foi justamente a ele que me dirigi. Prometeu estar em minha casa às dez horas. Eram oito horas quando fui procurá-lo. Queria muito passar na casa de Maslobóiev, no caminho, mas mudei de ideia: provavelmente ainda estaria dormindo, depois do dia anterior, e, além disso, Elena poderia acordar e talvez se assustasse ao se ver sozinha em minha casa. No estado em que se achava, ela bem poderia se esquecer de como, quando e por que fora parar ali.

Ela acordou no exato momento em que entrei no quarto. Aproximei-me dela e perguntei-lhe com cuidado como se sentia. Não respondeu, mas ficou um longo tempo olhando-me fixamente com seus expressivos olhos negros. Pelo seu olhar, pareceu-me que compreendia tudo e estava plenamente consciente. Não respondia talvez por ser esse o seu hábito. Tanto no dia anterior como no outro em que viera à minha casa, não pronunciara uma única palavra em resposta a outras perguntas minhas, apenas se punha de repente a fitar-me nos olhos com um olhar demorado e persistente, no qual, à perplexidade e à curiosidade selvagem, ainda se misturava um estranho orgulho. Agora mesmo percebi em seu olhar uma gravidade que chegava a parecer desconfiança. Ia pôr-lhe a mão na testa para ver se tinha febre, mas ela, em silêncio, a desviou calmamente com sua pequena mãozinha e virou o rosto para a parede. Afastei-me, então, para não incomodá-la.

Eu tinha uma chaleira grande de cobre. Havia tempo já que a usava, em vez do samovar, para ferver água. Tinha lenha, que o porteiro me trouxera para uns cinco dias de uma vez. Acendi o fogão, fui buscar água e pus a chaleira no fogo. Coloquei meu aparelho de chá sobre a mesa. Elena virou-se para mim e ficou olhando para tudo com curiosidade. Perguntei-lhe se também queria alguma coisa. Mas ela tornou a virar de costas para mim e não respondeu nada.

"Mas por que estará zangada assim comigo?", pensei eu. "Que menina estranha!"

Meu velho médico chegou, como dissera, às dez horas. Ele examinou a doente com todo o cuidado alemão e deu-me muita esperança, ao assegurar-me de que, apesar do estado febril, não havia nenhum perigo especial. Acrescentou que ela devia ter uma outra doença, crônica, talvez alguma irregularidade nos batimentos cardíacos, "mas que este ponto exigia uma observação especial e no momento estava fora de perigo". Prescreveu-lhe uma poção e uns pós, mais por hábito do que por necessidade, e se pôs imediatamente a perguntar-me como ela viera parar em minha casa, ao mesmo tempo em que eu o observava com um ar de surpresa. Esse velhinho era um tagarela terrível.

Elena também o surpreendeu; ela puxou a mão quando ele lhe tomava o pulso e não queria lhe mostrar a língua.

Não respondeu uma palavra sequer a nenhuma de suas perguntas, mas não tirava os olhos da enorme cruz da Ordem de São Estanislau que lhe pendia do pescoço. "Deve doer-lhe muito a cabeça", observou o velho, "mas que maneira de olhar!" Não achei necessário contar-lhe sobre Elena e aleguei tratar-se de uma longa história.

— Avise-me, se for preciso — disse ele ao sair. — Mas por hora não há perigo.

Decidi ficar o dia todo com Elena e, na medida do possível, não deixá-la sozinha até sua completa recuperação. Mas sabendo que Natacha e Anna Andrêievna haveriam de ficar aflitas se me esperassem em vão, decidi ao menos avisar Natacha, por carta, através do correio municipal, de que naquele dia não iria a sua casa. Já para Anna Andrêievna não era possível escrever. Ela mesma me pedira, de uma vez por todas, para que não lhe escrevesse cartas, depois de lhe ter enviado um dia a notícia sobre a doença de Natacha. "O velho fica carrancudo quando vê uma carta sua" — disse ela —, "fica com vontade de saber o que diz, pobrezinho, mas não é capaz de perguntar, não se atreve. E aí passa o dia todo transtornado. E além disso, meu caro, as suas cartas só fazem me instigar a curiosidade. O que são dez linhas? Se tiver vontade de perguntar os detalhes, você não está aqui." Foi por isso que escrevi apenas para Natacha e, quando fui levar a receita à farmácia, aproveitei para enviar a carta.

Nesse meio-tempo, Elena tornou a adormecer. Durante o sono, gemeu um pouco e teve sobressaltos. O médico acertara: a cabeça doía-lhe muito.

De vez em quando dava um gritinho e acordava. Olhava para mim até mesmo com desgosto, como se os meus cuidados lhe fossem deveras penosos. Confesso que isso me doía muito.

Às onze horas chegou Maslobóiev. Parecia preocupado e um tanto distraído; entrou apenas por um minuto, estava indo apressado a algum lugar.

— Bem, irmão, já esperava que vivesse num lugar sem graça — observou ele, olhando em torno —, mas, na verdade, não achava que fosse encontrá-lo num baú desses. Pois isso é um baú, e não uma casa. Ora, isso, convenhamos, não quer dizer nada, o pior é que todas essas preocupações extras só fazem desviá-lo do trabalho. Fiquei pensando sobre isso ontem, quando estávamos indo para a casa da Búbnova. Pois eu, irmão, pela minha natureza e pela minha posição social, pertenço àquele tipo de pessoas que não fazem nada de útil, mas pregam sermões a outras para que façam. Agora ouça: talvez amanhã ou depois de amanhã eu passe por aqui, já você, esteja sem falta em minha casa no domingo de manhã. Espero que até lá o caso dessa menina esteja completamente resolvido; dessa vez vou ter uma conversa séria com você, porque é preciso levá-lo a sério. Não pode viver assim. Ontem eu lhe fiz apenas uma insinuação, mas agora vou expôr com lógica. E, por fim, diga-me: o que há, será que considera alguma desonra aceitar dinheiro meu por um tempo?...

— Mas não vamos brigar! — interrompi-o. — É melhor que me conte em que pé ficaram as coisas ontem!

— Ora, não poderiam ter ficado melhor, e o objetivo foi alcançado, compreende? Agora não tenho tempo. Vim por um minuto, apenas para avisar que estou sem tempo até para você; e, a propósito, para saber o que vai fazer, vai colocá-la em algum lugar ou quer mantê-la com você? Porque é preciso pensar nisso e decidir.

— Isso eu ainda não sei ao certo e, confesso, estava esperando por você, para que me aconselhasse. Mas, com que fundamentação, por exemplo, eu poderia mantê-la em minha casa?

— Ah, o que tem? Nem que for como criada...

— Só lhe peço que fale mais baixo. Embora esteja doente, está completamente consciente, e assim que o viu, percebi que teve como que um sobressalto. Quer dizer que se lembrou de ontem...

E aí contei-lhe sobre o seu caráter e tudo que havia notado nela. Minhas palavras deixaram Maslobóiev interessado. Acrescentei que talvez a levasse para uma certa casa, e contei-lhe por cima sobre os meus velhos. Para minha surpresa, ele já conhecia em parte a história de Natacha e, à minha pergunta: "Como é que você soube?", respondeu:

— Por acaso; faz tempo, ouvi meio de passagem, ao tratar de um certo assunto. Pois já lhe disse que conheço o príncipe Valkóvski. Faz muito bem em querer levá-la para a casa desses velhos. Senão ela haveria de lhe criar constrangimento. E mais uma coisa: ela precisa de alguma roupa. Não se preocupe com isso; fica por minha conta. Adeus, vá visitar-me mais vezes. O que está fazendo agora, dormindo?

— Parece que sim — respondi.

Mas assim que ele saiu, Elena chamou-me no mesmo instante.

— Quem é ele? — perguntou-me. A voz tremia, mas ela fitou-me com aquele mesmo olhar meio altivo e perscrutador. Não consigo exprimir-me de outro modo.

Disse-lhe que seu sobrenome era Maslobóiev e acrescentei que graças a ele conseguira tirá-la da casa da Búbnova, e que a Búbnova tinha muito medo dele. Suas faces de súbito afoguearam-se como se ardessem, certamente por causa das lembranças.

— E agora ela nunca virá aqui? — perguntou Elena, olhando-me com curiosidade.

Apressei-me em tranquilizá-la. Ela se calou e ia pegando-me a mão com seus dedinhos quentes, mas largou-a no mesmo instante, como que reconsiderando. "Não é possível que sinta realmente tanta repulsa por mim", pensei eu. "É o jeito dela, ou... ou simplesmente a pobrezinha passou por tantas desgraças que já não confia em mais ninguém nesse mundo."

Na hora marcada, fui buscar o remédio e, ao mesmo tempo, fui a uma taverna conhecida em que às vezes almoçava e onde tinha crédito. Dessa vez, ao sair de casa, peguei uma tijela e trouxe da taverna uma porção de sopa de galinha para Elena. Mas ela não quis comer, e a sopa ficou provisoriamente no forno.

Depois de lhe dar o remédio, pus-me a trabalhar. Achei que ela estivesse dormindo, mas ao lançar-lhe sem querer um olhar, de repente vi que havia erguido a cabeça e que observava atentamente como escrevia. Fingi que não percebi.

Por fim, ela acabou adormecendo e, para minha grande satisfação, tranquilamente, sem delírios nem gemidos. Comecei a raciocinar comigo mesmo: Natacha, sem saber o que estava acontecendo, poderia não só estar chateada comigo por eu não ter ido vê-la hoje como até, pensei, certamente ficará amargurada com a minha falta de atenção justamente na hora em que, talvez, mais precise de mim. Pode ser até que estivesse preocupada com alguma coisa ou tivesse alguma incumbência para mim, e eu, como que de propósito, não estou lá.

Quanto a Anna Andrêievna, não sabia absolutamente que desculpas dar a ela no dia seguinte. Fiquei pensando, pensando e, de repente, decidi correr à casa de uma e de outra. Minha ausência duraria não mais que duas horas. Elena estava dormindo e não me ouviria quando saísse. Levantei-me de um salto, vesti o casaco, peguei o boné, mas assim que estava para sair, Elena de repente me chamou. Fiquei surpreso: será que ela fingiu estar dormindo?

Aliás, reparei que, embora Elena parecesse deixar transparecer que não queria falar comigo, esses chamados com tanta frequência, essa necessidade de recorrer a mim com todas as suas perplexidades, demonstrava o contrário e, confesso, eram-me até agradáveis.

— Para onde o senhor quer me levar? — perguntou, quando me aproximei dela. Em geral, fazia as suas perguntas como que de supetão, quando eu menos esperava. Desta vez nem cheguei a entendê-la de início.

— Há pouco o senhor disse ao seu amigo que quer me levar para uma certa casa. Eu não quero ir a lugar nenhum.

Inclinei-me sobre ela, estava de novo ardendo; era uma nova crise febril. Comecei a acalmá-la e a fazer-lhe promessas; assegurei-lhe de que, se ela quisesse ficar comigo, então não a levaria a lugar nenhum. Ao dizer isso, tirei o casaco e o boné. Não me atrevia a deixá-la sozinha neste estado.

— Não, vá! — disse ela imediatamente, ao perceber que eu pretendia ficar. — Estou com sono; vou dormir logo.

— Mas como há de ficar sozinha... — disse-lhe, perplexo. — Se bem que em duas horas certamente estarei de volta...

— Pois então vá. Senão, vou passar o ano todo doente, assim o senhor ficará sem sair de casa o ano inteiro — e ela tentou sorrir, olhando-me de um modo um tanto estranho, como se lutasse com algum bom sentimento que lhe despontara no coração. Pobrezinha! Deixava emergir a bondade e ternura de seu coraçãozinho, apesar de toda a sua aparente dureza e insociabilidade.

Primeiro corri à casa de Anna Andrêievna. Ela me esperava com impaciência febril, e recebeu-me com censuras; ela mesma estava terrivelmente preocupada: Nikolai Serguêievitch saíra de casa logo depois do almoço, e não se sabia para onde. Pressenti que a velha não teria resistido e que lhe contara tudo, como era seu costume, através de insinuações. Aliás, ela mesma quase me confessou, dizendo que não conseguira resistir à tentação de compartilhar com ele tamanha alegria, mas que Nikolai Serguêitch tornou-se, segundo as suas próprias palavras, mais negro do que uma nuvem, não disse nada, "ficou o tempo todo calado, nem sequer respondia às minhas perguntas", e de repente, depois do almoço, se arrumou e saiu. Ao dizer isso, Anna Andrêievna quase tremia de medo e suplicava-me para esperar Nikolai Serguêitch com ela. Eu me desculpei e disse-lhe quase categoricamente que talvez não viesse nem no dia seguinte e que fora por isso que dera um pulo ali àquela hora para preveni-la pessoalmente disso. Dessa vez, por pouco não brigamos. Ela começou a chorar; fez-me censuras duras e amargas, e só quando já estava à porta para sair, ela de repente se atirou ao meu pescoço e me abraçou fortemente, dizendo-me para não ficar zangado com ela, "uma órfã", e não levar a mal suas palavras.

Contra minhas expectativas, tornei a encontrar Natacha sozinha, e, o que é estranho, pareceu-me que dessa vez não ficara absolutamente muito feliz em me ver, como no dia anterior e das outras vezes em geral. Era como se eu a incomodasse ou chateasse com alguma coisa. À minha pergunta: "Aliócha esteve aqui hoje?", ela respondeu: "É claro que esteve, mas por pouco tempo. Prometeu-me vir hoje à noite", acrescentou ela, como que cismada.

— E ontem à noite, ele veio?

— N-não. Ele ficou detido — acrescentou rapidamente. — E então, Vânia, como vão as suas coisas?

Percebi que por algum motivo ela queria desviar a conversa e mudar de assunto. Deitei-lhe um olhar mais atento: era evidente que estava chateada. Aliás, ao perceber que estava prestando atenção nela, lançou-me de súbito um olhar rápido, por assim dizer, com raiva, e com tal intensidade que pareceu queimar-me. "Está de novo infeliz", pensei eu, "mas não quer me dizer."

Respondendo à sua pergunta sobre as minhas coisas, contei-lhe toda a história de Elena, com todos os detalhes. Ficou extremamente interessada e até mesmo impressionada com a minha história.

— Meu Deus! E você teve coragem de deixá-la sozinha, doente? — exclamou ela.

Expliquei-lhe que não queria absolutamente ter vindo hoje, mas que achei que poderia estar magoada e precisando de mim para alguma coisa.

— Precisar de você — disse ela com os seus botões, refletindo —, precisar de você, Vânia, talvez precise, mas é melhor deixar para outra hora. Esteve em casa com os nossos?

Contei-lhe tudo.

— Sim; sabe Deus como meu pai há de receber agora todas essas notícias. Aliás, o que há para receber...

— Como há de receber o quê? — perguntei-lhe. — Uma reviravolta dessas!

— Pois é... Aonde terá ido agora? Da outra vez vocês acharam que ele tinha vindo me ver. Veja, Vânia, se puder, venha me ver amanhã. Talvez tenha algo a lhe dizer... Sinto até vergonha de incomodá-lo; mas agora é melhor que vá para casa ver a sua hóspede. Será que já não se passaram duas horas desde que saiu de casa?

— Sim. Adeus, Natacha. Mas como esteve Aliócha hoje com você?

— Aliócha, nada de especial... Admira-me muito a sua curiosidade.

— Até logo, minha amiga.

— Adeus — ela estendeu-me a mão com displicência e evitou o meu último olhar de despedida.

Saí de lá um pouco admirado. "E, aliás", pensei, "deve ter muito sobre o que refletir. Isso não é brinquedo. E amanhã será a primeira a me contar tudo."

Voltei para casa triste e fiquei terrivelmente impressionado assim que abri a porta. Já estava escuro. Pude ver que Elena estava sentada no sofá, com a cabeça inclinada sobre o peito, como que imersa em pensamentos profundos. Nem sequer olhou para mim, como se estivesse completamente ausente. Aproximei-me dela; murmurou algo para si mesma. "Será que está delirando?", pensei.

— Elena, minha amiga, o que há com você? — perguntei-lhe, sentando-me ao seu lado e pegando-lhe na mão.

— Quero ir embora daqui... Prefiro ficar com ela — disse, sem erguer a cabeça.

— Onde? Com quem? — perguntei-lhe, admirado.

— Com ela, com a Búbnova. Ela vive dizendo que eu lhe devo um monte de dinheiro, porque ela enterrou mãezinha às suas próprias custas... Eu não quero que ela xingue minha mãezinha, eu quero trabalhar para ela e pagar tudo... E depois eu mesma irei embora de lá. Mas agora vou tornar a voltar para lá.

— Acalme-se, Elena, não pode voltar para lá — disse eu. — Ela vai atormentá-la, vai acabar com você...

— Pois que acabe, que me atormente — replicou Elena com veemência —; não sou a primeira; outras melhores do que eu também são atormentadas. Foi uma mendiga na rua que disse. Eu sou pobre e quero ser pobre. Serei pobre a vida toda; foi a minha mãe que mandou, quando ela estava morrendo. Vou trabalhar... Não quero usar este vestido...

— Amanhã mesmo vou lhe comprar outro. E vou trazer também os seus livros. Você vai morar aqui. Não a entregarei a ninguém, se não quiser; acalme-se...

— Vou trabalhar como criada.

— Está bem, está bem! Mas acalme-se, deite-se e durma!

Mas a pobre menina desmanchou-se em lágrimas. Pouco a pouco, as lágrimas foram se transformando em soluços. Eu não sabia o que fazer; trazia-lhe água, umedecia-lhe as têmporas, a cabeça. Por fim, ela caiu no sofá, completamente exausta, e recomeçaram os calafrios febris. Eu a cobri com tudo o que encontrei e ela adormeceu, mas o sono era agitado, acordava a cada hora tremendo. Embora eu não tivesse andado muito nesse dia, estava terrivelmente cansado e decidi deitar-me também o quanto antes. Preocupações torturantes enxameavam-me a mente. Pressentia que essa menina haveria de me trazer muitos problemas. Mas o que me preocupava mais que tudo era Natacha e seus problemas. De maneira geral, lembro-me agora de que raras vezes me vi numa disposição de espírito tão penosa como ao me deitar para dormir nessa noite infeliz.

CAPÍTULO IX

Acordei tarde, doente, por volta de dez da manhã. A cabeça doía e girava. Olhei para a cama de Elena: a cama estava vazia. Nisso, vindos do lado direito do meu pequeno quarto, chegaram-me aos ouvidos sons como que de alguém varrendo o chão. Levantei-me para ver. Elena, segurando uma vassoura numa das mãos e na outra o seu vestidinho elegante, que ainda não tirara desde o dia anterior, varria o chão. A lenha, preparada para o fogão, estava empilhada num canto; a mesa estava limpa, a chaleira, areada; em uma palavra, Elena estava se ocupando dos trabalhos domésticos.

— Ouça, Elena — pus-me a gritar —, quem foi que a mandou varrer o chão? Eu não quero que faça isso, você está doente; por acaso foi para servir de criada que você veio para cá?

— Quem então há de varrer o chão? — respondeu ela, endireitando-se e olhando-me de frente. — Agora eu não estou doente.

— Mas não foi para trabalhar que eu a trouxe, Elena. Parece que tem medo de que eu a repreenda, como a Búbnova, por viver aqui de graça? E de onde você tirou essa vassoura nojenta? Eu nem tinha vassoura — acrescentei, olhando para ela admirado.

— Esta é a minha vassoura. Fui eu mesma que a trouxe para cá. Era eu que varria o chão para o meu avô; e desde então a vassoura ficou aqui, debaixo do fogão.

Voltei para o quarto pensativo. Talvez estivesse errado; mas parecia-me justamente que a minha hospitalidade lhe era de algum modo penosa e que ela queria me provar a todo custo que não morava de graça em minha casa. "Nesse caso, que gênio exasperado o seu!", pensei. Dois minutos depois, ela também entrou, sentou-se em silêncio em seu lugar do dia anterior no sofá e se pôs a olhar-me com curiosidade. Nesse meio-tempo, levei a chaleira ao fogo, preparei o chá, enchi uma xícara e dei a ela com um pedaço de pão branco. Ela o pegou em silêncio e sem protesto. Tinha passado vinte e quatro horas sem comer quase nada.

— Está vendo, sujou seu vestidinho bonito com a vassoura — disse eu, ao reparar numa faixa grande de sujeira na barra de sua saia.

Ela examinou o vestido e de súbito, para minha grande surpresa, largou a xícara, pegou o tecido de musselina da saia com as duas mãos, de modo aparentemente calmo e tranquilo, e com um único movimento o rasgou de cima a baixo. Depois de fazer isso, ergueu para mim, em silêncio, os seus olhos cintilantes e obstinados. Seu rosto estava pálido.

— O que está fazendo, Elena? — me pus a gritar, certo de que tinha diante de mim uma louca.

— É um vestido ruim — disse ela, quase sufocando de emoção. — Por que o senhor disse que é um vestido bonito? Não quero usá-lo! — gritou ela de repente, levantando-se de um salto de seu lugar. — Vou rasgá-lo todo. Eu não lhe pedi para me vestir. Foi ela que me vestiu à força. Eu já tinha rasgado um vestido, vou rasgar este também, vou rasgar! Vou rasgar! Vou rasgar!...

Atirou-se com fúria contra o seu infeliz vestidinho. Em um instante, o deixou praticamente em pedaços. Quando terminou, estava tão pálida que mal conseguia se manter em pé. Fiquei olhando estupefato para esse ato de fúria. Ela me olhava com um ar de desafio, como se eu também fosse culpado de alguma coisa em relação a ela. Mas eu já sabia o que fazer.

Decidi comprar-lhe sem demora, naquela mesma manhã, um novo vestido. Essa criatura furiosa e selvagem tinha de ser tratada com bondade. Olhava-me de um jeito como se nunca tivesse encontrado pessoas boas. Se já uma vez, apesar da punição severa, havia feito em pedaços um vestido como este, o seu primeiro vestido, com que fúria devia olhar para este agora, que lhe recordava um momento recente tão terrível.

Na feira de Tolkutchi podia-se comprar um vestidinho simples e bonito por um bom preço. O problema era que naquele momento eu estava quase sem dinheiro. Mas ainda na véspera, ao me deitar para dormir, decidira ir a um lugar onde tinha esperança de conseguir algum, e aconteceu justamente de ser na mesma direção em que ficava Tolkutchi. Peguei o chapéu. Elena seguia-me atentamente com o olhar, como se estivesse à espera de alguma coisa.

— O senhor vai me trancar outra vez? — perguntou ela quando peguei a chave para trancar a porta ao sair, como no dia anterior e no outro.

— Minha amiga — disse eu, aproximando-me dela —, não se zangue por isso. Eu tranco porque alguém pode entrar. Você está doente, pode ficar assustada. E sabe Deus quem pode aparecer; pode ser que a Búbnova invente de vir...

Disse-lhe isso de propósito. Tranquei-a, porque eu não confiava nela. Tinha a impressão de que de repente ela poderia ter a ideia de ir embora de casa. Por um tempo, resolvi ser mais cauteloso. Elena não disse nada, e eu a tranquei também dessa vez.

Conhecia um certo editor-*entrepreneur*, que já havia três anos estava publicando uma obra em muitos volumes. Sempre arranjava trabalho com ele, quando precisava ganhar algum dinheiro rapidamente. Ele pagava em dia. Fui procurá-lo e consegui receber vinte e cinco rublos adiantados, com o compromisso de lhe entregar um artigo de compilação em uma semana. Mas esperava também ganhar tempo para o meu romance. Fazia isso sempre que se tratava de um caso de extrema necessidade.

Depois de obter o dinheiro, fui até a feira de Tolkutchi. Ali, procurei logo uma comerciante velhinha, uma conhecida, que vendia todo tipo de roupa usada. Descrevi-lhe aproximadamente a altura de Elena e, num instante, ela escolheu para mim um vestidinho de algodão claro, em bom estado, com não mais de uma lavada, por um preço extremamente acessível. Aproveitei e peguei também um lencinho de pescoço. Ao pagar, pensei que Elena precisava também de uma peliça, um mantozinho, ou algo do gênero. O tempo estava frio e ela não tinha absolutamente nada. Mas deixei essa compra para uma outra hora. Elena era tão suscetível e orgulhosa. Só Deus sabe como haveria de aceitar até mesmo esse vestidinho, embora tivesse escolhido de propósito o mais simples e modesto possível, o mais comum que pude escolher. Ademais, comprei-lhe ainda assim dois pares de meias de algodão e um de lã. Pude dar-lhe com o pretexto de que estava doente e o quarto era frio. Também precisava de roupas de baixo. Mas deixei isso tudo para quando a conhecesse melhor. Em compensação, comprei umas cortinas velhas para a cama; uma coisa necessária e que poderia proporcionar mais satisfação a Elena.

Com tudo isso, voltei para casa já a uma hora da tarde. A fechadura de minha porta se abria quase sem fazer ruído, de modo que não foi de imediato que Elena me ouviu chegar. Notei que estava perto da mesa, mexendo nos meus livros e papéis. Ao me ver, fechou bruscamente o livro que estava lendo e afastou-se da mesa, toda ruborizada. Lancei um olhar para o livro: era o meu primeiro romance, publicado em forma de livro com o meu nome na capa.

— Alguém bateu na porta, enquanto o senhor não estava — disse ela num tom como que provocativo, como quem diz: "Para que trancar?".

— Talvez fosse o médico — disse eu —, você perguntou quem era, Elena?

— Não.

Não lhe respondi, peguei o embrulho, desamarrei-o e tirei o vestido que comprara.

— Veja, Elena, minha amiga — disse eu, aproximando-me dela —, não pode andar com esses farrapos que está vestindo agora. Comprei um vestido para você, uma roupa de bater, a mais barata, de modo que você não tem com o que se preocupar; custou apenas um rublo e vinte copeques. Faça bom proveito.

Coloquei o vestido ao seu lado. Ela enrubesceu e ficou me olhando por um tempo com os olhos arregalados.

Ela ficou muito surpresa, e ao mesmo tempo me pareceu que, por algum motivo, ficara terrivelmente envergonhada. Mas alguma coisa de suave e terno começou a brilhar em seus olhos. Ao ver que não dizia nada, virei-me para a mesa. Meu gesto parecia tê-la impressionado. Mas ela fez um esforço para se conter e se sentou, olhando para o chão.

Eu sentia tonturas e a cabeça doía e girava cada vez mais. O ar fresco não me trouxera o menor alívio. Entretanto, precisava ir à casa de Natacha. Minha preocupação com ela não diminuíra desde o dia anterior, pelo contrário, aumentava cada vez mais. De repente, tive a impressão de que Elena me chamava. Virei-me para ela.

— Quando for sair, não precisa me trancar — disse ela, olhando para o lado e torcendo a franja do sofá com o dedinho, como se estivesse inteiramente absorvida nessa ocupação. — Não fugirei de sua casa para lugar nenhum.

— Está bem, Elena, eu concordo. Mas, e se vier algum estranho? Sabe Deus quem?

— Pois então me deixe a chave que eu me tranco por dentro; e se baterem, então eu digo: não está em casa — e lançou-me um olhar malicioso, como se dissesse: "Está vendo como é simples?".

— Quem lava a sua roupa branca? — perguntou-me de súbito, antes que eu tivesse tempo de lhe responder alguma coisa.

— Uma mulher aqui do prédio.

— Eu sei lavar roupa branca. E de onde o senhor trouxe a comida, ontem?

— Da taverna.

— Também sei cozinhar. Vou preparar a sua comida.

— Chega, Elena; como é que você pode saber cozinhar? Isso tudo que está dizendo é bobagem...

Elena calou-se e baixou os olhos. Era evidente que minha observação a havia magoado. Passaram-se pelo menos uns dez minutos; ficamos os dois em silêncio.

— Sopa — disse ela, de repente, sem erguer a cabeça.

— Sopa? Que sopa? — perguntei-lhe, estranhando.

— Eu sei fazer sopa. Era eu que fazia para a minha mãezinha quando ela estava doente. E também ia ao mercado.

— Está vendo, Elena, está vendo como você é orgulhosa — disse eu, aproximando-me dela e sentando-me ao seu lado no sofá. — Eu a trato como manda o meu coração. Você agora está sozinha, sem parentes, infeliz. Eu quero lhe ajudar. Assim como você também me ajudaria se eu estivesse mal. Mas você não quer raciocinar assim, e é por isso que lhe custa tanto aceitar de mim até o mais simples presente. Você já quer logo pagar por ele, trabalhar para pagá-lo, como se eu fosse a Búbnova e estivesse fazendo um favor para você. Se for isso, é uma vergonha, Elena.

Ela não respondeu, os lábios tremiam. Parecia que queria dizer-me algo; mas ficou firme e não disse nada. Levantei-me para ir à casa de Natacha. Desta vez deixei a chave com Elena e lhe pedi que, se viesse alguém e batesse, para ir à porta e perguntar: "Quem é?". Tinha certeza absoluta de que acontecera alguma coisa muito ruim com Natacha, e que até agora ela escondia de mim, como já havia feito outras vezes. Em todo caso, decidi passar em sua casa apenas por um minuto, pois do contrário poderia irritá-la com minha impertinência.

Foi o que aconteceu. Tornou a me receber com um olhar austero de contrariedade. Devia ter me retirado na mesma hora, mas senti as pernas fraquejarem.

— Só vim por um minuto, Natacha — disse eu —, pedir um conselho: o que devo fazer com a minha hóspede? — e comecei logo a contar-lhe tudo sobre Elena. Natacha ouviu-me em silêncio.

— Não sei que conselho lhe dar, Vânia — respondeu ela. — Pelo visto, é uma criatura muito estranha. Deve ter sido muito ofendida e está muito amedrontada. Deixe-a pelo menos se recuperar. Você quer deixá-la lá em casa?

— Ela diz o tempo todo que não irá a lugar nenhum. E só Deus sabe como haveriam de recebê-la lá, então eu não sei. Mas, e você, minha amiga, como está? Ontem me pareceu que estava meio indisposta! — perguntei-lhe timidamente.

— É verdade... e hoje também me dói um pouco a cabeça — respondeu-me, distraidamente. — Não viu ninguém lá de casa?

— Não. Darei uma passada amanhã. Pois amanhã é sábado...

— E o que tem isso?

— À noite virá o príncipe...

— E o que tem isso? Eu não me esqueci.

— Não, é que eu...

Ela se pôs diante de mim e fitou-me nos olhos com um olhar longo e atento. Havia em seu olhar uma certa determinação, uma certa obstinação; algo de febril e ardente.

— Sabe de uma coisa, Vânia — disse ela —, por favor, vá embora, você está me incomodando muito...

Levantei-me da cadeira e, com um espanto inexprimível, olhei para ela.

— Natacha, minha amiga! O que há com você? O que aconteceu? — gritei, assustado.

— Não aconteceu nada! Amanhã saberá de tudo, de tudo, mas agora quero ficar sozinha. Está ouvindo, Vânia, saia agora mesmo! Para mim é muito penoso, muito penoso olhar para você!

— Mas ao menos me diga...

— Saberá de tudo amanhã, de tudo! Oh, meu Deus! Mas será que não vai embora?

Eu saí. Estava tão assombrado que fiquei quase fora de mim. Mavra correu ao meu encontro no saguão.

— O que ela tem, está zangada? — perguntou-me ela. — Tenho medo até de me aproximar dela.

— Mas o que há com ela?

— Há que já é o terceiro dia que *aquele lá* não dá as caras!

— Como o terceiro dia? — perguntei, perplexo. — Pois ela mesma me disse ontem que ele esteve aqui ontem de manhã, e que ainda queria voltar à noite...

— Qual noite! Não esteve nem de manhã! Estou lhe dizendo, é o terceiro dia que não dá as caras. Será possível que ela mesma falou que ele esteve de manhã?

— Ela mesma disse.

— Bom — disse Mavra pensativa —, então, é porque toca na ferida, se não quer confessar nem para você que ele não veio. Pois bem feito!

— Mas o que é isso? — exclamei.

— É isso, que nem sei o que fazer com ela — continuou Mavra, abrindo os braços. — Ainda ontem me fez ir atrás dele, e as duas vezes me mandou voltar para trás quando estava a caminho. Já hoje, nem falar comigo ela quer. Se ao menos você fosse vê-lo. Eu já não me atrevo nem a me afastar dela.

Lancei-me feito um louco pela escada abaixo.

— E esta noite, você virá aqui? — gritou Mavra atrás de mim.

— Depois verei — respondi sem me deter. — Talvez passe somente para lhe perguntar como estão as coisas. Isso se ainda estiver vivo!

Eu realmente sentia como se algo tivesse me atingido bem no coração.

CAPÍTULO X

Fui direto para a casa de Aliócha. Ele morava com o pai na Málaia Morskáia. O príncipe tinha um apartamento bastante grande, embora vivesse sozinho. Aliócha ocupava dois cômodos excelentes do apartamento. Eu o visitava muito raramente, parece que uma só vez antes desta. Já ele vinha à minha casa com mais frequência, sobretudo nos primeiros tempos, no início de sua relação com Natacha.

Ele não estava em casa. Fui direto aos seus aposentos e lhe escrevi o seguinte bilhete:

"Aliócha, o senhor parece ter perdido o juízo. Como na terça-feira à noite o seu próprio pai foi pedir a Natacha que lhe desse a honra de se tornar sua esposa e o senhor mesmo ficou contente com esse pedido, de que fui testemunha, então, há de concordar que seu comportamento nesse caso é um pouco estranho. O senhor sabe o que está fazendo com Natacha? Em todo caso, meu bilhete haverá de lembrá-lo de que a sua conduta para com sua futura esposa é indigna e leviana no mais alto grau. Sei muito bem que não tenho nenhum direito de lhe pregar sermões, mas isso pouco me importa.

P.S. Ela não sabe nada sobre esta carta, nem foi ela que me falou do senhor."

Selei o bilhete e deixei-o sobre sua mesa. À minha pergunta, o criado respondeu que Aleksei Petróvitch quase não parava em casa e que agora não voltaria senão de madrugada, ao amanhecer.

Mal consegui chegar em casa. Tinha a cabeça girando e as pernas trêmulas de fraqueza. A porta de casa estava aberta. Lá dentro estava Nikolai Serguêievitch Ikhmiêniev à minha espera. Estava sentado à mesa em silêncio e olhava com espanto para Elena, que por sua vez o observava com não menos espanto, embora num silêncio obstinado. "Pois aí está", pensei, "ela deve lhe parecer estranha."

— Pois é, meu caro, faz uma hora que estou à sua espera e confesso que não esperava de jeito nenhum... encontrá-lo assim... — continuou ele, olhando ao redor da peça e apontando-me discretamente Elena com uma piscadela. Seus olhos expressavam assombro. Mas ao olhá-lo mais de perto, percebi que estava inquieto e triste. Tinha o rosto mais pálido do que de costume.

— Vamos, sente-se, sente-se — continuou ele, com um ar preocupado e agitado —, vim vê-lo correndo, tenho um assunto; mas o que há com você? Está lívido.

— Não estou bem. Já desde cedo estou sentindo tonturas.

— Veja bem, não pode fazer pouco-caso disso. Será que é um resfriado?

— Não, é apenas um ataque de nervos; às vezes tenho isso. Mas, e o senhor, está bem de saúde?

— Vai-se vivendo! Isso foi por causa da afobação. Tenho um assunto. Sente-se.

Puxei uma cadeira e sentei-me à mesa de frente para ele. O velho inclinou-se ligeiramente para mim e começou a sussurrar:

— Não olhe para ela e faça de conta que estamos falando de outra coisa. Que hóspede é essa em sua casa?

— Depois lhe explicarei tudo, Nikolai Serguêievitch. É uma pobre menina, órfã de pai e mãe, neta daquele mesmo Smith que morou aqui e faleceu na confeitaria.

— Ah, então ele tinha uma neta! Mas que esquisita ela é, meu amigo! Mas que jeito de olhar, que jeito de olhar! Simplesmente, se você demorasse mais cinco minutos para chegar, eu não teria aguentado ficar aqui. Foi um custo para me abrir a porta e até agora não disse uma palavra; dá até arrepio ficar com ela, nem parece gente. E como ela veio parar aqui? Ah, já entendi, com certeza veio ver o avô, sem saber que ele tinha morrido.

— Sim. Estava muito infeliz. O velho, ao morrer, ainda se lembrou dela.

— Humm! Tal avô, tal neta. Depois há de me contar tudo isso. Talvez, pode ser que possa ajudá-lo com alguma coisa, qualquer coisa que seja, já que ela é tão infeliz... Bom, mas agora, filho, será que poderia pedir a ela para sair, pois preciso ter uma conversa séria com você.

— Mas ela não tem para onde ir. É aqui que ela está vivendo. — Expliquei ao velho o que pude, em poucas palavras, acrescentando que podia falar na presença dela, pois ela era uma criança.

— Ah, sim... claro, é uma criança. Mas é que você, meu filho, me deixou aturdido. Deus do céu, mora com você!

E o velho tornou a olhar para ela com espanto. Elena, sentindo que falávamos dela, sentou-se em silêncio, de cabeça baixa, e ficou torcendo a franja do sofá com os dedinhos. Já havia tido tempo de pôr o seu vestidinho novo, que lhe caíra perfeitamente bem. Os cabelos estavam penteados com mais esmero que de costume, talvez por causa da roupa nova. De um modo geral, se não fosse o olhar estranhamente arisco, ela seria uma menina muito graciosa.

— Para ser curto e claro, eis do que se trata, meu filho — recomeçou o velho —, é um assunto longo, um assunto importante...

Estava sentado com os olhos baixos, com um ar grave e pensativo, e, apesar de sua pressa e do "curto e claro", não encontrava palavras para começar seu discurso. "O que será?", pensava eu.

— Sabe, Vânia, vim aqui para lhe fazer um grandissíssimo pedido. Mas antes... pelo que eu mesmo agora estou imaginando, vai ser preciso lhe explicar certas circunstâncias... umas circunstâncias extremamente delicadas...

Ele pigarreou e deitou-me um olhar rápido; olhou-me e corou; corou e se aborreceu consigo mesmo por sua falta de presença de espírito; aborreceu-se e tomou a decisão:

— Bem, não há o que explicar! Você mesmo entende. Pura e simplesmente, vou desafiar o príncipe a um duelo e peço-lhe que se encarregue do caso e seja meu padrinho.

Recuei no encosto da cadeira e olhei para ele assombrado, fora de mim.

— Está olhando o quê? Não perdi o juízo.

— Mas, permita-me, Nikolai Serguêievitch! Com que pretexto, com que finalidade? E, afinal, como é possível...

— Pretexto! Finalidade! — exclamou o velho. — Essa é boa!...

— Está bem, está bem, já sei o que há de dizer; mas de que servirá esse seu desatino? Que solução pode representar um duelo? Confesso que não estou entendendo nada.

— Foi o que eu pensei, que você não haveria de entender nada. Ouça, o nosso litígio terminou (isto é, está terminando por esses dias, só está faltando umas meras formalidades); serei condenado. Terei de lhe pagar cerca de dez mil; foi essa a sentença. As terras de Ikhmiênievka lhe servirão de garantia. Por conseguinte, esse canalha agora há de se abastecer do meu dinheiro, e eu, depois de lhe entregar a Ikhmiênievka, pago e me torno um estranho para ele. É aí que eu ergo a cabeça. "O senhor, respeitabilíssimo príncipe, ofendeu-me durante dois anos de todas as maneiras; o senhor difamou o meu nome, a honra da minha família, e eu tive de suportar tudo isso! Não pude desafiá-lo então para um duelo. O senhor me teria dito abertamente na época: 'Você é um espertalhão, quer me matar para não me pagar o dinheiro que está pressentindo que mais cedo ou mais tarde será condenado a pagar. Não, primeiro vamos ver como se decide o litígio, depois poderá me desafiar'. Agora, respeitável príncipe, o processo foi decidido, o senhor já tem uma garantia, portanto, não há nenhum impedimento." É disso que se trata. O que há, você acha que eu não tenho o direito, afinal, de me vingar por tudo, por tudo!?

Seus olhos brilhavam. Fiquei contemplando-o por um longo tempo em silêncio. Queria poder penetrar seus pensamentos secretos.

— Ouça, Nikolai Serguêievitch — respondi-lhe, afinal, decidido a dizer-lhe a palavra-chave, sem a qual não poderíamos entender um ao outro. — O senhor poderia ser totalmente franco comigo?

— Posso — respondeu ele com firmeza.

— Diga-me francamente: é unicamente o sentimento de vingança que o motiva a desafiá-lo ou o senhor tem outros objetivos em vista?

— Vânia — respondeu ele —, você sabe que eu não permito que ninguém toque em certos pontos quando conversa comigo; mas dessa vez abro uma exceção, porque você, com a sua inteligência lúcida, imediatamente percebeu que é impossível contornar esse ponto. Sim, eu tenho outro objetivo. Esse objetivo é: salvar a minha filha perdida e livrá-la do caminho da perdição em que a colocam agora as atuais circunstâncias.

— Mas como haveria de salvá-la com esse duelo? Essa é a questão.

— Interferindo em tudo o que estão tramando por lá agora. Ouça, não pense que é alguma ternura paterna ou fraqueza semelhante que diz o que devo fazer. Isso tudo é tolice! O que me vai no fundo do coração, não mostro a ninguém. Nem você sabe. Minha filha me deixou, foi embora da minha casa com o amante, e eu a arranquei do meu coração, arranquei de uma vez por todas naquela mesma noite, lembra-se? Se você me viu soluçando sobre o seu retrato, disso não resulta que eu queira perdoá-la. Não a perdoei nem na época. Chorava pela felicidade perdida, pelo sonho baldado, mas não por *ela*, como ela é agora. Talvez até chore com frequência; não tenho vergonha de confessar isso, assim como não me envergonho de confessar que antes eu amava a minha filha mais do que tudo no mundo. Tudo isso, aparentemente, está em contradição com essa minha decisão de agora. Você pode me dizer: se é assim, se o senhor é indiferente ao destino daquela que já não considera mais sua filha, então para que o senhor quer interferir no que estão tramando por lá agora? Eu respondo: em primeiro lugar, porque não quero deixar que esse homem baixo e velhaco triunfe, e, em segundo lugar, pelo mais elementar sentimento de humanidade. Ela pode não ser mais minha filha, mas ainda assim é uma criatura frágil, indefesa e enganada, que estão enganando ainda mais para que se perca definitivamente. Diretamente, eu não posso me intrometer no assunto, mas indiretamente, com o duelo, posso. Se me matarem ou derramarem o meu sangue, será que ela passará por cima da nossa barreira, e talvez do meu cadáver, para se casar com o filho do meu assassino, como a filha daquele tsar (lembra, nós tínhamos um livrinho, pelo qual você aprendeu a ler) que passou com a carruagem sobre o cadáver do próprio pai?[25] E além disso, por fim, se chegar ao duelo, serão os nossos príncipes mesmos a não querer o casamento. Numa palavra, eu não quero esse casamento e empenharei todos os esforços para que ele não aconteça. Compreende, agora?

— Não. Se o senhor deseja o bem de Natacha, como pode querer interferir em seu casamento, isto é, justamente naquilo que poderia reabilitar o seu bom nome? Afinal de contas, ela tem toda uma vida pela frente; ela precisa de uma boa reputação.

— Pouco importam essas convenções sociais todas, é assim que ela deve pensar! Ela deve compreender que a maior desonra para ela está nesse casamento, justamente na ligação com essas pessoas vis, com essa sociedade miserável. Um orgulho nobre, eis o que deve ser a sua resposta à sociedade. Aí então, talvez eu concorde em lhe estender a mão, e aí vamos ver quem se atreve a desonrar uma filha minha!

Esse idealismo desesperado deixou-me estupefato. Mas logo me dei conta de que ele estava fora de si e falava por impulso.

— É idealista demais — respondi-lhe —, e, portanto, cruel. O senhor exige dela uma força que o senhor, talvez, não lhe tenha dado quando a gerou. E por acaso ela está consentindo com esse casamento porque quer ser uma princesa? Acontece que ela ama; acontece que isso é paixão, é o destino. E, por fim, o senhor exige dela desprezo pelas convenções sociais, mas o senhor mesmo se verga diante delas. O príncipe o ofendeu, tornou pública a suspeita de que o senhor tinha a intenção vil de se unir por parentesco à casa principesca dele por meio de uma fraude, e veja como o senhor raciocina: se ela agora o recusar, depois do pedido formal feito por eles, então, é claro, isso será a mais cabal e evidente refutação dessa calúnia. É isso que o senhor está querendo conseguir, o senhor se verga à opinião do próprio príncipe e consegue fazê-lo admitir o próprio erro. Tem vontade de ridicularizá-lo, de se vingar dele, e para isso sacrifica a felicidade de sua filha. Não será isso egoísmo?

---

[25] Episódio da história de Roma narrado por Tito Lívio: Túlia e seu marido Tarquínio tramaram o assassinato de seu pai, o rei Sérvio Túlio. A caminho do fórum para a proclamação de Tarquínio como rei, Túlia passou por cima do corpo ferido do pai. (N. da T.)

O velho ficou sombrio, carrancudo, e por muito tempo não disse uma palavra.

— Você está sendo injusto comigo, Vânia — disse, por fim, e uma lágrima brilhou-lhe nos cílios —, juro que está sendo injusto, mas deixa isso para lá! Eu não posso virar o coração do avesso diante de você — prosseguiu ele, levantando-se e pegando o chapéu —, só lhe digo uma coisa, que você está falando agora da felicidade da minha filha. Literalmente, e terminantemente, não acredito nessa felicidade, e além disso, mesmo sem a minha interferência, esse casamento nunca se realizará.

— Como assim? Por que acha isso? O senhor está sabendo de alguma coisa? — exclamei curioso.

— Não, não sei de nada em especial. Mas essa maldita raposa não poderia tomar uma decisão dessas. Tudo isso não passa de um disparate, de maquinações. Tenho certeza disso, e guarde as minhas palavras de que assim é que será. Em segundo lugar, se esse casamento se realizar, então será tão somente no caso de esse canalha ter nele um cálculo especial, misterioso, que ninguém conhece, pelo qual esse casamento lhe é vantajoso; um cálculo que eu decididamente não compreendo, mas julgue você mesmo, pergunte ao seu coração: seria ela feliz com esse casamento? Recriminações, humilhações, a amiga do garoto, que desde agora já está incomodada com o seu amor, e assim que se casar, começará imediatamente a desrespeitá-la, a ofendê-la, a humilhá-la. Ao mesmo tempo, a intensificação da paixão por parte dela à medida que arrefece a da outra parte; ciúme, sofrimento, inferno, separação e talvez até crime... Não, Vânia! Se é isso o que estão tramando por lá, e ainda com a sua ajuda, então eu lhe vaticino, terá de prestar contas a Deus, mas já será tarde! Adeus!

Eu o detive.

— Ouça, Nikolai Serguêitch, façamos o seguinte: vamos esperar. Pode estar certo de que há mais de um par de olhos vigiando esse caso, e talvez ele seja resolvido da melhor maneira, por si só, sem necessitar de decisões violentas e forçadas, como esse duelo. O tempo é o melhor remédio! E, por fim, permita-me dizer-lhe que esse seu projeto todo é completamente inviável. Será possível que o senhor tenha mesmo achado, ainda que por um minuto, que o príncipe aceitaria o seu desafio?

— Como não aceitaria? O que está dizendo? Pense bem!

— Eu lhe juro que não aceitará, e acredite que haverá de encontrar um pretexto completamente plausível; fará tudo isso com um ar de importância pedante, enquanto o senhor se cobrirá de ridículo...

— Ora, meu amigo, ora! Depois disso, você simplesmente acabou comigo! Mas como é que ele não aceitaria? Não, Vânia, você não passa de um poeta; justamente, um verdadeiro poeta! Porque, a seu ver, seria indecente ou o quê bater-se comigo? Eu não sou pior do que ele. Eu sou um velho, um pai ofendido; você é um literato russo, e, portanto, também é uma pessoa honrada, pode ser padrinho e... e... Não entendo do que mais você ainda precisa...

— Pois o senhor verá. O príncipe há de encontrar cada pretexto, que o senhor mesmo será o primeiro a achar que é impossível no mais alto grau bater-se com ele.

— Humm... Está bem, meu amigo, que seja do seu jeito! Eu esperarei, até um certo tempo, evidentemente. Vamos ver o que o tempo dirá. Mas ouça uma coisa, meu amigo: você me dá a sua palavra de honra de que não dirá, nem *lá* nem a Anna Andrêievna, uma palavra sobre a nossa conversa?

— Sim, dou.

— Outra coisa, Vânia, faça-me o favor de não tocar nesse assunto comigo nunca mais.

— Está bem, dou-lhe a minha palavra.

— E, por fim, mais um pedido: eu sei, meu querido, que talvez lhe seja maçante, mas venha à nossa casa com mais frequência, se puder. Minha pobre Anna Andrêievna gosta tanto de você, e... e... fica tão aborrecida com a sua ausência... Compreende, Vânia?

E apertou-me a mão com força. Eu lhe prometi de todo coração.

— E agora, Vânia, um último assunto delicado: você tem dinheiro?

— Dinheiro? — repeti admirado.

— Sim (o velho corou e baixou os olhos); olho para o seu apartamento, meu filho, para as circunstâncias em que se encontra... e fico achando que pode ter outros gastos extras (e justamente agora pode ser que tenha), então... toma, meu filho, cento e cinquenta rublos, para as primeiras necessidades...

— Cento e cinquenta, e ainda para as *primeiras necessidades*, quando o senhor mesmo perdeu o processo!

— Vânia, pelo que vejo, você não me entendeu absolutamente! Podem surgir gastos *extraordinários*, entenda isso. Em alguns casos, o dinheiro proporciona uma posição de independência, independência nas decisões. Talvez agora não esteja precisando, mas será que não precisará no futuro para alguma coisa? Em todo caso, vou deixá-lo aqui. Isso foi tudo o que consegui reunir. Se não gastar, então você me devolve. E agora, até logo! Meu Deus, como está pálido! Mas você está muito doente...

Eu não me opus e peguei o dinheiro. Também estava mais do que claro para que ele o deixava.

— Mal consigo ficar em pé — respondi-lhe.

— Tome cuidado com isso, Vânia, meu querido, tome cuidado! Não saia hoje para lugar nenhum. Direi a Anna Andrêievna em que estado se encontra. Não precisa de um médico? Amanhã virei vê-lo; pelo menos tentarei, com todas as minhas forças, se é que vou conseguir arrastar as pernas. E agora deveria deitar-se... Bem, adeus. Adeus, menina; virou-me o rosto! Ouça, meu amigo! Aqui estão mais cinco rublos; é para a menina. E, aliás, nem lhe diga que eu dei, simplesmente compre-lhe alguma coisa, uns sapatinhos... do que não deve estar precisando? Adeus, meu amigo...

Acompanhei-o até o portão. Tive que pedir ao porteiro para ir buscar comida. Elena nem havia almoçado ainda...

CAPÍTULO XI

Mas assim que entrei em casa, minha cabeça voltou a girar e caí no meio da sala. Só me lembro do grito de Elena: ela estendeu as mãos e correu para me amparar. Esse foi o último instante que me ficou gravado na memória...

Só me lembro de quando já estava na cama. Elena contou-me depois que ela e o porteiro, que nesse momento viera trazer a comida, me levaram para o sofá. Acordei várias vezes e via sempre a carinha compassiva e preocupada de Elena inclinada sobre mim. Mas me lembro de tudo isso como se fosse num sonho, como que através de uma névoa, e a imagem encantadora da pobre menina aparecia diante de mim em meio ao devaneio como se fosse um quadro, uma visão; trazia-me algo para beber, ajeitava-me na cama ou se sentava à minha cabeceira, triste, assustada, e alisava-me os cabelos com os dedinhos. Recordo-me de que uma vez me deu um beijo suave no rosto. De outra vez, ao acordar de repente no meio da noite, à luz de uma vela que ardia diante de mim na mesinha puxada para perto do sofá, vi que Elena, com a cabeça recostada sobre o meu travesseiro, dormia com uma expressão assustada, os lábios descorados entreabertos e a palma da mão sob a face quente. Mas só fui acordar me sentindo bem outra vez de manhã cedo. A vela havia queimado até o fim; um raio de luz claro e rosado da aurora que despontava já brincava na parede. Elena, sentada numa cadeira junto à mesa, com a cabecinha cansada reclinada sobre o braço esquerdo apoiado na mesa, dormia profundamente, e eu me lembro de que não conseguia tirar os olhos de seu rostinho infantil, cheio, que, mesmo dormindo, tinha uma expressão de tristeza nada infantil e uma beleza um tanto estranha e doentia; pálido, com longos cílios nas faces finas, emoldurado por cabelos negros como o azeviche, que, amarrados com negligência, pendiam basta e pesadamente para o lado. A outra mão repousava sobre o meu travesseiro. Beijei suavemente essa mãozinha descarnada, mas a pobre criança não acordou, apenas um sorriso pareceu se esboçar em seus lábios pálidos. Fiquei olhando longamente para ela e, sem me dar conta, caí num sono tranquilo e reparador. Dessa vez dormi até quase meio-dia. Ao acordar, me sentia quase restabelecido. Apenas a fraqueza e um peso no corpo testemunhavam a recente enfermidade. Esses ataques de nervos repentinos já vinham acontecendo ainda antes; eu os conhecia bem. A doença geralmente passava em vinte e quatro horas, o que, no entanto, não impedia o seu efeito agudo e violento nessas vinte e quatro horas.

Já era quase meio-dia. A primeira coisa que vi foram as cortinas que comprara no dia anterior esticadas por um cordão num canto do quarto. Elena havia demarcado e providenciado para si um cantinho especial no cômodo. Ela estava sentada diante do fogão esperando ferver a água da chaleira. Ao ver que eu havia acordado, abriu um sorriso alegre e aproximou-se imediatamente de mim.

— Minha amiga — disse eu, pegando-lhe a mão —, passou a noite toda cuidando de mim. Não sabia que era tão gentil.

— E como é que sabe que cuidei de você? Talvez eu tenha dormido a noite inteira — disse ela, olhando-me com uma malícia bondosa e tímida, e ao mesmo tempo corando acanhadamente por essas palavras.

— Acordei várias vezes e vi tudo. Só pegou no sono ao amanhecer...

— Quer um pouco de chá? — ela me interrompeu como que com dificuldade para continuar aquela conversa, como costuma acontecer às pessoas de coração puro e rigorosamente honestas quando alguém se põe a elogiá-las.

— Quero — respondi. — Mas você almoçou ontem?

— Não almocei, mas jantei. O porteiro veio trazer. E o senhor, aliás, pare de falar e fique deitado quietinho: o senhor ainda não está de todo curado — acrescentou ela, trazendo-me um pouco de chá e sentando-se em minha cama.

— Qual deitado! Até o pôr do sol, no entanto, ficarei deitado, mas depois sairei. É preciso, Liênotchka.[26]

— Ora, é preciso! Aonde o senhor vai? Não seria à casa do visitante de ontem?

— Não, não é à casa dele.

— Pois ainda bem que não é à casa dele. Foi ele que o deixou abalado ontem. Então é à casa da filha dele?

— E como você sabe que ele tem uma filha?

— Ouvi tudo ontem — disse ela, olhando para baixo. Ficou com o semblante carregado. Franziu o cenho.

— É um velho mau — acrescentou em seguida.

— Você por acaso o conhece? Ao contrário, é um homem muito bom.

---

[26] Diminutivo carinhoso de Elena. (N. da T.)

— Não, não; ele é mau; eu ouvi — rebateu ela com ardor.

— Mas o que foi que você ouviu?

— Ele não quer perdoar a filha...

— Mas ele a ama. Ela se portou mal com ele, mas ele se atormenta e se preocupa com ela.

— E por que não a perdoa? Agora, se perdoasse, a filha não deveria voltar para a casa dele.

— Como assim? E por quê?

— Porque ele não merece o amor da sua filha — respondeu ela com veemência. — É melhor ir embora para sempre e pedir esmolas, e ele que veja a filha pedindo esmolas e sofra.

Os seus olhos brilhavam e as faces ardiam. "Certamente, não é sem motivo que diz isso", pensei comigo mesmo.

— Era para a casa dele que o senhor queria me levar? — acrescentou ela, depois de uma pausa.

— Sim, Elena.

— Não, prefiro trabalhar como criada.

— Ah, você não sabe o que está dizendo, Liênotchka. E que absurdo: e na casa de quem poderia trabalhar?

— Na casa de qualquer mujique — respondeu-me com impaciência, abaixando cada vez mais a cabeça. Ela era visivelmente irascível.

— Mas os mujiques não precisam de criadas como você — disse eu, sorrindo.

— Bem, então numa casa de senhores.

— Numa casa de senhores com esse seu gênio?

— Sim, com esse — quanto mais se irritava, mais entrecortadas tornavam-se suas respostas.

— Mas você não iria aguentar.

— Hei de aguentar. Se ralharem comigo, me calo de propósito. Se me baterem, ainda vou continuar calada, sempre calada, podem até me matar que não vou chorar por nada desse mundo. Será pior para eles, que vão ficar com raiva por eu não chorar.

— O que está dizendo, Elena!? Quanto ódio há em você, e como é orgulhosa! Deve ter sofrido muito...

Levantei-me e fui até a minha mesa grande. Elena permaneceu no sofá, olhando para o chão pensativa e torcendo a franja com os dedinhos. Estava calada. "Será que ficou aborrecida com o que eu disse?", pensei.

De pé junto à mesa, abri maquinalmente o livro que trouxera no dia anterior para compilação e, pouco a pouco, fui sendo absorvido pela leitura.

Humilhados e ofendidos

Isso me acontece com frequência: pego um livro, abro por um momento para fazer uma consulta, e perco a tal ponto a noção do tempo com a leitura que me esqueço de tudo.

— O que o senhor fica escrevendo aqui o tempo todo? — perguntou Elena com um sorriso tímido, aproximando-se devagarinho da mesa.

— Pois é, Liênotchka, todo tipo de coisa. É assim que ganho a vida.

— São pedidos?

— Não, não são pedidos — e lhe expliquei como pude que escrevia diferentes histórias sobre vários tipos de pessoas e que disso saíam os livros que se chamam novelas e romances. Ela me ouvia com grande curiosidade.

— Mas, então, tudo o que o senhor descreve aqui é verdade?

— Não, eu invento.

— E por que o senhor escreve o que não é verdade?

— Pois então leia esse livro aqui e há de ver; você já deu uma olhada nele uma vez. Mas você sabe ler?

— Sei.

— Então verá por si mesma. Fui eu que escrevi este livro.

— O senhor? Vou lê-lo...

Ela tinha muita vontade de me dizer alguma coisa, mas, pelo jeito, não sabia como falar e estava muito inquieta. Suas perguntas encobriam alguma coisa.

— E lhe pagam bem por isso? — perguntou-me, finalmente.

— Isso depende. Às vezes muito, às vezes nada, porque o trabalho não sai, é um trabalho difícil, Liênotchka.

— Então o senhor não é rico?

— Não, não sou rico.

— Então eu vou trabalhar para ajudá-lo...

Lançou-me um olhar rápido, ruborizou-se, baixou os olhos, deu dois passos em minha direção e, de repente, abraçou-me e apertou com força, com muita força, o rosto contra o meu peito. Olhei para ela com espanto.

— Eu gosto do senhor... não sou orgulhosa — disse ela. — O senhor disse ontem que sou orgulhosa. Não, não... não sou assim... eu gosto do senhor. O senhor é a única pessoa que gosta de mim...

Mas as lágrimas já a estavam afogando. Um minuto depois, elas irromperam para fora de seu peito com o mesmo ímpeto que no dia anterior, no momento do ataque. Ela caiu aos meus pés de joelhos, beijando-me as mãos, os pés...

— O senhor gosta de mim!... — dizia ela. — O senhor é o único, o único!...

Abraçou-me convulsivamente os joelhos. Todo o seu sentimento, tanto tempo reprimido, de repente irrompeu de uma vez num impulso irrefreável e eu pude compreender aquela estranha obstinação de um coração que, pudicamente, até então se resguardara e que, quanto maior era a sua obstinação e rigidez, maior era a sua ânsia de desafogo, de se exprimir, e tudo isso até chegar a essa explosão inevitável, em que todo o seu ser de repente se entrega, até a abnegação, a essa carência de amor, de gratidão, de afeto, de lágrimas...

Soluçava tanto, que acabou tendo um ataque de histeria. A muito custo consegui desprender suas mãos, que me enlaçavam. Eu a ergui e a levei para o sofá. Ainda ficou soluçando por um longo tempo, com o rosto escondido no travesseiro, como se sentisse vergonha de olhar para mim, mas segurando-me a mão em sua pequena mãozinha e apertando-a contra o seu coração.

Pouco a pouco ela foi serenando, mas ainda sem tornar a levantar o rosto para mim. Por umas duas vezes, seus olhos pousaram furtivamente no meu rosto, e havia neles tanta doçura e um sentimento como que de medo, que tornava a se esconder. Por fim, ficou ruborizada e sorriu.

— Está se sentindo melhor? — perguntei-lhe. — Você é sensível, minha Liênotchka; está doente, minha pequena criança?

— Não sou Liênotchka, não... — murmurou ela, ainda continuando a esconder o rostinho.

— Não é Liênotchka? Como assim?

— Nelli.

— Nelli? Mas por que tem que ser Nelli? Aliás, é um nome muito bonito. Então, eu vou chamá-la assim, já que você mesma quer.

— Era como mamãe me chamava... E ninguém nunca me chamou assim, além dela... E eu mesma não queria que ninguém me chamasse assim, além da minha mãe... Mas o senhor pode chamar; eu quero... Eu vou gostar sempre do senhor, vou gostar sempre...

"Um coraçãozinho afetuoso e orgulhoso", pensei, "e de quanto tempo precisei para merecer que você se tornasse para mim... Nelli" — mas agora eu já sabia que seu coração me pertencia para sempre.

— Nelli, ouça — perguntei-lhe, assim que ela serenou —, você diz que sua mãezinha foi a única pessoa que gostou de você, e mais ninguém. Mas por acaso o seu avô não gostava de você de verdade?

— Não gostava...

— Mas você chorou por ele aqui, na escada, se lembra?

Ficou por um momento pensativa.

— Não, não gostava... Ele era mau — e um sentimento de dor estampou-se em seu rosto.

— Mas não se podia exigir nada dele, Nelli. Parece que havia perdido completamente o juízo. Até morreu como um louco. Já lhe contei como ele morreu.

— Sim; mas foi só no último mês que ele começou a ficar completamente esquecido. Às vezes passava um dia inteiro aqui sentado, e se não fosse eu vir aqui vê-lo, ficava dois, três dias sem comer nem beber. Mas antes ele estava muito melhor.

— Antes, quando?

— Quando a mãezinha ainda não tinha morrido.

— Então, era você que lhe trazia comida e bebida, Nelli?

— Sim, era eu que trazia.

— E trazia de onde, da casa da Búbnova?

— Não, eu nunca trouxe nada da casa de Búbnova — disse ela enfaticamente e com certo tremor na voz.

— E de onde trazia então, já que você não tinha nada? — Nelli ficou em silêncio e terrivelmente pálida; depois deitou-me um longo, longo olhar.

— Eu ia para a rua pedir esmola... Quando juntava cinco copeques, comprava-lhe pão e rapé...

— E ele consentia? Nelli! Nelli!

— No começo eu mesma ia, sem lhe dizer nada. Mas depois, quando soube, era ele mesmo que me levava para pedir esmolas. Eu ficava na ponte e pedia aos transeuntes, enquanto ele ficava circulando perto da ponte, à espera; e quando via que me davam alguma coisa, vinha correndo e pegava o dinheiro, como se eu quisesse esconder dele e não fosse para ele que eu pedia.

Ao dizer isso, esboçou um sorriso cáustico, um sorriso amargo.

— Isso tudo foi quando mamãe morreu — acrescentou ela. — Foi aí que ele ficou completamente louco.

— Então, ele gostava muito de sua mãezinha? Por que então ele não morava com ela?

— Não, não gostava... Ele era mau e não a perdoava... como esse velho mau de ontem — disse ela baixinho, quase num murmúrio, e pondo-se cada vez mais pálida.

Estremeci. O enredo de todo um romance passou-me pela imaginação. Essa pobre mulher, que morre no porão de um fazedor de caixões, a sua filha, órfã, que de vez em quando visitava o avô, que tinha amaldiçoado sua mãe; o velho esquisito e perturbado que morre numa confeitaria após a morte de seu cachorro!...

— Mas, antes, o próprio Azorka era da mamãe — disse Nelli de repente, sorrindo por alguma lembrança. — Antes, o meu avô gostava muito da

192 Fiódor Dostoiévski

mamãe, e quando mamãe foi embora de casa, o Azorka, que era da mamãe, ficou com ele. Era por isso que ele gostava tanto do Azorka... não perdoou mamãe, mas quando o cachorro morreu, então ele também morreu — acrescentou Nelli, num tom grave, e o sorriso desapareceu de seu rosto.

— Nelli, o que ele fazia antes? — perguntei, depois de esperar um momento.

— Antes ele era rico... Eu não sei o que ele fazia — disse ela. — Tinha um tipo de fábrica... Era o que mamãe me dizia. No início, ela achava que eu era pequena, então não me dizia tudo. Costumava só me beijar e dizer: "Você saberá de tudo; quando chegar a hora, há de saber, minha pobre infeliz!". E me chamava de pobre e infeliz o tempo todo. E à noite, às vezes, quando pensava que eu estava dormindo (e eu não dormia de propósito, só fingia que dormia), ela só fazia chorar inclinada sobre mim, me beijar e dizer "minha pobre infeliz!".

— E do que morreu a sua mãe?

— De tísica; agora vai fazer seis semanas.

— E você se lembra de quando o seu avô era rico?

— Mas eu nem tinha nascido ainda. Mamãe abandonou o meu avô ainda antes de eu nascer.

— Com quem ela foi embora?

— Eu não sei — disse Nelli em voz baixa, como se estivesse refletindo. — Ela foi para o exterior, e foi lá que eu nasci.

— No exterior? Onde?

— Na Suíça. Eu estive em toda parte, eu estive na Itália, e em Paris também. — Fiquei surpreso.

— E você se lembra, Nelli?

— Lembro de muita coisa.

— E como você sabe tão bem o russo, Nelli?

— É que mamãe me ensinou o russo quando ainda estávamos lá. Ela era russa, porque a mãe dela era russa, e o meu avô era inglês, mas era como se fosse russo. E quando eu voltei com mamãe para cá, há um ano e meio, acabei de aprender. Mamãe já estava doente. Aqui fomos ficando cada vez mais pobres. Mamãe só fazia chorar. No início ela ficou procurando o meu avô por um longo tempo aqui em Petersburgo e não parava de dizer que tinha procedido mal com ele, e chorava o tempo todo... Chorava tanto, como chorava! E quando ela soube que o meu avô estava pobre, chorava ainda mais. Ela lhe escrevia cartas com frequência, mas ele nunca respondeu.

— E por que sua mãe voltou para cá? Foi por causa do pai?

— Não sei. Mas lá nós vivíamos tão bem — e os olhos de Nelli cintilaram. — Mamãe vivia sozinha comigo. Ela tinha um amigo, bondoso como o senhor... Ele a havia conhecido ainda aqui. Mas ele morreu lá, e então mamãe voltou...

— Então a sua mãe foi embora com ele, quando deixou o seu avô?

— Não, não foi com ele. Mamãe foi embora de casa com outro...

— Com quem, Nelli?

Nelli olhou para mim e não disse nada. Ela, obviamente, sabia com quem sua mãe tinha ido embora e que, provavelmente, era o seu pai. Era-lhe penoso dizer o nome dele até mesmo para mim...

Eu não queria torturá-la com perguntas. Tinha um temperamento estranho, instável e impetuoso, mas reprimia os seus impulsos; um temperamento simpático, mas fechado no orgulho e na inacessibilidade. Durante o tempo todo, desde que a conheci, apesar de me amar de todo o coração, com o amor mais luminoso e transparente, quase igual ao que tinha por sua falecida mãe, de quem não conseguia sequer se lembrar sem sofrer — apesar disso tudo, ela raramente se abria comigo e, com exceção desse dia, raramente sentia necessidade de falar comigo sobre o seu passado; pelo contrário, parecia até escondê-lo zelosamente de mim. Mas nesse dia, no decorrer de algumas horas, entre sofrimentos e soluços convulsivos, que interrompiam a sua narrativa, ela me contou tudo o que mais a afligia e a atormentava em suas lembranças, e eu jamais esquecerei desse relato terrível. Mas a parte principal da história está mais adiante...

Era uma história terrível; era a história de uma mulher abandonada que sobrevivera à própria felicidade; doente, esgotada e desprezada por todos; rechaçada pela última criatura com quem poderia contar, o pai, que outrora fora ofendido por ela e, por sua vez, de tanta humilhação e sofrimento insuportáveis, perdera o juízo. Era a história de uma mulher levada ao desespero; que andava com a filha, que considerava ainda uma criancinha, pelas ruas frias e sujas de Petersburgo pedindo esmola; uma mulher que passou longos meses agonizando num porão úmido, e à qual o pai negou o perdão até o último instante de vida, e só no último segundo, quando caiu em si, correu para perdoá-la, mas encontrou apenas um cadáver frio no lugar daquela que ele amou mais do que tudo nesse mundo. Era a estranha história da relação misteriosa e quase incompreensível de um velho que perdera o juízo e a sua netinha, que, apesar de sua tenra idade, já o compreendia, já compreendia muito daquilo que outros não chegam a compreender em anos inteiros de uma vida fácil e abastada. Era uma história sombria, uma daquelas histórias sombrias e torturantes que se desenrolam com frequência, de modo misterioso e quase imperceptível, sob o pesado céu de Petersburgo,

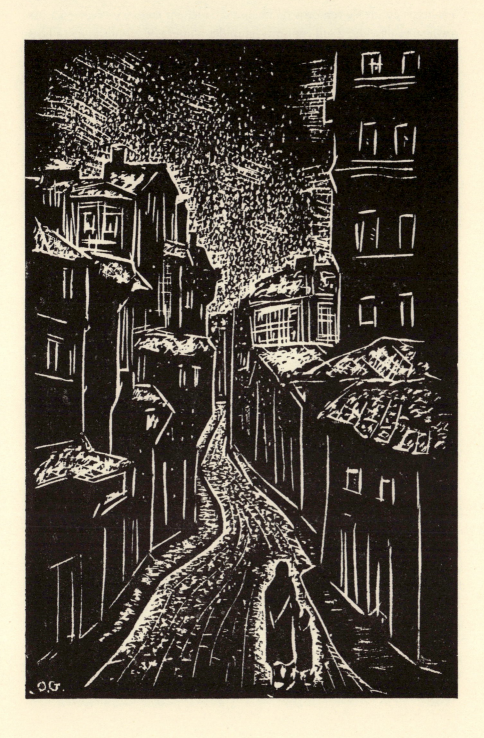

nos becos escuros e remotos da imensa cidade, em meio à efervescência extravagante da vida, a um egoísmo estúpido, a interesses conflitantes, à libertinagem lúgubre, a crimes secretos, em meio a todo esse inferno profundo de uma vida sem sentido e anormal...

Mas essa história está mais adiante...

TERCEIRA PARTE

CAPÍTULO I

Havia tempo que escurecera e caíra a noite, só então despertei de um pesadelo sombrio e me lembrei do presente.

— Nelli — disse eu —, sei que está abalada e doente, mas tenho de deixá-la sozinha, perturbada e em lágrimas. Minha amiga! Perdoe-me, e saiba que há uma outra criatura também querida e não perdoada, infeliz, ofendida e abandonada. Ela está à minha espera. E agora, depois do seu relato, eu mesmo me sinto tão impelido a ir vê-la que é como se não fosse suportar se não for imediatamente, neste mesmo instante...

Não sei se Nelli entendeu tudo o que lhe disse. Estava perturbado, tanto pelo seu relato como pela minha doença recente, mas corri para a casa de Natacha. Já era tarde, umas nove horas, quando cheguei lá.

Ainda na rua, junto ao portão do prédio em que morava Natacha, reparei numa caleche, que me pareceu ser a do príncipe. A entrada para o apartamento de Natacha ficava no pátio interno. Assim que me pus a subir a escada, comecei a ouvir à minha frente, um andar acima, uma pessoa que subia tateando, com cuidado, e que pelo visto não conhecia o lugar. Imaginei que devia ser o príncipe, mas logo comecei a ter dúvidas. Quanto mais subia, maior eram o vigor e a energia com que o desconhecido resmungava e amaldiçoava o caminho. Está certo que a escada era estreita, suja, íngreme, sem nenhuma iluminação; mas aqueles impropérios, que começaram no terceiro andar, eu não poderia nunca atribuir ao príncipe: o cavalheiro que subia à minha frente praguejava como um cocheiro. Mas a partir do terceiro andar já havia luz; na porta de Natacha havia um pequeno lampião aceso. Já no limiar da porta, alcancei meu desconhecido, e qual não foi minha surpresa ao reconhecer nele o príncipe. Pareceu-me que não lhe agradara nada dar de cara comigo de modo tão imprevisto. Num primeiro momento, não me reconheceu; mas de repente todo o seu rosto se transfigurou. Em primeiro lugar, o olhar hostil e cheio de ódio que me lançara de repente se tornou afável e alegre e estendeu-me as duas mãos com uma alegria incomum.

— Ah, era o senhor! E eu que estava prestes a me ajoelhar e pedir a Deus por ter me poupado a vida. Ouviu como praguejei?

E se pôs a rir do modo mais bonachão. Mas de repente seu rosto adquiriu uma expressão séria e preocupada.

— E como pôde Alióscha instalar Natália Nikoláievna num apartamento desses? — disse ele, movendo a cabeça. — Pois são esses assim chamados *pormenores* que mostram quem a pessoa é. Temo por ele. É bom, tem um coração nobre, mas por isso o senhor já tem um exemplo: está loucamente apaixonado, mas instala a amada num cubículo desses. Cheguei a ouvir dizer que às vezes nem pão tinha — acrescentou ele sussurrando, procurando o cordão da campainha. — Fico com a cabeça estourando quando penso em seu futuro e, sobretudo, no futuro de Anna Nikoláievna, quando for sua esposa...

Enganou-se no nome e nem se deu conta disso, visivelmente irritado por não encontrar a campainha. Mas nem campainha havia. Puxei a maçaneta da porta e Mavra a abriu no mesmo instante para nós, recebendo-nos afobada. Na cozinha, pela porta aberta, separada da minúscula antessala por um tabique de madeira, via-se certos preparativos: tudo parecia mais limpo e reluzente do que de costume; o forno estava aceso; sobre a mesa havia uma louça nova. Era evidente que estavam à nossa espera. Mavra se apressou a nos tirar os casacos.

— Alióscha está aqui? — perguntei-lhe.

— Não tem aparecido — sussurrou-me um tanto misteriosamente.

Entramos no quarto de Natacha. Em seu quarto não se via nenhum preparativo especial; estava tudo como antes. Aliás, ela sempre conservava tudo tão limpo e agradável, que não havia o que arrumar. Natacha nos recebeu em pé, junto à porta. Fiquei impressionado com a magreza doentia e a palidez extraordinária de seu rosto, ainda que por um átimo tenha brilhado um rubor em suas faces lívidas. Tinha os olhos febris. Estendeu a mão ao príncipe em silêncio e apressadamente, visivelmente agitada e desconcertada. Para mim, nem sequer olhou. Fiquei esperando em silêncio.

— Aqui estou eu! — pôs-se a dizer o príncipe alegre e amistosamente. — Faz apenas algumas horas que voltei. Durante esse tempo todo a senhora não me saiu do pensamento — beijou-lhe a mão ternamente — e pensei tanto, mas tanto na senhora! Tenho tanta coisa a lhe dizer, transmitir... Sim, temos muito o que falar! Em primeiro lugar, o meu cabeça de vento, que vejo que ainda não está aqui...

— Permita-me, príncipe — interrompeu-o Natacha, embaraçada e corando —, preciso trocar duas palavras com Ivan Petróvitch. Venha, Vânia... duas palavras...

Agarrou-me a mão e puxou-me para trás do biombo.

— Vânia — disse num sussurro, levando-me para o canto mais escuro —, você me perdoa, ou não?

— Pare com isso, Natacha, o que está dizendo!?

— Não, não, Vânia, já me perdoou tanta coisa e tantas vezes, mas paciência tem limite. Sei que nunca deixará de gostar de mim, mas há de me chamar de ingrata, e ontem e anteontem fui mesmo ingrata, egoísta e cruel com você...

De repente, se desfez em lágrimas e apertou o rosto contra o meu ombro.

— Basta, Natacha — apressei-me a dissuadi-la. — Pois passei a noite toda muito doente: e mesmo agora mal consigo me manter em pé, foi por isso que não vim nem ontem à noite nem hoje, e você ficou achando que estava zangado... Minha cara amiga, acha que não sei o que se passa agora em sua alma?

— Ainda bem... quer dizer que me perdoou, como sempre — disse sorrindo por entre lágrimas e apertando-me a mão até machucar. — O resto fica para depois. Tenho muita coisa a lhe dizer, Vânia. E agora vamos até ele...

— Depressa, Natacha; nós o deixamos tão de repente...

— Já vai ver, vai ver o que vai acontecer — sussurrou-me rapidamente. — Agora já sei de tudo, descobri tudo. O culpado de tudo é *ele*. Esta noite, muita coisa será decidida. Vamos!

Não compreendi, mas não tive tempo de lhe perguntar. Natacha se aproximou do príncipe com uma expressão serena no rosto. Ele ainda continuava de pé com o chapéu na mão. Ela lhe pediu desculpas alegremente, pegou seu chapéu, puxou uma cadeira para ele, e nos sentamos os três em volta da mesinha.

— Tinha começado a falar do meu cabeça de vento — continuou o príncipe —, eu o vi apenas por um momento, e ainda assim na rua, quando entrava na carruagem para ir à casa da condessa Zinaída Fiódorovna. Estava terrivelmente apressado e, imaginem só, nem sequer quis descer para entrar comigo em casa, após quatro dias de separação. E parece que a culpa é minha, Natália Nikoláievna, de ele não estar aqui agora e de termos chegado antes dele; aproveitei a oportunidade e, como não podia ir hoje à casa da condessa, dei-lhe um encargo. Mas ele há de aparecer em um minuto.

— Ele lhe deu certeza de que viria hoje? — perguntou Natacha, olhando para o príncipe com o ar mais simplório.

— Oh, meu Deus, só faltava não vir; que pergunta! — exclamou ele, surpreso, escrutando-a com o olhar. — Ademais, eu entendo: está zangada com ele. De fato, não é correto de sua parte que seja o último a chegar. Mas,

Humilhados e ofendidos   201

repito, a culpa é toda minha. Não fique tão zangada com ele. É um leviano, um cabeça de vento; não o estou defendendo, mas algumas circunstâncias especiais exigem que agora não só não deixe de ir à casa da condessa e de outras relações nossas como, ao contrário, que as frequente o máximo possível. Bem, como agora, provavelmente, ele não sai mais daqui e se esqueceu de tudo no mundo, então, por favor, não fique zangada se, às vezes, eu o detiver por uma ou duas horas, não mais, para minhas incumbências. Estou certo de que ainda não esteve nenhuma vez na casa da princesa K. desde aquela noite, e estou tão chateado por não ter tido tempo de lhe perguntar!...

Observei Natacha. Ouvia o príncipe com um leve sorriso, meio zombeteiro. Mas ele falava com a maior franqueza e naturalidade. Parecia não haver o menor motivo para suspeitar dele.

— Mas o senhor realmente não sabe que, durante esses dias todos, ele não esteve nem uma única vez aqui? — perguntou-lhe Natacha com uma voz suave e serena, como se falasse da coisa mais natural do mundo.

— Como? Não esteve nem uma única vez? Perdão, o que está dizendo?! — exclamou o príncipe, aparentemente muito admirado.

— O senhor esteve aqui na terça-feira, tarde da noite; na manhã seguinte ele veio me ver e passou aqui cerca de meia hora, desde então não o vi uma vez sequer.

— Mas isso é inacreditável! — Ele estava cada vez mais surpreso. — Achava justamente que não saía mais daqui. Desculpe-me, isso é tão estranho... simplesmente inacreditável.

— E, no entanto, é verdade, e é uma pena: estava esperando-o de propósito, achando que, pelo senhor, haveria de saber onde ele se encontra.

— Ai, meu Deus! Pois agora mesmo estará aqui! Mas o que me disse antes me deixou a tal ponto impressionado que eu... confesso que dele esperava tudo, mas isso... isso?

— Por que o senhor está admirado? Pois achei que não só não haveria de se admirar como até mesmo soubesse de antemão que seria assim.

— Sabia? Eu? Mas eu lhe asseguro, Natália Nikoláievna, de que o vi apenas por um momento hoje e não fiquei perguntando a mais ninguém sobre ele; e acho estranho que pareça não acreditar — continuou ele, olhando para nós dois.

— Deus me livre — replicou Natacha —, estou absolutamente convencida de que o senhor disse a verdade.

E tornou a cair na risada, na cara do príncipe, de tal modo que ele pareceu se encolher.

— Explique-se — disse ele desconcertado.

— Mas não há nada a explicar nisso. Estou falando com toda a simplicidade. O senhor mesmo sabe como ele é cabeça de vento e esquecido. Pois bem, agora que lhe foi dada plena liberdade, tomou gosto.

— Mas não é possível tomar tanto gosto assim, tem alguma coisa aí, e, assim que ele chegar, vou obrigá-lo a explicar o que é. Mas o que me admira mais do que tudo é que parece acusar a mim também de alguma coisa, quando eu nem sequer estava aqui. E, no entanto, Natália Nikoláievna, vejo que está muito zangada com ele... e isso é compreensível! Tem todo o direito, e... e... evidentemente, o primeiro a levar a culpa sou eu, ainda que pelo simples fato de ter sido o primeiro a aparecer, não é verdade? — continuou, virando-se para mim com um sorrisinho irritado.

Natacha enrubesceu.

— Permita-me, Natália Nikoláievna — prosseguiu ele com dignidade —, concordo que seja culpado, mas apenas pelo fato de ter partido um dia depois de nos termos conhecido, de modo que a senhora, por causa de uma certa desconfiança que percebo em seu caráter, já teve tempo de mudar sua opinião a meu respeito, tanto mais pelo fato de que as circunstâncias contribuíram para isso. Se não tivesse partido, poderia ter me conhecido melhor, e sob minha vigilância Alióchya não teria se comportado de modo tão leviano. Hoje mesmo vai ouvir tudo o que hei de lhe dizer.

— Isto é, fará com que comece a sentir que sou um peso para ele. Não é possível que o senhor, com a sua inteligência, realmente ache que pode me ajudar com esse tipo de procedimento?

— Está querendo insinuar que estou fazendo de propósito com que se torne um peso para ele? Está me ofendendo, Natália Nikoláievna.

— Procuro empregar o mínimo possível de insinuações quando falo com quem quer que seja — respondeu Natacha —, ao contrário, sempre procuro falar do modo mais franco possível, e talvez o senhor se convença disso hoje mesmo. Não quero ofendê-lo, e nem há motivo, mesmo porque, não haveria de se sentir ofendido com minhas palavras, independentemente do que dissesse ao senhor. Disso estou absolutamente certa, porque entendo perfeitamente que tipo de relação há entre nós: pois o senhor não pode levá-la a sério, não é verdade? Mas se de fato o ofendi, então estou pronta a pedir perdão, para cumprir com o senhor todas as obrigações... da hospitalidade.

A despeito do tom leve e até mesmo brincalhão com que Natacha pronunciou essa frase, com um sorriso nos lábios, eu nunca a tinha visto a tal ponto irritada. Só agora percebia a que ponto o coração lhe chegara a doer esses três dias. Suas palavras enigmáticas de que já sabia de tudo e já descobrira tudo me deixaram assustado; elas se referiam diretamente ao príncipe. Havia mudado de opinião sobre ele e o via como a um inimigo; isso era óbvio. Pelo visto, atribuía todo o seu fracasso com Aliócha à sua influência, e talvez tivesse elementos para isso. Eu temia uma cena repentina entre eles. Seu tom brincalhão era explícito demais, óbvio demais. Suas últimas palavras ao príncipe, de que ele não podia levar a relação deles a sério, a frase de desculpas pelas obrigações da hospitalidade, sua promessa, em forma de ameaça, de demonstrar-lhe naquela mesma noite que sabia falar com franqueza — tudo isso era a tal ponto sarcástico e explícito que não era possível que o príncipe não o compreendesse. Vi a mudança em seu semblante, mas ele foi capaz de se controlar. Fez imediatamente de conta que não havia percebido estas palavras, que não havia entendido seu verdadeiro significado, e, é claro, as tomou por brincadeira.

— Deus me livre de exigir um pedido de desculpas! — replicou ele, rindo. — Não era isso absolutamente o que queria, e, além do quê, é contra os meus princípios exigir desculpas de uma mulher. Ainda por ocasião de nosso primeiro encontro, em parte a preveni sobre o meu caráter, e, portanto, certamente, não há de ficar zangada comigo se fizer uma simples observação, ainda mais que ela se refere a todas as mulheres em geral; certamente, o senhor também haverá de concordar com essa observação — prosseguiu, dirigindo-se a mim com amabilidade. — Notei justamente que o caráter feminino tem um traço característico que é, por exemplo, se uma mulher é culpada de algo, ela vai preferir reconhecê-lo depois, posteriormente, e aplacar a sua culpa com mil afagos, a admiti-lo e pedir desculpas na mesma hora, no momento da prova mais evidente de sua falta. Então, suponhamos que a senhora tenha me ofendido, então, agora, nesse momento, não vou querer desculpas de propósito; para mim será mais vantajoso que peça depois, quando admitir a sua falta para comigo e quiser aplacá-la... com mil afagos. Mas a senhora é tão boa, tão pura e juvenil, tão espontânea, que o momento em que for se arrepender, eu o pressinto, será encantador. E, em vez de um pedido de desculpas, é melhor que me diga agora se posso hoje mesmo provar-lhe de algum modo que meu procedimento para com a senhora é muito mais sincero e franco do que imagina.

Natacha corou. Também achei que na resposta do príncipe havia um tom demasiado leviano, até mesmo negligente, uma espécie de brincadeira indiscreta.

— O senhor quer provar que está sendo franco e sincero comigo? — perguntou Natacha, fitando-o de modo desafiador.

— Sim.

— Se é assim, atenda meu pedido.

— Dou-lhe de antemão a minha palavra.

— Ei-lo: não incomode Aliócha com uma palavra ou uma alusão sequer a meu respeito, nem hoje nem amanhã. Nem uma única censura por ter se esquecido de mim; nem um único sermão. Quero recebê-lo precisamente como se não houvesse acontecido nada entre nós, de modo que ele não possa perceber nada. Eu preciso disso. Pode me dar sua palavra?

— Com muitíssimo gosto — respondeu o príncipe —, e permita-me acrescentar, de todo o coração, que raramente encontrei alguém com uma visão mais clara e sensata nesse tipo de assunto... E aí está, parece que é Aliócha.

De fato, ouviu-se um ruído na antessala. Natacha estremeceu e parecia estar se preparando para algo. O príncipe permaneceu sentado com uma expressão séria e à espera de que algo acontecesse; seguia Natacha atentamente com o olhar. Mas a porta se abriu e Aliócha entrou voando.

CAPÍTULO II

Entrou literalmente voando, com uma expressão radiante de alegria e contentamento. Via-se que havia passado esses quatro dias alegre e feliz. Parecia estar escrito em seu rosto que tinha algo a nos comunicar.

— Aqui estou — declarou a todos na sala —, aquele que devia ter chegado antes de todo mundo! Mas já vão saber de tudo, tudo, tudo! Há pouco, *papacha*,[1] não tive tempo de trocar nem duas palavras com você, e eu tinha muita coisa para dizer. Só em seus bons momentos é que ele me permite tratá-lo por *você* — interrompeu-se, dirigindo-se a mim —, em outras ocasiões, juro que me proíbe! E qual é a sua tática? Ele mesmo começa a me tratar por *senhor*. Mas, a partir de hoje, quero que tenha sempre bons momentos, e é o que farei! De modo geral, mudei muito nesses quatro dias, completamente, mudei completamente e vou lhes contar tudo. Mas isso fica para depois. E o mais importante, agora é: ela! É ela! De novo! Natacha, querida, como você está, meu anjo? — disse ele, sentando-se a seu lado e beijando-lhe avidamente a mão. — Que saudade senti de você durante esses dias! Mas o que quer, não pude! Não pude me dominar. Você é o meu amor! Parece que emagreceu um pouco, ficou tão pálida...

Em seu arrebatamento, cobria-lhe as mãos de beijos, fitando-a ansiosamente com seus belos olhos, como se não conseguisse afastá-los dela. Lancei um olhar para Natacha, e pelo seu semblante adivinhei que nossos pensamentos estavam em sintonia: ele era absolutamente inocente. Mas, então, como é que este *inocente* poderia se tornar culpado? Um rubor vivo afluiu de repente às faces descoradas de Natacha, como se todo o sangue concentrado em seu coração de repente fluísse para sua cabeça. Tinha os olhos brilhando, e olhava triunfante para o príncipe.

— Mas onde foi... que esteve... por tantos dias? — perguntou com uma voz contida e entrecortada. Sua respiração era pesada e irregular. Meu Deus, como ela o amava!

— Aí é que está, pareço de fato culpado para com você; pois, sim, *pa-*

---

[1] Forma carinhosa de se referir ao pai. (N. da T.)

reço! É claro que sou culpado, e sei muito bem disso, e vim porque sei. Kátia me disse ontem e hoje que uma mulher não pode perdoar tamanha negligência (pois ela sabe tudo o que houve aqui na terça-feira; contei-lhe já no dia seguinte). Apostei com ela e lhe demonstrei, disse que essa mulher se chama *Natacha*, e que no mundo inteiro, talvez, só haja uma única igual a ela: Kátia; e vim aqui sabendo, naturalmente, que ganhei a aposta. Por acaso um anjo como você poderia não perdoar? "Se não veio, é porque com certeza alguma coisa o impediu, e não porque deixou de amar", é assim que minha Natacha haveria de pensar! E como deixar de amá-la? Seria possível? Tinha o coração aflito por você. Mas ainda assim sou culpado! Já vou contar tudo, preciso abrir o coração diante de todos; foi por isso que vim. Quis passar hoje rapidamente (tinha meio minuto livre) para vê-la, para lhe dar um beijo, mas nem nisso tive sorte: Kátia pediu-me que fosse à sua casa com urgência por conta de um assunto importante. Isso foi ainda antes daquela hora em que estava na caleche, papai, e você me viu; foi uma outra vez que fui lá por conta de outro bilhete de Kátia. Pois agora os mensageiros passam dias inteiros correndo de uma casa para outra com bilhetes. Ivan Petróvitch, só tive tempo de ler o seu bilhete ontem à noite, e o senhor tem toda a razão em tudo o que escreveu lá. Mas o que fazer? Impossibilidade física! Então, pensei: amanhã à noite me justificarei por tudo; porque hoje à noite era-me impossível não vir vê-la, Natacha.

— Que bilhete é esse? — perguntou Natacha.

— Ele foi em casa me procurar, não me encontrou, evidentemente, e me repreendeu, na carta que deixou, pelo fato de não vir vê-la. E com toda a razão. Isso foi ontem.

Natacha olhou para mim.

— Mas se teve tempo suficiente para ir visitar Katerina Fiodórovna de manhã à noite... — começou a dizer o príncipe.

— Já sei, já sei o que vai dizer — interrompeu-o Alióscha: — "Se pôde estar com Kátia, então tinha o dobro de motivos para ter estado aqui". Estou plenamente de acordo com você e, de minha parte, até acrescentaria: não o dobro, mas um milhão de vezes mais motivos! Mas, em primeiro lugar, às vezes acontecem coisas estranhas e inesperadas na vida que deixam tudo emaranhado e de pernas para o ar. Pois bem, aconteceu-me uma coisa dessas. Estou dizendo que mudei completamente nesses dias, tudo, até a pontinha dos pés; quer dizer que houve circunstâncias importantes!

— Oh, meu Deus, mas, afinal, o que houve com você? Não nos deixe aflitos, por favor! — exclamou Natacha, sorrindo, diante da excitação de Alióscha.

Humilhados e ofendidos

Ele estava realmente um pouco ridículo: precipitava-se; as palavras lhe escapavam rápida, desordenada, tumultuosamente, como um ruído contínuo. Queria falar, falar sem parar, contar. Mas, ao contar, não largava a mão de Natacha e a levava aos lábios o tempo todo, como se não se fartasse de beijá-la.

— Aí é que está a questão, o que aconteceu comigo — continuou Aliócha. — Ai, meus amigos! O que vi, o que fiz e que pessoas conheci! Em primeiro lugar, Kátia: é uma perfeição! Não a conhecia absolutamente, absolutamente, até agora! Mesmo antes, na terça-feira, quando lhe falei dela (lembra, Natacha, como ainda falava com entusiasmo?), pois mesmo então não a conhecia absolutamente. Ela mesma se escondia de mim até esses dias. Mas agora ficamos conhecendo a fundo um ao outro. Agora já passamos a nos tratar por *você*. Mas começarei pelo princípio: para começar, Natacha, se pudesse ter ouvido o que ela me falou de você no outro dia, na quarta-feira, quando lhe contei o que houve aqui entre nós... E, a propósito: lembro-me de como fui tolo com você, quando vim aqui de manhã, na quarta-feira! Você me recebeu com entusiasmo, toda compenetrada na nossa nova situação, queria falar sobre isso tudo comigo; estava triste e ao mesmo tempo fazia gracejos e brincava comigo, e eu fiquei me fazendo de homem respeitável, importante! Oh, que tolo! Que tolo! Mas juro que só estava querendo fazer bonito, me gabar de que em breve me tornaria um marido, um homem de respeito, e havia encontrado alguém para quem me gabar... você! Ai, como deve ter rido de mim, e como mereci essa sua zombaria!

O príncipe permanecia em silêncio e olhava para Aliócha com um sorriso meio irônico e vitorioso. Era como se estivesse feliz por ver o filho se mostrando de um ângulo tão frívolo e até mesmo ridículo. Durante toda aquela noite o observei cuidadosamente e me convenci completamente de que não gostava do filho, embora se falasse muito de seu ardente amor paterno.

— Depois que saí daqui fui à casa de Kátia — Aliócha continuava a despejar a sua narrativa. — Já disse que foi apenas nessa manhã que conhecemos completamente um ao outro, e é estranho o modo como isso aconteceu... Nem sequer me lembro... Algumas palavras calorosas, algumas sensações, pensamentos expressos com franqueza, e nós, nós nos aproximamos para sempre. Você tem de conhecê-la, Natacha! Como falava de você, e como me fazia ver! Como me explicava o tesouro que você é para mim! Pouco a pouco, foi me expondo todas as suas ideias e seu modo de ver a vida; é uma moça tão séria, tão entusiasmada! Falou do dever, da nossa missão, que todos nós devemos servir à humanidade, e uma vez que estávamos completamente de acordo em apenas umas cinco ou seis horas de conversa, então acabamos por jurar amizade eterna um ao outro e que vamos atuar juntos por toda a nossa vida!

— Atuar em quê? — perguntou o príncipe, surpreso.

— Mudei tanto, pai, que tudo isso, naturalmente, deve surpreendê-lo; posso até prever de antemão todas as suas objeções — respondeu solenemente Aliócha. — Vocês todos são pessoas práticas, cheias de regras sérias, rígidas, caducas; olham com desconfiança, com hostilidade, com zombaria para tudo que é novo, para tudo que é jovem e recente. Mas agora não sou mais a mesma pessoa que você conhecia até alguns dias atrás. Sou diferente! Encaro tudo e a todos neste mundo corajosamente. Se sei que minhas convicções são justas, levo-as às últimas consequências; e se não me desvio do caminho, então sou um homem honesto. Para mim é o suficiente. Podem dizer o que quiserem depois disso, confio em mim.

— Vejam só! — disse o príncipe, zombando.

Natacha lançou-me um olhar inquieto. Ela temia por Aliócha. Acontecia com frequência de ele se deixar levar por uma torrente de fala em detrimento de si próprio, e ela sabia disso. Não queria que Aliócha fizesse um papel ridículo diante de nós, principalmente diante do pai.

— O que está dizendo, Aliócha? Isso já é uma filosofia — disse ela —, alguém deve ter lhe ensinado... seria melhor continuar contando.

— Mas já estou contando! — gritou Aliócha. — Aí está, veja: Kátia tem dois parentes distantes, primos, parece, Liévenka e Bórenka, um é estudante, e o outro é simplesmente um jovem. Ela mantém relações com eles, e eles são pessoas simplesmente extraordinárias! Quase não vão à casa da condessa, por uma questão de princípio. Quando Kátia e eu conversávamos a respeito da missão do homem, da vocação e de tudo isso, ela se referiu a eles e imediatamente me deu um bilhete; e na mesma hora fui correndo conhecê-los. Nessa mesma noite, nos entendemos perfeitamente. Havia lá umas doze pessoas de diversas procedências: estudantes, oficiais, artistas; havia um escritor... todos eles o conhecem, Ivan Petróvitch, isto é, leram as suas obras e esperam muito do senhor no futuro. Foram eles mesmos que me disseram isso. Eu lhes disse que nos conhecemos e prometi apresentá-lo a eles. Todos me receberam fraternalmente, de braços abertos. Logo da primeira vez lhes disse que em breve seria um homem casado; de modo que me receberam como a um homem casado. Moram num quinto andar, embaixo do telhado; reúnem-se com muita frequência, mas principalmente às quartas-feiras, na casa de Liévenka e Bórenka. São todos jovens saudáveis; todos sentem um amor ardente pela humanidade; todos nós falamos sobre o nosso presente e o nosso futuro, de ciência, de literatura, e falamos tão bem, com tanta franqueza e simplicidade... Tem um aluno do Liceu que também vai lá. Como tratam uns aos outros, como são nobres! Até hoje nunca tinha visto pessoas assim! Onde estive até agora? O que vi? Como foi que cresci? Só você, Natacha, é a única que me falava de coisas desse gênero. Ah, Natacha, você tem de conhecê-los sem falta; Kátia já os conhece. Eles falam dela quase com veneração, e Kátia já disse a Liévenka e Bórenka que, quando entrar em posse de seus bens, então doará imediatamente um milhão para a causa social.

— E os responsáveis por estes milhões, certamente, serão Liévenka e Bórenka e toda a companhia deles? — perguntou o príncipe.

— Não é verdade, não é verdade; é uma vergonha, pai, falar assim! — replicou Alióncha com ardor. — Desconfio desse seu pensamento! Nós de fato tivemos uma conversa sobre esse milhão, e passamos um longo tempo para decidir como empregá-lo. Afinal decidimos que irá, antes de mais nada, para a educação pública...

— Sim, realmente, até agora não conhecia bem Katerina Fiódorovna — disse o príncipe como que consigo mesmo e o tempo todo com o mesmo sorriso zombeteiro. — Aliás, esperava muita coisa dela, mas isso...

— Isso o quê? — interrompeu-o Alióncha. — O que acha tão estranho? É porque foge um pouco às suas regras? É porque ninguém até hoje doou um milhão e ela doará? É isso? Mas o que é que tem, se ela não quer viver à custa dos outros; porque viver desses milhões significa viver à custa dos outros (só compreendi isso agora). Ela quer ser útil à pátria e a todos e dar o seu óbolo à causa comum. Sobre o óbolo em si já lemos nas Escrituras, mas como esse óbolo cheirava a um milhão, então é porque tem algo de errado aí? E em que se sustenta esse tão alardeado bom senso, no qual eu tanto acreditava? Por que me olha desse jeito, pai? Parece que está vendo na sua frente um tolinho, um bufão! E o que é que tem ser um tolinho? Se você ouvisse, Natacha, o que Kátia disse sobre isso: "O principal não é a inteligência, mas aquilo que a orienta — a índole, o coração, a nobreza de caráter, o desenvolvimento". Mas o mais importante é que quanto a isso há uma expressão genial de Bezmíguin. Bezmíguin é um conhecido de Liévenka e Bórenka e, cá entre nós, é o cabeça, e, realmente, é uma cabeça genial! Ainda ontem mesmo disse numa conversa: "O tolo que reconhece que é tolo, não é tolo!". Quanta verdade! Ele solta dessas máximas a todo instante. Esparrama verdades.

— Realmente, é genial! — observou o príncipe.

— Você ri. Mas de você nunca ouvi nada parecido; nem de todo o seu meio nunca ouvi. Entre vocês é o contrário, parecem esconder isso tudo, de modo a deixar tudo ao rés do chão, para que todas as estaturas, todos os narizes saiam infalivelmente segundo determinadas medidas, segundo determinadas regras, como se isso fosse possível! Como se isso não fosse mil vezes mais impossível do que aquilo que nós falamos e pensamos. E ainda nos chamam de utópicos! Se tivesse ouvido as coisas que me falaram ontem...

— Mas, e então, do que falam e o que pensam? Conte, Aliócha, até agora não entendi bem — disse Natacha.

— Em geral, de tudo o que leva ao amor, ao progresso, ao humanismo; fala-se de tudo isso a propósito de questões contemporâneas. Falamos sobre transparência, sobre as reformas que se iniciam,[2] de amor à humanidade, dos homens de ação de hoje em dia; nós os escolhemos e lemos suas obras. Mas o mais importante é que demos uns aos outros a palavra de que seremos absolutamente sinceros entre nós e contaremos francamente uns aos outros tudo sobre nós mesmos, sem nos constrangermos. Só a franqueza e a sinceridade podem alcançar estes objetivos. Bezmíguin está empenhado sobretudo nisso. Contei isso para Kátia, e ela tem grande simpatia por Bezmíguin. Por isso todos nós, sob o comando de Bezmíguin, demos nossa palavra de que vamos agir com franqueza e honestidade por toda a vida, digam o que for de nós e por mais que nos julguem, não haveremos de nos constranger por nada, de nos envergonhar de nossas aspirações, de nosso fervor, de nossos erros, e seguiremos sempre em frente. Se você quer ser respeitado, antes de mais nada, e sobretudo, respeite a si mesmo; só assim, só respeitando a si próprio, você fará com que os outros o respeitem. É o que diz Bezmíguin, e Kátia está plenamente de acordo com ele. De modo geral, agora estamos chegando a um acordo sobre as nossas convicções e propusemos nos dedicar ao estudo de nós mesmos separadamente, e todos juntos interpretar um ao outro, um ao outro...

— Que galimatias é essa? — exclamou o príncipe, inquieto. — E quem é esse Bezmíguin? Não, isso não pode ficar assim...

— O que não pode ficar assim? — interveio Aliócha. — Ouça, meu pai, por que estou dizendo tudo isso agora, na sua presença? Porque quero e espero também introduzi-lo em nosso círculo. Já dei lá a minha palavra também em seu nome. Está rindo, pois até já sabia que ia rir! Mas ouça: você é bom, nobre; há de compreender. Afinal, não conhece, nunca viu essas pessoas, nem as ouviu falar. Suponhamos que você já tenha ouvido falar disso

---

[2] No final da década de 1850, reformas relativas aos direitos no campo, às regras de administração pública, e várias outras, eram amplamente discutidas na imprensa e em diversos círculos sociais na Rússia. (N. da T.)

tudo, estudado tudo, é extraordinariamente culto; mas não os viu pessoalmente, não esteve com eles, e, por isso, como então poderia julgá-los devidamente? Apenas imagina que sabe. Não, vá passar um tempo com eles, ouvi-los, e então, então eu lhe dou minha palavra de que será um dos nossos! E o mais importante, quero empregar todos os meios para salvá-lo da perdição dessa sociedade à qual tanto se agarrou, e de suas convicções.

O príncipe ouvia esse disparate em silêncio e com uma zombaria cheia de veneno; a raiva estava estampada em seu rosto. Natacha o observava sem dissimular sua aversão. Ele via isso, mas fingia não se dar conta. E, assim que Aliócha terminou, o príncipe de repente desatou a rir. Até se deixou cair no respaldo da cadeira, como se não conseguisse se conter. Mas seu riso era deliberadamente forçado. Via-se claramente que ria com o único propósito de ofender e humilhar o filho o máximo possível. Aliócha se sentiu de fato amargurado; todo o seu semblante expressava uma profunda tristeza. Mas ele esperou pacientemente até que a alegria do pai cessasse.

— Pai — começou com tristeza —, por que é que está rindo de mim? Eu me dirigi a você franca e abertamente. Se, na sua opinião, falo bobagem, me faça compreender, em vez de rir de mim. E rir do quê? Daquilo que agora me é sagrado e nobre? Pois bem, digamos que esteja enganado, que tudo isso seja falso, um equívoco, que eu seja um tolinho, como já me chamou várias vezes; mas, se estou enganado, fui honesto, sincero; não perdi minha dignidade. As ideias elevadas me deixam entusiasmado. Podem estar equivocadas, mas seu fundamento é sagrado. Como já disse, nem você nem todos os seus nunca me disseram ainda nada parecido, que pudesse me orientar, me atrair para vocês. Refute-os, diga-me algo melhor do que eles, e o seguirei, mas não ria de mim, porque isso me deixa muito magoado.

Aliócha pronunciou isso com extraordinária nobreza e severa dignidade. Natacha seguia-o com aprovação. O príncipe ouviu o filho com surpresa e, no mesmo instante, mudou de tom.

— Não tive a menor intenção de ofendê-lo, meu amigo — respondeu ele —, ao contrário, sinto muito por você. Para o passo que está se preparando para dar na vida, já é hora de deixar de ser um menino tão frívolo. É isso o que acho. Ri sem querer e não tive a menor intenção de ofendê-lo.

— Por que, então, tive essa impressão? — continuou Aliócha com amargura. — Por que já há tempo tenho a impressão de que me olha com hostilidade, com uma zombaria fria, e não como um pai a um filho? Porque me parece que, se estivesse em seu lugar, não teria rido de meu filho de modo tão ultrajante como você o fez agora. Ouça: falemos com franqueza agora e de uma vez por todas, de modo que não reste mais nenhum mal-entendido entre nós. E... quero dizer toda a verdade: quando entrei aqui, me pareceu que aqui também havia acontecido algum mal-entendido; não era assim que esperava encontrá-los juntos aqui. Estou certo, ou não? Se for assim, então não seria melhor cada um expor os seus sentimentos? Quanto mal pode ser evitado com a franqueza!

— Fala, fala, Aliócha! — disse o príncipe. — O que está nos propondo é muito sensato. Talvez devêssemos ter começado por isso — acrescentou, lançando um olhar para Natacha.

— Então não se zangue com a minha total franqueza — começou Aliócha —, foi você quem quis, você mesmo a provocou. Ouça. Concordou com meu casamento com Natacha; deu-nos essa felicidade, para o que venceu a si próprio. Foi magnânimo, e todos nós apreciamos esse seu gesto nobre. Mas então por que ficar agora insinuando incessantemente com uma certa alegria que ainda sou um menino ridículo e que não sirvo para ser um marido? Além disso, parece querer me humilhar, ridicularizar, e até mesmo como que me denegrir aos olhos de Natacha. Fica sempre muito contente quando pode de algum modo me expor ao ridículo; não é de agora que tenho notado isso, já faz tempo. É como se estivesse justamente tentando por algum motivo nos provar que nosso casamento é ridículo, absurdo, e que não somos par um para o outro. Realmente, parece que você mesmo não acredita no que designou para nós; é como se tomasse isso tudo por brincadeira, por uma invenção engraçada, um *vaudeville* ridículo... Não é só por suas palavras de hoje que deduzo isso. Na mesma noite, na própria terça-feira, assim que voltei daqui para a sua casa, eu o ouvi proferir algumas expressões estranhas, que me deixaram admirado e até magoado. E na quarta-feira, ao partir, também fez certas alusões à nossa situação atual, e também falou dela... não de modo ofensivo, ao contrário, mas não do jeito que eu gostaria de ouvir, mas de um jeito demasiado leviano, como se não tivesse afeição nem muito respeito por ela... É difícil de exprimir, mas o tom era claro; o coração sente. Diga-me então que estou enganado. Procure me dissuadir, dê-me um alento, e... a ela também, porque a magoou também. Eu o adivinhei já ao primeiro olhar, assim que entrei aqui...

Aliócha disse isso com ardor e com firmeza. Natacha ouvia-o com uma espécie de solenidade toda emocionada, com o rosto afogueado, e umas duas vezes disse consigo mesma durante seu discurso: "Sim, sim, é isso mesmo!". O príncipe ficou desconcertado.

— Meu amigo — respondeu ele —, certamente não posso me lembrar de tudo o que lhe disse; mas é muito estranho que tenha tomado as minhas palavras nesse sentido. Estou pronto a dissuadi-lo de tudo o que eu puder.

Se agora rio, é bem compreensível. Só lhe digo que, com meu riso, queria mesmo era dissimular um sentimento de amargura. Quando penso agora que pretende em breve tornar-se um marido, então isso agora me parece uma coisa completamente quimérica, absurda, e, desculpe-me, até mesmo ridícula. Você me censura por esse riso, mas eu lhe digo que tudo isso foi por culpa sua. Reconheço que também sou culpado: talvez tenha lhe dado pouca atenção nos últimos tempos, e por isso só agora, esta noite, é que soube do que é capaz. Agora chego a tremer quando penso em seu futuro com Natália Nikoláievna: eu me precipitei; vejo que há muita disparidade entre vocês. Todo amor passa, mas a disparidade fica para sempre. Não é nem do seu destino que falo, mas, pense bem, se é que tem boas intenções, consigo haverá de levar também Natália Nikoláievna à perdição, e uma perdição sem volta! Acabou de falar uma hora inteira sobre o amor à humanidade, sobre a nobreza das convicções, sobre as pessoas nobres que conheceu; mas pergunte a Ivan Petróvitch o que lhe disse ainda há pouco, quando subíamos até o quarto andar, por essa escada repugnante, e ficamos aqui à porta agradecendo a Deus por nos ter salvo a vida e as nossas pernas? Sabe que pensamento me veio sem querer à mente no mesmo instante? Admira-me muito que, com todo o seu amor por Natália Nikoláievna, tenha podido suportar que ela viesse morar num apartamento desses! Como não se deu conta de que, se não tem meios, se não tem capacidade para cumprir suas obrigações, também não tem o direito de ser um marido, não tem o direito de assumir qualquer compromisso? Só o amor não basta; o amor se revela em atos; mas você raciocina assim: "Ainda que vá sofrer comigo, mas que viva comigo"; ora, isso não é humano, isso não tem nada de nobre! Falar de amor universal, extasiar-se com questões universais e, ao mesmo tempo, cometer crimes contra o amor e não se dar conta deles... é incompreensível! Não me interrompa, Natália Nikoláievna, deixe-me terminar; sinto-me muito amargurado e devo falar tudo. Você disse, Aliócha, que nesses dias foi seduzido por tudo o que é nobre, belo e honesto, e censurou-me porque em nossa sociedade não há esse entusiasmo, mas apenas e unicamente o frio bom senso. Pois, veja: deixar-se seduzir pelo que é belo e sublime depois do que houve aqui na terça-feira, e, por quatro dias, negligenciar aquela que, imagino, deveria ser para você mais cara do que tudo no mundo! Até reconheceu, na sua discussão com Katerina Fiódorovna, que Natália Nikoláievna o ama tanto e é tão generosa que perdoaria a sua falta. Mas que direito você tem de contar com esse perdão e fazer disso uma aposta? E será que não parou nenhuma vez para pensar a quantos pensamentos amargos, a quantas dúvidas e suspeitas submeteu Natália Nikoláievna durante esses dias? Será que, pelo fato de ter sido seduzido por algumas ideias novas, tinha o direito de negligenciar a primeiríssima de todas as suas obrigações? Desculpe-me, Natália Nikoláievna, por trair minha palavra. Mas esse assunto de agora é mais sério do que essa palavra: há de compreender por si mesma... Saiba, Aliócha, que surpreendi Natália Nikoláievna em meio a tanto sofrimento, que deu para compreender em que inferno você transformou esses quatro dias que, ao contrário, deveriam ser os melhores de sua vida. De um lado, uma conduta dessas, de outro, palavras e mais palavras... Por acaso não tenho razão? E depois disso acha que pode me acusar, quando o maior culpado é você mesmo?

O príncipe concluiu. Deixou-se até entusiasmar por sua eloquência e não conseguiu esconder de nós um ar de triunfo. Quando Aliócha ouviu falar do sofrimento de Natacha, olhou para ela com uma angústia dolorosa, mas Natacha já havia tomado uma decisão.

— Calma, Aliócha, não fique triste — disse ela —, há outras pessoas mais culpadas do que você. Sente-se e ouça o que vou dizer agora ao seu pai. É hora de acabar com isso!

— Explique-se, Natália Nikoláievna — replicou o príncipe —, peço-lhe encarecidamente! Já faz duas horas que ouço falar desse enigma. Isso está se tornando insuportável, e confesso que não era essa a recepção que esperava aqui.

— Pode ser; porque pensava em nos cativar com palavras, de modo que nem viéssemos a perceber as suas intenções secretas. O que explicar ao senhor? O senhor mesmo sabe tudo e compreende tudo. Aliócha tem razão. Seu primeiro desejo é nos separar. O senhor sabia de antemão, quase de cor, tudo o que ia acontecer aqui depois daquela noite, a terça-feira, e calculou tudo como que na ponta dos dedos. Eu mesma já lhe disse que o senhor não leva a sério nem a mim nem ao casamento empreendido pelo senhor. Está brincando conosco; está jogando e tem um objetivo preciso. Seu jogo é seguro. Aliócha tem razão em recriminá-lo por tomar tudo isso por um *vaudeville*. O senhor, ao contrário, deveria ficar feliz, e não culpar Aliócha, porque ele, sem saber de nada, fez tudo o que o senhor esperava dele; talvez até mais.

Fiquei petrificado de espanto. Já esperava que ocorresse alguma catástrofe aquela noite. Mas a franqueza extremamente brusca de Natacha e o tom de desprezo indisfarçável de suas palavras me deixaram extremamente assombrado. Então ela realmente sabia de alguma coisa, pensei, e decidira não protelar a ruptura. É até possível que tenha esperado o príncipe com impaciência, para lhe dizer tudo de uma vez na cara. O príncipe ficou levemente pálido. O rosto de Alióscha exprimia um temor ingênuo e uma expectativa angustiante.

— Veja bem do que acaba de me acusar! — exclamou o príncipe. — E pondere ao menos um pouco as suas palavras... Não estou entendendo nada.

— Ah! Então o senhor não quer entender em duas palavras? — disse Natacha. — Até ele, até mesmo Alióscha entendeu o mesmo que eu, e nós não combinamos nada, sequer nos vimos! E também teve a impressão de que o senhor está fazendo conosco um jogo indigno e ofensivo, e ele o ama e acredita no senhor como numa divindade. O senhor nem achou necessário ser mais cauteloso, mais astuto com ele; calculou que não fosse se dar conta. Mas ele tem um coração sensível, terno e impressionável, e suas palavras, seu *tom*, como ele diz, calaram-lhe no coração...

— Não estou entendendo nada, nada! — repetiu o príncipe, dirigindo-se a mim com um ar de grande perplexidade, como que me tomando por testemunha. Em sua exasperação, exaltou-se. — É desconfiada e está alarmada — continuou ele, dirigindo-se a ela —, pura e simplesmente, tem ciúme de Katerina Fiódorovna, e por isso se dispõe a acusar o mundo inteiro e a mim em primeiro lugar, e... e permita-me então que lhe diga tudo: pode passar uma opinião estranha sobre o seu caráter... Não estou habituado a tais cenas; não ficaria aqui nem mais um minuto, depois disso, se não fossem os interesses de meu filho... Ainda continuo esperando que se digne a me explicar!

— Então o senhor ainda teima em não querer entender em duas palavras, embora já saiba tudo de cor? Quer a todo custo que diga tudo diretamente?

— É só o que lhe peço.

— Está bem, então ouça — gritou Natacha, com os olhos faiscando de cólera —, direi tudo, tudo!

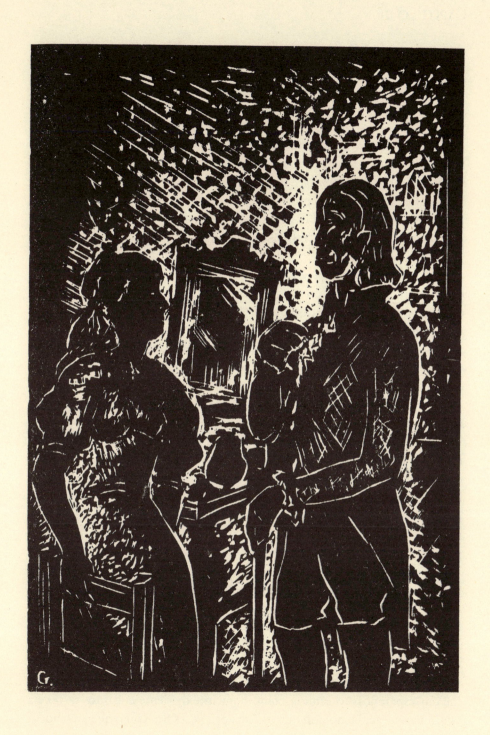

CAPÍTULO III

Em sua excitação, levantou-se e começou a falar de pé, sem se dar conta disso. O príncipe ficou ouvindo, ouvindo, e também se levantou da cadeira. A cena toda se tornou bastante solene.

— Lembra-se de suas próprias palavras na terça-feira? — começou Natacha. — O senhor disse: "Preciso de dinheiro, de caminhos batidos, de importância na sociedade", lembra-se?

— Lembro-me.

— Ora, foi para conseguir esse dinheiro, para obter todos esses êxitos, que estavam lhe escapando das mãos, que o senhor veio aqui na terça-feira e inventou esse pedido de casamento, calculando que essa brincadeira o ajudaria a prender o que lhe estava escapando.

— Natacha — exclamei —, pense no que está dizendo!

— Brincadeira! Cálculo! — repetiu o príncipe com um ar de dignidade extremamente ofendida.

Aliócha permanecia sentado, mortificado de desgosto, e olhando sem compreender quase nada.

— Sim, sim, não me interrompam, jurei dizer tudo — continuou Natacha, com exasperação. — O senhor mesmo se lembra: Aliócha não o obedecia. O senhor passou metade do ano fazendo de tudo para afastá-lo de mim. Ele não se rendeu ao senhor. E de repente chegou um momento em que não havia mais tempo a perder. Seria deixar escapar Aliócha, a noiva e o dinheiro, o pior seria o dinheiro, todos os três milhões do dote, que lhe escorreriam por entre os dedos. Só restava uma coisa: Aliócha se apaixonar por aquela que o senhor lhe designara por noiva; o senhor pensou: se se apaixonar, então, talvez se desprenda de mim...

— Natacha, Natacha! — bradou Aliócha, angustiado. — O que está dizendo?

— Foi o que o senhor fez — continuou ela, sem se deter diante do grito de Aliócha —, mas lá vem de novo aquela mesma velha história! Tudo podia se arranjar, só que eu torno a incomodar! Havia uma única coisa que podia lhe dar esperanças: o senhor, como homem experiente e astuto, talvez na época mesmo tenha notado que Aliócha por vezes fica como que incomodado com sua antiga afeição. Não poderia ter deixado de reparar que ele começava a me negligenciar, a se entediar comigo, a ficar cinco dias sem vir me ver. Quem sabe se entedia de uma vez e a abandona, quando de repente, na terça-feira, a atitude decidida de Aliócha o deixou completamente perplexo. O que lhe restava fazer?...

— Permita-me — exclamou o príncipe —, ao contrário, esse fato...

— Eu estou falando — interrompeu-o Natacha com veemência —, o senhor se perguntou naquela noite: "E agora, o que fazer?", e decidiu: deixá-lo se casar comigo, não de fato, mas apenas *em palavras*, apenas para acalmá-lo. A data do casamento, pensou o senhor, pode ser protelada à vontade; e, entretanto, tinha início um novo amor; o senhor havia percebido isso. E foi nesse início de um novo amor que se baseou.

— Romances, romances — pronunciou o príncipe em voz baixa, como que consigo mesmo —, solidão, devaneio e leitura de romances!

— Sim, foi no início desse novo amor que o senhor baseou tudo — repetiu Natacha, sem ouvir nem prestar atenção às palavras do príncipe, presa de um ardor febril e cada vez mais excitada —, e que chances tem esse novo amor! Afinal, começou num momento em que ele ainda não conhecia toda a perfeição da jovem! Naquele mesmo instante em que ele, naquela noite, se abre com essa jovem e diz que não pode amá-la porque o dever e um outro amor o proíbem; de repente a jovem manifesta tanta nobreza, tanta simpatia por ele e por sua rival, uma indulgência tão cordial, que ele, embora acreditasse em sua beleza, nunca havia sequer pensado até esse instante que ela fosse tão encantadora! E aí ele veio me ver... e não fez senão falar dela; ela o havia deixado extremamente impressionado. É verdade que no dia seguinte mesmo ele deve ter sentido uma necessidade imperiosa de voltar a ver aquela criatura encantadora, ainda que fosse apenas por gratidão. E por que não haveria de ir lá vê-la? Pois aquela, a antiga, já não sofre, seu destino está selado, a ela seria entregue toda a sua vida, enquanto lá não passaria de um instante... E que ingrata seria Natacha se estivesse com ciúme até desse instante. E eis que imperceptivelmente é tirado, dessa Natacha, em vez de um minuto, um dia, outro, e um terceiro. E enquanto isso, nesse meio-tempo, a jovem se apresenta a ele sob um novo aspecto completamente inesperado; ela é tão nobre, entusiasta e, ao mesmo tempo, uma criança tão ingênua, e nisso tem um caráter bem parecido com o dele. Juram um ao outro amizade, fraternidade, e não querem se separar por toda a vida. "*Em umas cinco, seis horas de conversa*", abre toda a sua alma para novas sensações, e seu coração se entrega por inteiro... Chegará finalmente a hora, pensa o senhor, em que haverá de comparar seu antigo amor com as sensações novas e recentes: lá, tudo é familiar, o mesmo de sempre; lá é tudo tão sério e exigente; têm ciúme dele, ralham com ele; lá há lágrimas... E mesmo quando começam a fazer gracejos, a brincar com ele, é como se não fosse de igual para igual... mas com uma criança... e o pior: é sempre a mesma coisa, tudo familiar...

As lágrimas e um espasmo amargo sufocavam Natacha, mas ela se manteve firme por mais um instante.

— E depois? Depois, o tempo se encarrega; pois o casamento com Natacha não está marcado para já; há muito tempo, e tudo mudará... E aqui entrariam as suas palavras, alusões, interpretações, eloquências... Pode-se até mesmo caluniar um pouco essa Natacha enfadonha; pode-se expô-la sob uma luz desfavorável... Como isso tudo vai terminar, não dá para saber, mas a vitória é certa! Aliócha! Não me culpe, meu amigo! Não diga que não compreendo o seu amor e que tenho pouco apreço por ele. Porque sei que mesmo agora me ama e que neste instante talvez não compreenda as minhas queixas. Sei que fiz muito, muito mal em dizer tudo isso agora. Mas o que posso fazer se compreendo tudo isso e te amo cada vez mais e mais... para sempre... perdidamente?

Ela cobriu o rosto com as mãos, caiu na cadeira e rompeu em soluços, como uma criança. Aliócha deu um grito e correu para ela. Nunca pôde ver sem lágrimas as lágrimas dela.

Seus soluços, pelo jeito, prestaram um grande serviço ao príncipe: todo o arrebatamento de Natacha no decorrer dessa longa explicação, toda a rispidez de seus ataques a ele, com os quais ele, nem que fosse apenas por decoro, tinha de se mostrar ofendido, tudo isso nesse momento, evidentemente, podia ser atribuído a um acesso louco de ciúme, a um amor ressentido e até mesmo a uma doença. Era até conveniente mostrar compaixão...

— Acalme-se, console-se, Natália Nikoláievna — consolou-a o príncipe —, tudo isso é produto do delírio, da fantasia, da solidão... Estava tão exasperada com seu comportamento leviano... Mas isso não passou de uma leviandade da parte dele. O fato mais importante, sobre o qual mencionou em especial, o que ocorreu na terça-feira, deveria antes lhe provar todo o infinito afeto que ele lhe tem, mas a senhora, ao contrário, imaginou...

— Oh, não fale comigo, ao menos agora não me atormente! — interrompeu-o Natacha, chorando amargamente. — Foi o coração que me disse tudo, e faz tempo que disse! Por acaso o senhor acha que não compreendo que todo o seu antigo amor passou?... Aqui, nesta casa, sozinha... quando ele me deixava, se esquecia de mim... sofri tudo isso... repensei tudo... Mas o que havia de fazer? Não o culpo, Aliócha... Por que o senhor quer me enganar? Acha, por acaso, que não tentei enganar a mim mesma?... Oh, quantas vezes, quantas vezes! Por acaso não ouvia a voz dele em cada ruído? Por acaso não aprendi a ler no seu rosto, nos seus olhos?... Tudo, tudo está perdido, está tudo enterrado... Oh, sou uma infeliz!

Alióchan chorava, ajoelhado diante dela.

— Sim, sim, a culpa é minha! Foi tudo culpa minha... — repetia ele entre soluços.

— Não, não se culpe, Alióchan... há outras pessoas nisso... os nossos inimigos. Foram eles... eles!

— Mas permita-me também, afinal — começou o príncipe, com alguma impaciência —, com que fundamento me atribui todos esses... crimes? Pois isso tudo não passa de suposições suas, sem a menor prova...

— Provas! — exclamou Natacha, levantando-se rapidamente da poltrona. — O senhor quer provas, o senhor é um homem pérfido! Não podia, não podia ter agido de outro modo, quando veio aqui com sua proposta! Precisava tranquilizar seu filho, entorpecer-lhe o remorso, para que ele se entregasse completamente a Kátia com mais liberdade e tranquilidade; sem isso, continuaria pensando em mim o tempo todo, não haveria de ceder ao senhor, e o senhor estava farto de esperar. O quê, por acaso não é verdade?

— Confesso — respondeu o príncipe, com um sorriso sarcástico — que, se a quisesse enganar, certamente teria calculado desse modo; é muito espirituosa... mas é preciso provar, para depois sair ofendendo as pessoas com recriminações desse tipo...

— Provar? E todo o seu comportamento anterior, quando o senhor tentava tirá-lo de mim? Quem ensina o filho a brincar com deveres como estes e a desprezá-los por vantagens materiais, por dinheiro, o está corrompendo! O que o senhor disse há pouco sobre as escadas e o apartamento ruim? Não foi o senhor que tirou a mesada que lhe dava antes para nos obrigar a nos separarmos pela necessidade e pela fome? É ao senhor que se devem esse apartamento e essa escada, e agora ainda o recrimina, homem de duas caras! E de onde foi que tirou de repente, naquela noite, tanto ardor, tantas convicções novas, que não lhe são nada peculiares? E por que precisava tanto de mim? Fiquei aqui andando de um lado para outro esses quatro dias; pensei em tudo, ponderei tudo, cada palavra sua, a expressão do seu rosto, e me convenci de que tudo não passava de um engodo, de uma brincadeira, uma comédia ultrajante, baixa e indigna... Pois eu o conheço, conheço há muito tempo! Cada vez que Alióchan vinha de sua casa, pela expressão de seu rosto eu deduzia tudo o que o senhor lhe havia falado, inculcado; conhecia bem toda a sua influência sobre ele! Não, o senhor não me engana! Pode ser que

Humilhados e ofendidos

221

ainda tenha outros cálculos, e talvez eu nem tenha dito agora o mais importante; mas tanto faz! O senhor me enganou, isso é o principal! E isso precisava dizer-lhe na cara!...

— Isso é tudo? São essas as provas? Mas pense um pouco, é uma mulher delirante: com esse disparate (como chamou minha proposta de terça-feira) eu me comprometia demais. Seria muita leviandade para mim.

— Com o que, com o que se comprometeria? A seus olhos, o que significa me enganar? E o que é ofensa a uma jovem dessas? Afinal de contas, é uma fugitiva infeliz, repudiada pelo pai, indefesa, *que se desonrou, uma imoral*! Será que vale a pena fazer cerimônia com ela, se essa *brincadeira* puder trazer ao menos alguma vantagem, por menor que seja?

— Mas em que situação a senhora própria se coloca, Natália Nikoláievna, pense bem! Insiste em dizer que de minha parte houve uma ofensa à senhora. Mas essa ofensa é tão séria, tão humilhante, que não entendo como é possível até mesmo imaginá-la, quanto mais insistir nela. É preciso estar mesmo muito acostumada a todo tipo de coisas para admitir isso com tanta facilidade, desculpe-me. Tenho o direito de censurá-la porque está indispondo meu filho contra mim: e se ele agora não se sente revoltado comigo por sua causa, seu coração está contra mim...

— Não, pai, não — gritou Aliócha —, se não me revoltei contra você é porque acredito que não seria capaz de ofender, nem posso acreditar que seja possível ofender alguém desse jeito!

— Está ouvindo? — bradou o príncipe.

— Natacha, o culpado de tudo sou eu, não o culpe. Isso é um pecado e é terrível!

— Está ouvindo, Vânia? Ele já está contra mim! — exclamou Natacha.

— Chega! — disse o príncipe. — É preciso pôr um fim nessa cena penosa. Esse rompante de ciúme cego e furioso, fora de todos os limites, mostra seu caráter sob um aspecto que é completamente novo para mim. Estou avisado. Nós nos precipitamos, realmente, nos precipitamos. A senhora nem se dá conta de como me deixou ofendido; para a senhora isso não é nada. Nós nos precipitamos... nos precipitamos... claro, a minha palavra, é claro, deve ser sagrada, mas... sou pai, e desejo a felicidade de meu filho...

— O senhor retira a sua palavra — exclamou Natacha fora de si —, feliz por poder aproveitar a oportunidade! Mas saiba que eu mesma, há apenas dois dias, aqui, sozinha, decidi liberá-lo de sua palavra, e agora o confirmo na presença de todos. Eu renuncio!

— Ou seja, talvez queira ressuscitar nele todas as antigas inquietações, o sentimento de dever, toda a "angústia das suas obrigações" (como disse ainda há pouco), para, com estas palavras, tornar a prendê-lo a si como antes. Pois é o que se depreende da sua teoria; é por isso que falo assim; mas, basta; o tempo decidirá. Aguardarei um momento mais tranquilo para me entender com a senhora. Espero que não rompamos definitivamente nossas relações. Espero, também, que aprenda a me apreciar melhor. Ainda hoje queria lhe comunicar o meu projeto acerca de seus familiares, pelo qual poderia ver... mas, basta! Ivan Petróvitch! — acrescentou ele, aproximando-se de mim. — Agora, mais do que nunca, ser-me-há precioso estreitar minhas relações com o senhor, para não dizer que esse é um antigo desejo meu. Espero que me compreenda. Um dia desses irei à sua casa; o senhor me permite?

Fiz uma reverência. A mim mesmo parecia que agora já não poderia mais evitar esse encontro. Ele apertou-me a mão, fez uma reverência a Natacha sem dizer nada, e saiu com um ar de dignidade ofendida.

CAPÍTULO IV

Por alguns minutos, nenhum de nós pronunciou uma palavra. Natacha estava pensativa, triste e abatida. Toda a sua energia subitamente a abandonara. Olhava diante de si sem ver nada, como que alheia, segurando a mão de Alióchka entre as suas. Este chorava em silêncio a sua dor, olhando para ela com uma curiosidade tímida.

Por fim, pôs-se timidamente a confortá-la, suplicava-lhe para não se zangar e punha a culpa em si mesmo; era evidente que queria muito justificar o pai, e isso era o que mais lhe pesava no coração; começou a falar disso várias vezes, mas não ousava se expressar claramente, temendo voltar a provocar a ira de Natacha. Jurava-lhe para sempre um amor fiel e justificava ardorosamente a sua afeição por Kátia; não parava de repetir que amava Kátia apenas como a uma irmã, como a uma boa e terna irmã, a quem não poderia abandonar de todo, o que seria até grosseiro e cruel de sua parte, e assegurava o tempo inteiro que, se Natacha conhecesse Kátia, as duas imediatamente se tornariam amigas, de tal modo que nunca haveriam de se separar, e então já não poderia haver nenhum mal-entendido. Essa ideia, sobretudo, lhe agradava. O pobrezinho não estava absolutamente mentindo. Não compreendia os receios de Natacha e, de modo geral, não compreendera bem o que ela acabara de dizer ao seu pai. Compreendeu apenas que haviam discutido, e era isso que lhe pesava como uma pedra no coração.

— Está me culpando por causa de seu pai? — perguntou-lhe Natacha.

— Como poderia culpá-la — respondeu ele, com um sentimento amargo —, quando fui eu mesmo a causa de tudo e o culpado de tudo? Fui eu que a levei a ficar tão furiosa, e foi por estar furiosa que pôs a culpa nele, porque queria me justificar; você sempre me justifica, e eu não mereço isso. Era preciso achar um culpado, e então você achou que fosse ele. E ele, realmente, realmente não tem culpa! — exclamou Alióchka, animando-se. — E foi para isso que veio aqui? Era isso o que esperava?

Mas, ao ver que Natacha o olhava com angústia e recriminação, sentiu-se intimidado no mesmo instante.

— Pois não vou, não vou me perdoar — disse ele. — Fui a causa de tudo!

— Sim, Aliócha — continuou ela com um sentimento de pesar. — Agora ele conseguiu se interpôr entre nós e perturbar a nossa paz pelo resto da vida. Você sempre acreditou mais em mim do que em qualquer outra pessoa; agora ele instilou em seu coração a suspeita contra mim, a desconfiança, você me culpa, ele tomou de mim metade do seu coração. Um gato preto cruzou nosso caminho.

— Não fale assim, Natacha. Para que dizer "gato preto"? — a expressão o deixou amargurado.

— Ele o atraiu para si com uma falsa bondade, com uma generosidade simulada — continuou Natacha —, e agora há de colocá-lo cada vez mais contra mim.

— Juro que não! — exclamou Aliócha, ainda com mais fervor. — Ele estava irritado quando disse que "nos precipitamos"; você mesma vai ver, amanhã mesmo, qualquer dia desses ele vai perceber e, se estiver realmente zangado, a ponto de não querer nosso casamento, então juro que não vou obedecê-lo. Talvez tenha força suficiente para isso... E sabe quem há de nos ajudar? — exclamou de repente, entusiasmado com a ideia. — Kátia nos ajudará! E você vai ver, vai ver que criatura maravilhosa ela é! Vai ver se ela quer ser sua rival e nos separar! E como foi injusta agora mesmo, quando disse que sou desses que podem deixar de amar um dia depois do casamento! Como me doeu ouvir isso! Não, não sou assim, e se ia com frequência à casa de Kátia...

— Calma, Aliócha, vá vê-la sempre que quiser. Não foi isso o que quis dizer há pouco. Você não entendeu bem. Seja feliz com quem quiser. Não posso exigir de seu coração mais do que ele pode me dar...

Mavra entrou.

— E então, devo servir o chá, ou não? Não é brincadeira, faz duas horas que o samovar está fervendo; são onze horas.

Perguntou com um tom zangado e grosseiro; era evidente que estava de mau humor e se irritava com Natacha. Acontece que ficara tão entusiasmada esses dias todos, desde terça-feira, com o fato de que a sua *bárichnia*[3] (a quem muito amava) ia se casar, que já tivera tempo de espalhar tudo pelo prédio inteiro, pelas redondezas, na venda, para o porteiro. Gabava-se e contava com um ar triunfante que o príncipe, um homem importante, um general e terrivelmente rico, viera pessoalmente pedir o consentimento de sua *bárichnia*, e que ela, Mavra, o tinha escutado com seus próprios ouvidos, e

---

[3] Na Rússia do século XIX, forma de tratamento adequada a uma senhorita da nobreza, quando endereçada por alguém de condição social inferior. (N. da T.)

agora, de repente, tudo dava em nada. O príncipe saíra irritado, o chá não fora servido e a culpa toda, é claro, era da sua *bárichnia*. Mavra ouvira a forma irreverente com que ela falara com ele.

— Pois bem... sirva — respondeu Natacha.

— É para servir os petiscos também?

— Os petiscos também — disse Natacha, perturbada.

— Tínhamos preparado tudo, tudo! — continuou Mavra. — Desde ontem que não me aguento mais em pé. Fui até a Niévski atrás de vinho e, agora... — e saiu batendo a porta, zangada.

Natacha corou e lançou-me um olhar um tanto estranho. Enquanto isso, o chá foi servido, e os petiscos também; havia caça, um peixe, duas garrafas de um vinho excelente do Elissiêiev.[4] "Para que teriam preparado tudo isso?", pensei eu.

— Fui eu, Vânia, está vendo como sou — disse Natacha, aproximando-se da mesa e sentindo-se embaraçada até mesmo na minha presença. — Pois pressentia que tudo isso hoje haveria de dar no que deu, mas, mesmo assim, pensei, quem sabe, talvez não acabe assim. Aliócha chegaria, começaríamos a fazer as pazes e nos reconciliaríamos; ia ver que todas as minhas suspeitas eram infundadas, haveria de me dissuadir, e... foi por via das dúvidas que preparei os petiscos. Bem, pensei que nos sentaríamos, nos poríamos a conversar longamente...

Pobre Natacha! Ficou tão corada ao dizer isso. Aliócha ficou em êxtase.

— Está vendo, Natacha? — exclamou ele. — Nem você acreditava em si própria; duas horas atrás ainda nem tinha certeza de suas suspeitas! Não, é preciso consertar isso tudo; foi culpa minha, fui eu que causei isso tudo e hei de reparar tudo. Natacha, deixe-me ir imediatamente à casa de meu pai! Preciso vê-lo; ele está se sentindo ofendido e ultrajado; é preciso consolá-lo, eu lhe direi tudo, tudo, em meu nome, apenas e unicamente em meu nome; você não será envolvida nisso. Hei de resolver tudo... Não fique com raiva de mim por querer deixá-la e querer tanto ir vê-lo. Não é nada disso: sinto pena dele; ele há de vir se justificar; você vai ver... Amanhã, assim que clarear o dia, estarei aqui, e ficarei o dia todo com você, não irei à casa de Kátia...

Natacha não o deteve, ela mesma o aconselhou a ir. Sentia um medo terrível de que agora Aliócha viesse passar dias inteiros em sua casa deliberadamente, *a contragosto*, e se aborrecesse em sua companhia. Pediu-lhe apenas que não dissesse nada em seu nome e tentou esboçar um sorriso mais alegre na despedida. Ele já estava para sair, mas de repente aproximou-se

---

[4] Mercearia luxuosa na avenida Niévski, em Petersburgo. (N. da T.)

Fiódor Dostoiévski

dela, segurou-lhe as mãos e sentou-se ao seu lado. Olhou para ela com uma ternura inenarrável.

— Natacha, minha amiga, meu anjo, não fique zangada comigo, e nunca mais vamos brigar. Dê-me sua palavra de que acreditará sempre em mim, e eu em você, em tudo. Aqui está, meu anjo, o que vou lhe dizer agora: uma vez havíamos brigado, não me lembro por quê; foi por culpa minha. Não estávamos falando um com o outro. Não queria ser o primeiro a pedir perdão, mas estava terrivelmente triste. Andava pela cidade, vagava por toda parte, ia à casa dos amigos, mas sentia um peso tão grande, mas tão grande no coração... Foi então que me veio à mente: o que aconteceria, por exemplo, se, por algum motivo, você adoecesse e morresse? E quando imaginei isso, fui de repente tomado por tamanho desespero, como se realmente a tivesse perdido para sempre. Meus pensamentos se tornavam cada vez mais penosos e mais tenebrosos. E, assim, comecei aos poucos a imaginar que havia ido à sua sepultura e caído sobre ela sem sentidos, que a abracei e fiquei paralisado de angústia. Imaginei-me como que beijando essa sepultura e chamando-a de lá, pelo menos por um instante, e implorando a Deus por um milagre, para que a ressuscitasse diante de mim, nem que fosse por um instante; eu me vi correndo para abraçá-la, apertá-la contra o meu peito, beijá--la, e pareceu-me que teria morrido ali mesmo de felicidade se tivesse podido abraçá-la mais uma vez, como antes, ainda que por um único instante. E, enquanto imaginava isso, de repente pensei: vou pedir a Deus que me deixe vê-la por um instante que seja, e no entanto você havia estado comigo durante seis meses, e, nesses seis meses, quantas vezes brigamos, quantos dias ficamos sem falar um com o outro! Passamos dias inteiros brigados, desperdiçando a nossa felicidade, mas nessa hora eu a chamava da sepultura por um minuto que fosse, e estava disposto a pagar com a minha vida inteira por esse minuto!... Ao imaginar tudo isso, não pude me conter e vim a toda à sua casa, corri para cá e você já estava me esperando, e quando nos abraçamos, depois da briga, eu me lembro de que a estreitei com tanta força contra o meu peito, como se realmente a estivesse perdendo. Natacha! Não vamos brigar nunca mais! Isso é sempre tão penoso para mim! Meu Deus, como pode pensar que seria capaz de abandoná-la?

Natacha chorava. Eles se abraçaram com força, e Alióchca tornou a jurar que nunca a abandonaria. Depois saiu em disparada para a casa do pai. Estava firmemente convencido de que haveria de arranjar tudo, resolver tudo.

— Está tudo acabado! Está tudo perdido! — disse Natacha, apertando--me convulsivamente a mão. — Ele me ama e nunca deixará de amar; mas também ama Kátia e em pouco tempo há de amá-la mais do que a mim. Essa víbora de príncipe não dormirá no ponto, e então...

— Natacha! Também estou certo de que o príncipe não está jogando limpo, mas...

— Não acredita em tudo o que eu disse a ele! Percebi isso pela expressão do seu rosto. Mas espere e há de ver por si mesmo se eu tinha ou não razão. Pois falei apenas de um modo geral, mas sabe Deus o que mais ele tem em mente! É um homem terrível! Fiquei esses quatro dias andando aqui pelo quarto e adivinhei tudo. O que ele precisava era justamente liberar, aliviar o coração de Aliócha da dor que o impedia de viver, das obrigações que lhe impunham seu amor por mim. Inventou esse pedido de casamento para se interpôr entre nós com sua influência e deixar Aliócha encantado com sua nobreza e generosidade. Essa é toda a verdade, Vânia! É exatamente assim o caráter de Aliócha. Ele se tranquilizaria a meu respeito; e sua inquietação por mim haveria de passar. Ia pensar: agora ela já é minha esposa, ficará para sempre comigo, e sem querer passaria a prestar mais atenção em Kátia. O príncipe, pelo visto, estudou bem essa Kátia e adivinhou que ela seria um bom par para ele, que seria mais capaz de cativá-lo do que eu. Oh, Vânia! Toda a minha esperança agora está em você: por algum motivo, ele quer se encontrar com você, fazer amizade. Não se recuse a isso, meu querido, e tente, pelo amor de Deus, penetrar o quanto antes na casa da condessa. Faça amizade com essa Kátia, examine-a bem, me diga como ela é. Preciso que você a veja por si mesmo. Ninguém me compreende como você, e há de entender o que quero. Procure observar também até que ponto vai a amizade deles, o que há entre eles, sobre o que falam; sobretudo Kátia, Kátia, examine-a bem... Mostre-me uma vez mais, meu querido, meu amado Vânia, mostre-me uma vez mais a sua amizade! É em você, somente em você, que está a minha esperança agora!...

Quando voltei para casa, já era uma da manhã. Nelli abriu a porta com cara de sono. Ela sorriu e olhou para mim com um ar radiante. A coitadinha ficou muito aborrecida por ter dormido. Queria muito ter me esperado. Disse que uma pessoa viera me procurar, que se sentara com ela e deixara um bilhete sobre a mesa. O bilhete era de Maslobóiev. Pedia-me para ir à sua casa no dia seguinte, à uma hora. Tive vontade de interrogar Nelli, mas deixei para o dia seguinte, e insisti para que fosse dormir imediatamente; a pobrezinha já estava cansada de me esperar, e meia hora depois de minha chegada já havia adormecido.

CAPÍTULO V

De manhã, Nelli me contou umas coisas bem estranhas sobre a visita da noite anterior. Aliás, o próprio fato de Maslobóiev ter inventado de vir a essa hora da noite já era estranho: devia saber que eu não estaria em casa; eu mesmo o tinha avisado em nosso último encontro e me lembro muito bem disso. Nelli contou que no início não queria lhe abrir a porta, porque estava com medo: já eram oito horas. Mas ele a convenceu através da porta trancada, assegurando-lhe que, se não me deixasse um bilhete naquela noite, por alguma razão, poderia me acontecer algo de muito ruim no dia seguinte. Quando ela o deixou entrar, ele escreveu o bilhete na mesma hora, aproximou-se dela e sentou-se ao seu lado no sofá. "Eu me levantei e não quis falar com ele", disse Nelli, "estava com muito medo dele, e ele começou a falar da Búbnova, de como ela agora está zangada, que agora ela já não se atreve a vir me buscar, e começou a elogiar o senhor; disse que o senhor e ele são grandes amigos e que o conhece desde pequeno. Aí eu comecei a falar com ele. Ele tirou do bolso umas balas e queria que eu as pegasse; eu não queria; ele começou então a me assegurar de que era uma boa pessoa, e que sabia cantar canções e dançar; se levantou de supetão e começou a dançar. Fiquei com vontade de rir. Depois disse que ainda esperaria mais um pouquinho: "Esperarei por Vânia, pode ser que volte", e pediu muito para eu não ter medo e me sentar ao seu lado. Eu me sentei; mas não queria falar nada com ele. Então ele disse que conhecia a mamãe e o meu avô... e aí eu comecei a falar. E ele ficou bastante tempo."

— E falaram do quê?

— Da mamãe... da Búbnova... do meu avô. Ele ficou aqui umas duas horas.

Nelli parecia não querer contar sobre o que tinham falado. Não fiquei lhe fazendo perguntas, na esperança de saber tudo de Maslobóiev. Só me pareceu que Maslobóiev fora de propósito num momento em que eu não estava para encontrar Nelli sozinha. "Por que será que fez isso?", pensei.

Ela me mostrou três balas que ele lhe dera. Eram balas embrulhadas em papeizinhos verdes e vermelhos, das mais ruinzinhas, e provavelmente compradas em alguma quitanda. Nelli se pôs a rir ao mostrá-las para mim.

— E por que você não as chupou? — perguntei.

— Não quis — respondeu ela, com um ar sério, franzindo o cenho. — Nem fui eu que peguei; foi ele mesmo que deixou no sofá...

Nesse dia, tinha uma boa jornada pela frente. Comecei a me despedir de Nelli.

— É aborrecido ficar sozinha? — perguntei-lhe ao sair.

— É aborrecido e não é. É aborrecido porque o senhor passa muito tempo fora.

E me olhou com muito amor ao dizer isso. Essa manhã toda ficara me olhando com um olhar tão suave e parecia tão alegre, tão carinhosa, e ao mesmo tempo se percebia nela um acanhamento que chegava à timidez; era como se receasse me importunar com qualquer coisa, perder o meu afeto e... e se desvelar demais, era como se sentisse vergonha disso.

— E o que não a deixa aborrecida, então? Pois você disse que "é aborrecido e não é"? — perguntei, sorrindo-lhe involuntariamente, de tão doce e querida que se tornara para mim.

— Eu mesma já sei o quê — disse ela, sorrindo, e tornando a ficar acanhada por algum motivo. Falávamos à soleira, com a porta aberta. Nelli estava diante de mim com os olhinhos baixados, com uma mão apoiava-se em meu ombro e, com a outra, beliscava-me a manga do sobretudo.

— O que é isso, um segredo? — perguntei.

— Não... não é nada... eu... comecei a ler o seu livro enquanto o senhor não estava aqui — disse ela a meia-voz e, erguendo para mim um olhar terno e penetrante, se pôs toda corada.

— Ah, então é isso! E está gostando? — senti o embaraço do autor que foi elogiado cara a cara, e sabe Deus o que daria para poder beijá-la naquele instante. Mas, de qualquer modo, beijar seria inadmissível. Nelli ficou em silêncio.

— Por que, por que ele morreu? — perguntou ela com uma expressão da mais profunda tristeza, lançando-me um olhar rápido e tornando a baixar os olhos.

— Ele quem?

— Aquele, o jovem com tísica... o do livro?

— Não havia o que fazer, tinha de ser assim, Nelli.

— Não tinha não — respondeu ela, quase num sussurro, mas de modo abrupto, repentino, quase zangada, fazendo beicinho e baixando ainda mais obstinadamente os olhos para o chão.

Passou mais um minuto.

— E ela... quer dizer, e eles... a moça e o velhinho — sussurrou ela, continuando a beliscar com mais força ainda a manga do meu sobretudo —, bem, eles vão viver juntos? E não serão pobres?

— Não, Nelli, ela irá embora para longe; vai se casar com um proprietário de terras, e ele vai ficar sozinho — respondi com grande pesar, realmente sentido por não poder lhe contar algo mais reconfortante.

— Então é isso... É isso! Do jeito que as coisas são!... Agora nem quero mais ler!

Zangada, ela empurrou minha mão, afastou-se rapidamente de mim, foi até a mesa e ficou parada, com o rosto voltado para o canto e os olhos para o chão. Estava toda afogueada e respirava a custo, como que por causa de algum grande desgosto.

— Vamos, Nelli, você está zangada! — disse eu, aproximando-me dela. — Mas nada disso que está escrito é verdade; é tudo invenção; então para que ficar zangada com isso? Que menina sensível você é!

— Não estou zangada — disse ela, timidamente, levantando para mim um olhar luminoso e cheio de amor; depois agarrou de repente a minha mão, apertou o rosto contra o meu peito e não sei por que começou a chorar.

Mas no mesmo instante também se pôs a rir, chorava e ria, tudo junto. Eu também achei engraçado e, de certo modo... doce. Mas não queria de jeito nenhum levantar sua cabeça para mim, e quando fui afastar o seu rostinho de meu ombro, ela se agarrou a ele com mais força ainda, e ria cada vez mais e mais.

Por fim, essa cena sentimental terminou. Nós nos despedimos, eu estava com pressa. Nelli, toda ruborizada, e ainda como que envergonhada e com os olhos brilhando como estrelas, correu atrás de mim até a escada e pediu-me para voltar depressa. Prometi voltar sem falta para o almoço e quanto antes possível.

Primeiro fui à casa dos velhos. Os dois andavam achacados. Anna Andrêievna estava muito doente; Nikolai Serguêievitch fechara-se em seu gabinete. Ele me ouviu chegar, mas eu sabia que, como era seu costume, não sairia antes de uns quinze minutos, para nos deixar conversar à vontade. Como não queria deixar Anna Andrêievna muito aflita, atenuei o meu relato sobre a noite anterior, mas falei a verdade; para minha surpresa, a velhinha, embora tenha ficado amargurada, recebeu a notícia sobre a possibilidade de uma ruptura como que sem surpresa.

— É, meu caro, era o que eu já achava — disse ela. — Quando você foi embora da outra vez, passei um bom tempo pensando muito e me dei conta de que isso não haveria de acontecer. Não fizemos por merecer perante o Senhor, Nosso Deus, além do quê, ele é um homem tão vil; o que se pode esperar de bom dele? Não é brincadeira, está nos tomando dez mil por nada, pois ele sabe que é por nada, e assim mesmo está tomando. Está tirando nosso último pedaço de pão; a Ikhmiênievka será vendida. Mas Natachetchka é justa e inteligente e não acreditou nele. E sabe o que mais, meu caro — continuou ela, baixando a voz —, o meu velho mesmo, o meu velho mesmo é totalmente contra esse casamento! Começou a deixar escapar: não quero, diz! No começo pensei que fosse um capricho; mas não, era verdade. O que há de ser dela, da minha pombinha? Pois ele então haverá de amaldiçoá-la completamente. Mas e aquele lá, o Aliócha, ele mesmo, o que diz?

E passou um bom tempo ainda me interrogando e, como era seu costume, a cada resposta minha se lamentava e soltava uns ais e uis. Notei que, de maneira geral, ultimamente parecia estar completamente desnorteada. Qualquer notícia a transtornava. A aflição por Natacha lhe aniquilava a saúde e o coração.

O velho entrou de roupão e chinelos; queixou-se de febre, mas olhou para a esposa com carinho e passou o tempo todo que fiquei lá cuidando dela feito uma babá, fitava-a nos olhos e parecia até se acanhar diante dela. Havia tanta ternura no seu olhar. Estava assustado com sua doença; sentia que, se a perdesse, ficaria sem nada na vida.

Passei cerca de uma hora com eles. Ao me despedir, ele me acompanhou até a antessala e começou a falar de Nelli. Tinha a séria intenção de trazê-la para a sua casa como a uma filha. Começou a se aconselhar comigo sobre como convencer Anna Andrêievna. Ficou me perguntando de Nelli com uma curiosidade especial e se eu sabia mais alguma novidade sobre ela. Contei-lhe tudo rapidamente. Meu relato lhe causou grande impressão.

— Ainda falaremos disso — disse ele com firmeza —, mas, por enquanto... e, aliás, eu mesmo irei à sua casa, assim que estiver um pouquinho melhor de saúde. E então decidimos.

Ao meio-dia em ponto estava na casa de Maslobóiev. Para meu grandissíssimo espanto, a primeira pessoa que encontrei ao entrar foi o príncipe. Estava na antessala vestindo o casaco, e Maslobóiev, agitado, o ajudava e lhe estendia a bengala. Ele já havia me falado de sua amizade com o príncipe, mas ainda assim esse encontro me deixou extremamente espantado.

O príncipe pareceu ficar um tanto perturbado ao me ver.

— Ah, é o senhor! — exclamou, com um entusiasmo um tanto excessivo. — Imagine só, que encontro! Aliás, acabo de saber pelo senhor Maslobóiev que se conhecem. Fico muito feliz, extremamente feliz em encontrá-lo; desejava justamente vê-lo, e espero poder passar em sua casa o quanto antes, se me permite. Tenho um pedido a lhe fazer: ajude-me a esclarecer nossa situação atual. O senhor, certamente, compreende que me refiro a ontem à noite... É conhecido, é um amigo da casa, tem acompanhado todo o desenrolar dos acontecimentos: tem influência... Sinto muitíssimo por não poder falar com o senhor agora mesmo... Negócios! Mas um dia desses, e talvez até antes, terei prazer em ir visitá-lo. Mas, agora...

Apertou-me a mão com uma força um tanto exagerada, trocou uma piscadela com Maslobóiev e saiu.

— Diga-me, pelo amor de Deus... — comecei eu, ao entrar no quarto.

— Não lhe direi absolutamente nada — interrompeu-me Maslobóiev, pegando apressadamente o boné e se dirigindo à antessala. — Negócios! Eu mesmo, irmão, tenho de correr, estou atrasado!...

— Mas foi você mesmo que escreveu que era ao meio-dia.

— E o que é que tem que escrevi? Ontem escrevi para você, mas hoje escreveram para mim, de modo que estou com os miolos estourando; assim são as coisas! Estão à minha espera. Desculpe-me, Vânia. Tudo o que posso fazer em reparação, por tê-lo incomodado inutilmente, é deixá-lo me dar uma surra. Se quiser a reparação, então surre, mas, por Cristo, bem rápido! Não me detenha, os negócios, estão esperando...

— E por que haveria eu de lhe dar uma surra? Se tem negócios, então se apresse, imprevistos podem acontecer com qualquer um. Só que...

— Não; sobre o "só que" já lhe direi — interrompeu-me ele, correndo para a antessala e vestindo o capote (seguindo-o, também comecei a me vestir). — Também tenho um assunto para tratar com você; um assunto muito importante, e foi por isso que o chamei; está diretamente relacionado com você e os seus interesses. Mas como agora, em um minuto, não dá para contar, então, pelo amor de Deus, me dê a sua palavra de que virá à minha casa hoje, às sete horas em ponto, nem antes nem depois. Estarei em casa.

— Hoje — disse eu indeciso —, mas, irmão, hoje à noite estava querendo passar...

— Passe agora, meu querido, onde você queria passar à noite, e à noite venha à minha casa. Porque, Vânia, você não pode nem imaginar as coisas que tenho para lhe contar.

— Está bem, está bem; o que há de ser? Confesso que me deixou impaciente de curiosidade.

Enquanto isso, tínhamos passado pelo portão do prédio e parado na calçada.

— Então virá? — perguntou com insistência.

— Eu disse que sim.

— Não; me dê sua palavra de honra.

— Ufa, como você é! Pois bem, palavra de honra.

— Perfeito e nobre. Para onde está indo?

— Para lá — respondi, apontando para a direita.

— Bem, eu vou para cá — disse ele, apontando para a esquerda. — Adeus, Vânia! Lembre-se, às sete horas.

"Estranho", pensei, seguindo-o com o olhar.

À noite, queria ir ver Natacha. Mas, como já havia dado minha palavra a Maslobóiev, então decidi ir à casa dela naquela mesma hora. Tinha certeza de que encontraria Aliócha. Realmente, ele estava lá e ficou muito contente quando entrei.

Estava muito amável, extraordinariamente terno com Natacha, e até se alegrou com minha chegada. Natacha, embora se esforçasse para parecer alegre, via-se que fazia um grande esforço. Estava pálida, com cara de doente; havia dormido mal à noite. Dispensava um carinho como que redobrado a Aliócha.

Aliócha, embora falasse muito, contasse muitas coisas, pelo visto querendo alegrá-la e arrancar-lhe um sorriso involuntário dos lábios, que não se abriram para um sorriso, evitava visivelmente falar de Kátia e do pai. Provavelmente, sua tentativa de reconciliação no dia anterior havia fracassado.

— Sabe de uma coisa? Ele está louco para ir embora daqui — sussurrou-me Natacha às pressas, quando ele saiu por um instante para dizer algo a Mavra —, mas tem medo. E eu mesma tenho medo de lhe dizer para ir, porque aí pode ser que não vá de propósito, e o meu maior medo é que ele se sinta entediado e esfrie completamente comigo! O que fazer?

— Meu Deus, em que situação vocês mesmos se meteram! E como são desconfiados, ficam um vigiando o outro! Ora, é só deixarem tudo claro e pronto. Pois desse jeito pode ser que ele acabe realmente por se entediar.

— E o que eu faço? — perguntou ela, assustada.

— Espere, vou arranjar tudo para vocês... — e fui até a cozinha com o pretexto de pedir a Mavra para limpar uma de minhas galochas, que estava suja de lama.

— Mas cuidado, Vânia! — gritou ela atrás de mim. Mal acabei de entrar para falar com Mavra, Aliócha se precipitou de tal modo em minha direção, como se me esperasse:

— Ivan Petróvitch, meu caro, o que devo fazer? Aconselhe-me: ainda ontem dei minha palavra de que hoje, justamente a essa hora, estaria na casa de Kátia. Não posso faltar! Eu amo Natacha como nem sei o quê, estou pronto a me atirar ao fogo por ela, mas veja por si mesmo, abandonar a outra lá, completamente, isso não se faz...

— Pois então vá...

— Mas e Natacha, como vai ficar? Pois hei de magoá-la, Ivan Petróvitch, ache um jeito de me ajudar...

— A meu ver, é melhor que vá. Sabe como ela o ama; vai ficar lhe parecendo que está entediado com ela e que fica com ela a contragosto. Quanto mais descontraído for, melhor. Aliás, vamos, eu o ajudarei.

— Meu querido Ivan Petróvitch! Como o senhor é bom!

Voltamos para a saleta; um minuto depois eu lhe disse:

— Acabo de ver seu pai.

— Onde? — perguntou ele, assustado.

— Na rua, por acaso. Ele me parou para falar comigo por um instante e tornou a pedir para sermos amigos. Perguntou pelo senhor: se eu não sabia onde estava agora. Precisava muito vê-lo, tinha algo a lhe dizer.

— Ah, Aliócha, vá, vá encontrá-lo — reforçou Natacha, ao entender o que eu queria dizer com isso.

— Mas... onde vou encontrá-lo agora? Está em casa?

— Não; lembro-me de que ele disse que estaria na casa da condessa.

— Mas, como pode ser... — pronunciou Aliócha, ingenuamente, olhando com tristeza para Natacha.

— Ah, Aliócha, o que é que tem? — disse ela. — Será que você realmente quer cortar essa relação só para me tranquilizar? Pois isso é infantilidade. Em primeiro lugar, é impossível, e, em segundo lugar, estará sendo simplesmente ingrato para com Kátia. São amigos; não se pode romper os laços de modo tão grosseiro. E, depois, simplesmente me ofende se acha que tenho tanto ciúme assim de você. Vá, ande logo, eu lhe peço! Assim, seu pai também ficará tranquilo.

— Natacha, você é um anjo, não valho nem o seu mindinho! — exclamou Aliócha, eufórico e arrependido. — Você é tão boa, e eu... eu... pois então saiba! Acabei de pedir para Ivan Petróvitch lá na cozinha me ajudar a sair daqui. Foi ele quem inventou isso. Mas não me leve a mal, Natacha, meu anjo! Não sou de todo culpado, porque a amo mil vezes mais do que tudo no mundo e porque me ocorreu uma nova ideia: abrir-me em tudo com Kátia e contar-lhe imediatamente toda a nossa situação atual e tudo o que houve ontem. Ela há de inventar alguma coisa para nos salvar, ela nos é leal de todo coração...

— Então, vá — respondeu Natacha, sorrindo —, e mais uma coisa, meu amigo, eu mesma gostaria muito de conhecer Kátia. Como podemos conseguir isso?

A euforia de Aliócha não tinha limites. Ele imediatamente se lançou a fazer suposições para a apresentação. Para ele era muito fácil: Kátia inventaria um jeito. Desenvolvia a sua ideia com entusiasmo e empolgação. Prometeu trazer uma resposta no mesmo dia, em duas horas, e passar a noite com Natacha.

— Virá de verdade? — perguntou Natacha, deixando-o ir.

— E ainda duvida? Adeus, Natacha, adeus, você é a minha amada, minha eterna amada! Adeus, Vânia! Oh, meu Deus, eu o chamei sem querer de Vânia; ouça, Ivan Petróvitch, gosto do senhor, por que não nos tratamos por *você*. Vamos nos tratar por *você*.

— Vamos nos tratar por *você*...

— Graças a Deus! Pois isso já me passou pela cabeça uma centena de vezes. Mas não sei por que não me atrevia a dizer ao senhor. Olha só, mesmo agora disse *senhor*. É que é muito difícil dizer *você*. Parece que isso está bem representado em algum lugar em Tolstói: duas pessoas deram uma à outra a palavra de se tratarem por *você*, mas não conseguiam de jeito nenhum e evitavam o tempo todo frases em que apareciam os pronomes.[5] Ah, Natacha! Vamos reler *Infância* e *Adolescência* um dia; é tão bom!

— Mas então vai, vai — afugentou-o Natacha, rindo —, de tanta alegria, se esqueceu do tempo tagarelando...

— Adeus! Em duas horas estarei aqui!

Ele beijou-lhe a mão e saiu apressado.

— Está vendo, Vânia, está vendo! — disse ela e se desfez em lágrimas.

Passei duas horas com ela, confortando-a, e consegui convencê-la. É evidente que tinha razão em tudo, por todos os seus temores. Doía-me o coração de angústia quando pensava em sua situação atual; temia por ela. Mas o que havia de fazer?

Aliócha também me parecia estranho: ele a amava tanto quanto antes, talvez até mesmo mais profundamente, com mais pungência, por arrependimento e gratidão. Mas, ao mesmo tempo, um novo amor se instalava com força em seu coração. Como isso haveria de terminar, era impossível prever. Eu mesmo sentia uma curiosidade terrível de ver Kátia. Tornei a prometer a Natacha que me aproximaria dela.

Por fim, ela pareceu até se alegrar. Enquanto isso, contei-lhe tudo sobre Nelli, sobre Maslobóiev, sobre Búbnova, sobre o meu encontro nesse dia com o príncipe na casa de Maslobóiev e sobre o encontro marcado para as sete horas. Tudo isso a deixou extremamente interessada. Falei-lhe um pouco sobre o velho, mas me calei a respeito da visita de Ikhmiêniev por um

---

[5] Há um episódio como esse no romance *Infância* (1852), de Tolstói. (N. da T.)

tempo; o pretendido duelo de Nikolai Serguêievitch com o príncipe poderia assustá-la. Também lhe pareceu estranha a relação do príncipe com Maslobóiev e seu extraordinário desejo de se aproximar de mim, embora tudo isso fosse bem compreensível pela situação atual...

Por volta de três horas voltei para casa. Nelli me recebeu com seu rostinho radiante...

CAPÍTULO VI

Às sete horas da noite em ponto já estava em casa de Maslobóiev. Ele me recebeu todo efusivo e de braços abertos. É óbvio que estava meio embriagado. Mas o que mais me impressionou foram os preparativos extraordinários para a minha recepção. Via-se que estavam à minha espera. Sobre uma mesinha redonda, coberta com uma toalha belíssima, dispendiosa, fervia um gracioso samovar de tambaca. O serviço de chá de prata, porcelana e cristal era reluzente. Em outra mesa, coberta com uma toalha de outro tipo, mas não menos luxuosa, havia pratos com bombons de alta qualidade, compotas de Kíev, líquidas e secas, marmelada, gelatinas, compotas francesas, laranjas, maçãs, e três ou quatro variedades de nozes — em suma, uma quitanda inteira. Numa terceira mesa, coberta com uma toalha branca como a neve, havia os mais variados tipos de petisco: caviar, queijo, patê, salame, pernil defumado, peixe, e magníficas garrafas de cristal com vodca de várias espécies e nas cores mais fascinantes — verde, rubi, marrom e dourada. Finalmente, numa mesinha à parte, também coberta com uma toalha branca, havia dois baldes com champanhe. Na mesa em frente ao sofá sobressaíam três garrafas: de Sauterne, Lafite e conhaque — garrafas caríssimas da casa Elissiêiev. À mesinha de chá estava Aleksandra Semiónovna, usando um vestido e um enfeite que, embora simples, via-se que eram requintados e bem escolhidos, para dizer a verdade, de muito bom gosto. Ela sabia que lhe caíam bem e, pelo visto, se orgulhava disso; ao me cumprimentar, levantou-se com certa solenidade. Seu rostinho jovial brilhava de alegria e satisfação. Maslobóiev usava belos sapatos chineses, um robe caro e, por baixo, uma elegante roupa limpa. Na camisa havia abotoaduras e botõezinhos da moda pregados em todos os lugares possíveis. Tinha o cabelo penteado com brilhantina e com uma risca de lado, segundo a moda.

Fiquei tão perplexo que parei no meio da sala e me pus a olhar boquiaberto ora para Maslobóiev, ora para Aleksandra Semiónovna, cuja satisfação beirava a beatitude.

— O que é isso, Maslobóiev? Por acaso marcou uma festa para hoje? — perguntei afinal, preocupado.

— Não, você é o único — respondeu ele, solenemente.

Humilhados e ofendidos

239

— Para que isso, então (apontei para os petiscos), pois isso dá para alimentar um regimento inteiro!

— E embebedar; se esqueceu do principal: embebedar! — acrescentou Maslobóiev.

— E isso tudo só para mim?

— Para Aleksandra Semiónovna também. Foi ela quem preparou tudo isso ao gosto dela.

— Olha só! Eu já sabia! — exclamou Aleksandra Semiónovna, corando, mas sem perder nem um pouco do seu ar de satisfação. — Não se pode receber decentemente um convidado: sou logo a culpada!

— Desde manhã, pode imaginar, desde bem cedo, assim que soube que você viria à noite, não parou um instante; estava numa afobação...

— Até nisso mente! Não foi mesmo desde manhã, foi desde a noite de ontem. Ontem à noite, assim que chegou, foi logo dizendo que teríamos uma visita que passaria a noite toda...

— Foi a senhora que ouviu mal, minha senhora.

— Não ouvi mal, não, foi isso mesmo. Nunca minto. E por que não haveria de receber bem um convidado? A vida vai passando, ninguém vem à nossa casa, e no entanto temos de tudo. Pois então que as pessoas de bem vejam que nós também sabemos viver como gente.

— E, o mais importante, saibam que excelente dona de casa e hábil administradora a senhora é — acrescentou Maslobóiev. — Imagine, meu amiguinho, eu, logo eu, a troco de quê fui cair nessa? Enfiou-me uma camisa holandesa, enfiou as abotoaduras, sapatos, roupão chinês, ela mesma me penteou e passou brilhantina: bergamota, meu senhor; queria me borrifar um perfume: *crème brûlée*, mas aí eu realmente não aguentei, me rebelei, fiz valer minha autoridade de marido...

— Não é bergamota coisa nenhuma, mas a melhor brilhantina francesa, vem num frasquinho de porcelana todo pintado! — replicou Aleksandra Semiónovna, inflamando-se. — Julgue por si mesmo, Ivan Petróvitch, não me deixa ir ao teatro nem dançar em lugar nenhum, e fica me dando vestidos de presente, mas para que então esses vestidos? Para me vestir e ficar andando sozinha pela casa? Outro dia o convenci, já estávamos completamente prontos para ir ao teatro; foi só eu me virar para colocar um broche, para ele ir até o armarinho: virou um, outro, até ficar bêbado. E aí ficamos em casa. Ninguém, ninguém, mas ninguém mesmo vem nos visitar; só vêm umas pessoas de manhã, a negócios; mas me mandam sair. No entanto, temos samovares, serviço de chá, xícaras bonitas; temos isso tudo, ganhamos tudo de presente. Até mesmo alimentos nos trazem, só compramos praticamente vinho e alguma brilhantina, e mais esses petiscos aí... o patê, o pernil, e também os bombons, que compramos para o senhor... Que pelo menos alguém visse como vivemos! Fiquei o ano inteiro pensando: se vier algum convidado, um convidado de verdade, podemos mostrar e servir tudo isso, e as pessoas hão de elogiar e nos dar muito prazer; e para que fui passar brilhantina nesse tolo, se ele nem merece isso, só anda de roupa suja. Veja o robe que está vestindo: ganhou de presente, mas por acaso ele merece um robe desses? Antes de mais nada, só pensa em encher a cara. Pois o senhor vai ver que, antes do chá, vai lhe oferecer vodca.

— E o que tem? Pois é isso mesmo: então vamos beber, Vânia, a dourada e a de prata, e depois, com a alma refrescada, atacaremos as outras bebidas também.

— Pois eu bem que sabia!

— Não se preocupe, Sáchenka,[6] tomaremos chá também, com conhaque, à sua saúde, minha senhora.

— Bem, é isso aí! — exclamou ela, erguendo os braços. — Um chá de Khan, de seis rublos, que um comerciante nos trouxe de presente há três dias, e ele quer tomá-lo com conhaque. Não lhe dê ouvidos, Ivan Petróvitch, pois já vou lhe servir... Vai ver, vai ver por si mesmo, que chá!

E ela se apressou a preparar o samovar.

Ficou claro que calculavam me reter a noite toda. Aleksandra Semiónovna passara o ano inteiro à espera de um convidado, e agora se preparava para se esbaldar com a minha presença. Nada disso estava em meus cálculos.

— Ouça, Maslobóiev — disse eu, sentando-me —, não vim à sua casa para uma visita; vim aqui a negócios; foi você mesmo que me chamou para me comunicar algo...

— Bem, é verdade que negócios são negócios, mas a conversa amigável vem a seu tempo.

— Não, meu querido, não conte com isso. Até às oito e meia... e adeus. Tenho um compromisso; dei minha palavra...

— Não é o que penso. Perdão, mas o que está fazendo comigo? O que está fazendo com a própria Aleksandra Semiónovna? Olhe só para ela: ficou aturdida. Para que então ela me passou essa brilhantina, me encheu de bergamota? Pense um pouco!

— Você leva tudo na brincadeira, Maslobóiev. Juro a Aleksandra Se-

---

[6] Diminutivo de Aleksandra. (N. da T.)

miónovna que na semana que vem, ainda que seja na sexta-feira, venho almoçar com vocês; mas agora, irmão, dei minha palavra, ou, melhor dizendo, simplesmente, preciso ir a um determinado lugar. É melhor que me explique: o que queria me comunicar?

— Então o senhor vai mesmo ficar conosco só até às oito e meia? — exclamou Aleksandra Semiónovna, com uma voz tímida e lastimosa, quase chorando, ao me servir uma xícara de um excelente chá.

— Não se preocupe, Sáchenka; isso tudo é tolice — replicou Maslobóiev. — Há de ficar; isso é tolice. Mas é melhor que me diga, Vânia, por onde anda o tempo todo? O que anda fazendo? Pode-se saber? Pois está todo dia correndo para algum lugar, não trabalha...

— E por que quer saber? Aliás, talvez lhe diga depois. Mas explique melhor, então, por que foi à minha casa ontem, quando eu mesmo lhe disse que não estaria lá, lembra-se?

— Lembrei-me depois, mas ontem havia me esquecido. Queria realmente lhe falar sobre um assunto, mas mais do que tudo precisava agradar Aleksandra Semiónovna. "Aí está, diz, há uma pessoa, que é um amigo, por que então não o convida?" E já faz quatro dias, meu irmão, que não me dá sossego por sua causa. Pela bergamota, certamente, hão de me perdoar quarenta pecados no outro mundo, mas, pensei, por que não passar uma noite de maneira amistosa? Foi aí que usei o estratagema: escrevi que tinha um assunto e que, se não viesse, então tudo iria por água abaixo.

Pedi-lhe que dali em diante não fizesse mais isso, que seria melhor prevenir diretamente. Aliás, essa explicação não me deixara de todo satisfeito.

— Bem, então por que fugiu de mim esta manhã? — perguntei.

— Porque esta manhã realmente tinha um assunto, não estou mentindo absolutamente.

— Seria com o príncipe?

— O senhor gosta do nosso chá? — perguntou-me Aleksandra Semiónovna, com uma voz melíflua.

Já fazia cinco minutos que estava à espera de que eu elogiasse seu chá, e eu nem tinha me dado conta.

— Excelente, Aleksandra Semiónovna, magnífico! Nunca tomei nada igual.

Aleksandra Semiónovna ficou tão corada de satisfação que correu para me servir mais.

— O príncipe! — exclamou Maslobóiev. — Esse príncipe, irmão, é tão patife, tão velhaco... bem! Eu, meu irmão, vou lhe dizer uma coisa: embora eu mesmo seja um velhaco, nem que fosse só por senso de pudor não ia querer estar na pele dele! Mas, basta; caluda! É a única coisa que posso dizer a seu respeito.

— E vim à sua casa como que de propósito para lhe perguntar também sobre ele, entre outras coisas. Mas isso depois. E por que ontem, sem que eu estivesse em casa, deu balas à minha Elena e ainda dançou para ela? E sobre o que você ficou falando uma hora e meia com ela?

— Elena é uma menininha de uns doze ou onze anos, vive temporariamente na casa de Ivan Petróvitch — explicou Maslobóiev, dirigindo-se de repente a Aleksandra Semiónovna. — Veja, Vânia, veja — continuou ele, apontando o dedo para ela — como ficou toda ruborizada ao ouvir dizer que levei balas para uma menina desconhecida, como se inflamou toda, ficou toda trêmula, como se de repente tivéssemos disparado uma pistola... Veja só os olhinhos, brilham como brasa. Pois não há nada a esconder, Aleksandra Semiónovna, nada! É ciumenta, senhor. Se não lhe explico que se trata de uma menina de onze anos, já teria me puxado pelo topete na mesma hora: nem a bergamota me salvaria!

— Nem agora há de salvá-lo!

E com estas palavras, Aleksandra Semiónovna levantou-se de um salto da mesinha de chá e veio em nossa direção, e, antes que Maslobóiev conseguisse proteger a cabeça, ela o agarrou por um punhado de cabelo e o puxou bastante.

— Tome, tome! Não se atreva a falar diante do convidado que sou ciumenta! Não se atreva, não se atreva, não se atreva!

Chegou a corar, e, embora risse, Maslobóiev levou uma boa sova.

— Fica contando coisas que envergonham! — acrescentou seriamente, dirigindo-se a mim.

— Está vendo, Vânia, que vida é a minha! É por esse motivo que uma vodcazinha é necessária! — decidiu Maslobóiev, ajeitando o cabelo e só faltando correr em direção à garrafa. Mas Aleksandra Semiónovna se adiantou: saltou para a mesa, encheu ela mesma o cálice, serviu e até lhe deu um tapinha carinhoso no rosto. Maslobóiev, todo orgulhoso, deu-me uma piscadela, estalou a língua e bebeu solenemente.

— Quanto às balas, é difícil explicar — disse ele, acomodando-se perto de mim no sofá. — Eu as comprei há três dias, durante uma bebedeira, numa quitanda; nem sei para quê. Aliás, talvez para apoiar o comércio e a indústria nacional, não sei ao certo; só me lembro de que estava indo pela rua bêbado, que caí na lama e comecei a me descabelar todo e a chorar por não servir para nada. Certamente, me esqueci das balas, e aí elas ficaram no meu bolso até ontem, quando me sentei sobre elas, ao me sentar em seu sofá.

Humilhados e ofendidos

Quanto à dança, também foi pelo mesmo estado de embriaguez: ontem estava bem bêbado, e quando estou bêbado, e me acontece de estar feliz com o destino, às vezes danço. E isso é tudo; exceto talvez o fato de que essa órfãzinha me dá pena; e, além disso, ela não queria nem falar comigo, como se estivesse zangada. E aí então me pus a dançar para alegrá-la e lhe ofereci as balas.

— E não a estava subornando para tentar tirar algo dela? Passou em minha casa de propósito, sabendo que eu não estaria, para falar com ela entre quatro paredes e tentar tirar dela alguma coisa, foi ou não foi? Pois sei que passou cerca de uma hora e meia com ela, e que lhe garantiu que conhecia sua falecida mãe e tentou tirar alguma informação.

Maslobóiev piscou e deu um sorriso malicioso.

— Pois não teria sido má ideia — disse ele. — Não, Vânia, não foi isso. Isto é, por que não perguntar, se surge uma oportunidade? Mas não foi isso. Ouça, meu velho amigo, embora esteja agora bem bêbado, como de costume, mas saiba que, com más intenções, Filip nunca o enganará, isto é, *com más intenções.*

— Está bem, mas e sem más intenções?

— Bem... nem sem más intenções. Mas para o diabo com isso, bebamos e passemos ao que interessa! Isso não leva a nada — continuou ele, depois de um trago. — Essa Búbnova não tinha nenhum direito de manter essa menina; eu me informei de tudo. Não houve nenhuma adoção nem nada parecido. A mãe lhe devia um dinheiro, ela então pegou a menina. Búbnova, apesar de velhaca, apesar de miserável, é uma *baba*[7] tola, como todas as babas. A falecida tinha um bom passaporte; consequentemente, está tudo certo. Elena pode morar em sua casa, embora fosse muito bom se uma gente generosa e de família a adotasse para lhe dar uma educação séria. Mas que fique por enquanto em sua casa. Não é por nada; arranjarei tudo para você: Búbnova não ousará mexer um dedo sequer. Sobre a falecida mãe, não consegui saber praticamente nada ao certo. Era viúva de uma pessoa com sobrenome Zaltsman.

— É isso, foi o que Nelli também me disse.

— Bem, então, assunto encerrado. Mas agora, Vânia — começou ele, com uma certa solenidade —, tenho um pequeno pedido a lhe fazer. E peço que me atenda. Conte-me o mais detalhadamente possível sobre o assunto que está tratando, por onde anda e onde passa dias inteiros? Ainda que

---

[7] Em russo, camponesa casada; mulher casada em linguagem popular. (N. da T.)

em parte, já ouvi falar e sei a respeito, mas preciso saber com muito mais detalhes.

Tamanha solenidade deixou-me surpreso e até preocupado.

— Mas o que é isso? Para que quer saber? Pergunta com tanta solenidade...

— Olhe aqui, Vânia, sem palavras supérfluas, estou querendo lhe prestar um favor. Veja, meu amiguinho, se fosse usar de astúcia com você, mesmo sem solenidade nenhuma eu teria lhe arrancado tudo. E ainda suspeita que esteja usando de astúcia com você! Agora há pouco foram as balas; pois compreendi. Mas se falo assim, de modo solene, nesse caso meu interesse é por você, e não por mim. Então não tenha dúvida e me diga, sem rodeios, a verdade verdadeira...

— Mas que favor? Ouça, Maslobóiev, por que não quer me dizer nada sobre o príncipe? É disso que preciso. Isso, sim, seria um favor.

— Sobre o príncipe? Humm... Bem, que assim seja, serei franco: agora sou eu que estou querendo saber de você a respeito do príncipe.

— Como?

— Pois aqui está como: eu, meu irmão, percebi que ele de algum modo está implicado nos seus assuntos; aliás, perguntou-me sobre você; e como soube que somos conhecidos, não é da sua conta. A única coisa que importa é: tome cuidado com esse príncipe. É um Judas traidor, e até pior. E por isso, quando vi que ele se imiscuía em seus assuntos, comecei a temer por você. Aliás, não sei de nada; é por isso mesmo que lhe peço que me conte, para que possa julgar... E foi até por isso que o convidei para vir aqui hoje. E esse, sim, é que é o assunto mais importante; estou lhe dizendo francamente.

— Pode ao menos me dizer qualquer coisa, ainda que seja apenas por que devo me precaver contra o príncipe?

— Está bem, que assim seja; eu, meu irmão, de um modo geral, às vezes me encarrego de certos assuntos. Mas, pense bem: há quem confie em mim justamente porque não sou tagarela. Como é que vou lhe contar? Então, não me leve a mal se lhe conto por alto, muito por alto, só para mostrar, digamos, que canalha ele é. Então comece você primeiro, com as suas coisas.

Julguei que em meus assuntos não havia absolutamente nada a esconder de Maslobóiev. O caso de Natacha não era secreto; além disso, poderia esperar algum proveito para ela da parte de Maslobóiev. É claro que, no meu relato, na medida do possível, contornei alguns pontos. Maslobóiev ouviu com uma atenção especial tudo o que se referia ao príncipe; em muitos trechos me interrompia, muita coisa pedia para tornar a repetir, de modo que lhe contei com bastante detalhe. Meu relato durou cerca de meia hora.

Humilhados e ofendidos

— Humm! Essa moça tem boa cabeça — concluiu Maslobóiev. — Mesmo que suas suposições a respeito do príncipe não sejam de todo corretas, o bom é que pelo menos já desde o primeiro passo soube com quem estava lidando e cortou todas as relações. Muito bem, Natália Nikoláievna! Bebo à sua saúde! — E bebeu. — Não é só uma questão de inteligência, mas também de coração, para não se deixar enganar. E o coração não a traiu. É evidente que o seu é um caso perdido: o príncipe há de conseguir o que quer e Aliócha a abandonará. Só tenho pena de Ikhmiêniev pagar dez mil a esse canalha! Mas quem se encarregou desse seu caso, quem estava intercedendo? Ele mesmo, aposto! Ah, ora! São todos assim esses seres nobres e exaltados! Uma gente que não serve para nada! Com o príncipe, não era para agir assim. Eu teria arranjado um advogado daqueles para Ikhmiêniev, ora! — e bateu na mesa com raiva.

— Bem, agora, o que me diz desse príncipe?

— Só fala no príncipe. Mas o que dizer dele? Nem me alegro por ter me oferecido. Pois o que eu queria, Vânia, era apenas preveni-lo contra esse trapaceiro, para, por assim dizer, protegê-lo de sua influência. Quem se mete com ele, não está em segurança. Então fique de olhos abertos; e isso é tudo. E você já estava achando que eu ia lhe revelar sabe Deus que mistérios de Paris![8] Vê-se que é um romancista! Ora, o que dizer sobre o canalha? Um canalha é um canalha... Está bem, veja, vou lhe contar, como exemplo, um de seus casinhos, evidentemente que sem lugares nem cidades nem personagens, ou seja, sem precisão cronológica. Sabe que ele, ainda bem jovem, quando era obrigado a viver de seu ordenado de funcionário, se casou com a filha de um comerciante rico. Bem, ele não tratou a filha desse comerciante de modo lá muito cortês, e, embora agora não se trate dela, quero que note, meu amigo Vânia, que, a vida toda, foi a esse tipo de negócios que mais gostou de se dedicar. Eis outro caso: ele foi para o exterior. Lá...

— Espere, Maslobóiev, de que viagem está falando? Em que ano?

— Exatamente há noventa e nove anos e três meses... Bem, meu senhor, lá ele também seduziu a filha de um certo pai e a levou consigo para Paris. Mas como fez isso? O pai era dono de uma fábrica ou sócio de alguma empresa, algo do gênero. Não sei ao certo. E se estou aqui lhe contando é por minhas próprias deduções e suposições a partir de outros dados. Aí o príncipe o tapeou e também se meteu com ele na empresa. Tapeou completamen-

---

[8] A expressão é inspirada no título do romance *Os mistérios de Paris*, de Eugène Sue (1804-1857), publicado em folhetins entre 1842 e 1843, com enorme repercussão popular. (N. da T.)

te e pegou o dinheiro dele. Quanto ao dinheiro pego do velho, é evidente que havia alguns documentos. Mas o príncipe queria pegar de modo que não tivesse de devolver, cá para nós: simplesmente roubar. O velho tinha uma filha, e a filha era uma beldade, e essa beldade tinha um homem ideal apaixonado por ela, um irmão de Schiller,[9] poeta e ao mesmo tempo comerciante, um jovem sonhador, em uma palavra: completamente alemão, um tal de Pfefferkuchen.[10]

— Quer dizer, Pfefferkuchen era o seu sobrenome?

— Bem, pode ser que nem fosse Pfefferkuchen, o diabo que o carregue, não se trata disso. Só que o príncipe se insinuou à filha, e se insinuou de tal modo que ela ficou loucamente apaixonada por ele. O que o príncipe queria então eram duas coisas: em primeiro lugar, apossar-se da filha e, em segundo lugar, dos documentos com a quantia emprestada pelo velho. As chaves de todas as gavetas do velho ficavam com a filha. O velho amava a filha com loucura, a tal ponto que não queria deixá-la se casar. É sério. Tinha ciúme de todos os noivos, nem sequer admitia a possibilidade de se separar dela, e expulsou Pfefferkuchen, o tolo do inglês...

— Um inglês? Mas onde foi que isso tudo aconteceu?

— Só falei por falar, disse inglês como um exemplo, mas você vai logo se apegando. Bem, isso aconteceu na cidade de Santa Fé de Bogotá, ou talvez em Cracóvia, mas o mais provável é que tenha sido no *fürstentum*[11] de Nassau, veja o que está escrito na garrafa de água de Seltzer, precisamente em Nassau; está satisfeito? Bem, meu senhor, aí é que está, meu senhor, o príncipe seduziu mesmo a donzela, e ainda a separou do pai, e por insistência do príncipe a donzela levou consigo alguns documentinhos. Pois amores assim existem mesmo, Vânia! Ufa, meu Deus, a moça era honesta, de caráter nobre e elevado! Na verdade, talvez não fosse perita nesses documentos. Só tinha uma preocupação: o pai a amaldiçoaria. Mas o príncipe achou uma saída para isso também; comprometeu-se formal e legalmente a se casar com ela. Desse modo, também a convenceu de que partiriam só por um tempo, para dar um passeio, e que quando a fúria do velho se abrandasse, eles então voltariam para a casa dele casados e viveriam os três felizes para sempre, fariam o bem e assim por diante até a eternidade. Ela fugiu, o velho a amal-

---

[9] Na interpretação paródica de Valkóvski, o poeta e dramaturgo alemão Friedrich Schiller (1759-1805) representa o tipo ideal do sonhador idealista. (N. da T.)

[10] Em alemão, designa os tradicionais "biscoitos de gengibre", servidos no Natal. (N. da T.)

[11] Em alemão, "principado". (N. da T.)

Humilhados e ofendidos

diçoou e foi à falência. Frauenmilch[12] também se arrastou para Paris atrás dela, largou tudo, largou até o comércio; estava muito apaixonado.

— Pare! Que Frauenmilch?

— Ora, aquele, como é mesmo? Feuerbach...[13] irra, maldito: Pfefferkuchen! Pois é, meu senhor, o príncipe, é claro, não podia se casar: o que, dizia ele, haveria de dizer a condessa Khliestova? O que haveria de pensar disso o barão Pomoikin?[14] Portanto, era necessário tapeá-la. E tapeou mesmo, e de modo muito descarado. Em primeiro lugar, só faltava bater nela, e, em segundo lugar, convidou Pfefferkuchen de propósito para ir visitá-los, ele foi, tornou-se amigo dela, choramingavam juntos, passavam tardes inteiras sozinhos lamentando sua infelicidade, ele a consolava: eram almas inofensivas. O príncipe então preparou uma armação: uma vez os surpreendeu tarde da noite e inventou que estavam tendo um caso, tomou isso como pretexto: eu vi, dizia, com meus próprios olhos. E aí empurrou os dois porta afora, e ele mesmo partiu para Londres por um tempo. Mas ela já estava prestes a parir; assim que foi expulsa, deu à luz uma filha... isto é, não uma filha, mas um filho, um filhinho, justamente, que batizaram de Volódia. Pfefferkuchen foi o padrinho. E então ela viajou com Pfefferkuchen. Este tinha um pouquinho de dinheiro. Ela percorreu a Suíça, a Itália... esteve em todas as terras, quero dizer, poéticas, como não podia deixar de ser. Ela só fazia chorar e Pfefferkuchen choramingar, e assim se passaram muitos anos, e a menina cresceu. E para o príncipe mesmo tudo teria corrido bem, se não fosse por uma única coisa: não conseguiu obter de volta o documento com o compromisso de se casar com ela. "Você é um homem baixo", disse-lhe ela na despedida, "você me raptou, me desonrou e agora me abandona. Adeus! Mas o compromisso não lhe devolvo. Não porque queira um dia me casar com você, mas porque você tem medo desse documento. Pois que fique então para sempre em minhas mãos." Em suma, estava exaltada, mas o príncipe, no entanto, ficou tranquilo. Em geral, esses canalhas lidam magnificamente com as criaturas assim chamadas elevadas. Elas são tão nobres que é muito fácil enganá-las,

---

[12] Em alemão, "leite materno". (N. da T.)

[13] Dostoiévski tanto pode estar aludindo ao filósofo alemão Ludwig Feuerbach (1804-1872), que ele certamente leu no período em que frequentava os círculos revolucionários de Petersburgo, como fazendo um trocadilho com os termos que compõem esse sobrenome: *feuer*, "fogo"; *bach*, "riacho", "córrego". (N. da T.)

[14] Khliestova deriva do verbo *khlestat*, que significa "chicotear", "açoitar". *Pomoikin* deriva do substantivo *pomoika*, que quer dizer "lixeira", " monturo", "monte de lixo". (N. da T.)

e, em segundo lugar, elas sempre se limitam a um desprezo nobre e elevado, em vez de recorrer à aplicação prática da lei ao caso, se for possível aplicá-la. Pois bem, essa mãe, por exemplo: limitou-se ao seu desprezo orgulhoso e ainda que tenha ficado com o documento, mas, ora, o príncipe sabia que ela preferia se enforcar a usá-lo no caso: e ficou tranquilo até um certo tempo. E ela, ainda que lhe tivesse cuspido no rosto vil, ficara com Volódia nos braços: se ela morresse, o que seria dele? Mas isso não era levado em consideração. Bruderschaft[15] também a incentivava e não levava o caso em consideração; ficavam lendo Schiller. Por fim, Bruderschaft, sabe-se lá por quê, perdeu o ânimo e morreu...

— Isto é, Pfefferkuchen?

— Sim, claro, ao diabo com ele! Mas ela...

— Espere um pouco! Quantos anos ficaram viajando?

— Duzentos, exatinhos. Bem, ela voltou para a Cracóvia. O pai não a aceitou, amaldiçoou-a, ela morreu, e o príncipe se persignou de alegria. E lá estava eu, que mel bebia e pelo bigode escorria, mas na boca não caía; então me deram um gorrão e eu *zás* pelo vão debaixo do portão... Bebamos, Vânia, meu irmão!

— Suspeito que esteja intercedendo por ele nesse caso, Maslobóiev.

— É o que você gostaria que eu fizesse?

— Só não entendo o que, justamente, poderá fazer nisso!

— Pois veja, assim que ela voltou para Madri, justamente, depois de dez anos de ausência, com outro nome, era preciso averiguar tudo isso também a respeito de Bruderschaft e do velho, se ela realmente voltou, e também a respeito de sua cria, e, se ela havia morrido, se não há documentos, e assim por diante até o infinito. E sobre outras coisas mais. É um homem muito mal, cuidado com ele, Vânia, mas sobre Maslobóiev, pense o seguinte: nunca o chame de canalha, por nada no mundo! Embora ele seja um canalha (a meu ver, não há nenhum homem que não seja canalha), não o é com você. Estou muito bêbado, mas ouça: se um dia, perto ou longe, agora ou no próximo ano, tiver a impressão de que Maslobóiev foi ardiloso com você em alguma coisa (e, por favor, não esqueça a palavra *ardiloso*), então saiba que não foi com má intenção. Maslobóiev está cuidando de você. E por isso não acredite em suspeitas, é melhor que venha aqui e se explique franca e fraternalmente com o próprio Maslobóiev. Bem, quer beber agora?

— Não.

---

[15] Em alemão, "irmandade", "fraternidade"; mais uma referência irônica ao romantismo do rapaz. (N. da T.)

— Beliscar algo?

— Não, irmão, desculpe...

— Bem, então, fora, são quinze para as nove, e você é um arrogante. Já está na sua hora.

— Como? O quê? Bebe até ficar bêbado e enxota a visita! Ele é sempre assim! Ah, seu desavergonhado! — exclamou quase chorando Aleksandra Semiónovna.

— Um cavaleiro, de um pedestre, não é companheiro! Aleksandra Semiónovna, vamos ficar juntos e adorar um ao outro. E este é um general! Não, Vânia, eu menti; você não é um general, mas eu sou um canalha! Olha, com o que me pareço agora? Quem sou eu diante de você? Perdoe-me, Vânia, não me condene e me deixe desabafar...

Ele me abraçou e irrompeu em lágrimas. Eu me dispus a sair.

— Oh, meu Deus! E nós que temos até o jantar pronto — disse Aleksandra Semiónovna numa tristeza sem fim. — E na sexta-feira, virá mesmo à nossa casa?

— Virei, Aleksandra Semiónovna, palavra de honra que virei.

— O senhor talvez o despreze, por ele ser assim tão... bêbado. Não o despreze, Ivan Petróvitch, ele é bom, é muito bom, e como o ama! Agora passa dia e noite me falando do senhor, só fala no senhor. Comprou seu livro especialmente para mim; ainda não li; vou começar amanhã. E para mim, então, será tão bom que venha! Não vejo ninguém, ninguém vem nos visitar. Temos de tudo, mas ficamos aqui sozinhos. Agora fiquei ouvindo tudo, ouvindo tudo o que conversaram, e como isso é bom... Então, até sexta--feira...

CAPÍTULO VII

Segui com toda a pressa para casa: as palavras de Maslobóiev haviam me impressionado muito. Sabe Deus o que me passava pela cabeça... Como que de propósito, em casa esperava-me um incidente que me abalou tanto quanto o choque de uma máquina elétrica.

Bem em frente ao portão do prédio em que morava havia um lampião. Assim que pus o pé no limiar do portão, de repente uma figura estranha, vinda de junto do lampião, se atirou sobre mim de um modo que cheguei a soltar um grito, era uma criatura viva, assustada, tremendo, meio enlouquecida, que me agarrou pelas mãos com um grito. Fiquei apavorado. Era Nelli!

— Nelli! O que há com você? — comecei a gritar. — O que você tem?

— Lá em cima, ele está lá... em casa...

— Quem é ele? Venha, venha comigo.

— Não quero, não quero! Vou esperar até que ele saia... no corredor... Não quero.

Subi até meu apartamento com um estranho pressentimento, abri a porta e — vi o príncipe. Estava sentado à mesa lendo meu romance. Pelo menos, o livro estava aberto.

— Ivan Petróvitch! — exclamou com alegria. — Estou tão contente por ter finalmente voltado. Já estava para ir embora. Faz mais de uma hora que o espero. Dei hoje minha palavra, diante do mais insistente e convincente pedido da condessa, de ir à casa dela esta noite com o senhor. Ela pediu tanto, quer tanto conhecê-lo! Como o senhor já havia me prometido, então julguei melhor vir eu mesmo à sua casa, mais cedo, enquanto ainda não tivesse tido tempo de se dirigir a algum outro lugar, e convidá-lo a ir comigo. Então imagine a minha tristeza; chego: sua criada anuncia que o senhor não está em casa. Que fazer? Pois lhe dei minha palavra de honra que apareceria com o senhor; foi por isso que o fiquei esperando, decidido a esperar quinze minutos. Mas aí estão os quinze minutos: abri seu romance e perdi a noção do tempo lendo-o. Ivan Petróvitch! Mas isso é uma perfeição! E ainda não o compreendem depois disso? Pois o senhor arrancou-me lágrimas. Porque chorei, e não sou de chorar com frequência...

— Então quer que eu vá? Confesso-lhe que agora... embora não tenha nada contra, mas...

— Pelo amor de Deus, vamos! O que está fazendo comigo? Afinal, fiquei uma hora e meia à sua espera! E, além disso, preciso tanto do senhor, preciso tanto conversar; o senhor compreende? O senhor sabe de tudo isso melhor do que eu... Nós, talvez, possamos decidir alguma coisa, tomar alguma resolução, pense bem! Pelo amor de Deus, não se recuse.

Julguei que mais cedo ou mais tarde teria de ir. Supus que Natacha estivesse nesse momento sozinha, que precisava de mim, mas ela mesma me incumbira de ir conhecer Kátia o quanto antes. Além disso, Aliócha também devia estar lá... Sabia que Natacha não se tranquilizaria enquanto não lhe trouxesse notícias de Kátia, e decidi ir. Mas era Nelli que me perturbava.

— Espere um pouco — disse ao príncipe e fui até a escada. Nelli estava lá, num canto escuro.

— Por que não quer entrar, Nelli? O que ele lhe fez? O que ele falou com você?

— Nada... Não quero, não quero... — repetia ela. — Tenho medo...

Por mais que lhe implorasse, nada adiantou. Combinei com ela que, assim que saísse com o príncipe, ela entraria em casa e trancaria a porta.

— E não deixe ninguém entrar, Nelli, por mais que lhe implorem.

— Mas o senhor vai com ele?

— Vou.

Ela estremeceu e agarrou-me as mãos, como se quisesse me suplicar para não ir, mas não disse uma palavra. Decidi interrogá-la mais detidamente no dia seguinte.

Depois de me desculpar com o príncipe, comecei a me vestir. Ele se pôs a me assegurar de que, para ir lá, não era necessário nenhum vestuário, nenhuma toalete especial. "Talvez seja o caso de vestir algo mais leve!", acrescentou, lançando-me um olhar inquisitorial da cabeça aos pés. "De todo modo, sabe como são esses preconceitos mundanos... pois é impossível livrar-se deles por completo. Essa perfeição o senhor não encontrará ainda por muito tempo em nosso mundo", concluiu ele, satisfeito, ao ver que eu tinha um fraque.

Saímos. Mas o deixei na escada e entrei em casa, para onde Nelli já havia se esgueirado, e me despedi dela mais uma vez. Estava terrivelmente agitada. Seu rosto se tornara azul. Temia por ela; foi com grande pesar que a deixei.

— É estranha essa sua criada — dizia o príncipe, descendo a escada —, pois essa menina é sua criada, não é?

252   Fiódor Dostoiévski

— Não... ela só... está morando comigo por enquanto.

— É uma menina estranha. Estou certo de que é louca. Imagine que a princípio me respondeu bem, mas depois, quando olhou bem para mim, se atirou contra mim, deu um grito, se pôs a tremer, se agarrou a mim... queria dizer algo, não conseguia. Confesso que fiquei com medo, quis fugir dela, mas, graças a Deus, ela mesma fugiu de mim. Fiquei pasmo. Como o senhor consegue se entender com ela?

— Ela tem crises epiléticas — respondi.

— Ah, então é isso! Bem, então não é de surpreender... se ela tem ataques.

No mesmo instante ocorreu-me uma coisa — que a visita de Maslobóiev à minha casa no dia anterior, mesmo sabendo que eu não estaria em casa, a minha visita de hoje a Maslobóiev, a história que Maslobóiev me contara hoje em estado de embriaguez e a contragosto, o convite para estar em sua casa hoje às sete horas e suas tentativas de me persuadir a não acreditar em sua astúcia e, por fim, o príncipe, que me esperava há uma hora e meia, e talvez sabendo que eu estava em casa de Maslobóiev, quando Nelli fugiu dele de supetão para a rua, que tudo isso de certo modo estava interligado. Dava o que pensar.

No portão, sua carruagem o esperava. Nós nos sentamos e partimos.

CAPÍTULO VIII

Não levaríamos muito tempo para chegar à ponte Torgóvi.[16] Num primeiro momento ficamos calados. E fiquei só pensando: como há de começar a falar comigo? Pareceu-me que ia me sondar, pôr à prova e tentar arrancar algo de mim. Mas ele se pôs a falar sem nenhum rodeio e foi direto ao assunto.

— Há uma questão que me preocupa muito agora, Ivan Petróvitch — começou ele —, sobre a qual, antes de mais nada, quero trocar umas palavras com o senhor e pedir-lhe um conselho: já há muito decidi renunciar ao processo que ganhei e ceder os dez mil do litígio a Ikhmiêniev. Como devo proceder?

"Não é possível que não saiba como proceder", veio-me rapidamente esse pensamento. "Será que está querendo zombar de mim?"

— Não sei, príncipe — respondi da maneira mais ingênua possível —, de outras coisas, isto é, no que se refere a Natália Nikoláievna, estou pronto a lhe fornecer as informações necessárias ao senhor e a todos nós, mas esse assunto o senhor, certamente, conhece mais do que eu.

— Não, não, menos, certamente. O senhor os conhece, e talvez até a própria Natália Nikoláievna lhe tenha transmitido seu ponto de vista a esse respeito; e isso é o principal para eu me orientar. O senhor poderá me ajudar muito; o assunto é extremamente embaraçoso. Estou pronto a ceder e até mesmo firmemente decidido a ceder, independentemente de como venham a terminar todas as outras questões, compreende? Mas como, de que modo fazer essa concessão? Aí é que está o problema. O velho é orgulhoso, teimoso; talvez até me ofenda pela minha generosidade e me atire esse dinheiro na cara.

— Mas, permita-me, de quem o senhor acha que é esse dinheiro: seu ou dele?

— O processo foi ganho por mim, consequentemente, é meu.

— E de acordo com a sua consciência?

---

[16] Também conhecida como Ponte do Comércio, em Petersburgo. (N. da T.)

— É evidente que o considero meu — respondeu ele, sentindo-se alfinetado com a minha falta de cerimônia —, aliás, o senhor parece não conhecer toda a essência dessa questão. Não acuso o velho de ter me enganado deliberadamente e confesso-lhe que nunca o acusei. Ele se fez de ofendido porque quis. É culpa dele se não foi cuidadoso e diligente com os negócios que lhe foram confiados, e, pelo nosso antigo acordo, ele deveria responder por alguns casos desse tipo. Mas o senhor deve saber que o problema nem é esse: o problema é a nossa briga, as ofensas mútuas que trocamos então; em suma, o amor-próprio ferido, que é recíproco. Pode ser que então eu nem tivesse prestado atenção nesses reles dez mil; mas o senhor, obviamente, sabe por que e como toda essa coisa começou na época. Concordo que fui desconfiado, talvez estivesse errado (isto é, na época estava errado), mas não percebi isso e, por despeito, ofendido por suas grosserias, não quis perder a oportunidade e iniciei o processo. Talvez isso tudo lhe pareça pouco nobre de minha parte. Não estou me justificando; só quero que veja que a raiva e, principalmente, o amor-próprio ferido, não chegam a significar falta de nobreza, mas uma coisa natural e humana, e, confesso, repito-lhe, que quase não conhecia Ikhmiêniev e acreditei plenamente em todos aqueles mexericos sobre Alióha e sua filha, e, consequentemente, pude acreditar também no roubo premeditado do dinheiro... Mas isso é uma coisa à parte. O principal é: o que devo fazer agora? Renunciar ao dinheiro; mas se disser, a essa altura, que considero minha demanda justa, então isso significa que o estou dando a ele. E ainda há de se acrescentar a isso a situação delicada de Natália Nikoláievna... Ele certamente me atirará esse dinheiro na cara.

— Está vendo, o senhor mesmo diz: *atirará*; logo, o senhor o considera um homem honesto e, por isso, pode estar absolutamente convencido de que ele não roubou seu dinheiro. E, se é assim, por que não vai até ele e declara diretamente que considera sua demanda ilegal? Isso seria nobre, e Ikhmiêniev talvez não se sentisse embaraçado em receber o *seu próprio* dinheiro.

— Humm... *seu próprio* dinheiro; aí é que está a questão; e o que quer que eu faça? Que vá e lhe declare que considero minha demanda ilegal. Mas por que então demandou, se sabia que a demanda era ilegal? É o que todos hão de me dizer na cara. E eu não mereço isso, porque demandei legalmente; não disse nem escrevi em lugar nenhum que ele me roubava; mas de sua imprudência, de sua leviandade, de sua incapacidade de administrar os negócios, agora também estou certo. Este dinheiro é indubitavelmente meu, e por isso me é doloroso caluniar a mim mesmo, e, por fim, repito-lhe, foi o próprio velho que se fez de ofendido, e o senhor me obriga a pedir perdão por essa ofensa, é penoso.

Humilhados e ofendidos

— Parece-me que se duas pessoas querem fazer as pazes, então...

— Então é fácil, o senhor acha?

— Sim.

— Não, às vezes não é nada fácil, ainda mais...

— Ainda mais se houver outras circunstâncias relacionadas com essa. Pois nisso estou de acordo com o senhor, príncipe. Deve resolver o caso de Natália Nikoláievna e seu filho em todos os pontos que dependem do senhor, e resolver de modo plenamente satisfatório para Ikhmiêniev. Só então o senhor poderá se entender com Ikhmiêniev também sobre o processo com toda sinceridade. Mas, agora, enquanto ainda não há nada decidido, o senhor só tem um caminho: reconhecer a injustiça de sua demanda e reconhecer abertamente, e, se for preciso, também publicamente, essa é a minha opinião; digo-lhe francamente porque foi o senhor mesmo que perguntou minha opinião, e, decerto, não haveria de querer que me servisse de estratagemas para com o senhor. Isso também me dá coragem para lhe perguntar: por que está preocupado em devolver esse dinheiro a Ikhmiêniev? Se considera que tem razão nessa demanda, então por que devolver? Perdoe a minha curiosidade, mas isso está tão relacionado com outras circunstâncias...

— E o que o senhor acha? — perguntou ele de repente, como se não tivesse absolutamente ouvido a minha pergunta. — Tem certeza de que o velho Ikhmiêniev recusará os dez mil, até mesmo se o dinheiro lhe for entregue sem qualquer cláusula e... e... e sem nenhum desses atenuantes?

— É evidente que recusará!

Fiquei todo rubro e cheguei até a estremecer de indignação. Essa pergunta, de um ceticismo descarado, produziu em mim uma tal impressão, como se o príncipe me tivesse cuspido na cara. A essa ofensa juntou-se uma outra: a maneira mundana grosseira com que, sem responder à minha pergunta e fazendo de conta que não a percebeu, cortou-a com outra, provavelmente para me dar a entender que havia me deixado entusiasmar e familiarizar demais, ao ousar lhe fazer uma tal pergunta. Eu detestava, chegava a odiar essa maneira mundana, e ainda antes havia feito de tudo para livrar Aliócha desse hábito.

— Humm... o senhor é impetuoso demais, e no mundo há certas coisas que não são feitas assim, como imagina — observou calmamente o príncipe ante a minha exclamação. — Aliás, penso que isso poderia ser resolvido em parte por Natália Nikoláievna; transmita-lhe isto. Ela poderia me aconselhar.

— Nem um pouco — respondi secamente. — O senhor não se dignou a escutar o que comecei a lhe falar há pouco e me interrompeu. Natália Nikoláievna entenderá que, se o senhor está devolvendo o dinheiro de modo dissimulado, e sem todas essas, como diz o senhor, *atenuantes*, isso significa que está pagando ao pai pela filha e a ela por Alióocha; numa palavra, que os recompensa com dinheiro...

— Humm... vejam só como me interpreta, meu boníssimo Ivan Petró-vitch. — O príncipe se pôs a rir. Por que se pôs a rir? — E, no entanto — continuou ele —, ainda temos muita, muita coisa a tratar juntos. Mas agora não há tempo. Só lhe peço que compreenda *uma coisa*: o assunto diz respeito diretamente a Natália Nikoláievna e a todo o seu futuro, e tudo isso depende em parte do modo como o senhor e eu resolvermos isso e em que pé ficarmos. O senhor é imprescindível nisso, há de ver por si mesmo. E, por isso, se continuar afeiçoado a Natália Nikoláievna, então não pode se recusar a ter uma explicação comigo, por menor que seja a simpatia que sente por mim. Mas, chegamos... *À bientôt.*[17]

---

[17] Em francês, "até breve". (N. da T.)

Humilhados e ofendidos

CAPÍTULO IX

A condessa vivia muito bem. A decoração da casa era confortável e de bom gosto, embora não fosse de modo algum luxuosa. Tudo, entretanto, tinha um aspecto de residência temporária; era um apartamento conveniente apenas para uma temporada, não para uma moradia permanente e fixa de uma família rica com toda a envergadura senhorial e todos os seus caprichos, considerados necessários. Corria o rumor de que a condessa estava indo passar o verão em sua propriedade rural (arruinada e hipotecada), na província de Simbirsk, e que o príncipe a acompanharia. Já tinha ouvido falar disso e me perguntava com angústia: o que fará Aliócha quando Kátia partir com a condessa? Ainda não me pusera a falar com Natacha sobre isso, por receio; mas, por alguns indícios, pude perceber que ela também parecia já ter ouvido esse boato. Mas calava-se e sofria em silêncio.

A condessa me recebeu muito bem, estendeu-me a mão afavelmente e confirmou que havia tempo desejava me ver em sua casa. Ela própria serviu o chá, de um magnífico samovar de prata, em torno do qual nos sentamos: eu, o príncipe e mais um outro cavalheiro da alta sociedade, já de idade, e com uma condecoração, um tanto engomado e com maneiras diplomáticas. Esse convidado, ao que parece, era muito respeitado. A condessa, ao voltar do exterior, naquele inverno, ainda não tivera tempo de estabelecer grandes relações em Petersburgo e consolidar sua posição, como esperava e contava. Além desse convidado, não havia mais ninguém e ninguém apareceu durante toda a noite. Eu procurava Katerina Fiódorovna com o olhar; ela estava em outra sala com Aliócha, mas, ao ouvir falar da nossa chegada, veio imediatamente nos ver. O príncipe beijou-lhe a mão amavelmente, e a condessa indicou-me a ela com um sinal. O príncipe nos apresentou imediatamente. Eu a examinei com atenção impaciente: era uma loirinha delicada, vestia uma roupa branca, tinha estatura mediana, uma expressão serena e plácida no semblante, olhos de um azul perfeito, como dissera Aliócha, a beleza da juventude, e só. Esperava encontrar uma perfeição de beleza, mas beleza mesmo não havia. Tinha um rosto oval, regular, de contornos delicados, feições bastante regulares, cabelos espessos e realmente bonitos, penteados com simplicidade, num estilo caseiro, e olhar atento e sereno; se a encontrasse em algum lugar, passaria despercebida para mim, não lhe teria prestado nenhu-

Humilhados e ofendidos

ma atenção especial; mas essa foi só a primeira impressão, depois, ao longo da noite, tive tempo de examiná-la um pouco melhor. Já o jeito com que me estendeu a mão, continuando a fitar-me nos olhos com uma atenção ingenuamente insistente e sem dizer uma palavra, impressionou-me por sua singularidade, e eu, nem sei por quê, lhe sorri involuntariamente. É evidente que senti no mesmo instante que tinha diante de mim uma criatura de coração puro. A condessa a seguia atentamente com o olhar. Após apertar-me a mão, Kátia afastou-se de mim com certa pressa e foi se sentar em outro canto da sala, junto de Aliócha. Ao me cumprimentar, Aliócha sussurrou-me: "Estou aqui apenas por um minuto, já estou indo *para lá*".

O "diplomata" — não sei seu sobrenome e o chamo de diplomata para ter como chamá-lo — falava tranquila e majestosamente, desenvolvendo uma certa ideia. A condessa o seguia com atenção. O príncipe sorria em aprovação e de modo lisonjeiro; o orador dirigia-se a ele com frequência, provavelmente por apreciar um ouvinte digno. Serviram-me o chá e me deixaram em paz, com o que fiquei muito feliz. Enquanto isso, examinava a condessa. À primeira vista, malgrado meu, ela de certa maneira me agradara. Talvez já não fosse jovem, mas me pareceu não ter mais de vinte e oito anos. Tinha o rosto ainda jovial e, na época de sua primeira juventude, deve ter sido muito bonita. Os cabelos ruivos e escuros ainda eram bastante espessos; o olhar era extremamente bondoso, mas de certo modo fútil e travessamente malicioso. Mas naquele momento, por algum motivo, via-se que se reprimia. Aquele olhar expressava também muita inteligência, porém, mais do que tudo, bondade e alegria. Pareceu-me que seu traço predominante era uma certa frivolidade, uma sede de prazeres e um certo egoísmo bondoso, talvez até desmesurado. Ela estava sob o comando do príncipe, que exercia extraordinária influência sobre ela. Sabia que mantinham uma relação e ouvira dizer também que ele fora um amante não muito zeloso na época de sua estada no exterior; mas sempre me pareceu, e ainda me parece, que, além do antigo relacionamento, havia ainda uma outra coisa que os unia, em parte secreta, algo como um compromisso mútuo baseado em algum cálculo... em suma, alguma coisa do gênero devia haver. Sabia também que naquele momento o príncipe já se sentia incomodado com ela, e ainda assim não haviam rompido a relação. Talvez o que os unisse fosse sobretudo seus propósitos com relação a Kátia, que, evidentemente, deviam ser uma iniciativa do príncipe. Com base nisso, o príncipe pôde se livrar do casamento com a condessa, que realmente o exigia, persuadindo-a a contribuir para a realização do casamento de Aliócha com sua enteada. Foi isso, pelo menos, o que concluí dos ingênuos relatos anteriores de Aliócha, que ao menos alguma coisa devia ter notado. Sempre me pareceu também, em parte por esses mesmos relatos, que, embora a condessa fosse completamente submissa a ele, o príncipe tinha algum motivo para temê-la. Até Aliócha percebeu isso. Soube depois que o príncipe queria muito casar a condessa com quem quer que fosse e que, em parte, era com esse propósito que ele a enviava para a província de Simbirsk, na esperança de encontrar-lhe um bom partido no interior.

Permaneci sentado, ouvindo, sem saber o que fazer para poder conversar o quanto antes a sós com Katerina Fiódorovna. O diplomata respondia a uma pergunta da condessa sobre o atual estado das coisas, sobre o início das reformas e se havia por que temê-las ou não. Falou muito e por longo tempo, calmamente e como quem tem autoridade. Desenvolveu sua ideia com sutileza e habilidade, mas a ideia era abominável. Insistia justamente que todo esse espírito de reformas e correções produziria muito rapidamente os frutos esperados; que, ao ver esses frutos, haveriam de criar juízo, e que esse novo espírito se propagaria não só na sociedade (é claro, numa determinada parte dela), mas que pela experiência veriam o erro e, então, começariam a apoiar o antigo sistema com um vigor redobrado. Que a experiência, embora triste, também seria muito vantajosa, porque ensinaria como manter esse salutar sistema antigo, traria novos dados para isso; e, consequentemente, seria preciso até desejar que isso agora chegasse rapidamente até o último grau da imprudência. "Sem *nós*, é impossível" — concluiu ele —, "sem nós, nenhuma sociedade se manteve até hoje. Não sairemos perdendo, ao contrário, ainda sairemos ganhando; daremos a volta por cima, por cima, e nosso lema no momento atual deve ser: *Pire ça va, mieux ça est.*"[18] O príncipe sorriu para ele com uma simpatia abominável. O orador estava plenamente satisfeito consigo mesmo. Fui tão estúpido, que já queria objetar, pois fervia-me o sangue. Mas o olhar venenoso do príncipe me deteve; o príncipe lançou um olhar para o meu lado, e pareceu-me que estava justamente esperando algum disparate estranho e juvenil de minha parte; talvez até quisesse isso, para se deleitar com o modo como me comprometeria. Ao mesmo tempo, eu estava firmemente convicto de que o diplomata certamente não faria caso da minha objeção, e talvez nem de mim mesmo. Comecei a me sentir muito mal ao lado deles; mas Aliócha me salvou.

Aproximou-se de mim devagarinho, tocou-me no ombro e pediu-me para trocar duas palavras com ele. Deduzi que fora enviado por Kátia. E foi isso mesmo. Em um minuto, já estava sentado ao lado dela. A princípio fi-

---

[18] Em francês, com o sentido de "Quanto pior, melhor". (N. da T.)

cou me observando atentamente, como se dissesse consigo mesma: "olhe só como você é", e num primeiro momento nenhum dos dois encontrava palavras para iniciar a conversa. Eu, no entanto, tinha a certeza de que seria só ela começar a falar que não pararia mais, até de manhã. "Umas cinco, seis horas de conversa", sobre as quais contara Aliócha, veio-me à mente. Aliócha permaneceu ali mesmo sentado, esperando com impaciência para ver como começaríamos.

— Por que o senhor não diz nada? — começou ele, olhando para nós com um sorriso. — Encontram-se e ficam calados.

— Ah, Aliócha, como você é... já vamos — respondeu Kátia. — Temos tanta coisa a dizer um ao outro, Ivan Petróvitch, que nem sei por onde começar. Estamos nos conhecendo muito tarde; devia ter sido antes, embora já o conheça há muito tempo. E tinha tanta vontade de vê-lo. Cheguei a pensar em lhe escrever uma carta...

— Sobre o quê? — perguntei eu, sorrindo involuntariamente.

— Sobre muita coisa — respondeu ela, com seriedade. — Ainda que para saber se é verdade o que ele diz sobre Natália Nikoláievna, que ela não se ofende quando ele a deixa sozinha nessas horas. Bem, será que é possível proceder assim como ele procede? Mas por que está aqui agora, diga-me, por favor?

— Oh, meu Deus, já estou de saída. Pois disse que ficaria aqui só por um minutinho, para ver vocês dois juntos, saber o que iriam conversar, e em seguida ia para lá.

— Pois, então, já estamos aqui juntos, viu? E ele é sempre assim — acrescentou ela, corando levemente e apontando-o para mim com o dedo. — "Um minutinho", diz ele, "só um minutinho", mas, quando você vê, acabou ficando até meia-noite, e para ir para lá já é tarde. "Ela não se zanga, ela é boa", diz... é assim que raciocina! Mas será que isso é bom, será que é nobre?

— Bem, então estou indo — respondeu Aliócha, queixosamente —, só que gostaria muito de ficar com vocês...

— O que haveria de fazer conosco? Nós, ao contrário, temos muito o que conversar sozinhos. Mas, ouça, não fique zangado; é uma necessidade, compreenda.

— Se é uma necessidade, então já estou indo... Não há por que ficar zangado. Só vou passar um minutinho na casa de Liévenka e de lá vou imediatamente à dela. A propósito, Ivan Petróvitch — continuou ele, pegando o chapéu —, sabia que meu pai quer recusar o dinheiro que ganhou no processo contra Ikhmiêniev?

— Sabia, ele me disse.

— Como é nobre ele fazer isso. Mas Kátia não acredita que ele faz isso por nobreza. Converse com ela sobre isso. Adeus, Kátia, e, por favor, não duvide do meu amor por Natacha. E por que vocês todos ficam me impondo essas condições, me censurando, ficam no meu encalço, é como se estivesse sob a vigilância de vocês! Ela sabe que a amo e confia em mim, e estou certo de que confia em mim. Eu a amo independentemente de tudo, de todas as circunstâncias. Não sei como a amo. Simplesmente, a amo. E por isso não há por que ficar me interrogando, como se tivesse culpa. Então pergunte a Ivan Petróvitch, já que agora ele está aqui e pode lhe confirmar que Natacha é ciumenta e, embora me ame muito, em seu amor há muito egoísmo, porque ela não quer sacrificar nada por mim.

— Como assim? — perguntei, surpreso, sem acreditar em meus próprios ouvidos.

— O que está dizendo, Alióscha? — quase gritou Kátia, erguendo os braços, admirada.

— É isso, sim; o que há de surpreendente nisso? Ivan Petróvitch sabe. Ela vive exigindo que eu fique com ela. Se bem que ela nem exige, mas se vê que é o que ela gostaria.

— E você não se envergonha, não se envergonha disso? — disse Kátia, ruborizando-se toda, de cólera.

— Mas por que haveria de me envergonhar? Como você é, hein, Kátia! Pois eu a amo mais do que ela imagina, e se ela realmente me amasse como eu a amo, então haveria de sacrificar seu prazer por mim. É verdade que ela mesma me deixa sair, mas vejo em seu rosto quanto isso lhe custa, então, para mim, é o mesmo que não deixar sair.

— Não, isso não é por acaso! — exclamou Kátia, tornando a dirigir-se a mim com o olhar faiscando de cólera. — Confesse, Alióscha, confesse agora, foi o seu pai que lhe falou isso tudo? Falou hoje? E, por favor, não dê uma de esperto comigo: eu saberia na hora! Foi ou não?

— Sim, falou — respondeu Alióscha, confuso —, e o que há de mais nisso? Ele falou comigo hoje e foi tão amável, tão amigável, não parou de elogiá-la, tanto que fiquei até surpreso: ela o insultou tanto, e ele ainda a elogia.

— E o senhor, o senhor acreditou — disse eu —, logo o senhor, a quem ela deu tudo o que podia dar, e até agora, hoje mesmo, estava toda preocupada, não queria de modo algum que se sentisse entediado, não queria de modo algum privá-lo da oportunidade de ver Katerina Fiódorovna! Ela mesma me falou isso hoje. E de repente o senhor dá crédito a palavras falsas! Não se envergonha?

Humilhados e ofendidos 263

— Ingrato! Ora, ele nunca se envergonha de nada! — disse Kátia, dirigindo a ele um gesto com a mão, como se ele fosse um caso completamente perdido.

— Mas o que estão querendo? — prosseguiu Aliócha, com voz queixosa. — E você é sempre assim, Kátia! Sempre imagina o pior de mim... já nem falo de Ivan Petróvitch! O senhor acha que não amo Natacha. Não quis dizer que ela é egoísta. Só quis dizer que ela me ama demais, tanto que já passa dos limites, e por isso é penoso para mim e para ela. E meu pai nunca me enganará, mesmo que o queira; eu não deixaria. Ele não disse absolutamente que ela é egoísta no mau sentido da palavra; pois eu entendi. Disse justamente do mesmo jeito como transmiti agora: que o amor dela é tão forte, tão excessivo, que está simplesmente se transformando em egoísmo, tanto que está sendo penoso para mim e para ela, mas que, posteriormente, será mais penoso ainda para mim. Pois bem, ele disse a verdade, por amor a mim, e isso não quer dizer, de modo algum, que ofendeu Natacha; ao contrário, viu nela um amor muito forte, um amor desmedido, ao extremo...

Mas Kátia o interrompeu e não o deixou terminar. Começou a recriminá-lo com ardor, mostrando-lhe que seu pai começara a louvar Natacha para isso, para enganá-lo com uma bondade aparente, e tudo isso com a intenção de acabar com o relacionamento deles e, de um modo invisível e imperceptível, colocar o próprio Aliócha contra ela. Pôs-se a argumentar com ardor e sensatez sobre quanto Natacha o amava, que nenhum amor perdoaria o que ele faz com ela, e que o verdadeiro egoísta era ele mesmo, Aliócha. Pouco a pouco, Kátia foi lhe fazendo sentir uma tristeza terrível e um arrependimento profundo; ele ficou sentado ao nosso lado, olhando para o chão, já sem responder nada, completamente aniquilado e com uma expressão de sofrimento no rosto. Mas Kátia era implacável. Pus-me a observá-la com extrema curiosidade. Tive vontade de conhecer quanto antes essa jovem estranha. Era uma verdadeira criança, mas uma criança um tanto estranha e *com convicções*, com princípios sólidos e um amor inato pelo bem e pela justiça. Se é que realmente se podia chamá-la de criança, então ela pertencia a uma categoria de crianças *que pensam*, bastante numerosas em nossas famílias. Era evidente que já refletia muito. Seria curioso dar uma espiada dentro dessa cabeça pensante e ver como ideias e imagens completamente infantis se misturavam ali com impressões profundamente vividas e observações da vida (porque Kátia já havia vivido) e, ao mesmo tempo, com ideias que ainda não conhecia nem experimentara, mas que a haviam impressionado de modo abstrato, livresco, e que já deviam ser muitas e as quais ela provavelmente tomava como vividas por ela própria. Durante toda essa noite, e ainda posteriormente, parece-me que a estudei bastante bem. Tinha um coração ardoroso e suscetível. Em algumas ocasiões, parecia não fazer caso de sua capacidade de se dominar, punha a verdade acima de tudo e considerava qualquer coação na vida um preconceito convencional e, ao que parece, se vangloriava dessa convicção, o que costuma acontecer com pessoas impetuosas, até mesmo não muito jovens. Mas isso, justamente, lhe dava um encanto especial. Gostava muito de pensar e chegar à verdade, mas estava tão longe de ser pedante, com suas criancices e tiradas infantis, que já à primeira vista começava-se a gostar de toda a sua originalidade e a aceitá-la. Lembrei-me de Liévenka e Bórenka, e me pareceu que tudo isso estava na ordem natural das coisas. E é estranho: seu rosto, no qual à primeira vista não notara nenhuma beleza especial, nessa mesma noite, a cada instante tornava-se para mim cada vez mais belo e atraente. Essa dualidade ingênua da criança e da mulher que pensa, essa sede infantil e altamente genuína de verdade e de justiça e a fé inabalável em suas aspirações; tudo isso iluminava-lhe o semblante com uma luz maravilhosa de sinceridade, conferia-lhe uma beleza espiritual superior e começava-se a compreender que não era possível esgotar tão cedo todo o significado dessa beleza, que não se entrega toda de imediato a um olhar vulgar e indiferente qualquer. E compreendi que Aliócha devia se sentir apaixonadamente ligado a ela. Se ele mesmo não era capaz de pensar e raciocinar, então amava justamente as pessoas que pensavam e até desejavam por ele — e Kátia já o tomara sob sua tutela. Ele tinha um coração nobre e irresistível, submetia-se de imediato a tudo o que era belo e honesto, e Kátia já havia se expressado muitas vezes diante dele, com toda a sua sinceridade infantil e sua simpatia. Ele não tinha nem um pingo de vontade própria; e ela tinha uma força de vontade perseverante, firme e ardente, e Aliócha só poderia se apegar a alguém que pudesse dominá-lo e até mesmo comandá-lo. Foi com isso, em parte, que Natacha o prendera no início do relacionamento deles, mas Kátia tinha uma grande vantagem sobre Natacha: o fato de que ela mesma ainda era uma criança e, pelo visto, ainda haveria de continuar a sê-lo por muito tempo. Essa infantilidade dela, sua inteligência viva e, ao mesmo tempo, uma certa falta de juízo — tudo isso estava mais de acordo com Aliócha. Ele sentia isso, e por isso se sentia cada vez mais e mais atraído por Kátia. Estou certo de que, quando ficavam conversando sozinhos, junto com as conversas "propagandísticas" sérias de Kátia, as coisas entre eles talvez chegassem até a brincadeiras infantis. E embora Kátia provavelmente ralhasse com Aliócha com muita frequência e até o tivesse em suas mãos, era evidente que ele se sentia mais à vontade com ela do que com Natacha. Os dois faziam um belo *par*, e isso era o essencial.

Humilhados e ofendidos

— Chega, Kátia, chega, basta; você acaba sempre tendo razão, e eu não. É porque sua alma é mais limpa do que a minha — disse Aliócha, levantando-se e estendendo-lhe a mão para se despedir. — Vou agora mesmo à casa dela, e não passarei na de Liévenka...

— Não tem nada a fazer na casa de Liévenka; e é muito amável por obedecer e ir agora.

— E você é mil vezes mais amável do que todos — respondeu Aliócha, triste. — Ivan Petróvitch, preciso lhe dizer duas palavras.

Nós nos afastamos uns dois passos.

— Hoje procedi de maneira vergonhosa — sussurrou-me ele —, procedi de maneira vil, cometi uma falta diante de todo mundo, e mais do que tudo diante delas duas. Hoje meu pai, depois do almoço, me apresentou Alexandrina, uma francesa, uma mulher encantadora. Eu... me deixei levar e... bem, o que posso dizer... é que não sou digno de estar ao lado delas... Adeus, Ivan Petróvitch!

— Ele é bom, é nobre — começou a dizer Kátia apressadamente, quando tornei a me sentar ao seu lado —, mas dele falaremos depois, muito; agora, antes de mais nada, precisamos fazer uns ajustes: o que o senhor acha do príncipe?

— Uma pessoa muito má.

— Também acho. Portanto, nisso estamos de acordo, e por isso nos será mais fácil julgar. Agora, sobre Natália Nikoláievna... Sabe, Ivan Petróvitch, agora, é como se estivesse na escuridão, e estava à sua espera como à de uma luz. O senhor há de me esclarecer tudo isso, porque no ponto mais importante julgo por suposições, por aquilo que Aliócha vai me contando. E não havia mais ninguém por quem pudesse saber. Diga-me, em primeiro lugar (isso é o essencial), na sua opinião: Aliócha e Natacha seriam felizes juntos ou não? Preciso saber disso antes de mais nada, para tomar uma decisão definitiva, para que eu mesma saiba como proceder.

— Mas como poderia me pronunciar a esse respeito com certeza?...

— Sim, é evidente, não com certeza — interrompeu-me ela —, mas o que o senhor acha? Porque o senhor é uma pessoa muito inteligente.

— Na minha opinião, não podem ser felizes.

— Mas por quê?

— Não formam um par.

— Era o que eu também pensava! — e ela cruzou os braços, como que profundamente angustiada. — Conte-me com mais detalhes. Ouça: tenho um desejo imenso de ver Natacha porque tenho muito o que conversar com ela, e parece-me que com ela podemos resolver tudo. E agora fico só imaginando-a em minha mente: deve ser terrivelmente inteligente, séria, sincera e muito bonita. Não é isso?

— Sim.

— Também tinha certeza disso. Bem, então, se ela é assim, como pode se apaixonar por Aliócha, esse menino? Explique-me; fico sempre pensando nisso.

— Isso não se pode explicar, Katerina Fiódorovna; é difícil imaginar por que e como uma pessoa pode se apaixonar. De fato, ele é uma criança. Mas sabe como alguém pode se apaixonar por uma criança? — Enterneceu-me o coração ao olhar para ela e para os seus olhos, que me fitavam com uma atenção profunda, séria e impaciente. — E por mais que a própria Natacha não se pareça com uma criança — continuei —, por mais séria que seja, tanto mais fácil foi se apaixonar por ele. Ele é sincero, verdadeiro, terrivelmente ingênuo, e às vezes graciosamente ingênuo. Ela, talvez, tenha se apaixonado por ele... como eu poderia dizer?... como que por dó. Um coração generoso pode se apaixonar por dó... Aliás, sinto que não posso lhe esclarecer nada, mas, em compensação, vou lhe fazer uma pergunta: e a senhorita, a senhorita o ama?

Fiz essa pergunta ousada e senti que, com a precipitação de uma pergunta como essa, não poderia perturbar a pureza infinita e infantil dessa alma serena.

— Juro por Deus que ainda não sei — respondeu-me em voz baixa, fitando-me serenamente nos olhos —, mas parece que o amo muito...

— Pois é, está vendo? E pode explicar por que o ama?

— Nele não há mentira — respondeu ela, após pensar um pouco —, e quando ele olha diretamente nos olhos e ainda me diz alguma coisa, isso me agrada muito... Ouça, Ivan Petróvitch, aqui estou eu falando com o senhor sobre isso, mas sou uma menina, e o senhor é um homem; será que faço bem, ou não?

— E o que é que tem isso?

— Pois é. Sem dúvida, o que é que tem isso? Mas eles (apontou com os olhos para o grupo sentado em torno do samovar), eles, provavelmente, diriam que isso não é bom. E estão certos ou não?

— Não! Pois a senhorita não sente no coração que está agindo mal, então...

— É o que sempre faço — interrompeu-me ela, com pressa visível de conversar comigo o máximo possível —, sempre que alguma coisa me deixa confusa, pergunto na mesma hora ao meu coração, e se ele está tranquilo, então fico tranquila também. É assim que se deve proceder sempre. E se falo com o senhor com toda a franqueza, como se fosse comigo mesma, é porque, em primeiro lugar, é uma excelente pessoa e conheço sua antiga história com Natacha, de antes de Aliócha, e chorei ao ouvi-la.

— E quem lhe contou?

— Aliócha, naturalmente, e também chorou ao contar: isso foi muito bonito de sua parte, e me agradou muito. Parece-me que ele gosta mais do senhor do que o senhor dele, Ivan Petróvitch. E é por essas coisas que ele me agrada. Bem, e, em segundo lugar, se falo com o senhor de modo tão franco, como se fosse comigo mesma, é porque é uma pessoa muito inteligente e pode me dar conselhos e ensinar muita coisa.

— Mas por que acha que sou tão inteligente e que posso ensiná-la?

— Ora, mas o que está dizendo? — ela ficou pensativa. — Só falei isso por falar; vamos conversar sobre o mais importante. Ensine-me, Ivan Petróvitch: pois agora sinto que sou rival de Natacha, e sei disso, mas como devo proceder? Foi por isso que lhe perguntei: se eles poderiam ser felizes. Penso nisso noite e dia. A situação de Natacha é horrível, horrível! Pois ele deixou de amá-la completamente, e me ama cada vez mais e mais. Não é isso?

— Parece que sim.

— E, no entanto, não a engana. Ele mesmo nem sabe que está deixando de amá-la, mas ela com certeza sabe. Como deve sofrer!

— E o que pretende fazer, Katerina Fiódorovna?

— Tenho muitos projetos — respondeu ela, com seriedade —; e, no entanto, estou toda confusa. Era por isso que o esperava com tanta ansiedade, para que resolvesse tudo isso por mim. Sabe tudo isso muito melhor do que eu. Porque para mim o senhor agora é como um deus. Ouça, a princípio, eu raciocinava assim: se amam um ao outro, então é preciso que sejam felizes, e por isso devo me sacrificar e ajudá-los. Não é isso?

— Sei que também se sacrificou.

— Sim, me sacrifiquei, mas aí, como ele começou a vir me ver e me amar cada vez mais, então comecei a pensar comigo mesmo e não paro de pensar: devo me sacrificar ou não? Mas isso é muito ruim, não é verdade?

— Isso é natural — respondi eu —, é assim que deve ser... e não é culpa sua.

— Não acho; diz isso porque é muito gentil. Mas o que eu acho é que meu coração não é muito puro. Se tivesse um coração puro, saberia como resolver. Mas deixemos isto! Depois soube mais sobre o relacionamento deles pelo príncipe, pela *maman*, pelo próprio Aliócha, e deduzi que são muito diferentes; e o senhor agora o confirmou. Então comecei a pensar com mais força ainda: mas e agora? Pois se tiverem que ser infelizes, então é melhor para eles que se separem; mas depois também pensei: devia perguntar detalhadamente ao senhor sobre tudo e então ir eu mesma à casa de Natacha e resolver com ela toda a questão.

— Mas como resolver então? Eis a questão.

— Vou lhe dizer: "A senhora o ama mais do que tudo, e por isso também deve desejar a felicidade dele mais do que tudo e, consequentemente, deve se separar dele".

— Sim, mas como ela haverá de se sentir ao ouvir isso? E se ela concordar com a senhorita, será que terá forças para tanto?

— Pois é justamente sobre isso que penso noite e dia e... e...

E de repente ela começou a chorar.

— O senhor não vai acreditar na pena que sinto de Natacha — sussurrou, com os lábios trêmulos de choro.

Não havia nada a acrescentar aqui. Fiquei em silêncio, e eu mesmo tive vontade de me pôr a chorar, ao vê-la nesse estado por amor. Que criança encantadora era essa! Nem sequer lhe perguntei por que se achava capaz de fazer Aliócha feliz.

— O senhor gosta de música, não é? — perguntou-me, depois de se acalmar um pouco, com ar ainda contemplativo, devido a suas lágrimas recentes.

— Gosto — respondi, com certa surpresa.

— Se houvesse tempo, tocaria para o senhor o concerto número três de Beethoven. É o que ando tocando agora. Há nele todos esses sentimentos... Exatamente como sinto agora. É o que me parece. Mas fica para outra vez; agora precisamos falar.

Começaram as nossas conversas sobre como ela e Natacha poderiam se ver e como arranjar isso tudo. Ela me informou que estava sendo vigiada, e embora sua madrasta fosse boa e a amasse, por nada no mundo haveria de permitir que fosse apresentada a Natália Nikoláievna; e por isso decidira recorrer a uma artimanha. Pela manhã, ela às vezes saía para passear, quase sempre com a condessa. Mas às vezes a condessa não a acompanhava e a deixava ir sozinha com a francesa, que estava então doente. Isso acontecia quando a condessa tinha dor de cabeça; e por isso era preciso esperar que tivesse dor de cabeça. E antes disso ela procuraria persuadir sua francesa (uma espécie de dama de companhia, uma velhinha), porque a francesa era muito bondosa. Em resumo, verificou-se que era impossível marcar de antemão um dia para a visita a Natacha.

— Há de conhecer Natacha e não se arrependerá — disse eu. — Ela também quer muito conhecê-la, e isso é necessário ainda que seja apenas para que ela saiba a quem está entregando Aliócha. Não se angustie muito com esse assunto. O tempo decidirá a despeito de suas preocupações. Não está indo para o campo?

— Sim, em breve, talvez daqui a um mês — respondeu ela —, e sei que o príncipe está insistindo nisso.

— O que acha, Aliócha irá com vocês?

— Também tenho pensado nisso! — disse ela, fitando-me fixamente. — Pois ele irá.

— Irá.

— Meu Deus, em que vai dar tudo isso, não sei. Ouça, Ivan Petróvitch. Hei de lhe escrever sobre tudo, hei de escrever com frequência e muito. Desde já começo a torturá-lo. Virá com frequência nos ver?

— Não sei, Katerina Fiódorovna: depende das circunstâncias. Talvez nem venha.

— Por que não?

— Vai depender de muita coisa, e, o principal, da minha relação com o príncipe.

— É um homem desonesto — disse Kátia, de maneira resoluta. — Mas sabe, Ivan Petróvitch, e se eu fosse à sua casa? Isso seria bom, ou não?

— O que acha?

— Acho que seria bom. Assim, lhe faria uma visita... — acrescentou ela, sorrindo. — Estou dizendo isso porque, além de respeitá-lo, gosto muito do senhor... E pode-se aprender muita coisa em sua companhia. Mas gosto do senhor... E não é vergonhoso que lhe fale dessas coisas todas?

— Vergonhoso por quê? Também já a quero tão bem, como se fosse da família.

— Então, quer ser meu amigo?

— Oh, sim, sim! — respondi.

— Bem, mas eles com certeza haveriam de dizer que é vergonhoso e que uma jovem não deve proceder desse modo — observou ela, tornando a apontar as pessoas que conversavam à mesa de chá —, aliás, percebo que o príncipe parece ter nos deixado a sós de propósito para conversarmos à vontade. Pois sei muito bem — acrescentou ela —, o que o príncipe quer é o meu dinheiro. Eles pensam que não passo de uma criança, e chegam a me dizer isso diretamente. Mas não penso assim. Já não sou criança. Eles é que são estranhos: eles sim é que parecem crianças; e por que estão sempre ocupados?

— Katerina Fiódorovna, esqueci-me de lhe perguntar: quem são esse Liévenka e esse Bórenka que Aliócha visita com tanta frequência?

— São meus parentes distantes. São muito inteligentes e muito honestos, mas falam muito... Eu os conheço... — e ela sorriu.

— É verdade que, com o tempo, quer presenteá-los com um milhão?

— Pois está vendo? Mesmo que seja um milhão, mas já tagarelaram tanto sobre ele, que já está se tornando insuportável. É claro que ficarei feliz em doar para tudo o que for útil, pois para que serve uma quantia tão imensa, não é verdade? Mas, veja, nem sei ainda quando vou doá-lo; e já estão desde agora dividindo, refletindo, gritando, discutindo sobre onde seria melhor empregá-lo, chegam a brigar por causa disso; de forma que até isso é estranho. Estão muito apressados. Mas, de todo modo, são tão sinceros e... inteligentes. Estudam. E isso é muito melhor do que o modo como outros vivem. Não é mesmo?

E nós ainda conversamos muito. Contou quase toda a sua vida e ouviu com avidez as minhas histórias. Pedia-me o tempo todo para contar mais coisas sobre Natacha e Aliócha. Já era meia-noite quando o príncipe veio e me fez saber que estava na hora de nos despedirmos. Despedi-me. Kátia apertou-me a mão calorosamente e fitou-me com um olhar expressivo. A condessa pediu-me para voltar sempre; o príncipe e eu saímos juntos.

Não consigo deixar de fazer uma observação estranha e que, talvez, não tenha nenhuma relação com o assunto. De minha conversa de três horas com Kátia, saí, entre outras coisas, com a convicção estranha, mas ao mesmo tempo profunda, de que ela ainda era tão criança, que não conhecia absolutamente nada do mistério da relação entre um homem e uma mulher. Isso dava um caráter extraordinariamente cômico a algumas de suas reflexões e, em geral, ao tom sério com que falava de outras coisas muito importantes...

CAPÍTULO X

— Sabe de uma coisa? — disse o príncipe, ao se sentar comigo na caleche. — Que tal se formos jantar agora, hein? O que acha?

— Na verdade, não sei, príncipe — respondi hesitante —, não janto nunca...

— E é claro que também *conversaremos* durante o jantar — acrescentou, olhando-me de modo fixo e com malícia diretamente nos olhos.

"Como não entender? Está querendo falar", pensei, "e é disso mesmo que preciso." Concordei.

— Assunto resolvido. Para a Bolchaia Morskaia, ao B***.[19]

— Ao restaurante? — perguntei eu, um tanto confuso.

— Sim. E o que tem? Raramente janto em casa. Será que não me permite que o convide?

— Mas já lhe disse que não janto nunca.

— É uma única vez, que mal faz? Além disso, sou eu que o estou convidando...

Queria dizer, "pagarei por você"; estou certo de que acrescentou essas duas palavras de propósito. Deixei que me levasse, mas no restaurante decidi que eu mesmo pagaria por mim. Chegamos. O príncipe pediu um compartimento reservado e escolheu dois ou três pratos com bom gosto e conhecimento do assunto. Os pratos eram caros, assim como o era a garrafa de vinho de mesa fino que pediu para trazer. Isso tudo estava além das minhas posses. Olhei o cardápio e pedi para mim meia perdiz e um cálice de Lafite. O príncipe se revoltou.

— O senhor não quer jantar comigo! Isso chega a ser ridículo. *Pardon, mon ami*,[20] mas é que isso... é de uma escrupulosidade revoltante. Chega a ser de um amor-próprio extremamente mesquinho. É como se isso en-

---

[19] Trata-se do restaurante Borélia, na época um dos mais conhecidos de Petersburgo. (N. da T.)

[20] Em francês, "Perdão, meu amigo". (N. da T.)

272   Fiódor Dostoiévski

volvesse interesses de classe, e aposto que é isso mesmo. Asseguro-lhe que me ofende.

Mas fiz finca-pé.

— Aliás, como queira — acrescentou ele. — Não vou forçá-lo... Diga-me, Ivan Petróvitch, posso lhe falar como a um amigo?

— Peço-lhe que o faça.

— Pois bem, a meu ver, esse tipo de escrúpulo só o prejudica. E todos os seus que são assim se prejudicam exatamente do mesmo modo. O senhor é um literato, precisa conhecer a sociedade, mas se esquiva de tudo. Nem é da perdiz que estou falando agora, mas está pronto a recusar completamente qualquer relação com o nosso meio, e isso é definitivamente prejudicial. Além disso, perde muito, quero dizer, em sua carreira; além disso, precisa conhecer pelo menos aquilo que descreve, e o senhor tem lá, nas suas novelas, não só condes, príncipes e *boudoirs*... Aliás, o que estou dizendo? Ali, o senhor agora só tem pobreza, capotes perdidos, inspetores gerais,[21] oficiais provocadores, funcionários, os tempos antigos e a vida dos cismáticos, sei muito bem.

— Mas o senhor está enganado, príncipe; se não frequento a assim chamada "alta sociedade" é porque, em primeiro lugar, acho entediante, e, em segundo lugar, não tenho nada a fazer aí! E, no fim das contas, assim mesmo frequento...

— Eu sei, a casa do príncipe R., uma vez por ano; foi lá que o encontrei. E o resto do ano passa atolado em seu orgulho democrático, definhando em seus sótãos, embora nem todos os seus procedam assim. Há aqueles que são aventureiros, que chegam a me dar náusea...

— Gostaria de lhe pedir, príncipe, para mudar de conversa e não voltar aos nossos sótãos.

— Ah, meu Deus, já se ofendeu. Aliás, o senhor mesmo me permitiu que lhe falasse de maneira amistosa. Mas me desculpe, ainda não fiz por merecer sua amizade. O vinho é deveras bom. Experimente.

Ele me serviu meio copo de sua garrafa.

— Está vendo, meu querido Ivan Petróvitch, compreendo muito bem que não é conveniente querer impor uma amizade. Acontece que nem todos nós somos rudes e insolentes com os senhores, como imaginam que somos; mas também compreendo muito bem que não é por simpatia que está aqui comigo, mas porque prometi *conversar* com o senhor. Não é verdade?

---

[21] Referências às obras de Gógol: "O capote", *O inspetor geral* etc. (N. da T.)

Humilhados e ofendidos

Ele se pôs a rir.

— E já que vela pelos interesses de uma certa pessoa, então também quer ouvir o que tenho a dizer. É isso? — acrescentou, com um sorriso malicioso.

— Não se enganou — interrompi-o com impaciência (percebi que era daqueles que, ao ver que tem uma pessoa em seu poder, por pouco que seja, na mesma hora a faz sentir isso; e eu estava em seu poder; não podia sair antes de ouvir tudo o que pretendia dizer, e ele sabia disso muito bem. Seu tom de repente mudou e foi se tornando cada vez mais insolentemente irônico e familiar). — Não se enganou, príncipe; foi justamente por isso que vim, caso contrário, realmente não estaria aqui sentado... tão tarde.

Minha vontade era dizer: caso contrário, não teria permanecido com o senhor por nada no mundo, mas não disse e contornei de outra maneira, não por medo, mas por causa da minha maldita franqueza e delicadeza. Mas, de fato, como dizer uma grosseria na cara de uma pessoa, ainda que ela merecesse isso e ainda que quisesse justamente lhe dizer uma grosseria? Pareceu-me que o príncipe notara isso nos meus olhos e ficou me olhando com ironia enquanto eu pronunciava minha frase, como que se deleitando com minha covardia e como que me provocando com o olhar: "O que foi? Não se atreve? Pois aí é que está, irmão!". Deve ter sido isso mesmo, porque, quando terminei, desatou a rir e, com uma afabilidade paternal, deu-me uma palmadinha no joelho.

"Você me faz rir, irmão", li em seu olhar. "Espere para ver!", pensei comigo mesmo.

— Hoje estou muito contente! — exclamou ele. — Na verdade, nem sei por quê. Ah, sim, meu amigo, sim! Era justamente dessa pessoa que queria lhe falar. Precisamos ter uma conversa definitiva, chegar a algum *acordo*, e espero que desta vez o senhor me entenda perfeitamente. Comecei a lhe falar há pouco desse dinheiro e desse pai papalvo, desse bebê de sessenta anos... Bem! Nem vale a pena lembrar agora. Falei *por falar*! Ah, ah, ah! Pois o senhor é um literato, então devia ter adivinhado...

Eu olhava para ele com espanto. Parece que ainda não estava bêbado.

— Bem, quanto a essa moça, saiba que realmente a respeito e até gosto dela, asseguro-lhe; é um pouco caprichosa, mas, afinal, "não há rosa sem espinhos", como diziam, e muito bem dito, há cinquenta anos: os espinhos picam, mas é justamente isso que é atraente, e embora meu Aleksei seja um tolo, em parte já o perdoei, por seu bom gosto. Em suma, moças assim me agradam, e — apertou os lábios de modo bastante significativo — tenho até um certo interesse especial... Bem, isso fica para depois...

— Príncipe! Ouça, príncipe! — exclamei. — Não entendo essa sua mudança brusca, mas... mude de assunto, eu lhe peço!

— Está tornando a se exaltar! Está bem... mudarei, mudarei! Só quero lhe fazer uma pergunta, meu bom amigo: o senhor a respeita muito?

— É evidente — respondi, com uma impaciência grosseira.

— Bem, e também a ama? — continuou ele, mostrando os dentes e entrecerrando os olhos de modo abominável.

— O senhor está se excedendo! — exclamei.

— Ora, está bem, está bem! Acalme-se! Estou com uma disposição de espírito surpreendente hoje. Sinto-me tão contente, como há muito tempo não me acontecia ficar. Talvez seja o caso de bebermos champanhe! O que acha, meu poeta?

— Não vou beber, não quero!

— Nem diga isso! O senhor está obrigado a me fazer companhia hoje. Sinto-me maravilhosamente bem, e como sou de uma bondade que beira o sentimentalismo, nem sequer consigo ficar feliz sozinho. Quem sabe, talvez, até cheguemos a beber e nos tratar por você, ah, ah, ah! Não, meu jovem amigo, ainda não me conhece! Estou certo de que há de gostar de mim. Quero que compartilhe hoje comigo a tristeza e a felicidade, a alegria e as lágrimas, embora espere que eu, pelo menos, não me ponha a chorar. Bem, e então, Ivan Petróvitch? Pense bem, porque, se não for como eu quero, toda a minha inspiração há de passar, desaparecer, evaporar, e não ouvirá nada; bem, o senhor está aqui unicamente para ouvir alguma coisa. Não é verdade? — acrescentou ele, tornando a piscar para mim com insolência. — Fica à sua escolha.

A ameaça era séria. Concordei. "Será possível que esteja querendo me embebedar?", pensei. Por sinal, essa era uma boa hora para mencionar um rumor sobre o príncipe, um rumor que há muito chegara-me aos ouvidos. Dizem que ele — sempre tão decoroso e elegante em sociedade — gostava às vezes de se embebedar à noite, bebia como uma esponja e entregava-se secretamente à libertinagem, a uma libertinagem misteriosa e sórdida... Ouvi rumores terríveis a seu respeito... Dizem que Aliócha sabia que o pai às vezes bebia e tentava ocultar isso de todo mundo, sobretudo de Natacha. Uma vez estava quase deixando escapar para mim, mas mudou de assunto na mesma hora e não respondeu às minhas perguntas. Aliás, não foi dele que ouvi e, confesso, antes não acreditava; mas agora estava à espera do que iria acontecer.

Trouxeram o vinho; o príncipe encheu duas taças, uma para ele e outra para mim.

— É uma menina encantadora, encantadora, embora tenha ralhado comigo! — continuou ele, saboreando o vinho com prazer. — Mas essas criaturas encantadoras são encantadoras justamente nessas horas, justamente nesses momentos... Pois com certeza deve achar que me deixou envergonhado (lembra-se daquela noite?), que me reduziu a pó! Ah, ah, ah! E como lhe cai bem o rubor! O senhor é um conhecedor das mulheres? Às vezes um rubor súbito cai muito bem numa face pálida, já percebeu isso? Ah, meu Deus! Mas parece que está de novo zangado?

— Sim, estou zangado! — exclamei, já sem poder me conter. — E não quero que fale agora de Natália Nikoláievna... ou seja, que fale nesse tom... Isso não irei permitir!

— Veja só! Bem, como queira, farei sua vontade, mudarei de assunto. Sou condescendente e flexível como uma massa. Vamos falar do senhor. Gosto do senhor, Ivan Petróvitch, se soubesse quão amigável, quão sincera é a simpatia que nutro pelo senhor...

— Príncipe, não seria melhor falarmos do assunto? — interrompi-o.

— Isto é, do *nosso assunto*, o senhor quer dizer. Compreendo-o até com meias palavras, *mon ami*, mas nem imagina quão perto estaremos de tocar no assunto se nos pusermos a falar do senhor agora e, claro, se não me interromper. Assim sendo, continuo: queria lhe dizer, meu inestimável Ivan Petróvitch, que viver do modo como vive significa simplesmente se arruinar. Permita-me tocar nessa matéria delicada; faço-o por amizade. É pobre, pede adiantamentos ao seu editor, paga seus credores, e com o restante passa meio ano a puro chá e tremendo de frio em seu sótão, à espera de que seu romance seja publicado na revista de seu editor; não é isso?

— Ainda que seja, mas isso tudo...

— É mais digno do que roubar, ficar rastejando diante dos outros, aceitar suborno, fazer intrigas, e assim por diante. Sei, sei o que quer dizer; tudo isso foi impresso há muito tempo.

— E, no entanto, o senhor não tem por que falar dos meus assuntos. Será possível, príncipe, que devo lhe dar lições de delicadeza?

— Ora, não o senhor, certamente. Mas o que fazer se temos de tocar justamente nessa corda delicada. Afinal, não temos como nos esquivar. Está bem, aliás, deixemos os sótãos em paz. Eu mesmo não gosto nada deles, a não ser em certas ocasiões (e se pôs a rir de maneira repugnante). Mas eis o que me surpreende: que gosto tem em desempenhar papéis de personagens secundárias? É verdade, um dos seus escritores, estou me lembrando, até chegou a dizer não sei onde que, talvez, a maior façanha de um homem consista em conseguir se limitar na vida ao papel de personagem secundária...[22] Parece que algo do gênero! Ouvi também uma conversa sobre isso em algum lugar, mas, enfim, Aliócha lhe tirou a noiva, bem sei, e o senhor, como um Schiller qualquer, ainda os defende com ardor, fica lhes servindo e só falta fazer papel de moço de recados para eles. Queira me desculpar, meu querido, mas essa é uma maneira torpe de brincar com sentimentos generosos... Como pode não se cansar disso, realmente! Chega a ser vergonhoso. Eu, em seu lugar, já teria morrido de despeito; e pior: de vergonha, de vergonha!

— Príncipe! Parece que me trouxe aqui de propósito para me ofender! — exclamei, transtornado de raiva.

— Oh, não, meu amigo, não, neste momento sou pura e simplesmente um homem de negócios e quero sua felicidade. Em uma palavra, quero liquidar todo o assunto. Mas deixemos de lado por enquanto *todo o assunto*, e ouça-me até o fim, procure não se exaltar, ao menos por uns dois minutos. Bem, o que acha, que tal se se casasse? Está vendo, pois agora estou falando de um assunto completamente alheio; por que me olha tão espantado?

— Estou à espera de que acabe de dizer tudo — respondi, olhando para ele realmente espantado.

— Mas não há nada a dizer. Queria justamente saber o que diria se algum amigo seu, que lhe desejasse uma felicidade sólida e verdadeira, e não uma efêmera qualquer, lhe oferecesse uma moça jovenzinha, bonitinha, mas... já com alguma experiência; falo alegoricamente, mas o senhor me compreende, bem, do tipo de Natália Nikoláievna, claro que com uma recompensa decente... (note que estou falando de um assunto alheio, e não do *nosso*); e, então, o que diria?

— Diria ao senhor que está louco.

— Ah, ah, ah! Bah! Mas está quase a ponto de me bater!

Estava realmente a ponto de me atirar sobre ele. Não conseguia mais aguentar. Ele me dava a impressão de uma espécie de réptil, de uma aranha enorme, que eu sentia uma vontade terrível de esmagar. Ele se deleitava troçando de mim; jogava comigo como um gato com um rato, supondo que me tinha em seu poder. Parecia-me (e eu entendia isso) que encontrava uma espécie de prazer, talvez até alguma voluptuosidade em sua baixeza e nessa insolência, nesse cinismo, com o qual, finalmente, arrancava diante de mim sua máscara. Queria se deleitar com o meu espanto, com o meu horror. Desprezava-me abertamente e ria de mim.

---

[22] Referência à personagem Bersenev, do romance *Na véspera* (1860), de Ivan Turguêniev. (N. da T.)

Pressenti já desde o início que tudo isso era premeditado e tinha alguma finalidade; mas encontrava-me em tal situação que tinha de ouvi-lo até o fim a todo custo. Era do interesse de Natacha, e tinha de me dispor a tudo e de suportar tudo, porque nesse momento talvez se decidisse todo o caso. Mas como poderia ouvir esses disparates infames e cínicos às suas custas, como poderia suportar tudo isso a sangue-frio? Ademais, ele mesmo compreendia muito bem que eu não podia deixar de ouvi-lo, e isso acentuava ainda mais a sua ofensa. "Aliás, ele próprio também precisa de mim", pensei, e comecei a responder-lhe num tom agressivo e ríspido. Ele o compreendeu.

— Bem, veja, meu jovem amigo — começou, olhando-me com seriedade —, não podemos continuar assim, e por isso o melhor é chegarmos a um acordo. Eu, como vê, pretendia dizer-lhe alguma coisa, mas o senhor deve fazer a gentileza de concordar em ouvir, seja o que for que eu diga. Desejo falar como tiver vontade e do jeito que me agrada, e é assim que deve ser. Bem, e então, meu jovem amigo, terá paciência?

Dominei-me e fiquei em silêncio, embora ele me olhasse com um tal sarcasmo, como se ele próprio me desafiasse ao mais violento protesto. Mas ele percebeu que eu já havia concordado em não sair e continuou:

— Não se zangue comigo, meu amigo. Ficou zangado com o quê? Apenas com as aparências, não é verdade? Afinal, no fundo, não esperava outra coisa de mim, independentemente do modo como devo falar com o senhor: com uma polidez empolada, ou como agora; porque o sentido, de todo modo, seria esse mesmo. O senhor me despreza, não é verdade? Veja quanta simplicidade e franqueza encantadora há em mim, quanta *bonhomie*.[23] Vou lhe confessar tudo, até meus caprichos de infância. Sim, *mon cher*,[24] e com um pouco mais de *bonhomie* também de sua parte haveremos de chegar a um acordo, de concordar plenamente e de compreender um ao outro em definitivo. E não se espante comigo: estava tão farto, afinal, de todas essas inocências, de todas essas pastorais de Aliócha, de todo esse schillerismo, de todas essas coisas elevadas nessa sua maldita relação com essa Natacha (aliás, uma menina encantadora), que, por assim dizer, a contragosto, estou feliz com a ocasião de poder caçoar um pouco de tudo isso. Bem, e a ocasião surgiu. Além disso, também queria desafogar consigo a minha alma. Ah, ah, ah!

— O senhor me surpreende, príncipe, nem o reconheço. Está caindo ao nível de um polichinelo; essa franqueza inesperada...

---

[23] Em francês, "bonomia". (N. da T.)

[24] Em francês, "meu caro". (N. da T.)

— Ah, ah, ah, pois isso em parte é verdade! Que bela comparação! Ah, ah, ah! Estou *farreando*, meu amigo, estou *farreando*, estou feliz e satisfeito, já o senhor, meu poeta, deve ter comigo o máximo de indulgência. Mas vamos lá, é melhor bebermos — decidiu ele, plenamente satisfeito consigo mesmo e enchendo mais a taça. — Aí está, meu amigo, aquela noite única e estúpida, lembra-se?, na casa de Natacha, acabou comigo por completo. É verdade que ela mesma estava encantadora, mas saí de lá com um rancor terrível e não quero esquecer isso. Nem esquecer nem dissimular. Claro, há de chegar a nossa vez, e está até se aproximando rapidamente, mas agora deixemos isso de lado. E, por sinal, queria justamente lhe explicar que tenho um traço de caráter que ainda não conhece: é um ódio a todas essas ingenuidades e pastorais vulgares que não servem para nada, e um dos prazeres mais picantes para mim sempre foi fingir a princípio que também sou assim, assumir esse tom, cumular de atenções e encorajar algum desses Schillers eternamente jovens e, depois, de súbito, deixá-lo imediatamente desconcertado; tirar de súbito a máscara diante dele e, em vez de uma cara de êxtase, fazer-lhe uma careta, mostrar-lhe a língua justamente nesse momento em que ele menos espera essa surpresa. O quê? O senhor não entende isso, deve lhe parecer abjeto, absurdo, ignóbil, não é?

— É evidente que sim.

— O senhor é franco. Bem, mas o que posso fazer se me atormentam? Também sou estupidamente franco, mas esse é o meu caráter. Aliás, quero lhe contar alguns episódios de minha vida. O senhor há de me compreender melhor, e isso será muito curioso. Sim, de fato, hoje devo estar parecendo um polichinelo; mas, ora, o polichinelo é franco, não é verdade?

— Ouça, príncipe, já é tarde e, na verdade...

— O quê? Meu Deus, que impaciência! E por que essa pressa? Bem, continuemos a conversar de maneira sincera e amigável, sabe, diante de uma taça de vinho, como bons amigos. Acha que estou bêbado: não importa, é até melhor. Ah, ah, ah! Na verdade, esses encontros amigáveis sempre ficam na memória por muito tempo, são lembrados com muito prazer. O senhor não é uma boa pessoa, Ivan Petróvitch. Falta-lhe sensibilidade, sentimentalismo. Pois o que lhe custa gastar uma horinha com um amigo como eu? Além do mais, isso também tem a ver com o assunto... Ora, como pode não entender isso? E ainda por cima é um literato!, devia bendizer a oportunidade. Afinal, pode fazer de mim um tipo, ah, ah, ah! Meu Deus, como estou encantadoramente franco hoje!

Pelo jeito, estava ficando embriagado. Seu semblante havia mudado e assumido uma expressão maldosa. Via-se que queria caçoar, insultar, morder, espicaçar. "Por um lado, é até melhor que esteja bêbado", pensei, "os bêbados sempre dão com a língua nos dentes." Mas ele não dava ponto sem nó.

— Meu amigo — começou, pelo visto deliciando-se consigo mesmo —, acabei de lhe fazer uma confidência, talvez até inapropriada, sobre um desejo irresistível que às vezes tenho de mostrar a língua a alguém, em certos casos. Por causa dessa minha franqueza ingênua e simples o senhor me comparou a um polichinelo, o que me fez sinceramente rir. Mas se me recrimina ou se espanta comigo por estar sendo grosseiro e, talvez, até inconveniente como um mujique — em suma, por ter de repente mudado o tom com o senhor, então, nesse caso, está sendo absolutamente injusto. Em primeiro lugar, gosto de ser assim, em segundo lugar, não estou em minha casa, mas *com o senhor*... isto é, quero dizer que agora estamos *farreando* como bons amigos, e, em terceiro lugar, gosto muitíssimo de caprichos. Sabe que uma vez, por capricho, cheguei a ser metafísico e filantropo e comungava praticamente das mesmas ideias que o senhor? Isso, aliás, foi há muitíssimo tempo, nos dias dourados da minha juventude. Lembro-me de que ainda na época cheguei à minha aldeia com propósitos humanitários e, evidentemente, quase morri de tédio; e não vai acreditar no que me aconteceu então. Por tédio, comecei a fazer amizade com as meninas bonitinhas... Ora, por que essa careta? Oh, meu jovem amigo! Veja que agora estamos num encontro amigável. Quando estão farreando um pouco, as pessoas se abrem! A minha natureza é russa, uma genuína natureza russa, sou um patriota, gosto de me abrir e, além do mais, é preciso aproveitar o momento e gozar a vida. Haveremos de morrer e... o que tem por lá!? Bem, aí, então, eu arrastava as asas. Lembro-me de uma pastora que tinha marido, um mujique jovem e belo. Castiguei-o duramente e quis enviá-lo para o exército (travessuras do passado, meu poeta!), mas nem o enviei para o exército. Ele morreu em meu hospital... Pois eu tinha um hospital na aldeia, com doze leitos, maravilhosamente instalados; muito limpo, com piso de parquete. Aliás, faz tempo já que o destruí, mas na época me orgulhava disso: era um filantropo; bem, o camponês, açoitei até quase matar, por causa da mulher... Ora, já está tornando a fazer caretas? Acha repugnante ouvir isso? Ofende os seus nobres sentimentos? Pois bem, acalme-se! Tudo isso é coisa do passado. Fiz isso quando romantizava, queria ser um benfeitor da humanidade, fundar uma sociedade filantrópica... na época, caí nessa enrascada. Na época açoitava. Agora já não açoito; agora é preciso fazer caretas; agora todos nós fazemos caretas — são outros tempos... Mas quem mais me faz rir agora é o tolo do Ikhmiêniev. Estou certo de que ele conhecia toda essa história com o mujique... mas o que importa? Pela bondade de sua alma, que parece feita de melaço, e por ter se apaixonado por mim na época, ele mesmo me cumulou de elogios para si próprio; decidiu não acreditar em nada e não acreditou; isto é, não acreditou nos fatos e passou doze anos me defendendo com todas as suas forças, até que chegou a sua própria vez. Ah, ah, ah! Bem, tudo isso é besteira! Bebamos, meu jovem amigo. Escuta: o senhor gosta de mulheres?

Não lhe respondi. Limitava-me a escutá-lo. Já estava na segunda garrafa.

— Já eu gosto de falar delas durante o jantar. Poderia apresentá-lo depois do jantar a *mademoiselle* Philiberte, hein? O que acha? Mas o que há com o senhor? Não quer nem olhar para mim... humm!

Ficou pensativo. Mas de repente ergueu a cabeça, deitou-me um olhar significativo e continuou.

— Pois bem, meu poeta, quero lhe revelar um segredo da natureza que, me parece, lhe é completamente desconhecido. Estou certo de que, neste momento, está me chamando de pecador, talvez até de canalha, monstro da depravação e do vício. Mas aí está o que tenho a lhe dizer: se ao menos fosse possível (o que, aliás, dada a natureza humana, nunca poderia ser), se fosse possível cada um de nós descrever todos os seus podres, mas de modo que não tivesse medo de relatar não só aquilo que tem medo de dizer às pessoas e não diria por nada no mundo, não só aquilo que não se atreve a dizer aos seus melhores amigos, mas até mesmo aquilo que às vezes não se atreve a confessar a si próprio — pois então se levantaria um fedor tão grande no mundo que haveria de sufocar a todos nós. É por isso que, diga-se de passagem, as nossas condições e conveniências mundanas são tão boas. Há nelas uma ideia profunda — não diria moral, mas simplesmente de resguardo e comodidade, o que, evidentemente, é ainda melhor, porque a moral, em essência, é o mesmo que comodidade, isto é, foi inventada unicamente para a comodidade. Mas sobre as conveniências fica para depois, agora perdi o fio, lembre-me delas depois. Para concluir: o senhor me acusa de ter vícios, de ser depravado, imoral, quando minha única culpa agora talvez seja a de ser *mais franco* do que os outros e nada mais; de não ocultar aquilo que os outros escondem até de si próprios, como disse há pouco... Faço muito mal, mas agora quero que seja assim. Aliás, não se preocupe — acrescentou, com um sorriso zombeteiro —, eu disse "culpa", mas de maneira alguma peço perdão. Note uma outra coisa: não pretendo deixá-lo embaraçado, nem lhe perguntar se o senhor também tem algum segredo semelhante, para que eu possa justificar a mim mesmo com os seus segredos... Ajo de maneira nobre e decente. Em geral, sempre me comporto com nobreza...

— O senhor está variando — disse eu, olhando para ele com desprezo.

— Estou variando, ah, ah, ah! E quer que diga no que o senhor está pensando agora? Está pensando: por que eu o trouxe aqui e de repente, sem mais nem menos, comecei a me abrir? É isso ou não é?

— É isso.

— Bem, isso saberá depois.

— É muito simples, bebeu quase duas garrafas e... está inebriado.

— Quer dizer, simplesmente, bêbado. Talvez seja isso. "Inebriado!", quer dizer, é mais suave do que bêbado. Oh, que homem mais cheio de delicadezas! Mas... parece-me que estamos começando a nos desentender de novo, e tínhamos começado a falar de um tema tão interessante. Sim, meu poeta, se ainda há algo de belo e doce no mundo, são as mulheres.

— Sabe, príncipe, ainda não compreendo por que foi que inventou de escolher justamente a mim como confidente de seus segredos e aspirações... amorosas.

— Humm... pois já lhe disse que depois vai saber. Não se preocupe; mas, aliás, ainda que não fosse por nada, sem nenhum motivo, o senhor é poeta, há de me entender; mas já lhe falei disso. Há uma voluptuosidade especial em tirar subitamente a máscara, no cinismo com que um homem se revela de repente diante de outro, de tal modo que nem sequer se digna a se envergonhar diante dele. Vou lhe contar uma anedota: havia em Paris um funcionário louco; depois o encerraram num manicômio, quando se convenceram de que era louco. Bem, e aí, quando estava ficando louco, eis o que inventou para o seu prazer: ele se despia completamente em casa, como Adão, ficava apenas com os sapatos, vestia uma capa ampla que lhe chegava aos pés, cobria-se bem com ela e saía para a rua com uma expressão majestosa e imponente. Bem, olhando de lado, era uma pessoa como qualquer outra, passeando com uma capa ampla, para sua própria satisfação. Mas era só acontecer de encontrar algum transeunte em algum lugar solitário, sem que houvesse ninguém ao redor, caminhava silenciosamente até ele, com o ar mais sério e compenetrado, parava de repente diante dele, abria sua capa e se mostrava em toda a sua... franqueza. Isso durava um minuto, depois tornava a se cobrir e, em silêncio, sem contrair um só músculo da face, passava imponente, impassível como a sombra em Hamlet,[25] pelo espectador atordoado de espanto. Agia assim com todo mundo, com homens, mulheres e crianças, e nisso consistia todo o seu prazer. Pois, em parte, pode-se encontrar essa mesma satisfação deixando de repente algum Schiller abismado e

---

[25] Alusão às aparições do fantasma do rei em *Hamlet*, de Shakespeare. (N. da T.)

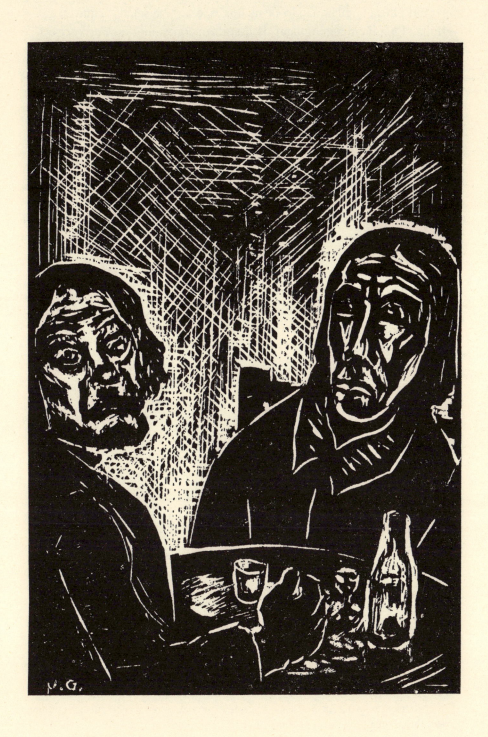

mostrando-lhe a língua quando ele menos espera. "Abismado", que tal a palavrinha? Eu a li em algum lugar da literatura contemporânea de vocês.

— Bem, aquele era louco, mas o senhor...

— Estou em meu perfeito juízo?

— Sim.

O príncipe soltou uma gargalhada.

— Seu julgamento é justo, meu querido — acrescentou, com a expressão mais insolente.

— Príncipe — disse eu, exaltando-me com sua insolência —, o senhor nos odeia, inclusive a mim, e agora se vinga em mim por tudo e por todos. Tudo isso no senhor se deve a um amor-próprio mesquinho. O senhor é maldoso e mesquinhamente maldoso. Nós o irritamos e o senhor deve estar furioso sobretudo por causa daquela noite. É evidente que não poderia haver melhor desforra para o senhor do que esse desprezo flagrante por mim; o senhor se exime até mesmo da habitual cortesia, obrigatória a todos, a que devemos dispensar uns aos outros. Quer mostrar-me claramente que nem sequer se digna a sentir vergonha diante de mim, ao tirar tão abertamente e tão inesperadamente sua máscara abjeta em minha presença, e se exibir em todo o seu cinismo moral...

— Por que está me dizendo tudo isso? — perguntou ele grosseiramente e olhando-me com raiva. — Para mostrar a sua perspicácia?

— Para mostrar que o compreendo e para declará-lo ao senhor.

— *Quelle idée, mon cher*[26] — continuou, mudando subitamente o tom para aquele anterior, alegre, bonachão e tagarela. — O senhor só faz me desviar do assunto. *Buvons, mon ami,*[27] permita-me servi-lo. Estava para lhe contar uma aventura das mais fascinantes e extremamente curiosa. Vou contá-la em linhas gerais. Conheci certa vez uma *bárichnia*; já não era tão jovem, tinha cerca de 27, 28 anos; uma beldade de primeira categoria, que busto, que porte, que jeito de andar! Tinha o olhar penetrante como o de uma águia, mas sempre austero e severo; mantinha-se sempre majestosa e inacessível. Tinha fama de ser fria como o inverno da Epifania,[28] e intimidava a todos com sua inacessível, sua temível virtude. Temível, exatamente. Não havia em todo o seu círculo um juiz mais intolerante que ela. Condena-

---

[26] Em francês, "Que ideia, meu caro". (N. da T.)

[27] Em francês, "Bebamos, meu amigo". (N. da T.)

[28] Referência ao dia em que, segundo a tradição cristã, os reis magos, guiados por uma estrela, chegaram a Belém para adorar a "Epifania do Senhor". (N. da T.)

va não só o vício, mas até a menor fraqueza em outras mulheres, e condenava de modo irrevogável, sem apelação. Em seu círculo, gozava de grande prestígio. As velhas mais orgulhosas e mais terrivelmente virtuosas a reverenciaram e chegavam a adulá-la. Olhava para todos com uma crueldade impassível, como uma abadessa de mosteiro medieval. As jovens tremiam diante de seu olhar e de seus julgamentos. Bastava uma única observação sua, uma única insinuação, para acabar com uma reputação — tal era o modo como se colocava na sociedade; até os homens tinham medo dela. Por fim, ela se entregou a uma espécie de misticismo contemplativo, aliás, também sereno e imponente... E sabe o que mais? Não havia libertina mais libertina que essa mulher, e eu tive a sorte de merecer a sua inteira confiança. Em uma palavra, fui seu amante misterioso e secreto. Nossa relação era organizada com tanta habilidade, de modo tão magistral, que ninguém, nem mesmo os de casa, poderia sequer suspeitar; apenas sua dama de companhia, uma francesinha muito bonita, era iniciada em todos os seus segredos, mas nessa dama de companhia se podia ter toda confiança; ela também tomava parte no caso — de que modo? Isso, por enquanto, omitirei. Minha *bárichnia* era a tal ponto voluptuosa que o próprio Marquês de Sade poderia ter aprendido com ela. Mas o que havia de mais intenso, penetrante e surpreendente nesse prazer era o seu mistério e a desfaçatez do embuste. Essa caçoada de tudo o que a condessa pregava em sociedade como sublime, inacessível e inviolável e, por fim, esse riso interior diabólico e esse espezinhamento consciente de tudo o que não pode ser espezinhado — e tudo isso sem limites, levado ao mais alto grau, a um grau com que nem a imaginação mais fogosa ousaria sequer sonhar —, era justamente nisso, acima de tudo, que consistia o traço mais marcante desse prazer. Sim, essa era o próprio diabo em pessoa, mas ele era encantadoramente irresistível. Ainda hoje não consigo me lembrar dela sem ficar em êxtase. No auge dos prazeres mais ardentes, ela de súbito se punha a gargalhar como uma frenética, e eu compreendia, compreendia perfeitamente essa gargalhada e também gargalhava... Ainda hoje me sinto sufocar só de lembrar, embora já tenham se passado muitos anos. Um ano depois me trocou por outro. E mesmo que eu quisesse, não poderia prejudicá-la. Quem ia acreditar em mim? Um temperamento desses? O que me diz, meu jovem amigo?

— *Fuuu*, que baixeza! — respondi, após ouvir com aversão essa confidência.

— O senhor não seria meu jovem amigo se respondesse de outro modo! Já sabia que diria isso. Ah, ah, ah! Espere, *mon ami*, viva e há de compreender, pois agora o senhor ainda precisa de pãezinhos doces. Não, depois

Humilhados e ofendidos

disso, o senhor não é poeta: essa mulher compreendia a vida e sabia aproveitá-la.

— Mas para que chegar a tamanha bestialidade?

— A que bestialidade?

— À qual chegou essa mulher e o senhor com ela.

— Ah! Chama isso de bestialidade? É sinal de que o senhor ainda é levado pela mão e com uma cordinha. É claro, reconheço que a independência pode surgir completamente também no oposto, mas... falemos francamente, *mon ami*... há de convir que tudo isso é um absurdo.

— E o que não é absurdo?

— Isso não é absurdo; isso é personalidade, sou eu mesmo. Tudo é para mim, e o mundo inteiro foi feito para mim. Escute, meu amigo, ainda acredito que se pode viver bem no mundo. E essa é a melhor crença, porque, sem ela, nem sequer seria possível viver: teria de se envenenar. Dizem que foi o que fez um tolo. Se pôs a filosofar a tal ponto que destruiu tudo, tudo, até mesmo a legitimidade de todos os deveres normais e naturais do ser humano, e chegou a tal ponto que não lhe restou nada; ficou reduzido a zero, foi aí que proclamou que o melhor na vida é o ácido cianídrico. O senhor dirá: esse é Hamlet, isso é um desespero terrível — numa palavra, algo tão grandioso, com que não poderíamos jamais sequer sonhar. Mas o senhor é um poeta, enquanto eu sou um homem simples e, por isso, digo que devemos ver as coisas de um ponto de vista mais simples e prático. Eu, por exemplo, há muito que me libertei de todas as peias e até obrigações. Só me considero obrigado quando isso me traz alguma vantagem. O senhor, evidentemente, não pode encarar as coisas dessa maneira; tem os pés atados e o gosto estragado. O senhor anseia pelo ideal, pela virtude. Mas, meu amigo, eu mesmo estou pronto a admitir tudo o que o senhor quiser; mas o que devo fazer se estou certo de que sei que na base de todas as virtudes humanas está o egoísmo mais profundo. E quanto mais virtuosa é a virtude, mais egoísmo há nela. Ame a si mesmo — eis a única regra que reconheço. A vida é uma transação comercial; não desperdice dinheiro em vão, mas, faça o favor, pague por sua satisfação, e terá cumprido todos os seus deveres para com o próximo, eis a minha moral, se ela lhe for realmente necessária, embora, confesso-lhe que, na minha opinião, o melhor é não pagar ao próximo, e sim saber obrigá-lo a fazer de graça. Ideais não tenho nem quero tê-los; nunca senti falta deles. Nesse mundo, pode-se levar uma vida tão divertida e tão boa mesmo sem ideais... e, *en somme*,[29] estou muito feliz por poder passar sem

---

[29] Em francês, "em suma". (N. da T.)

ácido cianídrico. Pois fosse eu, justamente, *mais virtuoso*, talvez não passasse sem ele, como aquele filósofo tolo (sem dúvida, alemão). Não! Na vida ainda há tanta coisa boa. Gosto de distinção, de títulos, de hotéis, de grandes paradas no jogo (gosto muito de jogos de cartas). Mas o melhor de tudo, o melhor de tudo são as mulheres... e mulheres de todos os tipos; gosto até da depravação dissimulada e obscura, das mais estranhas e originais, até com um pouquinho de sujeira para variar... Ah, ah, ah! Olho para o seu rosto: com que desprezo o senhor me olha agora!

— Tem razão — respondi.

— Bem, suponhamos que o senhor também tenha razão, mas, de qualquer modo, é melhor uma sujeirinha do que ácido cianídrico, não é verdade?

— Não, é melhor o ácido cianídrico.

— Foi de propósito que lhe perguntei: "não é verdade?", só para me deleitar com sua resposta; já a sabia de antemão. Não, meu amigo: se é um verdadeiro filantropo, então deseje que todas as pessoas inteligentes tenham o mesmo gosto que eu, mesmo que com um pouco de sujeira, pois, do contrário, uma pessoa inteligente logo não terá nada a fazer no mundo e não restarão senão os tolos. E eles é que serão felizes! Pois já existe até um provérbio: a felicidade é para os tolos, e saiba que não há nada mais agradável do que viver com tolos e fazer coro com eles: é vantajoso! Não repare se valorizo o preconceito, se respeito certas conveniências, se aspiro à influência; pois vejo que vivo numa sociedade fútil; mas por enquanto ela é aconchegante, e faço coro com ela, mostro que a defendo, mas, se for o caso, serei o primeiro a abandoná-la. Pois conheço todas as ideias novas de vocês, embora nunca tenha sofrido por elas, e também nem haveria por quê. Nunca senti remorsos de nada. Estou de acordo com tudo, contanto que seja bom para mim, e como eu há uma legião, e nos sentimos realmente bem. Tudo passa nesse mundo, só nós não passaremos nunca. Existimos desde que o mundo é mundo. O mundo inteiro pode afundar que nós viremos à tona. A propósito: repare numa coisa, a vitalidade que têm as pessoas como nós. Pois temos uma vitalidade exemplar, fenomenal; já se surpreendeu alguma vez com isso? Quer dizer que a própria natureza nos protege, eh, eh, eh! Quero viver impreterivelmente até os noventa anos. Não gosto da morte e tenho medo dela. Pois só o diabo para saber como haveremos de morrer! Mas para que falar disso? Foi o filósofo que se envenenou que me incitou. Para o diabo com a filosofia! *Buvons, mon cher!* Pois havíamos começado a falar de meninas bonitinhas... Mas aonde está indo?

— Estou indo embora, e está na sua hora também...

— Acalme-se, acalme-se! Eu, por assim dizer, lhe abri todo o meu co-

Humilhados e ofendidos

ração, e o senhor nem para sentir essa prova tão evidente de minha amizade. Eh, eh, eh! Falta-lhe amor, meu poeta. Mas espere, quero mais uma garrafa.

— A terceira?

— A terceira. Quanto à virtude, meu jovem pupilo (permita-me chamá--lo por este doce nome: quem sabe, talvez, meus ensinamentos lhe possam vir a ser úteis)... Então, meu pupilo, quanto à virtude, já lhe disse: "quanto mais virtuosa é a virtude, mais egoísmo há nela". Quero lhe contar uma anedota bem graciosa a respeito desse tema: uma vez amei uma jovem e a amei quase sinceramente. Ela chegou a sacrificar muita coisa por mim...

— Essa é aquela que o senhor roubou? — perguntei de chofre, sem conseguir me conter.

O príncipe estremeceu, alterou o semblante e cravou em mim seus olhos inflamados. Havia fúria e perplexidade em seu olhar.

— Espere — disse ele, como que falando consigo próprio —, espere, deixe-me compreender. Estou realmente bêbado, e tenho dificuldade para compreender...

Ficou em silêncio, olhando para mim com o mesmo olhar maldoso e perscrutador, segurando minha mão na sua, como se tivesse receio de que eu fosse embora. Estou certo de que nesse momento pensava e se perguntava como eu poderia conhecer esse caso, que não era do conhecimento de quase ninguém, e se não haveria nisso tudo algum perigo. Isso durou um minuto; e de repente a expressão de seu rosto mudou rapidamente; a antiga expressão sarcástica e alegre da embriaguez tornou a surgir em seus olhos. Ele soltou uma gargalhada.

— Ah, ah, ah! Um verdadeiro Talleyrand![30] Mas, e daí? Quando ela me jogou na cara que a tinha roubado, fiquei mesmo me sentindo como se me tivesse cuspido na cara! Como gania nessa hora, como xingava! Era uma louca e... sem o menor controle. Mas, julgue por si mesmo: em primeiro lugar, não a roubei absolutamente, como acaba de expressar. Foi ela mesma que me deu de presente o seu dinheiro e ele já era meu. Bem, suponhamos que o senhor me dê de presente o seu melhor fraque (ao dizer isso, olhou para o meu único fraque, já bastante deformado, feito uns três anos antes pelo alfaiate Ivan Skorniáguin), eu o agradeço e o visto, e, de repente, um ano depois, o senhor briga comigo e o exige de volta, mas eu já o gastei. Isso seria ingrato; para que então presentear? Em segundo lugar, embora o dinhei-

---

[30] Charles Maurice de Talleyrand (1754-1838), habilidoso e polêmico diplomata francês, mestre no jogo de intrigas diplomáticas. Seu nome tornou-se um substantivo comum e é empregado aqui no sentido de pessoa perspicaz, inteligente. (N. da T.)

ro fosse meu, eu o teria seguramente devolvido, mas, há de concordar: onde poderia eu de repente arranjar uma quantia daquelas? E, acima de tudo, não posso suportar schillerismo e pastorais, já lhe disse, bem, e foi justamente isso a causa de tudo. Não imagina como ela se exibia diante de mim, gritando que me daria (aliás, já era meu) o dinheiro. A raiva se apoderou de mim, e de repente consegui julgar com absoluta correção, porque presença de espírito nunca me faltou: julguei que, se lhe devolvesse o dinheiro, talvez até a fizesse infeliz. Haveria de lhe tirar o prazer de ser completamente infeliz *por minha causa* e de me amaldiçoar por toda a vida. Acredite-me, meu amigo, numa desgraça dessa índole, há até uma espécie de arrebatamento supremo de nos considerarmos completamente justos e magnânimos e de termos pleno direito de chamar nosso ofensor de canalha. Esse arrebatamento de raiva é encontrado nos temperamentos schillerianos, evidentemente; depois talvez nem tivesse o que comer, mas estou certo de que estava feliz. Como não queria privá-la dessa felicidade, não lhe devolvi o dinheiro. Desse modo, fica plenamente justificada a minha regra de que quanto maior e mais forte for a generosidade humana, maior é o egoísmo repugnante que há nela... Acaso isso não está claro para o senhor? Mas... o senhor queria me espicaçar, ah, ah, ah!... Vamos, confesse, queria me espicaçar?... Oh, Talleyrand!

— Adeus! — disse eu, levantando-me.

— Um minutinho! Duas palavras para terminar — gritou ele, trocando de repente seu tom torpe por um sério. — Ouça uma última coisa: de tudo o que lhe disse, fica mais do que claro (acho que o senhor mesmo o notou) que eu, em nenhum momento, nem por ninguém, vou querer abrir mão das minhas vantagens. Adoro dinheiro, e tenho necessidade dele. Katerina Fiódorovna tem muito; durante dez anos seu pai teve a seu cargo o monopólio das bebidas. Ela tem três milhões, e esses três milhões haverão de me ser muito úteis. Aliócha e Kátia formam um par perfeito: os dois são tolos a mais não poder; e é disso que preciso. E por isso desejo e quero a todo custo que o casamento se realize, e o quanto antes. Dentro de duas ou três semanas, a condessa e Kátia vão para o campo. Aliócha deve acompanhá-las. Previna Natália Nikoláievna para que não haja pastorais, para que não haja schillerismo, para que não se insurja contra mim. Sou mau e vingativo, defendo o que é meu. Não tenho medo dela: tudo será feito, sem dúvida, do meu jeito, e, por isso, se aviso desde já, é muito mais por ela mesma. Cuide para que ela não faça besteiras e se comporte de maneira sensata. Do contrário, se dará mal, muito mal. E ela ainda deve me agradecer por não ter agido com ela como devia, de acordo com a lei. Deve saber, meu poeta, que as leis protegem a paz familiar, garantem ao pai a obediência do filho, e que aqueles que desviam os filhos dos deveres sagrados para com seus pais não são incentivados pelas leis. Considere, por fim, que tenho muitas relações, e que ela não tem nenhuma e... será que compreende o que eu poderia ter feito com ela?... Mas não fiz porque até agora ela se comportou de maneira sensata. Não se preocupe: havia olhos vigilantes observando cada minuto, cada movimento deles durante todos esses seis meses, e eu sabia de tudo até os mínimos detalhes. Por isso esperei tranquilamente até que o próprio Alió- cha a abandonasse, o que já começa a ocorrer; mas, por enquanto, ela é para ele uma distração agradável. Permaneci em seu conceito como um pai humano, e preciso que ele pense isso de mim. Ah, ah, ah! Quando me lembro que só me faltou fazer-lhe elogios naquela noite, por ter sido tão magnânima e desinteressada por não ter se casado com ele; gostaria de saber como poderia se casar! Quanto à minha ida então à sua casa, tudo isso aconteceu unicamente porque já estava na hora de pôr um fim àquela relação. Mas precisava me assegurar de tudo vendo com meus próprios olhos, pela minha própria experiência... Bem, isso basta para o senhor? Ou talvez queira saber mais: por que o trouxe aqui, por que fiz tanta palhaçada diante do senhor e lhe abri francamente o coração tão sem maldade, quando tudo isso podia ser dito sem qualquer franqueza, não é?

— Sim — contive-me e ouvi com avidez. Não tinha mais nada a lhe responder.

— Unicamente, meu amigo, porque notei no senhor um pouco mais de bom senso e uma visão mais clara das coisas do que nos nossos dois tolinhos. Poderia ter sabido antes quem sou eu, previsto, feito suposições a meu respeito, mas eu quis livrá-lo de todo esse trabalho e decidi lhe dar uma amostra patente de *com quem* está lidando. Uma impressão real é uma grande coisa. Compreenda-me, *mon ami*. O senhor sabe com quem está lidando, o senhor a ama, e por isso espero agora que empregue toda a sua influência (e o senhor, no fim das contas, tem influência sobre ela) para livrá-la de *alguns* problemas. Caso contrário, haverá problemas, e eu asseguro, asseguro-lhe, que não serão brincadeira. Bem, senhor, por fim, a terceira razão da minha franqueza para com o senhor é... (mas o senhor já adivinhou, meu querido), sim, eu realmente queria cuspir um pouco sobre todo esse assunto, e cuspir justamente diante dos seus olhos...

— E conseguiu seu objetivo — disse eu, tremendo de indignação. — Concordo que não poderia haver melhor maneira de expressar diante de mim todo o ódio e o desprezo que sente por mim e por todos nós do que com essa franqueza. Não apenas não teve receios de que sua franqueza *para comigo* pudesse comprometê-lo como nem sequer sentiu vergonha de mim...

O senhor realmente se parecia com o louco da capa. Não me considera um homem.

— Adivinhou, meu jovem amigo — disse ele, levantando-se —, adivinhou tudo: é um literato. Espero que nos separemos amigavelmente. E à *Bruderschaft*, não vamos beber?

— Está bêbado, e é só por isso que não lhe dou a resposta que merece...

— Outra vez a figura das reticências; não terminou de dizer, de dar a resposta que eu merecia, ah, ah, ah! Pagar pelo senhor, não me permite.

— Não se preocupe, eu mesmo pagarei.

— Bem, sem dúvida. Vamos pelo mesmo caminho?

— Não vou com o senhor.

— Adeus, meu poeta. Espero que tenha me entendido...

Saiu andando sem muita firmeza e sem se voltar para mim. O lacaio o sentou na caleche. Segui meu caminho. Eram três horas da manhã. Chovia, a noite estava escura...

QUARTA PARTE

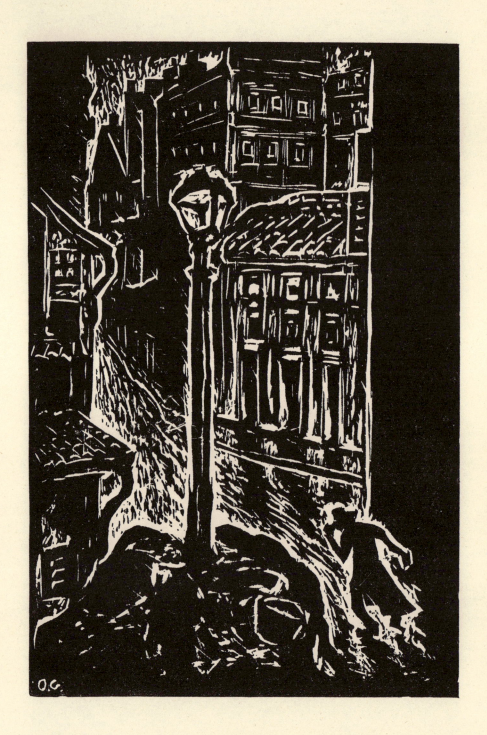

CAPÍTULO I

Não me porei a descrever minha exasperação. Embora pudesse esperar qualquer coisa, fiquei pasmo; era como se ele tivesse se apresentado a mim em toda a sua deformidade, de modo completamente inesperado. Aliás, lembro-me de que minhas sensações eram confusas: era como se tivesse sido machucado, esmagado por não sei o quê, e uma angústia negra me sugasse o coração cada vez mais. Temia por Natacha. Pressentia todo o sofrimento que estava à sua espera, e procurava com inquietação um modo de contorná-lo, de aliviar de alguma maneira os últimos instantes antes do desfecho final de todo o caso. Quanto ao desfecho, não havia a menor dúvida. Estava próximo, e como não presumir qual seria?

Nem me dei conta de como cheguei em casa, embora tivesse tomado chuva durante todo o trajeto. Já eram três horas da madrugada. Mal tivera tempo de bater à porta de casa quando ouvi um gemido e a porta começou a se abrir apressadamente, como se Nelli não tivesse ido para a cama, mas tivesse ficado o tempo todo me aguardando junto à soleira. A vela estava acesa. Olhei para o rosto de Nelli e levei um susto: estava transtornado; os olhos ardiam, como que de febre, e ela me olhava de um modo selvagem, como se não me reconhecesse. Estava com febre alta.

— Nelli, o que há com você, está doente? — perguntei, inclinando-me para ela e abraçando-a.

Ela se apertou contra o meu peito tremendo, como se temesse não sei o quê, começou a dizer alguma coisa, depressa, numa voz entrecortada, como se tivesse me esperado justamente para me contar aquilo o quanto antes. Mas suas palavras eram estranhas e desconexas; eu não entendia nada, ela estava delirando.

Levei-a rapidamente para a cama. Mas ela continuou a atracar-se a mim, grudando-se com força, como que assustada, como se me pedisse para defendê-la de alguém, e quando já estava deitada na cama continuou a agarrar-me a mão e a segurá-la com força, temendo que eu tornasse a sair. Fiquei tão comovido e com os nervos tão abalados que, ao olhar para ela, até me pus a chorar. Eu também estava doente. Ao ver minhas lágrimas, ficou me olhando fixamente por um longo tempo, com uma atenção tensa e redobra-

Humilhados e ofendidos   295

da, como se tentasse refletir e compreender algo. Via-se que isso lhe custava um grande esforço. Por fim, algo semelhante a um pensamento aflorou no seu rosto; após um forte ataque de epilepsia, costumava ficar algum tempo sem conseguir concentrar os pensamentos e pronunciar as palavras com clareza. Foi o que aconteceu dessa vez também: depois de fazer um esforço extraordinário para me dizer alguma coisa, ao se dar conta de que não a entendia, estendeu a mãozinha e se pôs a enxugar-me as lágrimas, depois agarrou-me o pescoço, puxou-me para si e me beijou.

Agora estava claro: em minha ausência, tivera um ataque, e ele ocorreu justamente no instante em que estava junto da porta. Ao recuperar-se do ataque, provavelmente levou algum tempo para conseguir voltar a si. Nessa hora, a realidade se confunde com o delírio, e ela deve ter imaginado alguma coisa de terrível, um pavor qualquer. Ao mesmo tempo, tinha uma vaga consciência de que eu devia voltar e ia bater à porta, por isso, deitada no chão bem à soleira, esperou atentamente o meu regresso e se levantou à minha primeira batida.

"Mas por que foi parar justamente à porta?", pensei, e de repente percebi com surpresa que estava vestindo o casaquinho de peliça (havia acabado de comprá-lo de uma velhinha conhecida, uma comerciante, que vinha às vezes à minha casa e cedia-me suas mercadorias a crédito); portanto, tinha a intenção de ir a algum lugar fora do pátio e, provavelmente, já estava abrindo a porta quando foi subitamente atingida pelo ataque de epilepsia. Mas aonde queria ir? Não estaria já delirando nesse momento?

A febre, entretanto, não passava, e ela logo voltou a delirar e ficou inconsciente. Já havia tido dois ataques em minha casa, e sempre terminavam bem, mas dessa vez parecia ter febre. Depois de passar uma meia hora sentado ao seu lado, ajeitei as cadeiras junto ao sofá e me deitei como estava, vestido, perto dela, para acordar mais depressa caso me chamasse. Não apaguei as velas; e ainda tornei a olhar para ela muitas vezes antes de adormecer. Estava pálida; tinha os lábios crestados pela febre e ensanguentados, provavelmente por causa da queda; uma expressão de medo e de angústia torturante não lhe desaparecia do rosto e parecia não abandoná-la nem mesmo em sonho. Decidi ir buscar o doutor o mais cedo possível no dia seguinte, caso piorasse. Meu medo era que isso degenerasse numa febre alta.

"Foi o príncipe que a deixou assustada!", pensei com um estremecimento e me lembrei de seu relato sobre a mulher que lhe atirou seu dinheiro na cara.

CAPÍTULO II

... Passaram-se duas semanas; Nelli estava se restabelecendo. Febre já não tinha, mas continuava muito doente. Levantou-se da cama em fins de abril, num dia claro e radiante. Era a Semana Santa.

Pobre criatura! Não posso continuar a narrativa na mesma ordem de antes. Já se passou muito tempo até o momento presente em que descrevo todo esse passado, mas é com uma angústia extremamente aguda e dolorosa que ainda hoje recordo aquele rostinho magro e pálido, aquela mirada longa e penetrante de seus olhos negros, quando acontecia de ficarmos sozinhos e ela se pôr a me olhar de sua cama e ficar olhando, olhando longamente, como se me desafiasse a adivinhar o que se passava em sua mente; mas ao ver que eu não adivinhava e continuava tão perplexo quanto antes, sorria em silêncio, como que para si mesma, e de repente estendia-me carinhosamente a mãozinha escaldante com os dedinhos finos e ressequidos. Agora tudo passou, sabe-se tudo, mas até hoje não conheço todos os segredos desse pequeno coração doente, atormentado e ofendido.

Sinto que estou me desviando da narrativa, mas neste momento minha vontade é pensar única e exclusivamente em Nelli. É estranho: agora que me encontro deitado sozinho num leito de hospital, abandonado por todos a quem amei tanto e tão intensamente — agora às vezes um detalhe insignificante qualquer dessa época, que na hora muitas vezes nem chegava a notar e logo esquecia, de repente me vem à memória, de súbito adquire em minha mente um significado totalmente diferente, integral, e agora acaba me explicando coisas que até hoje não conseguira entender.

Nos primeiros quatro dias de sua doença, nós, eu e o doutor, ficamos terrivelmente apreensivos por ela, mas no quinto dia o doutor me levou para um canto e disse que não havia o que temer e que ela seguramente ficaria boa. Era o mesmo doutor, um velho solteirão que conhecia há muito tempo, bondoso e excêntrico, que chamei ainda da primeira vez em que Nelli ficou doente e que tanto a impressionara com o tamanho extraordinário da Cruz de Estanislau[1] que trazia no pescoço.

---

[1] Ordem de condecoração do serviço civil russo. (N. da T.)

Humilhados e ofendidos

— Então, não há absolutamente nada a temer! — disse eu, alegrando-me.

— Sim, agora vai ficar boa, mas depois morrerá muito em breve.

— Como, morrerá? E por quê? — gritei, atordoado com essa sentença.

— Sim, com certeza morrerá muito em breve. A paciente tem uma afecção cardíaca orgânica e, ao menor contratempo, tornará a cair doente. Pode ser que volte a ficar boa, mas depois tornará a ter uma recaída e finalmente morrerá.

— Será possível que não haja nada a fazer para salvá-la? Não, isso não pode ser!

— Mas é assim que deve ser. Entretanto, se evitar contratempos desagradáveis, levar uma vida calma e tranquila, com mais distrações, a paciente ainda pode se distanciar da morte, e há até mesmo casos... inesperados... anormais e estranhos... numa palavra, com um acúmulo de muitas circunstâncias favoráveis, a paciente pode até ser salva; mas radicalmente salva, jamais.

— Mas, meu Deus, o que fazer agora?

— Seguir os conselhos, levar uma vida tranquila e tomar os remédios regularmente. Já reparei que essa menina é caprichosa, tem um temperamento instável e até mesmo zombeteiro; não gosta muito de tomar remédios com regularidade e agora mesmo se recusou categoricamente a tomá-los.

— Sim, doutor. É realmente estranha, mas atribuo tudo isso à sua irritação por causa da doença. Ontem estava muito obediente; já hoje, quando lhe levei o remédio, empurrou a colher como que sem querer e derramou tudo. E quando fui dissolver outra vez o pó, arrancou a caixa da minha mão e a atirou ao chão, e depois se pôs a chorar... Só acho que não é por ser obrigada a tomar o remédio — acrescentei, depois de pensar um pouco.

— Humm! É irritação. Seu grande sofrimento anterior (eu tinha contado ao doutor, em detalhes e com franqueza, muita coisa da história de Nelli, e o meu relato o deixou deveras impressionado), tudo isso junto, é daí que vem essa doença. Por hora, o único remédio é tomar o medicamento, e terá de tomá-lo. Vou lá tentar mais uma vez convencê-la de sua obrigação de seguir os conselhos médicos e... isto é, em linhas gerais... tomar o remédio.

Saímos os dois da cozinha (onde teve lugar a nossa conversa), e o doutor tornou a se aproximar da cama da doente. Mas parece que Nelli nos ouvira: pelo menos ergueu a cabeça do travesseiro e, com o ouvido voltado para o nosso lado, ficou o tempo todo prestando atenção ao que dizíamos. Notei isso pela fresta da porta entreaberta; mas quando nos aproximamos dela, a marota tornou a se enfiar debaixo do cobertor e ficou nos olhando com um sorriso malicioso. A pobrezinha havia emagrecido muito nesses quatro dias da doença: tinha os olhos cavados, a febre ainda não cedera. Mais estranho de tudo em seu rosto era o ar travesso e o brilho provocante de seu olhar, que haviam surpreendido o médico, o mais bondoso de todos os alemães de Petersburgo.

Com seriedade, mas procurando suavizar a voz o máximo possível, ele lhe explicou em um tom terno e carinhoso a necessidade do remédio e os benefícios que lhe traria e, portanto, a obrigação de todo paciente de tomá-lo. Nelli tinha erguido a cabeça, mas de repente, com um movimento de mão que pareceu completamente involuntário, esbarrou na colher e o remédio tornou a derramar no chão. Estou certo de que fez isso de propósito.

— Foi uma imprudência muito desagradável — disse o velhinho, tranquilamente —, e desconfio que fez isso de propósito, o que não é muito louvável. Mas... é possível remediar tudo e até diluir mais pó.

Nelli se pôs a rir na cara dele.

O doutor balançou a cabeça pausadamente.

— Isso não é nada bonito da sua parte — disse ele, diluindo mais pó —, não é nada, nada louvável.

— Não fique bravo comigo — respondeu Nelli, num esforço inútil para não tornar a rir —, vou tomá-lo sem falta... Mas o senhor gosta de mim?

— Se se portar bem, então vou gostar muito.

— Muito?

— Muito.

— E agora, não gosta?

— Gosto agora também.

— E vai me beijar se eu quiser lhe dar um beijo?

— Sim, se o merecer.

Nessa hora Nelli não pôde se conter de novo e tornou a se pôr a rir.

— A paciente tem um temperamento alegre, mas agora é por causa dos nervos e de um capricho — sussurrou-me o médico com a mais séria expressão.

— Está bem, vou tomar esse pó — gritou Nelli de repente, com sua vozinha fraca —, mas quando crescer e ficar grande o senhor casa comigo?

É provável que a invenção dessa nova brincadeira a agradasse muito; como lhe brilhavam os olhos, e como os seus lábios se contraíam com o riso à espera da resposta do doutor, um tanto atônito.

— Está bem! — respondeu ele, sorrindo sem querer diante desse novo capricho. — Está bem, se for uma menina boa e educada, se for obediente e...

— Tomar o remédio? — completou Nelli.

— Ora! Está bem, se tomar o remédio. É uma boa menina — tornou a sussurrar-me ele —, é muito, muito... bondosa e inteligente, mas, todavia... casar... que capricho estranho...

E tornou a levar-lhe o remédio. Mas desta vez ela nem sequer dissimulou, simplesmente empurrou a colher de baixo para cima com a mão, salpicando de remédio todo o peitilho e o rosto do pobre velhinho. Nelli se pôs a rir alto, mas não era o mesmo riso simples e alegre de antes. Em seu semblante perpassou algo de ruim, cruel. Durante esse tempo todo, pareceu evitar meu olhar, olhava apenas para o médico e com um sorrisinho que, no entanto, deixava transparecer sua inquietação, esperava para ver o que haveria de fazer então aquele velhinho "engraçado".

— Oh! De novo... Que azar! Mas... é possível diluir mais pó — disse o velho, enxugando o rosto e o peitilho com o lenço.

Isso deixou Nelli profundamente impressionada. Esperava que ficássemos zangados, achava que começaríamos a ralhar com ela, a repreendê-la, e talvez, inconscientemente, fosse isso mesmo que desejasse nesse momento — para ter um pretexto e no mesmo instante se pôr a chorar, a soluçar como numa crise de histeria, para tornar a esparramar o remédio, como fizera pouco antes, e até mesmo quebrar alguma coisa por despeito, e com isso tudo aliviar a dor de seu coraçãozinho caprichoso. Não são só os doentes que costumam ter esses caprichos, nem só Nelli. Quantas vezes não me pus a andar de um lado para o outro do quarto com um desejo inconsciente de que alguém me ofendesse o quanto antes ou me dissesse uma palavra que eu pudesse tomar como ofensa, e ter o quanto antes com que desafogar o coração? As mulheres mesmo, depois de "desafogarem" assim o coração, começam a derramar as lágrimas mais sinceras, e as mais sensíveis chegam até a ter crises histéricas. É uma coisa muito simples e corriqueira e ocorre com mais frequência quando o coração está consternado por uma outra tristeza, muitas vezes desconhecida de todos, e a qual se gostaria de revelar a alguém, mas não se pode.

Mas de repente, impressionada com a bondade angelical do velhinho que ofendera, e com a paciência com que ele tornou a diluir o pó para ela pela terceira vez sem lhe dizer uma única palavra de reprovação, Nelli se aquietou. O sorrizinho abandonou seus lábios, um rubor subiu-lhe às faces e ela ficou com os olhos úmidos; lançou-me um olhar de soslaio e virou-se no mesmo instante. O doutor lhe deu o remédio. Submissa e timidamente, ela o tomou segurando a mão vermelha e rechonchuda do velho, enquanto o fitava demoradamente nos olhos.

— O senhor... está com raiva... por eu ser má — ia dizendo, mas sem chegar a terminar, e se enfiou sob o cobertor, cobriu a cabeça e começou a soluçar ruidosa e histericamente.

— Oh, minha filha, não chore... Não foi nada... São os nervos; beba um pouco de água.

Mas Nelli não o escutava.

— Alegre-se... não se aflija — continuou ele, quase choramingando sobre ela, porque era um homem muito sensível —, eu a perdoo e me caso com a senhorita se se portar como uma menina boa e honesta, se...

— Tomar o remédio! — ouviu-se sob o cobertor com um riso nervoso, fino como um sininho, entrecortado por soluços, um riso que eu conhecia bem.

— É uma criança bondosa, grata — disse o médico solenemente e quase com lágrimas nos olhos. — Pobre menina!

E, desde então, entre ele e Nelli teve início uma estranha e surpreendente empatia. Já comigo foi o contrário, Nelli se tornava cada vez mais nervosa, arredia e irascível. Não sabia a que atribuir isso e ficava admirado com ela, ainda mais que essa mudança ocorrera de modo um tanto repentino. Nos primeiros dias da doença era extremamente terna e carinhosa comigo; parecia que não se cansava de me olhar, não deixava que me afastasse, agarrava-me a mão com sua mão escaldante e fazia-me sentar ao seu lado, e se notava que eu estava inquieto e taciturno, tentava me alegrar, fazia gracejos, brincava comigo, sorria para mim, pelo visto reprimindo o próprio sofrimento. Não queria que eu trabalhasse à noite ou ficasse tomando conta dela, e ficava triste ao ver que não a obedecia. Às vezes notava nela um olhar preocupado; ela se punha a fazer perguntas e tentava descobrir por que estava triste, o que se passava em minha mente; mas é estranho que, quando se tratava de Natacha, ela se calava no mesmo instante ou então começava a falar de outra coisa. Parecia evitar falar de Natacha, e isso me surpreendia. Quando eu chegava em casa, ficava alegre. Quando pegava o chapéu, olhava-me com desânimo e de um modo estranho, como que me censurando, e seguia-me com o olhar.

No quarto dia de sua doença, passei a noite toda, até bem depois da meia-noite, em casa de Natacha. Tínhamos muito o que falar nesse dia. Ao sair de casa, disse à minha doente que voltaria logo, era o que eu mesmo calculava. Tendo ficado em casa de Natacha quase involuntariamente, sentia-me tranquilo a respeito de Nelli: ela não ficara sozinha. Com ela estava Aleksandra Semiónovna, que soubera por Maslobóiev, que passara em minha casa por um minuto, que Nelli estava doente e eu, cheio de afazeres e sozinho, inteiramente só. Meu Deus, como se desfez em cuidados a bondosa Aleksandra Semiónovna:

— Então, quer dizer que agora nem mesmo almoçar conosco ele virá?... Ah, meu Deus! E está sozinho, coitado, sozinho. Bem, então nós é que vamos agora demonstrar-lhe a nossa cordialidade. E, já que surgiu uma oportunidade, não podemos deixá-la escapar.

Apareceu imediatamente em casa, trazendo consigo na caleche uma grande trouxa. Ao anunciar, desde suas primeiras palavras, que agora não sairia mais de minha casa e que viera para me ajudar nos meus afazeres, desatou a trouxa. Nela havia xaropes e geleias para a doente, um frango e uma galinha, para o caso de a doente entrar em convalescença, maçãs para assar, laranjas, frutas secas de Kíev (no caso de o médico o permitir), e, por fim, roupas brancas: lençóis, camisolas, ataduras, compressas, guardanapos — como se fosse para um hospital inteiro.

— Temos de tudo em casa — disse-me ela, pronunciando cada palavra precipitadamente e com agitação, como se tivesse pressa de ir a algum lugar —, enquanto o senhor aqui leva uma vida de solteiro. Não tem quase nada disso em casa. Pois então permita-me... foi Filip Filípitch[2] quem mandou. Bem, e agora, me diga... depressa, depressa! O que é preciso fazer agora? Como ela está? Está consciente? Ah, não é bom que fique deitada assim, é preciso ajeitar o travesseiro, para que a cabeça fique mais baixa, e sabe o que mais... não seria melhor um travesseiro de couro? O de couro é mais fresco. Ah, como sou tola! Nem me ocorreu trazer. Vou buscá-lo. Não será preciso acender o fogo? Vou lhes mandar a minha velha. Tenho uma velhinha conhecida. Pois o senhor não tem nenhuma criada em casa... Bem, o que devo fazer agora? O que é isso? É uma erva... Foi o médico quem receitou? Decerto, é chá para o peito. Vou já acender o fogo.

Mas eu a tranquilizei, e ela ficou muito surpresa e até tristonha ao ver que não havia tanta coisa assim a ser feita. Isso, aliás, não a desencorajou em absoluto. Fez amizade com Nelli no mesmo instante e ajudou-me muito durante o tempo todo em que a menina esteve doente; visitava-nos quase todos os dias e costumava chegar sempre com um ar como se alguma coisa tivesse desaparecido e ido parar em outro lugar e fosse preciso encontrá-la o quanto antes. Sempre acrescentava que fora Filip Filípitch quem o ordenara. Nelli gostou muito dela. Afeiçoaram-se uma à outra como duas irmãs, e acho que Aleksandra Semiónovna, em muitas coisas, era tão criança quanto Nelli. Contava-lhe várias histórias, fazia-a rir, e Nelli depois sempre sentia

---

[2] Corruptela de Filípovitch. (N. da T.)

sua falta quando Aleksandra Semiónovna ia para casa. Sua primeira aparição em nossa casa, no entanto, deixou minha doente surpresa, ela deduziu imediatamente para que viera a visita não convidada e, como era seu costume, chegou a ficar amuada, retraída e pouco amável.

— Por que ela veio à nossa casa? — perguntou Nelli, com um ar que parecia de desagrado, quando Aleksandra Semiónovna foi embora.

— Para ajudá-la, Nelli, e para cuidar de você.

— E por quê?... Mas para quê? Pois eu não fiz nada assim por ela.

— As pessoas boas nem esperam que lhes façam alguma coisa antes, Nelli. Não precisam disso, gostam de ajudar a quem precisa. O mundo está cheio, Nelli; está cheio de pessoas boas. É uma pena que você não as tenha encontrado quando foi preciso.

Nelli ficou em silêncio; afastei-me dela. Mas passado um quarto de hora ela mesma me chamou para junto de si com uma voz fraca, pediu-me alguma coisa para beber e, de repente, abraçou-me com força, apertou-se contra o meu peito e demorou muito para me soltar. No dia seguinte, quando Aleksandra Semiónovna chegou, Nelli a recebeu com um sorriso feliz, mas como se ainda continuasse a sentir vergonha por algum motivo.

CAPÍTULO III

Foi nesse dia justamente que passei a noite toda em casa de Natacha. Voltei já bem tarde. Nelli estava dormindo. Aleksandra Semiónovna também estava com sono, mas permaneceu o tempo todo sentada à cabeceira da doente, à minha espera. Na mesma hora começou a me contar, sussurrando apressadamente, que Nelli a princípio estivera muito alegre e até rira muito, mas depois ficou chateada e, ao ver que eu não vinha, ficara calada e pensativa. "Depois começou a se queixar de que lhe doía a cabeça, pôs-se a chorar e soluçava tanto, que fiquei sem saber o que fazer com ela", acrescentou Aleksandra Semiónovna. "Começou a falar comigo sobre Natália Nikoláievna, mas eu não soube lhe dizer nada; ela então parou de fazer perguntas, mas aí chorou o tempo todo, tanto que adormeceu em lágrimas. Bem, então, adeus, Ivan Petróvitch, de todo modo, ela está melhor pelo que notei, e tenho de ir para casa, são ordens de Filip Filípitch. Confesso-lhe que dessa vez só me deixou vir por duas horas, acabei ficando por minha conta. Mas não tem nada, não se preocupe comigo, ele não se atreveria a ficar zangado... A não ser que... Ah, meu Deus, meu querido Ivan Petróvitch, não sei o que fazer: ele agora só volta bêbado para casa! Está muito ocupado com um certo assunto, comigo não fala, está ansioso, tem um assunto importante em mente; percebo isso, mas à noite, assim mesmo se embebeda... Fico só imaginando: agora ele voltou para casa, quem haverá de colocá-lo na cama? Bem, estou indo, estou indo, adeus. Adeus, Ivan Petróvitch. Fiquei aqui vendo os seus livros: quantos livros o senhor tem, e devem ser só de coisas inteligentes; já eu sou uma tola, nunca li nada... Bem, até amanhã..."

Mas no dia seguinte Nelli acordou triste e amuada, respondia-me a contragosto. Nem sequer se dispôs a falar comigo, como se estivesse zangada. Percebi apenas que me lançava alguns olhares de soslaio, meio furtivos; olhares em que era possível vislumbrar até a dor mais recôndita de seu coração, mas assim mesmo podia-se ver neles uma ternura que não existia quando me fitava diretamente. Foi nesse dia, justamente, que se deu a cena com o médico na hora de tomar o remédio. Eu não sabia o que pensar.

Nelli mudara completamente de atitude para comigo. Seus caprichos, suas esquisitices e, às vezes, o seu quase ódio por mim, tudo isso se prolongou até o dia em que ela deixou de viver comigo, até a própria catástrofe que desencadeou todo esse romance. Mas isso fica para depois.

Aliás, às vezes acontecia de ela, de repente, por cerca de uma hora, se tornar tão carinhosa comigo quanto antes. Seu carinho parecia redobrar nesses momentos; com frequência, era nesses instantes que chorava amargamente. Mas esses momentos duravam pouco, e ela tornava a cair na melancolia anterior e voltava a olhar para mim com hostilidade, ou se tornava caprichosa, como na presença do médico, ou então de repente, ao perceber que alguma de suas novas travessuras não me agradava, começava a rir e quase sempre acabava em lágrimas.

Até com Aleksandra Semiónovna brigou uma vez, disse-lhe que não queria nada dela. Mas quando me pus a censurá-la na presença de Aleksandra Semiónovna, ela se exaltou, respondeu com certo ímpeto, com rancor acumulado, mas de súbito se calou e ficou precisamente dois dias sem trocar uma palavra comigo, não queria tomar remédio, não queria comer nem beber, e somente o médico velhinho conseguiu persuadi-la e fazê-la compreender.

Já disse que entre ela e o doutor, desde o dia em que tomou o remédio, se estabelecera uma empatia surpreendente. Nelli se afeiçoara muito a ele e sempre o recebia com um sorriso alegre, por mais triste que estivesse antes de sua chegada. O velho, de sua parte, começou a vir à nossa casa todos os dias, e havia dias em que vinha até duas vezes, mesmo quando Nelli começou a andar e já havia se restabelecido completamente, e parecia que ela o tinha deixado tão fascinado que ele não podia passar um dia sem ouvir o seu riso e as brincadeiras que fazia com ele, às vezes muito divertidas. Ele começou a levar-lhe livros com ilustrações, sempre do gênero edificante. Um desses livros ele comprou especialmente para ela. Depois começou a levar-lhe guloseimas, bombons em belas caixinhas. Nessas ocasiões, costumava entrar com um ar solene, como se fosse o dia de comemoração do santo de alguém,[3] e Nelli adivinhava na mesma hora que lhe trazia um presente. Mas ele não mostrava o presente, limitava-se a rir sorrateiramente, sentava-se ao lado de Nelli, insinuava que, se uma certa mocinha conseguisse se comportar bem durante sua ausência e merecesse respeito, então essa mocinha seria digna de uma boa recompensa. E, ao dizer isso, ele a olhava com tanta candura e bondade que Nelli, embora risse dele com o riso mais franco, ao mes-

---

[3] Na Rússia, o dia do santo por cujo nome a pessoa é batizada é celebrado como um aniversário. (N. da T.)

Humilhados e ofendidos

mo tempo transparecia em seus olhinhos radiantes um afeto terno e sincero. Por fim, o velho se levantava solenemente da cadeira, tirava a caixa de bombons e, entregando-a a Nelli, acrescentava: "À minha futura e amável esposa". Nesse instante, é provável que ele próprio fosse mais feliz do que Nelli.

Depois disso, começavam as conversas, e toda vez, com seriedade e persuasão, ele procurava convencê-la a cuidar da saúde e lhe dava conselhos médicos persuasivos.

— Antes de mais nada, é preciso cuidar da saúde — dizia ele em tom dogmático —, em primeiro lugar e acima de tudo, para se manter vivo, e, em segundo lugar, para estar sempre saudável e, assim, alcançar a felicidade na vida. Se tiver alguma amargura, minha querida criança, então esqueça-a, ou, melhor ainda, tente não pensar nela. Se não tiver nenhuma amargura, então... também não pense nela, mas tente pensar em coisas prazerosas... em coisas alegres, divertidas...

— Mas em que coisas alegres, divertidas posso pensar? — perguntou Nelli.

O doutor imediatamente se viu num beco sem saída.

— Bem, sei lá... em algum jogo inocente, adequado à sua idade; ou, sei lá... bem, algo do gênero...

— Eu não gosto de jogar; eu não quero jogar — disse Nelli. — O que eu mais gosto é de vestidos novos.

— Vestidos novos! Humm. Bem, isso já não é tão bom. Em tudo, na vida, é preciso se contentar com um quinhão modesto. Mas, talvez... aliás... possa gostar de vestidos novos também.

— E o senhor mandará fazer muitos vestidos para mim quando me casar com o senhor?

— Que ideia! — dizia o doutor, e sem querer já franzia o cenho. Nelli sorria marotamente e uma vez, sem dar por isso, chegou a olhar para mim também com um sorriso. — E, aliás... vou mandar lhe fazer um vestido, se você o merecer por seu comportamento — continuou o médico.

— E o remédio, vou ter de tomar todos os dias quando me casar com o senhor?

— Bem, aí pode ser que não tenha de tomar sempre o remédio — e o doutor se punha a sorrir.

Nelli interrompia a conversa com uma gargalhada. O velhinho ria com ela e observava com carinho a sua alegria.

— Que mente vívida! — dizia ele, dirigindo-se a mim. — Mas ainda é visível o temperamento caprichoso e uma certa fantasia e irascibilidade.

Ele tinha razão. Decididamente, eu não sabia o que estava acontecendo com ela. Parecia que não queria de jeito nenhum falar comigo, como se eu lhe tivesse feito alguma coisa. Isso me deixava muito triste. Cheguei até a ficar amuado, e uma vez passei um dia inteiro sem lhe dirigir a palavra, mas no dia seguinte senti vergonha. Ela chorava com frequência, e eu, decididamente, não sabia como consolá-la. No entanto, uma vez quebrou o silêncio comigo.

Um dia voltei para casa antes do anoitecer e vi que Nelli escondeu rapidamente um livro sob o travesseiro. Era o meu romance, que pegara da mesa e ficara lendo na minha ausência. Para que escondê-lo de mim? "Com certeza está envergonhada", pensei, mas não dei na vista. Passado um quarto de hora, quando fui por um minuto à cozinha, saltou rapidamente da cama e colocou o romance no lugar em que estava antes: ao voltar, vi que ele já estava sobre a mesa. Um minuto depois me chamou; em sua voz transparecia certa emoção. Há quatro dias que quase não falava comigo.

— O senhor... hoje... irá à casa de Natacha? — perguntou-me com uma voz entrecortada.

— Sim, Nelli; preciso muito vê-la hoje.

Nelli ficou calada.

— O senhor... gosta muito dela? — perguntou-me outra vez com a voz fraca.

— Sim, Nelli, gosto muito.

— Eu também gosto — acrescentou baixinho; depois do que, tornou a se calar.

— Quero ir para a casa dela e viver lá — recomeçou Nelli, fitando-me timidamente.

— Isso não é possível, Nelli — respondi, um pouco surpreso. — Acaso se sente mal em minha casa?

— Mas por que não é possível? — e corou. — Afinal, o senhor mesmo quer me convencer a ir morar na casa do pai dela; mas não quero ir. Ela tem criada?

— Tem.

— Bem, então, então ela que mande a criada embora e vou trabalhar para ela. Vou fazer tudo para ela e não vou cobrar nada; vou gostar dela e vou preparar a comida. Diga-lhe isso hoje.

— Mas por que, que fantasia é essa, Nelli? E que ideia faz dela: acha mesmo que aceitaria levá-la para colocá-la no lugar da cozinheira? Se a levasse, então seria como a uma igual, como sua irmã mais nova.

— Não, como a uma igual não quero. Então não quero...

— Mas por que não?

Humilhados e ofendidos

Nelli ficou em silêncio. Seus lábios se contraíram: estava a ponto de chorar.

— A pessoa que ela ama agora irá embora e a deixará sozinha, não é? — perguntou-me, por fim.

Fiquei surpreso.

— Mas como sabe disso, Nelli?

— Foi o senhor mesmo que me disse tudo, e antes de ontem, quando o marido de Aleksandra Semiónovna veio de manhã, eu lhe perguntei: e ele me disse tudo.

— Mas Maslobóiev veio de manhã?

— Veio — respondeu, baixando os olhos.

— E por que não me disse que ele veio?

— Por nada...

Refleti por um momento. Sabe Deus por que esse Maslobóiev fica nos rondando com esse mistério. Que relação é essa que estabeleceu? Tinha de ir vê-lo.

— Mas que importância tem para você, Nelli, se ele a deixar?

— É que o senhor gosta muito dela — respondeu Nelli, sem erguer os olhos para mim. — E já que gosta dela, então se casará com ela quando o outro for embora.

— Não, Nelli, ela não gosta de mim do jeito que gosto dela, e, além do mais, eu... Não, isso não acontecerá, Nelli.

— Trabalharia para os dois como criada, e vocês haveriam de viver felizes — disse, quase num sussurro, sem olhar para mim.

"O que há com ela, o que há com ela?", pensei, sentindo toda a minha alma transtornada. Nelli se calou e não disse mais uma palavra durante a noite inteira. E quando saí, pôs-se a chorar, chorou a noite toda, pelo que me disse Aleksandra Semiónovna, e foi assim, banhada em lágrimas, que adormeceu. Mesmo à noite, enquanto dormia, chorou e proferiu qualquer coisa delirando.

Mas desde esse dia tornou-se ainda mais evasiva e silenciosa, deixou completamente de falar comigo. É verdade que notei que me dirigiu uns dois ou três olhares furtivos, e quanta ternura havia nesses olhares! Mas isso passava imediatamente, junto com o instante que provocava essa ternura repentina, e, como que em reação a esse desafio, Nelli tornava-se a cada hora mais taciturna, e até mesmo com o doutor, que se espantava com aquela mudança de caráter. Entretanto, já estava quase completamente restabelecida, e o doutor finalmente lhe deu permissão para passear ao ar livre, mas apenas um pouco. Fazia um tempo quente e aberto. Era a Semana Santa, que dessa vez caíra bem mais tarde; saí pela manhã; tinha de estar sem falta em casa de Natacha, mas decidi voltar para casa mais cedo para apanhar Nelli e dar um passeio com ela; que enquanto isso deixara em casa sozinha.

Mas nem consigo descrever o golpe que me aguardava em casa. Apressei-me em voltar. Chego lá e vejo que a chave está na porta, do lado de fora. Entro: não há ninguém. Fiquei paralisado. Olho: em cima da mesa há um pedaço de papel, e nele está escrito a lápis numa letra grande e irregular:

"Saí de sua casa e nunca mais voltarei, mas gosto muito do senhor. — Sua fiel Nelli"

Dei um grito de pavor e saí de casa correndo.

CAPÍTULO IV

Ainda nem havia tido tempo de chegar à rua, ainda nem havia dado tempo de refletir sobre o que e como fazer na hora, quando de repente vi uma caleche parar no nosso portão e dela descer Aleksandra Semiónovna conduzindo Nelli pela mão. Segurava-a com firmeza, como se temesse que ela tornasse a fugir. Corri ao encontro delas.

— Nelli, o que há com você? — gritei. — Para onde ia, por quê?

— Espere, não tenha pressa; vamos o mais depressa possível para a sua casa, lá saberá tudo — começou a balbuciar Aleksandra Semiónovna —; tenho cada coisa a lhe dizer, Ivan Petróvitch — sussurrou apressadamente. — É de se ficar pasmo... Então, vamos, já vai saber.

Tinha estampado no rosto que as notícias eram de extrema importância.

— Vá, Nelli, vá, deite-se um pouco — disse ela, quando entramos em casa —, pois está cansada, não foi brincadeira o tanto que correu; e ainda por cima, após uma doença grave; deite-se, querida, deite-se. E o senhor e eu por enquanto vamos sair daqui, não vamos incomodá-la, deixemos que durma — e piscou para mim, para que fosse com ela até a cozinha.

Mas Nelli não se deitou, sentou-se no sofá e cobriu o rosto com as mãos.

Saímos, e Aleksandra Semiónovna contou-me rapidamente o que ocorrera. Depois ainda soube de mais detalhes. Eis como tudo isso aconteceu.

Ao sair de casa cerca de duas horas antes do meu regresso e deixar-me o bilhete, Nelli correu primeiro para a casa do velho doutor. Havia conseguido antes disso descobrir seu endereço. O médico me contou que ficou tão petrificado ao ver Nelli em sua casa que, o tempo todo em que a menina esteve lá, ele "não podia acreditar nos próprios olhos". "Ainda nem acredito", acrescentou, na conclusão de sua história, "e nunca hei de acreditar." E, no entanto, Nelli realmente esteve em sua casa. Estava tranquilamente sentado em seu gabinete, em sua poltrona, de roupa de dormir e tomando o seu café, quando ela entrou correndo e se atirou em seu pescoço antes que ele tivesse tempo de perceber o que estava acontecendo. Ela chorava e o abraçava e beijava, beijava-lhe as mãos e pedia-lhe encarecidamente, embora de modo incoerente, que a deixasse viver com ele; dizia que não queria nem podia mais viver comigo, e por isso me deixara; que isso lhe custava muito; que não ia mais rir dele nem falar de vestidos novos, que ia se comportar bem, estudar, aprenderia a lavar e passar seus peitilhos (é provável que tenha preparado todo esse seu discurso pelo caminho, ou talvez até antes) e que, por fim, seria obediente e ia tomar qualquer remédio que fosse, nem que fosse todos os dias; e que, se dissera uma vez que queria casar com ele, fora só por brincadeira, que nem pensava nisso. O velho alemão ficou tão aturdido que permaneceu o tempo todo sentado, boquiaberto, segurando um charuto com a mão suspensa no ar, e de tal modo se esquecera dele que ele até se apagou.

— *Mademoiselle* — proferiu ele, afinal, após recuperar de algum modo a fala. — *Mademoiselle*, pelo que entendi, está me pedindo para lhe dar abrigo em minha casa. Mas isso é impossível! Como vê, vivo apertado e não tenho um rendimento considerável... E, afinal, de modo tão precipitado, sem pensar... Isso é terrível! E, além do mais, pelo que vejo, fugiu de casa. Isso não é nada louvável e não está certo... E, afinal, só lhe dei permissão para passear um pouco, num dia claro, sob a vigilância do seu benfeitor, e, assim que seu benfeitor a abandona, corre para a minha casa, quando deveria se cuidar e... e... tomar o remédio. E, além do mais... além do mais, não estou compreendendo nada...

Nelli não o deixou terminar de falar. Pôs-se outra vez a chorar, tornou a lhe suplicar, mas de nada adiantou. O velhinho ficava cada vez mais perplexo e compreendia cada vez menos. Por fim, Nelli o deixou com um grito: "Ai, meu Deus!" — e saiu da sala correndo. — "Estive doente esse dia todo" — acrescentou o doutor, ao terminar seu relato —, "e à noite tomei uma decocção...".

E Nelli correu para a casa de Maslobóiev. Havia se provido do endereço deles e os encontrou, embora não sem dificuldade. Maslobóiev estava em casa. Aleksandra Semiónovna levantou as mãos para o céu ao ouvir o pedido de Nelli para que ficassem com ela. Mas, às suas perguntas de por que queria tanto isso, era-lhe difícil viver comigo, ou o quê?, Nelli não respondeu nada e se deixou cair, soluçando, numa cadeira. "Soluçava tanto, mas tanto", disse-me Aleksandra Semiónovna, "que pensei que ia morrer disso." Nelli pedia para ficar nem que fosse como arrumadeira, ou mesmo como cozinheira, dizia que varreria o chão e aprenderia a lavar a roupa (depositava algumas esperanças especiais nisso de lavar a roupa e, por algum motivo, considerava esse o mais forte atrativo para que ficassem com ela). A intenção de Aleksandra Semiónovna era me pôr de sobreaviso e deixá-la em sua casa até que o caso se esclarecesse. Mas Filip Filípitch se opôs categorica-

Humilhados e ofendidos

mente a isso e mandou levar a fugitiva imediatamente à minha casa. A caminho, Aleksandra Semiónovna a abraçava e beijava, o que fazia Nelli chorar ainda mais. Ao olhar para ela, Aleksandra Semiónovna também se pôs a chorar. De modo que as duas vieram o caminho todo chorando.

— Mas então por que, Nelli, por que não quer viver com ele? O que foi? Ele a ofendeu, foi isso? — perguntava, Aleksandra Semiónovna, desmanchando-se em lágrimas.

— Não, não me ofendeu.

— Bem, e por que então?

— Por nada, não quero viver com ele... não posso... sou muito má com ele o tempo todo... e ele é bom... Mas na sua casa não serei má, vou trabalhar — dizia, soluçando como numa crise de histeria.

— E por que é tão malvada com ele, Nelli?

— Por nada...

— E foi só esse "por nada" que consegui arrancar dela — concluiu Aleksandra Semiónovna, enxugando as lágrimas. — E para que tanto sofrimento assim? Será por causa da doença? O que acha, Ivan Petróvitch?

Entramos para ver Nelli; estava deitada, com o rosto escondido sob o travesseiro, chorando. Ajoelhei-me diante dela, peguei-lhe as mãos e comecei a beijá-las. Ela puxou as mãos e se pôs a chorar ainda mais. Não sabia o que lhe dizer. Nesse momento entrou o velho Ikhmiêniev.

— Vim aqui a negócios, Ivan. Como vai? — disse ele, lançando um olhar para todos nós e surpreso ao me ver ajoelhado. O velho estivera o tempo todo doente nos últimos tempos. Estava magro e pálido, mas, como que para se fazer de corajoso diante de uma certa pessoa, desprezou a doença, não deu ouvidos às admoestações de Anna Andrêievna, não ficou de cama, e continuou a sair para tratar de seus negócios.

— Bem, adeus, por enquanto — disse Aleksandra Semiónovna, olhando atentamente para o velho. — Filip Filípitch mandou-me voltar o mais depressa possível. Temos umas coisas a fazer. Mas à noite, ao entardecer, voltarei por umas duas horinhas.

— Quem é essa? — sussurrou-me o velho, pelo jeito pensando em outra coisa. Expliquei-lhe.

— Humm. Mas vim a negócios, Ivan...

Sabia de que assunto se tratava, e aguardava sua visita. Vinha para conversar comigo e com Nelli, e pedir-me para levá-la consigo. Anna Andrêievna finalmente concordara em ficar com a órfã em sua casa. Isso aconteceu devido às nossas conversas secretas: convenci Anna Andrêievna e disse-lhe que a presença da órfãzinha, cuja mãe também fora amaldiçoada pelo pai,

312 Fiódor Dostoiévski

talvez fizesse o coração do nosso velho tomar outros rumos e pensamentos. Expliquei tão claramente meu plano que agora ela mesma já havia começado a importunar o marido para levar a órfã. O velho pôs mãos à obra com toda a disposição: em primeiro lugar, queria agradar a Anna Andrêievna, e, em segundo lugar, tinha suas próprias razões... Mas isso tudo explicarei depois, em detalhes...

Já disse que Nelli não gostara do velho desde sua primeira visita. Depois reparei que seu semblante deixava transparecer uma espécie de aversão quando pronunciava o nome de Ikhmiêniev diante ela. O velho foi direto ao assunto no mesmo instante, sem rodeios. Aproximou-se diretamente de Nelli, que ainda continuava deitada com o rosto escondido sob o travesseiro, e, pegando-lhe na mão, perguntou se ela queria se mudar para a sua casa como se fosse sua filha.

— Eu tinha uma filha, que amava mais do que a mim mesmo — concluiu o velho —, mas agora ela não está comigo. Está morta. Quer ocupar seu lugar em minha casa e... no meu coração?

E em seus olhos secos e ardendo de febre, depositou-se uma lágrima.

— Não, não quero — respondeu Nelli, sem levantar a cabeça.

— Mas por quê, minha filha? Não tem ninguém. Ivan não poderá mantê-la eternamente consigo, e em minha casa estará como em sua própria casa.

— Não quero porque o senhor é mau; sim, é muito mau — acrescentou, erguendo a cabeça e sentando-se na cama de frente para o velho. — Também sou má, e pior que todos, mas o senhor é ainda pior que eu! — ao dizer isso, Nelli empalideceu, seus olhos começaram a cintilar; até seus lábios trêmulos se contraíram e empalideceram ao estímulo de uma forte emoção. O velho mirava-a perplexo.

— Sim, é pior do que eu porque não quer perdoar sua filha; o senhor quer esquecê-la completamente e levar outra criança para casa, mas como é possível esquecer a própria filha? Será que vai gostar de mim? Pois assim que olhar para mim há de se lembrar de que sou uma estranha para o senhor e que teve sua própria filha, de quem o senhor mesmo se esqueceu porque é uma pessoa cruel. E não quero viver com pessoas cruéis, não quero, não quero, não quero!... — Nelli soltou um soluço e lançou-me rapidamente um olhar.

— Depois de amanhã é o dia da ressurreição de Cristo, todo mundo se beija e se abraça, se reconcilia, toda culpa é perdoada... Pois eu sei... só o senhor, só o senhor...! É cruel! Vá embora!

E se desfez em lágrimas. Parecia já ter esse discurso preparado e decorado há muito tempo para o caso de o velho tornar a convidá-la para ir a sua casa. O velho ficou estupefato e pálido. Uma sensação dolorosa refletiu-se em seu rosto.

— E por quê? Por quê? Por que estão todos tão preocupados comigo? Não quero, não quero! — exclamou Nelli de repente, numa espécie de frenesi. — Vou pedir esmola!

— Nelli, o que há com você? Nelli, minha amiga! — exclamei sem querer, mas com minha exclamação só fiz pôr mais lenha na fogueira.

— É verdade, prefiro andar pelas ruas pedindo esmola, mas aqui não fico — gritava, soluçando. — Mamãe também pedia esmola e, quando estava morrendo, ela mesma me disse: seja pobre, pois é melhor pedir esmola do que... Pedir esmola não é nenhuma vergonha: não peço a uma única pessoa, mas a todas, e todas as pessoas não são uma só; a uma é vergonhoso pedir, mas pedir a todas não é vergonhoso; foi o que me disse uma mendiga; pois sou pequena, não tenho de onde tirar. Então peço para todo mundo. Mas aqui não quero, não quero, não quero; sou má, sou pior que todo mundo; vejam como sou má!

E de súbito, de modo totalmente inesperado, Nelli apanhou uma xícara da mesa e a atirou ao chão.

— Pois agora está quebrada — acrescentou, olhando para mim com uma solenidade desafiadora. — Não havia mais que duas xícaras — acrescentou —, vou quebrar a outra também... Como haverá de tomar seu chá?

Estava tão enfurecida e parecia sentir prazer em sua fúria, como se ela própria tivesse consciência de que aquilo era vergonhoso e desagradável, mas ao mesmo tempo parecia incitar a si mesma a fazer novas extravagâncias.

— Está doente, Vânia, isso é que é — disse o velho —, ou... já não entendo que criança é essa. Adeus!

Pegou o boné e apertou-me a mão. Estava mortificado; Nelli o ofendera de maneira terrível; tudo se revolvia em meu íntimo.

— Nem para ter pena dele, Nelli! — exclamei quando ficamos a sós. — E não sente vergonha, não se sente envergonhada? Não, você não é uma boa pessoa, é verdade que é má! — e do jeito que estava, sem chapéu, saí correndo atrás do velho; queria acompanhá-lo até o portão e dizer-lhe duas palavra de conforto. Ao descer as escadas, era como se ainda visse diante de mim o rosto de Nelli, que se tornara terrivelmente pálido diante de minhas repreensões.

Logo alcancei o meu velho.

— Essa pobre menina foi ofendida, e tem a sua própria dor, acredite-me, Ivan; e fui me pôr a lhe falar da minha — disse ele, sorrindo amargamente. — Toquei na sua ferida. Dizem que quem está saciado não entende um faminto; e eu, Vânia, acrescentaria que mesmo um faminto nem sempre entende outro faminto. Bem, adeus!

Tentei falar-lhe de alguma outra coisa, mas o velho apenas acenou com a mão.

— Chega de querer me consolar; é melhor que fique atento para que não fuja de sua casa, do jeito que olha... — acrescentou, com certa exasperação, e se afastou de mim a passos rápidos, agitando a bengala e batendo com ela na calçada.

Mal sabia ele que fazia uma profecia.

O que não senti quando, ao voltar para casa, para meu horror, tornei a não encontrar Nelli! Corri para fora, procurei-a na escada, chamei por ela, cheguei a bater à porta dos vizinhos e perguntar por ela. Não podia e não queria acreditar que tornara a fugir. E como podia ter fugido?

O prédio só tem um portão; teria de passar por nós, enquanto eu conversava com o velho. Mas, para minha grande consternação, logo me dei conta de que poderia ter se escondido em algum lugar da escada, e esperado até eu retornar a casa para depois fugir, de modo que eu não pudesse encontrá-la de jeito nenhum. Em todo caso, não podia ter ido longe.

Com grande ansiedade, tornei a sair correndo à sua procura, deixando por via das dúvidas o apartamento aberto.

Antes de mais nada, fui à casa de Maslobóiev. Não encontrei os Maslobóiev em casa, nem ele nem Aleksandra Semiónovna. Depois de lhes deixar um bilhete em que lhes comunicava a nova desgraça e pedia, no caso de Nelli ir procurá-los, para que me avisassem imediatamente, fui à casa do doutor; ele também não estava, a criada anunciou-me que, além da visita recente, não houvera outra. O que havia de fazer? Dirigi-me à casa de Búbnova e soube pela mulher cujo marido fazia caixões, já minha conhecida, que a patroa estava detida na polícia desde o dia anterior por um certo motivo e que não viam Nelli *desde então*. Cansado, extenuado, tornei a correr à casa de Maslobóiev; a mesma resposta: não havia ninguém, e eles mesmos ainda não tinham voltado. Meu bilhete continuava sobre a mesa. O que me restava fazer?

Com uma angústia mortal, voltei para casa tarde da noite. Eu devia estar em casa de Natacha essa noite; ela mesma me mandara chamar ainda de manhã. Mas nem sequer tinha comido nada nesse dia; a lembrança de Nelli turvava-me a alma. "O que será isso?", pensei: "Será possível que seja uma estranha consequência da doença? Não estaria ela louca ou a ponto de enlouquecer? Mas, meu Deus, onde está ela agora, onde poderei encontrá-la?".

Mal fiz essa exclamação, de súbito vi Nelli, a poucos passos de mim, na ponte V***. Ela estava de pé junto ao lampião e não me viu. Quis correr para ela, porém me detive. "O que estará fazendo aqui?", pensei, perplexo; e, confiante de que agora já não a perderia, decidi esperar e observá-la. Passaram-se uns dez minutos, ela continuava parada, olhando para os transeuntes. Por fim, passou um velhinho bem-vestido e Nelli aproximou-se dele: este, sem se deter, tirou algo do bolso e lhe deu. Ela lhe fez uma reverência. Não consigo exprimir o que senti nessa hora. Experimentei um doloroso aperto no coração; foi como se visse algo precioso, que eu amava, mimava e acarinhava, sendo pisoteado e desonrado diante de mim nesse momento, e lágrimas começaram a correr dos meus olhos.

Sim, lágrimas pela pobre Nelli, embora, por outro lado, sentisse uma indignação irreconciliável: não era por necessidade que estava pedindo; não fora abandonada nem largada por ninguém à própria sorte; não fora de opressores cruéis que fugira, mas de seus amigos, que a amavam e mimavam. Parecia querer deixar alguém assustado ou assombrado com seus atos; era como se quisesse se gabar diante de alguém! Alguma coisa secreta amadurecia em sua alma... Sim, o velho tinha razão; havia sido ofendida, sua ferida não podia cicatrizar, e ela, como que de propósito, tentava avivar sua ferida com esse mistério, com essa desconfiança que sentia de todos nós; era como se se comprazesse com a própria dor, com esse *egoísmo do sofrimento*, se é que é possível expressar-se assim. Esse avivamento da dor e esse deleite me eram compreensíveis: era o deleite de muitos insultados e ofendidos, oprimidos pelo destino e conscientes de sua injustiça. Mas, de que injustiça nossa poderia se queixar Nelli? Parecia querer nos surpreender e assustar com seus caprichos e atos selvagens, como se de fato quisesse se gabar para nós... Mas não! Agora está sozinha, não há nenhum de nós vendo-a pedir esmola. Será mesmo que encontrava algum deleite nisso? Para que precisa de esmola, para que precisa de dinheiro?

Depois de receber a esmola, deixou a ponte e se aproximou das janelas iluminadas de uma loja. Ali se pôs a contar seu ganho; mantive-me a dez passos de distância. Já tinha bastante dinheiro na mão; pelo visto estava pedindo desde a manhã. Segurando-o na mão, atravessou a rua e entrou numa vendinha de miudezas. No mesmo instante fui à porta da vendinha, que estava aberta, e fiquei olhando: o que estaria fazendo ali?

Vi que colocou o dinheiro sobre o balcão e que lhe deram uma xícara, uma xícara de chá simples, muito semelhante àquela que quebrara pouco antes para mostrar a mim e a Ikhmiêniev como era má. A xícara deve ter custado uns quinze copeques, talvez até menos. O vendedor a embrulhou num papel, amarrou-a e a entregou a Nelli, que saiu apressada da loja com um ar de satisfeita.

— Nelli! — exclamei, quando passou por mim. — Nelli!

Ela estremeceu, fitou-me, a xícara escorregou de suas mãos, caiu no pavimento e quebrou. Nelli estava pálida; mas, ao olhar para mim e se convencer de que eu vira tudo e sabia de tudo, de repente corou; esse rubor revelava uma vergonha dolorosa, insuportável. Peguei sua mão e a levei para casa; não estávamos longe. Não dissemos uma palavra no caminho. Ao chegar em casa, sentei-me; Nelli permaneceu de pé diante de mim, pensativa e confusa, pálida como antes, com o olhar baixo, olhando para o chão. Não conseguia olhar para mim.

— Nelli, estava pedindo esmola?

— Sim! — sussurrou ela e baixou ainda mais o olhar.

— Queria juntar dinheiro para comprar outra xícara como a que quebrou esta manhã?

— Sim...

— Mas por acaso a censurei, por acaso a repreendi por causa dessa xícara? Será que você não vê, Nelli, quanta maldade há em seu ato, uma maldade arrogante? Será que isso é bom? Será possível que não se sente envergonhada? Será possível...

— Estou envergonhada... — sussurrou ela, numa voz quase audível, e uma lagrimazinha rolou por sua face.

— Está envergonhada... — repeti, por minha vez. — Nelli, querida, se lhe fiz alguma coisa, perdoe-me e vamos fazer as pazes.

Ela olhou para mim, lágrimas brotaram-lhe dos olhos, e se lançou contra o meu peito.

Nesse momento, Aleksandra Semiónovna entrou voando.

— O quê! Ela está em casa? Outra vez? Oh, Nelli, Nelli, o que há com você? Mas ainda bem que pelo menos está em casa... Onde o senhor a encontrou, Ivan Petróvitch?

Pisquei para Aleksandra Semiónovna, para que não fizesse perguntas, e ela me entendeu. Despedi-me ternamente de Nelli, que ainda continuava chorando amargamente, e pedi à bondosa Aleksandra Semiónovna para ficar com ela até meu retorno, e corri para a casa de Natacha. Estava atrasado e com pressa.

Nessa noite, nosso destino seria decidido: tinha muito o que falar com Natacha, mas, assim mesmo, introduzi na conversa umas palavrinhas sobre Nelli e contei o que aconteceu com todos os pormenores. Meu relato deixou Natacha muito interessada e até surpresa.

— Sabe de uma coisa, Vânia — disse, refletindo um pouco —, acho que ela o ama.

— O quê?... Como assim? — perguntei, surpreso.

— Sim, isso é um princípio de amor, amor de uma mulher...

— O que você está dizendo, Natacha? Ela é uma criança!

— Que logo fará catorze anos. Essa obstinação se deve ao fato de você não compreender seu amor, e é provável que nem ela mesma compreenda; é uma obstinação que tem muito de pueril, mas é séria e dolorosa. E o principal é que tem ciúmes de mim. Você gosta tanto de mim que, certamente, mesmo em casa, só se preocupa comigo, só fala de mim e só pensa em mim, e por isso lhe dá pouca atenção. Ela percebeu, e isso a deixa melindrada. Talvez queira falar com você, sinta necessidade de abrir o coração, mas não sabe como, tem vergonha, não compreende a si própria, espera uma oportunidade, e você, em vez de propiciar essa oportunidade, afasta-se dela, foge dela para vir me ver e até mesmo a deixou sozinha por dias inteiros quando estava doente. É por isso que chora: sente sua falta, e o que mais lhe dói é você não perceber isso. Agora, num momento desses, deixou-a sozinha para vir me ver. Pois amanhã ficará doente por causa disso. E como pode deixá--la? Volte imediatamente para o seu lado...

— Eu não a teria deixado, mas...

— Sim, claro, fui eu mesma que lhe pedi para vir. Mas agora vá.

— Está bem, vou, mas claro que não acredito em nada disso.

— Porque tudo isso não se parece com nenhuma outra coisa. Lembre--se da sua história, pense em tudo e há de acreditar. Ela não foi criada como você e eu o fomos...

Ainda assim voltei tarde. Aleksandra Semiónovna me disse que Nelli, como na outra noite, tornara a chorar muito "e também adormecera em lágrimas", como da outra vez. "E agora sou eu que vou embora, Ivan Petróvitch, foi Filip Filípovitch que mandou. Está me esperando, coitado."

Agradeci-lhe e sentei-me à cabeceira de Nelli. Eu próprio me sentia penalizado por tê-la deixado num momento desses. Passei muito tempo, até tarde da noite, sentado ao seu lado, pensando... Foi uma época terrível.

Mas é preciso contar o que aconteceu nessas duas semanas...

CAPÍTULO V

Depois da noite, inesquecível para mim, que passei com o príncipe no restaurante B., fiquei vários dias seguidos tomado de uma apreensão constante por Natacha. "Com quê esse maldito príncipe a ameaçava e com quê exatamente queria se vingar dela?", perguntava-me a todo instante e me perdia nas mais diversas conjecturas. Por fim cheguei à conclusão de que suas ameaças não eram nenhum disparate nem fanfarronice e que, enquanto ela estivesse vivendo com Aliócha, o príncipe realmente poderia lhe causar muitos aborrecimentos. "É mesquinho, vingativo, mau e calculista", pensava eu. Era difícil crer que pudesse esquecer um insulto sem aproveitar alguma oportunidade para se vingar. De qualquer forma, ele me indicou um ponto em todo esse caso e se exprimiu a respeito desse ponto com bastante clareza: exigia categoricamente uma ruptura entre Aliócha e Natacha, e esperava que eu a preparasse para uma separação iminente, e a preparasse de modo a não haver "cenas, pastorais e schillerismos". É evidente que sua maior preocupação era fazer com que Aliócha continuasse satisfeito com ele e a considerá-lo um pai carinhoso; e ele realmente precisava muito disso para depois se apoderar mais comodamente do dinheiro de Kátia. E, assim, tocava a mim preparar Natacha para uma iminente separação. Mas eu notara uma forte mudança em Natacha: de sua antiga abertura para comigo não havia mais nem sombra; mais que isso, parecia até desconfiar de mim. Meus esforços para consolá-la só faziam exasperá-la ainda mais; minhas perguntas a deixavam cada vez mais irritada e até zangada. Às vezes ficava lá sentado, olhando para ela! Andava de um canto para outro de braços cruzados, taciturna, pálida, como que esquecida de tudo, esquecendo-se de que eu estava ali, ao seu lado. E quando lhe acontecia de me lançar um olhar (até meu olhar evitava), surgia então de repente uma contrariedade impaciente em seu semblante e virava-se rapidamente. Percebia que ela mesma parecia estar pensando em algum plano próprio para a ruptura que se aproximava e era iminente, mas poderia ela, por acaso, pensar nisso sem sentir dor, sem amargura? Estava certo de que ela já havia se decidido pela ruptura. Mas mesmo assim afligia-me e assustava-me o seu desespero sombrio. Além disso, às ve-

Fiódor Dostoiévski

zes não me atrevia sequer a falar com ela, a tentar confortá-la, e por isso esperava apavorado como tudo haveria de acabar.

Quanto à sua atitude austera e inacessível para comigo, ainda que isso me preocupasse, ainda que me afligisse, confiava no coração de minha Natacha: via que lhe era penoso e que estava muito abalada. Qualquer interferência estranha só lhe provocava mais raiva e aborrecimento. Em casos assim, a interferência, sobretudo a de amigos íntimos, que conhecem nossos segredos, se torna a mais desagradável para nós. Mas também sabia muito bem que, no último minuto, Natacha tornaria a dirigir-se a mim e que seria em meu coração que buscaria alívio.

É claro que lhe omiti minha conversa com o príncipe: meu relato só a deixaria ainda mais preocupada e perturbada. Disse-lhe apenas, como que de passagem, que estivera com o príncipe na casa da condessa e que havia me convencido de que era um grande canalha. Mas ela nem me fez perguntas sobre ele, do que muito me alegrei; em compensação, ouviu com avidez tudo o que lhe contei sobre meu encontro com Kátia. Depois de ouvir, mesmo sobre ela também não disse nada, mas um rubor cobriu-lhe as faces pálidas, e durante quase todo esse dia esteve muito agitada. Não escondi nada a respeito de Kátia e confessei sem rodeios que Kátia havia produzido excelente impressão até mesmo em mim. E por que haveria de esconder? Pois Natacha ia adivinhar que estava escondendo e ainda ficar zangada comigo por causa disso. E foi por isso que lhe contei de propósito, com o máximo de detalhes possível, procurando antecipar todas as suas perguntas, tanto mais que a ela mesma, em sua situação, teria sido difícil interrogar-me: acaso seria realmente fácil procurar se inteirar, com um ar de indiferença, das perfeições de sua rival?

Pensei que ainda não soubesse que Alíócha, por ordem expressa do príncipe, deveria acompanhar a condessa e Kátia à aldeia, e não sabia como lhe revelar isso de modo a suavizar, na medida do possível, o golpe. Mas qual não foi minha surpresa quando, desde as primeiras palavras, Natacha me interrompeu e disse que não havia por que consolá-la, pois havia já cinco dias que sabia disso.

— Meu Deus! — exclamei. — Mas quem foi que lhe disse?

— Alíócha.

— Como? Ele já disse?

— Sim, e já tomei uma decisão, Vânia — acrescentou num tom que me dava a entender, de modo claro e um tanto impaciente, que não era para continuar essa conversa.

Alíócha ia com bastante frequência à casa de Natacha, mas sempre por um minutinho; só uma única vez ficou com ela várias horas seguidas; mas isso foi em minha ausência. Costumava chegar triste e olhar para ela com timidez e ternura; mas Natacha o recebia com tanta ternura, com tanto carinho, que ele na mesma hora esquecia tudo e ficava alegre. Também começou a me visitar com muita frequência, quase todos os dias. É verdade que se atormentava muito, mas não conseguia passar um minuto sequer sozinho com a sua angústia e a todo instante corria à minha casa em busca de consolo.

O que eu poderia lhe dizer? Censurava-me por ser frio, indiferente, e até por lhe ter rancor; chorava, suspirava, ia para a casa de Kátia e era ali que se consolava.

No dia em que Natacha me comunicou que sabia da viagem (isso foi uma semana depois de minha conversa com o príncipe), ele correu para a minha casa em desespero, abraçou-me, apoiou a cabeça em meu peito e se pôs a soluçar como uma criança. Fiquei em silêncio e esperei que falasse.

— Sou uma pessoa vil, um canalha, Vânia — começou ele. — Salve-me de mim mesmo. Não estou chorando por ser vil e canalha, mas porque, por minha causa, Natacha será infeliz, pois a estou deixando a sua própria sorte... Vânia, meu amigo, diga-me, decida por mim, qual delas eu amo mais: Kátia ou Natacha?

— Isso não posso decidir, Aliócha — respondi —, você deve saber melhor do que eu...

— Não, Vânia, não é isso; pois não sou tão tolo para fazer uma pergunta dessas; mas aí é que está, porque eu mesmo não sei de nada. Fico me perguntando e não consigo responder. Mas você está vendo de fora e, talvez, saiba mais do que eu... Ora, mesmo que não saiba, ao menos diga o que acha?

— Parece-me que é de Kátia que gosta mais.

— É o que acha! Não, não, de maneira nenhuma! Não adivinhou de jeito nenhum. Amo Natacha infinitamente. Nunca poderei deixá-la por nada; disse isso também à Kátia, e Kátia está completamente de acordo comigo. Por que se calou? Pois eu vi que você agora sorriu. Ah, Vânia, você nunca me consolou nos momentos em que eu precisava, como agora... Adeus!

Saiu correndo de minha casa, deixando uma impressão extraordinária em Nelli, que ouvira nossa conversa em silêncio e estava admirada. Na época ainda estava doente de cama e tomando remédios. Aliócha nunca se pusera a falar com ela, e em suas visitas não lhe prestava quase nenhuma atenção.

Duas horas depois, tornou a aparecer, e estranhei seu semblante alegre. Tornou a se lançar ao meu pescoço e a me abraçar.

— Assunto encerrado! — exclamou. — Todos os mal-entendidos foram resolvidos. Daqui, fui direto à casa de Natacha: estava desolado e não podia passar sem ela. Ao entrar, caí de joelhos diante dela e beijei-lhe os pés: eu precisava disso, eu queria isso; sem isso, teria morrido de angústia. Ela me abraçou em silêncio e começou a chorar. Então eu lhe disse diretamente que gostava mais de Kátia do que dela...

— E ela?

— Não respondeu nada, apenas me acariciou e me consolou, a mim, que lhe disse isso! Ela sabe consolar, Ivan Petróvitch! Oh, desafoguei com ela toda a minha mágoa, contei-lhe tudo. Disse-lhe, sem rodeios, que amo muito Kátia, mas que, por mais que a ame, ou a quem quer que seja, mesmo assim, sem ela, sem Natacha, não poderia passar e morreria. É verdade, Vânia, não poderia viver um só dia sem ela, sinto isso, sim!, e por isso decidimos nos casar imediatamente; e como antes da viagem será impossível, porque estamos na Quaresma e não nos casariam, então será na minha volta, e isso será em torno de 1º de junho. Meu pai há de concordar, disso não há a menor dúvida. Quanto a Kátia, o que se há de fazer? Não posso viver sem Natacha... Nos casaremos e também iremos para lá, ficar com Kátia...

Pobre Natacha! O quanto não lhe terá custado consolar esse menino, ficar ao seu lado ouvindo sua confissão e inventar para ele, esse egoísta ingênuo, para tranquilizá-lo, essa fábula de um casamento iminente? Aliócha realmente se acalmou por alguns dias. Corria mesmo para Natacha, precisamente porque seu coração fraco não podia suportar sozinho a consternação. Mas mesmo assim, quando começou a se aproximar a hora da separação, tornou a ficar inquieto e a se banhar em lágrimas e tornou a vir correndo à minha casa para desafogar as mágoas. Nos últimos tempos estava tão apegado a Natacha que não podia deixá-la um dia sequer, o que dirá um mês e meio. Entretanto, até o último momento, estava plenamente convencido de que a deixaria apenas por um mês e meio e de que, em seu regresso, se realizaria o casamento deles. Já Natacha, por sua vez, compreendia perfeitamente que todo o seu destino ia mudar, que Aliócha já não haveria de voltar nunca mais para ela e que assim tinha de ser.

Chegou o dia da separação. Natacha estava pálida, doente, tinha os olhos inchados, os lábios crestados, de vez em quando falava consigo mesma, de vez em quando lançava-me um olhar rápido e penetrante; não chorava nem respondia às minhas perguntas e estremecia, como a folha de uma árvore, quando ouvia a voz sonora de Aliócha que chegava. Ficava corada, como um incêndio, e corria para ele; abraçava-o freneticamente, beijava-o, ria... Aliócha olhava para ela, às vezes ansioso, perguntava, preocupado, se estava se sentindo bem, consolava-a dizendo que estava indo por pouco tempo e que depois se casariam. Natacha fazia um esforço visível para se dominar e sufocar as lágrimas. Ela não chorava diante dele.

Uma vez ele se pôs a dizer que precisava lhe deixar dinheiro pelo tempo todo em que estivesse ausente e para que ela não se preocupasse, porque seu pai havia prometido lhe dar muito dinheiro para a viagem. Natacha franziu o cenho. Quando ficamos sozinhos, comuniquei que tinha cento e cinquenta rublos para ela, para qualquer eventualidade. Não perguntou de onde vinha esse dinheiro. Isso aconteceu dois dias antes da partida de Aliócha e na véspera do primeiro e último encontro de Natacha com Kátia. Kátia enviou um bilhete por Aliócha, em que pedia permissão a Natacha para visitá-la no dia seguinte; e escreveu também para mim: pedia-me para estar presente no encontro delas.

Decidi que estaria ao meio-dia em ponto (hora marcada por Kátia) na casa de Natacha, a despeito de qualquer impedimento; e preocupações e impedimentos eram o que não me faltavam. Sem falar de minhas preocupações com Nelli, ultimamente tive muitas com os Ikhmiêniev.

Essas preocupações haviam começado uma semana antes. Anna Andrêievna mandara me chamar numa manhã, pedindo que largasse tudo e corresse imediatamente à sua casa para tratar de um assunto muito importante, que não admitia nenhuma protelação. Quando cheguei, encontrei-a sozinha: andava pela sala febril de emoção e de susto, aguardando com impaciência o retorno de Nikolai Serguêitch. Como de costume, levei um bom tempo para conseguir saber do que se tratava e por que estava tão assustada, quando era evidente que cada minuto era precioso. Por fim, depois de censuras ardorosas, e nesse caso inúteis — "por que não os visitava e os deixava sozinhos, como órfãos, com suas mágoas", quando "só Deus sabe o que acontecia em minha ausência" —, comunicou-me que nos últimos três dias Nikolai Serguêievitch estava num tal estado de agitação "que era impossível descrever".

— Simplesmente não parece a mesma pessoa — disse ela —, à noite, febril, reza ajoelhado escondido de mim diante do ícone; quando sonha, delira, e de olhos abertos parece meio louco: ontem nos sentamos para tomar *schi*[4] e ele não conseguia encontrar a colher que estava ao seu lado; se você lhe pergunta uma coisa, ele responde com outra. Começou a sair de casa a todo momento: "É a negócios que estou saindo", diz ele, "preciso ver o advogado"; até que essa manhã se trancou em seu gabinete. "Tenho de escrever um documento importante a respeito do litígio", disse ele. Ora, pensei

---

[4] Sopa de repolho. (N. da T.)

324   Fiódor Dostoiévski

eu, que documento importante tem de escrever, se nem a colher ao lado do prato consegue encontrar? Apesar disso, espiei pelo buraco da fechadura: estava sentado, escrevendo, mas banhado em lágrimas. Que documento de negócios é esse, penso, que é escrito desse jeito? A não ser que esteja assim por pena da nossa Ikhmiênievka; então, é porque nossa Ikhmiênievka está mesmo perdida! Foi o que achei, mas de repente ele se levantou da cadeira de supetão e bateu de um jeito na mesa com a pena, que ficou vermelho, os olhos faiscavam, pegou o boné e veio falar comigo. "Logo estarei de volta, Anna Andrêievna", disse ele. Saiu, e eu, na mesma hora, fui até a escrivaninha dele; tem tanto papel ali sobre o nosso litígio, que ele não me permite sequer tocar neles. Quantas vezes me aconteceu de lhe pedir: "Deixe-me tirar ao menos uma vez esses papéis para poder limpar o pó da mesa". Mas que nada, ele se põe a gritar e a agitar os braços: se tornou tão impaciente aqui em Petersburgo, um gritão. Então, vou até a mesa e procuro: qual será o papel em que estava escrevendo agora?, pois sei com toda a certeza que não o levou consigo; quando se levantou da mesa ele o enfiou debaixo de outros papéis. Pois aqui está o que achei, meu caro, Ivan Petróvitch, dá só uma olhada.

E ela me estendeu uma folha de papel de carta, escrita até a metade, mas com tantas correções que em certos lugares era impossível decifrar.

Pobre velho! Desde as primeiras linhas se podia adivinhar o que e a quem escrevia. Era uma carta para Natacha, sua amada Natacha. Começava calorosamente e com ternura: falava em perdoá-la e a chamava de volta para casa. Era difícil decifrar a carta toda, escrita de modo impetuoso e incoerente, com inúmeras correções. Dava para ver apenas que o sentimento ardente que o levara a pegar na pena e escrever as primeiras linhas afetuosas, rapidamente, após essas primeiras linhas, se transformara em outro: o velho começou a censurar a filha, descrevia-lhe com cores vivas o seu crime, recordava-lhe com indignação a sua teimosia e repreendia-a por sua insensibilidade, pelo fato de não ter pensado talvez nem uma vez no que fazia com o pai e a mãe. Ameaçava castigá-la e amaldiçoá-la por seu orgulho, e terminava exigindo que voltasse para casa imediatamente, submissa, e então, só então, depois de uma nova vida submissa e exemplar "no seio da família", talvez nos decidamos a perdoá-la, escreveu ele. Via-se que, após algumas linhas, tomara seu generoso sentimento inicial por fraqueza, começara a se envergonhar dele e, por fim, sentindo-se torturado pelo orgulho ferido, terminou de modo colérico e ameaçador. A velhinha ficou postada diante de mim, com as mãos em prece e agoniada, esperando o que eu iria dizer após ler a carta.

Humilhados e ofendidos

Disse-lhe sem rodeios tudo o que achava. Justamente: que o velho não tinha mais forças para continuar a viver sem Natacha e que, de positivo, podia-se falar na necessidade de sua breve reconciliação; mas que, entretanto, tudo dependeria das circunstâncias. Expliquei-lhe ainda a minha suposição de que, em primeiro lugar, certamente, o resultado desfavorável do processo devia tê-lo deixado muito abalado e transtornado, sem falar de quão ferido se sentia em seu amor-próprio com o triunfo do príncipe, e da indignação que ressurgira nele com essa solução do caso. Numa hora dessas, a alma não pode deixar de procurar compaixão, e ele se lembrou ainda com mais intensidade daquela a quem sempre amou mais do que tudo no mundo. Por fim, pode ser também que tivesse ouvido dizer, provavelmente (porque se informa e sabe tudo acerca de Natacha), que Aliócha está prestes a abandoná-la. Pode compreender como ela se encontra nesse momento e, por sua própria situação, sentir como lhe era necessário um consolo. Mas mesmo assim não consegue vencer a si mesmo, por se considerar ofendido e humilhado pela filha. É provável que lhe tenha vindo à mente que, assim mesmo, não seria ela a primeira a procurá-lo; que ela talvez nem sequer pensasse neles e não sentisse necessidade de uma reconciliação. É o que ele deve ter pensado — concluí minha opinião —, e foi por isso que não terminou de escrever a carta, e pode ser que por causa disso ainda venham a ocorrer outras ofensas, que serão sentidas com mais intensidade ainda do que as primeiras, e, quem sabe, a reconciliação talvez ainda seja adiada por muito tempo...

A velhinha chorou ao me ouvir. Por fim, quando lhe disse que precisava ir no mesmo instante para a casa de Natacha e que estava atrasado, ela estremeceu e anunciou que havia se esquecido do *principal*. Ao tirar a carta de debaixo dos papéis, sem querer entornara o tinteiro em cima dela. Realmente, havia um canto todo manchado de tinta, e a velhinha estava com muito medo de que, por essa mancha, o velho soubesse que os papéis haviam sido remexidos em sua ausência e que Anna Andrêievna lera a carta para Natacha. Seu medo tinha bastante fundamento: só pelo fato de conhecermos o seu segredo, ele podia prolongar sua hostilidade por vergonha e desgosto, e, por orgulho, persistir em não lhe perdoar.

Mas, examinando o caso, convenci a velhinha a não se preocupar. Ele estava tão agitado ao se afastar da mesa que poderia nem se lembrar de todos os detalhes e, a essa altura, é provável que ache que foi ele mesmo que sujou a carta e se esqueceu disso. Depois de consolar Anna Andrêievna dessa maneira, colocamos cuidadosamente a carta no lugar, e, ao sair, tive a ideia de lhe falar seriamente sobre Nelli. Pareceu-me que a pobre órfã abandonada, cuja mãe também fora amaldiçoada pelo pai, poderia, com a história triste e trágica de sua vida passada e a morte de sua mãe, comover o velho e impeli-lo a ter um sentimento de generosidade. Estava tudo pronto, tudo amadurecido em seu coração; a saudade da filha já começava a sobrepujar seu amor-próprio ferido. Faltava apenas um impulso, uma última ocasião propícia, e isso Nelli poderia lhe proporcionar. A velhinha me escutava com extrema atenção: todo o seu semblante se iluminou de esperança e entusiasmo. Na mesma hora começou a me repreender: por que não lhe disse isso antes? Impaciente, começou a fazer-me perguntas sobre Nelli e terminou com a solene promessa de que agora ela mesma iria pedir ao velho para trazer a órfã para a sua casa. Já começava a gostar sinceramente de Nelli, lamentava que estivesse doente, fazia perguntas sobre ela, me forçou a levar para Nelli um vidro de geleia que ela mesma foi correndo pegar na despensa; trouxe-me cinco rublos, supondo que não tivesse dinheiro para o médico, e quando me recusei a pegá-los, custou a se acalmar e se consolou com o fato de que Nelli precisava de vestidos e de roupa íntima e, portanto, ela ainda lhe podia ser útil, em seguida pôs-se imediatamente a revirar seu baú e colocar para fora todos os seus vestidos, escolhendo dentre eles aqueles que poderiam ser presenteados à "órfãzinha".

E fui à casa de Natacha. Ao subir o último lance da escada, a qual, como já disse, era em espiral, vi um homem que estava prestes a bater à sua porta mas, ao ouvir meus passos, se deteve. Por fim, provavelmente após certa hesitação, desistiu subitamente de sua intenção e começou a descer. Esbarrei nele no último degrau do patamar, e qual não foi meu assombro ao reconhecer Ikhmiêniev. Mesmo durante o dia a escada era muito escura. Encostou-se à parede para me deixar passar, e me lembro do estranho brilho em seus olhos, que me examinavam atentamente. Pareceu-me ter ficado terrivelmente corado; ao menos ficou terrivelmente desorientado e até desconcertado.

— Ah, Vânia, é você! — disse com uma voz titubeante. — Vim aqui para ver uma pessoa... um escrivão... por conta dos negócios... mudou recentemente... para estes lados... mas, parece, não é aqui que mora. Enganei-me. Adeus.

E pôs-se rapidamente a descer a escada.

Resolvi que, por enquanto, nada diria a Natacha sobre esse encontro, mas que lhe contaria sem falta tão logo estivesse só, após a partida de Alióchia. No presente momento estava tão abalada que, mesmo que compreendesse e chegasse a perceber toda a importância desse fato, não seria capaz de aceitá-lo e senti-lo como o faria depois, num momento de desespero e de angústia esmagadora extrema. Agora ainda não era esse momento.

Nesse dia eu podia ter passado na casa dos Ikhmiêniev e tinha ganas de fazê-lo, mas não fui. Pareceu-me que seria penoso para o velho me encarar; poderia até pensar que tinha ido correndo de propósito por causa do encontro. Só fui vê-los três dias depois; o velho estava triste, mas me recebeu com bastante desenvoltura e falou o tempo todo de negócios.

— E você, foi à casa de quem num andar tão alto? Lembra-se, nos encontramos, quando foi isso mesmo?... Há três dias, parece... — perguntou de repente, com bastante displicência, mas assim mesmo desviando os olhos de mim.

— Um amigo mora ali — respondi, também desviando a vista para o lado.

— Ah! Estava procurando meu escrivão, Astáfiev; indicaram-me esse prédio... mas foi engano... Bem, como estava lhe dizendo sobre o meu caso: no Senado decidiram... etc. etc.

Chegou a corar quando começou a falar sobre o caso.

Contei tudo no mesmo dia a Anna Andrêievna, para alegrar a velhinha, implorando-lhe, entre outras coisas, que nesse momento não o olhasse no rosto de um modo especial, não suspirasse, não fizesse alusões e, numa palavra, não lhe demonstrasse de modo algum que tinha conhecimento dessa sua última façanha. A velha estava tão surpresa e encantada que a princípio não me acreditou. De sua parte, disse que já havia feito insinuações a Nikolai Serguêitch a respeito da órfã, mas que ele ficara calado, quando antes era ele próprio a ficar insistindo para trazer a menina para casa. Decidimos que no dia seguinte lhe pediria isso diretamente, sem alusões ou preâmbulos. Mas no dia seguinte os dois estávamos tremendamente assustados e preocupados.

Aconteceu que de manhã Ikhmiêniev se encontrou com o funcionário que cuidava do seu caso. O funcionário comunicou-lhe que vira o príncipe e que o príncipe, embora ficasse com a Ikhmiênievka para si, *"devido a algumas circunstâncias familiares"*, estava decidido a recompensar o velho e dar-lhe dez mil rublos. Ao deixar o funcionário, o velho correu diretamente para a minha casa, terrivelmente abalado; tinha os olhos faiscando de fúria. Não sei por quê, me fez sair de dentro de casa e na escada se pôs a exigir insistentemente que fosse imediatamente à casa do príncipe e lhe transmitisse seu desafio para um duelo. Fiquei tão pasmo que por um tempo não consegui compreender nada. Comecei a tentar persuadi-lo. Mas o velho ficou tão furioso que se sentiu mal. Corri para casa para pegar um copo d'água; mas ao voltar já não encontrei Ikhmiêniev na escada.

Fui vê-lo no dia seguinte, mas ele não estava em casa; sumiu por três dias inteiros.

No terceiro dia ficamos sabendo de tudo. De minha casa, correra diretamente para a do príncipe, não o encontrou e deixou-lhe um bilhete; no bilhete escreveu que sabia de suas palavras ditas ao funcionário, que as considerava uma ofensa mortal, que o príncipe era um homem abjeto e, em consequência disso tudo, desafiava-o para um duelo, advertindo ao príncipe que não ousasse se esquivar do desafio, senão seria desonrado publicamente.

Anna Andrêievna contou-me que ele voltou para casa num tal estado de agitação e tão abalado que tivera de se deitar. Estava muito afetuoso com ela, porém mal respondia às suas perguntas, e via-se que esperava alguma coisa com uma impaciência febril. Na manhã seguinte chegou uma carta pelo correio municipal; ao lê-la, soltou um grito e levou as mãos à cabeça. Anna Andrêievna ficou morta de medo. Mas ele imediatamente pegou o chapéu e a bengala e saiu a toda.

A carta era do príncipe. De modo seco, breve e educado, informava a Ikhmiêniev que, de suas palavras ditas ao funcionário, não era obrigado a fazer relatório a ninguém. Que embora sentisse muito que Ikhmiêniev tivesse perdido o processo, por mais que sentisse, não podia achar justo que o perdedor do litígio, por vingança, tivesse o direito de desafiar seu adversário a um duelo. Quanto à "desonra pública" com a qual o ameaçava, o príncipe pedia a Ikhmiêniev que não se preocupasse com isso, porque não havia nenhuma desonra pública, nem poderia haver; que sua carta seria imediatamente entregue ao devido lugar e que a polícia, prevenida, certamente estaria em condições de tomar as medidas necessárias para garantir a ordem e a tranquilidade.

Com a carta na mão, Ikhmiêniev correu imediatamente para a casa do príncipe. Outra vez, o príncipe não estava; mas o velho ficou sabendo pelo lacaio que o príncipe, nesse momento, devia estar na casa do conde N. Sem pensar muito, correu para a casa do conde. O porteiro o deteve quando já estava subindo a escada. Furioso ao extremo, o velho o acertou com a bengala. Ele foi nesse mesmo instante agarrado, arrastado para a entrada da casa e entregue aos policiais, que o conduziram ao distrito policial. Relataram ao conde. Quando o príncipe, que de fato se encontrava ali, explicou ao velhote voluptuoso que esse era o mesmo Ikhmiêniev, pai daquela mesma Natália Nikoláievna (e o príncipe mais de uma vez servira o conde em *assuntos do gênero*), então o velhote grão-senhor limitou-se a rir e trocou a ira por misericórdia: dos quatro cantos foram dadas ordens para libertar Ikhmiêniev; mas só o libertaram no terceiro dia, sendo que (provavelmente, por ordem do príncipe) disseram ao velho que fora o próprio príncipe que pedira ao conde que o perdoasse.

Humilhados e ofendidos

O velho voltou para casa como um louco, jogou-se na cama e passou uma hora inteira deitado sem se mexer; por fim levantou-se e, para espanto de Anna Andrêievna, declarou solenemente que amaldiçoava a filha *para sempre* e a privava da bênção paterna.

Anna Andrêievna ficou aterrorizada, mas era preciso ajudar o velho, e ela mesma passou esse dia todo e quase a noite toda cuidando dele, quase enlouquecida, aplicando-lhe compressas de vinagre na cabeça e cobrindo-as com gelo. Tinha febre e delirava. Quando os deixei já eram três da madrugada. Mas na manhã seguinte Ikhmiêniev se levantou e veio no mesmo dia à minha casa para levar Nelli consigo definitivamente. Mas sobre sua cena com Nelli já contei; essa cena arrasou definitivamente com ele. Ao voltar para casa, foi para a cama. Tudo isso aconteceu na Sexta-Feira da Paixão, dia em que estava marcado o encontro de Kátia e Natacha, véspera da partida de Alióocha e Kátia de Petersburgo. Estive nesse encontro: ele aconteceu de manhã cedo, ainda antes da vinda do velho à minha casa e antes da primeira fuga de Nelli.

CAPÍTULO VI

Aliócha chegou uma hora antes do encontro para prevenir Natacha. Cheguei no exato momento em que a caleche de Kátia parava diante do portão. Com Kátia estava a velhinha francesa, que, depois de muitas súplicas e hesitações, concordara por fim em acompanhá-la e até deixá-la subir à casa de Natacha sozinha, mas só se fosse com Aliócha; ela mesma ficou esperando na caleche. Kátia me chamou e, sem sair da caleche, pediu-me que chamasse Aliócha. Encontrei Natacha em prantos; os dois choravam, ela e Aliócha. Ao saber que Kátia já estava lá, levantou-se da cadeira, enxugou as lágrimas e, agitada, postou-se diante da porta. Nessa manhã, estava toda vestida de branco. Os cabelos castanho-escuros lisos puxados para trás e presos num espesso nó. Eu gostava muito desse penteado. Ao ver que ficava com ela, Natacha pediu-me que também fosse ao encontro das visitas.

— Até agora não pude vir à casa de Natacha — falava-me Kátia, enquanto subia a escada —, estava sendo tão espionada, que estou horrorizada. Passei duas semanas inteiras tentando convencer Madame Albert, até que ela concordou. E o senhor, e o senhor, Ivan Petróvitch, não foi me ver uma única vez! Escrever-lhe também não podia, e nem tinha vontade, porque por carta não dá para esclarecer nada. E como precisava vê-lo... Meu Deus, como sinto o coração bater...

— É uma escada muito íngreme — respondi.

— Ah, sim... a escada... mas o que acha: Natacha ficará zangada comigo?

— Não, por que haveria?

— Ah, sim... claro, por quê? Eu mesma já vou ver; então para que perguntar?

Conduzi-a pelo braço. Chegou a empalidecer e parecia estar com muito medo. Na última volta parou para tomar fôlego, mas olhou para mim e se pôs a subir decidida.

Parou mais uma vez à porta e sussurrou-me: "Vou simplesmente entrar e dizer-lhe que acreditava tanto nela que vim sem receio... Aliás, o que estou dizendo? Pois tenho certeza de que Natacha é a mais nobre das criaturas. Não é verdade?".

Entrou timidamente, como se tivesse culpa, e olhou atentamente para Natacha, que imediatamente lhe sorriu. Kátia então aproximou-se rapidamente dela, pegou-lhe na mão e pressionou seus lábios avolumados nos dela. Depois, ainda antes de dizer uma só palavra a Natacha, dirigiu-se em tom sério e até severo a Aliócha e pediu-lhe que nos deixasse a sós por meia hora.

— Não se zangue, Aliócha — acrescentou —, é porque tenho muita coisa para conversar com Natacha, sobre algo muito importante e sério, que não deve ouvir. Então seja sensato, saia. E o senhor, Ivan Petróvitch, fique. Deve ouvir toda a nossa conversa.

— Sentemo-nos — disse ela a Natacha, após a saída de Aliócha —, e eu me sento aqui, na sua frente. Primeiro de tudo quero olhá-la.

Sentou-se quase em frente de Natacha e, por alguns instantes, ficou olhando atentamente para ela. Natacha lhe respondia com um sorriso involuntário.

— Já vi sua fotografia — disse Kátia —, Aliócha me mostrou.

— E, então, pareço-me com o retrato?

— É muito melhor — respondeu Kátia com firmeza e seriedade. — Era o que eu pensava, que fosse melhor.

— É verdade? Eu é que não me canso de olhá-la. Como é bonita!

— O que diz? Qual o quê!... minha querida! — acrescentou, pegando com a mão trêmula na mão de Natacha, e as duas tornaram a ficar em silêncio, escrutando uma à outra com o olhar. — Pois bem, meu anjo — interrompeu Kátia —, só temos meia hora para estar juntas; foi um custo fazer Madame Albert concordar com isso, mas temos muito a conversar... Quero... devo... bem, vou lhe perguntar simplesmente: ama muito Aliócha?

— Sim, muito.

— Se é assim... se ama tanto Aliócha... então... deve amar também a sua felicidade... — acrescentou timidamente, num sussurro.

— Sim, quero que ele seja feliz...

— Assim é... Mas eis a questão: será que farei a felicidade dele? Será que tenho o direito de falar assim, uma vez que o estou tirando da senhora? Se lhe parecer e decidirmos agora que aqui ele será mais feliz, então... então...

— Isso já está decidido, querida Kátia, pois pode ver por si mesma que tudo foi decidido — respondeu Natacha em voz baixa e inclinou a cabeça; via-se que lhe custava muito continuar a conversa.

Kátia havia se preparado, pelo jeito, para uma longa explicação sobre o tema — quem melhor faria a felicidade de Aliócha e qual delas deveria ceder. Mas depois da resposta de Natacha, compreendeu imediatamente que tudo fora decidido há muito tempo e não havia mais o que falar. Com os belos lábios entreabertos, olhava Natacha com tristeza e perplexidade, continuando ainda a segurar-lhe a mão na sua.

— Gosta muito dele? — perguntou-lhe Natacha de repente.

— Sim; e olhe, também queria lhe perguntar outra coisa e vim com essa intenção: diga-me, por que exatamente o ama?

— Não sei — respondeu Natacha, e em sua resposta pareceu deixar transparecer uma amarga impaciência.

— Ele é inteligente, o que acha? — perguntou Kátia.

— Não, simplesmente o amo.

— E eu também. Sempre me parece que sinto pena dele.

— E eu também — respondeu Natacha.

— O que há de ser dele agora? E como pode deixá-lo para mim, não compreendo! — exclamou Kátia. — Agora que a vi é que não compreendo mesmo! — Natacha não respondeu e olhou para o chão. Kátia ficou em silêncio por um tempo e de repente, levantando-se da cadeira, a abraçou em silêncio. As duas, abraçadas uma à outra, puseram-se a chorar. Kátia sentou-se no braço da poltrona de Natacha e, ainda abraçada a ela, começou a beijar-lhe as mãos.

— Se soubesse como a amo! — exclamou ela. — Seremos irmãs, haveremos de escrever sempre uma à outra... e hei de amá-la eternamente... hei de amá-la tanto, mas tanto...

— Ele lhe falou sobre o nosso casamento, no mês de junho? — perguntou Natacha.

— Falou. Eu disse que também estava de acordo. Mas tudo isso foi só assim, para consolá-lo, não é verdade?

— Certamente.

— Foi o que entendi. Vou amá-lo muito, Natacha, e lhe escreverei sobre tudo. Parece que em breve será meu marido; tudo caminha para isso. É o que todos dizem. Querida Natáchetchka, então agora você há de voltar... para casa?

Natacha não lhe respondeu, mas a beijou com força, em silêncio.

— Seja feliz! — disse ela.

— E... e a senhora... e a senhora também — disse Kátia. Nesse momento a porta se abriu e Alióchá entrou. Não conseguiu, não aguentou esperar essa meia hora e, vendo as duas abraçadas uma à outra e chorando, todo extenuado, sofrendo, caiu de joelhos diante de Natacha e Kátia.

— Mas por que está chorando? — disse-lhe Natacha. — Por se separar de mim? Mas é por muito tempo? Em junho estará de volta!

— E então haverá o casamento de vocês — apressou-se a dizer Kátia entre lágrimas, também para consolar Aliócha.

— Mas não posso, não posso deixá-la um dia sequer, Natacha. Vou morrer sem você... se soubesse como a quero agora! Justamemte agora!...

— Bem, então, olhe o que vai fazer — disse Natacha, animando-se de repente —, a condessa não deve permanecer pelo menos algum tempo em Moscou?

— Sim, quase uma semana — replicou Kátia.

— Uma semana! Então, não poderia ser melhor: amanhã você os acompanha até Moscou, isso leva apenas um dia, e volta imediatamente para cá. Quando elas tiverem de partir de Moscou, aí então nos despedimos de uma vez por todas por um mês e você retorna a Moscou para acompanhá-las.

— Ora, é isso, é isso... E assim passarão mais quatro dias juntos — exclamou Kátia, encantada, trocando um olhar significativo com Natacha.

Não posso exprimir a euforia de Aliócha diante desse novo projeto. De súbito sentiu-se completamente aliviado; seu rosto ficou radiante de alegria, ele abraçava Natacha, beijava as mãos de Kátia e me abraçava. Natacha olhou para ele com um sorriso triste, mas Kátia não pôde suportar. Trocou comigo um olhar ardente e cintilante, abraçou Natacha e levantou-se da cadeira para ir embora. Como que a calhar, nesse momento a francesa enviou uma pessoa para pedir que o encontro terminasse o mais depressa possível e dizer que a meia hora combinada já havia passado.

Natacha se levantou. As duas se puseram uma diante da outra, de mãos dadas e como que tentando transmitir com o olhar tudo o que tinham acumulado na alma.

— Suponho que nunca mais tornaremos a nos ver — disse Kátia.

— Nunca mais, Kátia — respondeu Natacha.

— Então vamos nos despedir — as duas se abraçaram.

— Não me amaldiçoe — sussurrou-lhe Kátia apressadamente —, e eu... sempre... esteja certa... ele será feliz... Vamos, Aliócha, me acompanhe! — disse ela rapidamente, segurando-lhe a mão.

— Vânia! — disse-me Natacha, exausta e excitada, quando eles saíram. — Vá também com eles, e não volte: Aliócha ficará comigo até a noite, até às oito horas; mas à noite não poderá, irá embora.... Volte por volta de nove horas. Por favor!

Quando, às nove horas, após deixar Nelli com Aleksandra Semiónovna (depois da xícara quebrada), cheguei à casa de Natacha, ela já estava sozinha e me esperava ansiosamente. Mavra trouxe-nos o samovar; Natacha serviu-me chá, sentou-se no sofá e chamou-me para ficar mais perto dela.

— Eis que tudo chegou ao fim — disse ela, fitando-me fixamente. Nunca me esquecerei desse olhar.

— Eis que o nosso amor chegou ao fim. Meio ano de vida! E para a vida toda — acrescentou ela, apertando-me a mão. Tinha a mão escaldante. Procurei convencê-la a se agasalhar melhor e ir para a cama.

— Já vou, Vânia, já vou, meu bom amigo. Deixe-me falar e recordar um pouco... Agora me sinto quebrada... Amanhã será a última vez que o verei, às dez horas... *a última!*

— Natacha, você está com febre, vai começar a ter calafrios; tenha pena de si mesma...

— O que importa? Estava à sua espera agora, Vânia, essa meia hora, desde que ele saiu, e o que acha, o que acha que fiquei me perguntando? Perguntava: será que o amo ou não o amo, e que espécie de amor é esse nosso? O quê? Acha engraçado, Vânia, que só agora eu me pergunte isso?

— Não fique se atormentando, Natacha...

— Está vendo, Vânia: pois concluí que não era de igual para igual que o amava, como geralmente uma mulher ama um homem. Eu o amava como... quase como uma mãe. Chega até a me parecer que não existe absolutamente um amor assim no mundo, em que os dois se amem de igual para igual, hein? O que acha?

Olhei para ela preocupado e tive medo de que começasse a ter febre. Parecia empolgada com alguma coisa; sentia uma necessidade especial de falar; algumas de suas palavras pareciam incoerentes, e às vezes até mal articuladas. Fiquei com muito medo.

— Ele era meu — continuou. — Quase desde o primeiro encontro com ele, senti um desejo irresistível de que fosse *meu*, fosse logo *meu*, e que não olhasse para ninguém, não conhecesse ninguém além de mim, só a mim... Kátia essa manhã disse bem: era exatamente assim que o amava, como se o tempo todo tivesse um motivo para sentir pena dele... Quando ficava sozinha, sentia sempre um desejo irresistível, que chegava a ser um suplício, de que ele fosse imensa e eternamente feliz. Não conseguia olhá-lo no rosto com tranquilidade (pois você conhece a expressão de seu rosto, Vânia): não há *ninguém que tenha* uma expressão assim, e quando se punha a rir, então eu sentia frio e um tremor... É verdade!

— Natacha, ouça...

— Diziam — interrompeu-me ela —, e, aliás, você também dizia que ele não tem caráter e... e que sua inteligência é curta como a de uma criança. Mas era justamente disso que eu gostava nele, mais do que tudo... Acredita nisso? Não sei, aliás, se era só isso justamente que amava: amava-o assim

Humilhados e ofendidos

335

simplesmente, por inteiro, e se fosse, seja no que for, diferente, com caráter ou mais inteligente, talvez nem o amasse tanto. Sabe, Vânia, vou lhe confessar uma coisa: lembra-se, tivemos uma discussão, há três meses, quando ele esteve com aquela, como é mesmo?, com aquela Minna... Eu soube, eu o segui e, acredite ou não, senti uma dor atroz, mas ao mesmo tempo era como se me desse prazer... Mas eu sei por quê... Só de pensar que ele também, como qualquer pessoa *adulta*, junto com outras pessoas *adultas*, andava com mulheres bonitas, que também fora procurar Minna! Eu... Que prazer me proporcionou então essa briga; e depois perdoá-lo... oh, meu querido!

Olhou para mim e riu de um modo meio estranho. Depois pareceu ficar pensativa, como se ainda continuasse recordando. E ficou um longo tempo assim, com um sorriso nos lábios, absorta no passado.

— Gostava tanto de perdoá-lo, Vânia! — continuou ela. — Sabe que, quando ele me deixava sozinha, costumava ficar andando pelo quarto, chorando, me martirizando, e às vezes eu mesma pensava: quanto maior sua culpa para comigo, tanto melhor... sim! E sabe: sempre o via como se fosse um menino tão pequeno — eu ficava sentada, ele vinha e colocava a cabeça no meu colo, adormecia, e eu lhe passava suavemente a mão na cabeça, acariciava-o... Era assim que sempre o imaginava quando não estava comigo... Ouça, Vânia — acrescentou de repente —, que encanto é essa Kátia!

Parecia-me que ela própria avivava deliberadamente sua ferida, sentindo uma espécie de necessidade disso — uma necessidade de desespero, de sofrimento... E isso acontece com frequência ao coração que sofreu uma grande perda!

— Acho que Kátia poderá fazê-lo feliz — continuou. — Tem caráter e parece falar com tanta convicção, e é tão séria e imponente com ele: só fala de coisas inteligentes, como uma pessoa adulta. E ela mesma, ela mesma, é uma verdadeira criança! É encantadora, encantadora! Ah! Que sejam felizes! Que sejam, que sejam!...

E, de repente, lágrimas e soluços jorraram-lhe do coração de uma vez só. Por meia hora não conseguiu se dominar e se acalmar nem um pouco que fosse.

Natacha, meu doce anjo! Ainda nessa mesma noite, apesar de seu sofrimento, ainda assim conseguiu participar também das minhas preocupações, quando eu, ao ver que se acalmara um pouco, ou, melhor dizendo, se cansara, e pensando em distraí-la, contei-lhe sobre Nelli... Separamo-nos tarde nessa noite; esperei até que adormecesse e, ao sair, pedi a Mavra que não se afastasse de sua senhora doente durante a noite toda.

— Oh, o mais rápido, o mais rápido possível! — exclamei eu, ao voltar para casa. — Que terminem o mais rápido possível esses tormentos! Seja como for, do jeito que for, contanto que seja rápido, rápido!

Na manhã seguinte, às dez horas em ponto, estava em sua casa. Aliócha chegou ao mesmo tempo que eu... para se despedir. Não me porei a falar, não quero me lembrar dessa cena. Era como se Natacha tivesse prometido a si própria que ia se controlar, parecer mais alegre, mais impassível, mas não pôde. Abraçou Aliócha com força, convulsivamente. Pouco falou com ele, mas ficou fitando-o fixamente, por um longo tempo, com um olhar pungente e como que insano... Escutava com avidez cada palavra sua e parecia não entender nada do que ele lhe dizia. Lembro-me de que ele lhe pedia para perdoar, perdoar a ele e esse amor e tudo o que a ofendera durante aquele tempo, as suas traições, seu amor por Kátia, a partida... Falava de modo incoerente, as lágrimas sufocavam-no. Às vezes, repentinamente, punha-se a consolá-la, dizia que estava partindo só por um mês ou, quando muito, por cinco semanas, que voltaria no verão, e então haveria o casamento, e o pai haveria de concordar, e, por fim, o principal, que daí a dois dias voltaria de Moscou e então passariam quatro dias juntos, eles ainda estariam juntos e que, portanto, agora só estavam se separando por um dia...

Coisa estranha: ele mesmo estava plenamente convencido de que falava a verdade e de que dentro de um dia voltaria sem falta de Moscou... Então, por que ele próprio chorava e se torturava tanto?

Finalmente o relógio bateu onze horas. Foi a muito custo que consegui convencê-lo a ir. O trem para Moscou partia às doze em ponto. Restava uma hora. A própria Natacha me disse depois que não se lembrava de como olhara para ele pela última vez. Lembro-me de que ela o benzeu, o beijou e, cobrindo o rosto com as mãos, voltou correndo para o quarto. Tive de acompanhar Aliócha até a carruagem, do contrário teria certamente voltado e não teria acabado nunca de descer a escada.

— Toda a minha esperança está no senhor — disse-me ele, ao descer. — Vânia, meu amigo! Me sinto culpado diante de você e nunca fui merecedor de seu afeto, mas seja um irmão para mim até o último momento: ame-a, não a deixe, escreva-me sobre tudo minuciosamente e em letra miúda, o mais miúda possível para que possa caber mais coisas. Depois de amanhã, estarei aqui de novo, sem falta, sem falta! Mas depois, quando eu for embora, escreva!

Instalei-o na carruagem.

— Até depois de amanhã! — gritou-me já a caminho. — Sem falta!

Com o coração mortificado, tornei a subir para ver Natacha. Estava parada de braços cruzados no meio da sala e atirou-me um olhar perplexo, como se não me reconhecesse. Tinha os cabelos caídos para o lado e o olhar vago e turvo. Mavra estava como que desnorteada, parada à porta e observando-a com espanto.

De súbito os olhos de Natacha cintilaram:

— Ah! É você! Você! — exclamou para mim. — Só me resta você, agora. Você o odiava! Nunca pode perdoá-lo, por eu ter me apaixonado por ele... Agora está de novo ao meu lado! E, então? Veio de novo me consolar, me persuadir a ir para a casa de meu pai, que me largou e me amaldiçoou. Já sabia disso desde ontem, e há dois meses!... Não quero, não quero! Eu mesma os amaldiçoo!... Vá embora, não posso vê-lo! Saia, saia!

Compreendi que estava desvairada e que minha presença lhe provocava uma raiva que beirava a loucura, compreendi que tinha de ser assim mesmo e achei melhor sair. Sentei-me na escada, no primeiro degrau, e fiquei esperando. Às vezes subia, abria a porta, chamava Mavra e a interrogava; Mavra chorava.

Passou-se assim cerca de uma hora e meia. Não posso exprimir o que padeci durante esse tempo. Sentia o coração parar dentro de mim e se atormentar com uma dor sem fim. De repente a porta se abriu e Natacha saiu correndo para a escada, de chapéu e vestindo uma capa. Estava fora de si e ela mesma me disse depois que mal se lembrava disso e que nem sabia aonde queria ir nem com que intenção.

Não tivera tempo ainda de me levantar e me esconder em algum lugar, quando ela me viu de repente e, como que assombrada, parou diante de mim, imóvel. "De repente me veio à memória", disse-me depois, "que eu, louca, cruel, tivera a capacidade de expulsá-lo, logo a você, meu amigo, meu irmão, meu salvador! E quando vi que você, pobrezinho, ofendido por mim, ficara sentado na escada, sem ir embora, esperando até que eu tornasse a chamá-lo — Deus! —, se soubesse, Vânia, o que se passou comigo nesse momento! Foi como se algo tivesse trespassado meu coração..."

— Vânia! Vânia! — pôs-se a gritar, estendendo-me as mãos. — Está aqui! — e caiu em meus braços.

Segurei-a e levei-a para dentro. Estava fraca! "O que devo fazer?", pensei. "Vai ter um acesso de febre, isso é certo!"

Decidi correr à casa do doutor; era preciso deter a doença. Poderia ir rapidamente; até as duas horas, meu velho alemão costumava ficar em casa. Corri para buscá-lo, implorando a Mavra que não saísse de perto de Natacha por um segundo sequer, e que não a deixasse sair para lugar nenhum. Deus veio em meu socorro: um pouco mais, e não teria pegado meu velhinho em casa. Encontrei-o já na rua, quando saía do apartamento. Num instante instalei-o na caleche, de modo que não teve tempo sequer de se surpreender e partimos de volta para a casa de Natacha.

Sim, foi por Deus! Nessa meia hora em que me ausentei, ocorreu em casa de Natacha um tal acontecimento que poderia ter acabado com ela se eu não tivesse chegado a tempo com o doutor. Não haviam se passado nem quinze minutos de minha saída quando o príncipe entrou. Assim que se despediu dos seus, foi diretamente da estação ferroviária para a casa de Natacha. Essa visita devia ter sido decidida e planejada por ele havia muito tempo. A própria Natacha me contou depois que, num primeiro instante, nem se surpreendeu com a chegada do príncipe. "Tinha a mente transtornada", disse-me ela.

Ele se sentou diante dela, fitando-a com um olhar de compaixão e carinho.

— Minha querida — disse ele, suspirando —, entendo a sua mágoa; sabia que este momento haveria de ser muito penoso e julguei ser meu dever visitá-la. Console-se ao menos, se puder, com o fato de que, ao desistir de Alióchka, assegurou a felicidade dele. Mas sabe isso melhor do que eu, já que se decidiu por esse ato de magnanimidade...

— Fiquei sentada, ouvindo — contou-me Natacha —, mas a princípio, na verdade, era como se não o entendesse. Só me lembro de que olhava para ele muito fixamente, fixamente. Ele pegou-me na mão e começou a apertá-la na sua. Isso parecia lhe dar muito prazer. Já estava tão fora de mim que nem sequer pensei em retirar a mão.

— Compreendeu que — prosseguiu ele —, tornando-se esposa de Alióchka, poderia mais tarde despertar seu ódio contra si, e teve orgulho e nobreza suficientes para reconhecê-lo e tomar uma decisão... Mas não foi para lhe fazer elogios que vim aqui. Só queria lhe comunicar face a face que nunca, em lugar nenhum, haverá de encontrar melhor amigo do que eu. Simpatizo com a senhora e lamento o que lhe aconteceu. Tive uma participação involuntária em todo esse caso, mas... cumpria com meu dever. Seu nobilíssimo coração há de compreender isso e se reconciliar com o meu... E para mim foi ainda mais doloroso do que para a senhora, acredite-me!

— Basta, príncipe — disse Natacha. — Deixe-me em paz.

— Certamente, já estou de saída — respondeu ele —, mas eu a amo como a uma filha, e há de me permitir que a visite. Olhe para mim agora como se fosse seu pai e permita-me que lhe seja útil.

— Não preciso de nada, deixe-me — tornou a interrompê-lo Natacha.

— Sei que é orgulhosa... Mas falo sinceramente, de coração. O que pretende fazer agora? Reconciliar-se com seus pais? Seria uma boa coisa, mas seu pai é injusto, orgulhoso e despótico; perdoe-me, mas é assim. Em sua casa só haverá de encontrar agora recriminações e novos tormentos... Porém, no entanto, é preciso que seja independente, e minha obrigação, meu dever sagrado agora é cuidar da senhora e ajudá-la. Aliócha implorou-me que não a abandonasse e fosse seu amigo. Mas, além de mim, há pessoas que lhe são profundamente dedicadas. Há de me permitir, sem dúvida, que lhe apresente o conde N. Tem um excelente coração, é nosso parente e, pode-se até dizer, benfeitor de toda a nossa família; fez muito por Aliócha. Aliócha o amava e respeitava muito. É um homem muito poderoso e com grande influência, já está velhinho, e a senhora, uma moça, pode recebê-lo. Já lhe falei da senhora. Poderá instalá-la e, se quiser, conseguir-lhe uma excelente colocação... em casa de algum de seus parentes. Já há muito lhe expliquei franca e abertamente todo o *nosso* caso, e ele se entusiasmou a tal ponto por seus bons e nobilíssimos sentimentos que ele mesmo chegou a insistir para que o apresentasse à senhora o mais depressa possível... É um homem que simpatiza com tudo o que é belo, acredite-me, é um velhinho generoso, respeitável, capaz de apreciar a dignidade e ainda recentemente chegou a interceder por seu pai com muita nobreza numa certa história.

Natacha levantou-se, como se a tivessem ferido. Agora já o compreendia.

— Deixe-me, deixe-me agora mesmo! — gritou ela.

— Mas, minha amiga, está se esquecendo: o conde pode ser útil também ao seu pai...

— Meu pai não aceitará nada do senhor. Vai ou não me deixar em paz? — tornou a gritar Natacha.

— Oh, meu Deus, que impaciente e desconfiada! Que fiz eu para merecer isso? — disse o príncipe, olhando em torno com certa inquietação. — Em todo caso, há de me permitir — continuou, tirando do bolso um grande pacote —, há de me permitir que lhe deixe aqui essa prova de minha simpatia, e sobretudo da simpatia que lhe dedica o conde N., que me estimulou com seu conselho. Aqui, neste pacote, há dez mil rublos. Espere, minha amiga — apressou-se em dizer ao ver que Natacha se levantava furiosa de seu lugar —, ouça tudo com paciência: sabe que seu pai perdeu para mim o litígio, e estes dez mil servirão como recompensa, a qual...

— Fora — pôs-se a gritar Natacha —, fora daqui com esse dinheiro! Leio os seus pensamentos... oh, homem baixo, baixo, baixo!

O príncipe levantou-se da cadeira branco de raiva.

Deve ter ido lá com a intenção de sondar o terreno, informar-se sobre a situação, e provavelmente contava com o efeito desses dez mil rublos sobre

Natacha, que se encontrava na indigência e abandonada por todos... Baixo e grosseiro, não era a primeira vez que prestava favores em assuntos desse gênero ao conde N., um velho voluptuoso. Mas o príncipe odiava Natacha e, ao desconfiar que as coisas não estavam indo bem, imediatamente mudou o tom e passou a ofendê-la com uma alegria maldosa, *para ao menos não se dar por vencido*.

— Não é nada bom, minha querida, inflamar-se tanto — disse ele com a voz um tanto trêmula pelo deleite impaciente de ver o quanto antes o efeito de sua ofensa —, não é nada bom. Oferecem-lhe proteção, e a senhora empina o nariz... E nem sabe que deveria ser-me agradecida; há muito já poderia tê-la encerrado num reformatório, como pai de um jovem que a senhora corrompeu e o qual extorquia, mas afinal não o fiz... ah, ah, ah, ah!

Mas já estávamos entrando. Ao ouvir vozes ainda na cozinha, detive o doutor por um segundo e ouvi toda a última frase do príncipe. Em seguida fez-se ouvir a sua risada repugnante e a exclamação desesperada de Natacha: "Oh, meu Deus!". Nesse momento abri a porta e me atirei contra o príncipe.

Cuspi-lhe na cara e o esbofeteei com todas as minhas forças. Ele fez menção de atracar-se comigo, mas, ao ver que éramos dois, pôs-se a correr, não sem antes agarrar da mesa seu pacote de dinheiro. Sim, ele fez isso; eu mesmo o vi. Atirei nele, enquanto se afastava, um rolo de massas que peguei na mesa da cozinha... Tornando a correr para o quarto, vi que o doutor segurava Natacha, que se debatia e tentava escapar de suas mãos, como que em convulsão. Levamos muito tempo para tranquilizá-la; por fim conseguimos deitá-la na cama; parecia estar febril e delirante.

— Doutor! O que há com ela? — perguntei, morto de medo.

— Espere um pouco — respondeu-me —, primeiro é preciso observar a doença e depois veremos... mas, de um modo geral, o caso não é nada bom. Pode até acabar numa febre... No entanto, tomaremos as medidas...

Mas já me ocorrera uma outra ideia. Implorei para o doutor ficar com Natacha por mais duas ou três horas e o fiz prometer que não sairia de perto dela nem por um minuto. Ele me deu sua palavra e eu corri para casa.

Nelli estava sentada num canto, sorumbática e inquieta, e olhou-me de um modo estranho. Devia ser porque eu parecia mesmo estranho.

Peguei-lhe na mão, sentei-me no sofá, coloquei-a no meu colo e a beijei calorosamente. Ela corou.

— Nelli, meu anjo! — disse-lhe. — Quer ser nossa salvação? Quer salvar a todos nós?

Ela olhou para mim perplexa.

— Nelli! Toda a esperança agora está em você! Há um pai: você o viu e o conhece; ele amaldiçoou a filha e ontem veio lhe pedir para ocupar o lugar da filha em sua casa. Agora ela, Natacha (e você disse que gosta dela), foi abandonada por aquele a quem amava e por quem saíra da casa do pai. Ele é filho daquele príncipe que veio me ver, lembra-se, à noite, e a encontrou sozinha e você fugiu dele e depois ficou doente... Você o conhece, não é? Ele é um homem mau!

— Conheço — respondeu Nelli, estremecendo e empalidecendo.

— Sim, ele é um homem mau. Odeia Natacha porque seu filho, Aliócha, queria se casar com ela. Hoje Aliócha foi embora, e uma hora depois seu pai já estava na casa dela e a ofendeu e ameaçou encerrá-la num reformatório e riu dela. Você me compreende, Nelli?

Seus olhos negros cintilaram, mas ela os baixou imediatamente.

— Compreendo — sussurrou, de modo quase inaudível.

— Agora Natacha está sozinha, doente; deixei-a com o nosso doutor e vim correndo vê-la. Ouça, Nelli: vamos à casa do pai de Natacha; não gosta dele, não quis ir com ele, mas agora vamos juntos à sua casa. Entraremos, e eu direi que agora você quer ficar com eles no lugar da filha deles, no lugar de Natacha. O velho agora está doente, porque amaldiçoou Natacha e porque o pai de Aliócha o ofendeu mortalmente outro dia. Agora não quer nem ouvir falar da filha, mas ele a ama, ama, Nelli, e quer se reconciliar com ela; sei disso, sei tudo! É assim!... Está ouvindo, Nelli?

— Estou — tornou a pronunciar num sussurro. Falava com ela me desfazendo em lágrimas. Ela olhava timidamente para mim.

— Acredita nisso?

— Acredito.

— Bem, então entro com você, faço-a sentar, e eles haverão de recebê-la, cumulá-la de atenções e vão se pôr a fazer perguntas. Então eu mesmo conduzirei a conversa de modo que comecem a fazer perguntas sobre como vivia antes: sobre sua mãe e sobre seu avô. Conte-lhes, Nelli, tudo do jeito que me contou. Conte tudo, tudo, com simplicidade e sem esconder nada. Diga-lhes como um homem malvado abandonou sua mãe, como ela veio a morrer no porão da casa de Búbnova, como você e sua mãe andaram juntas pelas ruas pedindo esmola; o que ela lhe disse e o que lhe pediu ao morrer... E aí conte também sobre seu vovô. Conte que ele não queria perdoar sua mãe, e que ela a enviou à casa dele na hora da morte, para que ele fosse vê-la e a perdoasse, mas que ele não queria... e que ela morreu. Conte tudo, tudo! E à medida que for contando tudo isso, então o velho haverá de sentir tudo isso em seu próprio coração. Pois ele sabe que hoje Aliócha a abandonou e ela ficou sozinha, humilhada e ultrajada, sem ajuda e sem proteção, à mercê de seu inimigo. Ele sabe tudo isso... Nelli! Salve Natacha! Quer ir?

— Sim — respondeu ela, tomando fôlego com dificuldade e fitando-me longa e fixamente, com um olhar estranho. Havia como que reproche nesse olhar, e eu o senti em meu coração.

Mas não podia desistir da minha ideia. Tinha muita fé nela. Peguei na mão de Nelli e saímos. Já eram três da tarde. O dia estava nublado. Nos últimos dias, fizera um tempo quente e sufocante, mas agora ressoava em algum lugar ao longe a primeira trovoada da primavera que despontava. O vento passava como um relâmpago pelas ruas empoeiradas.

Pegamos um carro. Durante todo o trajeto, Nelli ficou calada, só uma vez ou outra lançou-me aqueles seus olhares estranhos e enigmáticos. Arfava-lhe o peito, e, ao segurá-la na *drójki*, pude ouvir-lhe o pequeno coraçãozinho bater na palma da minha mão, como se quisesse pular para fora.

CAPÍTULO VII

O caminho pareceu-me interminável. Finalmente chegamos, e entrei na casa dos meus velhos com o coração nas mãos. Não sabia como haveria de sair da casa deles, mas sabia que tinha que sair a qualquer custo com o perdão e a reconciliação.

Já eram quatro horas. Os velhos estavam sozinhos, como de costume. Nikolai Serguêitch, doente e desolado, encontrava-se meio reclinado, estirado em sua confortável poltrona, pálido e prostrado, com um lenço atado à cabeça. Anna Andrêievna, sentada ao seu lado, vez ou outra aplicava-lhe uma solução com vinagre na fronte e ficava espiando-lhe incessantemente o rosto com um ar escrutador e de sofrimento, o que parecia incomodar muito e até aborrecer o velho. Ele permanecia obstinadamente calado, ela não se atrevia a falar. Nossa chegada repentina surpreendeu os dois. Anna Andrêievna assustou-se de repente, não sei por quê, ao me ver com Nelli, e nos primeiros minutos ficou olhando para nós como se se sentisse subitamente culpada de alguma coisa.

— Trago-lhes minha Nelli — disse, ao entrar. — Pensou melhor e agora quis por sua própria conta vir para ficar com vocês. Acolham-na e amem-na...

O velho deitou-me um olhar desconfiado, e só por esse olhar podia-se adivinhar que ele já sabia de tudo, isto é, que Natacha agora estava sozinha, largada, abandonada e, talvez, até ofendida. Queria muito penetrar no segredo da nossa vinda, e olhava inquisitivamente para mim e para Nelli. Nelli tremia, apertava-me a mão com força, olhava para o chão, e apenas de vez em quando lançava em torno de si um olhar amedrontado, como um bichinho capturado numa armadilha. Mas Anna Andrêievna logo se refez e adivinhou: acercou-se de Nelli, acariciou-a, beijou-a, até se pôs a chorar e com ternura fê-la sentar-se perto de si, sem soltar sua mão. Nelli olhava-a de soslaio, com curiosidade e um pouco surpresa.

Mas depois de cumular Nelli de atenções e fazê-la sentar-se a seu lado, a velhinha já não sabia mais o que fazer e se pôs a olhar para mim com um ar de ingênua expectativa. O velho franziu o cenho, quase adivinhando por que eu trouxera Nelli. Ao ver que eu notara a sua expressão de contrariedade e o cenho franzido, levou a mão à cabeça e disse-me abruptamente:

— Dói-me a cabeça, Vânia.

Ainda continuamos sentados e em silêncio; eu matutava por onde devia começar. A sala estava sombria; uma nuvem negra se aproximava, e o ribombo de um trovão tornou a ressoar ao longe.

— Os temporais estão vindo cedo nesta primavera — disse o velho. — Mas olha que, no ano de 37, lembro-me de que nas nossas terras vieram ainda mais cedo.

Anna Andrêievna suspirou.

— Podemos preparar o samovar? — perguntou ela, timidamente; mas ninguém lhe respondeu, e ela tornou a se dirigir a Nelli.

— E você, meu bem, como se chama? — perguntou-lhe. Nelli disse seu nome com uma voz fraca e tornou a baixar ainda mais os olhos. O velho deitou-lhe um olhar atento.

— É Elena, não é? — continuou a velha, animando-se.

— Sim — respondeu Nelli, e de novo se fez um silêncio momentâneo.

— Minha irmã Praskóvia Andrêievna tinha uma sobrinha chamada Elena — disse Nikolai Serguêitch —, também a chamavam de Nelli. Eu me lembro.

— Mas então, meu bem, não tem parentes, nem pai, nem mãe? — tornou a perguntar Anna Andrêievna.

— Não — murmurou Nelli com uma voz entrecortada e temerosa.

— Tinha ouvido dizer isso, tinha ouvido. E faz tempo que sua mãe morreu?

— Faz pouco tempo.

— Ah, meu bem, minha pequena órfã — prosseguiu a velha, olhando para ela com compaixão. Nikolai Serguêitch, impaciente, tamborilava com os dedos sobre a mesa.

— Sua mãe era estrangeira, não era? Foi isso que você disse, não foi, Ivan Petróvitch? — prosseguiam as perguntas tímidas da velhinha.

Nelli lançou-me um olhar furtivo, com seus olhos negros, como que me pedindo ajuda. Tinha a respiração irregular e ofegante.

— A mãe dela, Anna Andrêievna — comecei a falar —, era filha de um inglês e uma russa, de modo que era mais russa; já Nelli nasceu no exterior.

— Quer dizer então que sua mãe foi para o exterior com o marido?

Nelli de repente ficou toda rubra. A pobre velha adivinhou num piscar de olhos o que deixara escapar e estremeceu sob o olhar furioso do velho. Ele olhou para ela com severidade e virou-se para a janela.

— Sua mãe foi enganada por um homem infame e mau — disse ele, dirigindo-se de repente a Anna Andrêievna. — Fugiu de casa com ele e entregou o dinheiro do pai ao amante; este o extorquiu dela com um embuste e a levou para o exterior, roubou-a e a abandonou. Um homem bondoso não a deixou e a ajudou até à morte. E quando ele morreu, ela, dois anos atrás, voltou para a casa do pai. Não foi assim que você me contou, Vânia? — perguntou ele com a voz entrecortada.

Nelli, em extrema agitação, levantou-se e fez menção de se dirigir para a porta.

— Venha cá, Nelli — disse o velho, estendendo-lhe a mão, por fim. — Sente-se aqui, sente-se perto de mim, aqui, olhe, sente-se! — ele se inclinou, beijou-a na fronte e começou a acariciar-lhe suavemente a cabecinha. Nelli tremia toda... mas se conteve. Anna Andrêievna, enternecida, olhava com alegria e esperança como o seu Nikolai Serguêitch, afinal, se pusera a tratar a órfã com carinho.

— Eu sei, Nelli, que sua mãe foi arruinada por um homem perverso, perverso e imoral, mas também sei que ela amava e respeitava o pai — pronunciou o velho com emoção, continuando a acariciar a cabeça de Nelli e sem poder se abster de nos lançar esse desafio nesse momento. Um leve rubor cobriu-lhe as faces pálidas; ele procurava não olhar para nós.

— Mamãe gostava mais do meu avô do que o meu avô gostava dela — disse Nelli timidamente, mas com firmeza, também procurando não olhar para ninguém.

— E como sabe disso? — perguntou o velho bruscamente, como uma criança, sem poder se conter e como se ele próprio se envergonhasse de sua impaciência.

— Eu sei — respondeu Nelli, com a voz entrecortada. — Ele não acolheu mamãe e... a expulsou...

Vi que Nikolai Serguêitch teve vontade de dizer algo, objetar, dizer, por exemplo, que o velho tinha razão em não acolher a filha, mas deitou-nos um olhar e ficou calado.

— Mas como, onde ficaram morando, então, quando seu avô não quis acolhê-las? — perguntou Anna Andrêievna, em quem de repente surgiu um desejo obstinado de prosseguir justamente nesse tema.

— Quando chegamos, passamos muito tempo procurando meu avô — respondeu Nelli —, mas não conseguimos encontrá-lo de jeito nenhum. Mamãe me disse então que, antes, meu avô era muito rico e queria construir uma fábrica, mas que agora era muito pobre, porque aquele com quem mamãe havia fugido tirara dela todo o dinheiro de meu avô e não o devolvera a ela. Foi ela mesma que me contou isso.

— Humm... — disse o velho.

Humilhados e ofendidos

— E ela me disse também — prosseguiu Nelli, animando-se cada vez mais e como que querendo replicar a Nikolai Serguêitch, mas dirigindo-se a Anna Andrêievna —, me disse que meu avô estava muito zangado com ela e que a culpa era toda dela, e que agora ela não tinha ninguém no mundo além do meu avô. E quando dizia isso, chorava... "Ele não vai me perdoar", dizia, ainda quando estávamos vindo para cá, "mas talvez, ao vê-la, venha a gostar de você, e por você me perdoe também." Mamãe me amava muito, e quando dizia isso, sempre me beijava, mas tinha muito medo de ir à casa de meu avô. Ensinou-me a rezar por meu avô, e ela também rezava, e me contou muito mais coisas, sobre como vivia antes com meu avô e quanto meu avô a amava, mais do que a tudo no mundo. À noite ela tocava piano e lia livros para ele, e meu avô a beijava e lhe dava muitos presentes... o tempo todo, então, tanto que uma vez até brigaram, no dia do santo da mamãe; porque meu avô achou que mamãe ainda não sabia que presente ganharia, mas já fazia tempo que mamãe sabia o que seria. Mamãe queria um par de brincos, mas meu avô ficou enganando-a de propósito e disse que não daria os brincos, mas um broche; e quando trouxe os brincos e viu que mamãe já sabia que seriam brincos, e não um broche, ficou zangado por mamãe saber, e passou a metade do dia sem falar com ela, mas depois foi lhe dar um beijo e pedir perdão.

Nelli contava com entusiasmo, e às suas faces claras e doentes até se assomou um rubor.

Era evidente que sua *mamãe* falara mais de uma vez com sua pequena Nelli de seus antigos dias felizes, sentada em seu canto no porão, abraçando e beijando sua menina (tudo o que lhe restara de consolo na vida), chorando sobre ela, mas ao mesmo tempo sem sequer suspeitar da força com que os seus relatos haveriam de repercutir no coração morbidamente impressionável e precocemente desenvolvido de sua filha doente.

Mas a arrebatada Nelli de repente como que caiu em si, olhou ao redor desconfiada e se calou. O velho franziu o cenho e se pôs de novo a tamborilar sobre a mesa; nos olhos de Anna Andrêievna surgiu uma lagrimazinha, e ela, sem dizer nada, a enxugou com o lenço.

— Mamãe chegou aqui muito doente — acrescentou Nelli em voz baixa —, tinha muita dor no peito. Passamos muito tempo procurando meu avô sem conseguir encontrá-lo, e alugamos um canto, num porão.

— Um canto, doente! — exclamou Anna Andrêievna.

— Sim... um canto... — respondeu Nelli. — Mamãe era pobre. Mamãe me disse — acrescentou, animando-se — que não é pecado ser pobre, que pecado é ser rico e insultar... e que Deus a estava castigando.

— O que foi que alugaram na Vassílievski? Foi lá na casa de Búbnova? — perguntou o velho, dirigindo-se a mim e tentando mostrar uma certa negligência em sua pergunta. Mas fez a pergunta como se lhe fosse embaraçoso permanecer calado.

— Não, não foi lá... primeiro foi na Meschánskaia — respondeu Nelli. — Lá era muito escuro e úmido — prosseguiu, depois de uma pausa —, e mamãe ficou muito doente, mas na época ainda andava. Eu lavava a sua roupa e ela chorava. Lá morava também uma velhinha, viúva de um capitão, e morava um funcionário público aposentado, que voltava sempre bêbado, e toda noite gritava e fazia barulho. Tinha muito medo dele. Minha mãezinha me levava para a sua cama e me abraçava, mas ela mesma ficava tremendo, enquanto o funcionário gritava e xingava. Uma vez ele quis matar a viúva do capitão, e ela já era muito velhinha e andava com uma bengala. Mamãe teve pena e foi interceder por ela; o funcionário então golpeou mamãe, e eu golpeei o funcionário...

Nelli parou. A recordação a deixara perturbada; os olhos começaram a cintilar.

— Meu Deus do céu! — exclamou Anna Andrêievna, extremamente interessada na história e sem tirar os olhos de Nelli, que se dirigia principalmente a ela.

— Então mamãe saiu — continuou Nelli — e me levou com ela. Isso foi à tarde. Ficamos caminhando pelas ruas até anoitecer, e mamãe não parava de andar e de chorar, levando-me pela mão. Eu estava muito cansada; não tínhamos comido nada nesse dia. E mamãe ficava falando consigo mesma e me dizendo o tempo todo: "Seja pobre, Nelli, e quando eu morrer, não dê ouvidos a ninguém nem a nada. Não vá à casa de ninguém; fique sozinha, pobre, e trabalhe, e se não houver trabalho, então peça esmola, mas não recorra *a eles*". Ao escurecer, estávamos atravessando uma rua larga; de repente mamãe começou a gritar: "Azorka, Azorka!", e de repente um cachorro grande, sem pelo, veio correndo na direção de mamãe, pôs-se a latir esganiçado e se atirou sobre ela, e mamãe se assustou, ficou branca, deu um grito e se atirou de joelhos diante de um velho alto, que caminhava com uma bengala, olhando para o chão. E esse velho alto, e tão magro e malvestido, era meu avô. Essa era a primeira vez que via meu avô. Meu avô também levou um susto e ficou todo branco, e quando viu que mamãe estava deitada a seus pés, abraçando-lhe as pernas, ele se desprendeu, empurrou mamãe, golpeou o calçamento com a bengala e saiu rapidamente de perto de nós. Azorka ainda ficou e não parava de uivar e de lamber mamãe, depois correu atrás de meu avô, agarrou-o pela aba do casaco e se pôs a puxá-lo para trás, mas meu avô o golpeou com a bengala. Azorka ia tornar a correr para junto de nós, mas meu avô o chamou, ele então correu atrás de meu avô e ficou uivando. E mamãe estava deitada como morta, juntou gente em volta, chegaram uns policiais. Eu só fazia gritar e tentar levantar mamãe. Ela se levantou, olhou em volta e foi comigo. Levei-a para casa. As pessoas ficaram nos olhando por um longo tempo e balançando a cabeça...

Nelli fez uma pausa para tomar fôlego e recobrar as forças. Estava muito pálida, mas em seu olhar havia um brilho de determinação. Via-se que estava finalmente determinada a falar tudo. Tinha até um ar desafiador naquele momento.

— Ora — observou Nikolai Serguêievitch, com uma voz hesitante e uma rispidez irritada —, ora, sua mãe ofendeu seu avô e ele tinha razão em repudiá-la...

— Mamãe também falava isso — replicou Nelli bruscamente —, e enquanto íamos para casa, não parava de dizer "é seu avô, Nelli, mas a culpa é minha se me amaldiçoou, e é por isso que Deus agora está me castigando", e ficou essa noite toda e os dias seguintes todos falando isso. Mas falava como se estivesse fora de si...

O velho ficou em silêncio.

— E depois, como foi que se mudaram para esse outro alojamento? — perguntou Anna Andrêievna, que continuava a chorar baixinho.

— Mamãe ficou doente nessa mesma noite, e a viúva do capitão encontrou um alojamento na casa de Búbnova três dias depois e nós nos mudamos, a viúva do capitão veio conosco; mas assim que nos mudamos mamãe caiu doente e passou três semanas de cama, e eu cuidei dela. Nosso dinheiro todo já havia acabado, e quem nos ajudou foi a viúva do capitão e Ivan Aleksándritch.

— O fazedor de caixões, o senhorio — disse eu, querendo explicar.

— E foi quando mamãe se levantou da cama e começou a andar que me contou sobre Azorka.

Nelli fez uma pausa. O velho pareceu se alegrar com o fato de a conversa enveredar para Azorka.

— O que ela lhe contou sobre Azorka? — perguntou ele, curvando-se ainda mais em sua poltrona, como que para esconder melhor o rosto e olhar para baixo.

— Ela me falava o tempo todo de meu avô — respondeu Nelli —, não parava de falar dele quando estava doente, e quando delirava também falava. E só quando começou a melhorar é que voltou a me contar como vivia antes... e aí me contou sobre Azorka, porque uma vez, não sei em que rio, fora da cidade, uns meninos estavam arrastando Azorka amarrado em uma corda para afogá-lo e mamãe lhes deu dinheiro e comprou deles Azorka. O vovô, quando viu Azorka, começou a rir muito dele. Só que Azorka fugiu. Mamãe se pôs a chorar; meu avô se assustou e disse que daria cem rublos a quem trouxesse Azorka. Três dias depois o trouxeram; meu avô deu os cem rublos e desde então começou a gostar de Azorka. E mamãe, então, começou a gostar tanto dele que até o levava para a cama com ela. Ela me contou que antes Azorka andava pelas ruas com uns comediantes, que sabia andar nas pernas traseiras, que carregava um macaco nas costas, e que sabia segurar uma espingarda e fazer muitas outras coisas... E quando mamãe deixou meu avô, meu avô ficou com Azorka e andava sempre com ele, por isso, assim que mamãe viu Azorka na rua, adivinhou imediatamente que meu avô também estaria por ali...

Não era isso, pelo jeito, que o velho esperava ouvir sobre Azorka, e se mostrava cada vez mais carrancudo. Não voltou a perguntar mais nada.

— Mas, como, então vocês não viram mais seu avô? — perguntou Anna Andrêievna.

— Sim, quando mamãe começou a melhorar, eu tornei a ver meu avô. Tinha ido à venda buscar pão: de repente vi um homem com Azorka, olhei bem e reconheci meu avô. Eu me afastei para o lado e me encostei à parede. Meu avô olhou para mim, ficou olhando por um longo tempo, e tinha um aspecto tão terrível que fiquei muito assustada; e ele seguiu adiante, já Azorka me reconheceu e começou a pular em volta de mim e a lamber minhas mãos. Fui depressa para casa, olhei para trás e meu avô havia entrado na venda. Aí eu pensei: com certeza, está se informando, e fiquei ainda mais assustada, e quando cheguei em casa, não disse nada à mamãe, para que mamãe não tornasse a ficar doente. Eu mesma nem fui à venda no dia seguinte; disse que me doía a cabeça; e quando fui dois dias depois, não encontrei ninguém e estava com tanto medo que voltei correndo. E um dia depois, de repente, estava indo e, mal virei a esquina, me vi diante de meu avô e de Azorka. Pus-me a correr, virei na outra rua e entrei na venda pelo outro lado; só que de repente tornei a dar de encontro com ele e levei um susto tão grande que fiquei paralisada, sem conseguir me mexer. Meu avô estava diante de mim e se pôs de novo a me olhar longamente, depois me acariciou a cabeça, pegou-me pela mão e me levou, e Azorka nos seguiu abanando o rabo. Foi aí que vi que meu avô já não conseguia andar direito e tinha de se apoiar o tempo todo na bengala, e que suas mãos não paravam de tremer. Ele me levou até um vendedor ambulante, que estava sentado na esquina vendendo pãezinhos doces e maçãs. Meu avô comprou um pãozinho em for-

Humilhados e ofendidos 351

ma de galo e um em forma de peixe, um bombom e uma maçã, e quando foi tirar o dinheiro de uma carteira de couro, suas mãos tremiam tanto que ele deixou cair uma moeda de cinco copeques e eu a peguei para ele. Ele me deu de presente essa moeda, me deu os pãozinhos doces e me acariciou a cabeça, mas também sem dizer nada, afastou-se de mim e foi para casa.

Cheguei então à mamãe e lhe contei tudo sobre meu avô; como no começo eu tinha tido medo e me escondi dele. A princípio mamãe não acreditou em mim, mas depois ficou tão feliz que passou a noite toda me perguntando, chorando e me beijando, e depois que lhe contei tudo, me ordenou então que daí em diante nunca tivesse medo de meu avô e que, portanto, meu avô gostava de mim, já que tinha vindo de propósito me ver. E me mandou ser carinhosa com o meu avô e falar com ele. E no dia seguinte, ficou me enviando várias vezes pela manhã, embora lhe tivesse dito que meu avô sempre vinha só no fim da tarde. Ela mesma me seguia de longe e se escondia na esquina, e no dia seguinte a mesma coisa, mas meu avô não veio, e naqueles dias estava chovendo, e mamãe ficou resfriada, porque sempre saía comigo para fora do portão, e tornou a cair de cama.

Meu avô veio uma semana depois e voltou a me comprar um peixinho e uma maçã, de novo sem dizer nada. Mas quando se afastou de mim, eu o segui escondida, porque tinha pensado nisso antes, para descobrir onde meu avô morava e contar para mamãe. Ia distante, pelo outro lado da rua, de modo que meu avô não me visse. Morava não muito longe, não lá, onde foi morar depois e morreu, mas na Gorókhovaia, também num prédio apinhado de gente, no quarto andar. Fiquei sabendo de tudo isso e voltei tarde para casa. Mamãe estava muito assustada, porque não sabia onde eu estava. Mas quando lhe contei, mamãe então voltou a ficar muito feliz e já queria ir no dia seguinte mesmo à casa de meu avô; mas no dia seguinte começou a pensar e a ficar com medo e passou três dias inteiros com medo; por isso não foi. Mas depois me chamou e disse: "Sabe, Nelli, agora estou doente e não posso ir, mas escrevi uma carta ao seu avô, vá vê-lo e entregue a carta. E fique observando, Nelli, como a lerá, o que dirá e o que vai fazer; e você ajoelhe-se, beije-o e peça-lhe que perdoe sua mãe...". E mamãe chorava muito, não parava de me beijar, e à saída me benzeu, ficou pedindo a Deus, me colocou de joelhos ao seu lado diante da imagem e, embora estivesse muito doente, acompanhou-me até o portão, e, quando olhei para trás, ela ainda estava lá parada, me olhando enquanto eu ia...

Cheguei à casa de meu avô e abri a porta, porque a porta estava sem tranca. Meu avô estava sentado à mesa, comendo pão com batatas, e Azorka estava diante dele, olhando-o comer e abanando o rabo. Nesse apartamento também, meu avô tinha janelas baixas e escuras e também só uma mesa e uma cadeira. Morava sozinho. Entrei, e ele levou tamanho susto que ficou todo branco e começou a tremer. Também me assustei e não disse nada, apenas me aproximei da mesa e coloquei a carta sobre ela. Meu avô, ao ver a carta, ficou tão bravo que se levantou de um salto, pegou a bengala e se pôs a sacudi-la contra mim, mas não me bateu, só me levou para a entrada e me empurrou. Nem tinha tido tempo ainda de descer o primeiro lance da escada quando tornou a abrir a porta e jogou-me a carta de volta sem abrir. Cheguei em casa e contei tudo. Aí mamãe voltou a cair de cama...

CAPÍTULO VIII

Nesse momento ressoou o estrondo bastante forte de um trovão, e pancadas de uma chuva torrencial começaram a golpear o vidro; a sala ficou escura. A velha pareceu levar um susto e se benzeu. De repente, todos nos calamos.

— Já vai passar — disse o velho, olhando para a janela; depois se levantou e deu uma volta de um lado para o outro da sala.

Nelli o seguia com o canto do olho. Estava extrema e dolorosamente emocionada. Eu via isso; mas ela parecia evitar meu olhar.

— Bem, e o que mais? — perguntou o velho, tornando a se sentar em sua poltrona.

Nelli olhou ao redor com medo.

— Então você não voltou mais a ver seu avô?

— Sim, voltei...

— Ah, sim! Conte, minha querida, conte — interveio Anna Andrêievna.

— Fiquei três semanas sem vê-lo — começou Nelli —, até o inverno. Aí chegou o inverno e nevou. Quando voltei a encontrar meu avô, no mesmo lugar, fiquei muito contente... porque mamãe estava muito angustiada por ele não vir. Assim que o vi, corri de propósito para o outro lado da rua, para que ele visse que estava fugindo dele. Só dei uma olhada para trás e vi que meu avô a princípio começou a andar depressa atrás de mim, mas depois chegou até a correr para me alcançar e começou a gritar: "Nelli, Nelli!". Azorka corria atrás dele. Tive pena e parei. Meu avô se aproximou, pegou a minha mão e me levou com ele, mas quando viu que eu estava chorando, ele parou, olhou para mim, se inclinou e me deu um beijo. Aí ele viu que meus sapatos estavam rasgados e perguntou: "Não tem outros?". Então eu lhe disse na mesma hora que mamãe não tinha dinheiro nenhum e que a senhoria só nos dava de comer por pena. Meu avô não disse nada, mas me levou ao mercado e me comprou sapatos e mandou que eu os calçasse na mesma hora, depois me levou para a sua casa, na rua Gorókhovaia, mas antes entrou numa venda e comprou um pastel e duas balas, e, quando chegamos, disse para eu comer o pastel, e ficou me olhando enquanto eu comia, e depois me deu as balas. Mas Azorka pôs as patas sobre a mesa e também pediu pastel, então eu lhe dei, e meu avô começou a rir. Então ele me pegou, me colocou ao seu lado, começou a me afagar a cabeça e a perguntar se eu tinha algum estudo e o que eu sabia. Eu lhe disse, e ele me mandou ir à sua casa todos os dias, às três horas, sempre que pudesse, que ele mesmo me ensinaria. Depois me disse para virar de costas, olhando para a janela, até que dissesse para eu me virar para ele. Fiquei assim, mas me virei para trás devagarinho e vi que havia descosturado seu travesseiro no cantinho de baixo e tirado de lá quatro rublos. Depois de tirar, ele os trouxe para mim e disse: "Isso é só para você". Ia pegar, mas aí pensei melhor e disse: "Se for só para mim, então não vou aceitar". Meu avô de repente ficou zangado e me disse: "Está bem, faça como quiser, vá". Saí, mas ele nem me beijou.

Quando cheguei em casa, contei tudo à mamãe. Mas mamãe só fazia piorar cada vez mais. Um estudante costumava ir à casa do fazedor de caixões; ele tratava de mamãe e a fazia tomar remédios.

Eu ia sempre à casa de meu avô; era mamãe que mandava. Meu avô comprou o Novo Testamento e um manual de geografia e começou a me ensinar; e às vezes contava sobre os países que existem no mundo e as pessoas que vivem neles, os mares, o que havia antes, e como Cristo nos perdoou a todos. Quando eu mesma lhe fazia perguntas, ficava muito contente; por isso comecei a lhe perguntar sempre, e ele contava tudo e falava muito de Deus. Mas às vezes não estudávamos e ficávamos bricando com Azorka: Azorka começou a gostar muito de mim, e eu o ensinei a pular por cima da bengala, e meu avô ria e passava a mão na minha cabeça. Só que meu avô ria muito pouco. Tinha vez que falava muito, mas de repente ficava em silêncio, como se tivesse adormecido mas de olhos abertos. E ficava sentado assim até a hora do entardecer, e no entardecer ele virava tão velho, tão terrível... Outras vezes acontecia de eu chegar na sua casa e ele estar sentado na cadeira, pensando, e não ouvir nada, e Azorka deitado ao seu lado. Eu ficava esperando, esperando, tossia; mas meu avô nem olhava. Então eu ia embora. E em casa mamãe me esperava tão ansiosa: estava de cama, mas eu lhe contava tudo, tudo, e aí a noite chegava, mas eu continuava falando de meu avô, e ela ficava só ouvindo: o que ele fez hoje e o que me contou, que histórias, o que havia me passado de lição. E quando comecei a falar de Azorka, que o tinha feito pular por cima da bengala e que meu avô riu, então ela de repente também começou a rir e às vezes ficava rindo por muito tempo, e se alegrava e me fazia repetir, e depois começava a rezar. E eu ficava pensando: por que mamãe ama tanto meu avô, se ele não a ama? E quando cheguei em casa de meu avô, comecei a lhe contar de propósito como mamãe o amava. Ele ficou ouvindo, tão zangado, mas ouviu tudo e não disse uma palavra; então eu perguntei por que mamãe o amava tanto, perguntava dele o tempo todo, e ele nunca perguntava de mamãe. Meu avô ficou zangado e me pôs para fora da porta; fiquei um pouco do lado de fora, mas de repente ele abriu a porta e me chamou de volta, mas continuou o tempo todo calado e zangado. E depois, quando começamos a ler o catecismo, tornei a perguntar por que Jesus Cristo disse "amai-vos uns aos outros e perdoai as ofensas", e ele não queria perdoar mamãe? Então ele se levantou de um pulo e começou a gritar que tinha sido mamãe que me ensinou a dizer isso, voltou a me empurrar para fora e disse para eu nunca mais ousar ir à sua casa. E eu disse que agora nem eu viria vê-lo mais e fui embora... E meu avô se mudou de casa no dia seguinte...

— Disse que a chuva passaria logo, pois já passou, e aí está o solzinho... Olha, Vânia — disse Nikolai Serguêievitch, virando-se para a janela.

Anna Andrêievna lançou-lhe um olhar de extrema perplexidade, e de repente os olhos da até então assustada e complacente velhinha cintilaram de indignação. Em silêncio, pegou na mão de Nelli e a fez sentar-se em seu colo.

— Conte para mim, meu anjo — disse ela —, que eu a ouvirei. Deixe aqueles que têm coração de pedra...

Não terminou e se pôs a chorar. Nelli dirigiu-me um olhar de interrogação, como que perplexo e assustado. O velho olhou para mim, encolheu os ombros, mas imediatamente virou de costas.

— Continue, Nelli — disse eu.

— Fiquei três dias sem ir à casa de meu avô — recomeçou Nelli —, e durante esse tempo mamãe piorou. Todo o nosso dinheiro tinha acabado, e não havia com o que comprar remédio, nem comíamos nada, porque os senhorios também não tinham nada e começaram a nos repreender por viver à custa deles. Então, no terceiro dia, levantei de manhã e comecei a me vestir. Mamãe perguntou: "Onde está indo?". E eu disse: "À casa de meu avô, pedir dinheiro", e ela ficou feliz, porque eu já tinha contado tudo à mamãe, que ele me expulsou de lá, e disse-lhe que não queria mais ir procurar meu avô por mais que ela chorasse e tentasse me convencer a ir. Assim que cheguei, soube que meu avô tinha se mudado e fui procurá-lo na casa nova. Assim que cheguei no apartamento novo, ele se levantou de um pulo, se lançou contra mim e começou a bater os pés, e eu lhe disse na hora que mamãe estava muito doente, que precisávamos de dinheiro para o remédio, de cinquenta centavos, e que não tínhamos o que comer. Meu avô começou a gritar, me empurrou para a escada e trancou a porta à chave. Mas quando me empurrou, eu lhe disse que ia me sentar na escada e que não iria embora enquanto não me desse o dinheiro. E fiquei sentada na escada. Pouco depois ele abriu a porta, viu que eu estava lá e voltou a fechar. Depois de passar bastante tempo, voltou a abrir, me viu e voltou a fechar. Depois voltou a abrir e a me olhar várias vezes. Por fim saiu com Azorka, trancou a porta e passou por mim sem dizer uma palavra. E eu também não disse uma palavra, continuei sentada e fiquei até a hora do pôr do sol.

— Minha querida — exclamou Anna Andrêievna —, mas devia estar frio nessa escada!

— Estava vestindo um casaco — respondeu Nelli.

— Mas mesmo com o casaco... minha querida, como sofreu! Mas e ele, o seu avô?

Os lábios de Nelli começaram a tremer, mas ela fez um esforço extraordinário e se manteve firme.

— Voltou quando já estava completamente escuro, e, quando ia entrar, tropeçou em mim e deu um grito: "Quem está aqui?". Eu disse que era eu. Ele, com certeza, achava que eu tinha ido embora há muito tempo e, quando viu que continuava lá, se admirou muito e ficou parado na minha frente um tempão. De repente bateu com a bengala na escada, correu a abrir a porta e um minuto depois trouxe algumas moedas de cobre, todas de cinco copeques, e as atirou contra mim na escada. "Tome", gritou, "pegue, é tudo o que tenho, e diga à sua mãe que eu a amaldiçoo", e bateu a porta. As moedas rolaram pela escada. Comecei a procurá-las no escuro, e meu avô, pelo visto, adivinhou que as moedas de cinco copeques tinham se espalhado e que para mim era difícil juntá-las no escuro, ele abriu a porta e trouxe uma vela, e com a luz eu logo as recolhi. E meu próprio avô veio pegá-las comigo e me disse que ao todo deveria haver sete moedas de dez copeques, e saiu. Quando cheguei em casa, entreguei o dinheiro e contei tudo a mamãe, e mamãe piorou, e eu mesma passei a noite toda doente e no dia seguinte também estava com febre, mas só pensava numa coisa, porque estava zangada com o meu avô, e quando mamãe adormeceu, fui para a rua, para a casa do meu avô, e, antes de chegar, parei na ponte. Foi aí que passou *aquele*...

— O Arkhípov — disse eu —, de quem lhe falei, Nikolai Serguêitch, o que estava junto com o comerciante na casa de Búbnova e que levou uma surra lá. Essa foi a primeira vez que Nelli o viu... Continue, Nelli.

— Eu o parei e pedi dinheiro, um rublo de prata. Ele olhou para mim e me perguntou: "Um rublo de prata?". Eu disse: "Sim". Então ele se pôs a rir e me disse: "Venha comigo". Não sabia se devia ir ou não, e de repente se aproximou um velhinho de óculos dourados — e ele tinha me ouvido pedir um rublo de prata —, inclinou-se para mim e perguntou para que queria justamente esse tanto. Eu lhe disse que mamãe estava doente e que precisava desse tanto para o remédio. Perguntou onde morávamos e anotou e me deu uma nota, um rublo de prata. E *aquele*, quando viu o velhinho de óculos, foi embora e não me chamou mais para ir com ele. Fui até a venda e troquei o rublo por moedas de cobre; trinta copeques embrulhei num papelzinho e separei para mamãe, e sete de dez não embrulhei num papelzinho, mas fiquei apertando na mão de propósito e fui à casa de meu avô. Quando cheguei lá, então abri a porta, fiquei na entrada, levantei a mão e joguei todo o dinheiro com força, de modo que as moedas rolaram pelo chão.

— Aí está, pegue o seu dinheiro! — eu disse. — Mamãe não precisa dele, porque o senhor a amaldiçoou — bati a porta e saí dali correndo na mesma hora.

Seus olhos cintilavam, e ela, com um ar ingenuamente desafiador, olhou para o velho.

— Bem feito — disse Anna Andrêievna, sem olhar para Nikolai Serguêievitch, e apertando Nelli com força junto de si —, bem feito para ele; seu avô era mau e tinha um coração de pedra...

— Humm! — exclamou Nikolai Serguêitch.

— Bom, mas o que mais, o que mais? — perguntou Anna Andrêievna impaciente.

— Parei de ir à casa de meu avô, ele também parou de ir me ver — respondeu Nelli.

— Mas, e como você e sua mamãe ficaram? Oh, pobrezinhas, pobrezinhas!

— Mamãe piorou ainda mais, e só se levantava da cama muito raramente — continuou Nelli, e sua voz começou a tremer e a ficar embargada. — Dinheiro não tínhamos mais nenhum, e comecei a sair com a viúva do capitão. E a viúva ia de casa em casa, e também parava as pessoas de bem na rua e pedia, era disso que vivia. Ela me dizia que não era mendiga e que tinha documentos onde estava escrito o seu título e também estava escrito que era pobre. Mostrava então esses documentos, e por isso lhe davam dinheiro. Foi ela que me disse que pedir para todos não era vergonhoso. E eu ia com ela, e era do que nos davam que vivíamos. Mamãe soube disso porque os inquilinos começaram a censurá-la por ser mendiga, e a própria Búbnova foi procurar mamãe e disse que seria melhor me deixar ficar com ela do que pedindo esmola. Mesmo antes ela ia ver mamãe e lhe levava dinheiro; e quando mamãe não pegava, então Búbnova dizia: por que são tão orgulhosas? E mandava também comida. Mas quando ela falou isso de mim, mamãe então se pôs a chorar, ficou assustada, e Búbnova começou a ralhar com ela, porque estava bêbada, e disse que já sem isso eu era uma mendiga e ainda andava com a viúva do capitão, e na mesma noite expulsou a viúva de casa. Mamãe, ao saber disso tudo, se pôs a chorar, depois levantou-se de repente da cama, se vestiu, agarrou-me pela mão e me levou consigo. Ivan Aleksándritch quis detê-la, mas ela não deu ouvidos e nós saímos. Mamãe mal conseguia caminhar, a todo instante se sentava na rua e eu a segurava. Mamãe não parava de dizer que ia à casa de meu avô e que era para eu levá-la para lá, mas já havia anoitecido fazia tempo. De repente chegamos numa rua larga; ali, diante de uma casa, as carruagens iam parando e descia muita gente, as janelas estavam todas iluminadas, e lá dentro ressoava uma música. Mamãe parou, me apertou contra ela e então me disse: "Nelli, seja pobre, seja pobre a vida inteira, mas não vá à casa deles, seja quem for que a chame, seja quem for que a procure. Você também poderia estar lá, rica e bem-vestida, mas não quero isso, eles são maus e cruéis, e eis o que lhe ordeno: permaneça pobre, trabalhe e peça esmola, e se alguém vier atrás de você, diga: 'Não quero ficar com o senhor!...'". Foi o que mamãe me disse quando estava doente, e vou obedecê-la a vida toda — acrescentou Nelli, tremendo de emoção, com o rostinho afogueado —, vou servir e trabalhar a vida inteira, e também vim para cá para servir e trabalhar, não quero ser como uma filha...

— Basta, basta, minha querida, basta! — exclamou a velha, abraçando Nelli com força. — Pois sua mãe estava doente quando disse isso.

— Estava louca — observou o velho asperamente.

— Que estivesse louca! — replicou Nelli, dirigindo-se a ele com rispidez. — Que estivesse louca, mas foi o que me ordenou, então serei assim a vida inteira. E quando me disse isso, chegou a desmaiar.

— Meu Deus! — gritou Anna Andrêievna. — Doente como estava, na rua, no inverno?...

— Queriam nos levar para a polícia, mas um cavalheiro intercedeu, me perguntou sobre nosso alojamento, me deu dez rublos e mandou seu cocheiro levar mamãe para a nossa casa. Depois disso, mamãe não se levantou mais, e três semanas depois morreu...

— E o pai, o que fez? Ficou sem perdoar? — exclamou Anna Andrêievna.

— Não perdoou! — respondeu Nelli, dominando-se a custo. — Uma semana antes de morrer, mamãe me chamou e disse: "Nelli, vá mais uma vez à casa de seu avô, pela última vez, e peça-lhe que venha me ver e que me perdoe; diga-lhe que vou morrer dentro de alguns dias e vou deixá-la sozinha no mundo. E diga-lhe também que me custa muito morrer...".

— Fui, bati à porta de meu avô, ele abriu e, ao me ver, quis logo fechar a porta, mas eu me agarrei a ela com as duas mãos e gritei para ele: "Mamãe está morrendo, está lhe chamando, venha...!". Mas ele me empurrou e bateu a porta. Voltei para junto de mamãe, deitei-me ao seu lado, abracei-a e não disse nada... Mamãe também me abraçou e não me perguntou nada...

Nessa hora Nikolai Serguêitch apoiou pesadamente a mão sobre a mesa e se levantou, mas depois de nos envolver a todos com um olhar turvo, estranho, como se não tivesse forças, deixou-se cair na poltrona. Anna Andrêievna já nem olhava para ele, e, soluçando, continuava a abraçar Nelli...

— E então no último dia antes de morrer, no começo da noite, mamãe me chamou para junto dela, pegou na minha mão e disse: "Vou morrer hoje, Nelli", queria dizer mais alguma coisa, mas já não conseguiu. Fiquei olhando para ela, mas era como se ela nem me visse, apenas segurava a minha mão com força. Tirei a mão devagarinho e saí correndo de casa e, sem parar de correr durante todo o caminho, cheguei à casa de meu avô. Ao me ver, ele pulou da cadeira e ficou olhando, levou um susto tão grande que ficou completamente branco e começou a tremer todo. Peguei-o pela mão e só lhe disse: "Está morrendo". Nisso ele começou de repente a ficar muito agitado; agarrou a bengala e veio correndo atrás de mim; até esqueceu o chapéu, e fazia muito frio. Peguei o chapéu e o coloquei nele, e saímos correndo juntos. Eu o apressava e dizia para chamar um cocheiro porque mamãe estava morrendo; mas todo o dinheiro que meu avô tinha não passava de sete copeques. Parava os cocheiros, tentava regatear, mas eles se limitavam a rir, riam também de Azorka, e Azorka corria conosco, e nós corríamos cada vez mais adiante. Meu avô estava cansado e respirava com dificuldade, mas continuava a apressar o passo e a correr. De repente caiu e o chapéu lhe saltou da cabeça. Eu o peguei, tornei a colocá-lo nele e me pus a conduzi-lo pela mão, e só chegamos em casa quando estava anoitecendo... Mas mamãe já estava morta. Assim que meu avô a viu, ergueu os braços, começou a tremer e se postou ao lado dela, mas não falava nada. Então me aproximei de mamãe morta, agarrei meu avô pela mão e gritei para ele: "Aí está, homem mau e cruel, aí está, olhe! olhe!" — aí meu avô deu um grito e caiu no chão, parecia morto...

Nelli levantou-se de supetão, desvencilhou-se do abraço de Anna Andrêievna e ficou entre nós, pálida, exaurida e assustada. Mas Anna Andrêievna lançou-se para ela e, tornando a abraçá-la, gritou, como que numa espécie de inspiração:

— Agora, eu, eu é que serei sua mãe, Nelli, e você será minha filha! Sim, Nelli, vamos embora, vamos deixar todas elas, essas pessoas más e cruéis!

Deixe-as zombar das pessoas, é a Deus, a Deus que terão de prestar contas...
Vamos, Nelli, vamos embora daqui, vamos!

Nunca, nem antes nem depois, eu a vira nesse estado, e nunca pensei
que pudesse algum dia ficar tão comovida. Nikolai Serguêitch endireitou-se
na poltrona, soergueu-se e perguntou com uma voz entrecortada:

— Aonde está indo, Anna Andrêievna?

— À casa dela, de minha filha, de Natacha! — gritou e se pôs a puxar
Nelli consigo para a porta.

— Pare, pare, espere!

— Não há o que esperar, homem mau e sem coração! Esperei muito
tempo, ela também esperou muito tempo, mas agora, adeus!

Depois de responder isso, a velhinha virou-se, olhou para o marido e
ficou petrificada: Nikolai Serguêitch estava diante dela pegando o chapéu e,
com as mãos trêmulas e sem forças, enfiava apressadamente o casaco.

— Você também... você também vem comigo? — gritou ela, unindo as
mãos em prece e olhando com desconfiança para ele, como se não ousasse
acreditar em tamanha felicidade.

— Natacha, onde está minha Natacha? Onde está ela? Onde está a minha filha? — escapou, afinal, do peito do velho. — Devolvam-me... minha
Natacha! Onde, onde está ela? — e, agarrando a bengala, que lhe entreguei,
precipitou-se para a porta.

— Perdoe-me! Perdoe! — exclamou Anna Andrêievna.

Mas o velho nem chegou à soleira. A porta se abriu rapidamente e Natacha entrou correndo na sala, pálida, com os olhos brilhando, como se estivesse febril. Tinha o vestido amarrotado e molhado de chuva. O lencinho
com que cobria a cabeça lhe escorregara para a nuca, e nas mechas espessas
de seus cabelos revoltos brilhavam grandes pingos de chuva. Entrou correndo, viu o pai, deu um grito e se atirou de joelhos diante dele, estendendo-lhe
as mãos.

CAPÍTULO IX

Mas ele já a segurava em seus braços...

Ele a agarrou e, erguendo-a como a uma criança, levou-a para a sua poltrona, sentou-a, e foi ele a cair de joelhos diante dela. Beijava-lhe as mãos, os pés; tinha pressa de beijá-la, tinha pressa de olhar para ela, como se ainda não acreditasse que estava de novo com ele, que tornava a vê-la e ouvi-la — a ela, sua filha, sua Natacha! Anna Andrêievna, soluçando, abraçou-a, apertou-lhe a cabeça contra o peito e ficou imóvel nesse abraço, sem forças para pronunciar uma palavra.

— Minha amiga!... Minha alegria!... Minha vida!... — exclamava o velho, de modo desconexo, agarrando as mãos de Natacha e olhando como um apaixonado para o seu rostinho pálido, delgado, mas belo, para os seus olhos, nos quais as lágrimas brilhavam. — Alegria da minha vida, minha filha! — repetia ele e tornava a emudecer e a fitá-la com enlevo e veneração. — Ora, ora, me disseram que havia emagrecido! — disse ele com um sorriso infantil, como que apressado, dirigindo-se a nós, mas continuando de joelhos diante dela. — Está realmente magra, pálida, mas olhem para ela, que bonitinha! Ainda mais do que antes, sim, mais! — acrescentou, silenciando involuntariamente, sob a dor de seu coração, a dor da alegria que parecia lhe partir a alma em duas.

— Levante-se, papai! Sim, levante-se — disse Natacha —, pois também quero beijá-lo...

— Oh, querida! Está ouvindo, Ánnuchka,[5] está ouvindo, com que doçura diz isso? — e a abraçou convulsivamente.

— Não, Natacha, eu, eu preciso prostar-me aos seus pés até que meu coração ouça que me perdoou, porque agora, nunca, nunca poderei merecer seu perdão! Eu a repudiei, eu a amaldiçoei, está ouvindo, Natacha, eu a amaldiçoei, e fui capaz de fazê-lo!... E você, e você, Natacha: você chegou a acreditar que eu seria capaz de amaldiçoá-la? Mas acreditou; pois acreditou! Não era para acreditar! Não devia acreditar, simplesmente não devia acreditar! Coraçãozinho cruel! Por que não veio me procurar? Pois você sabia

---

[5] Diminutivo de Anna. (N. da T.)

como haveria de recebê-la! Oh, Natacha, há de se lembrar de como a amava antes: bem, e agora, e durante todo esse tempo, a amei duas vezes, mil vezes mais do que antes! Eu a amei com meu sangue! Teria arrancado minha alma sangrando, teria rasgado o coração em pedaços e posto a seus pés!... Oh, alegria da minha vida!

— Sim, então me beije, homem cruel, beije nos lábios, no rosto, como a mamãe beija! — exclamou Natacha, com uma voz dolente e debilitada, cheia de lágrimas de alegria.

— E nos olhos também! E nos olhos também! Lembra-se, como antes — repetiu o velho, após um longo e doce abraço na filha. — Oh, Natacha! Você sonhou alguma vez conosco? Pois eu sonhava com você quase todas as noites, e toda noite vinha para casa e chorava por você, e uma vez, quando ainda era pequena, chegou, lembra-se, quando ainda tinha só dez anos e estava começando a aprender a tocar piano, chegou usando um vestidinho curto, uns sapatinhos bonitinhos e com as mãozinhas vermelhas... pois ela tinha mãozinhas tão vermelhinhas nesse tempo, lembra, Ánnuchka?... veio até onde eu estava, sentou-se no meu colo e me abraçou... E você, e você, é uma menina má! Como pôde pensar que a amaldiçoei, que não haveria de recebê-la, se tivesse vindo!... Porque eu... ouça, Natacha: pois eu ia sempre vê-la, mas nem sua mãe nem ninguém sabia; ora ficava sob sua janela, ora esperava: às vezes esperava o dia inteiro em algum lugar, na calçada, junto ao seu portão! Para ver se saía, para que a visse ao menos de longe! Ou então, à noite, costumava haver uma pequena vela acesa em sua janela; e quantas vezes, Natacha, ia à sua casa à noite, nem que fosse só para olhar para a sua vela, nem que fosse só para vislumbrar a sua sombra na janela e abençoá-la antes de dormir. E você, abençoava-me à noite? Pensava em mim? Seu coraçãozinho sentia que eu estava ali, debaixo da sua janela? E quantas vezes subi sua escada tarde da noite, no inverno, e fiquei parado no patamar escuro, pondo-me a ouvir à sua porta para ver se escutava sua voz! Para ver se ria! Amaldiçoei? Pois naquela noite fui vê-la e queria perdoá-la, e só voltei ao chegar à porta... Oh, Natacha!

Ele se levantou, soergueu-a da poltrona e a apertou com toda a força contra o coração.

— Está aqui de novo, junto do meu coração! — exclamou. — Oh, Deus, agradeço-o por tudo, por tudo, tanto por sua ira como por sua misericórdia!... Também por seu raio de sol, que agora irradia sobre nós depois da tempestade! Agradeço por todo este instante! Oh! Que nos humilhem, que nos ofendam, mas estamos juntos de novo, e que triunfem agora esses orgulhosos e soberbos que nos humilharam e ofenderam! Que nos atirem pedras! Não tenha medo, Natacha... Nós iremos de mãos dadas e eu lhes direi: esta é a minha querida, esta é a minha filha amada, esta é minha filha sem pecado, a quem vocês ofenderam e humilharam, mas que eu, eu amo e abençoo por todos os séculos dos séculos!...

— Vânia! Vânia!... — exclamou Natacha com uma voz fraca, abraçada ao pai, estendendo-me a mão.

Ah! Nunca irei me esquecer de que se lembrou de mim nesse momento e me chamou!

— E onde está Nelli? — perguntou o velho, olhando ao redor.

— Ah, onde estará ela? — gritou a velha. — Minha querida! Pois a deixamos sozinha!

Mas ela não estava na sala; esgueirara-se despercebidamente para o quarto. Fomos todos para lá. Nelli estava num canto, atrás da porta, e escondia-se de nós, assustada.

— Nelli, o que há com você, minha filha? — exclamou o velho, querendo abraçá-la. Mas ela lançou-lhe como que um longo olhar...

— Mamãe, onde está mamãe? — proferiu ela, como que fora de si. — Onde, onde está mamãe? — tornou a perguntar, estendendo as mãos trêmulas para nós, e de repente um grito terrível e assustador escapou-lhe do peito; os espasmos contraíram-lhe o rosto, e num terrível ataque caiu ao chão...

EPÍLOGO

ÚLTIMAS RECORDAÇÕES

Meados de junho. O dia está quente, sufocante; é impossível permanecer na cidade: a poeira, a cal, as reformas, o pavimento incandescente, o ar envenenado pelas emanações... Mas, oh, eis que alegria! Ao longe ribombou um trovão: pouco a pouco o céu foi ficando carregado; o vento começou a soprar, afugentando à sua frente um turbilhão de poeira da cidade. Alguns pingos grossos caíram pesadamente sobre a terra e em seguida, repentinamente, o céu todo como que se abriu e um rio inteiro de água se derramou sobre a cidade. Quando meia hora depois tornou a sair o sol, abri a janela do meu cubículo e respirei avidamente o ar fresco, com o peito cansado. Em êxtase, estava pronto a largar a pena, todos os meus trabalhos e o próprio editor e correr para a nossa Vassílievski. Mas, embora a tentação fosse grande, de todo modo consegui me dominar e tornei a me lançar sobre o papel, com uma certa sanha: era preciso terminar a qualquer custo! O editor exigia e, sem isso, não me pagaria. *Lá*, estavam à minha espera, mas à noite em compensação estarei livre, completamente livre, como o vento, e a noite de hoje haverá de me recompensar por estes dois últimos dias e duas noites em que escrevi três folhas e meia impressas.

E eis que o trabalho está finalmente terminado; largo a pena e me levanto, sinto dor nas costas e no peito e a cabeça entorpecida. Sei que nesse momento tenho os nervos abalados até não mais poder, e é como se ouvisse as últimas palavras que me foram ditas pelo meu velho doutorzinho: "Não, não há saúde que resista a semelhante tensão, porque isso é impossível!". Porém, por enquanto é possível! Gira-me a cabeça; mal consigo me manter de pé, mas uma alegria, uma alegria infinita, enche-me o coração. Minha novela está completamente concluída, e o editor, embora eu já esteja lhe devendo muito, ao ver a presa em suas mãos, assim mesmo haverá de me pagar alguma coisa, que sejam cinquenta rublos, e já faz um bom tempo que não via em minhas mãos tanto dinheiro. Liberdade e dinheiro!... Eufórico, pego o chapéu e saio a toda, com o manuscrito debaixo do braço, para pegar em casa o nosso caríssimo Aleksandr Petróvitch.

E o pego, mas já de saída. Ele, por sua vez, acabara de concluir uma transação não literária, mas em compensação muito lucrativa, e, depois de despedir um *jídok*[1] moreno, com o qual passara duas horas seguidas em seu gabinete, estende-me afavelmente a mão e, com sua voz de baixo suave e gentil, pergunta-me pela minha saúde. É um homem boníssimo, e eu, sem brincadeira, lhe devo muito. Que culpa tem ele de, em toda a sua vida no campo da literatura, ter sido *apenas* um *entrepreneur*? Ele percebeu que a literatura precisava de um editor, e percebeu na hora certa; honra e glória a ele por isso — o empreendimento editorial, é claro.

Com um sorriso agradável, inteira-se de que a novela está pronta e de que a seção principal, desse modo, está garantida no próximo número da revista, e fica admirado por eu ter podido *terminar* ao menos alguma coisa e ainda achar ocasião para fazer gracejo com isso. Depois vai pegar em seu cofre de ferro os cinquenta rublos prometidos para me entregar, e enquanto isso me estende uma outra revista grossa, inimiga, e indica-me algumas linhas da seção de crítica, onde são ditas duas palavrinhas sobre minha última novela.

Olho: é um artigo de alguém que assina como "O copista". E não é que me injuriassem, mas também não me elogiavam, e fico muito satisfeito. Mas "O copista" diz, entre outras coisas, que minhas obras em geral "cheiram a suor", isto é, que eu trabalho e suo a tal ponto sobre elas, dando acabamento e retocando-as, que se tornam insípidas.[2]

O editor e eu rimos às gargalhadas. Relato-lhe que minha última novela fora escrita em duas noites, e agora, em dois dias e duas noites foram escritas por mim três folhas e meia impressas — se esse "O copista" que me censura pela demora excessiva e pela lentidão penosa de meu trabalho soubesse disso!

— Mas a culpa é do senhor mesmo, Ivan Petróvitch! Por que é que se atrasa tanto, para depois se ver obrigado a trabalhar durante a noite?

Aleksandr Petróvitch, é claro, é uma pessoa muito encantadora, embora tenha uma fraqueza particular — vangloriar-se de seu julgamento literário justamente diante daqueles que, como ele mesmo suspeita, compreendem até seus pensamentos. Mas não tenho vontade de discutir com ele sobre literatura, recebo o dinheiro e pego meu chapéu. Aleksandr Petróvitch está indo

---

[1] Forma depreciativa de se referir a um judeu. (N. da T.)

[2] Considera-se que Dostoiévski alude aqui ao crítico Aleksandr Drujínin (1824-1864), que publicava no periódico O *Contemporâneo* as suas "Cartas do assinante de fora da cidade", sem assinatura. Nesta passagem ele estaria se referindo a um comentário de Drujínin a respeito de sua novela *Niétotchka Niezvânova* (1849). (N. da T.)

à ilha, à sua datcha, e, ao saber que vou a Vassílievski, oferece-se generosamente para levar-me até lá em sua carruagem.

— Tenho uma carruagem nova; o senhor não a viu? Muito graciosa.

Descemos para a entrada. A carruagem é realmente muito graciosa, e Aleksandr Petróvitch, nestes primeiros dias de sua posse, sente um prazer extraordinário e até mesmo certa necessidade espiritual de transportar seus amigos nela.

Na carruagem, Aleksandr Petróvitch tornou diversas vezes a entrar em divagações sobre a literatura contemporânea. Não se intimida em minha presença e repete com toda a tranquilidade ideias de outros, que ouvira um dia desses de algum dos literatos a quem dá crédito e cuja opinião respeita. Neste caso, acontece-lhe às vezes de respeitar coisas surpreendentes. Acontece-lhe também de confundir a opinião alheia ou de inseri-la onde não cabe, de modo a resultar em algo intragável. Fico sentado em silêncio, ouvindo, e me admira a diversidade e os caprichos das paixões humanas. "Bem, aqui está um homem", penso comigo mesmo, "que queria acumular dinheiro e acumulou; mas não, ele ainda precisa de fama, de fama literária, da fama de bom editor e de crítico!"

Neste momento, ele se esforça para me expor detalhadamente uma ideia literária que ouviu de mim mesmo uns três dias atrás e à qual se opôs três dias atrás, mas agora a faz passar por sua. Porém distrações como esta ocorrem a Aleksandr Petróvitch a todo instante, e ele é famoso entre todos os seus conhecidos por essa fraqueza inocente. Como está contente agora, discursando em *sua* carruagem, como está satisfeito com sua sorte, como é generoso! Mantém uma conversa científico-literária, e até sua voz de baixo, suave e decorosa, tem um ranço de erudição. Pouco a pouco, vai se fazendo de liberal e passa à crença inocentemente cética de que em nossa literatura, assim como em qualquer outra de um modo geral, nunca poderá haver modéstia e honestidade em ninguém, a única coisa que há é "a troca de tapas na cara de uns com os outros" — especialmente onde prevalecem os artigos assinados. Penso comigo mesmo que Aleksandr Petróvitch está inclinado a considerar qualquer escritor honesto e sincero, se não um tolo, por sua honestidade e sinceridade, ao menos um simplório. Com certeza, tal julgamento deriva diretamente da extrema inocência de Aleksandr Petróvitch.

Mas já não o ouço mais. Na ilha Vassílievski, ele me deixa apear da carruagem e eu corro à casa dos nossos. Eis a Décima Terceira Linha, eis a casinha deles. Anna Andrêievna, ao me ver, ameaça-me com o dedo, e faz-me um gesto com as mãos e me diz *psiu*, para que eu não fizesse barulho.

— Nelli acabou de adormecer, pobrezinha! — apressa-se a sussurrar.

Humilhados e ofendidos

— Pelo amor de Deus, não a acorde! É que ela, a minha queridinha, está tão fraca. Tememos por ela. O médico diz que isso ainda não é nada. Mas dele não se consegue tirar nada ao certo, do *seu* médico! E não se envergonha, Ivan Petróvitch? Estávamos à sua espera, esperamos até para o almoço... pois há dois dias não aparece!...

— Mas eu avisei três dias atrás que ficaria dois dias sem vir — sussurro a Anna Andrêievna. — Precisava terminar um trabalho...

— Mas hoje para o almoço prometeu vir! Por que então não veio? Nelli levantou-se da cama só por isso, o meu anjinho, nós a colocamos numa poltrona confortável e a levamos para almoçar: "Quero esperar por Vânia junto com vocês", disse, e nem sinal do nosso Vânia. Afinal, já vai dar seis horas! Por onde andou, então? Seu pecador! Pois o senhor a deixou tão desolada que eu não sabia mais o que fazer para tranquilizá-la... ainda bem que pegou no sono, a minha queridinha. Além do quê, Nikolai Serguêietch foi à cidade (mas voltará para o chá!); estou me virando sozinha... Estão lhe oferecendo uma colocação, Ivan Petróvitch; mas quando penso que é em Perm,[3] me gela até a alma...

— E onde está Natacha?

— No jardim, meu querido, no jardim! Vá vê-la... Ela também não me parece lá muito bem... Não consigo compreender mais nada... Oh, Ivan Petróvitch, sinto um peso no coração! Quer me fazer crer que está alegre e contente, mas não acredito nela... Vá vê-la, Vânia, e conte-me depois, a sós, o que ela tem... Está me ouvindo?

Mas já não ouço Anna Andrêievna e corro para o jardim. Esse jardinzinho pertence à casa; tem uns vinte e cinco passos de comprimento e o mesmo tanto de largura, e está todo coberto de verde. Há nele três árvores antigas, altas e frondosas, algumas bétulas jovens, alguns arbustos de lilás e de madressilva, há um cantinho de framboesas, dois canteiros de morangos e duas veredas estreitas e sinuosas, nos dois sentidos do jardinzinho. O velho está encantado com o jardim e acredita que logo começarão a nascer cogumelos nele. Mas o mais importante é que Nelli se apaixonou por esse jardinzinho, e sempre a levavam numa cadeira até a vereda, e Nelli agora é o ídolo de toda a casa. Mas eis que chega Natacha; recebe-me com alegria e me estende a mão. Como está magra, como está pálida! Ela também mal se recuperara da doença.

— Terminou tudo, Vânia? — pergunta-me ela.

---

[3] Cidade dos Urais, fundada em 1723, localizada no leste da Rússia. (N. da T.)

— Tudo, tudo! E tenho a noite inteira completamente livre.

— Ainda bem, graças a Deus! Fez depressa? Não prejudicou?

— O que posso fazer? Aliás, isso não é nada. Quando trabalho sob muita tensão, produz-se em mim certa excitação especial dos nervos; vejo as coisas com mais clareza, sinto de modo mais vivo e profundo, e até o estilo me obedece completamente, de modo que sob tensão o trabalho sai até melhor. Está tudo bem...

— Ah, Vânia, Vânia!

Percebo que nos últimos tempos Natacha se tornara terrivelmente ciosa dos meus êxitos literários, da minha fama. Está relendo tudo o que publiquei no último ano, pergunta-me a todo instante sobre meus planos para o futuro, interessa-se por todas as críticas escritas a meu respeito, zanga-se com algumas e quer a todo custo que eu alcance um lugar de destaque na literatura. Seus desejos se manifestam com tanta força e tenacidade que até me admira a sua nova atitude.

— Acabará por esgotar sua veia literária, Vânia — diz ela —, é uma violência se esgotar tanto e, além disso, está acabando com sua saúde. Veja S***, escreve uma novela a cada dois anos, e N*** em dez anos só escreveu um romance.[4] Mas, em compensação, que primor, que acabamento! Não se encontra um único desleixo.

— Sim, mas têm a vida assegurada e não escrevem com prazo contado; enquanto eu sou um cavalo de posta! Ora, isso tudo é tolice! Deixe isso para lá, minha amiga. Nenhuma novidade?

— Muitas. Em primeiro lugar, uma carta *dele*.

— Outra?

— Outra — e me entregou uma carta de Aliócha. Já era a terceira desde a separação. A primeira ele escreveu ainda de Moscou e escreveu como que numa espécie de frenesi. Informava que as circunstâncias convergiram de modo tal que ele não tinha como retornar de Moscou para Petersburgo, como fora planejado na separação. Na segunda carta, apressava-se a informar que chegaria em alguns dias para se casar o mais depressa possível com Natacha, que isso estava decidido e que nenhuma força seria capaz de impedi-lo. E, no entanto, pelo tom geral da carta, ficava claro que estava deses-

---

[4] Parte da crítica vê aqui uma alusão a Lev Tolstói (1828-1910) e Ivan Gontcharóv (1812-1891): Tolstói de fato publicou os volumes de sua trilogia, *Infância* (1852), *Adolescência* (1854) e *Juventude* (1856) com intervalos de dois anos; já Gontcharóv trabalhou em *Oblómov* de 1849 a 1859. (N. da T.)

Humilhados e ofendidos

perado, que as influências externas já gravitavam por completo sobre ele e que já não acreditava em si mesmo. Mencionava, entre outras coisas, que Kátia era a sua providência e que era a única que o apoiava e consolava. Abri com avidez sua carta de agora, a *terceira*.

Tinha duas páginas, escritas de modo apressado, desordenado, fragmentado e ilegível, com pingos de tinta e de lágrimas. Começava com Aliócha renunciando a Natacha e persuadindo-a a esquecê-lo. Esforçava-se por provar que a união deles era impossível, que influências estranhas e hostis eram mais fortes que tudo e, por fim, que tinha de ser assim: que ele e Natacha juntos seriam infelizes, porque não eram iguais. Mas não pôde se conter e, de repente, pondo de lado suas considerações e demonstrações, ali mesmo, diretamente, sem rasgar ou descartar a primeira metade da carta, confessava que era um criminoso perante Natacha, que era um homem perdido e não tinha forças para se rebelar contra a vontade do pai, que acabara de chegar à aldeia. Escrevia que não tinha forças para expressar seus sofrimentos; confessava, entre outras coisas, que estava plenamente consciente de sua possibilidade de fazer Natacha feliz, começava de repente a demonstrar que eles eram absolutamente iguais; rechaçava os argumentos do pai com rancor e obstinação; em seu desespero, pintava um quadro da felicidade por toda a vida que esperava os dois, ele e Natacha, caso se casassem, amaldiçoava a si mesmo por sua covardia e — despedia-se para sempre! A carta foi escrita com grande sofrimento; via-se que ele a escrevera fora de si. Vieram-me lágrimas aos olhos... Natacha entregou-me uma outra carta, de Kátia. Esta carta chegou no mesmo envelope que a de Alíócha, mas selada em separado. Kátia informava muito sucintamente, em poucas linhas, que Alíócha estava realmente muito triste, chorava muito e parecia estar desesperado e até um pouco adoentado, mas que *ela* estava com ele e que ele seria feliz. Entre outras coisas, Kátia se esforçava por explicar bem a Natacha, para que ela não ficasse achando que Alíócha pudesse se consolar tão cedo e que sua tristeza não era séria. "Ele não a esquecerá nunca" — acrescentou Kátia —, "nem poderá esquecê-la nunca, porque não tem um coração assim, ele a ama imensamente, sempre haverá de amá-la, tanto que, se algum dia a deixar de amar, se algum dia deixar de sentir saudades suas, então eu mesma deixarei de amá-lo por isso no mesmo instante..."

Devolvi as duas cartas a Natacha; trocamos um olhar e não dissemos uma palavra. Foi assim com as duas primeiras cartas, mas em geral evitávamos falar do passado, como se houvesse um acordo entre nós. Seu sofrimento era insuportável, eu bem via, mas não queria se abrir nem mesmo comigo. Depois de voltar à casa paterna, passou três semanas de cama com febre e mal acabara de se recuperar. Falávamos pouco até da mudança iminente em nossas vidas, embora ela soubesse que o velho estava conseguindo uma colocação e que logo teríamos de nos separar. Apesar disso, estava tão carinhosa e atenciosa comigo, tão dedicada a tudo o que se referia a mim durante todo esse tempo; ouvia com uma atenção tão perseverante e obstinada tudo o que eu tinha a contar, que no começo isso chegava a ser penoso para mim: parecia que queria me recompensar pelo passado. Mas essa sensação de peso logo desapareceu: percebi que seu desejo era muito diferente, que ela *simplesmente* me amava, com um amor infinito, não podia viver sem mim e sem se preocupar com tudo o que se referia a mim, e acho que nunca houve uma irmã que amasse tanto o irmão quanto Natacha me amava. Eu sabia muito bem que a separação iminente lhe oprimia o coração, que Natacha sofria; ela sabia que eu também não podia viver sem ela; mas não falávamos disso, embora conversássemos pormenorizadamente dos acontecimentos que estavam por vir...

Perguntei sobre Nikolai Serguêietch.

— Acho que deve voltar logo — respondeu Natacha —, prometeu voltar para o chá.

— É por causa do emprego que anda tão ocupado?

— Sim; aliás, agora já não há dúvidas de que terá o emprego; e ele nem tinha por que sair hoje, parece — acrescentou ela, pensativa —, podia ir amanhã.

— E por que foi, então?

— Foi porque recebi a carta... Está tão *doente* por mim — acrescentou Natacha, depois de uma pausa —, que me chega a ser até dolorido, Vânia. Parece que até quando dorme é só comigo que sonha. Tenho certeza de que não pensa em mais nada a não ser: o que há comigo, como vivo, em que estou pensando nesse momento. Todas as minhas angústias repercutem nele. Pois eu vejo de que modo desajeitado ele às vezes se esforça para se dominar e fazer de conta que não se angustia por mim, se faz de alegre, se esforça para rir e nos fazer rir. A mãezinha também fica desesperada nessas horas, também não acredita no seu riso, e suspira... Ela é tão desajeitada... Uma alma franca! — acrescentou, rindo. — E assim que recebi a carta hoje, teve de sair às pressas na mesma hora para que o seu olhar não encontrasse o meu... Eu o amo mais do que a mim mesma, amo mais do que a qualquer pessoa no mundo, Vânia — acrescentou ela, baixando a cabeça e apertando-me a mão —, até mais do que a você...

Demos duas voltas pelo jardim antes que ela voltasse a falar.

— Maslobóiev esteve aqui em casa hoje, e ontem também — disse ela.

— Sim, nos últimos tempos pegou o hábito de vir aqui com bastante frequência.

— E sabe para que ele vem? A mãezinha põe mais fé nele do que em não sei o quê. Acha que ele entende tanto de tudo isso (bem, dessas leis aí e de tudo isso) que pode resolver qualquer assunto. O que acha, que tipo de pensamento anda lhe passando agora pela cabeça? No fundo, dói-lhe muito e lhe dá muito pena que eu não tenha me tornado uma princesa. Esse pensamento não a deixa viver, e parece que ela se abriu completamente com Maslobóiev. Com meu pai ela tem medo de falar disso e pensa: será que Maslobóiev não poderia ajudá-la de algum modo, não haveria nada a fazer pela lei? Parece que Maslobóiev não a contradiz, e ela lhe oferece vinho — acrescentou Natacha com um sorriso.

— Esse traquinas é bem capaz disso. Mas como é que você soube?

— Porque a mãezinha mesma deixou escapar... com insinuações...

— E Nelli? Como está? — perguntei.

— Até me admira, Vânia: até agora não havia perguntado por ela! — disse Natacha em tom de reproche.

Nelli era o ídolo de todos na casa. Natacha estava terrivelmente apaixonada por ela, e Nelli finalmente se entregara a ela de todo o coração. Pobre criança! Nem esperava que um dia iria encontrar uma gente como essa, que lhe daria tanto amor, e eu via com alegria que o coração exasperado se abrandara e a alma se abrira para todos nós. Respondeu com um fervor quase doentio ao amor geral que a cercava, ao contrário de todo o seu passado, que fomentara nela desconfiança, rancor e obstinação. Aliás, mesmo depois Nelli perseverou por um bom tempo em sua obstinação, durante muito tempo ocultou deliberadamente de nós as lágrimas de reconciliação que iam se acumulando, que ferviam nela, até finalmente se render a nós por completo. Afeiçoou-se muito a Natacha, depois ao velho. Já eu me tornara tão necessário a ela que sua doença se agravava se eu demorava a voltar. Da última vez, para me afastar por dois dias e, finalmente, terminar o meu trabalho, que estava abandonado, tive de tranquilizá-la muito... é claro que com subterfúgios. Nelli ainda se envergonhava de expressar seu sentimento de modo muito direto, sem reservas...

Deixava todos nós muito preocupados. Fora decidido, tacitamente e sem qualquer discussão, que ela permaneceria em casa de Nikolai Serguêietch para sempre; entretanto, o dia da partida se aproximava, e ela ia piorando cada vez mais. Caiu doente desde o dia em que cheguei com ela à casa dos velhos, no dia da reconciliação deles com Natacha. Aliás, o que estou dizendo? Ela sempre esteve doente. Mesmo antes, sua doença fora avançando aos poucos, mas agora começara a se agravar com extraordinária rapidez. Não sei qual é a sua doença nem posso defini-la com precisão. Os ataques, é verdade, repetiam-se com um pouco mais de frequência do que antes; mas o mais grave era um certo abatimento e esgotamento de suas forças, seu estado febril e de tensão constante — tudo isso a levara, nos últimos dias, ao ponto de já não se levantar da cama. Mas é estranho: quanto mais a doença se apoderava dela, mais dócil, mais carinhosa, mais aberta Nelli se tornava conosco. Três dias atrás, pegou-me pela mão quando passava perto de sua caminha e puxou-me para si. Não havia ninguém no quarto. Tinha o rosto afogueado (havia emagrecido muito) e os olhos reluziam como fogo. Num gesto convulsivo e apaixonado, esticou-se para mim e, quando me inclinei para ela, cingiu-me fortemente o pescoço com seus bracinhos morenos e magrinhos e me beijou com força, e depois, logo a seguir, pediu que Natacha fosse vê-la; eu a chamei; Nelli queria a todo custo que Natacha se sentasse à beira de sua cama e olhasse para ela...

— Também tinha vontade de olhá-la — disse ela. — Ontem sonhei com a senhora e hoje à noite tornarei a sonhar... Sonho muito com a senhora... todas as noites...

Via-se que queria dizer alguma coisa, que um sentimento a sufocava; mas ela mesma não compreendia seus sentimentos e não sabia como expressá-los...

Amava Nikolai Serguêitch quase mais do que a todos, depois de mim. Devo dizer que Nikolai Serguêievitch a amava quase tanto quanto a Natacha. Tinha um jeito surpreendente de divertir Nelli e fazê-la rir. Assim que chegava perto dela, na mesma hora se punha a rir e até a brincar. A menina doente se divertia como uma criancinha, coqueteava com o velho, ria dele, contava-lhe seus sonhos e sempre inventava algo, e também o obrigava a contar e o velho ficava tão contente, ficava tão satisfeito ao olhar para a sua "pequena filhinha Nelli", que se encantava cada dia mais com ela.

— Deus a enviou a todos nós como recompensa pelo nosso sofrimento — disse-me uma vez, ao se afastar de Nelli e benzê-la à noite, como de costume.

Todos os dias, à noite, quando nos reuníamos (Maslobóiev também vinha quase sempre), às vezes vinha também o velho doutor, que se afeiçoara com toda a sua alma aos Ikhmiêniev, traziam também Nelli em sua poltrona para junto de nós, à mesa redonda. A porta da varanda ficava aberta. O jardinzinho verde, iluminado pelo pôr do sol, ficava inteiramente à vista. Dele exalava o perfume da erva fresca e dos lilases que acabavam de desabrochar. Nelli, sentada em sua poltrona, lançava olhares carinhosos para todos nós e se punha a escutar nossa conversa. Às vezes se animava e ela mesma, discretamente, também se punha a falar alguma coisa... Mas, nesses momentos, todos costumávamos ouvi-la com inquietação, porque em suas lembranças havia temas que não podiam ser tocados. Tanto eu quanto Natacha e os Ikhmiêniev sentíamos e reconhecíamos nossa culpa para com ela, pelo dia em que, trêmula e extenuada, *teve* de nos contar sua história. O doutor, sobretudo, era contra essas lembranças, e costumávamos tentar mudar a conversa. Nesses casos, Nelli procurava não demonstrar que compreendia os nossos esforços e começava a rir com o doutor ou com Nikolai Serguêitch...

E, no entanto, piorava cada vez mais. Tornara-se extremamente impressionável. As batidas de seu coração eram irregulares. O doutor chegou a me dizer que ela poderia morrer muito em breve.

Eu não disse isso aos Ikhmiêniev, para não alarmá-los. Nikolai Serguêitch estava plenamente confiante de que ela se recuperaria para a viagem.

— Olhe, o papai está de volta — disse Natacha, ao ouvir sua voz. — Vamos, Vânia.

Mal pisou no umbral da porta, Nikolai Serguêitch, como era seu costume, pôs-se a falar alto. Anna Andrêievna lhe fez sinal com as mãos. O velho aquietou-se no mesmo instante e, ao ver Natacha e eu, começou a nos contar sussurrando e com um tom apressado o resultado de suas andanças: o emprego que solicitara já era seu, e estava muito contente.

— Daqui a duas semanas podemos partir — disse ele, esfregando as mãos, e olhou de soslaio, preocupado, para Natacha. Mas ela lhe respondeu com um sorriso e o abraçou, de modo que suas dúvidas se dissiparam num átimo.

— Vamos, vamos, meus amigos, vamos! — começou a falar, alegrando-se. — Só de você, Vânia, só me dói me separar de você... (Faço notar que ele não me propôs nem uma única vez seguir junto com eles, o que, a julgar por seu caráter, teria feito sem falta... em outras circunstâncias, isto é, se não soubesse de meu amor por Natacha.)

— Mas, o que se há de fazer, amigos, o que se há de fazer? Dói-me, Vânia; mas a mudança de lugar dará um novo ânimo a todos nós... Mudança de lugar significa mudança *de tudo*! — acrescentou, tornando a olhar para a filha.

Ele acreditava nisso e estava contente com sua crença.

— E Nelli? — disse Anna Andrêievna.

— Nelli? Ora... minha pombinha está um pouco doente, mas até lá com certeza já terá sarado. Agora mesmo já está melhor: o que acha, Vânia? —

disse ele como que assustado, e olhou para mim com preocupação, como se tocasse a mim resolver as suas dúvidas.

— Como está? Como dormiu? Aconteceu alguma coisa com ela? Será que ainda não acordou? Sabe de uma coisa, Anna Andrêievna: vamos levar já a mesinha para o terraço, traremos o samovar, nosso pessoal vai chegar, vamos nos sentar todos, e Nelli virá conosco... Será muito bom. Será que já está acordada? Vou vê-la. Só vou olhar... não vou acordá-la, não se preocupe! — acrescentou ele, ao ver que Anna Andrêievna tornara a acenar com as mãos.

Mas Nelli já estava acordada. Um quarto de hora depois, como de costume, estávamos todos nós sentados em torno da mesa para o chá da tarde.

Nelli foi levada na poltrona. Apareceu o doutor, Maslobóiev também apareceu. Trouxe para Nelli um grande ramalhete de lilases; mas ele também estava preocupado com alguma coisa e parecia aborrecido.

Aliás: Maslobóiev vinha quase todos os dias. Já disse que todos, sobretudo Anna Andrêievna, gostavam muito dele, mas nunca se mencionava em voz alta uma palavra sequer sobre Aleksandra Semiónovna; nem o próprio Maslobóiev a mencionava. Anna Andrêievna, ao saber por mim que Aleksandra Semiónovna não conseguira ainda se tornar sua *legítima* esposa, tomou a decisão de não recebê-la nem falar dela em casa. E assim foi feito, a própria Anna Andrêievna se caracterizava muito por isso. No entanto, se não fosse por Natacha e, sobretudo, se não tivesse acontecido o que aconteceu, talvez não fosse tão escrupulosa.

Nessa noite Nelli parecia estar muito triste e até preocupada com alguma coisa. Era como se tivesse tido um sonho ruim e meditasse sobre ele. Mas ficou muito contente com o presente de Maslobóiev e olhava com deleite para as flores que colocamos diante dela, num copo.

— Quer dizer que gosta muito de flores, Nelli? — disse o velho. — Espere só! — acrescentou, animando-se. — Então, amanhã... deixa estar, você mesma vai ver!...

— Gosto — respondeu Nelli —, e me lembro de como recebíamos mamãe com flores. Mamãe, quando ainda estávamos *lá* (*lá*, agora, significava no exterior), uma vez passou um mês inteiro muito doente. Eu e Heinrich combinamos que, quando se levantasse e saísse pela primeira vez de seu quarto, de onde não saíra o mês inteiro, que então enfeitaríamos todos os cômodos com flores. E foi o que fizemos. Mamãe disse uma noite que no dia seguinte cedinho iria sem falta tomar o café da manhã conosco. Nós nos levantamos bem cedo. Heinrich trouxe muitas flores e enfeitamos toda a sala com folhas verdes e guirlandas. Havia hera também e umas folhas muito largas, só não sei como se chamam, e mais outras folhas que se agarram a tudo, também havia umas flores brancas grandes, havia narcisos, e de todas as flores era a que eu mais gostava, havia rosas também, rosas tão esplêndidas, e muitas, muitas flores. Penduramos todas elas em guirlandas e as distribuímos em vasos de barro, e havia umas flores enormes, que são como árvores inteiras, em grandes dornas; estas nós dispusemos pelos cantos e perto da poltrona de mamãe, e quando mamãe saiu, ficou admirada e muito contente, e Heinrich estava contente... Ainda me lembro disso...

Nessa noite Nelli parecia estar muito fraca e nervosa. O doutor olhava para ela preocupado. Mas ela tinha ânsia de falar. E durante um longo tempo, até o anoitecer, ficou contando sobre sua vida anterior *lá*; não a interrompemos. *Lá*, com sua mamãe e Heinrich, viajara muito, e as antigas recordações ressurgiam-lhe claramente na memória. Falava com emoção do céu azul, das montanhas altas com neve e gelo que vira e pelas quais passara, das cachoeiras nas montanhas; depois dos lagos e vales da Itália, das flores e árvores, dos aldeães, de suas roupas e de seus rostos morenos e olhos negros; contou sobre vários encontros e casos que lhes haviam acontecido. Depois sobre grandes cidades e palácios, sobre uma igreja alta com uma cúpula que de repente se iluminava toda com luzes coloridas; depois sobre uma cidade quente do sul, com céu e mar azuis... Nelli nunca havia contado as suas recordações com tantos detalhes. Nós a ouvíamos com grande atenção. Até então, todos nós conhecíamos apenas outras recordações suas — de uma cidade lúgubre e sombria, com uma atmosfera sufocante, entorpecida, com ar contaminado e palácios suntuosos sempre sujos de lama; com um sol turvo, rarefeito, e com pessoas malvadas e meio loucas, das quais ela e sua mãe tiveram tanto o que suportar. E fiquei imaginando como as duas, num porão imundo, numa noite de penumbra e umidade, abraçadas em sua pobre cama, recordavam o passado, o falecido Heinrich e as maravilhas de outras terras... Fiquei imaginando Nelli, recordando-se de tudo isso já sozinha, sem sua mãe, quando Búbnova, com espancamentos e uma crueldade brutal, queria vencê-la e forçá-la a uma ação funesta...

Mas Nelli acabou se sentindo mal e foi levada para dentro. O velho ficou muito assustado e aborrecido por a termos deixado falar tanto. Ela teve um ataque, uma espécie de síncope. Esse ataque já havia se repetido várias vezes anteriormente. Quando passou, Nelli pediu com insistência para me ver. Tinha algo a dizer só para mim. Suplicou tanto por isso que, dessa vez, o próprio doutor insistiu para que seu desejo fosse satisfeito, e todos saíram do quarto.

— Olhe, Vânia — disse Nelli, quando ficamos sozinhos —, eu sei, eles acham que eu vou com eles; mas eu não vou, porque não posso, e por enquanto vou ficar na sua casa, e precisava lhe dizer isso.

Tentei persuadi-la; disse que todos na casa dos Ikhmiêniev a amavam tanto que a consideravam uma filha. Que todos haveriam de sentir muito. Que em minha casa, ao contrário, seria difícil para ela viver e, embora eu a amasse muito, não havia o que fazer, tínhamos de nos separar.

— Não, não pode ser! — respondeu Nelli insistentemente. — Porque sonho muitas vezes com mamãe, e ela me diz para não ir com eles e ficar aqui; ela diz que cometi muitos pecados, que deixei meu avô sozinho, e não para de chorar quando diz isso. Quero ficar aqui e cuidar de meu avô, Vânia.

— Mas seu avô já morreu, Nelli — disse eu, ao ouvi-la com surpresa.

Ela pensou um pouco e olhou-me atentamente.

— Conte mais uma vez, Vânia — disse ela —, como meu avô morreu. Diga tudo, não deixe nada de fora.

Fiquei assombrado com seu pedido, todavia, comecei a contar com todos os detalhes. Suspeitava que estivesse delirando ou, pelo menos, que sua mente não estivesse completamente lúcida após o ataque.

Ouviu atentamente o meu relato, e lembro-me de como seus olhos negros, cintilantes e com um brilho febril doentio, seguiam-me atenta e incessantemente durante todo o relato. Já estava escuro no quarto.

— Não, Vânia, ele não morreu! — disse ela resolutamente, depois de ouvir tudo e tornar a se pôr a pensar. — Mamãe vive me falando de meu avô, e quando lhe disse ontem: "Mas meu avô já morreu", ela ficou muito amargurada, começou a chorar e me disse que não, que me disseram isso de propósito, e que agora ele anda pedindo esmola, "assim como nós pedíamos antes", disse mamãe, "e fica andando por aqueles lugares em que você e eu o encontramos pela primeira vez quando caí diante dele e Azorka me reconheceu...".

— Foi um sonho, Nelli, um sonho doentio, porque você mesma está doente agora — disse-lhe eu.

— Também achava que era apenas um sonho — disse Nelli —, e não falei para ninguém. Só para você queria contar tudo. Mas hoje, quando adormeci, depois de ver que você não vinha, sonhei com meu avô. Ele estava em sua casa, sentado, esperando por mim, e estava tão horrível, magro, e disse que fazia dois dias que não comia nada, e Azorka também, e estava muito zangado comigo e me censurava. Disse-me também que não tinha nem um pouco de rapé, e que sem esse rapé ele não pode viver. E é verdade, Vânia, ele já tinha me falado isso uma vez, antes, logo depois que mamãe mor-

Humilhados e ofendidos

381

reu, quando eu ia à casa dele. Nessa época estava muito doente e já não entendia quase nada. E assim que ouvi isso dele hoje, então pensei: eu vou, vou ficar na ponte e pedir esmola, com o que conseguir, vou comprar pão, batata cozida e tabaco. E é como se eu estivesse lá pedindo e visse que meu avô andava por perto, demorava um pouco, depois se aproximava de mim, olhava quanto eu havia ganho e pegava para si. "Isso", diz ele, "é para o pão; agora junte para o rapé." Eu junto, e ele vem e pega de mim. Então lhe digo que mesmo que ele não viesse, eu lhe daria tudo e não esconderia nada para mim. "Não", diz ele, "você rouba de mim, e Búbnova também me disse que você é uma ladra, e é por isso que nunca a levarei para a minha casa. E onde foi que enfiou a moeda de cinco copeques?" Eu me pus a chorar por ele não acreditar em mim, mas ele não me ouvia e ficou gritando: "Você roubou uma moeda de cinco copeques!", e começou a me bater lá mesmo, na ponte, e batia com força. E eu chorava muito... E aí comecei a pensar, Vânia, que ele deve estar vivo, andando sozinho em algum lugar e esperando que eu vá até ele...

Tentei novamente convencê-la e dissuadi-la, e parece que, finalmente, consegui. Ela respondeu que tinha medo de dormir porque veria o avô. Por fim, abraçou-me com força...

— De todo modo, não posso deixá-lo, Vânia! — disse ela, pressionando seu rostinho contra o meu rosto. — Mesmo que não houvesse o meu avô, não me separaria de você.

Todos na casa estavam assustados com o ataque de Nelli. Relatei às escondidas ao doutor todos os seus sonhos e lhe perguntei, de uma vez por todas, o que ele achava de sua doença.

— Ainda não dá para saber — respondeu, pensativo —, por enquanto apenas faço suposições, reflito, observo, mas... não dá para saber nada. De todo modo, a cura é impossível. Ela vai morrer. Não lhes digo nada porque o senhor insistiu muito, mas sinto pena, e amanhã mesmo vou propor uma junta médica. Talvez o diagnóstico tome outro rumo após uma junta médica. Mas tenho muita pena dessa menina, é como se fosse minha filha... É encantadora, uma menina encantadora! E tem uma mente tão viva!

Nikolai Serguêievitch estava singularmente comovido.

— Olhe só, Vânia, a ideia que tive — disse ele —, ela gosta muito de flores. Sabe de uma coisa? Amanhã, assim que acordar, vamos lhe preparar a mesma recepção com flores que ela e esse Heinrich prepararam para a mamãe dela, como ela contou hoje... Contou isso com tanta emoção...

— Justamente, com emoção — respondi. — Emoções que, agora, lhe são prejudiciais...

— Sim, mas emoções agradáveis são outra coisa! Pode acreditar, meu querido, pode acreditar em minha experiência, emoções agradáveis não fazem mal; emoções agradáveis podem até curar, podem fazer bem à saúde...

Em suma, a ideia do velho o havia seduzido tanto que ele já estava encantado com ela. Não havia como lhe fazer objeção. Pedi conselho ao doutor, mas antes que ele tivesse tempo de refletir, o velho já tinha pegado o quepe e corrido para arranjar as coisas.

— Veja — disse-me ele ao sair —, aqui perto há uma estufa; é uma estufa excelente. Os jardineiros fazem liquidação de flores e pode-se consegui-las a um preço bem baixo!... É até inacreditável de tão barato! Insinue isso a Anna Andrêievna, senão ela já vai se zangar por causa das despesas... Então, é isso... Ah, sim, mais uma coisa, meu amigo: para onde está indo agora? Afinal, está livre, terminou o trabalho, para que se apressar então para ir para casa? Passe a noite aqui, lá em cima, no quartinho: lembra como era antes? A cama, o seu colchão, está tudo lá, no mesmo lugar, sem ser tocado. Há de dormir como um rei da França. Hein? Fica. Amanhã acordamos mais cedo, nos trarão as flores, e até às oito horas teremos arrumado juntos toda a sala. Natacha também nos ajudará, pois ela tem mais bom gosto do que nós dois... E, então, concorda? Passará a noite aqui?

Foi decidido que eu ficaria para passar a noite. O velho tratou de tudo. O doutor e Maslobóiev se despediram e foram embora. Os Ikhmiêniev costumavam deitar cedo, às onze horas. Ao sair, Maslobóiev estava imerso em pensamentos e queria me dizer alguma coisa, mas adiou para outra vez. Quando, depois de me despedir dos velhos, fui para o meu quartinho, para minha surpresa, tornei a vê-lo. Estava sentado à mesinha, à minha espera, folheando um livro.

— Voltei, Vânia, porque será melhor contar agora. Sente-se, então. Veja, a coisa toda é tão estúpida que chega a dar raiva...

— Mas o que é?

— Pois o canalha do seu príncipe me deixou tão agastado duas semanas atrás; mas tão agastado que até agora estou furioso.

— Mas o que, o que foi? Será possível que ainda continua tendo relações com o príncipe?

— E agora lá vem você, "o que, o que é isso?", como se tivesse acontecido sabe Deus o quê. Você, irmão Vânia, é como a minha Aleksandra Semiónovna sem tirar nem pôr, e, de modo geral, como todo esse mulherio insuportável... Não suporto esse mulherio!... É só a gralha crocitar que já vêm "o que, o que é isso?".

— Não se zangue.

Humilhados e ofendidos

— Pois não estou nem um pouco zangado, mas é preciso ver as coisas como elas são, sem exagerar... É isso.

Ficou calado por um momento, como se ainda continuasse zangado comigo. Não o interrompi.

— Veja, irmão — recomeçou ele —, topei com uma pista... Isto é, na verdade, não topei com nada nem havia pista nenhuma, mas foi o que me pareceu... Isto é, a partir de algumas considerações deduzi que Nelli... pode ser... bem, em suma, filha legítima do príncipe.

— O que está dizendo!?

— Ora, já se pôs a mugir, "O que está dizendo!?"; ou seja, realmente, não se pode falar nada com essa gente! — exclamou ele, exaltado, dando de ombros. — Por acaso eu afirmei alguma coisa, seu cabeça de vento? Disse que ela é filha *comprovadamente legítima* do príncipe? Disse ou não?

— Ouça, meu querido — interrompi-o muito emocionado —, pelo amor de Deus, não grite e explique-se de maneira clara e precisa. Juro por Deus que vou entendê-lo. Compreenda quão importante é essa questão e que consequências...

— Pois aí é que está, as consequências, mas do quê? Onde estão as provas? Não é assim que se fazem as coisas, e estou lhe falando agora em segredo. Mas por que me pus a falar disso com você, depois explico. Neste caso, era preciso. Fique quieto, ouça e saiba que isso tudo é segredo...

Veja como se deram as coisas. Ainda no inverno, ainda antes de Smith morrer, assim que o príncipe voltou de Varsóvia foi que ele começou esse negócio. Isto é, havia começado muito antes, ainda no ano passado. Mas, na época, ele procurava uma coisa e agora começou a procurar outra. O principal é que ele perdeu o fio. Faz treze anos que se separou da filha de Smith em Paris e a abandonou, mas a seguiu constantemente durante todos esses treze anos, sabia que ela vivia com Heinrich, sobre quem se falou hoje, sabia que ela tinha Nelli, sabia também que ela estava doente; bem, numa palavra, sabia de tudo, só que de repente perdeu o fio. E isso aconteceu, ao que parece, logo após a morte de Heinrich, quando a filha de Smith voltou para Petersburgo. Em Petersburgo, claro, ele logo a encontraria, qualquer que fosse o nome com que ela voltasse para a Rússia; acontece que seus agentes do exterior o enganaram com um falso testemunho: asseguraram-lhe que ela estava morando em uma certa cidadezinha perdida no sul da Alemanha; é que eles próprios haviam se enganado por descuido: tomaram uma pessoa por outra. Isso durou um ano ou mais. Passado um ano, o príncipe começou a duvidar: por alguns fatos, ainda antes começara a lhe parecer que essa não era a pessoa certa. Agora, a pergunta: onde andava a verdadeira Smith? E

veio-lhe à mente (assim mesmo, sem elemento nenhum): não estaria ela em Petersburgo? Enquanto no exterior estava em andamento uma busca, ele já dava início a outra aqui, mas é evidente que não queria empregar vias demasiado oficiais e foi apresentado a mim. Recomendaram-me a ele, coisa e tal, disseram, dedica-se a essas coisas, é amador... bem, e assim por diante, assim por diante...

Bem, aí ele foi e me explicou o caso; só que explicou de modo obscuro, o filho do diabo, obscuro e ambíguo. Havia muitas falhas, repetia-se várias vezes, transmitia os fatos por diferentes ângulos ao mesmo tempo... Bem, sabe como é, por mais esperta que a pessoa seja, um fiozinho sempre acaba escapando. É óbvio que comecei servil e com simplicidade de alma, em suma, servilmente devotado; mas, de acordo com a regra adotada por mim de uma vez por todas, e, ao mesmo tempo, de acordo com a lei da natureza (porque isso é uma lei da natureza), em primeiro lugar, ponderei: será aquele o motivo verdadeiro do que me foi revelado? Em segundo lugar: será que por trás do motivo declarado não se esconde um outro, reticente? Pois, nesse último caso, como é provável que até você, querido filho, possa compreender com sua cabeça poética, ele estava me roubando: já que um motivo vale, digamos, um roubo, e outro vale quatro vezes mais; então eu seria um tolo se lhe entregasse por um rublo uma coisa que vale quatro. Comecei a desconfiar e a esmiuçar as coisas, e pouco a pouco comecei a topar com pistas; uma coisa cheguei a saber por ele mesmo, outra, por alguém de fora do assunto, já à terceira cheguei por minha própria perspicácia. Se, de repente, me perguntar: por que exatamente tive a ideia de proceder assim? Responderei: ainda que fosse somente pelo fato de o príncipe estar preocupado demais com alguma coisa, havia algo que o assustava muito. Porque, na realidade, do que deveria ter medo? Raptou a amante da casa do pai, ela ficou grávida e ele a abandonou. Ora, o que há de surpreendente nisso? Uma travessura encantadora, agradável e nada mais. Não é para um homem como o príncipe ter medo disso! Mas ele estava com medo... Foi aí que comecei a desconfiar. Eu, meu irmão, topei com algumas pistas bem curiosas, entre outras coisas, através de Heinrich. Ele, é claro, já havia morrido; mas por uma de suas primas (agora casada com um padeiro aqui de Petersburgo), que antes era loucamente apaixonada por ele e continuou a amá-lo por uns quinze anos seguidos, a despeito do *Vater*,[5] um padeiro gordo com quem, por descuido, pusera no mundo oito filhos; foi por essa prima, digo, que consegui,

---

[5] Em alemão no original: "pai" (N. da T.)

através de várias manobras muito complicadas, descobrir uma coisa importante: Heinrich, de acordo com o costume alemão, escrevia a essa prima cartas e diários, e antes de morrer enviou-lhe alguns de seus documentos. Ela, uma tola, não entendia o que havia de importante nessas cartas, só entendia nelas aqueles lugares onde se falava da lua, do *mein lieber Augustin* e de Wieland,[6] me parece. Mas obtive as informações necessárias e, graças a essas cartas, topei com novas pistas. Soube, por exemplo, a respeito do senhor Smith, do capital que lhe fora roubado pela filha, e do príncipe, que se apropriara à vontade desse capital; enfim, em meio a exclamações, rodeios e alegorias de todo tipo, também apareceu-me nas cartas a verdadeira essência: isto é, Vânia, você compreende! Nada de preciso. Heinrich ocultou isso de propósito dessa atoleimada e só fez alusões, mas, a partir dessas alusões e de tudo o mais junto, a harmonia celestial começou a aparecer para mim: pois o príncipe estava casado com a filha de Smith! Onde se casou, como, quando exatamente, no exterior ou aqui, onde estão os documentos? Nada se sabe. Ou seja, meu irmão Vânia, me arrancava os cabelos de desgosto e procurava sem parar, ou seja, passava dia e noite procurando!

Finalmente encontrei Smith também, mas ele morre de repente. Nem sequer tive tempo de vê-lo vivo. Aí, numa ocasião, soube que havia morrido uma mulher de quem suspeitava na ilha Vassílievski, tomo informações e topo com uma pista. Corro para a Vassílievski, e foi quando nos encontramos, lembra-se? Extraí muita coisa então. Numa palavra, Nelli me ajudou muito nisso...

— Ouça — interrompi-o —, acha mesmo que Nelli sabe...

— O quê?

— Que é filha do príncipe?

— Pois você mesmo sabe que ela é filha do príncipe — respondeu ele, olhando-me com uma espécie de censura maliciosa —, para que fazer essas perguntas inúteis, homem fútil? O principal não é isso, mas o fato de ela não apenas saber que é filha do príncipe, mas filha *legítima* do príncipe; compreende isso?

— Não pode ser! — exclamei.

— No início também dizia a mim mesmo "não pode ser", e mesmo agora às vezes digo "não pode ser"! Mas é aí justamente que está a questão, que isso *pode ser* e, por todas as probabilidades, é.

— Não, Maslobóiev, não é isso, você se deixou levar — gritei. — Ela

---

[6] Christoph Martin Wieland (1733-1813), poeta e tradutor alemão. (N. da T.)

não só não sabe disso como, de fato, é filha ilegítima. Será possível que a mãe, tendo qualquer documento que fosse em mãos, pudesse suportar uma sorte tão adversa, como a que teve aqui em Petersburgo, e, além disso, deixar a filha nessa orfandade? Basta! Isso não pode ser.

— Também achava isso, quero dizer, isso até agora ainda me deixa perplexo. De mais a mais, acontece que a filha de Smith era a mulher mais insana e extravagante do mundo. Era uma mulher extraordinária; imagine só todas as circunstâncias: pois isso é puro romantismo, tudo isso são fantasias etéreas na dimensão mais louca e selvagem. Repare só numa coisa: desde o início, ela só sonhava com anjos e com uma espécie de paraíso na terra, apaixonou-se sem reservas, era de uma credulidade sem limites, e estou convencido de que acabou enlouquecendo não porque ele deixou de amá-la e a abandonou, mas por ter se enganado com ele, por ele *ter sido capaz* de enganá-la e abandoná-la; porque seu anjo se transformara em lama, cuspira nela e a humilhara. Sua alma insensata e romântica não suportou essa transformação. E, além disso, há também a ofensa, compreende, e que ofensa! Por horror e, sobretudo, por orgulho, afastou-se dele com um desprezo ilimitado. Destruiu todos os laços, todos os documentos; cuspiu no dinheiro, chegando a se esquecer de que ele não era seu, mas de seu pai, e renunciou a ele, como à lama, como ao pó, para poder esmagar seu sedutor com sua grandeza de alma, para considerá-lo um ladrão e ter o direito de desprezá-lo por toda a vida, e nesse momento, provavelmente, disse que considerava uma desonra para si ser chamada de sua esposa. Não temos divórcio, mas eles, *de facto*,[7] se divorciaram, e como ela ia poder, depois, implorar por sua ajuda? Lembre-se de que ela, louca, já em seu leito de morte, dizia a Nelli: "Não vá procurá-lo, trabalhe, morra, mas não vá procurá-lo, seja quem for *que a chame*" (quer dizer, até nessa hora ainda sonhava que a *chamariam* e, consequentemente, que haveria a ocasião de se vingar mais uma vez, de esmagar com o desprezo *aquele que chamava*; numa palavra, em vez de pão, era com um sonho rancoroso que se alimentava). Muita coisa, meu irmão, vim a saber também por Nelli; e mesmo agora, às vezes, venho a saber de coisas. Claro, sua mãe estava doente, com tuberculose; essa doença desenvolve sobretudo uma exaltação de ânimo e todo tipo de irritação; porém, sei com certeza, através de uma comadre da Búbnova, que ela escreveu ao príncipe, sim, ao príncipe, ao próprio príncipe...

— Escreveu? E a carta chegou a ele? — perguntei com impaciência.

---

[7] Em latim no original. (N. da T.)

— Pois aí é que está, não sei se chegou. Uma vez a filha de Smith se entendeu com essa comadre (lembra-se daquela moça toda empoada na casa da Búbnova?, agora ela está num reformatório), bem, ela ia enviar essa carta através dela e tinha até terminado de escrever, mas nem a entregou, pegou de volta; isso foi três semanas antes de sua morte... O fato é significativo: uma vez que havia se decidido a enviá-la, então tanto faz se a pegou de volta ou não, pois poderia tornar a enviá-la. Então, se ela enviou ou não enviou a carta, não sei; mas há fundamentos para supor que não enviou, porque o príncipe só *teve certeza* de que ela estava em Petersburgo, e onde exatamente, ao que parece, após a sua morte. Como deve ter se alegrado!

— Sim, eu me lembro, Aliócha falou de uma carta que o deixou muito contente, mas isso foi muito recentemente, há apenas dois meses. Bem, e depois, em seguida, como você e o príncipe ficaram?

— Como eu e o príncipe ficamos? Compreenda: a mais plena convicção moral e nenhuma prova concreta, nenhuma, por mais que eu tenha me debatido. É uma posição crítica! Seria necessário fazer investigações no exterior, mas onde no exterior? Não dá para saber. É claro que compreendi que tinha uma batalha pela frente, que só podia assustá-lo com alusões, fingir que sabia mais do que de fato sei...

— Bem, e daí?

— Não caiu na armadilha, mas digamos que ficou com medo, ficou com tanto medo, que até agora está com medo. Tivemos vários encontros; e como se fazia de Lázaro![8] Uma vez, por amizade, ele mesmo se pôs a me contar tudo. Foi quando achou que eu sabia *de tudo*. Contou bem, com sentimento, com franqueza; é óbvio que mentia descaradamente. Foi aí que avaliei até que ponto tinha medo de mim. Por um tempo fingi para ele que era a pessoa mais simplória, mas fazia me passar por astucioso. De um jeito sem jeito, de um jeito deliberadamente desajeitado, eu o deixava atemorizado, isto é, fazia-lhe deliberadamente grosserias, comecei a lhe fazer ameaças; bem, tudo para que ele me tomasse por um simplório e de algum modo deixasse escapar qualquer coisa. O canalha desconfiou! Outra vez me fingi de bêbado, também não deu em nada: é esperto! Pode entender isso, Vânia, meu irmão? Precisava saber até que ponto tinha medo de mim e, em segundo lugar, mostrar-lhe que sabia mais do que de fato sei...

---

[8] "Fazer-se de Lázaro" ou "Fingir-se de Lázaro" é expressão que remonta à parábola do Evangelho sobre Lázaro (Lucas, 16: 19-31), e tem o sentido de fingir-se de pobre, miserável, e reclamar do destino. (N. da T.)

— Mas, e o que aconteceu, afinal?

— Não deu em nada. Precisava de fatos, de provas, e não os tinha. Ele só compreendeu uma coisa, que, de qualquer maneira, posso fazer um escândalo. Claro que a única coisa que temia era um escândalo, ainda mais que começou a estabelecer contatos por aqui. Pois sabia que ele vai se casar?

— Não...

— No ano que vem! A noiva ele arranjou ainda no ano passado; tinha apenas quatorze anos, agora já tem quinze, parece, ainda anda de babador, pobrezinha. Os pais estão felizes! Compreende por que precisava que a esposa morresse? Esta é filha de general, menina de dinheiro, de muito dinheiro! Você e eu, irmão Vânia, nunca faremos um casamento desses... O que nunca vou me perdoar pelo resto da vida — gritou Maslobóiev, dando um forte soco na mesa —, é que me deixei tapear, duas semanas atrás... Canalha!

— Como assim?

— Isso mesmo. Vi que ele percebeu que eu não tinha nada de *concreto* e acabei sentindo que, quanto mais esticasse o caso, mais rapidamente haveria de perceber minha impotência. E então concordei em aceitar dois mil dele.

— Aceitou dois mil!

— De prata, Vânia; aceitei com dor no coração. Ora, como se um caso desses pudesse valer dois mil rublos! Foi uma humilhação aceitar. Achava-me diante dele como se me tivesse cuspido em cima; ele diz: "Ainda não o paguei, Maslobóiev, por seus trabalhos anteriores (mas pelos anteriores pagou faz tempo cento e cinquenta rublos, segundo o combinado), bem, é que vou viajar; aqui estão dois mil e, portanto, espero que todo o *nosso* negócio esteja agora completamente liquidado". Bem, então lhe respondi: "Completamente liquidado, príncipe", mas sem me atrever a olhar para a sua cara; achando que nela então estaria escrito: "O quê, acha muito? Pois só estou lhe dando por benevolência com um tolo!". Nem lembro de como saí de perto dele!

— Mas isso é uma baixeza, Maslobóiev! — exclamei. — O que ele fez com Nelli?

— Baixeza é pouco, isso é digno das galés, isso é uma sujeira... Isso... isso... não há nem palavra para qualificar isso!

— Meu Deus! Pois ele deveria ao menos prover o sustento de Nelli!

— Precisamente, deveria. Mas como forçá-lo? Metendo-lhe medo? É certo que não o amedrontaria: então peguei o dinheiro. Eu mesmo, eu mesmo reconheci diante dele que todo o medo que poderia lhe infundir só valia dois mil rublos de prata, eu próprio me dei esse preço! Com que assustá-lo agora?

— Mas será possível, será possível que o caso de Nelli esteja perdido? — exclamei quase em desespero.

— De jeito nenhum! — exclamou Maslobóiev com ardor, e até chegou a se animar todo. — Não, isso não vai ficar assim! Vou recomeçar um novo caso, Vânia: já decidi! O que tem que aceitei os dois mil? Não dou a mínima. Acontece que foi pela ofensa que aceitei, porque ele, esse vadio, me enganou e riu de mim. Enganou-me e ainda riu de mim. Não, não permitirei que riam de mim... Agora, Vânia, começarei pela própria Nelli. Por algumas observações, tenho plena certeza de que todo o desenlace desse caso se encerra nela. Ela sabe *de tudo, de tudo...* A própria mãe lhe contou. Em estado febril, nas horas de angústia, pode ter lhe contado. Não havia ninguém a quem se queixar, apareceu Nelli, então contou a ela. E talvez também topemos com alguns documentozinhos — acrescentou num doce êxtase, esfregando as mãos. — Compreende agora, Vânia, por que me abalo para cá? Em primeiro lugar, por amizade a você, isso é evidente; mas o mais importante é que observo Nelli, e, em terceiro lugar, amigo Vânia, queira ou não, você tem de me ajudar, porque tem influência sobre Nelli!

— Certamente, eu lhe juro — bradei —, e espero, Maslobóiev, e isso é o mais importante, que se esforce por Nelli, por esta órfã pobre e ultrajada, e não apenas em seu próprio proveito...

— Mas que importância tem em proveito de quem vou me esforçar, bendito homem? Contanto que seja feito, é isso o que importa! É claro que o mais importante é a órfã, isso é uma questão de humanidade. Mas você, Vaniúcha, não me condene irrevogavelmente por eu cuidar de mim também. Sou um homem pobre, e ele que não se atreva a ofender os pobres. Tira o que é meu e ainda por cima me engana, o canalha. Então, na sua opinião, devo olhar sorrindo para um trapaceiro desses? *Morgen früh!*[9]

Mas nossa festa das flores, no dia seguinte, deu em nada. Nelli piorou e não podia mais sair do quarto.

E nunca mais tornou a sair desse quarto.

Morreu duas semanas depois. Nessas duas semanas de sua agonia não conseguiu nem uma única vez voltar a si por completo e livrar-se de suas es-

---

[9] Em alemão, "Amanhã de manhã". Referência a um trocadilho que aparece em *Oblómov*, de Ivan Gontcharóv: "*Morgen früh*, assoar o nariz". (N. da T.)

Humilhados e ofendidos

tranhas fantasias. Parecia ter a razão perturbada. Estava firmemente convencida, até a hora da morte, de que o avô a chamava e se zangava com ela, que não vinha, batia nela com a bengala e a mandava ir pedir esmola às pessoas de bem para o pão e o tabaco. Muitas vezes começava a chorar durante o sono e, ao acordar, contava que vira a mamãe.

Apenas às vezes a razão como que lhe voltava por completo. Uma vez ficamos sozinhos: ela se arrastou até mim e pegou-me na mão com sua mãozinha magrinha e ardendo em febre.

— Vânia — disse-me ela —, quando eu morrer, case-se com Natacha!

Essa, ao que parece, era uma ideia antiga e constante. Sorri-lhe em silêncio. Ao ver meu sorriso, sorriu também e com ar brincalhão ameaçou-me com seu dedinho fininho e imediatamente começou a me beijar.

Três dias antes de sua morte, numa esplêndida tarde de verão, pediu para levantarmos a cortina e abrirmos a janela de seu quarto. A janela dava para o jardim; ficou olhando longamente para a vegetação densa, para o pôr do sol, e de repente pediu para nos deixarem a sós.

— Vânia — disse-me com uma voz quase inaudível, porque já estava muito fraca —, vou morrer em breve. Muito em breve, e quero lhe pedir para se lembrar de mim. Como recordação, vou lhe deixar isto (e mostrou-me um grande escapulário que lhe pendia sobre o peito junto com uma cruz). Foi mamãe que deixou para mim ao morrer. Então, quando eu morrer, tire esse escapulário, pegue-o para você e leia o que há nele. Também direi a eles todos hoje que entreguem esse escapulário somente a você. E quando terminar de ler o que está escrito nele, então vá até *ele* e diga que morri, mas não *o* perdoei. Diga-lhe também que recentemente li o Evangelho. Lá está dito: perdoai a todos os seus inimigos. Bem, é o que li, e ainda assim não *o* perdoei, porque quando mamãe estava morrendo e ainda podia falar, a última coisa que disse foi: "*Eu o amaldiçoo*", bem, então eu também *o* amaldiçoo, e não é por mim que amaldiçoo, mas por mamãe... Conte-lhe como mamãe morreu e me deixou sozinha com a Búbnova; conte-lhe como você me viu na casa da Búbnova, tudo, conte tudo e aí diga-lhe que preferi ficar com a Búbnova a ir procurá-lo...

Ao dizer isso, Nelli empalideceu, seus olhos brilharam e seu coração começou a bater tão forte que ela se deixou cair no travesseiro e, por uns dois minutos, não conseguiu pronunciar uma palavra.

— Chame-os, Vânia — disse, finalmente, com a voz fraca —, quero me despedir de todos. Adeus, Vânia!...

Abraçou-me pela última vez com todas as suas forças. Todos os outros entraram. O velho não queria acreditar que estivesse morrendo; não podia se conformar com essa ideia. Ficou até o último instante brigando conosco, afirmando que ela haveria seguramente de se restabelecer. Estava mirrado, de tanto desvelo, passava dias e noites inteiros sentado à cabeceira de Nelli... Nas últimas noites praticamente não dormiu. Tentava adivinhar até os menores caprichos, os menores desejos de Nelli, e quando saía de perto dela, chorava amargamente, mas um minuto depois começava de novo a ter esperança e a nos assegurar de que ela se restabeleceria. Atravancou o quarto dela com flores. Uma vez comprou um buquê inteiro de rosas brancas e vermelhas esplêndidas, que fora buscar muito longe, e levou para a sua Néllitchka... Tudo isso a deixava muito comovida. Ela não podia deixar de corresponder de todo o coração a esse amor geral que a rodeava. Nessa noite, a noite em que se despediu de nós, o velho não quis de jeito nenhum se despedir dela para sempre. Nelli sorriu para ele e passou a noite toda tentando parecer alegre, brincando com ele e até rindo... Deixamos o seu quarto, todos nós, quase esperançosos, mas no dia seguinte ela já não conseguia mais falar. Dois dias depois, morreu.

Lembro-me de como o velho arrumava as flores em seu caixãozinho e com que desespero olhava para o seu rostinho morto e esquálido, para o seu sorriso morto, para as suas mãos cruzadas sobre o peito. Chorava por ela como se fosse por um filho. Natacha, eu e todos nós tentávamos consolá-lo, mas ele estava inconsolável e ficou gravemente doente após o enterro de Nelli.

A própria Anna Andrêievna me entregou o escapulário, que tirara de seu peito. Nesse escapulário havia uma carta da mãe de Nelli ao príncipe. Eu a li no dia da morte de Nelli. Ela se dirigia ao príncipe com uma maldição, dizia que não podia perdoá-lo, descrevia os últimos tempos de sua vida, todos os horrores em que deixava Nelli e implorava-lhe para que fizesse o que quer que fosse pela criança. "Ela é sua", escreveu, "é sua *filha*, e *o senhor mesmo sabe* que ela é *sua filha verdadeira*. Mandei que o procurasse, quando eu morresse, e lhe entregasse esta carta em mãos. Se não rejeitar Nelli, então, talvez, *lá* eu o perdoe, e no dia do juízo eu mesma me porei diante do trono de Deus e hei de suplicar ao Juiz para lhe perdoar os pecados. Nelli conhece o conteúdo de minha carta; eu a li para ela; expliquei-lhe *tudo*, ela sabe *de tudo, de tudo...*"

Mas Nelli não cumpriu o testamento: sabia de tudo, mas não procurou o príncipe e morreu sem reconciliação.

Quando voltamos do enterro de Nelli, Natacha e eu fomos para o jardim. O dia estava quente, com uma luz radiante. Uma semana depois eles partiram. Natacha deitou-me um olhar longo e estranho.

— Vânia — disse ela —, Vânia, isso foi um sonho!

— O que foi um sonho? — perguntei-lhe.

— Tudo, tudo — respondeu ela —, tudo, durante esse ano todo. Vânia, por que fui destruir a sua felicidade? — e em seus olhos, eu li: "Poderíamos ter sido felizes para sempre juntos!".

A ESCRITA-LABORATÓRIO DE *HUMILHADOS E OFENDIDOS*: UM GRANDE ROMANCE DE TRANSIÇÃO

Fátima Bianchi

De volta a Petersburgo após dez anos de ausência, em meados de dezembro de 1859, Fiódor Dostoiévski desembarca na plataforma da estação ferroviária Nikoláievski, acompanhado da esposa, Maria Dmitrievna, com quem se casara em fevereiro de 1857, e do enteado. Entre as muitas ideias que traz consigo estão a de fundar a revista *O Tempo* (*Vriêmia*), com o irmão Mikhail, e a de "escrever um romance [...] melhor do que *Gente pobre*",[1] seu livro de estreia, publicado com grande repercussão em 1846.

Essa, que é considerada a primeira menção ao que viria a ser o romance *Humilhados e ofendidos*, remonta a uma correspondência de 1856 com o amigo Aleksandr Egórovitch Vrangel. Dostoiévski depositava nessa obra todas as suas esperanças de recuperar o prestígio literário e receber um salvo-conduto para regressar a Petersburgo, conforme expressa em seguida, na mesma carta:

> "Se permitirem que o publique (e eu não acredito, ouça: não acredito que não seja possível conseguir isso), esse rumor então há de passar, o livro há de se esgotar, de me trazer dinheiro, importância, chamar a atenção do governo para mim, e aí meu retorno virá mais rapidamente."

Na época, suas ideias para o romance resumiam-se a alguns rascunhos, mas a esperança de voltar à cena literária com uma grande obra, com um conteúdo significativo e ideias novas, não o abandonou. Para avaliar o efeito que provocaria a reaparição de seu nome na imprensa, em agosto de 1857 Dostoiévski publica a novela *Um pequeno herói*, escrita durante sua prisão na Fortaleza de Pedro e Paulo, e até então inédita.[2] Em 1859, ainda exilado

---

[1] F. M. Dostoiévski, *Pólnoie sobránie sotchiniénii v tridtsatí tomakh* (Obras completas reunidas em trinta tomos), Leningrado, Editora Naúka, 1985, tomo 28, volume I, *Pisma* (Cartas) 1832-1859, p. 214; doravante citado como *PSS*.

[2] A novela foi publicada na revista *O Filho da Pátria* (*Sin Óttchestva*) sob o pseudô-

em Semipalatinsk, na Sibéria Ocidental (atual Semei, na República do Cazaquistão), ele consegue publicar a novela *O sonho do titio*,[3] desta vez assinando com o próprio nome. A publicação, entretanto, passa praticamente despercebida.

Já residindo na cidade de Tver (para a qual obtivera permissão de se transferir em agosto de 1859), Dostoiévski teve seu romance *A aldeia de Stepántchikovo e seus habitantes*[4] recusado por Mikhail Katkóv, redator da revista *O Mensageiro Russo* (*Rússki Viéstnik*), e também por Nikolai Nekrássov, da revista *O Contemporâneo* (*Sovremiênnik*). O romance acabou saindo nos números de novembro e dezembro da revista *Anais da Pátria* (*Otiétchestvennie Zapiski*), de Andrei Kraiévski, sem nenhuma repercussão. À época, Nekrássov chegou a alegar que Dostoiévski estava acabado como escritor. Apesar da absoluta falta de reação, tanto por parte da crítica quanto do público, Dostoiévski considerava essas duas obras, *O sonho do titio* e *A aldeia de Stepántchikovo*, como primeiros experimentos para a definição de uma nova posição literária.

Com a volta a Petersburgo, em dezembro de 1859, os projetos trazidos da Sibéria foram se entrelaçando com novos planos e sofrendo modificações. Nos dez anos da ausência de Dostoiévski a literatura russa continuou a se desenvolver, sobretudo após a morte de Nicolau I e o surgimento da atmosfera de ascenso social que antecedeu a libertação dos servos, em 1861. O próprio Dostoiévski havia mudado muito; durante o período em que cumpria sua pena de trabalhos forçados, ele passou a rever as suas antigas convicções e aos poucos foi elaborando o sistema de ideias que veio a servir de base para o programa da revista *O Tempo*.[5]

Durante toda a primavera de 1860, ele se dedicou a fazer planos e esboços para duas grandes obras, *Humilhados e ofendidos* e *Escritos da casa morta*. A publicação da segunda teve início em setembro do mesmo ano na revista *O Mundo Russo* (*Rússki Mir*), de Fiódor Stielóvski, mas após dois

---

nimo "M...i", utilizado para driblar a censura. Para mais informações sobre esse período da vida do escritor, e sobre as condições em que a novela foi redigida, ver "Uma história de criança", posfácio de minha autoria a *Um pequeno herói* (São Paulo, Editora 34, 2015).

[3] Publicada no número de março da revista *A Palavra Russa* (*Rússkoie Slovo*).

[4] Para a gestação do romance e sua avaliação pela crítica, ver, de Lucas Simone, "Um outro Dostoiévski", posfácio a sua tradução de *A aldeia de Stepántchikovo e seus habitantes* (São Paulo, Editora 34, 2012).

[5] Fundada por Mikhail e Fiódor Dostoiévski em 1861, *O Tempo* será fechada dois anos depois pela censura.

capítulos sua publicação foi interrompida devido a problemas com a censura: as cenas descritivas da prisão foram consideradas atraentes demais para os camponeses, que viviam sob o jugo de um senhor e sempre à beira da indigência.[6] Em abril de 1861, o "romance" foi transferido para a revista *O Tempo*; a publicação teve início no número de novembro, e foi concluída no ano seguinte, em 1862.

Juntamente com os planos de romances concebidos no exílio em Semipalatinsk, dos quais nenhum chegou a ser realizado, havia alguns esboços relacionados com a ideia que serve de base a *Humilhados e ofendidos*. Numa correspondência de 3 de novembro de 1857, Dostoiévski compartilha com o irmão Mikhail a intenção de se dedicar a esse projeto: "escreverei um romance sobre a vida de Petersburgo, no gênero de *Gente pobre* (mas a ideia é ainda melhor do que a de *Gente pobre*)...".[7]

Ao regressar a Petersburgo, ele logo se põe a trabalhar na obra, a qual, entretanto, só começa a amadurecer e tomar forma na primavera de 1860. Como comenta numa carta a Aleksandra Schubert:

> "Voltei para cá e me encontro num estado completamente febril. Tudo por causa do meu romance. Quero escrevê-lo bem, sinto que há poesia nele, sei que toda a minha carreira literária depende de seu sucesso. Terei de passar uns três meses debruçado dia e noite sobre ele. Mas, em compensação, quando terminar, que recompensa! O sossego, poder olhar tranquilo ao redor, consciente de que fiz o que queria fazer, de que consegui o que queria. Talvez vá para o exterior por uns dois meses como recompensa..."[8]

Entretanto, por uma carta sua endereçada a Aleksandr Miliukóv quatro meses depois, pode-se ver que o trabalho não transcorria conforme o esperado. Nela, Dostoiévski desabafa com o amigo: "Começo a escrever sem saber ainda o que vai sair, mas estou decidido a trabalhar sem levantar o pescoço".[9]

---

[6] Joseph Frank, *Dostoiévski: os efeitos da libertação, 1860 a 1865*, São Paulo, Edusp, 2002, p. 60, tradução de Geraldo Gerson de Souza.

[7] Carta de 3 de novembro de 1857, *PSS*, tomo 28-I, p. 289.

[8] Carta de 3 de maio de 1860, *PSS*, tomo 28-II, p. 9.

[9] Carta de 10 de setembro de 1860, *PSS*, tomo 28-II, p. 15.

Tendo como subtítulo "Das memórias de um escritor fracassado" e dedicado a seu irmão Mikhail, o romance *Humilhados e ofendidos* começou a ser publicado em fascículos em janeiro de 1861, no número de lançamento da revista *O Tempo*. Dostoiévski estava certo de que para a sua estreia, cujo sucesso lhe "era mais caro do que tudo", a revista precisava de algo que pudesse fortalecer, com a linguagem da arte, a publicidade de seu programa. Com isso em mente, ele se propôs escrever um romance em quatro partes, cujo conteúdo e a própria personagem foram definidos a partir de suas buscas e reflexões no final do período siberiano e em seu primeiro ano em Petersburgo.

No primeiro número foram publicados todos os quinze capítulos da primeira parte do romance, ocupando 86 páginas da revista. A segunda parte, composta de sete capítulos, foi publicada em fevereiro, no segundo número; e a terceira parte, com onze capítulos, no número de março.

Em abril, por sua vez, saíram apenas os dois primeiros capítulos da quarta parte (ao todo dezoito páginas), acompanhados da seguinte "Nota da Redação": "A doença do autor obriga a nos determos nestes dois capítulos. Já que eles constituem um episódio quase à parte no romance, então decidimos publicá-los agora, sem esperar a finalização da quarta parte, que esperamos inserir no próximo número".[10]

A quarta parte, no entanto, viria a ser publicada em três números da revista. Os capítulos de III a VII foram impressos na edição de maio; os capítulos de VIII a XII na de junho, e o Epílogo saiu na edição de julho.

Como comprova a data no final da publicação do romance na revista, ele foi concluído pelo escritor em 9 de julho de 1861. Em vez dos três meses previstos a princípio, Dostoiévski levou mais de um ano para escrever *Humilhados e ofendidos*, e o publicou em sete fascículos ao longo de sete meses.

Descontente por ter deixado a publicação se arrastar por tanto tempo e considerando que isso prejudicou seu efeito sobre o público, o autor lamenta o fato numa carta em que encoraja Iákov Polônski, um de seus amigos mais íntimos, a não deixar que acontecesse o mesmo com seu romance, pois, segundo ele: "A impressão no público passa". Em seguida, ele cita seu próprio exemplo: "Fiz muito mal em arrastar a publicação de meu *Humilhados e ofendidos* até julho, enfraqueci a impressão. Agora terminei, graças a Deus".[11]

---

[10] Reproduzido em *PSS*, tomo 3, p. 520.

[11] Carta de 31 de julho de 1861, *PSS*, tomo 28-II, p. 20.

Bastidores da criação

De fato, as circunstâncias que envolveram a conclusão do romance não haviam sido nem um pouco favoráveis. Numa carta a Polônski, o irmão Mikhail se expressa da seguinte forma: "Ele acabou de se livrar, quer dizer, de concluir seu romance",[12] dando uma ideia clara do estresse e da trabalheira que acompanharam o término de *Humilhados e ofendidos*.

Quanto à doença que o acometera durante a elaboração da última parte do romance — sinalizada pela "Nota da Redação" de *O Tempo* —, seu caráter e gravidade são evidentes numa entrada feita em seu caderno de notas: "Um ataque. 1º de abril — (forte)".[13]

Corroborando tal leitura, Nikolai Strákhov, que na época fazia parte da equipe de *O Tempo*, juntamente com Apollon Grigóriev, recordaria mais tarde que Dostoiévski:

"imprimia seu romance *Humilhados e ofendidos* e conduzia a seção de crítica desde o primeiro número [...]. Além disso, tomava parte em outros trabalhos na redação da revista, na escolha e na encomenda de artigos, e no primeiro número também pegou um folhetim para escrever [...]. Fiódor Dostoiévski acabou não aguentando tanto trabalho [...]. Essa doença foi um ataque terrível de epilepsia, que o deixou de cama, praticamente inconsciente, por uns três dias [...]. O trabalho literário custou-lhe caro. Posteriormente aconteceu-me de ouvi-lo dizer que, para se recuperar do ataque, os médicos lhe colocaram como condição principal que ele parasse de escrever. Isso, é claro, era impossível, ainda que ele próprio fosse capaz de decidir levar tal vida, uma vida em que não cumprisse com aquilo que considerava a sua vocação. Além do mais, não havia sequer a possibilidade de descansar um pouco, por um ano ou dois..."[14]

---

[12] Carta a Iákov Polônski de 16 de julho de 1861, *PSS*, tomo 3, p. 522.

[13] Liudmila Saráskina, *Dostoiévski*, Moscou, Molodáia Gvárdiia, 2011, p. 351.

[14] *Idem*, p. 352. Ver também *Biografia, pisma i zametki iz zapisnoi knijki F. M. Dostoievskogo* (*Biografia, cartas e notas do caderno de anotações de F. M. Dostoiévski*), Petersburgo, 1883, pp. 212-3. Disponível em https://www.fedordostoevsky.ru/pdf/bio_1883.pdf (acesso em 12/7/2018).

Posfácio

Strákhov se refere ao folhetim *Sonhos de Petersburgo em verso e prosa*.[15] Mas é preciso acrescentar aqui que, para o lançamento de *O Tempo*, além desse folhetim, Dostoiévski escreveu também o primeiro dos seis longos artigos que compõem a sua "Série de artigos sobre a literatura russa", nos quais expõe amplamente as ideias que estão na base do programa editorial da revista, que prega um retorno à terra, aos costumes e às fontes da cultura russa em oposição aos valores ocidentais.

Outro testemunho das condições em que Dostoiévski trabalhava encontra-se em uma carta de Grigóriev a Strákhov. Tendo claramente em vista o romance *Humilhados e ofendidos*, Grigóriev, que conhecia bem os bastidores da redação da revista, escreve ao amigo que *O Tempo* não precisava "esfalfar, como a um cavalo de posta, o grande talento de F. Dostoiévski, mas cuidar dele, protegê-lo e refreá-lo da atividade folhetinesca, que acabará por destruí-lo física e literariamente...".

Três anos depois, por ocasião da morte de seu amigo e colaborador Apollon Aleksándrovitch Grigóriev, Dostoiévski, ao tomar conhecimento desse comentário, declara-se plenamente de acordo com a avaliação de que *Humilhados e ofendidos* era um romance-folhetim, mas rejeita a censura que Grigóriev fazia implicitamente a seu irmão Mikhail (também falecido recentemente), que cuidava dos assuntos administrativos de *O Tempo*, e transfere para si próprio toda a culpa pelo excesso de trabalho:

> "Não posso de maneira alguma silenciar sobre um fato na primeira carta de Grigóriev que se refere a mim e ao meu finado irmão. Há equívocos nela, e para alguns deles só eu posso reconstituir plenamente a verdade...
>
> As palavras de Grigóriev [...] de maneira alguma podem ser tratadas como uma censura ao meu irmão, que me amou, que me tinha em muita alta conta, demasiada e apaixonadamente alta, e ficava muito mais satisfeito do que eu com os meus êxitos, quando eu conseguia alcançá-los. Essa pessoa tão nobre não podia me usar em sua revista como a um cavalo de posta. Pois se escrevi um romance-folhetim (o que reconheço plenamente), a culpa é minha e apenas minha. Foi assim que escrevi durante toda a minha vida, escrevi assim tudo o que foi publicado por mim, com exceção de *Gente pobre* e de alguns capítulos de *A casa dos mortos*. Aconte-

---

[15] Ver edição brasileira em *Dois sonhos — O sonho do titio* e *Sonhos de Petersburgo em verso e prosa* (São Paulo, Editora 34, 2012, tradução de Paulo Bezerra).

ceu muitas vezes, em minha vida literária, de o início do capítulo do romance ou da novela já estar na tipografia e no contrato, e o final, ainda em minha cabeça, ter de ser escrito impreterivelmente para o dia seguinte. Por ter me acostumado a trabalhar assim, agi exatamente do mesmo modo com *Humilhados e ofendidos*, e desta vez por vontade própria, sem ser constrangido por ninguém. Para a estreia da revista, cujo sucesso me era mais caro do que tudo, precisávamos de um romance, e eu propus um romance em quatro partes. *Eu mesmo* assegurei ao meu irmão que o plano todo estava pronto havia muito (o que não era verdade), que seria fácil escrever, que a primeira parte já estava escrita etc. Não foi por dinheiro que agi assim. Reconheço plenamente que em meu romance há muitas marionetes, e não seres humanos, que nele há livros ambulantes, e não personagens que tomaram uma forma artística (o que realmente exigia tempo e uma *gestação* de ideias na mente e na alma). Enquanto eu escrevia, é claro, estava no calor do trabalho e não tinha consciência disso, apenas um leve pressentimento. Mas eis o que de fato percebi ao começar então a escrever: 1) que, ainda que o romance não obtivesse sucesso, nele haveria poesia; 2) que haveria duas ou três passagens intensas e fortes; 3) que as duas personagens mais sérias estariam fielmente *e até* artisticamente representadas. Essa confiança me bastava. Saiu uma obra extravagante, mas há nela umas cinquenta páginas das quais me orgulho. Esse trabalho, no entanto, chamou certa atenção do público. Claro que a culpa é minha pelo fato de ter passado toda a vida trabalhando desse jeito, e concordo que isso é muito ruim, mas...

Que o leitor perdoe esse discurso sobre mim mesmo e o meu 'grande talento', ao menos em respeito ao fato de que é a primeira vez em minha vida que me ponho a falar de meus escritos. Mas, repito, a responsabilidade pelo meu romance-folhetim foi toda minha, e meu nobre e generoso irmão nunca, nunca me atormentou com trabalho [...]. O bondoso Apollon Aleksándrovitch, de quem fiquei muito mais íntimo depois, sempre acompanhou o meu trabalho com uma participação intensa, e isso explica as suas palavras. Dessa vez, ele só não sabia do que se tratava."[16]

---

[16] "Nota acrescentada ao artigo de N. Strákhov pela morte de Apollon Aleksándro-

Enquanto escrevia *Humilhados e ofendidos*, Dostoiévski, de fato, queixou-se a vários de seus correspondentes acerca do "estado febril" em que se encontrava, já que ele primeiro "lançou" o romance, e depois teve de "trabalhar dobrado" para concluí-lo.

Numa carta a Fiódor Berg, ele lamenta amargamente esse fato: "fui arrastando as coisas e aí veio um trabalho dobrado. E não desejo um *trabalho dobrado* nem a meus amigos nem a meus inimigos. Que Deus os livre de passar por isso".[17] Já na carta anteriormente citada a Polônski, ele procura usar o excesso de trabalho na revista como justificativa para a sua falta de tempo e dedicação a outras atividades:

> "Inestimável Iákov Petróvitch, tenha a generosidade de me perdoar por não lhe ter escrito nada até agora. Estive o tempo todo ocupado — acredite, por Deus. Fui a Moscou dar um passeio, ainda que por dez dias, mas descurei de meu trabalho, e por isso trabalhei dobrado de 1º de julho até o fim do mês. E quando trabalho, fico de tal jeito que, ainda que às vezes tenha uma horinha livre, já não tenho disposição nem para os de fora nem para a correspondência."[18]

A RECEPÇÃO DA CRÍTICA

Sejam quais forem as condições em que trabalhava, Dostoiévski conseguiu o que queria: seu nome voltou a ser objeto de comentário nos círculos literários, o romance aumentou o interesse pela revista recém-fundada e levou a um aumento rápido de sua tiragem, o que por sua vez proporcionou por algum tempo uma relativa estabilidade na vida financeira dos dois irmãos. Diferentemente do que acontecera com *O sonho do titio* e *A aldeia de Stepántchikovo* (que vieram à luz ainda no final do exílio do autor), a publicação já da primeira parte de *Humilhados e ofendidos* obteve enorme sucesso junto ao público e mexeu extraordinariamente com a crítica, que, de modo geral, saudou positivamente a obra.

---

vitch Grigóriev: 'Memórias sobre A. A. Grigóriev'", publicado em 1864 na revista *A Época (Epokha)*, *PSS*, tomo 20, pp. 133-4.

[17] Carta a F. Berg, de 12 de julho de 1861, *PSS*, tomo 28-II, p. 18.

[18] Carta de 31 de julho de 1861, *PSS*, tomo 28-II, p. 19.

Aleksei Pleschêiev, da revista *Notícias de Moscou* (*Moskóvskie Viédomosti*), comenta que sua publicação atraiu, desde o início, "a atenção de críticos de diversas tendências. Diferindo na avaliação dos méritos ideológicos e artísticos do romance, os críticos, no entanto, reconheceram quase por unanimidade a graça e a grande atração exercida pelo novo trabalho do escritor".[19]

Humilhados e ofendidos foi acolhido com grande simpatia também por Nikolai Tchernichévski. Já no número de fevereiro de *O Contemporâneo*, o crítico considerou a primeira parte da obra como o melhor conteúdo da edição de estreia de *O Tempo* e expressou grande expectativa por seu desenvolvimento posterior:

> "Não é possível adivinhar como o material será desenvolvido nas partes seguintes, por isso, por ora digamos apenas que a primeira parte desperta um forte interesse pelo curso posterior das relações entre as três personagens principais: o jovem em cujo nome é conduzida a narrativa (o romance tem forma autobiográfica), a garota, a quem ele ama muito e que aprecia a sua generosidade, mas que se entregou a outro, um homem charmoso e sem caráter. A personalidade desse feliz amante foi muito bem pensada, e se o autor conseguir manter a precisão psicológica na relação entre ele e a garota que se entregou a ele, seu romance será um dos melhores que surgiu entre nós nos últimos anos."[20]

Assim que a publicação do romance foi concluída, a crítica, tanto do campo liberal como do democrático, foi quase unânime em apontar que, além do fascínio exercido pelo enredo, o principal mérito da obra estava em sua ampla concepção humanista, na simpatia profunda do autor para com todos os "humilhados e ofendidos", mas também considerou a "afetação" como um de seus traços negativos.

Na edição de setembro de 1861 da revista *A Palavra Russa* (*Rússkoie Slovo*), seu redator, Grigóri Kuchelióv-Biezborodko, observou que o aspecto mais frágil se encontrava na própria construção artística da obra, na afetação das situações do enredo e do comportamento das personagens. No en-

---

[19] *Apud* Nina Budánova, "Comentários a F. M. Dostoiévski", *Humilhados e ofendidos*, p. 731. Disponível em http://rvb.ru/dostoevski/tocvol4.htm (acesso em 16/2/2018).

[20] *Idem*, pp. 730-1.

tanto, já se adiantando em relação a alguns aspectos da forma narrativa de Dostoiévski que seriam exaustivamente explorados mais tarde pela crítica, foi categórico em afirmar que:

> "apesar de todas [...] as situações afetadas, apesar de o leitor já de imediato ver claramente que tudo é tenso, inventado, ele continua a ler esse romance e certamente o lê com entusiasmo: a única razão para isso está no próprio modo de narrar. F. Dostoiévski, neste romance, mais uma vez nos deu provas de sua incontestável e, pode-se dizer, inimitável arte de narrar; ele tem uma narrativa original própria, uma maneira de dizer própria, completamente peculiar e repleta de qualidades artísticas."[21]

Em seguida, Kucheliov-Biezborodko compara o estilo de Dostoiévski, que ele considera como o seu grande mérito, com o de alguns de seus contemporâneos:

> "Suas frases não são tão elaboradas nem tão vagarosa e cuidadosamente polidas quanto as de Gontcharóv; suas descrições não são tão poéticas nem tão cheias de detalhes artísticos, de pormenores que animam o mundo todo, a imagem toda de um quadro, quanto as de Turguêniev; a descrição de suas personagens não é tão acentuada e delicadamente delineada quanto a de [Aleksei] Píssiemski; mas o estilo original de F. Dostoiévski não é de modo algum inferior ao destes três escritores. Sua narração não é descrição, mas, justamente, narração, sedutora a não mais poder."[22]

Uma das avaliações mais detalhadas e consistentes de *Humilhados e ofendidos* se deve a Nikolai Dobroliúbov em seu conhecido artigo "Gente oprimida", publicado na edição de setembro de 1861 da revista *O Contemporâneo*. O ponto de vista emitido nessa avaliação foi o que prevaleceu entre os pesquisadores ao longo do tempo, e o próprio título do artigo tornou-se uma característica atribuída a grande parte das personagens de Dostoiévski.

No artigo, o crítico menciona com simpatia o compromisso do escritor "com a orientação ativa e viva" da literatura dos anos 1840, "uma orienta-

---

[21] *Idem*, p. 732.

[22] *Ibidem*.

ção verdadeiramente humanista",[23] e aponta para a ligação interna entre *Humilhados e ofendidos* e *Gente pobre*, evidenciada já no título das duas obras. A ideia de "pobres" (no sentido não apenas de pobreza material, mas também moral, de "desafortunados", "infelizes") e "humilhados", de "pobres" e "ofendidos" é apresentada em ambos como equivalente.

Para Dobroliúbov, o romance constituía "o fenômeno literário de maior qualidade do ano" e seu enredo era "mais do que atraente";[24] a obra como um todo, entretanto, não o agradou. Não enxergando em Dostoiévski um grande talento, ele proclamou que *Humilhados e ofendidos* estava "abaixo da crítica estética".[25] Em sua opinião, a falta de pretensão de significado artístico era evidente até mesmo em sua narrativa, que "precisa de acréscimos e comentários" para ser plenamente compreendida, enquanto num talento verdadeiramente grande a verdade da vida deveria surgir por si só, em toda a sua profundidade, a partir da simples colocação dos fatos.[26]

Dobroliúbov, assim como boa parte da crítica, não estava preparado para o novo tipo de romance em que Dostoiévski já se aventurava — um romance no qual, tal como na vida, nem tudo é explicado, nem tudo é expresso por palavras, nem todas as questões colocadas encontram respostas. O crítico também considerou estranha a sua construção complexa e as duas linhas da trama, a dos Ikhmiênev e a de Nelli, que se cruzam constantemente na personagem principal, Ivan Petróvitch.

Seguindo a mesma trilha apontada por Dobroliúbov, Evguênia Tur, no número de novembro de 1861 da revista *A Fala Russa* (*Rússkii Riétch*), também destacou a orientação humanista do romance, inerente à obra de Dostoiévski desde *Gente pobre*. Ela reconhece que "muitas páginas foram escritas com um conhecimento incrível do coração humano, outras com um sentimento tão verdadeiro que provoca uma sensação ainda mais forte na alma do leitor. O interesse externo não arrefece até a última linha...". Não obstante, a seu ver, o conjunto do romance "não suporta a menor crítica estética", já que está cheio de falhas e de "confusões tanto no conteúdo como na trama".[27]

---

[23] Nikolai Dobroliúbov, "Gente oprimida", em *Artigos e poemas: 1836-1861*, Moscou, Chkólnaia Biblioteca, 1972, p. 362.

[24] *Idem.*

[25] *Idem*, p. 374.

[26] *Idem*, p. 378.

[27] *Apud* Nina Budánova, *op. cit.*, p. 735.

Posfácio

O que passou despercebido aos críticos da época (e esse mal-entendido perdurou por muito tempo) é que *Humilhados e ofendidos* diz respeito, claramente, a uma outra fase da obra de Dostoiévski. A crítica contemporânea ao escritor avaliou o romance segundo os critérios em vigor, e em sua maioria continuou a buscar nele as orientações do início humanista da literatura russa, a chamada "escola natural", que se formou nas décadas de 1840 e 1850, e tinha em vista sobretudo a motivação social do caráter e do comportamento das personagens. Em consequência, todas as características do romance que não se enquadravam nessa moldura receberam uma avaliação negativa.

A questão fundamental é que as inovações, os gestos arrojados, os experimentos que Dostoiévski vinha realizando desde o início de sua carreira, relacionados a um novo projeto de criação, exigiam da crítica da época um esforço suplementar de compreensão. Uma das maiores ousadias do escritor, que contribuiu para o desenvolvimento não só da literatura russa, mas da mundial, está no fato de ele romper com muitos dos pressupostos de verossimilhança aceitos no século XIX. Ainda que ele se colocasse como um escritor realista ao lado de todos os outros de sua época, o seu ponto de vista diante da realidade era muito mais interior do que exterior, o que criava enorme dificuldade para os críticos, que consideravam os seus romances confusos e afetados. Daí muitos aspectos de *Humilhados e ofendidos* terem passado despercebidos, principalmente no que se refere ao movimento que se realizava internamente no escritor, movimento este que preparava caminho para os grandes "romances ideológicos" de sua fase posterior.

UMA OBRA DE TRANSIÇÃO

Incompreendido pela crítica da época, *Humilhados e ofendidos* ocupa uma posição-chave na produção do escritor. Por um lado, não faz parte da série dos cinco grandes romances da maturidade de Dostoiévski — que se inicia em 1866 com a publicação de *Crime e castigo*, obra em que o seu método de criação aparece pela primeira vez exposto em toda a sua complexidade e de maneira exemplar. Por outro, funciona como uma espécie de acerto de contas com o passado e antecipa suas futuras obras-primas.

Escrito já no ambiente de Petersburgo, logo após o seu longo exílio na Sibéria, é a primeira obra em que Dostoiévski dá vazão a suas novas ideias e constitui um passo importantíssimo na realização de um novo "romance ideológico". Nesse sentido, pode ser considerado uma espécie de laboratório, um experimento fundamental, que hoje a crítica avalia como um trabalho de transição no conjunto de sua obra criativa, pois nele já estão presentes muitas das ideias, das personagens-tipo, dos temas e motivos que depois se tornariam amplamente conhecidos em seus trabalhos de maturidade — e tudo isso apresentado na forma de uma narrativa ágil, com grande profusão de eventos e enredos melodramáticos.

Publicado de forma sequenciada, em capítulos mensais ansiosamente aguardados e interrompidos em momentos decisivos da ação, trata-se também da sua primeira experiência com a técnica do romance-folhetim. Um gênero que muitos de seus contemporâneos viam como uma prova cabal do mau gosto literário do autor. Dostoiévski, no entanto, reconhecia nele um fenômeno perfeitamente legítimo da literatura realista moderna e procurou nutri-lo com um conteúdo social, moral e psicológico profundo.

Quanto aos defeitos apontados pela crítica, o autor os justificou com a pressa com que o escrevera e com a falta de tempo para amadurecer a ideia. Uma das questões levantadas é que, ao começar a escrever, Dostoiévski ainda não tivera tempo para formar, a partir de suas observações, uma ideia completa e coerente da nova vida de Petersburgo que ele apresenta no romance. Como aponta o crítico Valiéri Kirpótin num longo estudo dedicado a *Humilhados e ofendidos*: "Ele escreveu sobre a Petersburgo dos anos 1860, mas a Petersburgo que ele conhecia era a dos anos 1840".[28]

É compreensível que, após um longo tempo apartado da vida social de Petersburgo, Dostoiévski tenha surpreendido a si mesmo como que imediatamente transferido da situação dos anos 1840 para a dos 1860, da Petersburgo de Bielínski e Petrachévski para a de Tchernichévski e Dobroliúbov. E, por ainda não ter conseguido amadurecer as suas observações sobre a realidade presente — "uma realidade em constante movimento, uma vida que se transformava" —, na opinião de Kirpótin, ele "empregou 'obras' antigas para a sua iluminação artística",[29] o que resultou na criação de um romance considerado o mais "livresco" de Dostoiévski, "às vezes de uma infantilidade ingênua, outras vezes afetado; porém, ao mesmo tempo, tocante e cativante".[30]

---

[28] Valiéri Kirpótin, *Dostoiévski*, Moscou, Khudójestvenaia Literatura, 1978, tomo II, p. 248.

[29] *Idem.*

[30] *Idem*, p. 260.

Posfácio

Mas a defasagem apontada pela crítica também pode ser vista por outro ângulo. Ao se lançar a escrever *Humilhados e ofendidos*, Dostoiévski procura deliberadamente vinculá-lo às preocupações sociais de seu passado e "escrever um romance da vida de Petersburgo do mesmo gênero de *Gente pobre*". Assim, no romance, as frequentes menções a Bielínski e à década de 1840 estão longe de serem fortuitas: em certa medida, tratava-se também de escrever uma obra autobiográfica.

Ivan Petróvitch, um pobre escritor iniciante de Petersburgo, ao mesmo tempo narrador e protagonista do romance, é uma figura que tem em parte um caráter claramente autobiográfico. Sua estreia literária, altamente aclamada por B. (uma referência ao crítico Vissarion Bielínski, que chegou a proclamar Dostoiévski como "o novo Gógol"), e, em seguida, seu fracasso inesperado e sem explicação, remontam de modo praticamente documental à biografia do próprio Dostoiévski e sintetizam como que duas épocas de sua vida. Não por acaso, Ivan Petróvitch também é apresentado como o autor de um romance de estreia que remete claramente a *Gente pobre*. Além dessas, há ainda inúmeras similitudes entre Fiódor Dostoiévski e sua criação, Ivan Petróvitch, entre elas o estado de esgotamento e as constantes dores de cabeça de que se queixa o narrador no romance, que encontram plena correspondência na crise epiléptica que impede o escritor de concluir a tempo a última parte de *Humilhados e ofendidos*.

A ação é ambientada no curso de um ano e meio da vida do narrador. Mas Dostoiévski promove no romance um deslocamento dos limites cronológicos e condensa nesse curto espaço de tempo vários anos de sua própria biografia. Ele mistura episódios que se passaram em meados da década de 1840 com acontecimentos da vida histórica, social e literária da Rússia já de fins da década de 1850, produzindo com esse recurso a impressão de uma viva continuidade entre *Gente pobre* e *Humilhados e ofendidos*. A história de Nelli, de certo modo, repete a de Varvara Dobrosiólova, de *Gente pobre*, e também prenuncia a de Nastácia Filíppovna, de *O idiota* (obra publicada em 1868), ultrajada na infância. Através dessa personagem, Dostoiévski retrata os antros e as espeluncas de Petersburgo, onde imperam a pobreza, a doença, o vício, o crime, que inevitavelmente condenam à destruição física e moral tanto os oprimidos como seus opressores.

O tema da crítica ao capitalismo, assim como às novas relações sociais que com ele se desenvolviam — apresentadas como as grandes responsáveis por todos os males que atingiam a sociedade —, perpassa todo o romance. O mal social na obra, no entanto, aparece vinculado não às estruturas políticas de poder, mas às estruturas morais da sociedade. Alcoviteiras como

Búbnova, por exemplo, são um motivo recorrente em toda a obra de Dostoiévski. Mas o mal onipotente e triunfante é representado em *Humilhados e ofendidos* pela figura cruel do príncipe Piotr Aleksándrovitch Valkóvski, emblema de uma classe ociosa e parasitária e causa da infelicidade e do sofrimento de todos os "humilhados e ofendidos" do romance.

Todas as linhas da trama passam pela figura do príncipe e traçam um destino trágico para as personagens. A mãe e o avô de Nelli são roubados e arruinados por Valkóvski no próprio início de seu processo de acumulação de capital, quando este ainda não possuía nada. Mais tarde é a família Ikhmiênev que se vê completamente desonrada e arruinada pelo príncipe. Sem vacilar diante dos meios para se apropriar de tudo o que vê pela frente, não poupa sequer o filho. Até a vida pessoal e os planos literários de Ivan Petróvitch acabam sendo afetados, diante do grau de seu envolvimento nos acontecimentos.

Valkóvski e seu filho Aliócha surgem como novos tipos na obra de Dostoiévski. São precursores das personagens mais complexas e artisticamente mais bem-acabadas que assombram suas futuras criações. A figura do príncipe, por exemplo, não possui ainda as complicações psicológicas e filosóficas que caracterizam Raskólnikov, de *Crime e castigo* (1866), e sobretudo as personagens Svidrigáilov e Stavróguin, de *Os demônios* (1871), que travam na alma uma dolorosa luta entre o bem e o mal.

Aliócha, em contraste com o pai, pertence à série das personagens de boa índole. Assim como ao príncipe Míchkin, de *O idiota*, e a Aliócha Karamázov, seus sucessores, a ingenuidade e a inocência dão a Aliócha Valkóvski um encanto especial. Os traços que os caracterizam são idênticos. No entanto, o ideal moral expresso na figura daqueles está absolutamente ausente em Aliócha, cujo comportamento é moldado pelo meio social aristocrático a que pertence, resultado dos maus hábitos nele adquiridos. A sua infantilidade, o seu egoísmo caprichoso, a sua frivolidade, a sua incapacidade de perceber as consequências das suas ações, acabam objetivamente espalhando a ofensa, a dor e o mal em torno de si. No fim das contas, ainda que Aliócha não seja um portador consciente do mal, como seu pai, quem destrói Natacha é ele, e não o príncipe.

Tendo em vista o caráter um tanto experimental de *Humilhados e ofendidos*, era difícil prever a reação dos leitores, lembrando que, quando Dostoiévski se pôs a escrevê-lo, a crítica já não nutria a menor esperança de que ele pudesse se elevar até o nível de sua obra inicial. Mas, quanto menos fé se colocava nele, maior parecia ser sua obstinação de publicar algo que tornasse a colocá-lo no centro das atenções e, ao mesmo tempo, apresentasse uma reavaliação de seus pontos de vista dos anos 1840, sob a influência das conclusões a que chegara na Sibéria. Daí talvez esse passo arriscado, como sugere Kirpótin, de "introduzir no romance a história de sua própria estreia literária e reproduzir a sua evolução ideológica dos anos 1840 para os anos 1860 com toda a gama de emoções que a acompanhou".[31]

As obras que se seguiram já viriam a constituir uma nova etapa em sua carreira literária. Mas, nesse momento, em que pese toda a reviravolta que se operava em seu íntimo e que o levava à necessidade de buscar outras possibilidades de representação, Dostoiévski insistiu em retornar ao tema que havia conduzido o seu romance de estreia ao sucesso. Em termos de realização estilística, suas buscas em *Humilhados e ofendidos* podem não ter atingido o mesmo nível de seus romances futuros, mas foi justamente na sua imperfeição, na opinião de Kirpótin, "que o talento crescente de Dostoiévski, ainda em reorganização, se manifestou com toda força".

Humilhados e ofendidos, no parecer do crítico, "foi a vitória de um escritor que estava retornando da Sibéria" e "revela as fortes inclinações da nova ascensão, até então sem precedentes, da criação artística de Dostoiévski".[32] Seja lá como for, a tarefa que ele se propôs, de retornar à literatura e restaurar o seu nome, foi realizada, e *Humilhados e ofendidos* continua a cativar o leitor e a suscitar tanto interesse hoje quanto suscitou na época de sua publicação, quando — como afirmava então Dobroliúbov — "era praticamente só a Dostoiévski que se lia com prazer, era praticamente só a ele que se elogiava".[33]

---

[31] *Idem*, p. 195.

[32] *Idem*, p. 260.

[33] Nikolai Dobroliúbov, *op. cit.*, p. 362.

SOBRE O AUTOR

Fiódor Mikháilovitch Dostoiévski nasceu em Moscou a 30 de outubro de 1821, num hospital para indigentes onde seu pai trabalhava como médico. Em 1838, um ano depois da morte da mãe por tuberculose, ingressa na Escola de Engenharia Militar de São Petersburgo. Ali aprofunda seu conhecimento das literaturas russa, francesa e outras. No ano seguinte, o pai é assassinado pelos servos de sua pequena propriedade rural.

Só e sem recursos, em 1844 Dostoiévski decide dar livre curso à sua vocação de escritor: abandona a carreira militar e escreve seu primeiro romance, *Gente pobre*, publicado dois anos mais tarde, com calorosa recepção da crítica. Passa a frequentar círculos revolucionários de Petersburgo e em 1849 é preso e condenado à morte. No derradeiro minuto, tem a pena comutada para quatro anos de trabalhos forçados, seguidos por prestação de serviços como soldado na Sibéria — experiência que será retratada em *Escritos da casa morta*, livro que começou a ser publicado em 1860, um ano antes de *Humilhados e ofendidos*.

Em 1857 casa-se com Maria Dmitrievna e, três anos depois, volta a Petersburgo, onde funda, com o irmão Mikhail, a revista literária *O Tempo*, fechada pela censura em 1863. Em 1864 lança outra revista, *A Época*, onde imprime a primeira parte de *Memórias do subsolo*. Nesse ano, perde a mulher e o irmão. Em 1866, publica *Crime e castigo* e conhece Anna Grigórievna, estenógrafa que o ajuda a terminar o livro *Um jogador*, e será sua companheira até o fim da vida. Em 1867, o casal, acossado por dívidas, embarca para a Europa, fugindo dos credores. Nesse período, ele escreve *O idiota* (1869) e *O eterno marido* (1870). De volta a Petersburgo, publica *Os demônios* (1872), *O adolescente* (1875) e inicia a edição do *Diário de um escritor* (1873-1881).

Em 1878, após a morte do filho Aleksiêi, de três anos, começa a escrever *Os irmãos Karamázov*, que será publicado em fins de 1880. Reconhecido pela crítica e por milhares de leitores como um dos maiores autores russos de todos os tempos, Dostoiévski morre em 28 de janeiro de 1881, deixando vários projetos inconclusos, entre eles a continuação de *Os irmãos Karamázov*, talvez sua obra mais ambiciosa.

SOBRE O ILUSTRADOR

Oswaldo Goeldi nasceu em 31 de outubro de 1895, no Rio de Janeiro. No ano seguinte, a família transferiu-se para Belém, onde seu pai — o naturalista suíço Emílio Augusto Goeldi — fora encarregado de reestruturar o Museu Paraense (atual Museu Paraense Emílio Goeldi).

Em 1901, a família se muda para a Suíça. No ano em que eclode a Primeira Guerra Mundial, Goeldi ingressa na Escola Politécnica de Zurique. Nessa mesma época, começa a desenhar, de acordo com suas palavras, movido por "uma grande vontade interior". Em 1917, após a morte do pai, abandona a Escola Politécnica e matricula-se na École des Arts et Métiers, de Genebra, a qual trocará, seis meses depois, pelo ateliê dos artistas Serge Pahnke e Henri van Muyden. Também aí permanece pouco tempo, pois o que ensinavam "não correspondia ao que vinha da minha imaginação".

Em 1919, sua família retorna ao Brasil, fixando-se no Rio de Janeiro. Goeldi, que já conhecia as vanguardas europeias, sente-se deslocado no meio cultural ainda pré-moderno. É esse deslocamento que o artista expressaria em seus desenhos: "o que me interessava eram os aspectos estranhos do Rio suburbano, do Caju, com postes de luz enterrados até a metade na areia, urubu na rua, móveis na calçada, enfim, coisas que deixariam besta qualquer europeu recém-chegado".

Nesse mesmo ano começa a fazer ilustrações para revistas e jornais, o que seria uma de suas fontes de renda mais estáveis até o fim da vida. Em 1924, Goeldi começa a gravar na madeira "para impor uma disciplina às divagações" a que o desenho o levava. Nos anos 1940, realiza para a José Olympio Editora bicos de pena e xilogravuras para ilustrar as seguintes obras de Dostoiévski: *Humilhados e ofendidos* (1944), *Memórias do subsolo* (1944), *Recordações da casa dos mortos* (1945) e *O idiota* (1949).

Em 1960, Goeldi recebe o grande Prêmio Internacional de Gravura da Bienal do México. A 15 de fevereiro de 1961, é encontrado morto em sua casa-ateliê no Leblon, onde criara, ao longo dos anos, uma obra intensa, concentrada, e que se tornaria rapidamente um ponto de referência para as novas gerações.

SOBRE A TRADUTORA

Fátima Bianchi é professora da área de Língua e Literatura Russa do curso de Letras da Faculdade de Filosofia, Letras e Ciências Humanas da Universidade de São Paulo. Entre 1983 e 1985, estudou no Instituto Púchkin de Língua e Literatura Russa, em Moscou. Defendeu sua dissertação de mestrado (sobre a novela *Uma criatura dócil*, de Dostoiévski) e sua tese de doutorado (para a qual traduziu a novela *A senhoria*, do mesmo autor) na área de Teoria Literária e Literatura Comparada, também na USP. Em 2005 fez estágio na Faculdade de Filologia da Universidade Estatal de Moscou Lomonóssov, com uma bolsa da CAPES.

Traduziu *Ássia* (Cosac Naify, 2002; Editora 34, 2023) e *Rúdin* (Editora 34, 2012), de Ivan Turguêniev; *Verão em Baden-Baden*, de Leonid Tsípkin (Companhia das Letras, 2003); e *Uma criatura dócil* (Cosac Naify, 2003), *A senhoria* (Editora 34, 2006), *Gente pobre* (Editora 34, 2009), *Um pequeno herói* (Editora 34, 2015), *Humilhados e ofendidos* (Editora 34, 2018) e *Crônicas de Petersburgo* (2020), de Fiódor Dostoiévski, além de diversos contos e artigos de crítica literária. Assinou também a organização e apresentação do volume *Contos reunidos*, de Dostoiévski (Editora 34, 2017). Tem participado de conferências sobre a vida e obra de Dostoiévski em várias localidades, é editora da *RUS — Revista de Literatura e Cultura Russa*, da Universidade de São Paulo, e ocupa o cargo de coordenadora regional da International Dostoevsky Society.

Este livro foi composto em Sabon, pela Bracher & Malta, com CTP e impressão da Edições Loyola em papel Pólen Natural 80 g/m² da Cia. Suzano de Papel e Celulose para a Editora 34, em maio de 2024.